Cathy Kelly

Cathy Kelly est irlandaise. Après avoir exercé la profession de journaliste pendant quelques années, elle s'est mise à écrire, et a rencontré le succès dès son premier livre. Elle a reçu le Parker Romantic Novel of the Year Award en 2001 pour son roman *À la recherche du bonheur*, publié en France en 2003 aux Presses de la Cité. Ont suivi, chez le même éditeur, *Avec toutes nos amitiés* (2004), *Entre nous soit dit* (2005), *Le meilleur de la vie* (2006), *Pour le pire et le meilleur* (2007) et son dernier roman, *Les secrets de Summer Street*, publié en 2009.

Retrouvez l'actualité de l'auteur sur www.cathykelly.com

AVEC TOUTES NOS AMITIÉS

DU MÊME AUTEUR
CHEZ POCKET

À LA RECHERCHE DU BONHEUR
AVEC TOUTES NOS AMITIÉS
ENTRE NOUS SOIT DIT
LE MEILLEUR DE LA VIE

CATHY KELLY

AVEC TOUTES NOS AMITIÉS

Traduit de l'anglais
par Colette Vlérick

PRESSES DE LA CITÉ

Titre original :
WHAT SHE WANTS

Le papier de cet ouvrage est composé de fibres naturelles, renouvelables, recyclables et fabriquées à partir de bois provenant de forêts plantées et cultivées durablement pour la fabrication du papier.

ISBN : 978-2-266-15633-2

Prologue

Un des cars bruyants qui promenaient les touristes dans le Kerry négocia le pont en dos d'âne dans un grand grincement de boîte de vitesses, laissant derrière lui une forte odeur de diesel.

Mary-Kate Donlan tira la porte de sa pharmacie et la ferma à clef. Si l'un ou l'autre des habitants de Redlion voulait du rouge à lèvres ou un remède contre la grippe pendant l'heure du déjeuner, il devrait s'en passer. Depuis qu'Otis, son assistant, était parti en vacances quelques semaines plus tôt, les déjeuners de Mary-Kate s'étaient résumés à un sandwich avalé à la va-vite entre deux clients. Aujourd'hui, elle en avait assez ! Elle avait rendez-vous avec sa nièce, Delphine, et elles prendraient le temps de déjeuner tranquillement en bavardant.

Mary-Kate serra son manteau contre elle et se dirigea d'un pas vif vers le Widow Maguire, un pub plein de charme aux murs de pierre et aux fenêtres ornées de jardinières fleuries. Des soirées musicales s'y déroulaient deux fois par semaine. Quant à la nourriture, il n'y avait pas mieux sur plusieurs kilomètres à la ronde. Mince et d'âge moyen, Mary-Kate avait des cheveux lisses coupés au carré et ne maquillait pas du tout son visage intelligent et observateur. Elle traversa la grand-rue en courant, passa rapidement devant la vitrine de « Lucille, mode pour toutes les occasions », n'y jetant qu'un bref coup d'œil. Les modèles exposés étaient toujours un peu excentriques. Cette semaine-là, il s'agissait de vêtements en jersey aux couleurs de pierres précieuses et à l'aspect un peu rustique. Il y avait aussi une superbe tenue de croisière, sans doute parfaite pour le sud de la France, mais un peu légère pour le Kerry en octobre.

Elle reconnut devant elle la silhouette d'Emmet, l'épicier, et ralentit. Vieux bandit grincheux porté sur la bière brune et intarissable moulin à paroles, Emmet faisait un pénible compagnon de table. Il se lançait volontiers dans de grandes envolées lyriques sur le bon vieux temps disparu tout en buvant ses deux pintes de bière. Mary-Kate attendit de le voir entrer dans le pub avant de reprendre sa course. Le temps qu'elle arrive, il aurait trouvé une autre victime qu'elle !

— Bonjour, Lara ! dit-elle à une grande femme rousse.

Vêtue d'un élégant ensemble pantalon, elle sortait d'une Mercedes métallisée garée devant le pub.

— Bonjour ! Comment vont les affaires ?

— Une vraie folie ! Nous vivons au milieu d'hypocondriaques. J'aurais dû prendre des parts dans une société pharmaceutique.

Elles éclatèrent de rire puis Mary-Kate reprit :

— Et toi ?

— Cela marche très bien, répondit Lara. Je viens de vendre la maison des O'Brien.

— Shanrock Castle ?

Mary-Kate était très impressionnée que son amie ait réussi ce coup. Le vieux château, en ruine, trônait sur vingt-cinq hectares de parc envahis de mauvaises herbes. Il fallait être très riche pour l'acheter, car la rénovation coûterait une fortune.

— Encore une star du rock, je suppose ?

La région de Redlion pouvait se vanter d'en abriter quatre, ainsi qu'au moins six écrivains et un compositeur de musique classique excentrique. Les rockers menaient tous une vie très tranquille tandis que ce dernier organisait des soirées complètement folles. Des hélicoptères déposaient sans cesse sur sa plate-forme d'atterrissage des producteurs venus de Hollywood pour le convaincre de collaborer à leurs superproductions.

— Non, répondit Lara. Cette fois, c'est une actrice. Je n'ai pas le droit de dire son nom, mais c'est une de celles qui rangent leurs Oscars dans les toilettes !

Mary-Kate sourit avec malice.

— Elles le disent toutes. J'ai rendez-vous avec Delphine. Veux-tu déjeuner avec nous ?

Lara accepta. Au même moment, une vieille Coccinelle toute cabossée s'arrêta près des deux femmes. Une rousse sensuelle en manteau de velours pourpre en sortit.

— Bonjour, les filles !

Delphine Ryan embrassa sa tante puis Lara, son ancienne amie d'école.

— Je ne t'ai pas vue depuis une éternité, Lara ! Que deviens-tu ?

Elles passèrent le déjeuner à parler de tout, depuis les prix de l'immobilier jusqu'au mauvais état des routes.

— En direction de Blackglen, il y a un nid-de-poule de la taille d'une piscine. Je passe ma vie à essayer de l'éviter, se plaignit Lara. Si j'abîme les roues de la Mercedes, je vous jure que j'attaque le conseil municipal !

— J'adore cette route ! soupira Delphine. Il y a une belle maison ancienne que nous aurions aimé acheter, Eugene et moi. Malheureusement, elle est trop chère pour nous. Elle est extraordinaire, avec de vieilles cheminées, un grand jardin et un petit bois dans le fond.

— Tu veux parler de Kilnagoshell House, l'ancien B & B, dit Lara. Je l'ai vendue, il y a six mois, à une veuve de Dublin. Elle s'appelle Virginia Connell et elle est très sympathique. Solitaire, aussi, à mon avis. Tu devrais l'appeler pour lui proposer de la rencontrer, Mary-Kate.

— Si elle n'a pas envie de voir les gens, cela la regarde, rétorqua celle-ci. Il serait indiscret de la déranger. Attendons qu'elle cherche de la compagnie.

Lara termina son sandwich.

— Je dois m'en aller, les filles. J'ai une évaluation à faire, route de Killarney. Un cottage ravissant !

— Pas celui de Geraoid ? demanda Mary-Kate. Ils veulent le vendre, ou quoi ?

— Plutôt « quoi », je pense, répondit Lara. Apparemment, si le testament est homologué, la maison appartiendra au neveu de Geraoid qui habite en Grande-Bretagne. Je le plains ! ajouta-t-elle avec un frisson d'horreur. Geraoid semble avoir laissé les lieux dans un état épouvantable. Ensuite, je dois voir la ferme des Richardson. Je regrette qu'ils quittent le village, ce sont des gens sympathiques.

— Il faut que j'y aille, moi aussi, dit Delphine en se levant. J'ai un gommage du visage, deux manucures et une épilation, cet après-midi. Au revoir, Mary-Kate.

Elle se pencha vers sa tante et l'embrassa avec affection.

— Je vais terminer mon café tranquillement, leur dit Mary-Kate en souriant, une expression chaleureuse dans les yeux. L'âge doit avoir ses compensations. À bientôt, les filles !

Les deux jeunes femmes sortirent du pub et s'arrêtèrent un instant pour profiter du pâle soleil d'octobre.

— Quelle belle journée, n'est-ce pas ? dit Lara. Redlion devient magique quand il y a du soleil. Je trouve que les Richardson ont tort de partir. Je ne comprends pas qu'on puisse avoir envie de vendre et d'aller ailleurs.

— Je sais ce que tu veux dire, répondit Delphine.

Elle contemplait avec tendresse la grand-rue au tracé sinueux, et ses maisons pastel qui paraissaient somnoler dans la lumière.

— Cela te paraît-il stupide si je dis que Redlion me donne l'impression de me faire du bien ?

— Pas du tout, répondit Lara. À Dublin, il me fallait un litre de café, un Prozac et au moins une demi-bouteille de vin par jour. Depuis que je suis revenue ici, j'ai découvert que je suis quelqu'un de très calme, en réalité.

— Calme ? Lara Stanley ? plaisanta Delphine. C'est une journée à marquer d'une pierre banche !

— Plus calme, alors, dit Lara en riant. Mais c'est lié à Redlion. C'est un endroit particulier. Tu sais, quand j'ai démissionné de mon travail à Dublin, tous mes collègues m'ont trouvée folle d'aller m'enterrer à la campagne, à « Ennuiville », comme ils disaient. Je leur ai répondu qu'on ne s'ennuie jamais à Redlion.

— À petite dose, cela ne nous ferait pas de mal, renchérit Delphine. Il se passe trop de choses, ici. Il y a encore un groupe de réflexion politique qui se réunit à l'hôtel la semaine prochaine. On va être envahis par les médias et des politiciens prêts à tout pour être dans le journal ! Quant à Madame Rock-Star, elle a voulu une manucure hier, et elle m'a dit qu'une fête géante aura lieu en novembre pour la sortie de son nouvel album.

— Le train-train habituel, quoi ! dit Lara. Parle-moi de la vie tranquille à la campagne ! Mais je n'ai pas envie d'expliquer la réalité aux gens de la ville, de peur de les voir tous s'installer chez nous.

Delphine se mit à rire.

— Et nous voulons que Redlion reste notre secret, n'est-ce pas ? conclut-elle.

1

Hope Parker s'arrêta devant le rayon des livres de cuisine, ses sacs à provisions posés à ses pieds. Elle parcourut rapidement les titres : *La Pâtisserie pour tous*, *La Cuisine chinoise*, *Buffets et Cocktails*, *La Cuisine facile*. Non, Hope ne voulait pas de recettes banales, comme d'habitude. Elle cherchait un ouvrage complet et clair, un gros manuel rempli d'informations utiles et d'explications sur le bain-marie, l'utilisation de la levure et l'éventuelle nécessité de posséder un séchoir pour les préparations à base de levure. Voilà ce qu'elle désirait : un livre pour apprendre à cuisiner sans recourir systématiquement aux barquettes de poulet prédécoupé et aux sauces en boîte.

Son regard passa sans s'y attacher sur un traité de cuisine française pour maîtres queux confirmés. Elle se pencha sur les rayons en essayant d'ignorer la foule qui se pressait dans la librairie pendant la pause déjeuner. Et elle le découvrit enfin : un volume au titre en lettres d'or, *La Cuisine des timides. Devenez la reine des fourneaux !*

La reine des fourneaux ? C'était exactement ce à quoi elle aspirait. Finies les lasagnes à réchauffer et les volailles farcies à décongeler ! Au lieu de cela, Hope préparerait des repas entièrement maison. Matt sourirait d'une oreille à l'autre et ne plaisanterait plus jamais en disant qu'il gardait la ligne grâce à son manque de talent culinaire.

Hope sortit le livre du rayon et lut la couverture, inquiète à l'idée d'y trouver la mention « pour cuisinières expérimentées », mais rien de ce genre n'y figurait. Au contraire, l'éditeur avait choisi la photo d'une femme comme elle, normale, qui souriait, debout derrière un festin très appétissant.

Hope feuilleta l'ouvrage. L'introduction la fit sourire. C'était drôle, compréhensible, et l'auteur ne vous envoyait pas acheter des ustensiles compliqués avant de commencer. Elle n'avait pas les moyens de s'offrir une nouvelle batterie de cuisine et d'étranges hachoirs pour les herbes.

« Cuisiner est très facile, affirmait l'auteur. Si vous faites partie des gens qui n'ont jamais appris, laissez-vous guider et vous le constaterez. »

Nulle part on ne sous-entendait qu'il fallait être une jeune mariée de vingt ans pour acheter le livre ni qu'une femme de trente-sept ans aurait dû avoir honte de s'attarder sur le chapitre intitulé « Savoir acheter la viande ».

Hope n'allait jamais chez un boucher détaillant. Elle n'aurait pas su quoi demander ni même comment se débrouiller avec un carré d'agneau. Elle choisissait des morceaux prêts à l'emploi dans des barquettes de supermarché, où personne ne risquait de la regarder de haut parce qu'elle ignorait ce qu'était un gigot.

« Acheter de la viande est très simple, poursuivait l'auteur dans son introduction, à partir du moment où vous savez quoi commander. »

Adjugé ! Hope ramassa ses sacs, paya le livre et se précipita dans les grands magasins Jolly, se voyant déjà dans la peau d'une cuisinière accomplie. Quels dîners, à présent ! Matt n'aurait plus besoin d'inviter les gros clients de son agence de publicité dans les restaurants chic de Bath sur le compte de l'entreprise ; il pourrait enfin les amener à la maison. Elle, vêtue d'une petite robe élégante mais sexy, surgirait de la cuisine enrobée d'une délicate odeur de crème brûlée, tandis que les hommes d'affaires blasés se délecteraient de petits plats raffinés. Ils s'étonneraient qu'elle ait choisi de travailler dans une société de crédit immobilier au lieu de lancer un restaurant…

Toby et Millie allaient adorer ce changement, du moins dans quelques années. Ils croiraient que les chutneys faits à la maison et la mayonnaise montée à la main représentaient la norme. Hope les entendait déjà expliquer avec condescendance à leurs camarades de classe que leur mère était « la meilleure cuisinière au monde » ! Elle se souvenait d'avoir entendu ce genre de vantardises pendant sa scolarité, mais sa sœur, Sam, et elle étaient toujours restées en dehors de ces concours pour savoir laquelle des mères cuisinait le mieux. Quoi que l'on puisse raconter sur leur tante Ruth, les louanges sur sa cuisine n'en faisaient pas partie. Hope se demanda une fois de plus si leur mère avait eu des talents culinaires. Leur tante n'avait jamais évoqué le sujet. Peut-être leur maman réussissait-elle des merveilles avec ses casseroles ? Dans ce cas, ce serait génétique : Hope n'avait qu'à renoncer aux sauces toutes prêtes pour se révéler un nouvel Escoffier !

Chez Jolly, elle fit un détour par le rayon femmes. Elle ne put résister au plaisir de toucher une jupe au tissu fleuri. Elle fit rêveusement courir ses doigts sur l'étoffe de coton très douce, où s'étalait un délicat motif rose. Au milieu des sombres vêtements d'hiver, la rangée colorée lui avait donné l'impression de découvrir une prairie de fleurs sauvages dans un paysage de champs nus et boueux.

Comme ses sacs à provisions lui coupaient la circulation de la main gauche, Hope les posa et prit le temps d'examiner de près la jupe qui lui plaisait. De petites fleurs de lilas et de framboisier s'entremêlaient sur un fond bleu pâle qui évoquait la porcelaine de Wedgwood. Hope soupira avec envie. Ce vêtement symbolisait tout un style de vie. Quand une femme en porte un de ce genre, elle vit dans un ravissant cottage avec de charmants bambins bien élevés, des chats, peut-être un ou deux lapins, et un mari aimant à ses pieds. Elle coud elle-même les housses des coussins, sait faire sécher la lavande, et prépare des conserves de fruits et de légumes au lieu de les acheter au supermarché. Elle n'a jamais besoin d'une épingle de nourrice pour fermer sa jupe, et ne crie pas dès le matin parce qu'un des petits a renversé son lait sur ses vêtements et qu'il faut le changer entièrement. Non ! Cette femme utilise des eaux florales vendues dans des flacons démodés, elle ne se fâche pas contre ses enfants et, de sa démarche ondulante, un panier en osier au bras, va acheter des légumes biologiques auxquels reste collée un peu de terre. « N'est-elle pas charmante ? Une mère admirable, une cuisinière remarquable – avez-vous goûté son crumble aux pommes ? Et, en plus, elle travaille… », disent les gens sur son passage.

C'est ça ! Et les poules ont des dents… Hope passa une dernière fois la main sur la jupe et ramassa ses sacs. Elle n'était pas Madame Jupe-à-Fleurs et ne le serait jamais. Elle s'appelait Madame Survêtement et ses deux rejetons avaient l'habitude de l'entendre hurler : « Arrêtez tout de suite ou je vous massacre ! » Elle n'allait jamais nulle part en chaloupant, car sa culotte de cheval et son tour de taille le lui interdisaient. Enfin, elle n'avait pas le temps de parler assez longtemps à ses voisins pour qu'ils puissent se faire une opinion sur elle. Du moins, si l'on ne tenait pas compte de la femme qui habitait deux maisons plus loin et laissait son chien se livrer à ses besoins dans le jardin de Hope. Il en était résulté, au contraire, une certaine froideur dans les relations. Quant à réaliser des housses de coussins… Elle n'avait même pas recousu le bouton de sa jupe de travail et, depuis des mois, la fermait avec une épingle de nourrice. Il y avait un avantage : comme celle-ci appartenait à la variété géante, Hope se sentait moins serrée qu'avec le bouton d'origine. À propos de travail, se dit-elle, elle allait se mettre très en retard si elle ne se dépêchait pas.

Elle secoua la tête comme pour se débarrasser des dernières traces de rêverie, ramassa ses sacs et se dirigea d'un pas pressé vers le rayon hommes et le comptoir des cravates. Il lui fallut un long moment avant d'en choisir une qui lui parût susceptible de plaire à Matt, en soie jaune pâle avec un motif discret. Elle la tint devant toutes les chemises exposées, la trouvant parfaite avec les bleues et encore mieux avec une bleu ciel à rayures. Elle grogna, indécise.

Matt n'appréciait pas beaucoup ces tons-là. La cravate grise serait plus facile à assortir, de plus elle coûtait moins cher. Cependant, Matt aimait les choses chères. Il adorait l'horrible porte-clefs en cuir que son patron lui avait offert pour un Noël, simplement parce qu'il portait une griffe prestigieuse. Hope tint les deux cravates à bout de bras pour mieux les voir, incapable de trancher, comme d'habitude.

Bon ! Elle opta pour la jaune. À elle seule, elle coûtait plus cher que son manteau, mais tant pis !

La vendeuse posa une boîte sur le comptoir et y plaça le cadeau avec des gestes soigneux. Bien que coiffée et manucurée à la perfection, elle avait mal mis son rouge à lèvres, comme si elle avait dû interrompre à toute vitesse sa séance de maquillage dans les toilettes des dames. Hope le remarqua d'autant plus que ses propres cheveux, ébouriffés par le vent, étaient simplement attachés en queue de cheval. Quant au rouge à lèvres qu'elle avait appliqué le matin, il n'en restait qu'un lointain souvenir.

Les vendeuses lui donnaient toujours l'impression de n'être elle-même qu'une souillon. Elle se souvenait pourtant d'une époque, quand elle n'avait pas encore d'enfants, où elle était toujours tirée à quatre épingles. En ces jours lointains, elle se faisait une manucure le dimanche soir avant de passer des heures à transpirer en repassant ses vêtements. À présent, toute son inquiétude au sujet de la semaine à venir concernait le tri de l'énorme pile de linge pour reconstituer les paires de chaussettes.

— C'est pour offrir ? s'enquit la vendeuse.

Son ton laissait clairement entendre qu'une cliente comme Hope ne dépenserait jamais autant d'argent si ce n'était pour faire un cadeau.

— Oui, répondit Hope.

Elle réfréna un fort désir d'expliquer que non, c'était pour elle, parce qu'elle s'habillait en homme pendant le week-end et que, en fait, elle cherchait une partenaire pour la grande sortie du club Harley Davidson-Lesbos !

Au lieu de cela, elle réussit à prendre une expression très polie. À vrai dire, elle n'aurait jamais autant dépensé pour une cravate dans d'autres circonstances. Même pour les quarante ans de son mari, cela restait scandaleusement cher. Sa seule consolation venait de ce que Matt l'apprécierait. Elle irait bien avec le nouveau costume très élégant qu'il venait d'acheter, et avec son style général, également recherché. Le seul élément dans sa vie qui manquait de raffinement était sa femme. Était-ce l'origine du problème ? se demanda-t-elle avec un pincement au cœur.

Depuis quelque temps, Matt n'était plus lui-même. Il faisait normalement partie des gens optimistes, heureux et battants. Or, au cours des derniers mois, il s'était montré inquiet et d'humeur inégale. Il ne se sentait bien que s'ils faisaient quelque chose et avait surchargé leur emploi du temps d'innombrables activités. Il ne supportait pas de rester assis tranquillement les rares fois où les enfants ne se bagarraient pas. La situation était tendue et Matt très crispé. Dans ses moments d'angoisse, Hope tremblait à l'idée que leur couple soit en cause. Ou était-ce elle ?

— Voulez-vous un paquet cadeau ?

— Non, je préfère le faire moi-même, avoua Hope.

Elle perdrait son temps à attendre que la vendeuse ait fini. En effet, elle ne résistait jamais à l'envie de défaire un coin du paquet pour admirer le cadeau dès son retour chez elle, et le papier se déchirait systématiquement. Il valait donc mieux qu'elle opère elle-même.

Elle ajouta le sac à la demi-douzaine qu'elle portait déjà et quitta le magasin en toute hâte.

Elle tourna le coin d'Union Street et entra en collision avec un groupe de touristes qui poussaient des cris d'extase devant d'élégants bâtiments de style géorgien en grès. Bath était une très belle ville mais, au bout de cinq ans, Hope se rendait compte, à sa grande honte, qu'elle ne prêtait plus attention à cette beauté. Cela faisait tout simplement partie du paysage. Pendant les six premiers mois après son arrivée, elle avait marché la tête levée vers les façades. À présent, presque immunisée contre le charme de la ville et maudissant sans cesse les visiteurs qui encombraient les rues tels des écoliers indisciplinés, elle fonçait sans rien voir, comme les autres habitants. Elle poussa la porte en verre de la société de crédit immobilier Witherspoon, consciente qu'il était trois heures moins vingt alors qu'elle aurait dû reprendre son poste à deux heures et demie.

M. Campbell, directeur et chronomètre vivant, en était tout aussi conscient qu'elle.

— Vous avez dix minutes de retard, madame Parker, lui dit-il gentiment.

Hope le regarda en rougissant, ce qui n'était pas difficile après sa course dans Union Street.

— Je suis désolée, monsieur Campbell, dit-elle d'une voix essoufflée. Nous fêtons les quarante ans de mon mari et je suis allée lui acheter un cadeau…

— Ce n'est pas grave, la coupa-t-il d'un ton apaisant. Mais que cela ne se reproduise pas.

Elle se précipita dans les vestiaires, entassa les sacs dans son placard, ôta précipitamment son manteau de lainage bleu marine et courut pour reprendre son poste derrière son guichet.

— Comment fais-tu pour que ce tyran ne te massacre pas quand tu es en retard ? lui demanda Yvonne.

Elle aussi travaillait chez Witherspoon depuis cinq ans et se plaignait d'être encore traitée comme une délinquante en liberté surveillée par le directeur.

— Parce que j'ai la tête d'une innocente, répliqua Hope sans cesser de sourire à M. Campbell, alors que tu as l'air d'une coquine !

Yvonne se calma aussitôt, comme Hope l'avait prévu. Yvonne aimait cette idée et, par ailleurs, avait si bon caractère qu'elle ne prenait jamais ombrage de rien, à l'inverse de Betsey, l'autre amie de Hope. Celle-ci se vexait pour n'importe quoi et aurait demandé à Hope ce qu'elle entendait par « coquine ».

Hope savait qu'elle-même n'aurait jamais cet air-là, quoi qu'elle fasse. Les coquines n'ont pas de boucles roussâtres ni de cheveux fins et frisottés impossibles à coiffer. Elles n'ont pas non plus un visage rond et rassurant, avec d'immenses yeux noisette qui les font paraître toujours étonnées. Enfin, elles n'ont pas une petite bouche délicate comme les jeunes filles dans les tableaux de l'école française du dix-huitième siècle.

Un jour, Matt lui avait avoué être tombé amoureux de son côté « extraterrestre ». « On dirait que tu es sortie d'un feuilleton historique pour entrer directement dans le vingt et unième siècle », lui avait-il déclaré. Il avait tendance à formuler des choses follement romantiques et sortant de l'ordinaire. Il gâchait son talent en travaillant dans la publicité, pensa-t-elle avec tendresse.

Les cinq guichets furent assaillis par les clients pendant la demi-heure suivante. Des groupes de touristes voulaient changer leurs chèques de voyage, pressés d'avoir des liquidités pour acheter des piles de torchons, des tee-shirts et des mugs à l'effigie de l'abbaye de Bath avant de regagner leurs cars.

Le flot se tarit un peu. Hope se laissa aller contre le dossier de sa chaise, épuisée, et se demanda comment elle allait tenir jusqu'au thé de quatre heures.

— Qu'as-tu acheté à Matt ? s'enquit Yvonne en lui passant discrètement un paquet de caramels.

Elles n'avaient pas le droit de manger aux guichets, mais Hope éprouvait le besoin d'un peu de sucre pour reprendre des forces.

— Une cravate, une bouteille de son vin préféré et de l'after-shave, dit-elle en déballant un caramel avec des ruses de Sioux.

— C'est sympa, marmonna Yvonne, la bouche pleine.

Elles mâchèrent en silence pendant quelques instants et Hope commença à organiser mentalement sa soirée, dont le clou serait le dîner d'anniversaire. Ils dîneraient en tête à tête, du moins si Millie ne faisait pas une scène pour rester debout. Elle n'avait que quatre ans, mais tenait déjà la maison Parker d'une main de fer, bien que potelée, dans un gant de velours. Toby, à deux ans, ne lui ressemblait pas du tout. Il était si sage que Hope s'inquiétait de le savoir à la crèche tous les jours. Millie était tout à fait capable de se défendre contre qui que ce soit, mais protégerait-elle Toby ? On entendait tellement d'histoires sur les enfants qui en maltraitent d'autres ! Hope se sentait capable de massacrer tout gamin qui oserait faire du mal à son Toby chéri. Avec son petit visage pâle et doux au regard attentif, il lui rappelait l'enfant qu'elle avait été. Elle priait pour qu'en grandissant il devienne plus fort et plus énergique, comme son père.

— C'est tellement difficile de faire des cadeaux aux hommes ! soupira Yvonne. J'aime bien ces femmes capables de dire : « Aujourd'hui, je porte ton cadeau. »

On comprend tout de suite qu'elles ont mis une guêpière ou un porte-jarretelles, et que c'est cela le cadeau. Je devrais essayer avec Freddie.

— Formidable ! dit Hope machinalement, un peu gênée d'en apprendre autant sur la vie sexuelle d'Yvonne.

Galloise de vingt-neuf ans, Yvonne parlait de tout sans complexe, à l'inverse de Hope, qui aimait que sa vie privée reste secrète, même si c'était difficile en travaillant avec une personne aussi curieuse qu'Yvonne. Celle-ci était capable de lui demander, par exemple, ce qu'elle ferait au cas où Matt aurait une liaison, ou si elle avait déjà utilisé un préservatif féminin. « Euh… non », avait répondu Hope, rouge comme une pivoine.

L'éducation dispensée par tante Ruth ne l'avait pas habituée à parler de sexualité et autres sujets du même genre. À l'adolescence, elle ne lui avait rien expliqué et s'était contentée de lui donner un livre sur la puberté des filles. En réalité, elle l'avait fourré dans les mains de Hope avant de partir à son cours de bridge. Le sujet n'avait plus jamais été abordé. Hope restait fascinée par les articles sur la vie sexuelle publiés dans les magazines féminins, même si elle n'imaginait pas d'appliquer un seul des conseils prodigués pour « garder une sexualité active ».

— Tu devrais donner ce genre de cadeau à Matt, ce soir, lui dit Yvonne en lui donnant un coup de coude.

— Quel genre de cadeau ?

Yvonne baissa la voix, car M. Campbell était sorti de son bureau et se trouvait à côté du photocopieur.

— Mets une tenue sexy et annonce à Matt que c'est un supplément.

— Franchement, Yvonne ! chuchota Hope. Tu ne penses qu'à une chose.

— Oui, je ne pense qu'à ça ! glousa Yvonne en rejetant une mèche de cheveux raides et noirs.

Trois clients arrivèrent ensemble et Hope fit un effort pour oublier la suggestion de sa collègue. Le problème n'était pas de porter des dessous affriolants pour étonner son mari. Elle craignait, malheureusement, qu'il soit plus heureux avec une cravate neuve et une bouteille de bon vin.

Deux heures plus tard, après avoir affronté les embouteillages en direction de Bristol, Hope tourna dans Maltings Lane, une rue sinueuse parmi les plus modernes de Bath. De part et d'autre, se succédaient de jolies maisons construites dans les années cinquante en pierre blonde des Cotswold. Comme elles étaient assez petites et d'un prix raisonnable, on y trouvait surtout de jeunes couples dans lesquels la femme travaillait aussi, avec des enfants, deux voitures, et pas une minute à eux pour entretenir le minuscule jardin.

Cinq ans plus tôt, quand ils avaient emménagé, Hope, mue par de grands projets, avait acheté une encyclopédie de jardinage ainsi qu'un traité sur l'art de transformer un mouchoir de poche banlieusard en paradis. Les deux livres étaient restés rangés dans la bibliothèque du palier à côté de celui sur la décoration, qu'elle avait trouvé lors d'une vente de charité. Hope s'attardait rarement devant le spectacle du carré de pelouse transformé en forêt vierge ou devant la rocaille envahie de mauvaises herbes, où quatre conifères rachitiques refusaient de dépasser les trente centimètres. Ce soir-là, elle n'accorda pas davantage le moindre regard au jardin. Elle était trop en retard pour s'autoriser même à penser comme d'habitude, pleine de honte : « J'espère que j'aurai le temps de m'en occuper ce week-end. »

Marta serait furieuse si elle arrivait après six heures pour reprendre les enfants. Elle dirigeait les Petits Trésors, la crèche où Toby et Millie passaient leurs journées. L'endroit était trop bien tenu et le personnel trop compétent pour que Hope s'autorise à exprimer à Marta ce qu'elle pensait d'elle : qu'avec les parents des bambins confiés à sa garde, elle se conduisait comme une sale bonne femme au mauvais caractère. Mais on se battait pour avoir une place aux Petits Trésors, et celles de Toby et Millie étaient convoitées par au moins trente familles. « Marta est décidément très à cheval sur la discipline ! », plaisantait Matt chaque fois que Hope revenait au bord des larmes à cause d'une remarque cinglante de Marta à propos de son retard. Matt ne comprenait pas à quel point Hope détestait ces affrontements.

La crèche fermait à six heures et quart, et tout parent qui arrivait avec une seconde de retard avait droit à un sermon sur le thème : « Si vous croyez pouvoir abuser de ma gentillesse, je préfère vous détromper tout de suite ! »

Hope ne voyait pas qui oserait abuser de Marta. Dommage !

Elle sortit les courses du coffre de la Metro. Le chat des voisins attendait, l'air plaintif, sur le seuil de la maison, s'abritant du vent glacial qui soufflait en cette fin de septembre. Il était très doué pour donner l'impression d'un malheureux abandonné en quête d'abri alors qu'il était trop gros pour passer par la chatière. Il ne pouvait plus entrer que par une porte ou une fenêtre. Hope traîna les sacs jusqu'à la porte, espérant que le lait n'aurait pas eu le temps de tourner au cours des quelques heures passées dans son placard de bureau.

— Tu ne peux pas entrer, mon gros, dit-elle au chat.

Elle réussit à se glisser dans la maison sans qu'il puisse la suivre, posa les sacs par terre dans la cuisine et regarda sa montre.

Six heures tapantes. Elle ne serait pas en retard. Soulagée, elle mit rapidement le lait dans le réfrigérateur et ressortit en courant.

Elle se hâta vers la crèche d'un pas vif. Comme d'habitude, la rue était bloquée par des voitures garées en double file, tandis que des parents fatigués et des enfants énervés s'agitaient dans tous les sens. Hope trouvait plus simple d'y aller à pied que de perdre dix minutes à chercher une place de stationnement.

— Bonjour, dit-elle à Marta avec une feinte bonne humeur.

Marta se tenait sur le seuil, aussi aimable qu'un rottweiller, cherchant qui mordre et qui flatter.

— Il fait froid, n'est-ce pas ? poursuivit Hope.

— Nous sommes presque en octobre, rétorqua Marta d'un ton sec, ses boucles d'oreilles à la gitane s'entrechoquant furieusement.

Hope lui sourit bêtement et se le reprocha aussitôt. Si seulement elle avait eu le cran de lui dire ce qu'elle pouvait faire de ses sarcasmes ! Une fois de plus, elle s'abandonna à l'un de ses fantasmes favoris : Matt et elle avaient gagné au loto, et elle arrêtait de travailler pour s'occuper de Millie et Toby à plein temps. Cela impliquait d'engager une femme de ménage, une aide pour le repassage et une autre pour faire les courses au supermarché à sa place. Cela autorisait aussi à dire enfin à Marta d'aller se faire cuire un œuf, parce que les enfants n'iraient plus jamais à la crèche ! Elle passerait alors des journées entières avec eux à faire de la peinture, imaginer des histoires, et préparer des gâteaux au chocolat et du riz soufflé. Ils l'aideraient à mélanger les ingrédients sans qu'elle tremble à l'idée de passer ensuite des heures à nettoyer le sol de la cuisine. Elle aurait le temps de faire mijoter des petits plats délicieux au lieu d'en réchauffer rapidement un tout prêt. Elle apprendrait les travaux d'aiguille et aurait un merveilleux jardin, plein de plantes soignées. Le bonheur !

Millie et Toby l'attendaient dans la salle principale de la crèche, une grande pièce chaleureuse décorée de couleurs vives. Le mobilier était adapté aux petits. Millie et Toby, engoncés dans leurs manteaux molletonnés, avaient l'air d'Esquimaux. Le visage aux joues roses de la brune Millie, aussi impatiente que son père, arborait une expression scandalisée. Ses yeux luisaient de colère à l'idée d'être obligée d'attendre, gênée par son vêtement, au lieu de se défouler dans le coin réservé aux jeux en jetant des cubes autour d'elle. Toby, dont le teint était aussi pâle que celui de sa mère, patientait en silence, son bonnet à la main. Un grand sourire éclaira sa frimousse ronde quand il aperçut sa mère.

— Maman, z'ai une étoile ! dit-il avec ravissement.

— Non ! intervint Millie avec indignation. J'ai eu une étoile, corrigea-t-elle.

À quatre ans, elle maîtrisait déjà bien la langue.

Le visage de Toby se crispa.

— Millie, dit Hope d'un ton plein de reproches. Sois gentille avec ton frère !

— C'est un bébé, laissa tomber Millie en retroussant le nez d'un air méprisant.

— C'est ton frère. Tu ferais mieux de t'en occuper, au lieu d'être désagréable avec lui.

Millie prit la main de Toby dans la sienne et fixa sa mère, dans l'attente d'un compliment. Hope ne put s'empêcher de sourire. Millie était décidément futée.

Elle dit au revoir à Marta, qui faisait tinter ses clefs sur le pas de la porte tel un gardien de prison, l'air très impatiente.

Ils reprirent tous les trois le chemin de la maison, se tenant par la main. Millie bavardait gaiement. Toby restait silencieux. C'était la même scène chaque soir. Il ne disait rien pendant une demi-heure puis, comme s'il s'était enfin dégelé dans la chaleur et la sécurité du foyer, il se mettait à parler et à rire, puis jouait avec son jouet préféré. En ce moment, c'était un train en plastique d'un violet éclatant, flanqué d'innombrables wagons, que Toby perdait sans arrêt sous les meubles. Hope s'inquiétait de ce comportement. Elle craignait que son fils n'aime pas la crèche, mais redoutait tout autant de lui poser la question, de peur qu'il ne s'accroche à elle en la suppliant de ne pas l'obliger à y aller.

Une de ses collègues avait vécu deux mois épouvantables, au cours desquels sa fille sanglotait tous les matins. « Reste, maman, s'il te plaît, reste ! » disait-elle jusqu'à en étouffer d'angoisse.

Les mères de jeunes enfants s'étaient senties coupables, sans rien oser dire, le jour où elles avaient entendu cette histoire, à la cantine.

« Je déteste devoir laisser mon fils, avait fini par dire d'une voix éteinte une mère célibataire qui travaillait au service comptable.

— Les hommes ne ressentent pas les choses de la même façon », avait ajouté une conseillère en investissement qui avait trois enfants.

Elles avaient toutes hoché la tête tristement, d'accord sur ce point.

Par la suite, Hope avait quotidiennement scruté le visage de Toby, guettant le moindre signe annonciateur d'une crise de larmes. Si c'était arrivé, elle n'aurait pas hésité à démissionner, expliquant à Matt qu'ils devaient trouver un autre moyen de payer les mensualités de la maison. Comment aurait-elle supporté d'aller travailler si son petit garçon chéri avait été en train de verser toutes les larmes de son corps pour avoir sa maman ? Mais Toby n'avait jamais pleuré. Il partait sans problème, boudiné dans son anorak, les yeux grands ouverts quand Hope le serrait dans ses bras sous le regard sévère de Marta.

« C'est un enfant très tranquille, l'avait rassurée Clare, une des jardinières d'enfants à qui Hope avait fait part de ses craintes. Mais il s'amuse, Hope, sincèrement. Il s'amuse tout seul. Il aime jouer avec de la Plasticine et entendre des histoires. Comme nous savons toutes qu'il est timide, nous nous en occupons particulièrement. Ne vous inquiétez pas ! Millie est très différente, n'est-ce pas ?

— Oui », avait répondu Hope.

Millie ne ressemblait pas du tout à son frère. Elle avait un caractère emporté et plein d'assurance. Cela rappelait à Hope ses relations avec sa sœur, Sam, dans leur enfance : Hope était la plus calme des deux, la plus conciliante, tandis que Sam, qui avait trois ans de plus, se montrait forte, avec des idées très arrêtées et une grande confiance en elle.

Ce soir-là, à peine rentrée, Millie courut à la salle de jeu pour prendre ses poupées et leur donner des ordres, leur intimant de boire leur lait et d'être sages si elles ne voulaient pas avoir d'ennuis. On aurait cru entendre Marta quand elle s'adressait aux parents. Hope s'agenouilla pour enlever son manteau à Toby.

— Tu as passé une bonne journée, mon chaton ? demanda-t-elle avec tendresse.

Elle l'aida à se dégager de son vêtement, puis le serra contre elle pour un gros câlin. Toby répondit d'un simple signe de tête. Hope embrassa ses cheveux blonds, très doux. Elle respira sa délicieuse odeur de petit garçon, mélange de salle de classe et de shampooing pour bébé.

— Tu sais que ta maman t'aime très, très fort, Toby ? Qu'elle a plein, plein, plein d'amour pour toi ! Plus grand que toute la mer !

Il lui sourit et lui caressa la joue.

— Maman doit faire un dîner spécial pour l'anniversaire de papa, mais on va d'abord jouer, veux-tu ?

Toby acquiesça encore.

— Et si on lisait une histoire ? Laquelle choisis-tu ?

Ils allèrent tous les trois s'asseoir sur le grand canapé écru, pelotonnés les uns contre les autres. Hope leur lut l'histoire préférée de Toby, *L'Ours à la patte magique*. Millie commençait toujours par se plaindre, disant que c'était pour les bébés mais, dès la fin de la première page, elle se laissait captiver et se mordait anxieusement la lèvre en écoutant les aventures de l'animal. Hope pousuivit avec *La Petite Sirène*, que Millie aimait par-dessus tout. Elle dormait dans un pyjama représentant le personnage créé par Walt Disney et toute sa chambre avait été transformée en une vitrine de marchandises à son effigie.

Vingt minutes après l'heure où elle aurait dû commencer à préparer le dîner, Hope termina le récit et s'attela au repas des enfants. On leur donnait un thé complet à la crèche vers quatre heures et demie, mais quelques sandwiches lui paraissaient tout à fait insuffisants. Les petits avaient besoin d'un repas chaud. Pendant qu'ils jouaient, elle mit à cuire des blancs de poulet avec des légumes. Ah ! Si elle avait été Madame Jupe-à-Fleurs, ils auraient eu de la purée de carottes du jardin et de délicieuses lasagnes maison, ou quelque autre plat du même genre.

Or, Millie détestait une telle cuisine, et raffolait des carrés de poisson pané et des pâtes en forme de personnages de dessins animés. Il n'y avait aucune chance de lui faire avaler quoi que ce soit de naturel !

Hope pensa fièrement à son nouveau livre de cuisine, resté dans un des sacs posés dans l'entrée. Bientôt, elle mitonnerait des repas fabuleux qui les feraient tous saliver. Elle ôta le film transparent de l'emballage des steaks. Le « mode d'emploi » paraissait assez simple, mais on les ratait plus vite qu'on ne les réussissait et ils prenaient alors l'allure d'une vieille semelle. Elle aurait mille fois préféré qu'ils aillent dîner dehors, mais Dan, le collègue de Matt qui était aussi son meilleur ami, lui organisait une soirée d'anniversaire le jeudi, trois jours plus tard. L'agence où ils travaillaient tous les deux avait obtenu un très gros budget avec un nouveau client et l'on fêterait en même temps cette bonne nouvelle. Il aurait été puéril de dire qu'elle aurait préféré un dîner en tête à tête. En fait, Matt était beaucoup plus sociable qu'elle et adorait les sorties, où il pouvait faire du charme à tout le monde et s'entendre dire qu'il était le meilleur publicitaire. Hope se sentait toujours un peu délaissée dans ces fêtes. Pourtant, en tant que mère de deux enfants qui travaillait, elle était la cible idéale des agences de publicité. En fait, elle les intéressait moins comme personne réelle que comme marché à cibler, en bonne place sur leurs graphiques.

Elle se rappela soudain qu'elle devait acheter une robe. Adam, le patron de Matt, venait de se remarier avec une femme sublime, Jasmine. (Dans un moment d'inattention, Matt la lui avait décrite comme capable de rendre des points à toutes les actrices d'*Alerte à Malibu* !) Hope avait donc l'intention de se mettre sur son trente et un pour l'occasion.

Tout en réfléchissant à la soirée, elle remplit les assiettes des enfants et posa une tasse de thé pour elle sur la table.

— Millie, Toby ! À table ! appela-t-elle.

En principe, ils s'asseyaient de chaque côté de la petite table de cuisine pour que Millie ne puisse pas renverser le verre de lait de Toby. Leur mère se plaçait entre eux, en arbitre. Comme d'habitude, Millie se mit à jouer avec la nourriture et réclama des carrés de poisson tout en poussant des carottes à travers la table. Toby aimait ce que Hope leur avait servi et mangea sans se faire prier, chargeant sa fourchette en plastique à l'effigie de Winnie l'Ourson de morceaux de poulet, en un va-et-vient rapide entre son assiette et sa bouche. Il but son lait et termina son assiette pendant que Millie balançait sa Barbie d'avant en arrière devant la sienne en fredonnant un air monotone sans toucher à son repas.

— Millie ! menaça Hope quand Barbie envoya de la viande par terre d'un coup de pied. Dépêche-toi si tu ne veux pas que je te fasse manger !

Elle lui ôta la poupée des mains et Millie se mit instantanément à hurler en jetant du poulet sur le carrelage.

— Millie ! Tu es très vilaine, dit Hope en essayant de réfréner sa colère.

Si seulement elle ne se sentait pas aussi fatiguée et fâchée ! Et voilà pour le précieux temps passé avec ses enfants.

Millie décida soudain de descendre de sa chaise et, pour le faire, prit appui sur la table, qu'elle secoua, renversant le thé de sa mère.

— Millie ! cria Hope.

Le thé brûlant avait éclaboussé la jupe de sa tenue de travail. Elle aurait dû se changer en arrivant à la maison.

— Je sais toujours que je suis chez moi quand j'entends crier dès que j'entre ! dit Matt d'un ton sarcastique.

Il se tenait sur le seuil de la cuisine, impeccable et déplacé au milieu du désordre.

Hope serra les mâchoires. Elle avait prévu un autre accueil pour son anniversaire : des bougies, de bonnes odeurs de cuisine et elle-même, parfumée et vêtue d'une robe de velours prune. À la place, c'était une scène de chaos, avec une femme éreintée qui sentait la transpiration, après avoir couru les magasins pendant la pause-déjeuner. Les enfants et les dîners romantiques entre adultes s'excluaient mutuellement.

Millie s'arrêta immédiatement de crier, se jeta sur son père, lui mit les bras autour des genoux et enfouit son petit visage dans son pantalon de lainage gris.

— Papa ! dit-elle avec délice, comme si elle ne venait pas de jeter son dîner à travers la cuisine.

Son père la souleva et la prit dans ses bras pour un câlin, leurs têtes aux cheveux noirs serrées l'une contre l'autre, l'une garnie de longues boucles, l'autre avec une coupe très courte, qui grisonnait aux tempes. Matt était grand et élancé, sans une once de graisse, avec ce genre d'yeux sombres et profondément enfoncés qui fait battre le cœur des femmes. Sa solide mâchoire trahissait un caractère entêté. Les cheveux gris lui allaient bien, donnant à son chic naturel une maturité très séduisante. Même après sept ans de vie commune, Hope sentait son cœur s'emballer en le voyant si élégant, un sourire lui plissant les yeux tandis que ses lèvres fermes et bien dessinées s'incurvaient lentement. Malheureusement, elle doutait de lui faire encore le même effet.

— Tu as des ennuis avec maman ? demanda Matt.

Millie eut un sanglot étranglé.

— Oui, dit-elle d'une petite voix navrée.

— Elle a refusé de dîner, elle a jeté sa nourriture par terre et, en plus, elle a renversé mon thé ! dit Hope.

Elle savait qu'elle ressemblait à une mégère, mais elle ne pouvait pas s'empêcher de tout raconter.

— Ce n'est pas grave, dit Matt d'un ton léger sans même un regard pour sa femme. Ce n'est que du thé, cela se lave.

Toujours cajolant Millie accrochée à son cou, il ébouriffa la tête de Toby, puis se rendit dans le salon, sa fille bien en sécurité contre sa large poitrine. Toby descendit de sa chaise et courut derrière lui. Quelques secondes plus tard, la pièce était remplie de rires et de joyeux gloussements.

Hope regarda sombrement son chemisier d'uniforme taché par les éclaboussures de thé. Un des coins s'était échappé de sa jupe et pendait négligemment par-dessus. Très chic ! Délaissant la vaisselle, elle monta dans sa chambre et se changea. Elle devait éponger la jupe car elle n'en avait que deux et l'ourlet de l'autre était défait. Elle prit son ensemble en velours prune dans la partie de la penderie qui lui était réservée et l'enfila. Elle se brossa les cheveux, mit des perles à ses oreilles et s'aspergea d'eau de Cologne. Elle ne s'assit devant la petite coiffeuse, basculant le miroir ovale pour se voir, que pour se faire les lèvres.

Elle était démodée et le savait, mais pas à la façon des beautés spectaculaires et spirituelles des romans. Elle faisait plutôt penser aux héroïnes silencieuses et discrètes de Jane Austen, avec des yeux gris expressifs et inquiets, et des robes Empire qui lui auraient convenu à la perfection, car elles auraient mis sa généreuse poitrine en valeur tout en dissimulant sa taille un peu épaisse et ses jambes musclées. Les teintes douces et sourdes l'embellissaient ; elles soulignaient ses yeux frangés de cils épais. Cet ensemble prune convenait à son style, alors que le bleu marine et le marron de ses tenues d'uniforme la rendaient terne et la vieillissaient.

Elle mit du rouge à lèvres, puis releva ses cheveux en un chignon qui dégageait sa nuque fine. Fini ! Elle effleura la petite boîte à pilules en argent émaillé posée sur la coiffeuse qui lui servait de porte-bonheur. Elle avait appartenu à sa mère et la toucher pour mettre la chance de son côté faisait partie de ses rituels quotidiens, au même titre que se brosser les dents après les repas. Comme elle ne se souvenait pas de sa mère, cet objet, orné d'une orchidée en émail, était très important pour elle ; en réalité, c'était la seule chose qui lui restait. Sam avait une boîte identique, mais avec une pensée.

Leurs parents étaient morts quand elles étaient toutes petites. Ils rentraient d'une soirée et leur voiture avait été percutée par un conducteur ivre. Leur père avait été tué sur le coup, mais leur mère avait survécu assez longtemps pour qu'on la transporte à l'hôpital, où elle était décédée peu après. Ni Sam ni Hope n'avaient vraiment de souvenirs de cette époque et la tante Ruth, qui avait dû se charger d'elles et les avait élevées dans son austère maison de Windsor, avait beaucoup tenu à « ne pas s'appesantir sur le sujet ». Elle s'était donc séparée de la plupart des biens de Camille et Sandy Smith, raison pour laquelle Sam et Hope avaient hérité de presque rien. Le prénom de Millie faisait exception : c'était le diminutif de Camille. La terrible petite Millie chérie !

Hope sourit et se demanda ce qu'elle laisserait à ses enfants si elle mourait brusquement ; sans doute un torchon sale ou un panier de linge à repasser.

Au rez-de-chaussée, Matt regardait la télévision avec les bambins, un de chaque côté, tous deux en pleine béatitude. Hope se pencha par-dessus le dossier du canapé et embrassa son mari sur le haut du crâne.

— Désolée d'avoir été de mauvaise humeur quand tu es rentré, dit-elle tendrement. Maintenant, on va mettre ces deux-là au lit et je te prépare un bon dîner d'anniversaire.

— Papa, tu dois me lire une histoire, dit Millie d'une voix coléreuse, sachant que la petite fête prévue ne la concernait pas.

— Oui, ma puce, répondit Matt d'un air absent, absorbé par les informations.

— Une histoire très longue, conclut Millie, satisfaite. Très, très longue, avec des trolls et des fées…

Elle eut un délicieux frisson de terreur anticipée.

— Pas de trolls, dit machinalement Hope. Cela te donnerait des cauchemars.

— Non !

— Pas de trolls, répéta Hope avec autorité.

Matt accomplit son devoir et leur lut une histoire pour les endormir. Quand il redescendit, les steaks grésillaient gaiement sous le gril et Hope se débattait avec une recette de beurre à l'ail et aux herbes qu'elle avait trouvée dans un magazine féminin. Des herbes fraîches, franchement ! Qui voudrait en utiliser quand elles coûtaient si cher et se gâtaient dans les deux jours ?

— Ça sent bon, dit Matt en retournant s'asseoir dans le salon.

Il prit la télécommande et passa sur la chaîne des sports. Par la double porte entre le salon et la cuisine, Hope le vit mettre les pieds sur la table basse. Il avait troqué son complet contre son jean le plus usé et un sweat-shirt décoloré, qu'elle aurait juré avoir jeté. Elle haussa les épaules. C'était son anniversaire, il avait le droit de s'habiller comme il voulait.

Elle lui apporta la bouteille de vin qu'elle avait achetée pour l'occasion, attendant ses compliments.

— Tu peux l'ouvrir ? demanda-t-elle en lui tendant le tire-bouchon, d'un prix exorbitant, qu'il avait voulu acheter après l'avoir vu dans un restaurant.

— Oui, dit-il sans quitter l'écran des yeux.

Il ouvrit la bouteille et la rendit à Hope. Elle retourna dans la cuisine, remplit deux verres, s'assura que la cuisson des steaks ne réclamait pas sa présence et regagna le salon. Elle tendit un verre à Matt et se lova sur le canapé à côté de lui.

— Ta journée s'est bien passée ? demanda-t-elle.

Matt lui répondit d'un simple grognement.

Hope fit une nouvelle tentative. Elle voulait une vraie soirée de couple et elle l'aurait ! Elle adorait ces moments à deux, un agréable dîner en tête à tête tandis que leurs enfants chéris dormaient à l'étage, image parfaite d'une famille heureuse. C'était cela une famille et elle y tenait.

Malheureusement, Matt n'était pas sur la même longueur d'onde. Il se passionnait pour l'émission, renversé avec décontraction contre les coussins, les yeux à demi clos par la concentration.

Hope fit encore quelques essais de conversation et il finit par lui demander en soupirant si le repas était bientôt prêt.

— Dans quelques minutes, dit Hope en se levant pour regagner la cuisine.

Elle alluma les bougies sur la table, vérifia la disposition des serviettes en lin bordeaux qu'on leur avait offertes pour leur mariage, et servit le second dîner de la journée.

Comme par instinct, Matt apparut dès qu'elle eut posé son assiette sur le set assorti aux serviettes. Il se mit à manger avec appétit.

— C'est bon, n'est-ce pas ? demanda Hope.

Il répondit d'un vague grognement sans quitter des yeux l'écran de télévision qu'il voyait depuis sa place.

Le grondement monotone d'une course automobile avait remplacé les informations.

Matt découpa son steak en petits morceaux pour pouvoir l'avaler sans perdre une miette de l'action.

— Tout va bien ? questionna Hope.

— Oui, c'est très bon. Bonne viande, répondit-il.

— Je ne parlais pas du steak.

Matt soupira et détourna brièvement les yeux de la télévision.

— Hope, faut-il vraiment avoir une conversation de ce genre ce soir ? Je suis fatigué. J'ai eu une journée difficile et j'aimerais me détendre, si ce n'est pas trop demander.

Les yeux de Hope s'emplirent de larmes.

— Bien.

La voix du commentateur ronronnait à l'arrière-plan et Hope mangea sans se rendre compte du goût des aliments, soucieuse.

Il y avait un problème, c'était évident. Elle le savait depuis des semaines. Matt n'était pas heureux et elle avait la certitude que cela ne concernait pas son travail. Cela ne pouvait être que personnel et les impliquer tous les deux, ce qui la terrifiait.

Matt était déprimé depuis la mort de son oncle préféré, Geraoid, en Irlande, deux mois plus tôt. Au début, Hope avait pensé qu'il se sentait coupable de ne pas être allé le voir depuis plusieurs années. Du côté de Matt, on ne cherchait pas à rester en contact les uns avec les autres. Au début de son mariage, Hope avait espéré faire enfin partie d'une vraie famille, mais elle avait découvert avec étonnement que les Parker avaient un trait de caractère commun : leur indifférence aux réunions familiales. Les parents de Matt étaient des gens d'une autosuffisance remarquable. Ils avaient eu leur unique enfant assez tard et l'intrusion d'un bébé dans leur vie très active ne les avait visiblement pas enchantés. À présent que leur fils était marié et père de famille, ils estimaient apparemment avoir fait leur devoir. Hope ne parvenait pas à les comprendre et appréciait que, malgré son éducation, Matt les aime tant, les enfants et elle.

Un jour, Sam avait dit à juste titre qu'il paraissait déterminé à vivre très différemment de sa famille, austère et froide. « Il a peur de ne pas être aimé et il a besoin de toi. C'est ce qui le rend si autoritaire », avait-elle ajouté avec une pointe de dureté qui ne lui ressemblait pas.

Hope aurait aimé être sûre que son mari avait besoin d'elle. Si elle en avait été certaine, elle n'aurait pas tant redouté de lui demander ce qui n'allait pas. Était-ce à cause de la mort de Geraoid ? Matt aimait beaucoup cet excentrique chez lequel il allait passer l'été dans son enfance.

Cependant, quand elle avait essayé de le consoler, il l'avait rejetée d'un ton très sec. Peut-être n'était-ce donc pas ce deuil. Mais alors, quoi ?

Elle savait qu'elle aurait dû se taire, qu'elle ne pourrait plus faire marche arrière si elle interrogeait Matt sur ce qui le perturbait. En effet, une fois qu'elle aurait posé la question, elle aurait sa réponse et il serait alors trop tard pour faire l'autruche en prétendant que tout allait bien. Mais il le fallait.

— Ne me dis pas qu'il n'y a rien, jeta-t-elle rapidement. Je vois bien que tu n'es pas heureux, Matt.

— D'accord ! Tu as raison, tu as raison ! cria-t-il en reposant sa fourchette avec violence. Tu es la reine des observatrices !

— Je veux seulement t'aider, répondit-elle d'une petite voix.

— C'est juste que… Oh ! dit-il en levant les bras au ciel. Je ne sais pas. Je me sens un peu déprimé, rien de plus. Insatisfait, frustré… Je m'ennuie. Je ne sais pas comment l'exprimer.

Elle le fixait en silence, dans l'attente de la suite.

— Ne me dis pas que c'est la crise de la quarantaine ! dit-il avec rudesse. J'y ai déjà eu droit avec

Dan. D'après lui, la prochaine étape consistera à m'enfuir avec une gamine de dix-sept ans.

Hope tressaillit.

— Mais non, je plaisantais, corrigea-t-il en voyant l'expression de sa femme. Qui voudrait de moi ? ajouta-t-il d'un ton amer. J'ai quarante ans et je n'ai rien fait. Rien ! Je travaille comme une brute depuis des années, et pour quel résultat ? Une voiture correcte et la perspective d'une bonne retraite ! Je n'ai rien réalisé, rien dont je puisse être fier.

— Tu as Millie et Toby, dit Hope d'une voix timide.

Elle n'osa pas ajouter « et moi », au cas où Matt ne l'aurait pas considérée comme une réussite.

— Je sais, je sais. C'est une… une histoire d'homme.

Peut-être pour la première fois de sa vie, Matt se trouvait à court de mots. Apparemment, il ne savait pas comment expliquer ce qu'il ressentait. À moins qu'il ne le sût très précisément et ne voulût le lui cacher. Il me quitte, se dit-elle. Il n'y a pas d'autre possibilité.

Hope attendait toujours, douloureusement tendue. Ce qu'elle avait redouté arrivait. Les gens la quittaient toujours. Ses parents avaient disparu avant qu'elle puisse les connaître vraiment, au moment où elle avait le plus besoin d'eux. Bien sûr, ils étaient morts et l'on ne pouvait le leur reprocher. Mais Hope craignait que Matt la laisse depuis l'instant où elle avait commencé à l'aimer. L'histoire se répétait. Il y avait un prix à payer quand on rencontrait un si bel homme : on n'était jamais sûre de lui ni de le garder. Toutes les angoisses que Hope avait réussi à refouler au fil des ans revenaient à la surface.

Matt l'observait. Il connaissait son enfance et sa terreur à l'idée d'être abandonnée.

— Tout va bien, dit-il d'un ton sec, presque violent. Je n'ai pas l'intention de partir.

Les larmes que Hope avait retenues coulèrent soudain sans qu'elle puisse s'en empêcher. Elle savait qu'il mentait : c'était évident. Il y avait une autre femme. Il voulait la quitter ; il n'avait pas voulu le faire le jour de son anniversaire, mais ce n'était qu'une question de temps.

— Je traverse des moments difficiles, dit Matt, et j'essaie d'y voir clair. Je me sentirai mieux si tu ne t'en mêles pas.

— Mais je ne peux pas, murmura Hope. Je t'aime et je ne supporte pas de te voir malheureux. Je…

Elle poussa son assiette sur le côté. La scène lui coupait l'appétit.

— Je ferais n'importe quoi pour t'aider, acheva-t-elle.

Elle avait trop peur de la réponse pour lui demander s'il y avait quelqu'un d'autre dans sa vie, trop peur d'apprendre la vérité.

— Tu n'y peux rien, dit Matt. C'est moi qui traverse la crise de la quarantaine, pas toi. Tu ne peux pas l'éliminer d'un coup de baguette magique pour que nous reprenions notre scénario de famille sans histoire. La vie n'est pas comme cela. Et maintenant, pourrions-nous dîner en paix et passer une soirée tranquille ? Je t'en prie, ajouta-t-il plus gentiment. Je n'ai pas envie d'en parler.

Hope accepta d'un hochement de tête. Elle chipota dans son assiette, faisant semblant d'avoir faim. Matt se remit à manger en regardant la télévision.

Elle l'observa à la dérobée, à bout de nerfs. Si seulement elle n'avait pas eu tant besoin d'amour ! Elle n'aurait pas accepté sans discuter la première excuse venue. Elle ne croyait pas un mot des explications de Matt. Si elle avait été plus forte, elle l'aurait contraint à lui dire la vérité. Une femme comme Sam aurait cassé la vaisselle et exigé une explication digne de ce nom. Elle aurait hurlé qu'elle ne bougerait pas de sa chaise tant qu'il ne lui aurait pas dit exactement ce qui se passait. Elle lui aurait aussi conseillé d'arrêter ses sottises sur les bienfaits de la solitude. Hope savait comment sa sœur aurait géré la situation, car elle connaissait ses réactions par cœur. On ne grandit pas comme des siamoises attachées par la hanche sans tout connaître de l'autre. Cela ne signifiait pourtant pas qu'elle était capable d'agir comme elle. Malheureusement !

Hope détestait les conflits et aimait Matt comme une folle. Elle se satisfaisait donc de ne rien savoir si tel était le désir de son mari.

Matt finit de dîner en silence et sourit à sa femme.

— C'était très bon, lui dit-il affectueusement. Oublions cette histoire, veux-tu ? On va regarder une cassette. Je me suis arrêté au vidéoclub en rentrant.

— J'ai des cadeaux pour toi, répondit Hope.

Elle était heureuse d'être arrachée à sa tristesse. S'ils passaient quand même une bonne soirée, cela signifiait que leur couple allait bien, n'est-ce pas ?

Le lendemain, Matt se leva tôt. Il avait une réunion matinale, expliqua-t-il en repoussant la couette à six heures et demie au lieu de sept, comme d'habitude. Hope, épuisée après une nuit d'insomnie passée à se tourmenter, ne bougea pas. La fatigue lui donnait la migraine et elle se sentait les yeux gonflés. Elle aurait dû se lever et parler de n'importe quoi avec Matt pour se convaincre que tout allait bien, mais en fut incapable.

En homme qui avait l'habitude d'être prêt très rapidement, Matt mit à peine vingt minutes pour prendre sa douche, se raser et s'habiller. Il portait un costume Armani noir avec une chemise blanche et une cravate Hermès neuve. Cela lui donnait l'air d'un acteur prêt à auditionner pour un James Bond italien. Il prit sa montre sur la table de chevet. Hope s'assit dans le lit et frotta vigoureusement ses yeux ensommeillés.

— Au revoir, mon chéri, dit-elle d'une voix chevrotante. Je t'aime.

Elle espérait qu'il allait l'embrasser, mais il se contenta d'un bref sourire et finit de mettre sa montre.

— Salut, à ce soir, dit-il.

L'instant suivant, il était parti, sans l'avoir embrassée.

Hope se souvenait d'une époque où ils étaient si amoureux que, certains matins, Matt ôtait son costume à toute vitesse et ils se remettaient au lit pour faire l'amour comme des fous. Alors, il ne se souciait pas d'être en retard. Hope pinça les lèvres tristement. La démangeaison, paraît-il, classique après sept ans de mariage était, en réalité, une terrible crise d'eczéma !

La seule consolation de Hope tenait à ce qu'il avait eu l'air également fatigué. Visiblement, lui aussi avait mal dormi. En revanche, elle ignorait si cela venait d'un désir d'arranger la situation ou de trouver le meilleur moyen pour lui annoncer leur séparation.

Comme d'habitude, Millie profita de la fatigue de sa mère pour se conduire particulièrement mal. Elle pouvait bien ressembler à une petite fille modèle, elle n'en possédait pas moins un caractère d'authentique chipie, que démentaient ses traits angéliques. L'expérience avait enseigné à Hope que si elle prenait son air le plus innocent, avec la lèvre inférieure en petite moue bien sage et les yeux arrondis avec naïveté, cela signifiait qu'elle avait fait une grosse bêtise. Hope n'avait pas oublié le jour où elle avait fermé le lavabo de la salle de bains et ouvert les robinets en grand jusqu'à ce que l'eau coule dans l'escalier. Il avait fallu remplacer la moquette…

Ce matin, à peine descendue, elle avait entrepris de confectionner des gâteaux avec du ketchup, de la mayonnaise, des biscuits écrasés et les céréales du petit déjeuner. Elle avait utilisé toute la bouteille de ketchup, ce dont témoignaient les éclaboussures qui maculaient le sol de la cuisine. Pendant ce temps, Hope finissait d'habiller Toby à l'étage.

— Millie ! s'exclama-t-elle quand elle entra dans la cuisine avec Toby.

Elle ne trouvait rien d'autre à dire devant le désastre, l'océan de gâteaux au ketchup sur la table, et les coulures sur le sol et le pull-over en angora vert pâle de Millie. Il était encore propre une demi-heure plus tôt. Évidemment, comme il fallait le laver à la main, il restait le plus souvent au fond du panier à linge sale avec le reste de la lessive fragile, attendant que Hope trouve le temps de s'en occuper.

— Tu es très vilaine ! Tu as tout sali et je vais devoir nettoyer. Monte immédiatement et enlève ton pull. Nous allons être en retard.

— Merde, dit Millie, en pleine mutinerie.

Hope ouvrit la bouche en grand de saisissement.

— Qu'as-tu dit ? souffla-t-elle.

Où Millie avait-elle appris cela ?

Semblant se rendre compte que c'était très mal de prononcer ce mot, elle fila à l'étage à toute vitesse. Hope franchit les flaques de ketchup sans les voir et mit l'eau à bouillir. Il lui fallait un café très fort. Non seulement son mari voulait la quitter, mais sa fille de quatre ans se conduisait comme une délinquante, apprenant à jurer dans une crèche, qui coûtait presque tout son salaire à Hope. Génial !

« Salut, Sam ! Comment va ton nouveau travail ? Les gens sont-ils gentils ? »

Quelle question stupide, se dit Hope en l'effaçant. Les gens étaient gentils avec les nouveaux employés subalternes, mais pas avec les nouveaux chefs !

« Nous allons tous très bien et attendons avec impatience la soirée d'anniversaire de Matt. Je voulais acheter une robe, mais j'y ai renoncé. Si seulement je pouvais entrer dans tes modèles griffés ! La prochaine fois que tu fais de la place dans ta penderie, envoie-moi un sac-poubelle avec les affaires dont tu ne veux plus et je me mettrai au régime ! À bientôt. Je t'embrasse. Hope. »

Quand arriva le jeudi, Hope avait perdu un kilo. En principe, elle aurait dû se sentir très contente mais, comme cela résultait du silence observé par Matt depuis son anniversaire, elle n'avait pas envie de s'en réjouir. Au cours des dernières quarante-huit heures, il ne lui avait presque pas adressé la parole et était resté plus tard à son bureau. Officiellement, il voulait terminer un travail pour une importante campagne qui serait présentée au client le lundi suivant.

Hope était certaine que, en réalité, il allait voir *l'autre*. Elle avait dû résister à la tentation de le suivre dans sa petite Metro. De plus, comment aurait-elle pu jouer les détectives avec ses enfants dans son sillage ? Hope imaginait très bien Millie annonçant le lendemain au petit déjeuner : « Papa, on t'a vu avec une dame ! Maman a pleuré et elle a dit un gros mot. »

Il y avait eu un autre incident encore plus révélateur. En entrant à l'improviste dans leur chambre, Hope avait surpris Matt en train de lire des papiers qu'il s'était empressé de cacher dans son cartable. Affolée, elle était ressortie sans un mot. Cela devait être pour le divorce. Qu'aurait-il eu d'autre à lui cacher ?

Elle aurait voulu se confier à quelqu'un, mais à qui ? Sam n'avait jamais apprécié Matt et quitterait Londres par le premier avion, accompagnée d'un avocat réputé, pour ordonner à Hope d'arracher à Matt jusqu'au dernier sou. Betsey, la meilleure amie de Hope, était mariée avec Dan, l'ami et collègue de Matt. Elle ne pouvait donc pas lui parler de ses angoisses. En fait, elle redoutait surtout que Betsey lui prenne la main et lui avoue d'un ton plein de pitié que, oui, Matt voyait une autre femme et elle ne savait comment le lui apprendre. Hope avait d'autres amis mais c'était surtout des couples, des amis communs avec lesquels ils sortaient. Impossible de leur parler… Comment aurait-elle pu téléphoner à Angelica et Simon pour leur expliquer que les Parker n'assisteraient pas au dîner prévu dans trois semaines ? À propos, n'avaient-ils rien entendu au sujet de Matt et d'une ravissante idiote ?

Hope agit donc comme d'habitude : elle garda tout pour elle. La nuit, elle restait sans dormir, les yeux grands ouverts, écoutant la respiration égale de Matt et se demandant comment elle allait pouvoir vivre sans lui.

Le restaurant bourdonnait des conversations de la foule brillante du jeudi soir. Tout le monde suivit pourtant des yeux l'équipe de Judd's Advertising, que le maître d'hôtel escortait vers sa table. La plupart des regards étaient posés sur Jasmine Judd, blonde radieuse à la peau satinée et à la beauté mise en valeur par une robe vieux rose à paillettes. À côté d'elle, Hope se sentait assez minable dans sa sage tenue en jersey qui, devant son miroir, lui avait paru raffinée et moderne. Dans ce cadre élégant, ce n'était plus qu'une chose démodée. Elle n'avait jamais su s'habiller correctement, pensa-t-elle. D'ailleurs, elle commençait à avoir l'impression de n'avoir jamais rien su faire correctement.

Si les hommes restaient bouche bée en voyant Jasmine onduler sur ses hauts talons, les femmes se délectaient à la vue de Matt. Il était particulièrement beau, ce soir-là, dans un costume marron qui lui donnait plus que jamais l'air d'un acteur adulé des femmes. Ses cheveux courts faisaient paraître ses yeux noirs encore plus sombres et soulignaient sa mâchoire volontaire. Celle-ci lui valait d'être salué à grands gestes exagérés par de nombreuses femmes de Maltings Lane quand il tondait le gazon, en short et tee-shirt.

Il prenait soin de lui et se débrouillait pour fréquenter un gymnase trois soirs par semaine, quoi qu'il arrive. Mais à présent, Hope avait compris qu'il n'entretenait pas sa forme pour elle. Au moins, il portait la cravate qu'elle lui avait offerte.

« George Clooney n'a qu'à bien se tenir ! », avait plaisanté Yvonne la première fois qu'elle avait aperçu Matt, lors du barbecue annuel de la société de crédit. Hope savait que c'était un grand compliment de la part de sa collègue mais n'avait pas osé lui avouer que, pour Matt, le beau George était trop vulgaire. Matt préférait prendre modèle sur Cary Grant. Si ses tempes n'avaient pas commencé à grisonner, lui donnant une distinction digne de son héros, Hope n'était pas certaine que Matt ne se serait pas décoloré les cheveux.

Depuis leur mariage, elle s'était souvent demandé comment elle avait réussi à épouser un homme comme lui. Elle avait conscience de ne pas être la seule femme à s'en étonner, compte tenu des regards que les autres lui jetaient quand ils étaient invités à une fête. Or, Hope ne s'était jamais rendu compte qu'ils trahissaient, en réalité, de la jalousie à son égard. Convaincue d'être mal fagotée et sans intérêt, elle ignorait sa propre séduction. Pour elle, le mot beauté s'appliquait au raffinement et à la silhouette sportive de femmes comme Jasmine, mais certainement pas à un visage plein de douceur, de grands yeux inquiets ou une bouche tendre dont les coins se retroussaient sans cesse en un sourire ensorceleur.

Elle ne réalisait pas non plus que, si Matt jetait parfois un bref coup d'œil à l'une des superbes créatures qui l'abordaient, il avait besoin d'une femme gentille et conciliante comme elle. Celles qui étaient fortes et brillantes, et qui le regardaient droit dans les yeux, lui rappelaient trop sa mère, avec son rouge à lèvres vif qu'il aurait reconnu n'importe où, ses cheveux noirs impeccablement coupés au carré et sa façon de flirter avec tout le monde. Hope redoutait sa belle-mère et se sentait toujours en dessous de tout à côté d'elle. Elle n'avait jamais compris que l'une des raisons pour lesquelles Matt l'aimait venait de ce qu'elle était exactement son contraire.

Hope se dirigea vers la table en suivant Matt. Elle se disait avec désespoir qu'elle devrait peut-être annoncer le retour de son mari sur le marché. Elle aurait été piétinée par la ruée ! Sur une échelle de séduction de un à dix, Matt atteignait neuf tandis qu'elle, à l'époque de leur mariage, devait plafonner péniblement à cinq. En cet instant, avec sa robe noire, ses cheveux rebelles et un bouton sur le menton visible comme un phare malgré une tonne de produit masquant, elle se sentait à peine au niveau deux. Si elle se comparait à Jasmine, elle passait carrément en dessous de zéro.

Elle fixa Jasmine avec jalousie. Était-ce elle ? Non, réfléchit-elle. Matt était avant tout un carriériste. Avoir une aventure avec la femme du patron représenterait un suicide professionnel.

Une table de dix personnes disposée le long d'un mur avait été réservée. Dan, qui avait tout organisé, indiquait à présent sa place à chacun des convives. Comme tout le monde s'asseyait sagement, Hope perdit tout espoir de passer sa soirée à boire tranquillement pour oublier ses soucis. Dan l'installa au milieu de la table du côté du mur. Elle comprit qu'elle allait se trouver coincée entre des gens qu'elle n'aimait pas.

Matt avait beaucoup plus de chance. D'un côté, il avait Betsey, flamboyante journaliste portée au nombrilisme, qui ramenait toutes les conversations à elle. Hope aurait aimé l'avoir pour voisine : elle était presque assez malheureuse pour tout lui raconter. De l'autre côté de Matt, était assise Jasmine. Les deux femmes bavardaient gaiement avec lui.

Pendant ce temps, Hope était accaparée par le mari de la directrice artistique, éternel étudiant qui se distinguait par son bouc et ses ongles sales. Il aurait gagné les jeux Olympiques de l'ennui avec ses discours interminables sur l'évolution de l'architecture industrielle. Hope s'en moquait, ainsi que des verrières de l'époque victorienne. L'autre voisin de Hope était Adam Judd, qui n'avait jamais rien à lui dire et, dans l'immédiat, dévorait des yeux sa délicieuse Jasmine, occupée à flirter avec Matt.

Dan sourit à Hope à travers la table. Elle fit de même machinalement, le traitant mentalement de tous les noms pour l'avoir mise entre les deux invités les plus difficiles. Sam lui aurait adressé quelque remarque sarcastique, mais Hope n'osait pas.

Dan se détourna immédiatement pour parler à sa voisine, la directrice commerciale de l'agence, une femme très calme qui s'appelait Elizabeth. Quelques minutes plus tard, elle riait aussi.

Hope soupira et avala une longue gorgée de vin. Elle ne buvait pas beaucoup mais se demandait vaguement si, ce soir, ce n'était pas l'occasion ou jamais de s'enivrer pour demander des comptes à son mari. À jeun, elle n'aurait jamais le courage de le faire…

Toutefois, Matt serait furieux si elle se saoulait et se ridiculisait. Ces gens étaient ses collègues et elle devait faire un effort, aussi difficile que ce fût. Torturée à la pensée de l'infidélité de son mari, surveillant les invitées tel un faucon sa proie, au cas où *elle* aurait assisté au dîner, Hope ne s'amusait guère. Le silence, dans sa partie de table, était pesant, rendu encore plus évident par les conversations qui se déroulaient à l'opposé. Adam mangeait comme s'il n'avait rien pris depuis des jours, ne parlant que pour demander du beurre, du poivre pour le saumon fumé ou du vin. Hope abandonna tout effort de communication quand sa troisième tentative – « Avez-vous des projets de vacances, Jasmine et vous ? » – se heurta à un grognement négatif. Adam s'assombrit en entendant le mot « vacances », comme s'il était hors de propos de laisser

Jasmine se rendre dans le moindre endroit où tous les hommes se retourneraient pour la regarder passer dans un minuscule bikini.

Peter se précipitait pour exposer sa thèse dès que Hope faisait mine de se tourner dans sa direction.

— J'aimerais beaucoup pouvoir développer cette idée dans le cadre d'un ouvrage. Je ne comprends pas pourquoi cela n'intéresse pas les éditeurs, dit-il pompeusement entre deux bouchées de salade au fromage de chèvre.

Hope n'écoutait plus depuis longtemps, mais elle hocha la tête en répliquant :

— Vraiment ? Très intéressant !

Elle aurait aimé savoir, comme Sam, mettre tant de froideur dans son « très intéressant » que son interlocuteur aurait aussitôt compris qu'elle pensait exactement le contraire.

— Le financement, c'est le problème. Le contrôle du financement… poursuivit Peter en tapotant son nez osseux d'un air mystérieux. Il est impossible de trouver de l'argent pour des projets vraiment valables comme les miens.

— Il est en effet honteux que l'on publie tant de livres bassement commerciaux alors que les ouvrages de valeur et invendables comme les vôtres ne le sont pas, dit Hope d'un ton pénétré.

Peter lui jeta un coup d'œil perplexe, ne sachant pas si elle parlait sérieusement ou non. Mais le visage de Hope restait de marbre.

— Oui, reprit-il, assuré que la sage petite femme de Matt Parker ne se moquerait jamais de lui. Laissez-moi vous expliquer mes théories…

Hope se tourna, en désespoir de cause, vers Adam, pour le trouver en pleine discussion professionnelle avec Sadie, la directrice artistique. Leurs yeux se croisèrent brièvement, mais il ignora Hope. « Comme Matt », pensa-t-elle avec amertume. Il l'avait à peine regardée pendant que l'on servait l'entrée, occupé à faire rire et à divertir tout le monde.

— Vous comprenez le problème, poursuivit Peter quand Hope se retourna vers lui.

— Bien sûr, dit-elle.

Mais pourquoi avait-elle eu envie de sortir alors que la soirée l'amusait autant qu'un point noir à extraire ! Au départ, cela lui avait paru plus amusant que de rester encore à la maison devant la télévision sans s'adresser la parole. Or, chez elle, elle pouvait au moins oublier un peu ses angoisses en regardant les émissions de grande écoute.

— Veux-tu du vin, Hope ? lui proposa Matt à travers la table en s'apercevant que personne ne s'était soucié de lui en offrir.

Elle accepta d'un hochement de tête très triste.

Matt tendit une de ses longues mains et lui caressa les doigts. Avec un clin d'œil, il lui adressa un « merci » muet. Elle espérait qu'il lui savait gré de s'ennuyer à mort pour lui. Elle lui sourit faiblement, soulagée. Il l'aimait, oui, il l'aimait. Elle le connaissait suffisamment pour savoir qu'il essayait de se faire pardonner. Tant qu'il l'aimait, elle se sentait capable d'affronter le fait qu'il ait quelqu'un d'autre. Elle lui serra encore les doigts avant de relâcher sa main.

Ce n'était pas si difficile d'être aimable avec les collègues de Matt et leurs épouses. C'était même le moins qu'elle puisse faire. Après tout, elle ne devait supporter Peter qu'une ou deux fois par an.

Ses longs doigts caressant le pied de son verre, Matt regardait Hope faire de son mieux pour être agréable avec cette barbe de Peter Scott. Elle était toujours formidable dans ce genre de situation, songea-t-il avec tendresse. On pouvait lui faire confiance pour se conduire toujours poliment et correctement. Aucune autre personne saine d'esprit ne laisserait Peter se lancer dans la saga de sa thèse. Seule Hope était trop gentille pour l'arrêter. C'était d'ailleurs son grand problème : trop gentille ! Elle laissait les gens lui marcher sur les pieds.

Matt se demandait pourquoi elle avait mis une robe moulante. Ce genre de chose ne lui allait pas. Avec son air de venir d'un autre monde, Hope était particulièrement en valeur dans des tenues longues et souples. Sa beauté n'avait rien à voir avec celle de Jasmine. On devait reconnaître cela à Adam : il savait choisir ses femmes ! Pas un seul des hommes présents autour de la table n'aurait pu prétendre, sans mentir, n'avoir jamais imaginé la nouvelle Mme Judd sans sa robe à paillettes. Sa tenue devait d'ailleurs coûter, à elle seule, plus cher que l'ensemble de la garde-robe de Hope. De toute façon, elle ne porterait jamais ce genre de vêtement ostentatoire, qui semblait dire : regardez-moi ! Ce n'était pas son style. Elle appartenait plutôt à la catégorie des femmes qui restent en retrait, heureuses de ne pas se trouver sous les projecteurs.

Elle ne se rendait pas compte de sa beauté, et Matt trouvait cela bien regrettable. Il ne cessait de le lui répéter, mais elle ne le croyait pas. Depuis qu'ils étaient ensemble, il avait vu des quantités d'hommes la manger des yeux, mais Hope ne les remarquait jamais. Quand on la regardait, elle vérifiait que sa jupe n'était pas coincée dans sa petite culotte !

— Une soirée formidable, non ? dit Dan en se penchant pour taper sur l'épaule de Matt.

— Oui, c'est super ! répondit Matt sans faire attention.

Mais oui, c'était une bonne soirée. Ses collègues l'entouraient pour fêter son anniversaire et son patron venait de lui annoncer, le jour même, qu'il l'augmentait. Deux merveilleux enfants, une femme exquise... Il avait tout ce qu'un homme pouvait désirer. Seulement, cela ne lui suffisait pas.

Son regard se perdit dans le vide. Sa belle vie, son existence idéale lui donnait envie de vomir. Il avait une idée pour arranger cela, au moins en partie, une idée folle, impulsive. Mais comment l'annoncer à Hope ? Par où commencer ? Il s'en était ouvert à Jasmine et cela l'avait un peu aidé. Elle lui avait promis de parler en sa faveur à Adam, s'il se décidait réellement à se lancer. Mais il s'agissait d'une broutille par rapport à ce qui l'attendait avec Hope.

Quand arriva le moment des digestifs, Hope avait enfin réussi à changer de place. Elle se trouvait à présent entre Jasmine et Dan. Finalement, elle jugeait Jasmine très sympathique, car elle était enfin convaincue de l'innocence de ses relations avec Matt. Elle comprenait pourquoi d'autres femmes pouvaient se sentir menacées par elle, avec sa silhouette spectaculaire, sa taille fine et sa poitrine parfaite, sans parler de son ravissant visage aux immenses yeux bleus. Mais Jasmine était drôle et simple, sans rien de commun avec la croqueuse d'hommes dépeinte par Betsey.

— Votre mari est vraiment formidable, lui confiat-elle entre deux gorgées de sambucca. Quand je lui ai parlé du livre que je voudrais écrire, il m'a dit : « Tiens, moi aussi ! » La dernière personne à qui j'en avais parlé m'a répondu de ne pas me fatiguer la tête à écrire alors que je pouvais être sur la couverture…

Jasmine avait l'air très vexée.

— Que vous a dit Matt ? insista Hope, curieuse et en même temps blessée.

Pourquoi Matt avait-il parlé de cela avec Jasmine et pas avec elle ?

— Je crains que ce ne soit un rêve, avança Jasmine, comme pour moi. Seulement, Matt a déjà l'habitude d'écrire dans son travail. Il a donc plus de chances de réaliser son rêve que moi. J'ai envie de m'inscrire à un atelier d'écriture. Je sais que c'est dur, comme de vendre des disques, par exemple ! À une époque, je sortais avec un musicien et il était obsédé par la courbe des ventes.

Jasmine eut un petit rire comme pour dire : « Quelle folie ! »

— Oh ! À propos de musique, Matt m'a parlé de votre sœur aînée et du poste qu'elle a décroché chez un producteur. J'en ai été ravie pour elle. Comment est-elle ? Très intelligente et très énergique, je suppose ?

— Le contraire de moi, vous voulez dire… souffla Hope machinalement.

Et c'était la vérité… Sam était de la dynamite, pleine de feu et d'énergie. Elle dirigeait désormais un des labels de la société Titus Records. Hope ne savait toujours pas précisément en quoi consistait son travail, car Sam n'y était que depuis une semaine et ses e-mails avaient été très brefs. Une seule chose était certaine : elle devrait tout donner. Elle avait besoin de se sentir sous pression. Elle avait travaillé comme une folle pendant cinq ans comme directrice du marketing dans une autre maison de disques et, au moment où

Hope pensait qu'elle allait un peu ralentir le rythme, Sam avait changé de maison pour accepter un poste plus important.

Jasmine revenait sur le sujet de l'écriture.

— Matt m'a parlé de son projet de prendre une année sabbatique à la campagne. Je sais que vous n'avez encore rien décidé, mais je trouve que vous devriez le faire. Il écrira plus facilement s'il n'a pas de distractions. Bien sûr, ce sera plus compliqué pour voir votre sœur si vous vous installez à l'étranger. Matt m'a raconté que vous aviez perdu vos parents quand vous étiez petites et que vous n'aviez qu'elle.

Hope crut que son cœur s'arrêtait.

— Je ne comprends pas de quoi vous parlez… dit-elle, l'estomac noué.

La sensation de nausée qui l'envahit n'avait rien à voir avec l'abus de boisson.

— Ne vous inquiétez pas, chuchota Jasmine d'un ton rassurant. Vous n'avez pas besoin de faire semblant de ne pas être au courant. J'ai promis à Matt de ne rien dire à Adam. Je crains qu'il ne se mette à hurler s'il apprend ce que Matt envisage, mais il faut essayer de réaliser ses rêves, n'est-ce pas ? dit-elle avec des yeux humides. J'adorerais aller écrire dans un endroit isolé, mais je ne supporterais pas d'être loin des magasins. Cela ne vous dérangerait pas ?

Hope avait eu le temps de reprendre contenance. Ce n'était certes pas le moment d'avouer qu'elle ignorait tout des plans de son mari. Elle fit un effort pour paraître résignée et non pas étonnée.

— Qui sait ce qui peut arriver ! répondit-elle en haussant les épaules. C'est une idée très intéressante. Nous aimons beaucoup Bath et…

— Jasmine ! Nous devons partir, déclara soudain Adam.

Penché sur sa femme, il avait posé des mains possessives sur les épaules fines à la peau dorée.

Après le départ de Jasmine et Adam, l'excitation retomba très vite. Betsey insista pour partir aussi, répétant à Dan qu'elle était fatiguée et voulait rentrer.

— Nous ferions mieux de rentrer, nous aussi, dit à son tour Elizabeth en prenant son sac posé à ses pieds.

Avec une clairvoyance due à sa légère ébriété, Hope réalisa que les collègues de son mari n'étaient pas si proches de lui qu'il le croyait. Leur gaieté n'avait duré que jusqu'au départ du patron. Lui parti, il n'y avait plus de raison de faire la fête. Matt ne semblait pas s'en apercevoir et saluait chacun avec beaucoup de chaleur.

Dans le taxi qui les ramenait chez eux, Hope resta silencieuse. Matt, appuyé au dossier, avait fermé les yeux, le visage sans expression, à présent qu'ils étaient seuls. Les maisons défilaient sous les yeux de Hope, qui réfléchissait à ce qu'elle allait dire une fois rentrée. Il n'était pas question d'amorcer une discussion devant le chauffeur de taxi.

Les morceaux du puzzle s'étaient mis en place grâce à la gaffe de Jasmine, et cela lui faisait très mal. Matt rêvait d'un changement de carrière radical, où ni Hope ni les enfants ne figuraient. En état de choc, elle se demanda si elle resterait dans la maison de Bath ou si elle déménagerait à Londres pour se rapprocher de Sam. Oui, elle déménagerait. Elle ne pourrait pas rester à l'endroit où ils avaient été si heureux. Non : où elle avait été heureuse. De toute évidence, cela n'avait pas été le cas de Matt. Sinon, pourquoi voudrait-il tout quitter ?

Elaine, la baby-sitter, leur déclara que les enfants avaient été des anges et qu'elle avait beaucoup aimé les biscuits au chocolat.

— Bien, dit Hope machinalement en prenant son porte-monnaie.

Ses mains tremblaient comme celles d'un alcoolique avant le premier verre de la journée.

— Matt va te raccompagner, ajouta-t-elle.

— C'est de l'autre côté de la rue ! protesta Elaine.

— Mieux vaut prévenir que guérir, répondit Hope. Il est minuit et demi, l'heure où tous les maniaques sortent de leur trou, tu sais !

— Dans Maltings Lane ? demanda Elaine, incrédule.

Quand Matt revint, Hope l'attendait, assise à la table de la cuisine. Comme ses mains tremblaient toujours, elle les posa sur ses genoux en les serrant très fort comme pour prier. Une pensée folle la traversa : peut-être que rien de tout cela ne serait arrivé si elle avait prié !

— Tiens ! J'aurais cru que tu serais déjà allée te coucher, dit Matt en se servant un verre de lait.

C'était la plus longue phrase qu'il lui eût adressée depuis huit jours.

— Jasmine m'a raconté une chose étrange, ce soir, dit Hope d'un ton égal. D'après elle, tu veux prendre une année sabbatique à la campagne pour écrire un livre. Je me demandais quand tu allais m'en parler et si nous faisions partie de tes projets, les enfants et moi.

— Ah ! dit simplement Matt en s'asseyant en face d'elle. Il ne faudrait jamais abuser du vin rouge.

— Tu veux dire que Jasmine a mal compris ?

Hope n'arrivait presque plus à articuler.

— Pas vraiment, répondit Matt lentement. Je crains de m'être laissé emporter et d'en avoir trop dit.

— Donc, c'est vrai.

Hope sentit ses jambes trembler de frayeur.

— Hope…

Matt ne savait par où commencer, mais il devait s'expliquer. Il avait parlé à Jasmine sous l'effet du vin, mais il s'était senti soulagé de se confier à quelqu'un d'autre que Dan. Le moment était venu d'en parler à Hope.

— J'en rêve depuis des années. Tu me connais, je suis un respectable père de famille et je n'ai jamais rien fait de fou ou d'extraordinaire, rien qui puisse menacer notre avenir. Aujourd'hui, la possibilité de prendre une année s'offre à moi. Je sais qu'Adam me gardera ma place s'il le faut. Je suis son meilleur élément ! ajouta-t-il avec fierté.

— Mais que devenons-nous, les enfants et moi ? demanda Hope, au bord des larmes et absolument terrifiée.

Elle se demandait si Matt était saoul. Ne se souciait-il donc pas de sa famille ?

— Je parle de partir tous les quatre, Hope. Toi, moi et les enfants, pendant un an. Nous irions en Irlande, dans le Kerry. Le notaire d'oncle Geraoid m'a téléphoné lundi au sujet de la succession. Je sais que c'est brutal, mais c'était comme la réponse à mes prières. Je me sentais démoralisé, Hope, complètement déprimé. Et, d'un seul coup, il m'appelle pour me dire que la maison m'appartient officiellement ! J'ai passé la semaine à y penser, sans pouvoir me concentrer sur autre chose.

Hope tremblait de la tête aux pieds. L'esprit confus, paralysé par l'angoisse, elle ne comprenait pas vraiment ce que Matt lui disait.

Geraoid était poète et, plus de quarante ans auparavant, avait quitté sa maison de Grande-Bretagne pour aller vivre en Irlande à Redlion, une petite bourgade du Kerry. Il y avait mené une joyeuse vie de bohème. Hope ne l'avait jamais rencontré car il avait refusé de quitter son bien-aimé pays d'adoption pour assister à leur mariage. Elle avait toujours eu l'impression d'un vieil anti-conformiste assez fou, confit dans l'alcool, un auteur de mauvais poèmes que personne ne voulait publier. Il avait même changé son prénom, Gerald, optant pour son imprononçable version irlandaise, Geraoid. Hope n'avait jamais réussi à le dire correctement malgré ses nombreuses tentatives de le répéter après Matt – « *Gar*, comme dans garage, lui disait-il, et *oid* comme dans bizarroïde ! »

Matt avait passé quelques étés à Redlion dans son enfance et évoquait encore avec nostalgie cette région magnifique. Geraoid était devenu de plus en plus excentrique avec les années et n'avait pas voulu se déplacer pour aller voir Matt. Celui-ci, de son côté, ne trouvait jamais le temps de se rendre chez son oncle. À sa mort, ce dernier avait « tout » laissé à Matt, en partie parce qu'il n'avait pas d'enfants, mais aussi, d'après son notaire, pour embêter ses parents éloignés qui, tels des vautours, espéraient hériter d'un pied-à-terre dans une région très touristique. « Tout » se réduisait à une baraque délabrée dont le notaire ne pensait pas pouvoir tirer un gros prix. Pour Hope, il ne faisait aucun doute que Matt la vendrait. L'argent serait le bienvenu.

— Le testament a été définitivement homologué, lui expliquait Matt. La maison m'appartient. À toi aussi, bien sûr. Il y a un peu de terrain, mais guère plus d'un demi-hectare. Cela me semblait beaucoup plus grand quand j'étais petit. Je croyais qu'il avait des terres. Quoi qu'il en soit… (Il fit une petite pause avant de poursuivre.) Voici mon idée. T'ai-je déjà parlé du groupe d'écrivains que Geraoid a contribué à lancer dans les années soixante ?

Hope opina du chef, toujours muette sous la violence du choc. Enthousiasmé par son plan, Matt ne remarquait rien.

— Il y a des coïncidences incroyables dans toute cette histoire. J'en ai la chair de poule, reprit-il avec passion. Imagine-toi que, la semaine dernière, j'ai lu une interview de Stephen Dane. Tu sais, celui qui écrit des thrillers. Hollywood vient d'acheter les droits d'un de ses romans. Là, on parle en millions de dollars, Hope ! Eh bien, au cours de cette interview, il a expliqué qu'il avait écrit son premier livre dans le Kerry, précisément à Redlion, dans la Maison des créateurs. Tu te rends compte ! C'est un signe, je te dis.

« Nous allons tous les deux prendre une année sabbatique et nous installer chez Geraoid. Et je vais écrire mon roman. C'est en moi, je le sais. Essaie d'imaginer, Hope !

Les yeux de Matt brillaient d'excitation. Dans sa volonté de transmettre son enthousiasme à sa femme, il n'imaginait pas qu'elle ait pu croire à autre chose depuis sa soirée d'anniversaire.

— Nous pourrons être avec les enfants toute la journée, poursuivait-il. Je travaillerai comme rédacteur publicitaire à temps partiel ; on se débrouillera pour vivre avec moins d'argent. Et pour payer le prêt de la maison d'ici, nous la louerons pendant notre absence. On n'y perdra rien. C'est la chance de notre vie qui s'offre à nous.

Matt était convaincu de ce qu'il disait. Il pourrait enfin réduire au silence les démons qui le hantaient en lui répétant qu'il ne serait jamais rien d'autre qu'un publicitaire frustré. Il avait l'occasion de vivre autrement, même si ce n'était que pour un an.

Hope ne pouvait détacher ses yeux de son mari, osant à peine croire que ce n'était pas son arrêt de mort qu'elle entendait comme elle l'avait cru. Matt ne la quittait pas. Il voulait toujours d'elle et des enfants. Elle posa les mains bien à plat sur la table. Sa manche se colla immédiatement sur la tache de yaourt faite par Millie le matin même.

— Pourquoi ne m'as-tu rien dit ? demanda-t-elle d'une voix tremblante. J'ignorais ce que tu ressentais.

— Je suis désolé d'avoir gardé cela pour moi. C'est gênant de parler de ses rêves, Hope, mais je veux écrire et je n'y arriverai jamais ici, avec un travail à temps plein et dans cette maison. Il faut que l'atmosphère soit créative ; en plus, ce serait formidable pour nous, du point de vue de notre famille. La maison de Redlion résout tout ! C'est la solution idéale.

— Pourquoi ne m'en as-tu pas parlé le jour de ton anniversaire ? dit-elle, désemparée. Je sentais que quelque chose n'allait pas. Je t'ai posé la question et tu ne m'as pas répondu ! J'ai cru que tu avais une liaison.

Ce fut au tour de Matt d'ouvrir de grands yeux.

— Une liaison ! Mais qu'est-ce qui a pu te donner cette idée ? demanda-t-il avec incrédulité.

— Tout ! Tu m'as dit qu'il y avait un problème mais que je n'y pouvais rien. Tu ne me touches plus, tu ne m'embrasses plus, j'étais certaine…

Sa voix se brisa. Matt s'assit à côté d'elle et lui prit la main.

— Ma chérie, quelle idée stupide ! Je me torturais à me demander si je pouvais t'infliger cela. Je me disais que tu détesterais mon projet, que s'installer à l'étranger pour un an était un trop grand changement. Je me répétais que c'était une mauvaise idée et que je devais l'oublier, mais j'en avais parlé à Dan et…

— À Dan !

Hope se sentit soudain furieuse. Matt aurait pu lui éviter toute cette angoisse en lui avouant la vérité. Au lieu de cela, il avait demandé l'opinion d'autres personnes à propos d'une décision qui la concernait plus que quiconque.

— Existe-t-il quelqu'un à qui tu n'en aies pas parlé, en dehors de moi, bien sûr ?

Elle arracha un mouchoir en papier dans la boîte posée sur la table et frotta violemment les marques de yaourt.

— Comprends-moi, dit tranquillement Matt.

Hope se dit qu'une fois de plus Matt avait décidé tout seul pour eux tous. Cela s'était produit la première fois un mois après leur mariage. Il lui avait annoncé qu'il avait accepté un poste dans une agence de publicité de Bath, alors qu'ils avaient prévu de voyager autour du monde pendant un an. (En réalité, il s'agissait de l'idée de Matt, à l'origine, mais Hope avait accepté. Elle avait même acheté un sac à dos et s'était fait vacciner contre la typhoïde.)

Une autre fois, il avait loué une maison de vacances en France avec Dan et Betsey sans en parler à Hope. Mais qu'avait-elle dit, à cette occasion ? Avait-elle hurlé : « Moi aussi, je suis concernée, Matt. Je ne suis pas d'accord avec tes projets. Tu devras donc les changer » ? Non. La colère et la dépendance affective s'étaient livré une lutte farouche dans son esprit et la seconde l'avait emporté. Trop effrayée pour s'engager dans un bras de fer avec l'homme de sa vie, Hope avait ravalé sa rage pour dire : « Bien sûr, c'est une excellente idée. Allons-y ! »

Sam s'était fâchée contre elle quand elle avait su :

« Comment ose-t-il laisser tomber votre année de voyage pour n'importe quel boulot idiot sans t'en parler d'abord !

— Dans un couple, il faut trouver l'équilibre entre ce que l'on donne et ce que l'on prend, avait tenté de répondre Hope.

— Et quelle est la part de chacun ? avait demandé Sam. Toi, tu donnes quatre-vingt-dix pour cent et lui, il prend quatre-vingt-dix pour cent ? C'est une juste répartition ?

— Tu ignores tout du mariage », avait répondu Hope.

Elle n'aurait jamais parlé si durement à sa sœur si elle n'avait pas été vexée par l'injustice de ses propos. Sam était restée quelques instants silencieuse. « Toi aussi, petite sœur », avait-elle enfin lâché d'une voix triste.

Elles n'en parlaient jamais, mais elles avaient toutes les deux conscience de leur ignorance du bonheur familial. La tante célibataire qui les avait élevées considérait que l'on peut voir les enfants, mais pas les entendre. Avec une pareille éducation, leur seule image d'une famille heureuse provenait de *La Petite Maison dans la prairie*.

— À quoi penses-tu ?

Matt la prit par les épaules et elle appuya sa tête contre lui. Il était toujours très démonstratif avec elle et cela l'avait séduite au-delà de toute expression quand ils s'étaient connus. À leur premier rendez-vous, il l'avait saisie par le bras et ne l'avait plus jamais lâchée. Il lui pressait souvent la main avec tendresse, juste pour le plaisir. Hope, élevée dans un désert affectif où l'on ne s'embrassait qu'à Noël, avait été bouleversée par la douceur de cet homme. Après sept ans de mariage, rien n'était changé. Ils avaient l'habitude de dormir serrés l'un contre l'autre et, lors des rares occasions où Matt était retenu au loin par ses obligations professionnelles, Hope avait des insomnies. Matt lui manquait trop. Cela n'avait changé qu'au cours des derniers mois, et elle en avait beaucoup souffert.

Elle repensait à sa terreur à l'idée de leur séparation. Elle aimait son mari à la folie et ne pouvait pas vivre sans lui. À présent, la certitude de savoir qu'il l'aimait toujours lui procurait un soulagement infini. Elle sentait tout son corps se détendre. Ses pires cauchemars ne se réalisaient pas.

— J'aimerais bien que tu ne prennes pas de décisions sans me consulter, lui dit-elle, la tête toujours posée contre lui.

Comme s'il avait compris que le pire était passé, il lui caressa les cheveux.

— Je suis en train de le faire, répondit-il.

— Seulement après avoir demandé l'avis d'autres personnes, y compris Jasmine.

Elle restait blessée qu'il ait confié des projets aussi intimes à une femme qu'il connaissait à peine. Jasmine savait tout ; elle, rien, alors que son existence était en cause. Malgré son soulagement, cela ne passait pas.

— Matt, comment pouvons-nous former un couple si tu ne me parles pas des sujets importants pour nous ? Pourquoi ne m'as-tu rien dit dès le début ? Tu ne peux pas savoir ce que j'ai souffert de ne pas comprendre ce qui se passait !

Elle ne voulait pas revenir sur sa crainte d'apprendre qu'il avait une liaison. Cela lui paraissait ridicule, à présent qu'elle connaissait la vérité.

— Ce n'était qu'une idée...

— C'est à ce moment que tu devais m'en parler. Que suis-je pour toi ? Ta femme ou ta logeuse ?

Matt ôta son bras des épaules de Hope.

— Je croyais que tu sauterais de joie. Tu répètes sans arrêt que tu aimerais avoir plus de temps pour les enfants, qu'ils grandissent en croyant que la crèche est leur vraie maison et que nous sommes seulement leurs baby-sitters pour la nuit ! De plus, tu détestes ton travail.

— Oui, par moments ! Mais cela ne signifie pas que je veuille arrêter, protesta Hope. Par ailleurs, je serais très étonnée d'avoir droit à une année sabbatique. Je ne suis pas exactement un cadre supérieur indispensable ! Donc, tu me demandes de laisser tomber une bonne place. N'oublions pas non plus que tous nos amis sont ici, sans même parler de ceux des enfants ! Toby vient à peine de s'habituer à la crèche et je dois l'en retirer.

— Ce n'est que pour une année, pas pour toujours. À moins, bien sûr, que je ne trouve un bon contrat dans la publicité...

Matt sourit, tout à son rêve, tandis que Hope se sentait encore plus mal. Le départ risquait de se révéler définitif...

— Et si je ne suis pas d'accord ? demanda-t-elle.

Matt se sentit un peu coupable de lui faire du chantage, mais il sortit quand même son atout, une arme imparable.

— Ne m'en veux pas, ma chérie. Pense plutôt à ce que cela représente pour nous. Nous pourrons élever les enfants en famille, dans le cadre d'une vraie vie de quartier. C'est impossible ici ; nous travaillons trop pour avoir encore l'énergie de nous impliquer dans quoi que ce soit. N'aimerais-tu pas vivre à la campagne et pouvoir vraiment t'occuper de Millie et Toby ?

Hope se sentit moins sûre d'elle. Il suffisait d'invoquer le bien des siens, c'était son talon d'Achille. La tante Ruth était la personne la moins maternelle au monde et Hope avait rêvé d'une atmosphère familiale à la Walt Disney : des pique-niques avec des sandwiches faits à la maison, de longues promenades au bord de la mer, sans oublier le sapin de Noël que l'on décore avec excitation. Sam et elle n'avaient rien connu de tout cela et elle voulait d'autant plus le donner à ses enfants.

— Nous pourrions nous consacrer aux enfants, insista-t-il en s'échauffant. Nous n'aurions plus besoin de nous tuer au travail. Réfléchis ! Le bon air, pas de pollution, une nourriture saine…

— On ne peut pas dire que Bath souffre de pollution industrielle, fit remarquer Hope.

— Je sais, mais ce serait différent.

— Et nos familles ? Nous serions loin de tout le monde.

— Je ne vois jamais la mienne. Tu sais que nous ne sommes pas très proches les uns des autres. Quant à Sam, elle peut prendre l'avion pour nous rejoindre en Irlande. Tout le monde peut le faire, c'est la porte à côté ! Mes parents ne sont pas venus à Bath depuis l'avant-dernier Noël. Nous ne leur manquerons pas beaucoup.

Hope savait que Matt avait raison. Ses parents n'étaient pas du tout intéressés par l'idée de passer du temps chez leur fils unique. Hope ne comprenait pas leur attitude. Depuis que le père de Matt avait pris sa retraite, sa femme et lui ne cessaient de voyager, répétant que, plus jeunes, ils n'avaient jamais eu le temps ni l'argent pour le faire.

— Sam n'arrête pas d'aller d'un bout à l'autre de la planète pour son travail, reprit Matt. Elle n'aura qu'à sauter dans le premier vol pour l'Irlande quand elle voudra nous voir. Il y en a pour une heure et demie dans le pire des cas.

Hope réfléchissait. Elle s'imaginait donnant toute l'attention possible aux enfants, apprenant la tapisserie, s'asseyant dans un jardin campagnard plein de papillons qui butinaient de fleur en fleur. Elle entendrait les oiseaux au lieu des voitures qui grondaient sur les autoroutes proches. Elle se souvint de la jupe à motif fleuri qu'elle avait admirée chez Jolly et de son projet de devenir un cordon-bleu.

Ce mode de vie les rapprocherait, Matt et elle. Après une semaine d'angoisse à se demander si son couple n'était pas brisé, elle aurait tout donné pour s'assurer qu'ils restaient ensemble. Elle prit une grande respiration.

— D'accord, on va étudier la question ! Mais arrête de faire des projets sans m'en parler, tu veux bien ?

— Je te le promets.

Matt enfouit son visage dans le cou de Hope. Toby faisait exactement la même chose. Hope sentit une grande vague d'émotion balayer ses objections.

2

Ce même jeudi, Sam posa la tête sur son bureau pour une minute, un instant de bien-être. En réalité, elle ne la mit pas directement sur l'épais plateau d'érable cérusé. Il était couvert de papiers, de rapports commerciaux, de budgets et de courriers qu'elle n'avait pas encore lus. Elle était censée tout régler avant sept heures, une tâche impossible sans son assistante, Lydia, qui était au lit avec la grippe. Elle-même avait mal à la gorge et une migraine qui la lançait derrière les yeux, symptômes sur lesquels il n'y avait pas à se tromper. Malheureusement, elle ne pouvait pas se mettre au lit. Elle devait assister à un concert qui l'obligerait à rester debout jusqu'à l'aube. Cela ne l'empêchait pas d'avoir une réunion à huit heures et demie le lendemain matin, suivie de trois heures de discussion budgétaire. Il n'était pas question de maladie ou de fatigue ! Certainement pas alors qu'elle n'occupait ce poste, pour lequel beaucoup auraient tué père et mère, que depuis deux semaines.

Elle se frotta les yeux, pour une fois indifférente au risque de ressembler à un raton laveur en étalant son mascara. Pourquoi fallait-il qu'elle tombe malade maintenant ? Les huit derniers jours s'étaient déroulés sans le moindre accroc. Elle aimait travailler à Titus Records et ses nouvelles responsabilités de directrice générale du label Link la passionnaient. L'idée de gérer la carrière de musiciens pour en faire des vedettes internationales la galvanisait. Cela représentait une énorme promotion par rapport à son ancien poste de directrice du marketing chez Plutonium Records. Malgré de très lourdes journées de travail, elle rentrait tous les soirs chez elle pleine d'une énergie due à sa réussite. Elle s'était battue sept jours sur sept depuis quinze ans pour en arriver là.

Quel dommage que Lydia, qui avait passé son mercredi à renifler et éternuer, lui ait refilé ses microbes ! Cette insouciante de vingt-cinq ans ne risquait rien en prenant un congé maladie de quelques jours. Sam, qui vacillait au bord du gouffre de la quarantaine, ne pouvait pas se permettre ce genre de chose, surtout qu'on attendait qu'elle fasse ses preuves. Une femme cadre supérieur malade rencontrait autant de sympathie qu'une mère qui quitte une importante réunion de travail parce que son bébé a la fièvre. Au moins Sam, qui avait choisi de ne pas avoir d'enfants, n'avait pas de tels soucis.

Le déclic de la poignée de la porte l'alerta. Quelqu'un allait entrer ! Elle se redressa d'un violent sursaut, rejeta ses cheveux en arrière et ouvrit les yeux aussi grand que possible pour en chasser la fatigue.

La porte s'ouvrit brutalement sur Steve Parris. En parfaite professionnelle, Sam le salua d'un grand sourire. Quand le président de la société en personne daignait se déplacer jusqu'à votre bureau un jeudi à cinq heures et demie, le devoir vous imposait de paraître en pleine forme et enthousiaste. Et non pas en train d'agoniser à cause d'un début de grippe !

Sam repoussa son fauteuil et se leva souplement.

— Steve, que puis-je faire pour vous ? dit-elle, espérant mettre dans son ton suffisamment de déférence.

En quinze jours, elle avait eu le temps de comprendre que Steve Parris avait beau jouer les patrons copains qui tapent sur l'épaule de leurs subordonnés, il n'en était pas moins un tyran. Il avait autant besoin qu'on lui lèche les bottes que de respirer. Petit et maigre, vêtu d'un costume Prada noir, il avait une présence saisissante. Les gens qui commettaient l'erreur de le sous-estimer à cause de son aspect peu impressionnant évitaient, en général, de recommencer.

Avec sa tignasse, ses gros sourcils et sa déconcertante habitude de fumer des cigares de la taille d'un missile dans les couloirs non fumeurs de Titus, Steve était le type d'homme qui mettait tout le monde mal à l'aise. Sam ne faisait pas exception.

Ce n'était pas de la lâcheté de sa part, mais elle savait que Steve ne l'aimait pas. Elle avait été embauchée par le président de la firme pour l'Europe, supérieur hiérarchique de Steve, alors que celui-ci voulait un homme au poste qu'elle occupait. Il avait donc abdiqué, mais restait hostile à sa présence.

— Je passais, dit-il.

Ses petits yeux noirs bougeaient sans cesse, volant de Sam à son bureau en désordre et à la pièce, qui n'était encore qu'à moitié meublée. Sam avait fait enlever le mobilier de son prédécesseur, une façon de montrer qu'elle avait l'intention d'apporter du sang neuf. Elle sourit à Steve avec autant de chaleur que possible. Steve ne « passait » jamais par hasard.

— Vous allez au concert de Density, ce soir, dit-il.

Ce n'était ni tout à fait une question ni tout à fait une affirmation… Nous y voilà ! pensa Sam. Density, le groupe que Steve avait lui-même pris sous contrat à grands frais et qui venait d'enregistrer son premier album passait dans un petit club de Soho. Sam, en tant que directrice du label le produisant, serait désormais très impliquée dans sa carrière et se devait de le voir sur scène. L'avenir serait lourd de conséquences pour elle et Steve en cas d'échec. Ce dernier s'assurait donc qu'elle faisait tout pour ses protégés et pour que leur album soit un énorme succès. Il n'aurait plus qu'à recueillir les félicitations pour les avoir engagés. Dans l'hypothèse contraire, une tête tomberait et Sam aurait parié sa chemise que ce ne serait pas celle de Steve.

Pour la première fois, elle sentit le poids de ses responsabilités. Elle se demanda soudain pourquoi elle n'avait pas gardé son premier travail, si agréable, dans la distribution de films. Les moments les plus pénibles consistaient, alors, à veiller sur l'actrice névrosée pendant la tournée de promotion de son nouveau film. Elle exigeait, par exemple, un Earl Grey avec du citron dans un café d'autoroute, où le seul choix offert par le menu était celui de la sauce accompagnant le poulet rôti. C'eût été trop simple : Sam voulait le pouvoir et une carrière exceptionnelle. Elle avait donc quitté l'industrie du cinéma pour passer quinze années frénétiques dans celle du disque. Quinze années d'efforts incessants pour se retrouver avec un Steve Parris qui ne cherchait qu'à se rendre toujours plus déplaisant. Avait-elle été ambitieuse ou masochiste ? Furieuse de sa faiblesse, elle se dit que la grippe suscitait ces réflexions défaitistes.

— J'ai hâte de les voir sur scène, dit-elle. J'aime beaucoup les parties du disque que j'ai déjà pu entendre.

Steve fronça les sourcils. Ses yeux noirs se firent encore plus petits et plus méchants.

— Vous voulez dire que vous ne l'avez pas entièrement écouté ? aboya-t-il.

— J'ai écouté la plupart des morceaux, mais on est en train d'en remixer trois. Le producteur nous enverra la version définitive demain, expliqua Sam en essayant de rester décontractée.

— Vous plaisantez, Sam ? Vous auriez dû tout entendre avant ce soir. Le disque sort dans un mois ! Je vous vois au concert ; nous parlerons de ça demain.

Et il sortit en claquant la porte derrière lui.

Sam se laissa retomber dans son fauteuil et mordilla machinalement l'ongle de son pouce. Zut, zut et zut ! Elle remua de nouveau ses papiers et prit soudain une décision digne du poste auquel elle se trouvait. Elle avait la grippe, elle devait assister à un concert et elle avait absolument besoin de changer de tenue pour ne pas avoir l'air ringarde. Les vêtements qu'elle avait prévu d'apporter au bureau pour ne pas devoir repasser chez elle étaient restés dans l'entrée de son appartement. Dans son ensemble gris, aussi élégant soit-il avec son discret label DKNY, elle ressemblerait à une ennuyeuse vieille fille au milieu d'une foule de gamins branchés, en pantalon de treillis, et avec une casquette Kangol et des chaussures de sport de marque. Tant pis pour le courrier en retard : elle rentrait chez elle pour avaler une dose massive de médicaments et se changer. Elle ferma sa porte à clef et passa devant les bureaux vitrés puis le grand espace paysagé du cinquième étage, centre opérationnel de Link. Par chance, le bureau de Steve se trouvait au septième avec ceux du président et du vice-président de Titus, et de toute la bande des autres fous de pouvoir. Elle espérait que personne ne la verrait partir, certaine que son visage trahirait son sentiment de culpabilité à l'idée de partir plus tôt.

Cependant, même si elle ne s'en rendait pas compte, tout le monde la regardait passer dans les couloirs, car on regardait toujours Sam Smith. Non qu'elle fût très belle ou aussi grande qu'un mannequin ou qu'elle eût l'allure d'une vedette de cinéma ! Simplement, elle respirait l'énergie. On aurait dit une dynamo fonctionnant à plein régime, électrisant tout sur son passage.

Hope, avec son mètre soixante-huit, la dépassait de cinq centimètres. Elle était également plus forte qu'elle. Mais, quand elles étaient ensemble, c'était Sam qui retenait l'attention.

Hope offrait un camaïeu de nuances pâles, avec un teint clair et un visage plutôt rond, aux traits accueillants. Sam était à l'opposé, toute en couleurs soutenues et en lignes affirmées. Ses cheveux, naturellement blond foncé, étaient longs et brillants. Elle se faisait faire un brushing presque quotidiennement à l'heure du déjeuner. Ils lui tombaient à mi-dos en mèches raides et sévères. Elle avait délibérément opté pour ce style classique pour que les gens sachent, au premier coup d'œil, qu'il fallait compter avec elle. Son visage ovale se terminait par un menton volontaire sous un long nez droit et des sourcils obliques qui soulignaient le brun chaud de ses yeux. Elle avait la peau plus mate que Hope, presque olivâtre. En été, elle bronzait si bien qu'on la prenait parfois pour une Italienne. Quand elles allaient encore à l'école, personne ne voulait jamais croire que Hope et elle étaient sœurs. En revanche, elles avaient la même bouche aux lèvres pulpeuses qui donnait à Hope une expression timide et innocente, et à Sam l'air de s'être fait faire des injections de collagène. Pour compenser cet attribut de top-modèle, Sam passait son crayon à lèvres à l'intérieur de leur contour naturel et n'utilisait que des rouges très pâles pour ne pas attirer l'attention. La bouche de Hope paraissait vulnérable et plutôt sensuelle, ce que Sam voulait à tout prix éviter. Dans le monde des affaires, on était fini si on laissait tomber une seule fois son masque de dur à cuire.

Avec une minceur qui devait tout à l'hyperactivité plutôt qu'au sport, Sam avait la silhouette typique de la carriériste ambitieuse. Elle en possédait d'ailleurs la panoplie : imperméable en Nylon léger comme une plume, téléphone portable et petit cartable. On l'aurait crue sortie tout droit des pages sur les « femmes qui comptent » de *Cosmopolitan*. À un détail près : à trente-neuf ans, elle était un peu plus âgée que les lolitas sur papier glacé ! Il était écrit « inaccessible » sur toute sa personne, et cela lui convenait parfaitement.

« Si tu étais un rocher au bord de la mer, on indiquerait : "Attention, danger !" », plaisantait Jay, sa meilleure amie, les soirs où elles dînaient ensemble dans un petit restaurant indien qu'elles appréciaient toutes les deux. Cette réflexion faisait rire Sam mais, depuis quelque temps, elle la trouvait de moins en moins drôle. Jay, grande femme mince et souple, originaire d'Atlanta, qu'elle avait rencontrée à l'université, faisait partie du petit groupe de ses amis intimes. Elle s'habillait en bohème chic, travaillait dans une librairie et ne voyait dans son travail que le moyen de gagner sa vie. Elle admirait la ténacité de Sam mais n'enviait pas du tout sa situation de cadre toujours pressée. Ce soir, Sam se sentait elle-même un peu dégoûtée.

Dans le métro bondé, elle s'accrocha au montant d'un siège pour résister aux cahots. Elle détestait la cohue aux heures de pointe. Elle descendit à Holland Park, acheta des cachets contre la grippe chez le pharmacien et se traîna sous la pluie battante jusqu'à son adresse. Elle habitait dans une immense maison à façade blanche, transformée en quatre appartements. La rue, très chère, était bordée d'arbres.

Chez elle, on aurait cru qu'un cambrioleur était passé. En fait, tout était dans l'état où elle l'avait laissé le matin. Une énorme pile de linge à repasser s'élevait sur la table de la salle à manger. Les journaux de la veille étaient éparpillés à côté et le manteau qu'elle avait porté gisait sur le canapé, là où elle l'avait jeté. Sam rangeait régulièrement et détestait le désordre. Quand l'espace était en fouillis, cela détruisait l'équilibre des lignes claires et simples des pièces, blanches.

Comme Sam venait de commencer chez Titus, elle avait travaillé tous les jours très tard. Son intérieur avait été relégué au dernier rang de ses préoccupations. Sa femme de ménage l'avait quittée un mois plus tôt et elle n'avait pas encore réussi à en trouver une autre. La surface dont elle disposait n'était pas immense mais, après une semaine de travail exténuant, elle n'avait plus le courage de ranger et de nettoyer. Malgré la charge financière que cela représentait, elle avait investi dans ce trois-pièces d'un quartier élégant, mais seul le salon-salle à manger était assez vaste. On ne pouvait se tenir à deux dans la cuisine à moins d'être très intimes et la minuscule salle de bains manquait d'un des éléments de confort préférés de Sam : la baignoire. C'était, pour elle, le symbole du luxe, même si elle appréciait les douches, très pratiques. Heureusement, avec son gros salaire chez Titus, elle pourrait tôt ou tard emménager dans un appartement plus grand, plus beau, avec une salle de bains où l'on n'atteindrait pas les murs en écartant les bras.

Sam n'avait même plus l'énergie de mettre un plat quelconque à chauffer au micro-ondes. Elle prit quelques crackers et les garnit de fromage frais, se prépara une vodka avec du Red Bull, une boisson tonifiante qui lui redonnerait de l'énergie, puis avala une première dose de médicaments.

Ensuite, elle s'installa dans sa chambre devant son ordinateur et lança Outlook Express.

« Bonjour, Hope ! écrivit-elle. Comment vas-tu, petite sœur ? Je suis grognon aujourd'hui parce que j'ai la grippe et que le boulot est un vrai cauchemar. Désolée, je ne devrais pas t'embêter avec cela, mais j'ai besoin d'en parler. Je vais péter les plombs ! Sans doute une question d'âge. Je n'arrive plus à raconter des imbécillités aux gens, ce qui est ennuyeux dans ce travail. D'abord, c'est en racontant n'importe quoi que je me suis fait embaucher ! (Je plaisante.) Pour tout arranger, je dois aller à un concert, ce soir, et le groupe en question fait le genre de musique que tu entendrais si tu laissais Millie et Toby seuls dans une pièce avec deux guitares, une pédale wa-wa et une batterie. Heureusement qu'il y a du paracétamol dans le médicament que j'ai pris ! Je t'écrirai plus longuement ce week-end. Plein de bises. Sam. »

Elle prit une douche rapide pour se débarrasser de la sensation de moiteur liée à la fièvre puis enfila un pantalon en Nylon noir, un petit tee-shirt orange et un long manteau de cuir noir qui la moulait comme s'il avait été cousu sur elle. La tenue qu'elle avait mise le matin dans le sac abandonné dans l'entrée devait être froissée et elle aurait dû la repasser. Porter des vêtements chiffonnés ne faisait pas partie de ses habitudes. Elle avala les dernières gouttes de sa vodka et sortit de chez elle une heure seulement après son arrivée.

— J'espère que vous n'avez pas l'intention de faire des fêtes à ameuter tout le voisinage, cette semaine, cria une voix masculine et nasillarde depuis l'étage supérieur. J'ai des invités et, la nuit dernière, ils n'ont pas pu dormir à cause du bruit.

Sam résista à son envie de le remettre à sa place. C'était inutile. Malcolm le Dingue, comme l'appelaient les autres habitants de la maison, était coupé de la réalité. Il occupait le dernier étage et passait sa vie à accuser ses voisins de se livrer à des orgies jusqu'à des heures avancées de la nuit, ce qui était totalement faux. Le pire tapage que Sam ait fait depuis qu'elle avait emménagé, un an plus tôt, remontait au soir où elle avait laissé tomber une casserole de sauce brûlante. Elle s'était éclaboussé la jambe et avait crié de douleur. Comme elle se levait à l'aube pour arriver à son bureau à sept heures et demie, sa soirée idéale consistait à ce qu'elle se couche à onze heures et demie après avoir regardé le film. Les occupants des étages inférieurs étaient aussi tranquilles qu'elle et seul le Dingue perturbait le calme de la maison avec ses parquets qui grinçaient, ses déplorables goûts musicaux et les aboiements continuels de son pékinois. Ah, la cohabitation ! Comme si elle n'avait pas suffisamment à faire sans devoir subir un malade au-dessus de sa tête !

Il faisait chaud dans le club, et l'on transpirait. Les fans de Density s'y pressaient déjà en foule quand Sam entra. Son nom figurait sur la liste des invités. Elle passa donc devant ceux qui faisaient la queue à l'entrée et se dirigea vers les coulisses.

Des membres de l'équipe technique, aux cheveux longs, apportaient le lourd matériel, les biceps luisant de transpiration dans l'atmosphère de sauna. Ils l'ignorèrent totalement. Sam ne savait pas où elle devait aller et n'avait pas l'intention de le demander.

Elle longea à tout hasard un long couloir sinueux et arriva dans une grande salle fraîche où se trouvaient des tables, des chaises en plastique et des fûts de bière. Deux représentants de Titus, un homme et une femme, étaient assis dans un coin en train de boire des canettes. Ils bavardaient avec un jeune homme maigre à la tête rasée.

Sam ne connaissait pas encore très bien les gens de chez Titus mais reconnut ces deux-là. L'homme s'appelait Darius. Élégant et distingué, l'air d'être né dans un milieu très aisé, il devait avoir la petite trentaine et travaillait pour Artists & Repertoire, que l'on abrégeait en A & R. L'équipe se composait en principe de jeunes, très branchés et passionnés de musique. Ils hantaient les clubs et les concerts en quête de nouveaux talents. Ils étaient toujours sur les routes et arrivaient rarement au bureau avant dix heures et demie, les traits tirés, et chargés des CD qu'on leur avait remis pendant la soirée. Les membres de A & R s'énervaient parfois contre les « cols blancs » comme Sam, considérant qu'ils réduisaient leurs efforts à néant et refusaient de prendre sous contrat les fantastiques groupes d'avant-garde qu'ils dénichaient. Sam avait entendu parler du flair remarquable de Darius et de son sens musical, un atout vital quand il fallait travailler en lien étroit avec les créateurs, les paroliers et les producteurs.

La femme faisait partie de l'équipe promotionnelle. D'après Lydia, on la surnommait « Cher » à cause de sa ressemblance avec la chanteuse américaine quand elle avait trente ans. Pour accentuer cela, elle portait des vêtements style années soixante-dix. Sam était incapable de se souvenir de son vrai nom.

— Bonsoir ! dit-elle en prenant une chaise. Vous avez déjà vu les musiciens ?

— Ils ne supportent personne avant un concert, la reprit « Cher ». Sauf Steve, ajouta-t-elle respectueusement, comme si celui-ci était Dieu en personne.

Sam se dit qu'il se prenait, en effet, sans doute pour Dieu le Père !

— Il est arrivé ? demanda-t-elle, sachant qu'elle devrait rester à côté de lui pendant le concert.

— Non, il a été retardé, répondit Darius. Voulez-vous une cigarette ? proposa-t-il courtoisement en lui tendant son paquet.

Sam regretta brièvement d'avoir arrêté de fumer. Tous étaient en train d'inhaler la nicotine de toutes leurs forces. Au moins, cela occupait les mains.

— J'ai arrêté, répondit-elle. Merci quand même.

En revanche, elle aurait beaucoup donné pour avoir un thé, qui atténuerait son mal de gorge. Dans un coin de la pièce, il y avait une grosse Thermos d'eau chaude avec, à côté, des sachets, des tasses et du sucre mais, dans cette ambiance vouée à la bière et au tabac, elle craignit d'être stigmatisée pour toujours comme une ringarde si elle se préparait un thé.

Ils bavardèrent pendant un quart d'heure puis, le groupe qui passait en première partie se déchaînant, se rendirent dans les coulisses pour le regarder. Le bruit était épouvantable. On aurait dit deux boxeurs en train de se battre dans une fabrique de casseroles. Sam feignit de s'y intéresser et, après deux chansons, regagna le salon d'accueil pour se faire un thé. Tant pis si on la voyait ! Elle n'était plus une gamine pour se forcer à avoir l'air cool. Elle avait probablement quinze ans de plus que la plupart des gens présents et agirait comme bon lui semblerait ! L'âge devait offrir quelques compensations.

Quand, grâce au ciel, la première prestation prit fin, elle rejoignit les autres pour attendre Density. Après dix minutes d'applaudissements et de hurlements de leurs fans, les musiciens apparurent enfin, jeunes garçons efflanqués avec des coupes de cheveux insolites, des vêtements excentriques et des piercings bizarres. Aucun d'eux ne devait avoir plus de vingt et un ans. Sam n'appréciait pas leur genre de musique mais ne resta pas insensible à l'énergie brute qui s'en dégageait. Elle espérait seulement que les clients des magasins de disques partageraient son opinion.

Steve apparut à son tour, en grande conversation avec le manager de Density. Sam put donc se contenter de les saluer de la tête. Elle devrait leur parler plus tard et dire qu'elle était emballée par le groupe mais, dans l'immédiat, elle voulait écouter et ne pas bavarder pour rien.

Au bout d'une demi-heure, elle décida de descendre dans la salle pour avoir le même angle de vue que le public et prendre l'ambiance. Elle aimait cela. Constater les réactions des fans faisait partie des tests décisifs.

Un autre, beaucoup plus important, concernait les ventes.

Sam prévint les videurs qui gardaient les coulisses qu'elle revenait et se glissa dans la foule. L'odeur la frappa, mélange de transpiration, de parfums variés et de marijuana. Elle s'arrêta dans le fond de la salle. Une bouffée agréable lui parvint, peut-être d'Air du Temps.

Elle s'étonnait toujours de trouver des senteurs fleuries dans les concerts. Autour d'elle, il n'y avait que de jeunes êtres en train de tournoyer, une masse humaine en veste de cuir, pantalon taille basse et talons vertigineux qui la scrutait avec arrogance du haut de sa jeunesse. Puis, soudain, elle découvrait des notes fraîches qui s'élevaient de l'ambiance de sauna. C'était toujours des touches d'eaux florales dérobées sur la coiffeuse maternelle et mêlées au déodorant, une étonnante rencontre de l'innocence et de la séduction. Elle ne voyait plus, alors, des petites sauvageonnes, mais de toutes jeunes filles vulnérables qui se préparaient avec anxiété pour sortir. Elles devaient s'angoisser à l'idée d'être mal habillées ; Sam les imaginait en train de jurer leurs grands dieux à leur père qu'elles ne rentreraient pas tard, tout en s'aspergeant d'un parfum fait pour une nymphe des bois.

Ils étaient tous si gamins et essayaient si fort de passer pour des adultes ! Sam se massa les tempes avec lassitude. Que lui arrivait-il ? Elle s'était sentie vieille et usée toute la journée, en tout cas bien trop pour passer la nuit debout dans un concert de heavy metal en essayant d'y trouver du plaisir. Elle n'avait plus envie de chercher à comprendre ces sonorités, elle ne voulait pas être obligée de traîner dans un club enfumé et de se trémousser en suivant un rythme impossible. Elle voulait être chez elle, dans un fauteuil, avec un bon verre de vin rouge. Peut-être écouterait-elle un disque de Nina Simone… Quelle détente !

Elle ferma les yeux et se donna mentalement un coup de pied au derrière. Reprends-toi ! se dit-elle. Tu es une femme qui travaille, alors vas-y ! Elle partit à la recherche de Steve pour lui dire qu'il avait déniché le groupe du siècle.

Le lendemain matin, la grippe la terrassa. Elle s'éveilla à cinq heures et demie, baignant dans une sueur froide, la tête douloureuse et la gorge râpeuse comme du papier de verre. Elle se leva en gémissant, se rendit dans la cuisine en titubant et mit de l'eau à bouillir. Un citron chaud avec du miel lui ferait peut-être du bien. Bravo pour l'efficacité des médicaments qu'elle avait avalés la veille !

Emmitouflée dans son grand peignoir de bain bleu marine, elle s'affala devant la télévision avec sa boisson et commença à zapper d'une chaîne à l'autre.

— Quelles bêtises ! marmonna-t-elle en découvrant que les émissions du matin n'étaient pas commencées.

Elle avait le choix entre des séquences culturelles et les informations. Après une demi-heure de documentaire sur les gorilles, elle se sentait toujours physiquement malade mais mentalement beaucoup mieux. Elle n'avait plus le temps de lire autre chose que les rapports du service marketing et l'hebdomadaire *Music Week*. Elle souffrait de son manque de culture. Elle ne pouvait parler que de ventes, de pourcentages, de budgets de production ou de promotion du dernier succès. Elle se souvenait vaguement d'une époque, quinze ans plus tôt, où elle fréquentait les musées et les galeries. Elle avait, alors, encore du temps pour elle.

Elle passa dans la salle de bains pour prendre sa douche, décidée à faire tout ce qu'il fallait pour se sentir en état de travailler. Appeler pour dire qu'elle était malade si peu de temps après avoir été embauchée était impossible, même si elle avait l'impression que sa tête allait exploser. Une fois lavée, elle s'enveloppa de nouveau dans son peignoir de bain et se rassit devant la télévision pour regarder les émissions matinales. Encore un peu de repos et elle serait prête à partir. Mais à sept heures dix, moment auquel elle quittait habituellement son appartement, elle se sentait toujours aussi mal.

Elle décida d'appeler un taxi au lieu de prendre le métro. Malade comme elle l'était, elle devait faire attention à elle. Il arriva enfin à huit heures et demie. Malheureusement, c'était un de ces cockneys effrontés dont les touristes raffolent et que toute personne affligée d'une migraine lancinante déteste.

— Vous vous rendez compte ! Ils l'ont aligné parce qu'il transportait six personnes ! Pourtant, c'était une famille. Complètement idiot, je vous le dis. On ne peut pas demander à une famille de prendre deux taxis, même si, d'après la loi, vous ne pouvez charger que cinq passagers. Débile, c'est moi qui vous le dis…

Sam s'enfonça dans le siège arrière et se lança dans d'héroïques efforts de camouflage avec sa base Clinique. Cependant, comme il ne s'agissait pas d'un fond de teint miraculeux, elle échoua à dissimuler son teint fiévreux. Quoi qu'elle fasse, elle avait la mine d'une femme de trente-neuf ans, malade, et qui avait mal dormi. Pour compenser, elle se maquilla lourdement les yeux. Cela détournerait peut-être l'attention.

— Alors je lui dis : « M'énerve pas, mec ! », je ne fais que mon travail… poursuivait le chauffeur.

Sam arriva au bureau à neuf heures dix. Lydia l'accueillit avec bonne humeur.

— Vous avez une mine affreuse, dit-elle.

Sam la fixa, se demandant comment elle avait pu se tromper dans son choix. En principe, ses assistantes ne se permettaient pas ce genre de réflexion personnelle. Elle devait se ramollir avec l'âge. Mais l'efficacité de Lydia la consolait de son comportement insouciant et direct.

— Merci, Lydia, répliqua Sam. Merci également de m'avoir donné votre grippe !

— Pardon ! s'exclama Lydia avec sympathie. C'est un sale cadeau. Voulez-vous que j'aille vous chercher des médicaments ou du thé ?

— J'apprécierais le thé. Des appels ?

— Oui, l'assistante de l'assistante de Steve Parris. Il voulait savoir où vous étiez parce que vous avez raté la réunion de huit heures et demie.

— Zut !

Sam se souvint trop tard de la sacro-sainte réunion du petit déjeuner. Elle avait trois quarts d'heure de retard. C'était impardonnable, et encore plus quand il s'agissait de Steve. Elle envisagea à toute vitesse différentes excuses, mais la seule vraie était absolument exclue. Elle avait entendu parler de la phobie des microbes de Steve. S'il soupçonnait une seule personne de la société d'être malade, il ferait désinfecter tout l'immeuble. Pas dans l'intérêt du personnel, bien sûr, mais dans le sien !

Il ne restait à Sam qu'une seule option : mentir. Elle appela l'assistante de Steve et lui affirma s'être trompée d'heure.

— C'est ma faute, dit-elle d'un ton contrit. Mon assistante était absente et je n'ai pas noté la réunion à la bonne ligne dans mon agenda.

Elle écrivit consciencieusement « réunion avec S. Parris » sur la ligne du rendez-vous de neuf heures et demie et souligna deux fois, au cas où Steve voudrait vérifier. Il en était tout à fait capable !

— La réunion est terminée et Steve n'est pas content, poursuivait son assistante d'un ton crispé.

« Steve n'est jamais content », marmonna Sam en elle-même. Il était né de mauvaise humeur. Elle ne le connaissait que depuis quinze jours, mais cela lui avait suffi pour le savoir.

— Oh, dit-elle d'un ton navré. Je suis désolée. À votre avis, comment puis-je me faire pardonner ? demanda-t-elle poliment.

Si quelqu'un savait comment manœuvrer Steve, c'était la malheureuse qui devait le supporter toute la journée.

— Faites-lui vos plus plates excuses, mettez-vous à plat ventre s'il le faut !

Elle s'exécuta mais en vain. Steve entra en hurlant dans son bureau juste avant la pause-déjeuner, jetant à la porte les deux membres du service promotion qui mettaient au point la sortie d'un disque avec Sam. Il n'attendit même pas qu'ils soient sortis pour commencer à l'insulter. Sam resta calmement assise puis présenta ses excuses pour son erreur.

— En revanche, poursuivit-elle d'un ton glacial, entrer comme ça dans mon bureau n'est pas une réaction acceptable. Ce n'est pas de cette façon que je dirige mon service et je ne permets à personne de me traiter ainsi, Steve. Je ne suis pas une petite débutante que vous pouvez intimider.

Elle le fixait implacablement.

Steve n'avait pas l'habitude qu'on lui résiste. Il fit machine arrière.

— Je reconnais que je me laisse parfois un peu emporter.

Sam lui adressa un sourire très sec, espérant qu'il en perdrait son faux accent américain. Steve était né à Liverpool, pas aux États-Unis.

— Je suis heureuse que nous nous comprenions, dit-elle, sachant qu'elle pouvait relâcher la pression.

Changeant d'attitude, elle afficha soudain une expression feinte de grand enthousiasme.

— Je dois vous dire que j'ai adoré Density. Ils sont formidables sur scène, ils m'ont vraiment bluffée. C'est une sacrée découverte !

Steve sourit d'un air avantageux.

— C'était un bon concert, non ?

— Ils vont nous rapporter une fortune, ajouta Sam.

Steve se rengorgea, gonflé d'orgueil. Il était pitoyablement facile à manipuler. Peut-être parce qu'il n'était pas courant qu'une femme lui tienne tête. La plupart occupaient des postes tellement inférieurs au sien qu'il s'attendait presque à les voir courir quand il leur réclamait un café. Qu'une femme lui retourne ses compliments le désarmait. Cela expliquait sans doute pourquoi il aurait préféré embaucher un homme à la place de Sam. Elle soupira en silence. Ce travail la tuerait si elle devait passer ses journées à le remettre à sa place.

Ce fut un vendredi de folie. Sam réussit tout juste à manger la moitié d'un sandwich à son bureau avant de se ruer à la réunion hebdomadaire du marketing. Ensuite, elle devait étudier différents dossiers ; voir avec la production un problème de pochette d'album ; rappeler tous les gens qui avaient cherché à la joindre ; et répondre au courrier électronique interne. Lydia partit à six heures comme la plupart des employés, mais Sam resta jusqu'à sept heures et demie pour répondre péniblement à ses e-mails. Elle avait atteint un tel point d'épuisement qu'elle ne sentait presque plus son mal de gorge et sa migraine. Quand elle partit enfin, elle s'arrêta dans les toilettes et fit la grimace en voyant son reflet dans le miroir. Elle avait une mine à faire peur et le teint terreux.

Le vigile la salua d'un signe de tête quand elle sortit. Dehors, il faisait nuit et il pleuvait, un temps d'octobre typique à Londres. On avait du mal à croire que, à peine un mois plus tôt, il y avait eu une semaine de soleil au moment de l'été indien. Sam se traîna péniblement jusqu'au métro et ne s'arrêta en chemin que pour acheter du lait et deux citrons destinés à son thé.

Elle eut la chance de trouver une place assise et s'y installa avec soulagement. Autour d'elle, les gens affichaient des sourires détendus, heureux d'avoir terminé leur semaine de travail. Tout un groupe de jeunes femmes sur leur trente et un se pressaient devant les portes, telle une troupe colorée d'oiseaux de paradis. Elles étaient trop excitées pour penser à s'asseoir, même si certaines d'entre elles portaient des talons aiguilles à se casser les chevilles. Sam s'adossa à son siège pour les regarder rire et bavarder. Elle avait été comme elles, autrefois, tout énervée à l'idée d'aller s'amuser, débordante de joie de vivre et d'enthousiasme. À présent, elle se sentait seulement écœurée par les médicaments. Mais que lui arrivait-il ? La grippe n'était pas seule en cause. Il y avait autre chose. Quoi ? À peine chez elle, elle mit de l'eau à chauffer et se prépara du thé avant d'aller se changer dans sa chambre. Dans l'espoir que Hope lui avait peut-être répondu, elle alluma son ordinateur tout en sirotant. Oui ! Hope lui avait écrit. Elle aimait lire la petite phrase « vous avez un message » quand elle était chez elle, alors qu'elle la détestait quand elle se trouvait au bureau. Sans doute parce que les e-mails reçus à la maison étaient toujours gentils et les autres pleins de sèches demandes de statistiques, de renseignements et de mises à jour à fournir « immédiatement » !

« Salut, Sam ! Tu as l'air d'être dans un triste état, ma pauvre grande sœur. Je parie que tu t'occupes très mal de toi. Je te connais : il n'y a que le travail qui compte, tu ne prends jamais le temps de t'amuser. Ce n'est pas une raison pour ne pas te plaindre à moi de ton boulot et du reste. C'est à cela que servent les sœurs ! Matt te remercie de ta carte. Il a eu un dîner d'anniversaire qui tenait plus du repas d'affaires que de la folle soirée entre amis. Mais j'ai une drôle de nouvelle à t'annoncer ! Nous envisageons de nous installer en Irlande pendant un an. Je me doute que cela paraît un peu précipité mais nous en avons envie depuis une éternité et le moment nous paraît bien choisi.

« Matt pense qu'il peut prendre une année sabbatique. Quant à moi, ce n'est pas comme si j'étais en train de faire une carrière extraordinaire à la banque. Nous en sommes encore au stade des projets, mais je t'en dirai plus dès que nous aurons avancé. C'est une histoire assez longue. À bientôt, je t'embrasse. Hope. »

Sam ne pouvait détacher ses yeux de l'écran, pétrifiée. Partir pour l'Irlande ? Matt prendrait une année sabbatique et Hope démissionnerait ? Tout cela était plus qu'étrange.

Hope parlait toujours de tout avec Sam. Elle comprenait donc d'autant moins qu'elle ne lui ait jamais dit un seul mot de ce plan étonnant, à moins que… Oui ! Sam plissa les yeux. Encore un tour de Matt ! Tout cela n'était qu'une de ses idées de fou, elle en aurait juré. Comme toujours, Hope le soutenait. Sam consulta rapidement l'horaire des trains pour Bath le samedi matin puis appela sa sœur. Grippe ou pas, Hope avait besoin que quelqu'un la ramène à la réalité et ce n'était possible que face à face.

Elles rangèrent le petit sac de week-end de Sam dans le coffre de la Metro avec les courses. Hope admirait comme toujours la capacité de son aînée à paraître impeccable en toutes circonstances alors qu'elle emportait si peu d'affaires. Pour avoir l'air même seulement à moitié correcte en voyage, Hope avait besoin d'une énorme valise. Cela ne l'empêchait pas d'oublier l'une ou l'autre chose indispensable. Sam semblait sortir des pages de *Vogue*. Sa grippe avait miraculeusement régressé, sans doute grâce à tous les médicaments qu'elle avait avalés.

— Tu ne veux pas aller prendre un café avant de rentrer ? proposa Sam.

Elle était heureuse que, pour une fois, Hope soit venue sans les enfants. Cela lui donnait l'occasion de lui parler en tête à tête de cette histoire d'Irlande. En fait, Hope n'avait pas prévenu Millie et Toby de l'arrivée de leur tante chérie pour être un peu seule avec sa sœur. Si Millie avait été au courant, elle aurait fait une scène épouvantable pour l'accompagner à la gare. Hope avait aussi demandé à Matt de ne pas venir. Il n'aurait pu s'empêcher de se disputer avec Sam si elle avait critiqué son projet.

— Ce café, demanda Hope avec un léger amusement, c'est l'occasion de me sermonner sans que Matt s'en mêle ?

Elle n'était pas tombée de la dernière pluie, quand même ! Sam ne faisait jamais de visites impromptues. Il ne fallait pas être un génie pour deviner la raison de sa présence.

— Oui, Sherlock Holmes ! Tu as tout deviné, admit Sam avec un sourire. Mais je suis gênée que tu aies découvert mon plan aussi vite. Je dois perdre la main. Je me souviens très bien de cette époque lointaine, quand nous étions petites, où je te faisais faire n'importe quoi juste en utilisant le ton adéquat.

— Je m'en souviens aussi, répondit Hope, mais j'ai un peu évolué.

— Un peu, seulement ! Matt réussit à te plier à ses quatre volontés.

Hope verrouilla sa voiture.

— Et si nous observions une trêve sur la raison de ta venue, le temps de nous asseoir avec un café ?

— Adjugé !

Il n'était que dix heures et demie. Le temps était typique d'un début d'octobre, piquant, avec un soleil pâle et bas sur l'horizon. Elles passèrent devant la cathédrale, immense et majestueuse dans la lumière du soleil.

— Quelle belle ville ! soupira Sam. Mais je n'ai jamais le temps de la visiter réellement, de me promener dans les rues comme n'importe quel touriste.

Des hordes de visiteurs encombraient les rues. Certains brandissaient avec excitation un appareil photo dernier cri et mitraillaient à tout va. D'autres se traînaient, comme s'ils venaient à peine de descendre du car, fatigués par leur « tour des grands sites britanniques en trois jours ».

Hope et Matt avaient fait le circuit touristique complet quand ils avaient emménagé à Bath. Ils étaient allés goûter les eaux sulfureuses à la Pump Room, au-dessus des anciens thermes romains. « Ignoble ! » avait dit Hope en s'étranglant, regrettant de ne pouvoir recracher devant tout le monde. « Un peu comme du tonic », avait estimé Matt. Ils avaient visité l'établissement et écouté le guide parler de la période où l'endroit, appelé Aqua Sulis, était une forteresse aux nombreuses villas élégantes dotées de tout le confort, y compris le chauffage par le sol. Matt avait surtout aimé les vestiges romains de Bath tandis que Hope, toujours romantique, avait rêvé en visitant la partie de la ville qui datait de l'époque géorgienne. Dans son adolescence, elle avait follement apprécié les romans à l'eau de rose, dans lesquels Bath apparaissait souvent comme un lieu de villégiature élégant pour riches aristocrates. Elle avait été fascinée par les grandes salles des Assembly Rooms, où les héroïnes de Jane Austen et de Georgette Heyer avaient dansé en robe Empire, et qui abritaient le musée du Costume. Elle n'aimait rien tant que de se promener dans les rues ravissantes aux bâtiments à colonnades de grès jaune, et imaginait de belles dames en train de descendre d'un carrosse ou d'une chaise à porteurs devant une de ces demeures.

Les deux sœurs passèrent devant un trio de musiciens et Sam reconnut tout de suite qu'ils jouaient du Mozart. Elle avait beaucoup appris au cours des deux années où elle avait travaillé comme directrice de production d'un label de musique classique. À présent, quand elle entendait les premières mesures de l'ouverture de *Guillaume Tell*, elle ne pensait plus automatiquement au générique de *Lone Ranger* !

— C'est beau, n'est-ce pas ? dit Hope.

Elle ne venait pratiquement jamais à Bath, sauf pour travailler ou faire une course à toute vitesse, et se promener sans but et sans se presser la ravissait. Sam voulut à tout prix entrer dans un salon de thé Sally Lunn, malgré les protestations de Hope : jamais un authentique habitant de Bath n'y mettrait les pieds !

— C'est comme si toi, tu te promenais à Londres en faisant des « oh » et des « ah », ou si tu te faisais photographier devant le palais de Buckingham !

Sam la poussa néanmoins dans le lieu accueillant et bondé de touristes, où flottait l'inimitable parfum des pains au lait Sally Lunn.

— Moi qui passais pour cool et branchée, c'est fichu ! s'exclama Hope. Les gens d'ici ne « font » pas Bath.

— Ne joue pas les rabat-joie ! répondit Sam.

Elle se rendait brusquement compte qu'elle n'avait presque rien mangé depuis plusieurs jours à cause de sa grippe. Elle avait très envie d'un pain au lait au saumon.

— La prochaine fois que tu viendras à Londres, enchaîna-t-elle, je te promets de me faire photographier avec un Beefeater. Cela te va ?

— Et aussi au musée Tussaud et devant Harrods ?

— Tu es dure en affaires, soupira Sam. J'achèterai même un tee-shirt avec : « Ma meilleure amie est allée à Londres et tout ce qu'elle m'a rapporté, c'est ce tee-shirt idiot ! »

Sam dévora son petit pain puis le reste de celui de Hope, qui suivait un « demi-régime » : elle ne mangeait que la moitié de ce dont elle avait envie… Elle trouvait cela très difficile. Sam parla tout en mangeant, réussit à être drôle au sujet de son travail, de la façon dont elle avait raté une importante réunion, et de l'appauvrissement de sa vie sociale dû à ses nouvelles responsabilités.

— Malcolm le Dingue m'a accusée d'avoir fait la fête chez moi, dit-elle en léchant les miettes collées au bout de ses doigts. Sincèrement, je passe tellement d'heures à mon bureau que j'ai autant de chances d'inviter des amis que Steve Parris de devenir sympathique.

— C'est si difficile ? demanda Hope.

Elle savait que sa sœur avait l'habitude de faire de l'humour et de dissimuler ses émotions par des histoires amusantes. Les yeux de Sam se voilèrent.

— Je ne suis pas ici pour parler de moi, dit-elle précipitamment.

— Excuse-moi mais, puisque tu as fait tout ce chemin pour me sermonner sur mon droit à avoir une vie personnelle, donne-moi au moins une vague idée de la tienne !

— Je n'ai pas de vie, j'ai une carrière. Ce n'est pas la même chose, répondit Sam avec amertume.

Hope se pencha vers elle, attendant la suite.

— C'est la grippe, s'empressa d'ajouter Sam, regrettant de s'être dévoilée. Je ne me suis pas sentie très bien, ces derniers temps, mais j'ignore pourquoi. Depuis septembre, j'ai attrapé deux fois un microbe qui m'a rendue malade pendant vingt-quatre heures. Cela a l'avantage de m'éviter de prendre du poids ! En plus, je continue à avoir affreusement mal tous les mois. Cela me rend inefficace pendant deux jours chaque fois. Pour couronner le tout, Steve Parris, mon nouveau patron, est un parfait enfoiré. Excuse-moi d'être grossière, mais je ne trouve pas d'autre mot. Je vais devoir continuer à faire mes preuves jusqu'à ce que je sois centenaire, ce qui pourrait arriver bientôt, à ce rythme !

Hope tendit le bras et pressa la main de sa sœur.

— Sam, tu devrais voir un médecin pour faire un bilan complet. Cela fait trois problèmes de santé en moins de deux mois. C'est trop ! Tu dois aussi consulter un gynécologue. Je suis sûre que tu es anémiée. Tu as, au moins, besoin d'un remontant.

— Ne t'inquiète pas, je suis un peu grognon aujourd'hui. C'est tout. Je vais bien. Je suis solide comme un bœuf !

Sam réussit à rire de façon convaincante et ajouta :

— Trop de sexe et pas assez de sommeil !

Ce qui était un gros mensonge. Elle n'arrivait pas à se souvenir de la dernière fois où elle avait fait l'amour. Ah, si ! Elle était allée à Paris avec Karl. Elle en gardait un souvenir doux-amer.

— Tu as quelqu'un ? demanda Hope avec ravissement.

Il devenait urgent de changer de sujet !

— Je te parlerai une autre fois de ma vie sentimentale, biaisa Sam.

Pas question d'avouer qu'elle n'avait pas eu d'ami depuis deux ans ! La réussite professionnelle effrayait encore plus les hommes qu'une vilaine maladie.

— Bon ! reprit-elle. Que vas-tu faire en Irlande ? Je sais que Matt a réfléchi à tout, mais il n'a pas pensé à toi.

— Si ! protesta Hope. Cela fait une éternité que je rêve d'avoir plus de temps pour les enfants. Tu n'imagines pas comme je souffre de les amener à la crèche tous les matins. Et pendant que je fais des sourires à de parfaits étrangers, Toby apprend une nouvelle chose et je ne suis pas là pour le voir ! Il a commencé à marcher en présence de quelqu'un d'autre que moi.

Elle n'avait jamais pu l'oublier.

— D'accord, concéda Sam. Mais tu aimes travailler à l'extérieur, cela fait aussi partie de ta vie. Comment vas-tu te débrouiller dans un pays que tu ne connais pas, sans copines de travail, peut-être sans crèche à côté de chez toi et sans amies pour te soutenir dans les moments difficiles ?

Hope n'avait pas vraiment de réponse.

— Et si vous voulez sortir, aller au théâtre ou au cinéma ou dans le dernier restaurant à la mode ? poursuivit Sam.

— Oh, arrête, Sam ! Redescends sur terre ! s'exclama Hope. C'est de moi que tu parles, d'une mère de famille avec deux enfants en bas âge et pas d'une femme de la jet-set qui passe sa vie chez Gucci en cherchant une robe pour assister à la première d'un film ! Je ne peux pas me rappeler la dernière pièce que j'ai vue. Je sais que nous avons assisté ensemble, à Londres, à *Miss Saigon*, mais c'est tout. Quant au cinéma, une fois les enfants mis au lit, je suis trop fatiguée pour avoir envie de ressortir. Je préfère louer des cassettes.

— Dans ce cas ! jeta Sam. Pourvu qu'il y ait un vidéoclub dans ce village au fin fond de nulle part, tu n'auras aucun problème d'adaptation.

Elle savait que sa remarque était dure, mais il fallait dire certaines choses. Hope n'avait rien d'une extravertie. Communicative et vive avec sa sœur, elle restait toujours très réservée avec les gens. Elle faisait partie de ces femmes qui s'installent dans un coin et regardent les autres s'amuser. Certaines personnes s'épanouissent à l'étranger, heureuses de pouvoir se faire de nouveaux amis et s'intégrer à un groupe. Hope n'était pas ainsi.

— Tu n'as jamais été du genre à participer à la vie locale, jouer dans une troupe de théâtre amateur, chanter dans une chorale ou faire fonctionner une association de parents d'élèves, poursuivit Sam. C'est parfait et même élégant quand tu travailles et que tu vis dans un lotissement parmi une centaine de familles, mais pas au milieu de nulle part, et sans travail !

Voilà, elle l'avait dit.

Hope ne réagit pas tout de suite.

— Je peux changer, dit-elle enfin. De toute façon, ma vie est avec Matt et avec les enfants.

— Et ta vie personnelle ? demanda Sam.

— C'est ma vie ! répéta Hope. Tu n'as pas écouté, Sam. C'est leur vie, ma vie, notre vie à tous les quatre.

Hope aurait voulu parler à Sam de ses angoisses à propos de la liaison imaginaire de Matt, mais elle se montrait trop brusque. Elle lui répondrait certainement qu'on ne suivait pas son mari à l'étranger pour le remercier de sa fidélité.

Sam, de son côté, aurait aimé avouer à Hope qu'elle se sentait malheureuse, vieille et insatisfaite malgré son extraordinaire réussite professionnelle. Mais Hope avait assez de problèmes à résoudre sans se préoccuper aussi des siens. Depuis le mariage de sa sœur, Sam était convaincue que Matt ne lui vaudrait que des ennuis. C'était lui qui décidait de tout, en permanence, et il était trop beau pour qu'on lui fasse confiance. À vrai dire, Sam ne se fiait jamais aux hommes.

Quand elles arrivèrent chez Hope, Millie se jeta sur Sam en poussant des cris de joie.

— Tata Sam !

Puis, soudain, elle comprit que sa mère n'était pas seulement allée faire les courses et elle fit la moue, outrée.

— Tata Sam voulait te faire une surprise, ma chérie, dit Hope gaiement.

— J'espère qu'elle est bonne, enchaîna Sam avec un air sérieux. Et toi, Toby ? Tu ne me dis pas bonjour ?

Il l'embrassa timidement et lui montra son train.

— Regarde, tat'Ham.

Toby n'avait jamais réussi à dire « tata Sam ». Matt, à son tour, sortit de la cuisine.

— Bonjour, dit-il, sur la défensive.

— Bonjour, lui répondit Sam, aussi méfiante que lui.

Ce n'était pas leurs différences qui empêchaient Sam et Matt de s'entendre, bien au contraire ; ils se ressemblaient trop, tous les deux très volontaires, autoritaires et possessifs. Ils supportaient mal que Hope puisse aimer quelqu'un d'autre qu'eux. Leur rivalité était source de tensions pour elle, alors que ni l'un ni l'autre n'en semblaient perturbés.

— Alors, qu'est-ce qui t'amène ? demanda Matt d'un ton ironique. Quoique j'aie ma petite idée…

Hope lui jeta un regard furieux.

— Sam ne reste que jusqu'au déjeuner de demain, alors j'aimerais que nous passions un week-end agréable. Tu veux bien ? dit-elle de la voix qu'elle prenait pour convaincre Millie de manger ses brocolis.

Malheureusement, elle échoua. Sam était en colère contre Matt et son « projet cinglé ». Matt reprochait à Sam de vouloir lui mettre des bâtons dans les roues. Le samedi soir, alors qu'il se préparait à se coucher, il déclara à Hope qu'il détestait la façon dont Sam déboulait dans leur vie pour leur dicter leur conduite.

— C'est la femme la plus autoritaire que j'aie jamais rencontrée, cracha-t-il.

Il faisait les cent pas dans leur chambre et, bien que vêtu seulement de sa chemise et de ses chaussettes, réussissait à ne pas être ridicule.

Comme Sam avait utilisé presque les mêmes mots au sujet de Matt quelques heures plus tôt, Hope se contenta de serrer les dents en priant pour parvenir à tenir le reste du week-end. En principe, elle se réjouissait toujours des visites de sa sœur. Elles passaient alors beaucoup de temps ensemble, à se promener et parler. Mais cette fois, depuis leur pause en ville, Matt ne les laissait pas seules un instant, comme s'il ne voulait pas donner l'occasion à Sam d'influencer la décision de Hope. Il n'arrêtait pas de harceler celle-ci au sujet de Sam qui, à son tour, tannait sa sœur avec Matt.

Prise entre deux feux, démoralisée par ces disputes incessantes, Hope se rabattit sur sa réserve secrète de chocolat. Elle ne supportait pas l'idée de rendre malheureux deux êtres qu'elle aimait et fit donc de son mieux pour rester en dehors de leurs querelles. Chaque fois que le ton montait, elle prenait sa voix la plus enthousiaste pour leur proposer du thé ou de regarder ce que Millie avait fait.

Tous furent soulagés quand arriva le dimanche après-midi et que Hope reconduisit Sam à la gare.

— Je suis désolée des tensions qu'il y a eu, dit Sam comme elles attendaient son train.

— Ne dis pas de bêtises, c'était formidable, mentit Hope.

Elle détestait reconnaître que tout ne s'était pas passé pour le mieux.

— Essaie de venir me voir à Londres avant de partir, demanda Sam.

— J'espère que ce sera possible, dit Hope, émue aux larmes. Et nous prendrons le temps d'être vraiment ensemble.

Elles s'embrassèrent puis Sam s'éloigna, élégante silhouette en manteau beige d'agneau retourné et étole de cachemire jaune pâle. Ses cheveux brillaient dans la lumière. Elle adressa un dernier signe de main à Hope en montant dans le train.

Hope essaya de toutes ses forces de ne pas pleurer en regardant sa sœur disparaître, mais en vain. Elle aurait tellement aimé la voir plus souvent ! Si seulement Sam et Matt ne se disputaient pas autant… Elle espérait… Elle ne savait plus quoi…

Pendant le trajet de retour, Sam pensa à Karl. Elle essayait pourtant de l'oublier. Karl… La seule évocation de son nom la faisait frissonner de plaisir. Elle l'avait rencontré à Bruxelles, lors d'une réunion des responsables des ventes de la société qui l'employait à l'époque, et ils s'étaient plu immédiatement. La plupart des femmes de la maison de disques auraient aimé sortir avec ce grand Suédois blond, mais il n'avait d'yeux que pour elle.

Ils s'étaient livrés pendant toute la semaine à un jeu d'esquive raffiné. Ils parlaient de leur travail (Karl faisait partie du bureau international et voyageait beaucoup) et s'asseyaient l'un à côté de l'autre pour dîner, mais rien de plus. Ce fut plus tard, alors que Karl passait deux mois à Londres pour des raisons professionnelles, qu'ils sortirent ensemble. Karl disposait d'un logement de fonction mais passait presque tout son temps libre avec Sam, dans la chambre de l'appartement où elle vivait alors. Ils se livraient à des occupations dignes de publicités de Häagen-Dazs ; ils mangeaient au lit, se donnant la becquée l'un à l'autre en piochant dans des barquettes de traiteur ; ils buvaient du vin, vêtus seulement d'un tee-shirt et d'un slip ; ils traînaient en lisant paresseusement les journaux ou en regardant de vieux films tard à la télévision.

Sous son allure décontractée et réservée, Karl cachait un tempérament ardent et très romantique. Il imaginait leur avenir et suppliait Sam de le suivre à Paris, où il était nommé pour les deux années à venir.

L'idée répugnait à Sam. Renoncer à son travail pour Karl, devenir sa petite amie, sa compagne, quelqu'un qui suit et subit au lieu de foncer et décider ? Pas question ! Il avait longuement plaidé sa cause. Il lui avait affirmé qu'avec son expérience et ses qualités professionnelles, elle retrouverait une situation en peu de temps, peut-être même meilleure. Mais Sam avait refusé. Elle ne voulait pas devenir un accessoire, la moitié d'un homme au lieu d'une personne à part entière. Elle avait toujours choisi d'être autonome et n'entendait pas changer de vie.

Il avait fallu une semaine de discussions orageuses pour que Karl comprenne sa détermination. Cela s'était passé deux ans plus tôt. Aux dernières nouvelles, Karl avait épousé une Française qui travaillait dans la mode, un domaine où il y avait très peu de chances de se reclasser dans un autre pays que le sien. Il verrait bien ce qu'elle ferait quand il serait nommé ailleurs.

Une femme avec sa petite fille monta dans le train et vint s'asseoir en face de Sam. La mère avait un visage blême sans trace de maquillage, l'enfant des joues roses et l'air prête à toutes les bêtises.

— Assieds-toi, Lily, et reste tranquille, s'il te plaît, demanda la mère d'un ton las. Nous n'en avons que pour une demi-heure et nous aurons des ennuis avec le contrôleur si tu te tiens mal.

Elle sortit de son grand sac des livres d'enfants qu'elle tendit à Lily.

— Zus d'orange ! réclama bruyamment celle-ci.

Les sottes menaces de sa mère ne la troublaient guère. Pour marquer sa détermination, elle poussa les livres sur le siège à côté d'elle et dévisagea Sam d'un regard effronté. Exactement comme Millie ! pensa Sam avec amusement. La fillette rayonnait d'assurance, décidée à obtenir ce qu'elle voulait. Comment la pauvre Hope, si craintive, avait-elle pu donner naissance à une enfant aussi sûre d'elle !

La femme tira un carton de jus de fruit de sa besace. Hope donnait l'impression de ne jamais sortir sans ce genre d'accessoire, se dit Sam. Les mères portaient toujours d'immenses sacs à bandoulière où elles transportaient tout, des vêtements d'enfant aux repas complets, en passant par les dizaines de jouets et de livres, sans oublier les paquets de couches.

Sam détourna les yeux pour se concentrer sur le paysage, afin de ne pas prêter attention à Lily, qui la fixait tout en tétant la paille du jus de fruit. Mais plus elle regardait à l'extérieur, plus Lily, debout sur le siège à côté de sa mère, se penchait vers elle. Elle finit par se coucher sur la tablette entre les sièges, les yeux écarquillés, vissés sur Sam. Elle voulait que cette adulte qu'elle ne connaissait pas la remarque et s'intéresse à elle.

— Lily, fais attention ! l'avertit sa mère.

Lily recula de quelques centimètres, lâcha la paille, appuya involontairement sur le carton de jus de fruit et un grand jet orange jaillit sur le manteau beige de Sam.

— Je suis désolée, dit la mère d'un air très las.

Sam, pensant à Hope qui traînait Millie et Toby derrière elle en espérant de toutes ses forces qu'ils ne saliraient pas les vêtements des gens, hocha la tête avec amabilité.

— Ce n'est pas grave, dit-elle. De toute façon, je devais le donner à nettoyer.

La jeune femme lui lança un regard si reconnaissant que Sam se sentit heureuse d'avoir été conciliante. Avant, elle aurait fait une remarque très sèche sur les parents incapables de tenir leurs enfants en public. C'était sans doute un effet de l'âge ! À l'approche de la quarantaine, elle se ramollissait.

Quarante ans… Elle frissonna intérieurement. Cela lui donnait l'impression de devenir très vieille. Karl ne la remarquerait même pas s'il la rencontrait aujourd'hui. Bizarre qu'elle pense à lui en ce moment, cela ne lui arrivait pas souvent… Il ne lui manquait pas pour lui-même, mais plutôt pour l'expérience de vie à deux qu'il lui avait offerte. C'était cela qu'elle aimait : être sous la couette avec un homme, partager sa journée avec un homme, avoir un homme qui achetait le café ou le lait quand elle l'oubliait. Cet aspect du couple lui plaisait, mais pas tout le tracas qui allait avec. Ces sottises dont on parlait sans arrêt dans les magazines féminins ou pendant les dîners de femmes : le meilleur moyen d'entretenir la relation, la nécessité de se demander s'il se sentait heureux, la manière de pimenter sa vie sexuelle… L'enfer ! Sam ne comprenait pas pourquoi les femmes étaient supposées devoir faire tous les efforts. Elles s'intéressaient à des questionnaires pour savoir si l'homme de leur vie était heureux, s'il risquait de les tromper ou s'il avait besoin de s'exprimer, pendant que lui pouvait agir comme il voulait. Mais pourquoi s'en mêler ? Que les hommes s'occupent d'eux-mêmes. Elle ne le ferait pas à leur place.

En fait, il lui fallait un petit ami virtuel : un robot aux fonctions très évoluées qui saurait lui faire des câlins, lui faire l'amour, s'enquérir de la façon dont s'était déroulée sa journée de travail, qui se tairait quand elle était fatiguée et, surtout, ne dirait jamais : « J'ai réfléchi à notre avenir et décidé d'accepter ce travail sur Mars… »

Elle sourit en elle-même. Curieux que personne n'y ait pensé ! Un amant virtuel serait l'idéal pour des millions de femmes. Elles n'auraient que les avantages physiques de sa présence, sans les inconvénients émotionnels d'une relation avec un être de chair et d'os.

Lily lui souriait d'un air engageant. Sam lui retourna son sourire.

— Elle est mignonne ! dit-elle.

— Oui, quand elle dort, répondit la mère avec conviction.

De retour à Londres, Sam fit quelques achats dans l'épicerie la plus proche de chez elle. Faire sauter des légumes, cuire des pâtes, ajouter une sauce au basilic toute prête et du parmesan râpé était ce qui, chez elle, ressemblait le plus à de la cuisine.

Elle versa le tout dans une grande assiette blanche et alla s'asseoir. Elle avait mis en sourdine son disque préféré de Nina Simone. Les journaux du dimanche s'étalaient sur la table devant elle. Curieusement, elle n'avait pas faim alors qu'elle raffolait du plat qu'elle avait préparé. Elle finit par renoncer et repoussa l'assiette, qu'elle avait à peine touchée. En fait, son corps n'avait sans doute pas besoin de nourriture. Après deux jours passés avec Hope à dévorer des douceurs de chez Sally Lunn, son manque d'appétit pouvait s'expliquer.

Le lundi, Steve organisa avant le déjeuner une réunion des responsables au sujet des économies à réaliser. Dix cadres supérieurs s'assirent autour de la table au bois brillant, et se concentrèrent sur les problèmes de leur service. Tous affichaient une allure décontractée, insouciante, mais tremblaient dans leur jean griffé en espérant ne pas se trouver sur un siège éjectable. Tous sauf Sam. Elle ne supportait plus de frémir à cause de Steve Parris ou qui que ce soit. Elle avait eu une matinée épouvantable et se souciait comme d'une guigne d'être licenciée, ne fût-ce que parce qu'elle venait de signer un contrat de trois ans. Elle avait passé plusieurs heures au téléphone avec l'agent de Density, qui lui avait détaillé la liste de tout ce que ses protégés refuseraient de faire pour la promotion de leur album. Ils n'accorderaient pas d'interview aux journalistes qui n'auraient pas assisté à au moins un de leurs concerts ; ils ne participeraient à aucune émission du matin à la télévision et ne se commettraient dans aucun autre des médias, les estimant « superficiels et débiles ». Ils refusaient d'être photographiés sous prétexte qu'ils aimaient les clichés réalisés pour leur publicité et ne supportaient pas l'idée de subir une nouvelle longue séance de maquillage ni de devoir prendre l'air hargneux pendant des heures. Enfin, il n'était pas question, absolument pas question, qu'un seul journaliste de la presse à scandale s'approche d'eux.

Sam avait essayé de faire comprendre à son interlocuteur que cette petite liste rendait le travail de la maison de disques très difficile, mais il n'avait rien voulu entendre. « Steve Parris a dit que nous n'avions qu'à demander ce que nous voulons, avait-il rétorqué. Et c'est cela que nous voulons. » Sur quoi il avait raccroché.

Désireuse de ne pas déclencher un scandale, Sam avait évité de le rappeler pour le menacer des pires sévices. Mais comme elle en avait envie ! La directrice de la publicité, qui assistait à la réunion, lui adressa un regard de sympathie. Elle avait entendu parler des exigences de Density. Depuis l'arrivée de Sam chez Titus, cette grande Noire américaine du nom de Karen Storin s'était montrée très amicale avec elle.

« Bienvenue au club d'élite de Steve, lui avait-elle dit en riant lors de leur première rencontre.

— Club d'élite ? avait demandé Sam.

— Le club des femmes cadres supérieurs, avait expliqué Karen. Steve n'apprécie pas beaucoup qu'on leur donne du pouvoir !

— Vous voulez dire que je suis ici parce que je suis une femme et vous parce que vous êtes une Noire ? » avait à son tour plaisanté Sam.

Karen lui avait fait une petite grimace ironique : « Nous sommes ici malgré cela, et parce que nous sommes les meilleures ! »

En se rendant à la salle de réunion, quelques minutes plus tôt, elles avaient de nouveau évoqué le club de Steve. Elles se sentaient libres de parler tant qu'elles n'étaient pas dans la pièce, où le bras droit de Steve espionnait tout le monde. Karen gérait le calendrier des campagnes promotionnelles de Density et rencontrait les mêmes problèmes que Sam.

— C'est bon, pour toi ? demanda Sam.

— Tout est sous contrôle ! répondit Karen. Le calendrier est respecté, poursuivit-elle d'un ton très sérieux.

C'était exactement à l'opposé de la vérité, qu'elle avait révélée à Sam auparavant. Elle était alors dans une rage terrible.

« Je viens d'avoir leur agent au téléphone. Je n'ai jamais eu affaire à un individu aussi insupportable ! Si je ne savais pas qu'il travaille avec eux, j'aurais juré qu'il les sabote. Ils refusent de faire quoi que ce soit que je leur demande. Ils veulent que leur album fasse un flop », avait-elle conclu.

Mais, devant les autres, elle demanda à Sam :

— Et toi, où en es-tu ?

— Tout va bien, répondit-elle en souriant, sans broncher.

Quelques minutes plus tôt, elle s'était plainte à Karen que le manager de Density bouleversait sa semaine de travail. Mais quand on était sous les ordres de Steve Parris, il était vital de sauvegarder les apparences et de faire comme si tout était en ordre.

Le grand homme arriva enfin, environné d'une épouvantable odeur de cigare. Sam, ancienne grande fumeuse de Dunhill, n'était pas incommodée, mais n'appréciait pas que Steve ne tînt aucun compte des panneaux de zone non-fumeurs dans les bureaux. Il fumait partout où cela lui plaisait, alors que les employés de Titus devaient sortir du bâtiment s'ils voulaient allumer une cigarette. À l'heure de la pause-café, le trottoir était encombré de gens aux joues creuses qui tiraient frénétiquement sur leur clope pour compenser les heures de privation et inhaler leur dose de nicotine.

Steve se laissa tomber dans un fauteuil en cuir, l'écarta de la table et posa ses boots sur le sous-main que son assistante avait soigneusement posé devant lui.

— Alors, comment va notre équipe ? demanda-t-il.

Sam sentit un grondement de protestation monter en elle. Où se croyait-il ? Dans un club de foot, avec une bière à la main ? Quel pauvre minable ! Elle le haïssait.

— Bien, très bien, Steve, répondit Zak, le directeur d'A & R.

Il imaginait probablement qu'ils se trouvaient en effet dans un club de foot en train de boire une bière. On avait raconté à Sam qu'il avait abusé de la cocaïne dans les années quatre-vingt et devait son travail à son ami Steve.

— Économies et réorganisation, annonça Steve d'un ton important. La restructuration globale de Titus nous conduit à nous séparer d'au moins dix cadres supérieurs.

Ils le fixèrent tous, choqués. Dix ! Des gens qui occupaient des postes importants, de plus. Cela voulait dire que dix des personnes qui travaillaient dans le même immeuble allaient partir, des collaborateurs qui travaillaient pour eux et qu'ils appréciaient, et auxquels il leur appartiendrait d'annoncer la mauvaise nouvelle. Sam sentit son ventre se nouer en un spasme douloureux, une sensation familière depuis quelque temps et qu'elle supposait correspondre au syndrome de la colite. Quoi d'autre ? Elle se sentait également nauséeuse. Sa grippe n'était sans doute pas encore guérie. Elle n'avait pas touché à son toast de pain complet, ce matin, et s'était sentie si fatiguée qu'elle avait dû prendre trois grandes tasses de café pour arriver à sortir de chez elle.

— Il y a beaucoup trop de personnel dans les équipes européennes et nous devons dégraisser, dit Steve. La direction internationale estime que nos charges salariales sont trop lourdes. Il n'y a pas d'autre moyen de les alléger. La réduction de l'effectif va dynamiser notre organisation et nous empêcher de nous endormir.

— Cela concerne-t-il seulement certains services ou la société dans son ensemble ?

Sam avait fini de poser la question avant de se rendre compte avec étonnement que c'était elle qui avait parlé.

Steve s'éclaircit la voix avant de lui répondre.

— Votre label est particulièrement visé, dit-il enfin. Vous allez devoir vous séparer de quatre personnes.

Sam se sentit de plus en plus mal.

— Nous employons quatre cents personnes dans ce pays. Cela ne représente donc pas un pourcentage très important, intervint le béni-oui-oui préféré de Steve, homme aux manières doucereuses qui appartenait au service financier.

— C'est néanmoins important, coupa Curtis, personnage dynamique aux cheveux noirs qui dirigeait le service juridique. Nous parlons de nos collègues, pas de fourmis. Et mon service ? demanda-t-il en se tournant vers Steve.

Sam avait remarqué que Steve le craignait. Il s'en méfiait sans doute parce qu'il connaissait par cœur la législation du travail et serait capable de tracer en quelques minutes au dos d'une enveloppe les grandes lignes d'une procédure pour licenciement abusif.

— Ne vous inquiétez pas ; personne ne doit partir, chez vous, lui dit Steve.

La réunion dura encore vingt-cinq minutes pendant lesquelles Steve leur expliqua la ligne à suivre au sujet des renvois, aussi bien au sein de la société qu'à l'extérieur. Dans la presse spécialisée, les spéculations sur la situation financière de l'entreprise iraient bon train si la compression des effectifs était mal présentée. Le service du personnel avait déjà établi la liste de ceux qui devaient partir en premier. Les dirigeants de chaque label en seraient informés lors d'un entretien confidentiel. Celui de Sam aurait lieu dans deux heures et demie.

Ils quittèrent la salle de réunion et se dirigèrent vers l'ascenseur sans pouvoir dire un mot. Sam se sentit soudain incapable de supporter un espace restreint. Il lui fallait de l'air ! Elle fit demi-tour, se rua dans l'escalier et descendit en courant les quatre étages qui la séparaient de la rue. Curtis s'y trouvait déjà et était en train d'allumer une cigarette.

— Je peux vous en voler une ? demanda Sam, tout en se reprochant de fumer après avoir stoppé depuis si longtemps.

— Je ne savais pas que vous fumiez, remarqua Curtis en lui tendant son paquet.

— J'ai arrêté, mais la séance a été assez rude.

Il acquiesça silencieusement de la tête.

— Je ne sais pas comment je vais réussir à renvoyer quatre personnes. Oh, désolée ! « Comment je vais me séparer de quatre membres de l'équipe pour respecter la politique de la société », corrigea-t-elle avec une ironie amère. Je ne suis pas ici depuis assez longtemps pour m'être fait une idée des qualités de chacun, mais je serai quand même la méchante qui se débarrasse d'eux. Excellent pour le moral ! Quant à Steve, il a l'air de s'en moquer totalement. Il a failli rire en m'annonçant la nouvelle. Je vous jure qu'il me déteste.

Curtis esquissa un sourire.

— Steve n'aime personne, dit-il. Si vous comprenez cela, vous vous sentirez bien mieux, même si nous savons tous que vous n'êtes pas dans ses petits papiers puisqu'il voulait embaucher quelqu'un d'autre.

Sam ouvrit de grands yeux.

— Parlez-moi de cela.

— Je connais Steve depuis dix ans et il n'a jamais changé. C'est un bon. La société était au plus bas quand il a pris les commandes. Travailler avec lui est infernal, mais il réussit.

— Il aime créer des tensions, soupira Sam. Il nous a délibérément annoncé que la réunion de ce matin portait sur la compression du personnel, mais il a fait monter l'angoisse en ne nous disant pas qui serait concerné.

Sam ne mentionna pas le fait que, comme elle venait de signer un contrat de trois ans, elle savait qu'elle ne figurait pas sur la liste, contrairement à son équipe.

— C'est de la psychologie appliquée, dit Curtis en haussant les épaules. La tactique de Steve suppose que, au moment où il vous annonce que vous avez quatre personnes à licencier, vous vous sentiez si soulagée de ne pas en faire partie que vous accepterez tout ce qu'il veut. Steve joue sur la peur. Il aime que les subalternes soient terrorisés et se disputent : diviser pour régner, voilà sa devise pour diriger une entreprise. Il pense que c'est la seule méthode possible. Il craint que, si jamais il se montrait gentil, on lui fasse la peau.

Après sa cigarette, Sam se sentait encore plus nauséeuse. Elle remonta dans son bureau avec appréhension. Elle n'aurait pas dû parler de Steve à Curtis. C'était stupide et peu professionnel. Elle n'était pas chez Titus depuis assez longtemps pour comprendre quels liens unissaient les gens et supposait seulement que Curtis n'aimait pas Steve. Ils pouvaient, malgré les apparences, très bien s'entendre. Elle perdait la tête ! Comment osait-elle se conduire ainsi dans la jungle de l'entreprise ? Que lui arrivait-il ? Ce devait être le contrecoup de la grippe. Elle avait intérêt à passer chez le pharmacien pour acheter un complément alimentaire énergétique.

À trois heures de l'après-midi, elle se cuirassa pour entrer dans la tanière du lion. Steve et le directeur du personnel étaient assis devant une liste de noms. Ce dernier commença à citer les gens dont Sam devait se débarrasser sans même lui laisser le temps de s'asseoir.

Elle écouta calmement sans montrer son dégoût. Une des femmes à licencier venait juste d'annoncer qu'elle était enceinte de quatre mois. Un jeune homme du bureau de publicité qui avait fait une excellente impression à Sam venait d'acheter un appartement ; il avait de lourdes mensualités de remboursement. Sam sentit son ventre se nouer, comme d'habitude.

Que pouvait-elle objecter ? Rien. À présent, elle faisait partie des patrons, devait prendre des décisions difficiles et les appliquer si nécessaire. Si elle se révoltait, cela n'aboutirait qu'à affaiblir sa propre situation. Le directeur du personnel continuait à parler et Sam écoutait, le cœur lourd.

Quand il se tut, elle lui fit simplement remarquer qu'il y avait une femme enceinte sur la liste.

— Vous devriez peut-être vérifier si elle peut nous attaquer pour l'avoir licenciée à ce moment, dit-elle d'une voix neutre comme s'il s'agissait d'écraser une araignée et non pas de décider de l'avenir d'un être humain.

Steve éclata de rire.

— Je vous avais dit que Sam Smith serait capable d'éliminer tout son service sans broncher ! déclara-t-il d'un ton triomphant. Nous avons eu raison de vous embaucher, Sam. Il nous fallait quelqu'un qui comprenne la règle du jeu, pas une pauvre gourde qui se met à pleurer quand il faut virer quelqu'un !

Sam ne put retenir un frémissement. Elle se souvenait de son dernier entretien d'embauche, celui où Steve avait discrètement – aussi discrètement que possible chez une brute comme lui – essayé de savoir ce qu'elle pensait des enfants. La loi interdisait de demander franchement à une femme si elle prévoyait d'en avoir et, donc, de bénéficier des droits liés à la maternité, y compris un congé de six mois qui posait beaucoup de problèmes. Sam, sensible à la difficulté d'aborder la question pour l'employeur, expliquait clairement que, contrairement à d'autres, elle ne s'inquiétait pas de voir passer le temps. Cela représentait un atout et elle s'en servait.

Elle se rappela le regard glacé dont elle avait gratifié Steve et les autres membres du conseil d'administration. « Je n'ai pas la fibre maternelle », leur avait-elle dit. Ils avaient tous poussé un soupir de soulagement et Steve lui avait lancé un regard complice.

— Une vraie dure à cuire, disait-il à présent.

Son expression semblait signifier que, dans d'autres circonstances, il lui aurait tapé sur l'épaule. Mais Sam n'était pas du genre démonstratif. Elle ne supportait pas les ridicules manifestations d'une feinte affection et se contentait de serrer la main des gens. Pourquoi faire semblant d'être amis si l'on ne se connaît pas ? Quelle hypocrisie !

— C'est ce que j'aime, chez vous, Sam. Vous ne faites pas de prisonniers ! C'est ce qu'on dit, et c'est vrai. J'apprécie cela dans mon équipe. Personne n'aime virer des collaborateurs mais nous devons le faire.

Steve eut un geste de la main qui tenait le cigare, dessinant une volute de fumée dans l'air. Sam pouvait disposer.

Elle regagna son bureau, remâchant l'ironie de l'affirmation de Steve. Qu'il puisse prétendre apprécier quoi que ce soit chez elle ! Ah, vraiment ? Elle se demandait aussi ce que l'on disait encore à son propos. « Une dure à cuire… Vous ne faites pas de prisonniers. » On aurait dit un vieil adjudant en train de terroriser les bleus avant d'aller boire du tord-boyaux avec les meilleurs d'entre eux. « Sam Smith est impitoyable mais, bon Dieu ! elle réussit. Elle a sûrement un cœur malgré les apparences, le tout serait de le trouver. Pas vilaine, mais elle fait peur aux hommes… Trop dure ! Les femmes comme elle finissent toujours seules. »

À vingt ou trente ans, il lui avait paru nécessaire de se forger une carapace pour se faire une place au soleil dans la jungle du monde du travail. À présent, sous la menace des quarante ans, elle éprouvait des doutes.

Être dure, mais capable de porter un modèle de couturier branché était une chose ; dure, mais ridée comme une vieille pomme, une autre, très différente. De quoi aurait-elle l'air à soixante-cinq ans, avec un petit visage hargneux tout plissé ?

L'image de sa tante Ruth surgit dans sa mémoire. Ruth Smith, fonctionnaire et terreur de ses subordonnés au service des permis de construire, n'était pas non plus du genre maternel. Se retrouver soudain avec la responsabilité de deux petites filles n'y avait rien changé. Elle avait continué à vivre exactement comme elle le faisait avant la mort de son frère et de sa belle-sœur. Pour couronner le tout, elle avait toujours eu l'allure d'une vieille fille excentrique tout droit sortie d'un roman.

Sam se souvenait très bien de la façon dont les garçons qui habitaient de l'autre côté de la rue se moquaient de Hope et d'elle à cause de Ruth. « Oh, la sorcière ! Oh, la sorcière ! Bave de crapaud et toiles d'araignée ! », chantaient-ils cruellement. Et au fond d'elles-mêmes, les deux sœurs devaient s'avouer que leur tante offrait quelque similitude avec une sorcière, surtout parce qu'elle s'entêtait à se coiffer avec un chignon complètement démodé et à porter un pince-nez qui n'arrangeait pas du tout son visage étroit.

Sam se sentait très lasse. Les relations avec sa tante avaient toujours été difficiles et elle s'était juré de ne jamais lui ressembler. Or, elle en prenait de plus en plus le chemin. Tante Ruth aurait dirigé Titus Records d'une main de fer et en aurait fait le numéro un mondial.

Ce soir-là, quand Sam rentra chez elle, il y avait une énorme benne devant la maison voisine, qui était en assez mauvais état. Les travaux commençaient enfin !

Depuis qu'elle avait emménagé, elle s'irritait de voir la décrépitude du bâtiment. La propriétaire, une vieille dame complètement toquée, ignorait l'existence des peintres, des laveurs de carreaux et des jardiniers. À sa mort, le bien avait été mis en vente et le voisinage avait surveillé l'annonce avec intérêt, curieux de savoir à quel prix il partirait, de façon à pouvoir estimer la valeur du sien.

Une éternité s'était écoulée avant que le panneau « vendu » soit apposé sur la façade. Le quartier avait soupiré de soulagement. En revanche, se dit Sam avec consternation, il faudrait à présent subir les travaux, car les acquéreurs refaisaient tout à neuf. Il y aurait le vacarme des marteaux-piqueurs dès l'aube et des échafaudages d'où les ouvriers verraient ce qui se passait chez elle. Elle n'aurait plus un moment de tranquillité. Elle monta lourdement l'escalier, avec le sentiment pénible qu'on abusait de sa gentillesse.

— Moins de bruit ! hurla Malcolm le Dingue depuis le dernier étage.

Sam grogna de rage mais réussit à retenir une réplique cinglante, et très grossière…

Sa porte refermée, enfin à l'abri des agressions en tout genre, elle laissa tomba son cartable, ôta son manteau et s'écroula sur son grand canapé clair devant la cheminée. Décidée à ignorer le désordre qui régnait chez elle, elle alluma la télévision et regarda la fin du journal, mais sans réussir à se détendre. Ce n'était pas possible, il fallait ranger ! Karl l'avait taquinée en la traitant de maniaque du ménage le jour où elle avait commencé à changer les draps alors qu'il était encore couché.

Sam enfila un vieux jean et un pull-over gris usé jusqu'à la trame et planifia le nettoyage de son appartement. Elle s'attacha les cheveux en queue de cheval et décida de commencer par sa chambre. Il lui fallut deux heures et demie pour que tout soit de nouveau impeccable. La cuisine brillait d'une propreté immaculée et le salon avait retrouvé son ambiance reposante, digne d'un décor zen. Sur les meubles blancs et nets, ne traînait plus un seul journal ni un seul Post-it jaune couvert de notes de travail. Les quatre grands tableaux modernes accrochés aux murs crème régnaient sur un espace paisible, net, sans rien qui dépare le canapé blanc, la table basse de bois clair et le tapis blanc cassé sur le plancher. Les grosses bougies ivoire posées sur la tablette de la cheminée étaient soigneusement alignées après avoir été dépoussiérées avec soin, comme le bois flotté sculpté sur l'appui de la fenêtre. Sam avait même fait briller le grand éléphant indien en argent, posé dans le coin à côté du ficus géant. Contrairement aux gens qui apprécient un peu de désordre dans une pièce, elle aimait l'ordre, la netteté et la sensation de paix que cela lui procurait.

Hope détestait cela. « Tu n'as rien, pas de bibelots », avait-elle dit la première fois qu'elle avait vu l'appartement de Sam dans sa moderne et spartiate splendeur. « C'est trop parfait pour moi », avait-elle ajouté en inspectant du regard les lourds rideaux de brocart crème sur lesquels Millie et Toby auraient si volontiers laissé des traces de doigts sales… Sam avait admis que, si l'on se plaçait du point de vue de Hope, celle-ci avait raison. Sa sœur aurait disposé des tonnes de babioles sur le moindre coin de meuble disponible, au lieu d'une simple lampe ou d'une sculpture.

Quand elles étaient petites, elles partageaient la même chambre. Le côté de Hope débordait d'animaux en peluche, de boîtes vides qu'elle gardait parce qu'elles étaient jolies, de petits bijoux emmêlés les uns dans les autres et de sachets de lavande cousus à la main pour ses vêtements, qu'en réalité elle se contentait souvent d'entasser sur sa chaise. Celui de Sam, en revanche, offrait le spectacle de l'unique garde-robe rangée par couleur de toute leur école. Allant du blanc jusqu'au noir, les vêtements s'alignaient au garde-à-vous sur les cintres, dans un ordre parfait dont la seule vue remplissait Hope d'un effroi admiratif. Mais ce soir-là, en achevant de ranger sa chambre, Sam décida que la penderie attendrait. Elle se sentait mal à l'aise en voyant les tenues grises s'infiltrer dans la rangée des noires ou les jupes se mélanger aux pantalons, mais elle trierait plus tard.

Elle passa dans la cuisine, rangea tout l'attirail de nettoyage puis se prépara deux crackers au fromage. Elle se versa ensuite un verre de sancerre bien frais et retourna s'installer dans le canapé, cette fois avec plaisir. Un concerto de Mozart s'élevait doucement dans l'appartement et Sam se sentit enfin détendue. Elle se força à oublier le travail et les licenciements.

C'est alors que le bruit commença. C'était bizarre parce que, au début, elle ne comprenait pas d'où cela venait. Quand même pas du dernier étage ? Même Malcolm le Dingue n'était pas assez fou pour passer des disques de rock à dix heures du soir aussi fort. Soudain, elle comprit : la maison d'à côté ! Son verre à la main, elle alla regarder par la fenêtre. Deux jeunes femmes traînaient une caisse de bière dans l'allée. De son poste d'observation, la musique lui paraissait encore plus forte. Un taxi s'arrêta devant la maison et plusieurs personnes en sortirent, très gaies et visiblement prêtes à faire la fête à en juger par les sacs pleins de bouteilles qu'elles apportaient. Sam sentit monter sa colère. Où ces gens se croyaient-ils ? Ce n'était pas la zone, ici, mais un quartier très cher où l'on s'amusait en abusant du Bollinger servi par le personnel d'un traiteur. Après quoi, on titubait dans des chaussures sur mesure pour regagner la Mercedes où le chauffeur attendait !

L'acheteur de la maison, quel qu'il fût, n'oserait pas briser la paisible discrétion de Holland Park sous prétexte de réception ? S'il en avait l'intention, il découvrirait très vite son erreur !

La musique s'arrêta aussi brusquement qu'elle avait commencé et Sam sentit sa colère retomber. Bien ! Quelqu'un avait dû se plaindre. Elle n'avait donc pas besoin de s'en occuper. Dans l'état de nerfs où elle se trouvait, Dieu sait ce qu'elle aurait dit ! Elle aurait appelé la police sans traîner.

Elle regagna son canapé et reprit sa position confortable, dégustant son vin et se calmant au son de Mozart.

Une violente basse retentit de nouveau, encore plus fort que la première fois. On aurait dit que Black Sabbath donnait un concert dans la rue.

La colère de Sam était à son maximum, comme la musique. Elle vida la moitié de son verre d'une seule gorgée, prit ses clefs, enfila les espadrilles qui lui servaient de pantoufles, descendit l'escalier comme une furie et sortit.

— Oh, non ! Ne me dites pas qu'ils reçoivent, soupira un aimable couple qui habitait au rez-de-chaussée, rentrant d'une soirée. Avez-vous appelé la police, Sam ? demanda le mari.

— Non, ragea Sam, mais vous devriez demander une ambulance parce que l'individu qui a imaginé cette petite plaisanterie en aura besoin quand j'en aurai fini avec lui !

À grandes enjambées furieuses, elle gagna la porte de la maison voisine et la poussa. Elle n'était pas fermée et s'ouvrit au premier essai. À l'intérieur, la musique était assourdissante. L'endroit, qui n'était plus qu'une coquille vide avec des murs mis à nu et de vieux planchers, possédait une excellente acoustique. Sam enjamba un tapis roulé et une caisse de bières. Tout était dans un état repoussant. Elle imaginait très bien le raisonnement du nouveau propriétaire : mieux valait inviter tout le monde avant de poser le papier peint et la moquette. Plus exactement, pensa Sam avec rage, c'étaient ses enfants, des adolescents trop gâtés, qui avaient eu cette idée et les idiots de parents les avaient suivis, sans se soucier du voisinage. Grosse erreur !

Dans une pièce immense éclairée par des guirlandes électriques accrochées au plafond, Sam découvrit toute une bande en train de fumer comme des pompiers et de boire des canettes. L'odeur de la marijuana flottait lourdement. Personne ne fit attention à elle. Avec son vieux jean, elle était parfaitement dans le ton. Il ne lui manquait qu'une bière pour ressembler aux autres. Mais, elle, elle se levait à six heures du matin et avait besoin de se reposer, pensait-elle avec colère en cherchant sa proie dans la cohue.

Le bruit venait d'une autre pièce. Sam se fraya un chemin vers ce qui devait être l'épicentre du séisme. On reconnaissait à peine qu'il s'agissait d'une cuisine, car la plupart des rangements avaient été enlevés par les ouvriers. Il restait un comptoir central, où s'entassaient les bouteilles d'alcool, six packs de Coca et les restes d'un pain à la tomate. Sam ignora les gens qui se pressaient autour et se dirigea vers la salle à manger.

Là, derrière un adolescent à lunettes qui triait une pile de CD, elle trouva ce qu'elle cherchait : la chaîne stéréo !

— Tu veux que je mette un disque en particulier ? hurla obligeamment le disc-jockey.

— Oui, siffla Sam entre ses dents. Mets « Les bouts » !

D'un geste preste, elle arracha la prise de la chaîne et le silence se fit brusquement.

— Pourquoi tu fais ça ? demanda le gamin d'un air stupéfait.

Tous les regards étaient fixés sur Sam et les bouteilles de bière restaient à demi levées. Les invités découvraient le spectacle d'une petite blonde mince, coiffée en queue de cheval, vêtue d'un jean usagé et chaussée d'espadrilles. De plus, elle avait sur la joue des marques d'encre, comme si elle avait dormi sur un journal.

— J'habite à côté et je ne veux pas être dérangée par ce genre d'imbécillités en pleine nuit ! hurla Sam. Vous comprenez ?

Qu'une vingtaine de personnes de moins de trente ans la dévisagent avec curiosité ne la gênait pas le moins du monde. Ce n'était pas la première fois qu'elle s'emportait en public.

— Désolé… commença le disc-jockey d'un ton poli. Nous avons cru que cela ne poserait pas de problème parce que la maison n'est pas encore habitée…

— Peut-être, mais juste à côté il y a des gens qui veulent dormir, l'interrompit Sam. Et je vous rappelle qu'il s'agit d'une maison mitoyenne où l'on entend tout, à commencer par les basses !

— Vous vous êtes donc sentie autorisée à entrer et débrancher la chaîne au lieu de nous demander calmement de baisser le son, si je comprends bien ? dit à ce moment une voix grave et amusée.

Un homme grand et mince, vêtu d'un jean encore plus usé et décoloré que le sien et d'une chemise blanche froissée ouverte sur un torse puissant, se dressait devant Sam. Elle en eut le souffle coupé. Il n'était pas beau et ce n'était pas non plus un vulgaire gamin de vingt ans. Il avait un visage trop long, des yeux trop petits et un nez trop busqué pour être mannequin mais, malgré tout cela, c'était l'homme le plus impressionnant qu'elle eût jamais rencontré. Il devait avoir à peu près le même âge qu'elle, se dit-elle. Elle avait passé des heures à regarder les photos de chanteurs qui faisaient pâmer toutes les femmes et la laissaient de marbre mais, soudain, elle ne pouvait détacher les yeux de cet homme.

S'il savait chanter, elle était prête à parier sa prime de fin d'année qu'il suffirait de mettre sa photo sur la pochette pour vendre des millions de disques. En fait, même s'il ne savait pas chanter ! Sans perdre son petit sourire ironique – quelle bouche fabuleuse ! pensa-t-elle –, il venait vers elle d'un pas tranquille. Ses cheveux châtains emmêlés et sa chemise presque entièrement déboutonnée lui donnaient l'air de sortir du lit. Il la détaillait paresseusement d'un regard sensuel, comme s'il avait l'intention de la séduire sur-le-champ.

Sam n'acceptait pas qu'on la reluque ainsi, qu'on la prenne pour une vulgaire poupée. Elle était directrice générale d'une société, et ses subordonnés essayaient de disparaître quand elle était en colère. Elle se redressa de toute la hauteur de son mètre soixante-trois, prête à la bataille.

— Je vis à côté, commença-t-elle sèchement, du ton meurtrier qu'elle utilisait en réunion.

— Ah oui ? l'interrompit-il, toujours sans se presser ni s'énerver. Le quartier est-il agréable ?

Il s'arrêta en face d'elle, à la toucher. Bien que pieds nus, il la dominait d'une tête, ce dont Sam avait horreur. C'était exactement la raison pour laquelle elle mettait des talons vertigineux quand elle avait un rendez-vous important : seules les personnes les plus grandes pouvaient alors la regarder de haut.

— Il l'était jusqu'à récemment, siffla-t-elle d'un ton mauvais.

Avec le corps de cet homme à quelques centimètres d'elle, elle avait la sensation d'une intolérable invasion de son espace personnel. En temps normal, elle l'aurait assassiné d'un mot, mais elle se sentit étrangement vulnérable, sortie de son milieu habituel, et recula d'un pas. Elle se trouva dos au mur. Impossible d'aller plus loin. Battre en retraite était toujours une erreur en affaires, c'en fut une là aussi. Elle releva le menton d'un air de défi et sa main qui tenait la prise de la stéréo se crispa.

— Est-ce votre maison ? demanda-t-elle en essayant de ne pas paniquer devant le bel envahisseur.

Il fit comme s'il n'avait pas entendu.

— Vous avez quelque chose qui m'appartient, dit-il d'une voix traînante.

Il tendit ses grands bras vers elle et, pendant une seconde, Sam retint son souffle. Non, ce n'était pas possible, il n'oserait pas ! Le séduisant visage si moqueur était très proche du sien quand il se pencha et elle sentit son ventre se contracter. Il riait et il s'approchait encore d'elle, au point qu'elle sentait la chaleur de son haleine contre sa peau, mêlée au parfum d'agrumes de son corps. Sans savoir pourquoi, elle ferma les yeux. Elle sentit qu'il lui reprenait la prise électrique.

— Je crois que c'est à moi, dit-il.

D'un geste élégant, il rebrancha la stéréo en effleurant la jambe de Sam, puis appuya sur un interrupteur et la violente musique envahit à nouveau la maison.

— Espèce de salaud ! cria Sam, qui se sentait agressée et embarrassée. Horrible salaud !

Elle devait hurler si elle voulait avoir une chance de se faire entendre.

— Vous dépassez les bornes…

— Je crois que c'est vous qui avez dépassé les bornes, répondit-il avec une pointe d'amusement. Si vous vouliez que nous fassions moins de bruit, vous n'aviez qu'à me le demander. Je n'aurais pas refusé.

Une colère impuissante submergea Sam et, pendant quelques instants épouvantables, elle oublia tous ses principes sur la façon de mener une négociation, sur le fait que la vengeance est un plat qui se mange froid, et qu'un caïd du monde des affaires doit garder l'esprit clair et calme.

Cet individu se servait de son physique pour l'intimider et elle réagit à l'antique façon des femmes confrontées à un prédateur plus fort qu'elles. Elle lui donna un coup de pied au tibia, de toutes ses forces, et son espadrille molle heurta un os très dur.

— Aïe !

Comme la musique restait à un niveau assourdissant, il n'y eut que Sam pour entendre l'exclamation de douleur.

Il avait soudain perdu son petit sourire sarcastique. Ce fut au tour de Sam d'arborer une expression satisfaite. Elle s'était fait mal à l'orteil, mais aurait tout le temps d'y penser plus tard. Grâce à de longues années de danse classique, elle avait des pieds très résistants.

— Comment osez-vous vous coller contre moi, espèce d'enfoiré ! hurla-t-elle.

À cet instant précis, pour une raison inconnue, le disc-jockey arrêta la musique. Tout le monde entendit Sam et quelques rires s'élevèrent.

Pourquoi cette saleté de musique s'était-elle arrêtée ? se demanda Sam avant de découvrir la seule personne normalement habillée de toute la maison, un agent de police. Il se tenait sur le seuil de la pièce et, derrière lui, se pressait le couple qui habitait au rez-de-chaussée de la maison de Sam et qui observait la scène avec inquiétude.

— Nous avons reçu une plainte pour tapage nocturne, déclara le policier d'une voix calme.

Sam lança un regard triomphant à son adversaire et sentit toute sa colère revenir quand, au lieu de paraître gêné, il lui sourit.

— Oui, monsieur l'agent, je crains que nous n'ayons mis la musique un peu fort, dit-il. Je suis désolé.

Sam renifla de mépris et sortit la tête haute, suivie par ses voisins. Quel sale individu ! Comment osait-il faire autant de bruit ? Comment pouvait-il l'humilier ainsi ? De plus, elle avait très mal au pied…

— Tout va bien, Sam ? demanda la voisine comme Sam remontait chez elle en boitillant.

— Très bien, répondit-elle d'un ton dégagé.

Quand elle passa devant le miroir accroché dans l'entrée, elle aperçut soudain son visage. On aurait dit qu'elle venait de se faire gifler. Elle avait les joues écarlates. Elles devinrent encore plus rouges, cette fois de gêne, quand elle se mit à penser à la scène qui venait de se dérouler. Elle prit la bouteille de vin dans le réfrigérateur et remplit son verre. Quelle gourde ! Comment avait-elle pu se transformer en gamine idiote et virulente simplement parce qu'un macho avait collé son torse velu contre elle ? Je ne suis pas vraiment une gamine, pensa-t-elle. Je vais sombrer dans l'abîme des quarante ans !

Elle but une longue gorgée de vin. Comment avait-elle pu s'oublier à ce point ? Elle aurait dû le fixer d'un regard glacial en lui expliquant qu'elle allait faire appel aux forces de l'ordre pour mettre un terme au vacarme. Elle se réprimanda vertement pour son comportement stupide puis se coucha, mais ne put trouver le sommeil. Elle avait l'impression d'avoir de nouveau quinze ans ; elle avait, alors, été affreusement vexée parce qu'un garçon du cours de chimie l'avait entendue dire qu'elle était folle de lui. Vingt-quatre ans plus tard, ce souvenir la faisait encore rougir de honte. Et voilà qu'elle avait recommencé !

Elle finit par se lever pour prendre un des somnifères qu'elle gardait en cas d'urgence. La situation entrait bien dans cette catégorie. Elle finit par s'endormir, mais d'un sommeil plein de rêves agités, dans lesquels un homme très grand en chemise blanche se moquait d'elle pour s'être conduite comme une adolescente hystérique.

Le lendemain matin, elle attendit d'être sortie de chez elle pour appeler la messagerie de son téléphone portable. Elle voulait être occupée au moment où elle passerait devant la maison d'à côté, ne pas risquer de se trouver les mains vides, en situation de vulnérabilité, si jamais elle croisait son voisin. « Vous n'avez pas de nouveau message », lui débita la voix impersonnelle du répondeur alors qu'elle n'avait même pas atteint le portillon d'entrée. Au lieu de raccrocher, elle écouta les anciens pour préserver son image de femme d'affaires très occupée qui n'était pas intéressée par les hommes. Soudain, la porte de la vieille maison s'ouvrit à la volée. Sam détourna rapidement les yeux, de peur de le voir, et commença à parler comme si elle était en conversation téléphonique.

— J'arrive, dit-elle. On fera la réunion si vous avez reçu tous les documents de New York.

Comme un taxi tournait dans la rue, Sam leva le bras pour lui faire signe.

— Au revoir et à bientôt, disait une voix de femme derrière elle.

Sam se retourna machinalement et découvrit une ravissante brune qui sortait de la maison. Elle souriait à l'homme en jean et pieds nus qui lui tenait la porte. Il était aussi torse nu, nota Sam avec un sursaut. Il envoyait du bout des doigts des baisers à la fille qui devait avoir au maximum vingt-deux ans. La superbe créature aux yeux de biche avait visiblement passé la nuit hors de chez elle, à en juger par la robe en lamé argent qu'elle portait sous un grand manteau d'homme.

— Porte-toi bien, disait l'homme de sa voix caressante.

Mais c'était Sam qu'il regardait d'un air moqueur, Sam qui se tenait immobile sur le trottoir, bouche bée, son portable à la main.

— Vous voulez un taxi ou pas, ma p'tite dame ? demanda le chauffeur.

— Euh… oui ! bafouilla Sam.

Elle ouvrit la portière et se laissa tomber sur la banquette, son imperméable traînant derrière elle.

— On s'est couchée tard ? demanda le chauffeur avec un sourire amusé.

— Non, souffla Sam qui reprenait ses esprits. À Covent Garden, s'il vous plaît.

Quel sale type ! De la musique de sauvage et des coucheries avec des gamines qui ont la moitié de son âge ! Cette fille a vingt ans et il doit frôler les quarante. Saleté de play-boy ! Encore un de ces bons à rien qui vivent de leurs rentes ou de leur héritage et n'ont jamais travaillé de leur vie. Révoltée, Sam contempla maussadement le spectacle de la rue qui défilait sous ses yeux. Elle détestait ce genre d'homme.

3

— Je n'arrive pas à croire que tu pars dans moins de deux semaines, soupira Betsey rêveusement. Je t'imagine d'ici : un petit cottage d'été dans une clairière au milieu d'une forêt de hêtres, avec un toit de chaume et de jolies pièces dont les couleurs ont un peu passé au soleil... Je vois aussi très bien les repas somptueux avec les produits du jardin, et les petits pubs pittoresques où l'on peut manger des huîtres en terrasse, sans se presser, avec *Riverdance* en musique de fond.

Hope la fixait, stupéfaite, par-dessus sa tourte au poisson.

— On sera en novembre, pas en été !

— Je crains que tu n'aies une vision très hollywoodienne de l'Irlande rurale ! remarqua Dan en riant.

Il était à côté d'Opal, réparant les dégâts que, du haut de ses trois ans, elle avait fait en vidant plusieurs sachets de sauce. Malgré les efforts de son père, elle en jeta encore quelques-uns par terre avant qu'il ait pu tous les lui ôter.

— Non, dit Matt à son tour. C'est la version des agences, qui essaient de vendre une propriété à temps partagé ! Tu sais, Dan, l'image de la jeune fille à un carrefour, avec des moutons au milieu de la route et un indigène ; il n'a plus de dents, fume la pipe, porte une casquette de tweed vissée sur le crâne et te salue d'un grand geste du bras !

— N'avons-nous pas déjà fait une publicité de ce genre ? demanda Dan.

— Je ne crois pas, mais cela arrivera, tôt ou tard ! J'aime l'originalité ! plaisanta Matt.

Ils éclatèrent de rire, sauf Hope, qui piqua rageusement sa fourchette dans la tourte. Hilarant, vraiment ! On pouvait leur faire confiance pour plaisanter de tout. Mais c'était de sa vie qu'ils parlaient, pas du lieu de tournage d'une campagne pour l'un de leurs fichus produits ! C'était elle qu'on expédiait dans un autre pays, loin de ses amis et de Sam, pour que Matt vive d'après une image de prospectus publicitaire. Le rêve de Matt, le sacrifice de Hope… Quinze jours après la visite de sa sœur, sa joie de savoir que son couple ne risquait rien avait disparu, remplacée par une terrible peur de l'inconnu. Matt et Millie étaient très excités à l'idée de s'en aller ; Toby était content parce qu'il prendrait l'avion pour la première fois ; Hope était terrifiée.

— Cela va être formidable, ma chérie, n'est-ce pas ? dit Matt qui avait remarqué la mâchoire crispée de Hope. Je te jure que tu vas adorer le Kerry.

Il s'apprêtait à se pencher pour la serrer dans ses bras mais Millie, qui était assise entre eux, catapulta son assiette de frites à travers la table.

Les quatre enfants se mirent à glousser de joie. Hope soupira, prit de l'essuie-tout dans son inséparable besace et entreprit de nettoyer.

Le dimanche, jour de sortie en famille, les pubs de quartier se transformaient en champ de bataille, avec des enfants qui couraient partout tandis que des parents, épuisés, berçaient des bébés hurlant dans leur poussette et écrasaient la nourriture de bambins coincés dans une chaise haute. Ils essayaient accessoirement d'avaler eux-mêmes, de temps en temps, une bouchée d'une quelconque tambouille.

Hope, Matt, Betsey et Dan avaient l'habitude de se retrouver mais, depuis la naissance de Millie, Toby, Ruby et Opal, c'en était fini des déjeuners dominicaux entre gens civilisés, où l'on se portait un toast au bar d'un restaurant élégant. À présent, le gueuleton consistait à ingurgiter n'importe quoi dans le premier pub venu qui acceptait les enfants et n'était pas encore bondé à midi et demi.

Ce jour-là, ils avaient trouvé de la place au Three Carpenters, un établissement immense avec un terrain de jeu à l'extérieur, l'idéal pour les gamins. Mais, comme il pleuvait, ils se défoulaient à l'intérieur. Il y a toujours une famille, pensa Hope avec colère, qui laisse ses enfants courir partout et se bagarrer ! Millie et Toby n'étaient pas des saints, mais elle ne leur permettrait jamais de se conduire comme les petits monstres occupés dans un coin à démolir une chaise après avoir passé une demi-heure à déchirer les dessous-de-verre.

— Sérieusement, dit Betsey en faisant signe à la jeune serveuse harassée pour demander du vin. Sérieusement, j'ai toujours été très tentée par la campagne. Il y a quelque chose dans la vie rustique qui me plaît.

— Betsey, ma chérie ! intervint Dan d'un ton attendri. Tu ne pourrais jamais survivre plus de quelques heures sans le bruit de la circulation, un café au coin de la rue où tu peux prendre un cappuccino et tes épilations à la cire, ou je ne sais quoi, dans ce salon de beauté où tu te ruines !

Sans parler, ajouta Hope mentalement avec une rancœur inhabituelle, du coiffeur qui transforme ses cheveux naturellement brun terne en châtain brillant toutes les six semaines !

Betsey, avec sa coupe courte impeccable et son corps menu qui devait beaucoup à des cours de gymnastique individuels et des massages hebdomadaires, était une femme d'un entretien très coûteux. Par comparaison, Hope se sentait appartenir à la catégorie des « négligées », elle qui ne s'épilait que pour aller à la plage et s'était fait masser une seule fois dans sa vie grâce à un bon-cadeau offert par ses collègues pour son anniversaire.

— Ce sont des soins anti-âge, pas des épilations, répondait Betsey, imperturbable. À t'écouter, je ressemblerais au yéti ! De toute façon, maintenant, on le fait au sucre. C'est bien mieux.

Matt et Dan se mirent ensuite à parler de questions professionnelles, jusqu'à ce que Betsey les fasse rire en leur racontant son interview d'une comédienne de télévision. Hope n'écoutait que d'une oreille, préférant surveiller les quatre enfants. Pour Betsey et les deux hommes, ils allaient bien tant qu'ils ne s'étouffaient pas en vomissant !

Toby, installé à côté de Hope dans une chaise haute, s'était à moitié endormi. Opal et Millie, pour une fois, jouaient ensemble et même Ruby, une petite terreur de six ans, dotée du regard innocent de son père et de l'attitude désinvolte de sa mère, farfouillait sous la table. Contrairement à son habitude, Hope n'avait pas envie de vérifier ce qu'elle faisait. Ruby était la fille de Betsey, qu'elle s'en occupe ! Hope en avait assez de servir de baby-sitter chaque fois qu'ils se voyaient.

Elle finit son déjeuner, suivit distraitement les conversations qui allaient bon train autour d'elle et se demanda pourquoi elle ne se sentait pas plus heureuse. Deux semaines s'étaient écoulées depuis que Matt avait lâché sa bombe et il avait fait avancer son plan à une vitesse surprenante pour quelqu'un qui promettait depuis un an de purger le radiateur de la salle de bains. Il avait obtenu qu'Adam Judd lui accorde, bien qu'à contrecœur, une année sabbatique. En revanche, il devait rendre l'Audi sport de fonction. Il avait aussi dû promettre de donner un coup de main, si cela était nécessaire, pour certains lancements. Il serait payé au contrat, ce qui lui convenait très bien.

Il avait trouvé un agent immobilier qui lui avait affirmé pouvoir louer la maison pour un an sans aucun problème. Il avait enfin organisé le transport de leurs affaires en Irlande et prévenu le notaire de son oncle qu'il arriverait prochainement pour prendre possession des lieux. En bref, il planait sur un petit nuage rose, heureux de sa décision et de pouvoir bientôt réaliser un vieux rêve. Hope se sentait dans le même état qu'après la naissance de Millie : déprimée et prête à éclater en sanglots à la moindre provocation. Quand elle avait évoqué le fait que leur fille entrerait à l'école primaire au mois de septembre suivant, Matt l'avait à peine entendue et avait répondu qu'ils seraient sans doute de retour.

Sans doute ? s'était répété Hope, la gorge nouée.

Il était plus de deux heures quand Dan se leva pour aller chercher l'addition tandis que Matt se rendait aux toilettes. Betsey se tourna vers Hope.

— On dirait que tu as le cafard, dit-elle. C'est le déménagement ?

Hope hocha la tête. Elle ne voulait pas parler devant les enfants.

— C'est un tel changement, chuchota-t-elle. J'ai l'impression d'être prise dans un raz-de-marée sans pouvoir réagir. Cela me fait très peur. Un pays où je ne suis jamais allée, où je ne connais personne et où je n'aurai pas de travail. Matt a choisi, pas moi.

Elle se tut, malheureuse. Elle ne voulait pas trop en dire mais elle était certaine que Betsey comprendrait. Elle connaissait Matt et savait à quel point Hope l'aimait, mais elle saisirait certainement le point de vue de Hope. Elle devinerait à quel point c'est effrayant de se sentir entraînée dans le rêve d'autrui sans rien pouvoir maîtriser.

— Imagine, reprit Hope, que tu doives renoncer à ton travail pour suivre Dan. Tu aurais du mal.

— La situation n'est pas tout à fait la même, répondit Betsey. Il m'a fallu beaucoup de temps pour occuper mon poste actuel au journal. Je pourrais travailler partout dans le monde, bien sûr, mais j'ai une belle carrière, ici.

— Tandis que je n'ai qu'un petit emploi dans une société de crédit immobilier, répondit Hope, vexée.

Elle n'avait toujours pas trouvé le courage de donner sa démission. M. Campbell n'y attacherait pas grande importance.

— Ne sois pas si susceptible ! Ce n'est pas ce que je voulais dire, mais reconnais que nos situations sont assez différentes. Tu dois apprendre à ne pas réagir sans arrêt de façon excessive, Hope. Laisse-toi aller, essaie de t'adapter ! dit Betsey avec un geste languissant. Prends cela comme une aventure ! Tu vas t'éclater.

J'adorerais prendre une année pour m'amuser, courir dans la campagne et oublier notre vie de fous.

Hope darda un regard noir sur Betsey, qui, à peine son verre de vin terminé, cherchait son sac autour d'elle. Avait-elle entendu un seul mot de ce qu'elle lui avait dit ? Hope avait espéré trouver un soutien chez son amie pour affronter le bouleversement de son existence et, au lieu de cela, Betsey lui offrait un discours sur ses envies à elle ! Sans compter qu'elle venait de lui expliquer franchement qu'un emploi comme le sien ne pouvait se comparer à un prestigieux travail dans le monde enchanté des magazines sur papier glacé.

— Ruby, que fais-tu sous la table ? C'est mon sac ? demanda Betsey d'un ton sec.

Ruby sortit de sous la table, barbouillée de fond de teint Clarins, d'ombre à paupières Chanel pour femme fatale et d'une bonne couche de rouge à lèvres Paloma Picasso. Betsey n'achetait que les grandes marques.

Elle s'étrangla de rage et arracha son ravissant petit modèle Prada des mains pleines de rouge de Ruby. Il était couvert de fond de teint. De plus, il avait visiblement séjourné dans une flaque de sauce, résultat du dernier jeu d'Opal.

— Il est fichu ! s'écria Betsey. Un sac de trois cents livres !

Hope lui tapota le bras.

— Tu sais, lui dit-elle d'un ton léger, quand on a des enfants, il faut essayer de s'adapter…

Matt chanta avec Millie et Toby pour accompagner la cassette qu'ils avaient voulu écouter dans la voiture sur le chemin du retour. Cela donnait à Hope l'impression d'être une vieille rabat-joie, car elle se sentait très éloignée de leur enthousiasme.

— Dan m'a dit qu'il nous envie terriblement, confia Matt à Hope en arrivant devant leur maison.

— Pourquoi ne laisse-t-il pas tomber son travail pour un an, dans ce cas ? demanda Hope. Parce que Betsey ne le suivrait pas, voilà pourquoi ! Elle aurait une crise cardiaque si Dan lui proposait de se mettre au vert.

— Betsey est très emballée par le projet, répondit gentiment Matt. Comment a-t-elle dit ? Ah, oui ! Elle adore le monde rural.

— Betsey ignore tout de la vie à la campagne et la détesterait, siffla Hope. Pour elle, cela se résume à des pots de confiture avec des couvercles garnis de vichy ! Elle envisage la campagne comme une autre version de Bath avec du bétail et de beaux fermiers en Range Rover dans les rues.

Hope fut très vexée de voir Matt éclater de rire.

— Ma chérie ! Tu peux être si drôle, parfois ! C'est toi qui devrais travailler dans la publicité, pas moi.

Betsey démontra qu'elle n'avait pas le cœur complètement desséché. Dès le lendemain, elle appela Hope au bureau pour lui présenter ses excuses.

— Je m'en veux de t'avoir laissée croire que je méprise ton travail. Je ne sous-entendais pas que le mien vaut plus que le tien, dit-elle.

Pendant ce temps, M. Campbell jetait des regards réprobateurs à Hope. Les conversations téléphoniques personnelles étaient interdites, sauf si l'interlocuteur, mourant, voulait révéler la cachette de son testament. Bien qu'il eût un bureau, M. Campbell ne recevait jamais d'appels privés. Yvonne et Denise, les deux collègues de Hope, en avaient conclu qu'il était secrètement homosexuel et, de peur que cela ne se sache, interdisait à ses amants de lui téléphoner. Hope estimait plutôt que cela venait de son respect très strict du règlement ; il n'aurait jamais imaginé imposer une interdiction à son personnel sans s'y plier lui-même.

— On devrait déjeuner ensemble, poursuivait Betsey, oubliant que Hope ne pouvait pas parler. Je travaille chez moi, aujourd'hui. J'ai aperçu des hauts talons fabuleux dans une nouvelle boutique à côté de Pulteney Bridge et je me sens d'humeur dépensière ! Cela te dirait, d'aller y faire un tour ?

— Betsey, je dois raccrocher, chuchota Hope d'une voix tendue.

Betsey se rendait deux fois par semaine à Londres pour travailler dans un bureau où les coups de fil individuels faisaient partie intégrante du quotidien et elle ne comprenait pas qu'il en aille autrement ailleurs.

— On se retrouve devant Accessoires à une heure, d'accord ? dit Betsey.

— D'accord, répondit Hope.

Elle aurait accepté n'importe quoi, pourvu qu'elle puisse mettre un terme à la conversation avant que M. Campbell se consume de désapprobation !

La matinée passa à toute vitesse, ne laissant à Hope que peu de temps pour réfléchir. Ce ne fut qu'au moment où elle franchissait le seuil en boutonnant son manteau qu'elle réalisa son manque d'enthousiasme à aller traîner dans un magasin de chaussures extravagantes. D'ailleurs, elle n'avait pas très envie de voir Betsey.

Elle l'aimait bien et l'avait considérée comme sa meilleure amie mais, certains jours, elle se demandait si tout cela ne reposait pas uniquement sur le fait que, leurs maris étant très proches, ils passaient beaucoup de temps ensemble, à quatre. Après cet horrible séjour en France que Matt et Dan avaient organisé, elles étaient devenues de grandes copines. Hope s'était émerveillée que Betsey ne soit pas contrariée de partir avec une femme qu'elle connaissait à peine. Très satisfaite de se reposer à partir de midi avec une bouteille de bourgogne et un journal tandis que les petits s'amusaient dans une pataugeoire, Betsey ne se focalisait pas sur ses compagnons de vacances. Hope avait toujours eu l'impression que rien ne l'atteignait vraiment, sauf si quelqu'un obtenait un meilleur poste qu'elle dans le magazine où elle travaillait. C'était une amie très amusante. Pourtant, s'interrogea Hope, sans Dan et Matt, Betsey et elle se seraient-elles jamais retrouvées pour déjeuner ou faire les magasins ? En définitive, s'agissait-il vraiment de sa meilleure amie ?

Non ! se dit-elle une heure plus tard. Elle regagnait son bureau en courant tout en essayant d'avaler un Mars, car elles n'avaient pas eu le temps de déjeuner.

— Tu as acheté quelque chose ? lui demanda Yvonne comme elle se glissait derrière le guichet à deux heures une minute.

Hope fit un signe de tête négatif.

— Betsey avait envie de faire toutes les boutiques de chaussures. On est entrées dans quatre magasins et, pour finir, elle a acheté celles qu'elle avait vues en premier, en cuir bleu pâle et absolument ravissantes. En plus, on n'a même pas pu prendre un sandwich et j'ai dû me contenter d'un Mars !

— Elle est d'un égoïsme ! s'exclama Yvonne. Quand elle te propose de déjeuner, comme elle a tout son temps, elle s'organise sans tenir compte de toi. Tant pis si tu dois te contenter d'un paquet de chips ici, et encore !

— Elle n'y a pas songé, c'est tout, protesta Hope.

Comme d'habitude, elle défendait Betsey parce qu'Yvonne ne l'aimait pas. Elles s'étaient rencontrées une fois et avaient éprouvé une antipathie réciproque immédiate. Avec ses longs cheveux noirs et épais, et ses yeux verts qui pétillaient, Yvonne était beaucoup trop séduisante pour Betsey. Bien pis, elle était plus jeune qu'elle ! Yvonne n'avait pas plus apprécié Betsey, car celle-ci avait un travail intéressant et n'arrêtait pas de s'en vanter. La preuve, s'était dit Hope, qu'il ne fallait pas essayer de réunir des amis appartenant aux différents milieux qu'on fréquentait.

— Non, rétorqua Yvonne. Elle s'en moque ! Elle ne pense qu'à elle. Je te parie qu'elle sera la première à s'inscrire pour des vacances gratuites en Irlande chez toi. Tu vas la voir débarquer avec son petit mari et ses enfants pour une semaine où elle ne lèvera pas le petit doigt, sauf pour demander un autre verre de vin ou une couverture supplémentaire.

Hope dut reconnaître qu'elle y avait pensé.

— Remarque, si elle aime tellement la campagne, je suis prête à lui proposer un échange : elle s'installe dans le cottage et moi dans sa maison, ici !

Yvonne lui jeta un regard interrogateur.

— Tu veux rester, n'est-ce pas ?

— Cela se voit tant que ça ?

Hope renonça à paraître satisfaite et son expression changea. Elle ne pouvait plus cacher qu'elle se sentait très déprimée. Yvonne se gonfla d'indignation.

— Pourquoi ne m'as-tu rien dit ? Hope, tu ne dois pas partir si tu n'en as pas envie. Tu es folle !

À cet instant, un car de tourisme dégorgea ses clients, qui envahirent l'établissement avant que Hope puisse répondre. Yvonne, Denise et elle changèrent leurs chèques de voyage en bavardant aimablement avec eux. Quand ils furent repartis, arriva une charmante vieille dame, toute petite, qui portait un col de renard qu'il pleuve, qu'il neige ou qu'il y ait du soleil. Elle voulait parler avec Hope, qui l'aimait bien, de la somme qu'elle devait emporter en vacances.

— Où allez-vous, madame Payton ? demanda-t-elle.

Les yeux sombres de son interlocutrice brillèrent sous le chapeau de feutre.

— Dans les îles grecques, répondit-elle. Je pars avec une amie. Je ne m'y suis pas rendue depuis les années cinquante. Nous commençons par Delphes. J'ai hâte d'y être !

Seigneur ! pensa Hope tout en faisant la transaction sur le livret d'épargne, je suis en train de devenir une vieille barbe. Cette femme a au moins quatre-vingts ans et elle est tout excitée par son voyage en Grèce tandis que moi, à trente-sept ans, je me plains d'aller en Irlande, qui est juste à côté.

Une fois Mme Payton partie, Yvonne se trouva occupée avec quelques adolescents, puis les clients se succédèrent de nouveau sans interruption, tous avec des problèmes compliqués. Il était presque l'heure de la fermeture quand Hope et Yvonne purent enfin reprendre leur conversation. Denise était en train de faire du thé dans le coin cuisine aménagé derrière la photocopieuse. Elles avaient eu trop à faire pour prendre leur pause dans l'après-midi.

— Ne pars pas ! dit Yvonne.

— Ce n'est pas si facile, répondit Hope qui en avait assez de toute cette histoire.

— Bien sûr que si ! affirma Yvonne. Imagine dans quel état tu te trouveras là-bas si tu te sens déjà aussi mal avant de partir ? Tu vas très vite finir chez le médecin pour avoir des antidépresseurs !

Hope se mit à rire.

— Je crois que j'en ai déjà besoin !

Cela n'amusait pas Yvonne.

— Oui, et il t'en faudra d'autres, encore plus forts, le mois prochain. Réfléchis ! Tu seras loin de tes amis, de ta sœur, de tout le monde. Ce n'est pas juste de te demander d'accepter cela. Les hommes peuvent se montrer tellement salauds ! conclut Yvonne d'un ton indigné.

— C'est seulement pour un an, fit remarquer Hope.

— Hope ! Tu fais partie des gens incapables de proposer à quelqu'un de regarder un film avec eux, de peur que l'autre ne l'aime pas ! Tu ne demandes jamais rien à personne. Matt attend que tu bouleverses ton existence pour lui et, alors que tu n'en as pas envie, tu n'oses pas dire non. La frontière est mince entre vouloir maintenir la paix et se laisser piétiner, comme dirait ma mère. Et que vas-tu faire ? Tu aimes travailler, même ici. Tu vas devenir folle, sans boulot. Matt exagère.

Hope prit le gobelet de thé que lui tendait Denise. Que dirait Yvonne si elle savait que, en réalité, Matt n'avait même pas sollicité son avis. Il lui avait exposé son plan, lui avait fait du charme pour la décider, puis avait estimé qu'elle était d'accord. À l'époque, elle avait été si heureuse qu'il n'ait pas de liaison qu'elle avait accepté sans réfléchir. Yvonne sauterait au plafond si elle connaissait la vérité. « Mon Freddie n'oserait jamais me faire une chose pareille », dirait-elle. Et c'était vrai. Freddie faisait beaucoup d'efforts pour la garder. Yvonne n'était pas du genre à se laisser marcher sur les pieds. C'était même plutôt l'inverse.

— Mais, Yvonne ! Tout le monde rêve de quitter la vie de fous de la ville et de filer à la campagne, d'avoir du temps à consacrer à ses enfants et d'arrêter de travailler, protesta Hope.

— Mais oui ! grinça Yvonne. Toi et ton rêve de gagner le gros lot ! Sauf que, dans ce cas-là, tu achèterais un château et tu aurais assez d'argent pour faire ce qui te plaît, avec quelqu'un pour s'occuper des enfants et un chauffeur pour te conduire en ville ! Non, ce n'est pas toi qui as gagné le gros lot : c'est Matt !

Hope passa la fin de l'après-midi en pensant à son départ de Witherspoon. Yvonne avait raison : elle aimait son travail. Elle n'avait pas envie de devenir directrice ou cadre supérieur comme Sam, mais elle appréciait d'avoir son argent et son indépendance. Elle appréciait aussi de rencontrer des gens. Bien sûr, elle adorait ses enfants et vouloir travailler ne faisait sûrement pas d'elle une mauvaise mère.

Pile au moment où elle partait en courant, sans manteau, pour rejoindre sa voiture, il se mit à pleuvoir à verse. Elle n'avait que cinq minutes de marche mais, quand elle ouvrit enfin la portière de la Metro et jeta son sac sur le siège passager, elle était trempée.

Frissonnant malgré le chauffage qu'elle lança à plein régime, elle prit le chemin de la maison dans une circulation encore pis que d'habitude. Avec son caractère tranché et sa façon d'asséner ce qu'elle pensait, Yvonne ne pouvait pas comprendre. Hope était exactement son contraire. Elle aurait souhaité savoir comment dire à Matt qu'elle ne voulait pas quitter Bath, mais sans déclencher l'inévitable dispute qui s'ensuivrait. Dans l'idéal, elle aurait aimé qu'il sente intuitivement ce qu'elle désirait, comme au cinéma. Ensuite, il aurait reconnu que c'était une idée complètement folle et ils seraient restés chez eux. Sans qu'il y ait de cris.

Malheureusement, cela ne se passait pas ainsi. Matt paraissait prendre son silence stoïque pour de la réflexion, comme si elle ne pensait qu'à déterminer ce qu'il faudrait emporter en Irlande. Pourquoi ne voyait-il pas qu'elle allait mal ? Comment pouvait-il être aussi aveugle ?

L'horloge du tableau de bord affichait six heures et quart quand Hope s'arrêta enfin devant la crèche, se moquant d'être garée en double file. La tête penchée pour éviter la pluie, elle remonta en courant l'allée qui menait à la porte peinte en rouge sang. Marta montait la garde dans la petite entrée. Elle ressemblait un peu moins à un rottweiller que d'habitude. Elle avait relevé ses cheveux et portait une robe de dentelle qui la rendait méconnaissable. De toute évidence, elle sortait.

— Vous êtes en retard, jeta-t-elle.

Ce fut la goutte d'eau qui fit déborder le vase.

— Eh bien ! Faites-moi un procès ! rétorqua Hope avec une hargne dont elle ne se serait pas crue capable.

Marta recula d'un pas sous le choc. Jamais la timide et douce Mme Parker ne l'avait agressée.

— Cela ira pour cette fois, marmonna-t-elle en se tenant à distance respectueuse de Hope.

Matt ne se souvenait pas de s'être senti aussi enthousiaste depuis longtemps. Ni le marché de la publicité de la télévision locale qu'ils avaient remporté devant une des meilleures agences de Londres, ni l'annonce de la première grossesse de Hope, rien ne l'avait jamais autant emballé que cette aventure.

Il arriva à la maison avec un bouquet de fleurs et une bouteille de rosé, le vin préféré de Hope. Elle était un peu inquiète de ce changement, mais c'était son caractère. Sa chère Hope ! Il l'aimait malgré ses angoisses et sa peur de l'inconnu. Elle adorerait le Kerry quand elle y serait.

Matt avait représenté un accident imprévu dans la vie de couple et dans la carrière de ses parents. Il se souvenait de ce jour où, alors qu'il avait à peine neuf ans, ils l'avaient mis sur le bateau et expédié chez l'oncle Geraoid. Au début, il avait détesté l'idée de partir de chez lui pour se rendre en Irlande mais, après ce premier été, il avait demandé à y retourner chaque année.

Redlion possédait une magie particulière. Peut-être cela tenait-il au fait que Geraoid ne croyait pas aux règlements. Il n'avait jamais demandé à Matt de rentrer à une heure précise ou d'être là pour les trois repas quotidiens et ils passaient à table quand il décidait d'ouvrir une boîte de haricots. Matt avait adoré ce mode de vie. Personne n'avait tiqué quand Geraoid l'avait amené, à neuf ans, au pub local (magasin dans la pièce de devant, débit de boisson à l'arrière) pour sa première gorgée de bière brune. Il l'avait aussi emmené à la pêche et dans de sauvages équipées dans la péninsule de Beara. Là, Geraoid avait frôlé le coma après une beuverie avec un autre écrivain qui vivait dans une petite maison à flanc de colline – que la mère de Matt aurait détestée de bout en bout. Matt avait gardé une nostalgie très romantique de cette époque où, assis sur un tabouret de cuir craquelé dans la pénombre de l'arrière-salle malpropre du pub, il écoutait les fermiers parler de leurs troupeaux et de leurs problèmes de mastite, tandis que Geraoid et sa bande dissertaient sans fin de romans et de poésie, de leurs projets pour devenir le nouveau Yeats, ainsi que de l'excellent whisky de contrebande qu'ils avaient déniché, de sorte que, après la dernière tournée, tout le monde pourrait peut-être venir le goûter à Curlew Cottage… Juste une petite goutte !

Geraoid, avec sa tignasse blanche en broussaille, sa longue barbe et son goût pour les costumes en velours côtelé marron qu'il faisait venir de Dublin, avait été un dieu pour son neveu. Il refusait le système, lui disait-il fièrement. C'était pour cela qu'il avait quitté sa maison du Surrey pour s'installer dans le Kerry et devenir écrivain. Adopter la version irlandaise de son prénom faisait partie d'un tout. Il pouvait chanter de vieilles chansons pendant des heures et connaissait l'emplacement de tous les cercles de pierre de la province du Munster. Il complétait son revenu en faisant le guide pour les hordes de touristes qui envahissaient le Kerry en quête de leurs racines mais, en vieillissant, son goût pour le whisky l'avait rendu très intolérant. Il s'en prenait souvent aux visiteurs, les traitant de noms d'oiseaux et leur conseillant de retourner dare-dare d'où ils venaient.

À sa grande honte, Matt n'était pas allé le voir depuis plus de quatre ans et il s'était senti très culpabilisé à son décès. Il était, en effet, au milieu d'une campagne publicitaire absolument vitale pour l'agence et n'avait pas pu assister à l'enterrement, à Redlion. Sa décision de tourner le dos à Bath et à sa carrière, même pour un an, et de devenir écrivain était une façon de se faire pardonner et de rendre hommage à cet oncle non-conformiste.

4

Virginia Connell se trouvait dans le garage de sa nouvelle maison, à Redlion. Elle regardait les clubs de golf de Bill avec un sourire nostalgique. Elle les avait détestés pendant toute sa vie de femme mariée. « Détesté » était peut-être un peu fort mais, réellement, elle s'était toujours sentie très irritée en les voyant. Tous les week-ends, qu'il pleuve ou qu'il vente, Bill partait jouer. Malgré sa remarquable intelligence, il n'arrivait jamais à se souvenir des anniversaires, des invitations ou des rendez-vous que Virginia avait pourtant notés dans son agenda depuis des mois mais, grâce à quelque mystérieux instinct masculin, n'oubliait aucune partie.

Ils ne s'étaient jamais réellement disputés à ce sujet. Virginia était très autonome. On avait intérêt à l'être, disait-elle toujours avec entrain, quand on a trois enfants en bas âge et un mari qui travaille souvent au loin. Quand Bill oubliait qu'ils avaient prévu de sortir ensemble, elle le menaçait du doigt en disant qu'elle voulait sa première soirée libre. Il souriait, l'embrassait et lui promettait de l'emmener dans un endroit vraiment spécial, ce qu'il ne faisait pas, naturellement. Un steak-frites dans le pub de quartier représentait déjà une grande fête. Virginia s'en moquait. Elle aimait Bill et il l'aimait. Cela lui suffisait. Qu'importe un dîner dans un lieu chic quand on a tout le reste ! Elle préférait leurs soirées tranquilles dans un établissement où ils pouvaient tremper leurs frites dans de la mayonnaise à l'ail, à ces réceptions où les partenaires d'affaires de Bill invitaient toute la société, avec les conjoints, dans une adresse renommée. Elle avait horreur de ces raouts où les conversations étaient délicates, car on se trouvait facilement en terrain miné. Son seul amusement consistait à écouter les associés de Bill rivaliser de commentaires sur le vin, chacun voulant passer pour le meilleur connaisseur. Quant à la nourriture, ce n'était pas mieux qu'au pub et, au moins, quand elle était seule avec Bill, ils se détendaient et étaient eux-mêmes.

Il avait fait de son mieux pour la convaincre d'apprendre à jouer au golf. Elle riait, disant qu'il ne le lui proposait que pour qu'ils puissent se voir au club-house plutôt que dans leur cuisine, en train de boire leur café du matin, encore mal réveillés.

Virginia sortit doucement le driver de Bill de la chaussette en daim et passa la main sur le métal poli. Bill avait été si heureux quand il l'avait acheté ! « Voilà le résultat de la technologie spatiale », avait-il dit d'un ton respectueux, ce matin d'un beau samedi d'avril, plus d'un an et demi auparavant. Puis il avait commencé à expliquer à Virginia que, avant, il avait un driver de neuf degrés et que le nouveau était de onze degrés et demi.

« Et c'est mieux ? l'avait taquiné Virginia, qui était en train de préparer le thé.

— C'est une question d'angle d'attaque par rapport au sol… »

Se rendant compte qu'elle riait sous cape, il s'était interrompu au milieu de sa phrase.

« Mais pourquoi prendre la peine de te l'expliquer, affreuse hypocrite ! avait-il plaisanté. Tu sais, il y a des femmes qui s'intéressent aux activités de leur mari !

— Oui, mais il y a aussi des maris qui sont à la maison, de temps en temps, avait-elle rétorqué. Si tu ne rentres pas ce soir avant huit heures, j'envisagerai de prendre un amant. J'espère que cela ne t'ennuie pas ? »

Bill avait feint d'étudier la question, penchant la tête d'un air pensif, les sourcils froncés.

« Pourrais-tu essayer de séduire le professeur de golf ? avait-il suggéré. J'aurais peut-être des tarifs préférentiels pour mes cours.

— Aucun problème, mon chéri, avait répondu Virginia en souriant. Un biscuit ? »

Il n'était pas revenu avant huit heures, ce soir-là. Il n'était d'ailleurs plus jamais revenu. Il avait eu un accident de voiture sur le trajet de vingt-cinq minutes entre le golf et chez lui. La seule chose intacte était ses clubs, à l'abri dans le coffre. Tout l'avant du véhicule était en miettes, mais Bill n'avait pas souffert, avaient dit les médecins : il était mort d'un infarctus. Comme si cela valait mieux ! La police avait rapporté les clubs à Virginia, qui les avait jetés dans un coin du garage avec fureur. Elle avait besoin de se venger sur quelque chose tant elle avait mal. Le précieux matériel de Bill faisait un souffre-douleur parfait.

Ses trois fils, Dominic, Laurence et Jamie, qui approchaient de la trentaine, s'étaient montrés solides comme des rocs, du début jusqu'à la fin. Ils s'étaient occupés de l'enterrement car Virginia en était incapable. Pour la première fois de sa vie, l'intelligente et débrouillarde Virginia Connell ne pouvait plus faire face. Elle arrivait à peine à se préparer une tasse de thé, elle qui était réputée pour sa pâtisserie et son bœuf Wellington, si fondant qu'on aurait pu le manger à la cuillère. Les gens téléphonaient, tous en état de choc, et murmuraient des condoléances qu'elle n'entendait pas. Une fois, elle avait même posé le combiné du téléphone pendant que son interlocuteur parlait et elle était allée dans la cuisine pour mettre de l'eau à chauffer. En vain : remplir la bouilloire, la poser sur le gaz et placer un sachet de thé dans une tasse était au-dessus de ses forces. Le matin, choisir quels vêtements porter équivalait à une tâche monumentale. Elle oubliait même de se brosser les dents.

Elle ne se souciait plus de sa coiffure, non plus, et ses cheveux pendaient en boucles grises et molles autour de son visage tiré et terne. Un jour, trois mois après le décès de Bill, choqué par l'apparence de sa mère, Laurence avait insisté pour la conduire chez le coiffeur. « Je ne peux pas, lui avait-elle dit. À quoi bon ? » Laurence, qui s'était garé devant le salon, à Clontarf, se tordait les mains d'impuissance.

Comme si elle n'était pas déjà assez malheureuse, un mois après la mort de Bill, leur épagneul bien-aimé avait été écrasé. Sans la présence réconfortante, chaude et douce de l'animal, qui s'étalait de tout son long sur le lit et lui léchait les mains avec adoration, Virginia s'était dit qu'elle n'avait plus aucune raison de vivre.

Elle se souvenait d'avoir entendu sa mère répéter que le temps guérissait tout, mais elle n'était pas d'accord. Il engourdissait, rien d'autre. Comme une anesthésie réussie, il rendait la douleur plus supportable, mais ne la supprimait jamais.

Virginia ne s'était jamais occupée des comptes ni de vérifier les relevés de banque, ni de l'assurance de la voiture ou de la maison. Bill veillait à tout. Quand les courriers relatifs à son décès avaient commencé à affluer, Virginia avait pris conscience de ce qu'il faisait. Elle l'avait souvent taquiné sur la chance qu'il avait de trouver, en rentrant, une maison impeccable avec un réfrigérateur toujours plein, des chemises repassées dans sa penderie et du dentifrice dans la salle de bains. Elle avait réalisé après sa mort qu'il s'était soucié d'elle autant qu'elle de lui. Elle n'avait jamais vu une seule lettre de rappel de paiement et n'avait jamais eu affaire à leur comptable. Elle avait dû, soudain, ouvrir elle-même le courrier et régler les problèmes, avec beaucoup de maladresse et d'amertume. Bill n'aurait jamais dû disparaître. Au cours des six premiers mois, on avait failli lui couper le téléphone car elle se contentait d'entasser les lettres dans un tiroir. Elle était incapable de lire les messages de condoléances, aussi gentils fussent-ils, et refusait de répondre aux missives guindées de la banque, des assurances et du notaire. Il y avait tant de choses à faire à l'issue d'un décès… Elle avait du mal à y croire. Au milieu de tout cela, elle avait appris que le départ de son mari, suprême ironie, faisait d'elle une riche veuve, grâce à une énorme assurance-vie. Il prenait soin d'elle même au-delà de la mort. Malheureusement, l'argent ne compensait pas la souffrance et le traumatisme qu'elle vivait.

Les affligés étaient censés oublier soudain leur peine pour régler diverses questions avec les employeurs, les impôts, les administrations. La liste était sans fin.

C'était cruel et inutile. Virginia refusait de s'y soumettre. Six mois après la mort de son père, Laurence avait découvert ce qui se passait. Catastrophé, il avait tout pris en main.

« Maman… »

Il était assis dans le grand fauteuil inclinable de Bill devant la pile de courrier.

« Maman, tu ne peux pas continuer de cette façon, avait-il dit avec lassitude.

— Pourquoi pas ? »

Virginia avait haussé les épaules.

« Cela n'a plus aucune importance. Rien n'en a. De toute façon… »

Ses yeux avaient repris un soudain éclat de rage désespérée.

« Que veux-tu qu'ils me fassent ? Ton père est mort. Il ne pouvait rien m'arriver de pire. Je me fiche qu'on me mette en prison parce que je n'ai pas déclaré que je ne n'ai plus droit à l'abattement pour un couple sur ma déclaration d'impôts ! »

Après une année d'indifférence à ce qui pouvait lui arriver, Virginia avait fait des scones le matin de l'anniversaire de la mort de Bill. Ses fils venaient, en effet, passer la journée avec elle à Clontarf et il n'y avait rien à manger dans la maison. Ils avaient arboré un sourire reconnaissant, heureux de voir leur mère sortir enfin du tunnel. Virginia avait été stupéfiée par sa capacité à reprendre son rôle d'hôtesse souriante. Du moins en apparence.

Elle se demandait comment Bill se serait débrouillé si c'était elle qui avait disparu. Aurait-il passé un an à porter le deuil sans sortir, ravagé de chagrin, incapable de s'intéresser à quoi que ce soit ? Leur première petite-fille était née huit mois plus tôt, un ravissant bout de chou nommée Alison, qui rendait gâteux ses parents, Sally et Dominic. Virginia était la marraine et elle avait réussi à ne pas pleurer pendant le baptême. Mais, en elle-même, elle versait toutes les larmes de son corps à l'idée de sa joie si seulement Bill avait été à son côté.

« Il est toujours avec toi, maman, lui répétait Laurence, le plus sensible de ses fils. Papa est là, et il te protège. » Mais ce n'était pas la réalité. Voilà pourquoi elle souffrait tant. Elle n'avait pas pris la peine d'expliquer à Laurence que ses paroles de consolation n'arrangeaient rien. Il n'aurait pas compris. Elle était toujours allée à l'église et pourtant, au moment où elle avait le plus besoin de réconfort, l'idée même de Dieu et de la vie après la vie l'avait abandonnée. Bill n'existait plus que dans son cœur. Il n'était pas dans la chambre avec elle et elle ne trouvait aucune consolation dans la prière. Bill avait disparu. C'était fini, pour toujours.

Cela l'avait amenée à vendre sa maison de Dublin six mois auparavant. Elle avait quitté son calme faubourg pour une vieille bâtisse pleine de coins et de recoins dans le Kerry. Au début, ses fils avaient été très inquiets. Laurence lui avait dit qu'elle ne pouvait pas fuir ainsi. Virginia leur avait répondu que ce n'était pas le cas, mais qu'elle avait besoin de reconstruire sa vie, dans le Kerry, là d'où Bill et elle étaient venus tant d'années plus tôt et où ils avaient toujours rêvé de retourner un jour.

Ils venaient tous deux d'une famille de fermiers et, dans leur jeunesse, ne pensaient qu'à partir ailleurs. Ils considéraient alors leur comté comme un horrible trou perdu au milieu de nulle part. Toutefois, à cinquante ans, ils avaient commencé à penser y prendre leur retraite, car l'endroit ne leur semblait plus du tout ennuyeux et banal. Ils s'étaient demandé s'ils retourneraient là où ils étaient nés, près de Tralee, et où ils n'avaient plus qu'un ou deux parents, ou s'ils choisiraient un autre coin, où ils n'auraient pas de cousins éloignés vivant au bout de la rue.

La mort de Bill avait forcé la main à Virginia. Elle s'installerait dans le Kerry, mais loin de Tralee. Elle ne supportait pas l'idée de revenir là où ils avaient grandi, là où il l'avait courtisée. Elle avait trop de souvenirs, en particulier de leur rencontre, lors d'une réunion de danse dans une petite salle paroissiale. Non, cela aurait été trop douloureux. Quand elle avait vu l'annonce pour Kilnagoshell House à Redlion, elle avait pris sa décision. En mai, quatorze mois après son brutal veuvage, elle avait emménagé dans le village où elle ne connaissait personne et où, espérait-elle, personne ne la connaissait.

La maison avait été bien entretenue mais avait besoin d'être redécorée. Les précédents propriétaires aimaient beaucoup le velours mural et les moquettes à volutes qui lui donnaient le mal de mer. Les lavabos installés dans les chambres pour les clients du B & B détonnaient, mais Virginia n'avait encore rien fait pour rendre son allure à l'ensemble. Elle se sentait trop fatiguée par le déménagement pour entreprendre quoi que ce soit. Elle n'avait plus assez d'énergie pour s'attaquer à la décoration ou même, simplement, ôter les numéros vissés sur les portes des chambres. De toute façon, se disait-elle tristement, elle avait le reste de sa vie pour y penser.

Ses fils s'habituaient à l'idée de la savoir dans le Kerry. Le soulagement les y aidait certainement, pensait Virginia. Ils avaient culpabilisé parce qu'ils avaient des vies intéressantes, Dominic et Sally à Londres, Laurence et Jamie à Dublin, tandis que leur mère pleurait dans sa maison de banlieue. Virginia savait qu'ils avaient établi un roulement et essayaient d'aller la voir un jour sur deux, chacun son tour. Le reste du temps, ils entretenaient un contact téléphonique pour s'assurer qu'elle n'avait pas avalé une boîte de somnifères. À présent, des centaines de kilomètres les séparaient d'elle, ce qui mettait fin aux visites. Cela valait mieux pour tout le monde.

Elle avait pensé donner les affaires de Bill quand elle avait déménagé, mais n'avait pas eu le courage de se débarrasser de ses vêtements. De la même façon, elle avait conservé les clubs de golf, qui avaient procuré tant de plaisir à son mari.

Elle essaya de se rappeler la façon dont il fallait les tenir. À cinquante-huit ans, était-il trop tard pour prendre des leçons ? Bill aurait été très heureux qu'elle apprenne à jouer. S'il pouvait la voir en ce moment, il devait afficher son irrépressible sourire. Virginia aimait l'imaginer ainsi, où qu'il soit.

Elle fut interrompue par la cloche de la porte d'entrée. Elle leva les yeux au ciel. Encore des touristes, elle l'aurait parié. Kilnagoshell House avait été un B & B réputé et, sans arrêt, des gens qui en avaient gardé d'excellents souvenirs venaient sonner et demander aimablement s'il ne lui restait pas une chambre pour deux avec bain pour deux nuits. Et ils ne manquaient pas de poser cette question : « Faites-vous toujours ce délicieux boudin noir pour le petit déjeuner ? »

Au début de son installation, quatre mois plus tôt, elle répondait en s'excusant : « Non, je suis désolée. Le B & B est fermé. » À présent, quand on la dérangeait sur la foi de guides touristiques complètement périmés, elle éprouvait l'envie de déverser de la poix bouillante du haut de ses fenêtres sur les visiteurs au visage plein d'espoir. Elle ne comprenait pas que les précédents propriétaires aient vendu. À en juger par l'afflux continuel de clientèle, même en octobre, ils auraient pu avoir un hôtel de cent lits et encore refuser du monde.

Elle replaça le driver avec soin dans le sac et fit le tour de la maison. Un minibus rutilant était garé sur le gravier devant la porte. Quatre personnes attendaient. Un des hommes faisait des mouvements d'étirement, l'air d'avoir mal aux jambes, tandis que l'autre sortait d'énormes valises du coffre. Une petite femme à peau mate feuilletait un guide, lisant des passages dans un anglais à l'accent prononcé. Une seconde, plus grande, lisait par-dessus son épaule.

— Puis-je vous aider ? demanda Virginia.

— Excusez-moi de n'avoir pas téléphoné, dit la femme qui avait le guide.

Des Italiens, estima Virginia, à en juger par son accent lyrique et ses consonnes roulées.

— Nous espérons que vous avez des chambres à louer ce soir.

— Je crains qu'il n'y ait plus de B & B ici, répondit Virginia, malgré elle, de son ton le plus courtois.

Les quatre voyageurs parurent atterrés.

— Nous avons fait une très longue route, dit l'un des hommes d'une voix fatiguée.

— Il y a un autre endroit où vous pouvez aller dans le village, dit Virginia.

Elle leur expliqua comment se rendre au B & B De Luxe de Mme Egan, de l'autre côté de Redlion mais sur la même route. Non, ce n'était pas dans le guide mais, s'ils voulaient s'arrêter à Redlion, cette dame pourrait les accueillir.

Elle était désolée de les renvoyer. Ils avaient l'air épuisés et, depuis quelque temps, elle doutait qu'il fût très loyal d'envoyer quiconque chez Mme Egan. Elle l'avait rencontrée à la boucherie et n'avait pas aimé sa façon de commander le lard le moins cher pour le petit déjeuner de ses hôtes, ni sa façon très sèche de parler au boucher, un géant chaleureux qui ne méritait pas de se faire réprimander pour avoir oublié de mettre un gigot de côté.

D'après ce que les visiteurs lui disaient de Kilnagoshell House, Virginia avait conclu qu'il s'agissait d'un lieu très accueillant, où l'on était aux petits soins pour eux. Jamais les propriétaires n'auraient imaginé servir du lard gras de mauvaise qualité au petit déjeuner.

Les quatre voyageurs remirent avec lassitude leurs bagages dans leur véhicule et repartirent en lui disant au revoir de la main. Virginia leur retourna leur salut. Elle ne devait pas être si décrépite, pensa-t-elle, pour que ces gens aient voulu rester chez elle. Moralement, elle se sentait encore à des années-lumière de la grande et élégante Virginia Connell, toujours bien habillée et bien coiffée, sans un seul cheveu gris argent qui dépasse, à l'époque où elle s'occupait de l'antenne de charité locale. C'était l'ancienne Virginia. Elle avait été remplacée par une version plus sombre, plus triste, avec des cernes sous les yeux et un visage creusé par le chagrin. Elle se moquait désormais d'avoir une mise en plis impeccable qui donnait à son épaisse chevelure une ondulation élégante et se contentait d'un petit chignon sévère. Mais cela allait changer ! Il y avait trop longtemps qu'elle vivait en recluse et, si elle voulait essayer de reprendre une vie sociale, elle devait avoir l'air d'une femme normale, pas d'une gentille vieille folle.

Elle ferma le garage et passa dans la cuisine pour enfiler des chaussures de marche et une veste cirée dont l'odeur lui rappelait Oscar. C'était un épagneul fauve adorable, avec des oreilles douces comme du velours et une expression mélancolique digne d'un chien figurant sur les boîtes de chocolats. Tout le temps qu'il avait vécu, Virginia l'avait emmené se promener à huit heures et demie, chaque matin. S'il pleuvait, elle mettait cette veste cirée. Il suffisait qu'Oscar la voie pour qu'il devienne fou. Il tournait à toute vitesse autour de ses jambes, aboyant et sautant de joie. Virginia se torturait à l'idée que, si elle avait continué à le sortir après la mort de Bill, Oscar serait peut-être encore en vie.

C'était sa faute, et uniquement sa faute. Si elle lui avait fait prendre suffisamment d'exercice, il n'aurait pas tellement cherché à sortir du jardin et aller courir sur la route. Heureusement, le vétérinaire avait proposé de l'enterrer dans un terrain qu'il avait à la montagne plutôt que dans le jardin de Virginia. L'idée que les nouveaux propriétaires auraient pu l'exhumer à l'occasion de travaux et s'en débarrasser lui était insupportable.

« Tu devrais reprendre un chien, maman, lui avait conseillé Laurence. Vous en avez toujours eu un, papa et toi. Il te tiendrait compagnie. » Mais Virginia n'en avait pas du tout envie. On s'attache à un animal, et elle redoutait toute nouvelle disparition. Elle était terrifiée à l'idée de perdre ses fils, Sally ou la petite Alison. Une grosse larme tomba sur le col en velours côtelé de sa veste, mais elle s'essuya rageusement les yeux. Elle ne pleurerait pas ! Elle allait se promener et essayer de ne plus penser à Oscar.

Elle partit d'un pas vif le long de l'avenue bordée de hêtres au feuillage brun-roux. L'automne jetait ses derniers feux. Les arbres et les buissons gardaient encore leurs feuilles, telles des strip-teaseuses décidées à ne pas tout abandonner trop vite. Dans un mois à peine, le paysage aurait complètement changé. On marcherait sur un épais tapis de feuilles mortes et la silhouette dénudée des arbres se profilerait sur les collines. Dans l'immédiat, Virginia trouvait le spectacle somptueux. Une partie de la route était jonchée de marrons qui craquaient sous ses pieds. Elle se rappela avec tendresse que ses fils s'amusaient avec quand ils étaient petits. Elle en ramassa un et le frotta jusqu'à ce qu'il brille comme de l'acajou.

Arrivée sur la grand-route, elle poursuivit son chemin d'un pas ferme en direction de Redlion. Sa maison se trouvait à un kilomètre et demi du bourg et elle avait décidé de faire l'aller et retour tous les jours, ne serait-ce que pour acheter un journal. C'était trop facile de se terrer dans son coin et de ne voir personne !

Elle aimait beaucoup Redlion et son côté suranné, comme si rien n'avait bougé depuis longtemps. La rue principale tortueuse, qu'on appelait par commodité la Grand-Rue, n'avait guère changé depuis cinquante ans, avec ses rangées de petites maisons mitoyennes, à l'ordonnance rompue uniquement par les magasins et les pubs. Les touristes s'étonnaient toujours qu'il y en ait trois. Virginia savait d'expérience que cette réaction était courante. Elle se souvenait d'un ami londonien de Bill qui n'avait pas pu cacher sa surprise. Ils l'avaient emmené en excursion à Kilkenny et il n'avait pas cessé de s'exclamer lors de la traversée des minuscules hameaux, généralement dotés de deux pubs pour à peine quelques maisons. « Comment tiennent-ils ? » avait-il demandé à Bill avec ahurissement.

Bill avait éclaté de son rire profond, chaleureux, et lui avait expliqué qu'il n'était plus en Angleterre mais en Irlande, où les règles de comportement différaient de celles de Londres. « Il existe diverses catégories de pubs, adaptées à une clientèle, avait-il poursuivi. Les vieux fermiers iront dans l'un parce qu'il n'a pas changé depuis leur jeunesse tandis que les jeunes en fréquenteront un autre, où il y a de la musique et où l'on sert à manger. Les authentiques pubs à l'ancienne ne vendent que des boissons et des cigarettes, voyez-vous. À la première note de musique, au moindre signe de restauration sur le pouce ou de jeunes filles en jupe courte, les vieux déserteraient. »

Le Madigans de Redlion était un établissement traditionnel suivant la définition de Bill, se dit Virginia. Avec son nom en lettres rouges et blanches au-dessus de la porte et une enseigne Guinness, il lui rappelait son enfance. Quand elle se promenait, alors, elle voyait souvent des hommes avec de grosses chaussures, des vêtements campagnards et une vieille casquette entrer dans une institution de ce genre pour avaler rapidement une pinte de bière brune afin de reprendre des forces. Son père, agriculteur lui-même, appréciait cela à l'heure du déjeuner. Il aurait sûrement aimé le Madigans. C'était un endroit où personne ne remarquerait quelqu'un dont le pantalon serait retenu par une ficelle. La seule chose, en ce lieu, qui requît une attention extrême était la lente cérémonie du tirage de la bière. Le barman y procédait avec un art consommé et cela pouvait durer une dizaine de minutes. Aussi les consommateurs avisés commandaient-ils leur deuxième pinte au moins quinze minutes avant d'avoir fini la première. Cela donnait au breuvage tout le temps nécessaire pour reposer.

Le Widow Maguire, en revanche, appartenait à la catégorie moderne et proposait un menu aussi exotique que partout ailleurs. Il y avait des soirées de musique irlandaise et un décor typique qu'on aurait dit tout droit sorti de *L'Homme tranquille*. La propriétaire avait compris que, pour faire de l'argent, il fallait essayer de plaire à tout le monde. Virginia y était allée une ou deux fois et avait rêvé devant la modernisation d'une idée désuète.

Elle n'avait jamais poussé jusqu'au troisième pub, qui se dressait à l'autre extrémité de l'agglomération, juste après le pont en dos d'âne. Ce serait son objectif du jour. Elle traverserait Redlion de bout en bout, soit une promenade plus longue que d'habitude puisque cela représentait environ cinq kilomètres.

Elle passa devant le panneau annonçant que Redlion était jumelé avec une localité française dont elle n'avait jamais entendu parler. Le bourg n'avait pas grande allure sous une pluie battante mais, par une belle journée d'automne comme celle-ci, il était charmant et comme hors du temps. Virginia longea la pharmacie avec sa grande entrée latérale pour les aliments pour animaux ; puis une rangée de maisons blanchies à la chaux, sauf une, au milieu, peinte en bleu vif ; et enfin Lucille, un vaste magasin de mode, dont la vitrine changeait chaque semaine. Les vêtements exposés étaient toujours très sexy. Cette fois,

Lucille avait choisi des hauts décolletés et des pulls en mohair à motifs d'animaux. La pièce majeure était un manteau en fourrure imitation léopard avec une toque assortie de style russe. Virginia se dit qu'elle regarderait, en allant à l'église, si quelqu'un l'avait acheté. Elle se demandait qui pouvait porter la moindre de ces tenues extravagantes, mais était sûre de reconnaître à cent mètres la femme assez audacieuse pour cela !

Elle marchait le regard fixé sur l'horizon, au cas où elle croiserait quelqu'un. Les gens étaient très accueillants, ne manquant jamais de sourire et dire bonjour, mais elle se refusait à les fréquenter. Le simple fait de répondre « Belle journée ! » risquait de déclencher un désastre. Cela impliquerait de se lancer dans une conversation en bonne et due forme, alors qu'elle n'avait pas envie de parler. Elle voulait qu'on la laisse tranquille.

Elle n'eut pas trop de difficultés à rester seule. Tout était très calme, à Redlion. À cette époque de l'année, les touristes étaient rares. En revanche, à partir de Pâques, la foule envahirait les rues, et les clients s'entasseraient au Widow Maguire pour prendre une assiette de saumon fumé et une bouffée de bonne vieille musique. Les voitures et les cars déverseraient leurs troupeaux, prêts à se pâmer d'admiration devant les maisons peintes et les boutiques d'artisanat – si authentiques ! – qui vendaient à tour de bras les pulls tricotés main, les napperons de dentelle, les plaques avec les noms de famille irlandais et, de temps en temps, une poterie fabriquée par les hippies qui vivaient en communauté en haut de la montagne. Grâce à une conversation qu'elle avait entendue au bureau de poste, Virginia savait qu'on les tolérait parce qu'ils restaient entre eux.

Les commerçants de Redlion, qui travaillaient tous très dur, redoutaient de voir débarquer une tribu de nomades agressifs qui installeraient un bric-à-brac dans un champ quelconque, ruinant le tourisme.

Virginia avait déjà aperçu une des hippies, à l'air fatigué, avec des dreadlocks blondes, des tatouages sur un bras et un enfant accroché à chaque hanche. À présent, c'était une jeune femme en tailleur de femme d'affaires qui retenait son attention. Elle sortait de l'agence immobilière et grimpait dans un cabriolet Mercedes en fonçant droit devant elle, ignorant ce qui l'entourait. Les habitants du Kerry de la jeunesse de Virginia les auraient prises l'une et l'autre pour des extraterrestres.

En passant devant la boucherie, Virginia rencontra deux femmes qui bavardaient, chargées de sacs en plastique à rayures contenant leurs achats pour le dîner. Elle sentit soudain une petite douleur à la hanche. « Pourquoi a-t-on de l'arthrite dans une hanche et pas dans l'autre ? » se demanda-t-elle. Mais ce n'était pas une excuse pour renoncer à sa marche quotidienne et elle continua donc sa promenade d'un pas énergique. Après tout, elle avait déjà presque parcouru la moitié du chemin !

Le téléphone sonnait furieusement quand elle arriva chez elle. Elle se précipita dans le hall d'entrée sans ôter ses bottines couvertes de feuilles mortes.

— Maman ? demanda gaiement sa belle-fille, Sally, qui appelait de Londres. Comment allez-vous ?

— Bien, Sally, répondit Virginia.

Elle était heureuse d'entendre la seule personne de sa famille qui ne lui demande pas de ses nouvelles en s'attendant à ce qu'elle éclate en sanglots désespérés.

— Et vous tous, comment allez-vous ? Alison continue à mener Dominic par le bout du nez ?

Sally poussa un gémissement.

— Ne m'en parlez pas ! Il est en train de la pourrir. Elle aura un vélo, un poney et une moto en modèle réduit avant ses deux ans si cela ne dépend que de lui !

Elles bavardèrent pendant quelques minutes, parlant de Jamie, qui était venu dîner chez eux à Londres, un soir, avec sa nouvelle petite amie.

— Très jolie et très futée. Dominic n'a pas arrêté de taquiner Jamie en lui disant qu'elle était trop intelligente pour lui.

Virginia eut un petit sourire nostalgique. Cela lui manquait de ne pas participer à la vie de ses fils, rencontrer leurs petites amies et donner son opinion à leur sujet. Laurence, qui était dentiste, lui avait parlé de Barbara, une assistante dentaire extraordinaire qu'il venait de rencontrer et que sa mère adorerait ! Mais ils n'avaient pas encore réussi à se voir à trois. Elle ne devait pas s'appesantir sur ce genre de choses. Elle avait décidé de se forger une nouvelle vie pour rompre avec la souffrance qu'elle avait éprouvée. À quoi bon se lamenter sur les aspects du passé qui lui manquaient ?

Elles parlèrent ensuite du rythme de sommeil d'Alison ou, plus exactement, de son état d'éveil permanent. Sally avoua se sentir épuisée de devoir s'occuper de sa fille et, en même temps, travailler chez elle. Elle ajouta que Dominic et elle attendaient avec impatience de partir pour Noël à la montagne, en Autriche.

— Virginia, dit soudain Sally d'une voix inquiète. Si vous voulez que nous venions chez vous, nous pouvons annuler notre réservation, vous savez que cela ne pose aucun problème. Ne croyez surtout pas que nous n'avons pas envie de vous voir. Nous n'avons qu'à prendre le ferry…

— Ne dis pas de bêtises ! l'interrompit Virginia. Il n'en est pas question. Vous avez tous les trois besoin de vraies vacances en famille, et pas d'un séjour obligatoire chez moi ! J'ai dit que je passerais Noël ici, cette année, et vous allez tous arrêter de culpabiliser à cette idée.

Virginia pensa à un aimant pour réfrigérateur qu'elle avait vu, un jour, et qui disait : « Ma mère est agent de voyages spécialisé dans les séjours au pays de la culpabilité. » Elle avait beaucoup ri, car la définition s'appliquait parfaitement à sa propre mère. Elle s'était donc juré de ne jamais faire subir la même chose à ses fils. Même au plus profond de son deuil, elle avait évité de solliciter leur aide. Laurence était resté une semaine avec elle, mais elle l'avait renvoyé chez lui, dans son appartement de Swords. « Je suis la mère, toi l'enfant, lui avait-elle dit avec autorité. Ce n'est pas à toi de t'occuper de moi. Je dois me débrouiller. »

De la même façon, Dominic et Sally avaient le droit de passer Noël où ils en avaient envie sans s'inquiéter d'elle. Sans compter qu'elle se sentait plus triste que jamais quand les siens étaient là, marchant sur la pointe des pieds à cause de son chagrin. Sa joie de les voir était anéantie par le sentiment de l'absence de Bill. Virginia ne pouvait le supporter. La solitude lui permettait d'affronter son chagrin, les jours où cela lui faisait trop mal. Si cela impliquait de passer la journée à pleurer, jusqu'à en avoir le visage rouge et bouffi, cela n'avait aucune importance. La présence d'autres personnes l'obligeait à ravaler ses larmes.

Virginia préféra donc changer de sujet de conversation.

— Sally, dit-elle, je rentre d'une grande promenade. Je rêve d'un bon bain chaud et de m'installer dans un fauteuil avec le livre que je viens de commencer.

Ce n'était pas tout à fait vrai. Virginia espérait qu'un bain soulagerait sa douleur mais elle ne supportait plus de lire. Ses romans préférés la faisaient pleurer en lui rappelant son bonheur détruit. Elle réussissait à parcourir le journal, mais rien de plus. Même les mots croisés lui rappelaient Bill quand il lui demandait son aide pour le huit vertical.

— Je suis contente que vous vous soyez remise à la marche, répondit Sally. Comment va votre hanche ?

— Très bien, mentit Virginia. Il y a de jolies promenades à faire par ici. Le village est charmant. Il faut que vous veniez. En été, ajouta-t-elle précipitamment, de peur d'avoir l'air de quémander une présence.

— Nous pouvons venir… commença Sally.

— Sally, ma chérie, j'ai besoin d'être seule en ce moment, l'interrompit Virginia. J'insiste. J'aimerais que tu le fasses comprendre à Dominic, s'il te plaît. Tu sais que je ne peux pas le lui dire.

— Il veut seulement vous aider, répondit Sally calmement. C'est notre souhait à tous.

Virginia haussa les épaules.

— Personne d'autre que moi ne peut m'aider.

5

Pour une fois, penchée sur son bureau, Nicole Turner donnait l'impression de travailler. Son visage mat et malicieux affichait souvent ce sourire éloquent qui trahissait son occupation préférée : plaisanter avec sa voisine, Sharon Wilson, tout aussi délurée qu'elle.

À l'autre extrémité de la salle, Mlle Sinclair, la responsable du service des réclamations, plissa les yeux comme si elle contemplait le fléau de son existence. Nicole Turner pouvait paraître sage et travailleuse même quand elle était en train de préparer discrètement un coup qui ferait éclater de rire le service le plus occupé du siège londonien de Copperplate Insurance. Un jour, elle avait avancé les aiguilles de la grande horloge située derrière le bureau de Mlle Sinclair, si bien que les employés étaient partis déjeuner à midi et demi au lieu d'une heure et avaient, ainsi, bénéficié d'une pause plus longue que d'habitude.

Naturellement, Nicole avait remis la pendule à l'heure avant le retour de tout le monde, à deux heures. Aux yeux de Mlle Sinclair, cela méritait le renvoi, mais n'ayant aucune preuve de la culpabilité de Nicole, elle n'avait rien pu faire. Le chef de division lui avait fait remarquer que le travail de la jeune femme donnait toute satisfaction et qu'il n'y avait aucune raison de la licencier. Il fallait la surveiller en permanence, pensa sombrement Mlle Sinclair. Or, elle adorait cela.

Dans le fond de la pièce, le téléphone de Sharon Wilson se mit à sonner et elle décrocha.

— Bonjour ! Service des réclamations, dit-elle d'une voix aimable.

— Est-ce que le vieux chameau est toujours en train de me guetter ? demanda Nicole.

Elle était à moins d'un mètre de Sharon, mais le règlement interdisait de parler, sauf pour répondre au téléphone. Sharon jeta un rapide coup d'œil vers l'autre extrémité de la pièce.

— Oui. En fait, elle est même en train de t'observer comme un vautour.

— Flûte !

Du coin de l'œil, Sharon vit Nicole se lever et fouiller parmi les dossiers empilés sur son bureau, les sourcils froncés comme si un client lui avait posé une question très compliquée et qu'elle avait besoin de vérifier une information. Nicole repéra enfin le gros manuel de Copperplate Insurance et poussa un grand soupir comme si elle était infiniment soulagée de l'avoir trouvé. Elle le feuilleta ensuite et s'arrêta au milieu de l'ouvrage.

— Madame Wilson, dit-elle de sa voix la plus apaisante, je crains que nous ne puissions répondre à votre demande de prise en charge des dégâts causés à votre Mini Cooper par le cerf qui a bondi sur la route…

Sharon faillit éclater de rire et se cacha derrière son ordinateur pour que personne ne la voie.

— Voyez-vous, madame Wilson, nous savons que vous vous trouviez au bar le Three Crowns, le soir en question, et que vous avez bu plus de trente pintes de bière brune avant de reprendre le volant pour rentrer chez vous ; votre petit ami était assis derrière vous et il essayait de vous enlever votre soutien-gorge. Vous conviendrez que ce n'est pas précisément recommandé par le code de la route. Donc, il nous paraît impossible de cracher les vingt-sept mille livres que vous nous réclamez. En revanche, nous pouvons prendre en charge la chirurgie réparatrice du cerf, d'accord ?

Sharon crut s'étrangler de rire.

— Maintenant, je suis sérieuse, reprit Nicole.

Elle avait abandonné sa voix professionnelle pour revenir à son ton normal, mais quiconque l'aurait observée l'aurait imaginée en plein travail.

— Je viens d'avoir un e-mail de mon ami Bacardi King. Un de ses copains se marie ; ils enterrent sa vie de garçon ce soir au Red Parrot. Si cela te tente, nous sommes invitées.

— Ils font ça un jeudi ? demanda Sharon d'un ton méfiant.

Nicole se permit un petit sourire.

— La sainte nitouche ne vient pas, demain, et si on a la gueule de bois personne ne s'en souciera. Toutes les copines de Bacardi seront là. Enterrer sa vie de garçon entre hommes est complètement démodé.

— D'accord, dit Sharon.

Elle adorait Nicole et se rendait compte que, depuis trois ans qu'elles travaillaient ensemble, sa vie sociale s'était améliorée, sans comparaison possible avec ce qu'elle avait été auparavant.

Nicole raccrocha et retourna à ses e-mails.

« Salut, B-King, super d'aller au Red Parrot avec toi. On est censées s'habiller ? La dernière fois remonte à la soirée de Halloween quand j'étais en momie, enroulée des pieds à la tête dans du papier toilette piqué dans la boîte qu'on venait de quitter ! Les videurs n'ont pas compris la plaisanterie. Je me demande pourquoi. Ils ont dit qu'on pouvait porter plainte contre moi pour vol de papier hygiénique ! Aucun sens de l'humour. On se retrouve à huit heures. Nicole. »

Le jeudi était un jour idéal pour sortir. Sa grand-mère ayant l'habitude de venir ce jour-là, Nicole n'avait pas à se soucier de trouver quelqu'un pour garder la petite Pammy, qui avait cinq ans.

À six heures tapantes, elle se leva, récupéra son sac à dos sous son bureau et fila vers les lavabos perchée sur ses bottes aux talons vertigineux, sans se soucier des regards furieux de Mlle Sinclair. Sharon la suivit des yeux avec envie. Nicole se moquait de ce que pensaient les gens. Elle n'était jamais gênée de s'apercevoir qu'elle n'avait pas assez d'argent sur elle au moment de payer sa tournée. De même, le jour où elle s'était étalée dans une flaque d'eau alors qu'elles couraient pour attraper le bus, elle avait éclaté de rire sans s'inquiéter d'être tombée devant plus de trente personnes. Sharon, elle, serait devenue écarlate de confusion. Nicole avait râlé avec bonne humeur parce que tout le devant de son jean moulant était trempé. « On dirait que j'ai fait pipi sur moi, avait-elle dit. Pourtant, on n'a encore rien bu ! »

À six heures cinq, Sharon fit mine de ranger son bureau. Elle attendait quelques minutes pour donner l'impression d'être trop absorbée par son travail pour remarquer l'heure. Enfin, elle se dépêcha de prendre, à son tour, la direction des lavabos. Nicole l'attendait, fumant une cigarette, ce qui était interdit, avant de se maquiller, aussi légèrement que d'habitude.

En comparant leur reflet dans le miroir, Sharon se dit avec un soupir résigné qu'elle avait encore une autre raison d'être jalouse de son amie. Nicole était d'une extraordinaire beauté. Sa peau café au lait restait lumineuse, aussi fatiguée fût-elle. De plus, elle possédait un fin visage triangulaire, où l'on ne voyait que ses yeux aux nuances œil-de-tigre, légèrement obliques. Sa seule réelle concession au maquillage consistait en une épaisse couche de brillant, destinée à compenser la petitesse de sa bouche, héritée de sa mère plutôt que de son père, Indien. Pour ses cheveux, qui faisaient sa fierté, elle dépensait une fortune en après-shampooing et gel brillant. Ils s'étalaient librement dans son dos, comme une lourde soierie noire. Même son corps lui obéissait ! Grande, mince comme un fil, elle avait des jambes remarquables qui paraissaient encore plus longues avec la minijupe en PVC noir qu'elle venait d'enfiler.

Tout cela n'empêchait pas Nicole d'être la meilleure amie du monde. Dans ces conditions, comment être vraiment jalouse d'elle ?

— Tu veux une clope ? demanda Nicole de sa voix de gorge si sensuelle.

Sharon en prit une et l'alluma. Elles n'étaient pas censées fumer là, mais si Nicole le faisait, elle aussi.

— Tu es prête pour le karaoké, ce soir ? demanda Nicole.

Elle ôta son pull beige de travail pour se faufiler dans un minuscule tee-shirt rose dont le devant était couvert d'étoiles scintillantes. Des toilettes où elle s'était enfermée, Sharon grogna.

— Tu sais que je chante faux ! Je n'ai pas l'intention de me ridiculiser devant tout le monde.

— Sharon ! S'il te plaît, fais-le pour moi, insista Nicole d'une voix cajoleuse.

Elle détestait s'exhiber et se sentait stupide s'il n'y avait pas quelqu'un à côté d'elle quand elle chantait. Elle adorait cela, s'entraînait en privé depuis qu'elle était petite et écrivait souvent des textes pour s'amuser. Mais s'y prêter en public était autre chose. Il n'y avait rien de pire que ces gens qui se prennent pour Kiri Te Kanawa en pleine réunion familiale et braillent comme une bande de corbeaux ivres. Nicole ne le supportait pas. À quinze ans, elle avait découvert le karaoké avec ravissement, dans un pub où elle s'était faufilée pour boire un verre avant l'âge légal. Alors que les gens avec lesquels elle sortait chantaient parce qu'ils avaient bu, cela équivalait pour elle au but – et au meilleur moment – de la soirée. Elle adorait reprendre les airs de Tina Turner ou de Whitney Houston et voir ses amis lever joyeusement vers elle leur bouteille de bière en fredonnant et en l'applaudissant. Mais il n'était pas question qu'elle y aille seule, de peur d'avoir l'air d'une stupide petite prétentieuse.

— Tu es prête ? demanda-t-elle à Sharon.

— Juste une minute.

Sharon se débattait avec un mascara dont la publicité promettait des cils semblables à ceux de Cindy Crawford.

— D'accord. Je vais appeler ma mère en attendant.

En utilisant sa ligne professionnelle, elle économisait le forfait de son portable. Elle se glissa jusqu'à sa place. Mlle Sinclair était encore là et finissait de ranger ses affaires. Nicole s'accroupit et progressa en se cachant derrière les bureaux. Quand elle arriva au sien, sans se relever, elle prit son téléphone et se pelotonna sous le plan de travail, où personne ne pourrait la voir. La Sinclair la tuerait si elle la surprenait en train de passer un appel personnel ! Pendant les heures de travail, au moins, elle pouvait faire semblant de parler à des clients. Elle regrettait que sa supérieure hiérarchique la déteste autant. Ce n'était pas une question d'assiduité, car Nicole faisait bien son travail. Mais Mlle Sinclair ne comprenait pas qu'elle puisse le boucler plus vite que la plupart des autres employés du service. Or, quand elle avait fini, elle s'ennuyait et ne pouvait s'empêcher d'imaginer des gags. Cela faisait passer le temps.

Sa mère répondit à la première sonnerie.

— Bonjour, ma chérie, dit-elle en reconnaissant sa fille.

— Salut, maman, souffla Nicole.

— Je ne t'entends pas, dit Sandra Turner de sa voix douce et voilée. Parle plus fort, mon chou.

— Je ne peux pas, murmura Nicole. Je suis au bureau.

— Ah, d'accord, dit Sandra d'un ton incertain.

Il y eut un silence. Il y en avait toujours avec la mère de Nicole.

— Je vais à une petite soirée, maman. Ça ne pose pas de problème, n'est-ce pas ? Je sais que tu vas au loto, mais mamie vient pour quelques heures, je crois.

— Je crois. Elle n'a pas téléphoné.

Un nouveau silence.

— Veux-tu que je le vérifie ? proposa enfin Nicole. Nous ne pouvons pas laisser Pammy toute seule et elle déteste le loto.

— D'accord, je te laisse t'en occuper. Oh ! On sonne à la porte, je vais ouvrir.

Nicole entendit d'abord le bruit du combiné que sa mère posait n'importe comment puis la voix de sa grand-mère à la curieuse tonalité, mélange de cockney et d'accent irlandais, même après cinquante ans passés à Londres. Quelques minutes s'écoulèrent avant que sa mère revienne au téléphone.

— Ta grand-mère est arrivée. Je sors. À plus tard.

Elle raccrocha sans penser que sa fille aurait pu vouloir parler à sa grand-mère, ne fût-ce que pour savoir jusqu'à quelle heure elle restait. Nicole reposa le combiné. Quelle chance que sa grand-mère soit là ! Cela lui permettait de sortir sans s'inquiéter pour Pammy. La petite avait besoin que quelqu'un s'occupe d'elle et, bien que Nicole répugnât à l'admettre, sa mère n'était pas toujours à la hauteur.

Elle sortit du bureau de la même façon qu'elle y était entrée, à croupetons. Sharon l'attendait devant la porte, toute pomponnée et empestant Eternity à cent mètres.

— En route pour le pub, ma vieille ! s'exclama joyeusement Nicole.

Le Red Parrot, dans le quartier de Camden, ne correspondait pas exactement à l'idée que Dickie Vernon se faisait d'un lieu de rendez-vous agréable. C'était réservé aux jeunes, avec des jeux vidéo à la pelle, des tonnes de préservatifs aux couleurs variées dans le distributeur des toilettes et un karaoké à vous faire éclater les tympans. Mais ce n'était pas la première fois que son travail de découvreur de talents l'amenait à fréquenter un endroit où l'on attrapait mal à la tête. Bien sûr, il ne se présentait jamais en tant que tel, mais comme directeur de label ; cela impressionnait les gens. Quel dommage que sa plus grande découverte, Missy McLoughlin, malgré sa voix d'or, n'ait pas eu le cran nécessaire pour faire carrière. Missy ! C'était autre chose ! Si elle avait réussi, il aurait été lui-même à l'abri pour le reste de ses jours en touchant quinze pour cent des millions qu'elle aurait gagnés, aucun doute à ce sujet. Il n'aurait plus eu besoin de traîner dans d'horribles boîtes en quête de la nouvelle Céline Dion. Le label indépendant avec lequel il était entré en pourparlers s'était montré très intéressé, jusqu'au moment où lui était devenu trop gourmand. Il ne referait pas ce type d'erreur. Quand ses interlocuteurs avaient interrompu les négociations à cause de ses exigences insensées, Missy avait craqué. À présent, elle avait un bébé dont elle était très fière, vivait dans un banal pavillon à Aberdeen et chantait pour des mariages ou des enterrements.

Depuis, Dickie se contentait de gérer la carrière des Val Brothers, un quatuor vocal masculin spécialiste des chansons sentimentales, et d'une chanteuse de country dont la seule ressemblance avec les vedettes de Nashville était son épaisse chevelure blonde. Quiconque l'entendait massacrer *Jolene* se bouchait aussitôt les oreilles.

Dickie était au Red Parrot pour rencontrer le propriétaire d'un petit magasin de disques, désireux de lui présenter un groupe de rock dont les membres, tous des adolescents, étaient encore à l'école. Comme son rendez-vous était en retard, il avalait whisky sur whisky pour lutter contre l'ennui qui l'avait gagné, une fois terminés les mots croisés du *Daily Star*. La machine à karaoké était allumée et deux malabars complètement saouls braillaient *Purple Haze*. Jimi

Hendrix devait se retourner dans sa tombe, songea Dickie.

Un des types devait enterrer sa vie de garçon ; il n'y avait pas d'autre explication. Ils étaient une trentaine, tous dans un état d'ivresse avancé, et l'un d'eux tenait une poupée gonflable sur les genoux. Le futur ex-célibataire, certainement. Pauvre idiot ! Dickie détourna les yeux et commanda un autre whisky. Il était neuf heures et demie. Il décida d'accorder encore une demi-heure de retard au marchand de disques, après quoi il partirait.

Il se boucha moralement les oreilles pour ne plus entendre les braillements des fêtards qui se succédaient au micro, enchaînant des prestations toutes plus abominables les unes que les autres. Une jolie brune pleine de courbes, vêtue d'un jean et d'un petit haut rouge très moulants, vint s'asseoir à la table voisine. Dickie admira l'étroitesse de sa taille, qui mettait ses hanches en valeur. Elle regarda autour d'elle et lui sourit. Dickie lui sortit aussitôt le grand jeu : sourire éclatant sur des dents impeccables, et cette petite moue provocante qu'il utilisait avec les filles depuis l'âge de quinze ans. La brune lui fit un clin d'œil. Après tout, il pouvait patienter encore un peu.

Les premières mesures du vieux succès d'Al Green, *Let's Stay Together*, s'élevèrent sans que Dickie y prête attention. Il se demandait s'il n'allait pas offrir un verre à sa voisine quand retentirent deux voix de femmes, l'une insupportable, l'autre rauque et profonde. Celle-ci, très sensuelle, emplissait l'espace, s'envolant par-dessus la musique. Dickie ouvrit les yeux, oubliant instantanément la petite brune. Sur la scène du Red Parrot, se dressait une grande fille à la peau mate. Elle était jeune, guère plus de vingt ans. Mais sa voix de gorge donnait l'impression d'une femme ayant beaucoup vécu en brûlant la chandelle par les deux bouts. Elle chantait comme une divorcée dégoûtée du monde qui en avait assez de l'alcool, de la drogue et des hommes. S'il ne l'avait pas vue, Dickie aurait juré qu'elle avait au moins quarante ans, qu'elle fumait comme un pompier, et qu'elle avait des yeux durs avec de grands cernes sombres.

Ses intonations suggéraient l'expérience, le sexe, l'excitation et le pouvoir. Il lui paraissait incroyable qu'elles puissent appartenir à un être aussi jeune, mince, et doté d'un petit visage lisse rappelant celui d'un chat, avec des yeux en amande et un profil de princesse hindoue. En regardant son expression transfigurée par le chant, Dickie sentit ses cheveux se dresser sur sa nuque. Il l'avait trouvée ! Sa star ! Son ticket d'entrée dans la grande vie…

— Je ne vous ai jamais vu ici, lui dit à ce moment la petite brune en battant des cils.

— Normalement, il faudrait me payer pour que j'y vienne, répondit sèchement Dickie sans quitter Nicole des yeux.

Vexée, la brune battit en retraite.

La chanson se termina et le public applaudit bruyamment. Nicole et Sharon saluèrent en souriant.

— Une autre ! hurla Bacardi King.

— Chante toute seule, Nicole, la pressa Sharon. C'est tellement mieux sans moi !

— Non, reste avec moi !

En principe, quand arrive le moment de *The Power of Love* dans une soirée de karaoké, on peut s'attendre à un concert de beuglements d'ivrognes mais, à la façon dont Nicole chantait, cela n'avait rien à voir. Dickie souriait avec béatitude en l'écoutant passer les aigus sans difficulté, amplifier ou adoucir les sons au bon moment. Fasciné, il ne pouvait détacher ses yeux d'elle. Il devait à tout prix lui parler. Elle était parfaite, née pour être une star. Mais il avait trop bu et sa tenue devait paraître assez débraillée. Il ne lui faudrait qu'une minute dans les lavabos des hommes pour se rendre respectable. Ensuite, il l'aborderait. Qui le prendrait pour un important directeur musical s'il faisait négligé ? Cela ne lui prendrait qu'une minute.

Nicole s'écroula sur une chaise et s'éventa avec la carte des cocktails. Elle se sentait euphorique mais fatiguée. La soirée ne l'amusait plus. Elle pensa qu'elle ferait mieux de rentrer. Le devoir l'appelait, comme toujours. Il était dix heures et demie et sa grand-mère aimait se coucher à onze heures, quoi qu'il arrive. Nicole ignorait si sa mère était déjà revenue.

Les hommes de la bande se livraient à présent à un jeu de pochards qui impliquait de raconter ses rêves les plus fous. Nicole se trouvait à côté du futur marié, qui avait mis un chapeau de pirate et un bandeau sur l'œil. La poupée gonflable, installée de l'autre côté, avait été coiffée d'une petite culotte en dentelle noire. Il prit Nicole par les épaules et lui fit un grand sourire d'ivrogne. Avec son fin visage illuminé par les spots et ses yeux qui brillaient du plaisir de chanter, Nicole était d'une beauté remarquable.

— Si tu pouvais choisir n'importe quoi au monde, que désirerais-tu le plus ? demanda-t-il en l'attirant contre lui, humant le parfum de son corps chaud.

Nicole eut un sourire entendu. Elle savait qu'il avait envie que la soirée se poursuive. Il se mariait deux jours plus tard et se serait bien offert une dernière passade avant de renoncer aux joies du célibat. Nicole appréciait peu qu'il ait seulement songé à elle. Il ne correspondait pas du tout à son type d'homme et, de plus, il était fin saoul. Quel crétin !

— Allons, qu'est-ce que tu souhaiterais ? se mit-il à roucouler, visiblement convaincu d'avoir toutes ses chances avec elle.

— J'aimerais avoir un logement indépendant, dit-elle brusquement, mon appartement, pour pouvoir aller et venir comme j'en ai envie sans devoir me soucier de qui que ce soit. La liberté !

— Adjugé ! hurla-t-il. Moi, j'en ai un et l'on peut y aller tout de suite. Il y a de quoi boire et tout ce qu'il faut…

— Il n'en est pas question, espèce de minus ! dit Nicole en renversant calmement le reste de sa bière sur lui.

Le fiancé poussa des cris d'horreur, mais Nicole se leva d'un bond preste, lui envoya un baiser du bout des doigts puis tapa sur le bras de Sharon.

— Je me tire, dit-elle, ignorant sa victime qui l'injuriait furieusement.

Dickie Vernon sortit des lavabos pour hommes, l'air nettement plus présentable. Il avait plus de chances de passer pour un directeur musical très doué. Grâce au ciel, il y avait encore des distributeurs de mini-brosses à dents et de dentifrice dans les toilettes. Il lissa ses cheveux noirs puis se fraya un chemin parmi les fêtards, cherchant la jeune chanteuse des yeux. Mais elle était partie.

Nicole verrouilla la porte d'entrée et tira le rideau qui la dissimulait. Le numéro 12a de Belton Gardens était un authentique palais des courants d'air. Parfois, en hiver, le vent passait sous la porte, s'engouffrait dans l'escalier, traversait toute la maison et ressortait par-derrière. La cuisine et l'entrée devenaient alors inhabitables. Nicole avait essayé d'installer des bourrelets mais ils n'arrêtaient pas de tomber. Elle avait donc fini par acheter un gros rideau de protection. Si seulement sa mère n'oubliait pas de le tirer !

Elle entra dans le petit salon confortable. Sa mère était assise sur le vieux divan à fleurs, blottie dans une couverture écossaise. Elle regardait un film à la télévision, une tasse de thé posée devant elle et un saladier de pop-corn sur les genoux.

— Bonsoir, ma chérie, dit-elle sans quitter l'écran des yeux.

— Bonsoir, maman, répondit Nicole en prenant place dans le fauteuil rose fané près du feu.

La collection de cochons en porcelaine de sa mère la toisait depuis la tablette de la cheminée. À côté, s'alignaient plusieurs bougies parfumées. Nicole était toujours terrifiée à l'idée qu'elles puissent mettre le feu à la maison.

Tandis que sa mère continuait à manger du pop-corn, Nicole prit le programme de télévision. Le film qui passait en cet instant datait des années soixante-dix. Goldie Hawn, l'actrice préférée de sa mère, jouait dedans. Avec ses cheveux blonds fins comme ceux d'un bébé et son doux sourire, celle-ci aimait se dire qu'elle lui ressemblait. Mais, contrairement à Goldie Hawn, Sandra Turner ne faisait pas semblant d'être un peu bizarre. Elle était d'une réelle gentillesse, terriblement naïve et d'une distraction qui la rendait incapable de se débrouiller dans la vie de tous les jours. Elle était désarmée face aux problèmes domestiques ou financiers, détestait se battre pour quoi que ce soit, et dépendait de ses pilules antistress à base de plantes. Les hommes appréciaient son numéro de femme sans défense, jusqu'au moment où ils découvraient qu'il n'était pas feint.

Si Nicole ne s'était pas occupée des courses et du règlement des factures en temps utile, la petite famille Turner n'aurait jamais survécu. Pourtant elle ne se plaignait pas. Elle se sentait férocement protectrice envers sa mère et n'aurait permis à quiconque de mal parler d'elle. Elles n'étaient peut-être que toutes les trois, mais elles étaient en famille. Que personne ne s'avise de dire le contraire ! Nicole savait que sa mère avait eu beaucoup de mal pour l'élever, car les hommes l'avaient évitée. Son unique chance de bonheur s'était présentée avec le père de Pammy, dont Nicole se souvenait comme d'un homme bien. Mais les choses avaient mal tourné et les Turner s'étaient retrouvées seules.

Il y eut une coupure publicitaire et Sandra Turner revint à la réalité.

— Tu t'es bien amusée, ma chérie ? demanda-t-elle en se tournant vers Nicole.

— Oui, et toi ? Tu as gagné ?

Le visage de Sandra se plissa en un sourire irrésistible.

— Cent livres ! s'exclama-t-elle avec jubilation. Je vais pouvoir me faire faire une permanente et acheter des chaussures neuves. J'en ai vu de ravissantes sur le marché. On dirait des Versace mais ce ne sont pas des vraies.

— Je suis contente pour toi, maman, dit gaiement Nicole.

En même temps, elle comptait le nombre d'heures supplémentaires qu'elle devrait faire. Elles étaient en retard pour payer la facture d'électricité.

Elle regarda le film pendant un moment, puis décida d'aller se coucher.

— Je n'en peux plus, dit-elle en se penchant pour embrasser sa mère. Je suppose que mamie dort dans mon lit ?

Sandra se mordit la lèvre tel un enfant pris en faute.

— J'étais un peu en retard et tu sais qu'elle déteste rentrer en taxi après onze heures. Mais tu peux coucher avec moi, ajouta-t-elle avec empressement.

Nicole vérifia d'abord qu'aucun appareil n'était resté branché dans la cuisine puis monta l'escalier. Elle passa devant la porte de sa chambre, une toute petite pièce, et entra dans celle de Pammy. Ici, Barbie régnait sans partage. Il n'y avait pas le moindre gadget Barbie que Nicole n'eût pas acheté à sa demi-sœur. Elle l'observa avec attendrissement. Pammy avait l'air encore plus angélique quand elle dormait. Ses cheveux ébouriffés, d'un blond presque blanc, s'étalaient dans tous les sens. Ses joues rondes à la peau si douce rayonnaient d'innocence. Pammy n'avait que cinq ans et Nicole l'aimait plus que tout. Elle repensa avec honte à ce qu'elle avait répondu à l'ivrogne du pub. Pammy lui manquerait tellement si elle ne vivait plus avec elle ! Et sa mère ! Peu importe ce que disait sa grand-mère au sujet de Sandra et de sa tête de linotte, c'était une bonne mère et elle faisait de son mieux. Nicole était responsable d'elle, voilà tout.

Pammy réveilla Nicole peu après six heures en sautant sur le lit d'une place et demie où Nicole dormait à côté de sa mère. Sandra bougea à peine, juste le temps de remonter la couette sur ses oreilles.

— Nicole, réveille-toi ! chantonna Pammy avant de chatouiller sa sœur sous les bras.

— Arrête, chipie ! grogna celle-ci de sa voix la plus féroce.

Puis elle tira Pammy sous la couette et se mit à la chatouiller, elle aussi, mais avec beaucoup plus de succès.

— Arrête ! Arrête ! gloussa l'enfant avec délice tout en se tortillant.

— Non ! Le tigre t'a attrapée ! rugit Nicole. Grrr, grrr… J'aime beaucoup croquer une petite fille toute ronde pour mon petit déjeuner… J'ai très faim !

Elles chahutèrent encore quelques instants, puis Nicole libéra Pammy et sortit du lit. La fraîcheur de la chambre la fit frissonner. Elle enfila la robe de chambre de sa mère et descendit pour préparer le petit déjeuner de sa sœur.

À huit heures moins le quart, elles étaient prêtes toutes les deux. Avant de partir, Nicole apporta rapidement une tasse de thé à sa grand-mère.

— Merci, ma chérie, dit Reenie Turner en s'asseyant dans le lit. Tu es gentille.

— Désolée d'être rentrée tard, hier soir, mamie, dit Nicole. Je te verrai dimanche. N'oublie pas de réveiller maman avant de partir. Elle doit être à son travail à dix heures.

Nicole ignora délibérément la moue désapprobatrice de sa grand-mère. Reenie et Sandra Turner ne se ressemblaient en rien et les empêcher de se disputer représentait une tâche de tous les instants. Reenie désapprouvait que sa fille travaille à mi-temps comme manucure et que Nicole veille sur Pammy comme si c'était sa fille. Sandra, de son côté, ne supportait pas les réflexions de sa mère au sujet de ses amis occasionnels.

« Une fois tous les trente-six du mois, je vais prendre un verre avec un homme que je trouve gentil et sympathique ! C'est tout ! Ce n'est pas parce que j'ai des enfants que je dois vivre comme une bonne sœur, répliquait-elle à ses critiques.

— Il n'y a pas de risques », rétorquait Reenie.

Nicole détestait que sa grand-mère attaque sa mère. Aussi rêveuse que fût Sandra, cela ne l'avait pas empêchée de travailler dur pour élever ses filles et elle n'était jamais sortie avec un homme pendant toute l'enfance de Nicole. Celle-ci était presque une adolescente quand Sandra avait rencontré le père de Pammy.

Pammy marchait à côté de Nicole en dansant sur le trottoir humide et chantonnant pour elle-même. Au grand soulagement de Nicole, elle s'était très bien adaptée à St. Matthews. Hormis le premier jour, où elle avait failli pleurer quand elle s'était retrouvée confiée à la compétente Mlle Vishnu, elle avait tout de suite été contente d'aller à l'école. Mlle Vishnu était très jeune et très douce, et les petits l'aimaient beaucoup.

Nicole attendit que Pammy ait rejoint sa classe, sa boîte à déjeuner Pokemon à la main, puis courut jusqu'à l'arrêt du bus pour attraper celui de huit heures moins cinq. Après neuf arrêts, elle trouva enfin une place assise à l'étage et put écouter son lecteur de CD portable en regardant défiler les rues de l'ouest de Londres. Elle aimait ces moments de solitude dans les transports en commun, même au milieu de la foule. Elle arrivait à s'isoler en écoutant de la musique et sans avoir à parler à qui que ce soit.

Les bureaux de Copperplate bruissaient de l'animation habituelle du vendredi matin, une rumeur qui voulait dire : « Encore quelques heures et c'est le weekend ! » À la cantine, on faisait des projets pour des parties de lèche-vitrines dans les quartiers à la mode, et chacun parlait de ce qu'il allait faire de sa soirée. Il y avait des soldes à Top Shop et l'on s'arrachait des petits hauts comme celui de Jennifer Lopez. Le prix était déjà tombé à vingt livres seulement.

Nicole paya sa tasse de thé et alla s'asseoir dans la partie fumeurs de la cantine. Quelqu'un avait laissé un journal qu'elle feuilleta, survolant les nouvelles pour s'arrêter à la page de l'horoscope. La journée serait bonne pour les Lion. « Attendez-vous à un changement spectaculaire. Tout dépendra de votre réaction, mais prenez garde à ne pas vous engager à la légère. » Un « changement spectaculaire » pouvait être un licenciement, songea-t-elle en allumant une autre cigarette dont elle n'avait pas vraiment envie. Sharon apparut à ce moment sur le seuil de la cantine, le visage brillant d'excitation.

— Tu ne devineras jamais ! cria-t-elle à l'adresse de Nicole en courant pour la rejoindre.

— On a un jour de congé ? Sinclair, le vieux chameau, est passée sous un camion ? Tu es fiancée à Leonardo DiCaprio ?

Sharon se glissa sur le siège voisin de celui de Nicole et lui tendit une petite carte de visite pas très propre.

— Mieux que ça ! répondit-elle avec un grand sourire.

— Dickie Vernon, directeur, lut Nicole. Je ne comprends pas…

Sharon rayonnait.

— Il t'a entendue chanter, hier, au Red Parrot. C'est un grand directeur musical. Il m'a parlé d'un groupe très célèbre dont il s'est occupé, mais j'ai oublié le nom. De toute façon, il veut t'engager !

Sharon en tremblait d'excitation.

— Il trouve que tu as une voix extraordinaire et que tu pourrais devenir une vedette de la chanson ! Tu imagines ?

Nicole éclata de rire.

— C'est complètement fou ! Regarde mon horoscope : on me conseille de ne pas m'engager tout à trac !

— Le trac ? répéta distraitement Sharon qui lisait l'horoscope des Gémeaux. Tu risques de l'avoir si tu passes à la télévision !

Nicole ne s'était jamais sentie aussi nerveuse de sa vie. Ses mains tremblaient tandis qu'elle déchirait la cellophane d'un paquet de cigarettes. Il fallait qu'elle se maîtrise pour ne pas passer pour une de ces poupées qui disent « maman » quand on tire une ficelle dans leur dos. Elle aspira profondément la fumée, espérant que la nicotine lui donnerait un coup de fouet. À son grand soulagement, la drogue fit son effet. Elle se tassa un peu dans ses bottes neuves à hauts talons et s'appuya au mur pour mieux se détendre mais s'en écarta aussitôt avec un sursaut. L'endroit était sale ! Qui sait quand on avait fait le ménage pour la dernière fois ! On devait attraper la gale rien qu'en frôlant les murs lépreux.

À la façon dont Dickie avait parlé du petit studio d'enregistrement d'un de ses amis, Nicole avait eu l'impression qu'elle allait presque à Abbey Road. En réalité, elle se trouvait dans de vieux locaux malpropres de Guilford, avec un dédale de pièces et un studio d'enregistrement qui donnait l'impression de ne pas avoir servi depuis les années soixante. L'équipement paraissait encore plus vieux, digne d'un magasin d'antiquités. En revanche, le propriétaire avait l'air assez sympathique. Maigre et déjà âgé, il ne lui parut pas vraiment dangereux, ce qui valait mieux. Nicole n'avait pas été très rassurée à l'idée d'accompagner Dickie.

« Et si c'était des violeurs qui se servent de cet appât pour t'avoir à leur merci ? avait protesté Sharon. Je viens avec toi ! Tu as besoin d'un soutien moral.

— Si nous prenons toutes les deux notre mardi en disant qu'on est malades, Sinclair comprendra qu'il se passe quelque chose. Elle n'est pas idiote, avait fait remarquer Nicole. Ne t'inquiète pas, tout ira bien. Je prendrai mon canif de l'armée, au cas où.

— Je croyais que la lame était cassée, avait dit Sharon d'un air soupçonneux.

— Je les massacrerai avec l'ouvre-bouteille ! » avait répliqué Nicole.

Elle avait son canif dans son sac mais ne pensait pas devoir s'en servir. Dickie faisait peut-être très louche, mais il semblait sincèrement intéressé par le talent de Nicole.

« Vous ne devriez pas fumer, avait-il dit, scandalisé, la première fois qu'il l'avait vue allumer une cigarette, la septième de son paquet quotidien.

— Pour qui vous prenez-vous ? Pour ma mère ?

— C'est mauvais pour votre voix. Une grande chanteuse ne fume jamais ! »

Tant pis, c'est comme ça ! pensa Nicole en écrasant son mégot avant de prendre une autre clope, sinon elle serait incapable de chanter. Elle avait apporté la partition d'un air de Whitney Houston. Elle ne savait pas lire la musique mais avait pensé que cela ferait bonne impression.

Dickie revint dans le studio.

— On est prêts, dit-il jovialement. Juste une dernière chose.

Il tendit négligemment une feuille de papier à Nicole.

— Il faut juste signer ici, mon chou. Pour que tout soit légal et en ordre, tu vois.

De l'autre main, il lui tendit un stylo.

Nicole retint un sourire moqueur. Ce type la croyait-il vraiment stupide à ce point ? Il ne pouvait quand même pas penser, sous prétexte qu'elle avait pris le risque de le suivre, qu'elle allait signer les yeux fermés un bout de papier qui lui donnerait tous les droits sur elle et les enfants à venir pour le reste de sa vie ? Elle lui adressa son regard « Bambi », les yeux écarquillés tandis qu'elle battait lentement des paupières, comme si les battre rapidement avait exigé un trop gros effort intellectuel.

— Je dois signer ? répéta-t-elle.

Dickie fit oui de la tête, avec une assurance renouvelée.

— Je ne sais pas, dit Nicole sans quitter son air innocent.

— Juste pour être en règle avec la loi, rien d'important, insista Dickie.

Nicole prit le papier et le parcourut du regard. Que croyait Dickie ? Que Copperplate Insurance l'employait pour faire le thé ? Elle était peut-être au bas de l'échelle, mais elle passait suffisamment de temps à régler des demandes d'indemnisation pour avoir quelques notions de droit ! De plus, elle savait certainement calculer un pourcentage beaucoup plus vite que lui et, avec cinquante pour cent des bénéfices, la prestation de Dickie lui paraissait un peu chère. Soudain, elle estima avoir fait une erreur en se rendant au studio. Si elle voulait mener une carrière de chanteuse, elle devait s'y prendre autrement. Elle plia la feuille de papier et la rangea dans son sac. Dickie en ouvrit la bouche de stupéfaction.

— Mais… bafouilla-t-il.

— Je ne m'engage jamais sans demander le conseil d'un avocat, lui dit Nicole avec un sourire malicieux. Je crains, par ailleurs, que faire signer un papier à quelqu'un sans lui expliquer de quoi il s'agit est considéré comme un « procédé malhonnête ».

Elle salua de la main le maigrichon derrière la vitre.

— Merci beaucoup, mais non !

— Vous ne pouvez pas faire ça ! hurla Dickie, qui comprenait enfin. Vous ne pouvez pas vous en aller de cette façon ! J'ai investi du temps et de l'argent sur vous.

Nicole lui lança un regard sec et se dirigea vers la porte.

— J'ai des gens qui s'intéressent à vous, espèce de dinde basanée ! cria-t-il.

L'insulte était en trop. Nicole pouvait tout supporter, mais pas de se faire traiter de basanée. Comment osait-il ? Elle était fière de son héritage indien, non qu'elle sût grand-chose de l'Inde, mais peu importe. Mue par une terrible colère, elle pivota sur ses talons. Elle s'apprêtait à le frapper mais l'orgueil l'en empêcha. Ce type-là pouvait se conduire comme un voyou, pas elle.

— Quand je serai célèbre, Dickie, j'espère que vous vous rappellerez que vous auriez pu avoir votre part du gâteau !

Elle le toisa avec dédain.

— Vous êtes trop gourmand ! Je vous jure que je vais réussir !

Sur quoi elle lui tourna le dos et, ses longs cheveux soyeux dansant sur ses épaules, prit le chemin de la sortie. Oui, elle serait célèbre. Elle en éprouvait la certitude profonde. Dickie lui avait fait découvrir son désir de devenir une vedette de la chanson. Pendant des années, elle avait refusé de le reconnaître, mais Dickie l'avait aidée à voir clair en elle-même et à comprendre qu'elle en était capable. Il fallait lui rendre cette justice ! Elle lui enverrait peut-être une invitation pour son premier concert.

Sharon réagit avec une colère indignée.

— Le sale type ! s'exclama-t-elle. Je savais qu'il n'y avait rien de bon à en attendre. Je vais lui faire la peau ! Non, je vais demander à mon frère de s'en occuper.

— Ne perds pas ton temps, lui dit Nicole. J'ai besoin de toi pour autre chose. Je veux que tu m'aides à faire quelques recherches. Je dois enregistrer une bande de démonstration et il faut trouver un studio pas trop cher. Ensuite, je dois savoir à qui l'envoyer. Au travail, Sharon ! À nous deux, nous devrions dénicher dans nos relations quelqu'un susceptible de m'aider.

Le colocataire de la cousine au second degré de Sharon connaissait un ingénieur du son qui acceptait de travailler au noir à titre exceptionnel. Il savait aussi à qui adresser la bande de démonstration, mais avertit

Sharon que les maisons de disques recevaient des tonnes de « démos » par an.

— Elles doivent finir par les mettre à la poubelle ! dit-il.

Nicole haussa les épaules.

— Je prends le risque.

Les heures les moins chères de location du studio se situaient au milieu de la nuit. Nicole, Sharon et Elaine, la cousine de Sharon, se retrouvèrent donc deux semaines plus tard, à deux heures du matin, aux Studios Si-Borg. L'ingénieur du son avait réussi à convaincre quatre musiciens d'accompagner Nicole. Pour essayer de soulager sa tension nerveuse, celle-ci chuchota à Sharon qu'ils ne devaient pas être extraordinaires s'ils étaient prêts à jouer en pleine nuit pour une poignée de cacahuètes ! Elle avait prélevé l'argent nécessaire sur son livret d'épargne-logement et elle avait des frissons à l'idée de le dépenser pour un projet aussi peu sûr.

— Tais-toi ! souffla Tommy, l'ingénieur du son. S'ils t'entendent, ils ne resteront pas. Ils n'en sont pas à ce point de dèche !

Gênée, Nicole alluma une cigarette. Personne ne la regarda de travers. À Si-Borg, les fumeurs étaient la norme. Les murs avaient même pris une teinte ocrée au fil des ans.

Pendant la première heure, Nicole se crut tombée en enfer. Habituée à se lancer dès que la machine à karaoké était en marche ou à chanter ses compositions seule dans sa chambre, elle n'arrivait pas à s'arrêter et repartir en mesure, car les musiciens s'énervaient à cause des cordes qui cassaient et des riffs ratés. Ils maugréaient contre les chansons, qu'ils connaissaient mal.

— Que leur arrive-t-il ? murmura Nicole à l'oreille de Tommy pendant une pause.

Elle prit garde à ce qu'ils ne puissent pas l'entendre, cette fois.

— Ils ne sont pas très à l'aise avec Whitney Houston et Sade, lui répondit-il avec une petite grimace. Ce serait différent si tu choisissais un air des Manic Street Preachers.

— Charmant !

Nicole se dirigea vers les lavabos d'un pas lourd. Elle s'appuya du front contre le miroir et ferma les yeux avec lassitude. La séance ne se déroulait pas comme prévu. Elle avait suivi les conseils de Tommy en choisissant les airs des autres plutôt que les siens. Il lui avait expliqué que le principal était sa voix et que la démo aurait un plus grand impact de cette façon.

Elle s'était sentie si heureuse à l'idée de travailler avec de vrais musiciens ! Elle se voyait chantant de tout son cœur, enchaînant sans problème un tube après l'autre, tandis que tout le monde l'écoutait avec admiration… En réalité, elle n'avait gagné qu'une gorge douloureuse. Et si seulement elle n'avait pas mis ce jean rose moulant en imitation peau de serpent avec ses bottes à hauts talons ! Elle se sentait boudinée et la ceinture de son pantalon lui coupait la taille. Mais pourquoi s'était-elle lancée dans cette aventure ? Elle devait avoir perdu la tête. Qu'elle puisse pousser la chansonnette ne faisait pas d'elle une nouvelle Mariah Carey. Ne vaudrait-il pas mieux leur dire à tous de rentrer chez eux parce qu'elle n'en pouvait plus ?

— Nicole ! appela Sharon.

Elle entra dans les toilettes, aussi malpropres que le reste, en dansant, tenant à la main une canette et une cigarette roulée à la main. Nicole aurait juré qu'elle ne contenait pas que du tabac.

— C'est formidable, non ? dit Sharon. Ils t'adorent ! Je viens d'entendre le bassiste dire à Tommy que tu as une voix fantastique. Il lui a demandé si tu as besoin d'un orchestre !

Nicole se redressa et battit péniblement des paupières. La lumière dure du néon lui faisait mal aux yeux. Ils étaient rouges de fatigue et son khôl ne pouvait le dissimuler.

— Ils ont dit quoi ?

— Que tu es merveilleuse ! répéta gaiement Sharon. Et que tu as « l'étoffe d'une star » ! J'aurais pu le leur dire moi-même, mais c'est bien qu'ils s'en rendent compte, non ?

Elle continua à bavarder au sujet du bassiste et de la façon dont il trouvait Nicole « méga ». Celle-ci ne l'écoutait plus qu'à moitié. Elle se regardait dans le miroir. Malgré les cernes et les yeux rouges, son visage s'illuminait. Elle sourit et tout son être se mit à rayonner, la fatigue aussitôt oubliée. « L'étoffe d'une star », c'était bien cela ?

— Sharon, as-tu du rouge à lèvres ? J'ai laissé mon sac en bas et j'ai une tête impossible.

Sharon fouilla dans son fourre-tout et tendit le tube à Nicole. D'une main qui tremblait un peu, celle-ci en appliqua une couche épaisse. Avec sa peau brune et ses yeux brillants comme du jais, ce ton vif faisait un effet extraordinaire, à la fois sexy et mystérieux. Nicole s'adressa une moue exagérée dans le miroir.

— On va leur montrer ce qu'on sait faire ! dit-elle avec un grand sourire.

6

Les hurlements de Millie devaient s'entendre à cent kilomètres à la ronde.

— Je ne veux pas aller dans la voiture ! criait-elle à pleins poumons, le visage plissé de rage.

— Moi non plus, murmura Hope entre ses dents.

Elle se concentrait sur la conduite du véhicule de location sans voir le paysage battu par la pluie et le vent. La route n'en finissait pas de tourner. Quand l'avion avait fait un virage sur l'aile avant d'arriver à l'aéroport du Kerry, Hope s'était forcée à regarder par le hublot pour découvrir cette « île d'émeraude » tant vantée. Mais Toby avait choisi ce moment pour geindre. Il avait peur. Pour le consoler, Hope avait dû se détourner du patchwork un peu terne composé par les champs. À présent, il pleuvait à verse et tout avait l'air misérable, bien loin de la vision idyllique décrite par Matt.

« Je me souviens, lui avait-il raconté, des heures passées avec Geraoid, assis au soleil. Il buvait tranquillement sa bouteille de Guinness tandis que les abeilles bourdonnaient autour de nous et que montait le parfum des foins fraîchement coupés. Il y avait partout des couleurs superbes, des verts profonds et des jaunes très doux… » Hope se dit que Geraoid n'était pas le seul à abuser de la Guinness ! Le Kerry n'offrait rien de riant, même si l'on tenait compte du froid et de la grisaille qui régnaient en ce jour de novembre. Les abeilles auraient été noyées par le déluge qui tombait sans discontinuer. Elle avait espéré autre chose. Vraiment !

« Cela va être fabuleux, avait dit Dan à la soirée de départ donnée par les Parker au Three Carpenters, deux jours avant le départ de Matt. À la façon dont Matt m'a décrit l'Irlande, ce pays doit être magique !

— On vous envie tous tellement ! Vous allez vous éclater », avait ajouté Betsey.

Elle ne tenait plus très droit sur ses hauts talons. Elle revenait du lancement publicitaire d'un nouveau parfum à Londres, où elle s'était à moitié saoulée au champagne – gratuit ! – et s'était lourdement aspergée de parfum – gratuit !

Hope était épuisée d'avoir mis tout le contenu de la maison en cartons et malheureuse d'avoir dû donner sa démission à son patron. Elle espérait de toutes ses forces que ce séjour serait aussi formidable qu'on le lui disait. Elle aurait pourtant préféré une semaine dans un centre de remise en forme pour évacuer sa fatigue.

« Tu restes en contact avec moi, promis ? Tu vas me manquer », avait dit Yvonne. À la grande surprise de Hope, elle pleurait à l'idée de la voir partir. Hope l'avait serrée dans ses bras. « Bien sûr ! Cela va passer très vite. Et tu peux venir nous voir. Matt m'a dit que c'est beau. »

Il lui avait parlé pendant des heures de s'asseoir face à l'océan sur la péninsule de Beara, pour écouter les cris des courlis tout en écrivant un futur succès littéraire. Il avait évoqué Redlion, niché dans une vallée qui le protégeait des vents violents du large. Un pays « idyllique », avait-il dit. Malheureusement, dans l'immédiat, ça n'était pas le cas. Hope commençait à penser que l'idée de Matt de prendre le ferry avec sa Metro dix jours plus tôt pour mettre le cottage en état n'était pas si bonne. Voyager avec les enfants relevait toujours du cauchemar. Elle n'aurait pas refusé un peu d'aide. Elle aurait aussi apprécié d'être rassurée sur un point : qu'il ne pleuvait pas en permanence et surtout aussi fort !

Matt avait insisté pour partir avant elle car, d'après le notaire, les lieux avaient été « un peu négligés ». Il avait aussi très envie de rencontrer les membres de la communauté artistique auxquels il avait écrit en demandant de pouvoir travailler dans les locaux de la Maison des créateurs.

Hope fit un effort pour se concentrer sur la route, ce qui n'était pas très facile avec les hurlements de Millie. En fait, elle n'avait pas beaucoup progressé depuis l'atterrissage. Elle avait commencé par paniquer à l'idée que leurs bagages auraient pu se perdre mais avait fini par les retrouver. Ensuite, traînant deux bambins grincheux, elle s'était frayé un chemin dans l'aéroport bondé pour rejoindre le solide quatre-quatre qu'elle avait réservé. Elle venait à peine d'entasser toutes leurs valises sans se faire d'hernie quand Millie avait décidé de piquer une crise. Un tour dans les toilettes des dames, une tentative d'apaisement à base de biscuits et de jus de fruit, plus un ours en peluche habillé d'un pull d'Aran, rien de tout cela n'avait suffi pour la calmer. Millie avait décrété qu'elle était de mauvaise humeur et Hope n'y pourrait rien changer. Elle poussait des cris si violents qu'un groupe de vieilles dames, fraîchement débarquées d'un car de tourisme, avaient toisé Hope du regard que l'on réserve aux mères indignes.

Millie hurlait à pleins poumons depuis une heure, tandis que sa mère, harassée, essayait de déchiffrer la carte routière et de trouver son chemin, atteignant Killarney au moment où tout le monde sortait pour aller déjeuner. La plus grande difficulté avait consisté à ne pas écraser les piétons. Ils se précipitaient devant les voitures, indifférents à leur présence, à un ou deux mètres à peine des énormes pare-chocs qui garnissaient les tout-terrains. Ils ne regardaient même pas à droite ou à gauche avant de traverser ! Ils se jetaient à l'aveuglette dans la circulation, sautaient par-dessus les flaques et traitaient les véhicules comme autant de nuisances. Ces Irlandais étaient vraiment fous ! conclut sombrement Hope. Elle aurait préféré que Matt vienne les chercher, mais un joint de culasse de la Metro avait cassé. La seule solution avait donc été de louer une voiture car, de toute façon, il leur fallait un moyen de transport en attendant que la réparation soit effectuée.

Toby était sagement assis à l'arrière, sanglé dans sa ceinture de sécurité. Millie, profitant de l'absence des rehausseurs, n'arrêtait pas d'essayer de détacher la sienne. Hope dut s'arrêter et l'attacher plus étroitement. Furieuse de ne plus pouvoir bouger comme elle voulait, Millie redoubla de hurlements. À un moment, Hope perdit patience. Il ne pleuvait presque plus et ils avaient tous les trois besoin de prendre l'air. Quelques kilomètres après Killarney, elle se gara sur le bas-côté près d'un portail, descendit de voiture et libéra les enfants.

Il y avait du vent et de la bruine, et ils eurent très vite les cheveux mouillés. Mais Millie s'en moquait.

Elle s'approcha en sautillant de la grande porte rouillée, surprenant les vaches noir et blanc tachées de boue qui se pressaient contre le fossé.

— Des vaches ! s'exclama-t-elle gaiement comme si elle venait de découvrir un troupeau d'animaux rares.

Toby s'accrochait peureusement à sa mère. Il n'aimait pas beaucoup les grosses bêtes et, le jour où on l'avait emmené au zoo, il avait pleuré à la vue des éléphants. En revanche, il avait fallu empêcher Millie de grimper dans l'enclos des singes, dont elle essayait d'attirer l'attention en leur montrant son cornet de glace.

— Tout va bien, mon chéri, dit Hope en prenant Toby dans ses bras. Elles sont gentilles.

Elle le coinça sur sa hanche et le porta jusqu'au portail. Mais, comme pour démentir ses affirmations, un des bovins s'approcha, l'air intrigué. Millie poussa des petits cris de joie, mais Toby se cacha le visage contre l'épaule de sa mère, tremblant de peur.

— Maman, on aura des vaches ? cria Millie d'une voix excitée.

Hope n'en avait aucune idée. Matt ne lui avait rien dit à ce sujet. Il se souvenait nettement d'un cottage très authentique couvert de roses anciennes, avec un grand jardin sauvage devant. Le reste était resté dans le flou, même si la lettre du notaire mentionnait quatre chambres, une cuisine avec un fourneau en fonte et une salle de bains équipée d'une antique baignoire à pieds en pattes de lion. Tout cela paraissait délicieux mais c'était aussi le cas du Moyen Âge vu par les romanciers, qui oubliaient l'absence de dentistes et le taux de mortalité des femmes en couches. Hope eut une pensée émue pour son beau réfrigérateur moderne qu'elle avait juste fini de payer et sa douche qui donnait l'impression, quand on la mettait à fond, d'être piqueté par des millions d'exquises petites aiguilles d'eau chaude. Elle n'espérait guère trouver un tel raffinement dans un cottage pittoresque mais, qui sait ? L'oncle Geraoid était peut-être un homme moderne passionné par les stéréos Bang & Olufsen, les équipements électroménagers surdimensionnés dotés d'un compartiment à glaçons et les jacuzzis. Comme l'avait dit Matt, il était excitant de partir pour l'aventure.

Toutefois, depuis qu'il était arrivé en Irlande, il était resté flou au cours de leurs conversations téléphoniques sur les détails concernant la plomberie et l'installation d'une seconde ligne, destinée au courrier électronique de son bureau. Peut-être que les hommes aimaient l'aventure, pensa Hope, mais ce n'était pas le cas des femmes. « Tout est intact, lui avait dit Matt la veille au soir, lors de leur échange rendu difficile par la mauvaise qualité de la ligne. Tu vas adorer la maison et le pays ! »

Méfiance… Il avait bien cru qu'elle adorerait le string en dentelle noire qu'il avait acheté pour son anniversaire lors d'un déplacement à Bristol ! Sam lui avait juré que si l'on en portait un pendant deux semaines, on ne pouvait plus s'en passer. Hope avait renoncé au bout de deux jours.

Ils avaient toujours leur maison de Bath. Et si la retraite rurale du futur écrivain se révélait trop rustique, elle renoncerait et rentrerait avec les enfants. Bien sûr, la location était censée durer un an, mais Hope était certaine de pouvoir mettre fin au contrat. Les avocats servaient à ça.

— Viens, maintenant, dit-elle à Millie de sa voix la plus autoritaire. En voiture ! On est presque arrivés. Tu pourras bientôt explorer ton nouveau domaine.

Les enfants obéirent et Hope serra leurs ceintures de sécurité, soulagée par l'efficacité de son enthousiasme feint. Elle reprit la route et, admirant le paysage, tenta de se convaincre qu'il n'était pas réellement triste. C'était un beau pays, avec ces montagnes majestueuses aux ombres pourpres qui se dessinaient à l'horizon dans une légère brume. Tout était d'un vert éclatant sous la pluie, mais aussi complètement désert. Cela n'avait pas grand-chose à voir avec l'endroit baigné de soleil que vantait son guide. Hope n'arrivait même pas à imaginer qu'il puisse jamais briller sur cette contrée perdue. Elle appréciait de passer un week-end dans une solitude romantique et de se promener dans les bois tant qu'il y avait à proximité un hôtel confortable, avec un feu de bois dans le bar pour sécher ses vêtements mouillés et déguster un porto tiédi tout en réfléchissant à ce qu'elle allait porter pour le dîner.

Vivre en permanence dans l'isolement était autre chose ! Ce qu'elle voyait lui semblait tellement… tellement sauvage, en fait. La campagne de Bath était très verte, également, mais elle paraissait plus ordonnée, plus normale. En Irlande, les champs étaient de toutes les tailles et enclos de murets de pierre, avec des haies de bruyère qui partaient dans tous les sens. Les automobilistes étaient fous. Hope avait failli sortir de la route à cause d'une camionnette conduite par un vieil homme dont les yeux dépassaient à peine le niveau du tableau de bord. Elle avait aussi été doublée par au moins six voitures flambant neuves à des passages très dangereux. Les conducteurs étaient visiblement exaspérés de suivre un véhicule de location qui respectait les soixante kilomètres à l'heure.

Arrivée à un petit croisement dépourvu de toute signalisation, elle s'arrêta pour vérifier l'itinéraire. À en croire la carte, elle devait prendre à droite et suivre la route pendant quelques kilomètres avant d'atteindre une ville. Elle repartit donc en conduisant prudemment jusqu'au moment où apparurent les premières habitations. « Plein d'un charme désuet et très authentique », avait dit Matt au sujet de Redlion. « Un charme vraiment très désuet », pensa Hope avec amertume quelques minutes plus tard en abordant l'agglomération.

Elle dut tourner avant d'arriver à la grand-rue et ne put donc se faire une idée générale de l'endroit mais, à première vue, sous le rideau de pluie, la pittoresque bourgade de Matt ne présentait rien de charmant. Tout ce qu'elle découvrait, c'était une rangée de maisons mitoyennes alignées le long d'une rue sinueuse, avec un pub miteux, un minuscule bureau de poste, une petite épicerie-bazar flanquée de barrières de sécurité capables d'arrêter un char d'assaut, et un terrain de caravaning dont le panneau pendait de travers. Rien à voir avec ce que lui avait décrit Matt. Elle avait dû se tromper, pensa-t-elle tandis qu'elle arrivait à un pont en dos d'âne, sur lequel la présence d'une vieille pompe à eau peinte en vert lui signala qu'elle était bel et bien à Redlion – Matt les avait mentionnés tous les deux. D'après ses indications, elle devait tout de suite tourner à gauche, pour prendre une route sinueuse qui l'amènerait, à travers la campagne, jusqu'au cottage. La chose était donc officielle, à présent, pensa-t-elle : elle était arrivée au milieu de nulle part.

De plus en plus pessimiste, elle suivit l'étroit chemin, garni d'herbe verte en son milieu et ponctué de flaques de boue. Elle se sentait dans le même état que le premier jour de son entrée à la grande école avec

Sam, contente d'avoir quitté les petits, un peu plus contente encore de porter l'uniforme avec le pull bleu foncé, et absolument terrifiée à l'idée que les autres filles, avec une famille normale, trouveraient bizarre que Sam et elle n'aient qu'une vieille tante plutôt cinglée pour les attendre à la fin des cours.

La route fit une courbe et, passé un immense « désespoir des singes » qui surplombait le chemin, Hope *le* vit. Elle était arrivée.

Si les faubourgs de Redlion avaient souffert des outrages du temps, Curlew Cottage y avait échappé. Absolument ravissant, il était niché au milieu des haies et des hêtres. On aurait dit une illustration pour la maison des sept nains de Blanche-Neige. Tout était joli, depuis les petites fenêtres aux volets à croisillons, jusqu'à l'épaisse porte en bois à ferrures en fer forgé noir. Le beau rosier grimpant sur lequel Matt s'était montré intarissable avait été taillé mais, comme on était en décembre, de toute façon il n'y aurait pas eu de fleurs. C'était le seul reproche que Hope puisse faire à Curlew Cottage. Bien sûr, il paraissait un peu négligé, mais que pouvait-on attendre d'un vieil homme qui avait vécu seul pendant des années ?

Hope soupira de soulagement. Au même moment, un coq invisible chanta bruyamment, comme pour proclamer qu'il s'agissait de son territoire et les inviter à faire demi-tour. Toby cria de peur et Millie de ravissement.

— Je veux sortir, maman ! hurla-t-elle, impatiente de partir à la découverte de l'environnement.

Le coq chanta de nouveau. Certainement un animal de combat, se dit Hope, qui sentait revenir son sens de l'humour.

Comme il s'était arrêté de pleuvoir, elle autorisa les enfants à courir dehors, à condition de ne pas s'éloigner. Ce genre d'avertissement était inutile avec Toby, qui s'accrochait au pantalon de sa mère, mais Millie partit à fond de train à la recherche du coq.

— Reviens ! Reviens tout de suite ! cria Hope avec inquiétude, en bonne mère citadine qu'elle était.

Millie eut un instant d'hésitation qui suffit à Hope pour l'attraper par le capuchon de son anorak. Ils se dirigèrent tous les trois vers la porte, Millie se débattant et Toby suçant son pouce avec angoisse.

— Où est papa ? demanda Millie.

Bonne question ! pensa Hope. Elle avait espéré qu'il aurait été là pour les accueillir, prêt à se précipiter vers eux les bras tendus, pour les embrasser et leur dire à quel point ils lui avaient manqué, depuis dix jours. Mais Hope avait dû trop regarder la télévision. Les maris ne se livraient à ce genre de manifestations que dans les feuilletons ou les films télévisés. Cela n'arrivait jamais dans la vraie vie, sauf quand ils avaient faim et qu'ils attendaient que leur femme rentre de l'épicerie.

Elle frappa à la porte. Pas de réponse. Elle attendit quelques instants puis tourna la poignée. La porte s'entrouvrit en craquant. Devaient-ils entrer ou non ? Elle hésita jusqu'à ce qu'un gros nuage noir annonce la fin du bref interlude sans pluie. Il se remit à tomber des trombes d'eau dignes d'un orage tropical.

— Eh bien ! s'exclama Hope. C'est très amusant, vous ne trouvez pas ?

Tout en parlant aux enfants d'une voix à la gaieté forcée, elle poussa la porte, qui s'ouvrit en grand. À l'intérieur, le scénario du charmant cottage tournait court. La première chose qui frappa Hope fut le froid.

Encore sous l'effet du chauffage de la voiture, elle n'avait pas fait attention au temps hivernal. Mais elle fut saisie par la température polaire qui régnait dans la maison. Un sol et des murs en pierre, et pas la moindre source apparente de chaleur… Tout cela se combinait pour donner une atmosphère d'humidité glaciale. Hope, qui avait espéré trouver l'habitation brillante de propreté, avec des meubles de pays et des rideaux à volants confectionnés avec amour, se tenait dans une grande salle nue sans l'ombre d'un rideau. Il n'y avait pour tout mobilier qu'une table basse et deux vieux fauteuils recouverts d'une imitation de tweed, aux coussins tachés de graisse.

Hope serra un peu plus fort les mains des enfants tandis qu'elle enregistrait le désastre avec horreur. On ne pouvait pas vivre là-dedans ! Cette maison n'avait pas été refaite depuis une éternité et tout était répugnant. Les toiles d'araignée qui festonnaient le plafond n'étaient rien à côté du reste. Matt avait imposé aux siens d'émigrer et leur nouveau foyer n'était qu'une ruine ! Hope était au bord des larmes. Le bruit d'une portière qui claquait l'arracha à ses sombres pensées.

— Millie ! Toby ! Désolé d'être en retard, ma chérie. J'ai été retenu par les copains.

Matt entrait en courant, les cheveux collés sur le front, vêtu d'une veste marron sale qu'elle ne connaissait pas, d'un pantalon de velours côtelé taché de boue et de bottes en caoutchouc. Il arborait une expression accueillante. Il donna à Hope un rapide baiser très chaleureux puis souleva ses enfants, en prenant un sur chaque bras pour les serrer contre lui.

— Papa vous a manqué ? demanda-t-il.

— Oui, répondit Millie d'une voix enrouée, beaucoup, beaucoup comme ça !

Elle enfouit sa tête avec passion dans le cou de son père en écartant les bras pour lui montrer à quel point il lui avait manqué.

Hope répugnait à gâcher ce moment d'intimité familiale. Elle avait l'impression d'être une affreuse sorcière, prête à signaler à Blanche-Neige que s'installer avec sept nains en quête d'une femme de ménage pas chère n'était peut-être pas une bonne idée… Mais il fallait le faire. De plus, Matt ne l'avait pas prise dans ses bras, elle !

— Matt, dit-elle de sa voix la plus enjouée pour ne pas inquiéter les enfants, nous devons parler du cottage.

— Adorable, n'est-ce pas ? Tellement naïf !

— Comment cela ? dit-elle, passant à un ton menaçant.

— Tu sais ce que je veux dire : authentique, lança-t-il sans méfiance.

— Je dirais plutôt : sale, qui a besoin d'être repeint, et absolument pas adapté pour deux enfants !

La colère montait en elle, alimentée par la fatigue et la sensation de n'être pas aimée.

— Sans parler du froid ! reprit-elle. Nous allons tous geler si nous vivons ici. C'est répugnant. J'ai du mal à croire que tu as campé ici…

— Euh… Non, j'étais chez Finula. Je sais qu'il y a beaucoup à faire, ici. Désolé de ne pas avoir commencé mais j'ai pensé que nous pouvions nous débrouiller pendant quelques jours avec des poêles portables et, lundi, on attaque les travaux…

— Matt, tu veux dire que tu n'avais pas prévenu Hope que la maison n'était pas habitable ? dit à ce moment une femme à la voix grave. Comment as-tu osé ?

Matt et Hope se tournèrent tous les deux vers la nouvelle arrivante. Grande et forte, jouant la campagnarde amicale, elle avait environ la quarantaine et portait des vêtements flottants qui paraissaient tout droit sortis de chez Laura Ashley. Hope enregistra un pantalon de style pyjama, une immense chemise et un chapeau incliné avec désinvolture, le tout dans des tissus roses à fleurs. Un grand châle écossais complétait la tenue.

— Hope, je te présente Finula Headley-Ryan, la figure de pointe de la communauté artistique de Redlion. Elle a eu la gentillesse de me faire admettre à la Maison des créateurs dans un délai très court.

— Tsk, tsk, fit Finula, qui essayait de cacher le plaisir que lui faisait cette présentation. Je ne suis qu'une vieille barbouilleuse ; je n'oserais pas me targuer d'être une artiste !

Elle se dirigea vers Hope, toutes voiles dehors, et lui tendit une main pleine de taches de rousseur, aux doigts chargés de bagues anciennes en or raffinées. L'impression d'élégance était gâtée par le vernis rouge vif écaillé qui laissait entrevoir des ongles jaunis.

— Je comprends que vous ne soyez pas ravie de faire connaissance quand votre maison ressemble au radeau de la Méduse, reprit Finula de sa voix grave. Matt, tu es nul de ne pas avoir prévenu la pauvre Hope que c'est inhabitable. Pense au choc qu'elle a dû avoir en découvrant son nouveau foyer dans toute sa splendeur glacée ! Franchement !

— En fait, je voulais que Hope me rejoigne ; je savais qu'elle hésiterait si je lui avais dit qu'il y avait des travaux à faire.

Il gratifia Finula de son plus beau sourire avant d'ajouter d'un ton cajoleur :

— De toute façon, Hope, les ouvriers commencent lundi.

— Il est clair que les enfants ne peuvent pas rester ici, répondit Hope. Il faut trouver un hôtel.

Le choc que lui avait causé l'état des lieux l'emportait sur son horreur de tenir une conversation privée devant une étrangère.

— Quelle idée ! s'exclama Finula. Vous vous installez chez moi. Le seul hôtel à la ronde est un cinq étoiles et vous ruinerait. Nous serons ravis de vous avoir et, dans deux ou trois jours, votre maison sera comme neuve. Vous ne pouvez pas y rester avec des enfants.

Elle se pencha et caressa la joue de Millie, qui lui répondit d'un sourire à fossettes au lieu de se mettre à hurler comme quand une personne inconnue la touchait.

— Comme elle est mignonne ! soupira Finula. Mon Cormac a douze ans. Il est trop grand pour les câlins, mais à l'âge de votre fille, c'est adorable.

Hope réussit à acquiescer, tout en ayant à l'esprit l'image de Millie en train de hurler dans l'aéroport puis sur la route.

— Et maintenant, suivez-moi, ordonna Finula.

En deux temps trois mouvements, elle entassa Hope et les enfants dans un vieux break vert dont les côtés avaient été si souvent éraflés qu'il n'y avait plus que des traces de peinture sur les portières.

— Matt n'a qu'à prendre votre voiture, dit Finula, qui faisait grincer les vitesses en écrasant quelques buissons au cours d'un demi-tour laborieux. J'habite au bout d'une petite route pleine de nids-de-poule. Vous auriez les os en marmelade pour me suivre.

L'intérieur du véhicule n'était guère plus engageant que l'extérieur. Une paire de bottes en caoutchouc crasseuses traînait sur la banquette arrière tandis que plusieurs imperméables qui puaient la boue et le chien mouillé avaient été jetés en vrac sur le sol.

Finula conduisait à toute vitesse sur la petite route très étroite. Hope ne disait pas un mot. Elle se sentait soudain épuisée par le voyage et trop furieuse contre Matt pour faire l'effort de la moindre conversation. De toute façon, Finula parlait sans attendre la moindre réponse à son bavardage.

— Dans notre communauté, nous sommes dix-sept à vivre ici à plein temps. Il y a surtout des peintres, mais aussi trois romanciers et deux poètes. Je suis certaine que vous avez entendu parler de Maire Nic Chinnneide.

Hope s'apprêtait à mentir d'un hochement de tête affirmatif, mais Finula poursuivit sans attendre.

— Une poétesse étonnante, d'un lyrisme incroyable ! Ses textes sur les voitures qui circulent sur la route de Killarney vous arracheraient des larmes. Bref, comme je vous disais, en plus des résidents permanents, nous avons chaque année au moins deux cents artistes et écrivains qui séjournent dans la région. Nous passons des moments merveilleux. Je suis ici depuis dix ans et j'ai l'impression de faire partie des meubles ! Nous habitions Dublin, Ciaran et moi. À propos, Ciaran est écrivain. Je ne retournerais pas à Dublin pour tout l'or du monde ! Ici, nous n'avons ni magasin ouvert vingt-quatre heures sur vingt-quatre ni gratte-ciel : c'est le paradis.

Hope, qui aurait tout donné pour une boutique ouverte non-stop et quelques immeubles, ne répondit rien. Finula lui décrivit le groupe des créateurs du coin, lui précisa combien de fois ils se réunissaient – tous les jours, pour autant que Hope puisse comprendre –, et quelles distractions formidables ils proposaient – un dîner hebdomadaire en haute saison et deux ateliers au cours de l'année, qui donnaient l'impression d'être envahis de futurs peintres et écrivains. Matt avait déjà raconté tout cela à Hope mais, avec Finula, cela prenait l'allure d'une communauté religieuse démente. De plus en plus angoissée, Hope se demanda s'il y avait d'autres femmes avec des enfants en bas âge.

— Les autochtones ne font pas très attention à nous. Pour eux, nous sommes des fous, ajouta Finula en riant sottement.

Hope se dit que l'idée d'être considérée comme une originale flattait visiblement Finula. Par comparaison avec sa flamboyante tenue à fleurs, elle avait l'impression d'être une petite souris, avec son confortable pantalon bleu marine à taille élastique, son col roulé en laine également bleu marine et sa veste beige décontractée. Devrait-elle mettre des tonnes de mascara, se couvrir de châles extravagants et enfiler sa nuisette en Liberty pour ne pas détonner ?

— Matt a dû tout vous raconter sur nous, dit Finula en prenant un tournant sur les chapeaux de roue avant de s'engager dans une allée parfaitement entretenue.

— Pas vraiment, biaisa Hope en se jurant de ne plus jamais monter en voiture avec elle.

Finula s'arrêta devant un grand corps de ferme accueillant, érigé au milieu d'un bois de pins. Tout était impeccable, avec des conifères nains plantés dans d'énormes poteries alignées en rang d'oignons à côté du porche. Des roues de charrette étaient disposées le long de la véranda avec beaucoup de recherche. Dans la partie gauche de celle-ci, trônait une balancelle abritée sous un dais à rayures. L'ensemble n'aurait pas paru déplacé dans un film de Doris Day.

— Entrez vite ! Il faut faire dîner les petits, ordonna Finula.

Les lieux offraient tout ce que Hope attendait d'une maison à la campagne. Sans style précis, ils étaient très chaleureux, agrémentés de canapés profonds, avec un sol dallé en pierre couvert de kilims, et d'innombrables tableaux, bibelots et livres. Cela composait un ensemble vivant. Quant à la cuisine, où le bois blond régnait en maître, elle aurait pu servir de décor à une émission télévisée. Tous les éléments y étaient, y compris la cuisinière Aga, le billot de boucher et les casseroles en cuivre suspendues au plafond. Hope avait toujours rêvé d'une de ces couronnes destinées à les accrocher.

— Je sais que c'est un choc la première fois qu'on laisse tout tomber pour partir à la campagne, déclara Finula quand Hope et les enfants furent assis à l'immense table en bois.

Elle avait servi des yaourts et du jus de pomme faits à la maison à Millie et Toby, et offert un verre de vin à Hope.

— Mais cela fait tant de bien aux enfants, poursuivait Finula. Ici, vous aurez la possibilité de les élever correctement, de leur enseigner le respect de la vie et de la nature, de leur préparer des aliments sains, cultivés de manière biologique. Surtout, vous pourrez être avec eux en permanence. On n'a pas cette qualité-là de vie dans les grandes villes. Ici, pas de violeurs, pas d'assassins ni de cambrioleurs !

Hope prit une gorgée de vin et se demanda, rêveuse, comment les autochtones s'y étaient pris pour tenir les criminels à l'écart : avec une clôture électrique, peut-être ?

— Bien sûr, je ne fais aucune confiance à ces hippies dégénérés qui habitent au bout de la route, ajouta Finula d'un ton pincé, bien que nous n'ayons pas eu d'ennuis avec eux, jusqu'à présent. Matt m'a dit à quel point vous regrettiez de ne pas avoir plus de temps à consacrer à vos enfants et que vous étiez fatiguée de devoir toujours courir.

Hope aurait préféré que Matt soit plus discret. Finula semblait déjà tout savoir sur elle. Elle se demanda vaguement si Matt avait aussi mentionné ses problèmes pré-menstruels ou la fois où il avait eu un zona qui les avait empêchés de faire l'amour pendant un mois. Cela aurait donné à Finula une vision complète de leur vie de couple !

— Et vous verrez, le plaisir qu'on éprouve à faire pousser des légumes ! soupira Finula.

Hope estima que le moment était mal choisi pour lui expliquer qu'elle préférait se fournir directement au supermarché ou que sa dernière expérience de culture remontait à la naissance de Toby, quand on lui avait offert un spathiphyllum. La malheureuse plante était depuis longtemps partie à la décharge, morte à la suite d'un oubli d'arrosage.

— Et les poules ! Vous allez adorer les poules, reprenait Finula. Le vieux Geraoid avait un charmant poulailler à l'arrière de la maison. Vous auriez tort de ne pas en profiter. Pensez-y ! dit Finula, les yeux humides d'émotion. Vous ramasseriez vos œufs ! Remarquez, il faut faire attention aux renards.

Elle agita le doigt pour souligner à quel point ils étaient dangereux.

— Vous savez, Matt doit absolument avoir un fusil. Pour les renards ! Mais je doute qu'il obtienne un permis pour cela.

— J'imagine mal Matt en train de tirer sur quoi que ce soit, dit timidement Hope.

— Comme il est très doué pour la pêche, j'ai pensé qu'il saurait également se servir d'un fusil.

Hope la fixa, les yeux écarquillés.

— La pêche ? J'ignorais qu'il pêchait !

— Inutile de vouloir dissimuler ses talents ! répondit Finula, agitant de nouveau le doigt. C'est un remarquable pêcheur. Il n'a rien dit, au début, mais on s'en est vite rendu compte. On ne peut rien cacher, à Redlion. Je suis également convaincue que vous êtes « bio ». Je ne veux rien d'autre chez moi. Ne me parlez pas de l'épicerie du coin !

Finula indiqua d'un petit reniflement indigné ce qu'elle en pensait.

— Les aliments qu'on achète tout prêts et les boîtes de conserve sont une catastrophe pour l'organisme, vous pouvez me croire !

Hope se dit qu'elle ne pourrait aller acheter qu'à la nuit tombée des horreurs comme les bâtonnets de poisson pané, les plats cuisinés diététiques de Lean Cuisines ou les spaghettis en conserve dont les enfants raffolaient. À la réflexion, peut-être ne trouverait-elle pas ce genre d'articles sur place, mais uniquement du tofu, du lait de yack et des germes de soja. Une brusque envie de bonbons la saisit, pleins de conservateurs et de colorants qui auraient fait hurler Finula d'horreur. Sublime !

Pendant ce temps, celle-ci continuait de parler. Ne s'arrêtait-elle donc jamais ?

— Cormac va si bien depuis que nous sommes ici ! Nous passons des moments très forts avec lui. Ce n'est pas possible quand on travaille à l'extérieur, conclut-elle sournoisement.

Hope aurait aimé défendre le fait que des millions de femmes devaient travailler. Elles n'ont pas le choix, aurait-elle voulu crier. Et il y en a encore plus qui aiment cela et qui veulent faire carrière. Cela n'implique pas que leurs enfants sont malheureux. Mais elle ne dit rien. De toute évidence, Matt l'avait décrite comme une mère avant tout, impatiente de quitter son emploi. À quoi bon expliquer que ce n'était pas vrai ? Après tout, elle connaissait à peine cette femme et ils étaient ses invités. Hope lui sourit donc poliment. Elle aurait préféré se trouver à Bath, dans sa cuisine, en train de repasser. Oui, elle était prête à faire l'échange sur-le-champ ! Une montagne de repassage, haute comme la maison, plutôt que d'être dans la cuisine de cette piquée, avec la sensation que sa vie lui échappait à toute vitesse.

Matt entra à ce moment-là et, à la grande surprise de Hope, entreprit de se préparer une tasse de thé, apparemment comme chez lui !

— Nous avons mis les valises dans les deux chambres de derrière, Ciaran et moi, dit-il. Finula me loge depuis mon arrivée. Elle est formidable, n'est-ce pas ?

Il s'était tourné vers Hope pour achever sa phrase et lui avait affectueusement tapoté le bras.

— Oui, répondit Hope, mâchoires crispées.

Fatigués par le voyage, Millie et Toby allèrent, par miracle, se coucher sans faire d'histoire. Hope aurait tout donné pour se glisser dans le grand lit de la chambre d'amis et les rejoindre au pays des rêves. Mais elle ne pouvait éviter de dîner avec ses hôtes.

Ciaran se révéla à l'opposé de la description de Finula, celle d'un bohème, auteur de romans historiques. En réalité, c'était un petit homme chauve à lunettes. Il fit pour le dîner sa recette de bœuf à la Guinness, le plat préféré de la famille Headley-Ryan.

— Vous allez l'adorer, dit Finula à Hope de sa voix de gorge. Oh ! Venez, que je vous présente mon adorable petit Cormac.

Cormac, un gros garçon renfrogné, n'avait rien d'adorable. Il vida son assiette à toute vitesse et les autres convives avaient à peine pris leur fourchette qu'il avait déjà fini. Il repoussa aussitôt sa chaise et quitta la table.

— Il a des devoirs à faire, expliqua Ciaran.

Mauvaise éducation, pensa Hope.

Ce fut une soirée étrange. Après le dîner, Hope regarda son mari rire, plaisanter et raconter des histoires sur la vie de fou dans le milieu de la publicité, en insistant sur le plaisir d'y avoir échappé. Elle ne retrouvait rien de l'homme ambitieux qui vivait pour son travail et lisait la presse professionnelle comme si c'était la Bible. Elle observa aussi Finula, qui dévorait le beau visage heureux de Matt d'un regard ravi, comme un chien mendiant un os à moelle. Matt semblait totalement inconscient de l'admiration qu'elle lui portait.

— J'aime cet endroit, dit-il en pressant la main de Hope. Je me sens vivant, ici.

Hope lui serra la main en retour, heureuse de le voir bien dans sa peau. La situation donnait un nouveau souffle à son couple et, de toute façon, ce n'était que pour un an.

D'après Finula et Ciaran, les autochtones étaient très ennuyeux. Hope, qui, par hasard, avait entendu ce type de réflexion en plus d'une occasion à son sujet, éprouva une certaine compassion pour eux.

— J'ai tout essayé, vous pouvez me croire ! dit Finula d'un ton querelleur après son sixième verre de vin. J'ai tout fait pour qu'ils s'impliquent dans la vie de notre communauté. En juin, nous avons organisé une soirée orientale. J'avais même fait venir un professeur de taï-chi-chuan pour une démonstration. Je pensais qu'il serait formidable de faire des cours ici. Mais rien ! s'exclama-t-elle avec un reniflement de dégoût. On n'a vu que deux ou trois pelés et ils ont pris la fuite dès que Su Lin a commencé son exhibition ! Cela ne les a pas empêchés de s'empiffrer de mes crevettes sauce piquante ! Ils ne s'intéressent qu'à l'argent et au prix des maisons. Alors que nous sommes venus ici pour être débarrassés de telles contingences ! Quant aux femmes, elles ne savent parler que de leur club de macramé. Je vous demande un peu ! C'était déjà démodé dans les années soixante-dix.

— Tout le monde ne s'intéresse pas au taï-chi-chuan, aventura Hope. En tout cas, pas moi. Je préfère l'aérobic. J'espère qu'il y a un cours dans la région. Sinon, je risque de me transformer en éléphant ! Quelques séances ne me feraient pas de mal.

Elle leva les yeux de la meringue au coulis de mûre. Finula la dévisageait, les yeux écarquillés, choquée.

— De l'aérobic ! répéta-t-elle du ton qu'elle aurait pris pour parler d'une syphilis au dernier degré. Cela n'a pas grand-chose à voir avec le taï-chi-chuan.

— Je sais, répondit Hope d'un ton conciliant, mais c'est ce que j'aime. Les goûts et les couleurs… Vous ne pouvez obliger personne à s'intéresser à ce qui ne le tente pas…

Matt pressa la cuisse de Hope.

— Hope, ma chérie, dit-il, c'est le but de la communauté. Il ne s'agit pas seulement de permettre à un groupe d'artistes de travailler dans une atmosphère créative, mais d'encourager la vie culturelle dans l'ouest du Kerry. Nous voulons apprendre aux gens que la vie ne se limite pas au train-train quotidien.

Il avait l'air si sérieux, si convaincu, que Hope se demanda si elle n'avait pas affaire à un sosie de son mari. Rien d'étonnant à ce que cette bande de fous n'ait pas de succès dans la région ! Il ne fallait pas manquer d'air pour s'installer quelque part en accusant les habitants d'être incultes.

— Je comprends, dit-elle d'un ton pénétré.

Pour finir, Matt abusa tant de l'excellent vin de Finula et Ciaran qu'il se saoula. Quand ils purent enfin se coucher, Hope savait l'inutilité d'aborder la question du cottage, même en menaçant de reprendre l'avion le jour suivant s'il ne s'occupait pas immédiatement de le rendre habitable.

Le lendemain matin, Hope se leva à sept heures, tirée du lit par son énergique progéniture, et descendit pour préparer le petit déjeuner. De nature discrète, elle n'aimait pas l'idée de fouiller dans la cuisine de quelqu'un d'autre mais il n'y avait aucun signe de Finula ou de Ciaran. Ils devaient être encore en train de cuver leur vin ! La vie d'artiste, apparemment, impliquait une capacité d'absorption d'alcool hors du commun.

Millie traversait une période où elle n'acceptait que des Coco Pops, le matin. Or, fidèle à ses convictions, Finula n'avait pas un seul paquet de céréales prêtes à l'emploi dans ses placards, même pas de corn-flakes. Pourtant, Hope les considérait presque comme un aliment diététique. Il n'y avait qu'un grand pot de muesli maison. On aurait dit des crottes de souris.

— Je veux des Coco Pops, geignit Millie après quelques minutes d'attente.

Toby était tranquillement assis, comme d'habitude, et regardait les pages d'un de ses livres d'images.

— Je n'en trouve pas, répondit Hope.

Elle ouvrit encore un placard. Gagné ! Il n'y avait pas de Coco Pops, mais plusieurs belles miches faites à la maison. Leur petit déjeuner se composa donc de pain grillé et de confiture, avec du lait pour les enfants et du café pour Hope.

Quand ils se furent restaurés, elle les habilla chaudement avec leurs anoraks et des bottes en caoutchouc, et ils partirent en exploration. C'était une superbe journée d'hiver. L'air était vif et frais. Le soleil brillait, bas sur l'horizon, et tout le paysage resplendissait de lumière. C'était magnifique. À présent, les collines qui se profilaient dans le lointain paraissaient pittoresques et non plus sinistres. Des teintes et des couleurs infinies remplaçaient le gris, qui, la veille, noyait tout. Il y avait les marrons profonds de la tourbe, de douces terres d'ombre, et des mauves exubérants. Les murets de pierre qui quadrillaient la terre révélaient leurs tons de silex et, partout, on voyait des touches de vert, depuis l'herbe luisante de rosée jusqu'à la mousse vert-de-gris sur les murs. C'était un paradis pour un peintre. Hope inspira profondément et l'air froid de la campagne emplit ses poumons. On apercevait deux cottages au loin, et une ferme à un étage, mais, à une distance de deux kilomètres de part et d'autre de la maison de Finula, il n'y avait rien. Hope trouvait cela incroyable. Elle était vraiment en pleine campagne !

— En avant pour l'aventure, dit-elle. On va peut-être rencontrer des bêtes.

Toby parut effrayé.

— Maman te portera si tu as peur. Mais il faut t'habituer aux vaches et à tout le reste. Crois-tu qu'elles ont leurs veaux ?

Était-ce en hiver ou à Pâques ? À moins qu'elle ne pense aux agneaux ? Qui sait ! La campagne était si mystérieuse…

Ils suivirent d'abord l'allée de Finula, le sol crissant sous leurs pieds, puis prirent un chemin bordé d'un muret de pierre. Tenant ses enfants par la main, un de chaque côté, Hope marchait lentement. Elle prenait le temps d'admirer la silhouette des arbres dénudés, courbés et tordus. Tout était boueux après la pluie de la veille. Hope faisait le tour des flaques d'eau avec soin, mais Millie se débattait pour y sauter à pieds joints.

Une voiture les dépassa et le conducteur les salua de la main. La chose se reproduisit une seconde fois, et Hope se dit que les gens se montraient simplement amicaux avec tout le monde. Le véhicule suivant était un tracteur conduit par un vieux paysan à l'air peu aimable.

— On lui dit bonjour ensemble, proposa gaiement Hope.

— Bonjour ! crièrent-ils tous les trois avec enthousiasme.

Le paysan garda fermement les deux mains posées sur son volant en les regardant comme s'ils étaient fous.

Dans un champ, ils virent un troupeau de vaches agglutinées autour d'une mangeoire pleine de foin, et crottées jusqu'aux jarrets. Millie demanda avec fascination pourquoi elles étaient aussi sales.

— C'est à cause de la boue, mon chou, expliqua Hope.

— Oh ! Regarde ! hurla Millie comme une vache à la robe claire levait la queue pour se soulager. La vache fait popo, maman ! La vache fait popo ! On peut sentir ?

À leur retour, ils trouvèrent Finula en train d'organiser la journée.

— P. J. Rice sera au cottage à onze heures pour voir ce que vous voulez faire, annonça-t-elle à Hope avec autorité.

— C'est un entrepreneur ? demanda Hope, en train d'ôter ses bottes à Millie en espérant qu'elle n'avait pas marché dans la bouse.

— Il touche un peu à tout, dit Finula.

— Il nous faut un plombier et un chauffagiste… commença Hope.

— Mais non ! l'interrompit Finula. On viendra tous vous aider à peindre et, pour le chauffage, je suis certaine que le grand fourneau chez Geraoid peut chauffer toute la maison. Il suffira d'un bon nettoyage et d'un peu d'habileté pour que ça marche.

— Papa ! on a vu une vache faire popo, cria gaiement Millie en voyant son père les rejoindre, la main crispée sur un verre d'aspirine effervescente.

Hope se méfiait de P. J. mais, après trois jours d'un travail épuisant pour tout le monde, le cottage avait meilleure mine. *Maisons et Jardins* n'aurait peut-être pas fait des pieds et des mains pour l'inclure dans son prochain numéro, mais il était décemment habitable.

P. J. avait installé une douche neuve dans la salle de bains et, quand on ouvrait les robinets de la cuisine, cela ne déclenchait plus un bruit d'enfer dans la tuyauterie. Le grand fourneau jaune clair marchait et, en effet, chauffait toute la maison, même s'il brûlait le fuel à une vitesse effarante.

Matt avait loué une sableuse et les planchers de l'étage avaient pris une belle teinte blonde. Au rez-de-chaussée, les sols étant très froids, Hope se promit d'acheter de jolies carpettes dès que possible. Les collègues de P. J., deux adolescents qui travaillaient dur, peignirent l'entrée en blanc ; Matt estimait que cela l'éclairerait, car les fenêtres étaient très petites. Cependant, comme les garçons fixaient ainsi la poussière et la saleté des murs, Hope décida de nettoyer chaque pièce avant qu'ils commencent. Son pire cauchemar était la salle de bains car, sous la répugnante baignoire à pattes de lion, vivait une vigoureuse communauté d'insectes.

— Des cafards. Ça porte bonheur, vous savez, remarqua P. J. d'un ton laconique comme plusieurs bestioles noires s'échappaient, paniquées, dans toutes les directions.

— Peut-être, mais pas dans ma maison ! répondit Hope hargneusement.

Epuisée, les mains rougies à force de tout laver, elle insista pour que Matt s'occupe de les éradiquer.

— Je déteste les bêtes qui cavalent dans tous les sens, même celles qui portent bonheur, dit-elle en frissonnant.

Sur quoi, elle lui tendit le seau d'eau et la serpillière.

Le jeudi, Matt acheta à Killarney trois lits, un canapé d'occasion, un réfrigérateur-congélateur et une machine à laver. Tout serait livré le vendredi. Les quelques meubles qu'ils avaient expédiés par bateau depuis Bath devaient arriver le même jour.

— Tu n'as pas pris de cuisinière ? demanda Hope, réalisant soudain qu'il manquait un article essentiel sur la liste.

— On peut se servir du fourneau, répondit Matt en haussant les épaules. De toute façon, je n'ai plus de quoi acheter quoi que ce soit d'autre. Entre P. J. et tout ça, je me suis ruiné !

Hope retint à la dernière seconde la réplique cinglante qu'elle avait sur le bout de la langue. C'était lui qui avait voulu venir ici et, s'il pensait ne pas en avoir les moyens, il n'aurait pas dû le faire. Le « on » qui devrait se débrouiller pour cuisiner sur l'horrible vieil engin, c'était elle, pas lui !

Elle se rendit dans la chambre d'un pas furieux. Bravo pour le renouveau de leur couple !

Le vendredi soir, cinq jours après l'arrivée de Hope et des enfants, toute la famille put enfin s'installer dans le cottage. L'ordinateur était installé dans le minuscule débarras qui servirait de bureau à Matt pour son travail de consultant à temps partiel pour Judd. La chambre des enfants était aussi bien qu'elle pouvait l'être, un peu sommaire mais pleine de leurs jouets et de leurs livres d'images. Celle de Hope et Matt, quant à elle, avait piètre allure, avec une vieille tringle pour suspendre leurs vêtements et deux cartons retournés en guise de tables de chevet. On était encore loin du confortable cottage conforme à sa conception de la vie rurale, pensait Hope. Au lieu de cela, elle se trouvait plutôt dans un cabanon de vacances que les propriétaires ne s'étaient jamais vraiment souciés de rendre habitable.

— C'est un peu spartiate, dit-elle en examinant le salon au mobilier clairsemé et aux murs nus.

— Oui, je me rappelle que Geraoid avait beaucoup de tableaux peints par ses amis. Je suppose qu'il a dû les vendre à la fin de sa vie. Il était toujours à court d'argent. Je le trouvais brillant, mais sa poésie n'a jamais rencontré un grand succès.

— Combien de livres a-t-il publiés ?

— Trois, et ils sont épuisés, répondit Matt d'une voix triste. Pauvre Geraoid ! Il avait réellement du talent. Mais ce n'est pas le moment de se lamenter ! Nous serons très heureux, ici, affirma-t-il en serrant Hope dans ses bras. Merci. Je sais que tu as passé une semaine difficile mais, à partir de maintenant, tout va aller très bien. Nous avions besoin de ce changement, j'en avais besoin.

Il l'embrassa tendrement, de la même façon que le jour de leur mariage, comme s'il n'y croyait pas. Pour la première fois depuis longtemps, Hope se sentit émue. L'idée du sexe ne l'avait même pas effleurée de toute la semaine, tant elle était fatiguée par les travaux et le rangement. Mais, à présent, elle sentait un délicieux frisson la parcourir. Matt avait un extraordinaire talent pour la faire réagir. Ils s'aimaient, se dit-elle, et ils pouvaient tout surmonter.

— On se couche tôt, ce soir, veux-tu ? murmura Matt à son oreille.

Comme il s'affairait dans son bureau, Hope parcourut le cottage en réfléchissant. Elle avait des idées. Elle draperait des étoffes sur les meubles, comme le faisait Finula avec tant de chic. Les cadres modernes en argent, avec leurs photos de mariage et celles des enfants avaient aussi l'air un peu déplacés. Elle pouvait peut-être apprendre à faire des rideaux. Ce n'était certainement pas très difficile. Les femmes n'avaient-elles pas toujours suivi leurs hommes dans des endroits bizarres ? Au cours des siècles précédents, elles accompagnaient les armées dans leurs campagnes, supportant de graves privations pour être avec leurs bien-aimés. C'était également vrai à l'époque de Jane Austen, pensa Hope en essayant de se sentir pleine de noblesse, comme la situation l'exigeait. Si ces femmes avaient pu le faire, elle aussi !

Elle s'occupa du dîner, faisant frire des saucisses faites maison par Finula et des œufs de ferme. Elle ne voyait pas ce qu'elle aurait pu préparer d'autre puisqu'elle ne savait pas se servir du fourneau. Il fallait au moins vingt minutes pour faire bouillir de l'eau. Et un poulet en cocotte prendrait sans doute des années pour cuire !

Après le dîner, elle s'assit avec un chocolat chaud et regarda Matt essayer de régler la télévision. On n'entendait rien à l'extérieur, ni voix humaines, ni portes de voiture qu'on claque, ni Klaxon. Rien. Rien que le silence de la campagne. Par comparaison avec l'ambiance de maison de fous qui régnait chez Ciaran et Finula, où les gens arrivaient à n'importe quelle heure sans s'annoncer et allaient se faire du thé dans la cuisine comme s'ils étaient chez eux, elle trouvait étrange d'être de nouveau seule avec sa famille.

Finula s'était montrée très aimable mais si autoritaire ! On aurait dit qu'elle voulait revendiquer les nouveaux venus comme sa propriété. Matt ne s'en rendait pas compte et, à ses yeux, toute critique la concernant relevait de l'ingratitude. Elle avait tant fait pour eux ! Quoi qu'il en soit, à présent, ils ne la verraient plus autant…

Matt jura entre ses dents. L'écran de la télévision se brouillait de plus en plus au lieu de s'éclaircir. Depuis plus d'une demi-heure, il n'avait réussi à capter qu'une chaîne irlandaise en gaélique, strictement sans intérêt pour eux. Avec un peu de chance, les films seraient sous-titrés et, dans l'immédiat, ils n'obtiendraient rien de mieux.

— On peut toujours regarder sans mettre le son. Nous n'aurons qu'à improviser les dialogues nous-mêmes ! dit-il en se tournant vers Hope avec un petit rire.

Mais Hope dormait profondément, tassée dans un angle de l'inconfortable vieux canapé marron, un coussin sous la tête. Matt l'observa pendant un moment, souriant de voir ses cheveux lui faire une auréole de boucles folles. Elle n'avait pas eu le temps de les peigner depuis le matin, pas plus que de se maquiller, et ses longs cils épais paraissaient très clairs par contraste avec ses joues rosies par le sommeil et la chaleur. Avec son visage rond sans défense et ses lèvres si douces, qui bougeaient sous l'effet d'un rêve, elle lui parut vulnérable. Elle n'avait certainement pas l'allure d'une femme de trente-sept ans, mère de deux enfants. « Naïve », c'était sans doute le qualificatif qui lui convenait le mieux, pensa Matt avec un brusque élan de culpabilité. Malgré sa ferme croyance dans les bienfaits de ce déménagement pour toute sa famille, il ne pouvait s'empêcher de se sentir égoïste. Sa Hope chérie aimait ses habitudes, le confort de la routine. L'inconnu l'angoissait ; pourtant, il l'avait transplantée dans un endroit bizarre où elle ne connaissait personne. Il savait qu'elle le suivrait jusqu'au bout du monde parce qu'elle l'aimait infiniment.

Lui était venu pour des motifs purement égoïstes. Bien sûr, il s'était organisé pour retrouver son travail en rentrant à Bath, et les mensualités du prêt étaient couvertes par la location de leur maison. Sa famille n'aurait donc pas de problèmes financiers. Mais ils étaient là à cause de son rêve. Il voulait un environnement paisible pour écrire et il les avait fait changer de pays pour cette seule raison. Hope aurait renoncé même au plus cher de ses désirs pour que sa famille soit heureuse. Et lui, il les avait fait renoncer à un mode de vie qui les satisfaisait pour son propre bien-être. Il chassa cette pensée de son esprit. Redlion était un très bel endroit. Il aimait y vivre, il s'y sentait relié à un niveau très profond. Il y avait passé des vacances extraordinaires, dans son enfance. Hope apprendrait à s'y plaire également. Il allait travailler d'arrache-pied pour écrire un roman à succès qui leur assurerait la sécurité financière pour le reste de leur vie. Il y arriverait, il en avait la certitude. Chaque fois qu'il y pensait, il éprouvait un frisson d'enthousiasme.

Il l'avait commencé au milieu d'une bousculade d'idées, se dépêchant de mettre ses pensées sur le papier, pressé de raconter l'histoire d'un homme au bord de la dépression qui veut faire le tour du monde pour échapper à la tristesse mais aboutit dans un univers parallèle, cinquante ans plus tôt. Matt fantasmait sur les critiques qu'il recevrait dans les magazines littéraires, où l'on qualifierait son œuvre de « lyrique », « superbement écrite » et « révélatrice d'un talent époustouflant ». Il savait que ce serait ardu, mais la vie ne l'était-elle pas ? Il écrirait un livre formidable grâce à la puissance de travail et à la volonté qui avaient fait sa réputation. S'il le fallait, il travaillerait même la nuit. Mais il réussirait, à n'importe quel prix. Il refusait même d'envisager l'idée de l'échec. Après tout, se dit-il en son for intérieur, sa capacité de travail et sa vivacité d'esprit avaient fait des merveilles chez Judd, et permis à l'agence de devenir la plus recherchée de Londres. Il pouvait réussir le même coup une nouvelle fois, mais à son profit. Avait-il jamais échoué dans quoi que ce soit ?

Hope entra dans l'épicerie pour acheter de quoi remplir ses placards repeints de frais.

— Ah, oui ! C'est vous qui occupez la maison de Geraoid, dit le bonhomme qui servait au comptoir.

— Euh, oui, répondit-elle, un peu étonnée.

Ils avaient emménagé dans le cottage depuis la veille seulement et c'était la première fois qu'elle se rendait au village. Comment cet homme savait-il qui elle était ?

— Jolie maison, poursuivit-il, mais un peu négligée, paraît-il. Les poules couraient partout, dedans comme dehors.

— Vraiment, dit Hope d'un ton poli en examinant le rayon des œufs.

Elle en voulait de ferme, mais ils coûtaient beaucoup plus cher. Elle préférait faire attention à l'argent tant qu'elle ne savait pas comment évoluerait leur situation financière. Ils avaient rendu la voiture de location et devaient à présent se débrouiller avec la Metro, qui avait été réparée à grands frais.

— Vous aimeriez peut-être avoir des poules, dit gentiment le vieil homme.

— Euh… Je ne sais pas

Hope hésita, désarmée par les yeux bleu clair qui pétillaient dans le visage chaleureux de son interlocuteur. Finula avait suggéré qu'elle en prenne quelques-unes mais, dans l'immédiat, elle ne se sentait pas encore prête à se lancer dans l'élevage.

— C'est très facile, reprit-il. Vous leur jetez à manger et vous avez des œufs. Vous pouvez même les vendre et vous faire un peu d'argent. En été, les touristes en raffolent. Et en hiver, ajouta-t-il précipitamment, vous savez à qui les apporter !

Les six poussins pépièrent comme des fous pendant le trajet de retour. Des bruits mats se produisaient dans le grand carton posé à l'arrière de la voiture, comme s'ils étaient en train de monter les uns sur les autres, complètement affolés, et se faisaient mal en retombant sur leurs fragiles petites pattes jaunes. Hope ralentit et jeta un coup d'œil à l'arrière. Les petites bêtes étaient en effet en train de se marcher dessus, perdus sans leur mère. « Seigneur, qu'ai-je fait ! » gémit Hope à voix haute. Matt allait la tuer. Pourtant, quand Emmet, l'épicier, lui en avait parlé, elle avait trouvé l'idée excellente.

À présent, il ne lui manquait qu'une mangeoire, de la nourriture pour volailles et, peut-être, une ampoule à installer au-dessus du carton pour qu'ils n'aient pas froid pendant la nuit. Paddy, le frère d'Emmet, lui avait appris que la pharmacienne vendait aussi les aliments pour animaux. Il l'en avait informée d'un ton heureux en agitant son chèque de la main pour lui dire au revoir. Elle avait trouvé que c'était beaucoup d'argent pour six poussins, mais Paddy avait insisté sur le fait qu'il s'agissait d'animaux de race.

À la pharmacie, Hope fut reçue par une femme très aimable qui se présenta comme étant Mary-Kate. Comme Emmet, elle semblait déjà savoir qui était Hope. En revanche, elle manifesta un certain scepticisme quant aux poussins.

— De race, mon œil ! Ce vieux gredin d'Emmet Slattery vous a vendu les laissés-pour-compte de son frère. Personne n'en voudrait à cette époque de l'année. Il ne fera pas assez chaud pour les laisser dehors avant plusieurs mois, à moins d'installer le chauffage central dans le poulailler. Ils se seront entretués bien avant d'être en âge de pondre. À quelle race appartiennent vos bestioles ? demanda-t-elle pour finir, d'un ton moins fâché. Ce sont des Speckeld ou des Rhode Island Red ?

— Je n'en ai pas la moindre idée, répondit Hope.

Elles allèrent toutes les deux regarder dans le carton, à l'arrière de la voiture.

Le visage aux traits durs de Mary-Kate s'adoucit à la vue des boules de duvet jaune en train de cabrioler.

— J'aime bien les poussins, dit-elle en soupirant, mais ils ne sont pas toujours faciles à élever.

— Je croyais qu'ils ne posaient aucun problème, s'inquiéta Hope. Finula m'a dit que cela se passe tout seul. Paddy m'a affirmé la même chose.

— Finula Headley-Ryan a fait crever plus de poulettes que l'abattoir, dit Mary-Kate avec un reniflement de dédain. Ne vous occupez pas d'elle. Elle prétend que le travail de la ferme est si facile qu'un enfant pourrait s'en charger, mais elle n'a aucune idée de la réalité. C'est une citadine à cent pour cent et, avant d'atterrir chez nous, la seule fois de sa vie où elle a vu une volaille, c'était sur l'étiquette des poulets congelés au supermarché ! Quant à ces deux vieux brigands, Paddy et Emmet, je ne tiendrais pas compte d'une seule de leurs paroles. Entrez plutôt ! On va prendre un café et je vous expliquerai comment vous débrouiller avec les poussins.

Se sentant un peu honteuse d'éprouver de la satisfaction à entendre que Finula, la reine de l'efficacité, n'était pas aussi brillante dans tous les domaines qu'elle le prétendait, Hope entrouvrit une fenêtre pour donner de l'air aux bestioles puis suivit Mary-Kate. Pas un seul instant, l'étrangeté de se voir offrir le café par quelqu'un chez qui elle faisait ses courses ne lui effleura l'esprit. C'était typique de Redlion : rien n'était comme ailleurs. Parler à des inconnus semblait parfaitement normal.

Le bureau de Mary-Kate se trouvait à l'arrière de l'officine. C'était un repaire intime avec un divan confortablement usé, une télévision portable et une machine à café italienne d'allure très moderne. Trois adorables chatons jouaient dans un coin, s'occupant à tour de rôle de déchiqueter une souris en laine tricotée. Tandis que Mary-Kate se lançait dans l'opération complexe de la préparation du café, Hope s'assit et l'observa. Grande et mince, elle avait passé le cap fatal de la quarantaine. Sobrement vêtue d'une robe grise, ses cheveux bruns et brillants coupés en un carré bien net, elle était aussi différente de la flamboyante Finula qu'on pouvait l'être. Elle avait un regard profond et clair. « Les apparences ne trompent pas », proclamait son expression directe et franche.

— Comment se passe votre installation ? demanda-t-elle.

— Plus ou moins bien, répondit Hope, qui ne voulait pas trahir Matt. La maison est un peu en désordre. Je vous avoue que ce n'était pas mon idée de venir ici, se surprit-elle à révéler.

— Je ne suis pas étonnée de l'état des lieux. L'oncle de votre mari était complètement zinzin, dit Mary-Kate en tendant une tasse de café à Hope. Il disait toujours qu'aucune femme n'aurait pu supporter son excentricité, que c'était la raison de son célibat. La vérité, c'est qu'il vivait comme un cochon ! Plus d'une fois, je l'ai mis à la porte de la pharmacie parce que son odeur gênait les autres clients.

Hope éclata de rire.

— Jusqu'à présent, tout le monde m'a parlé de lui comme d'un génie incompris auquel il faudrait élever une statue.

— Avoir du génie n'interdit pas de laver ses vêtements, dit Mary-Kate en proposant des biscuits. Si on fait une statue à Geraoid, j'espère qu'on n'oubliera pas quelques éraflures et des odeurs pour que cela lui ressemble complètement !

Elles parlèrent encore de la difficulté de remettre en état les vieux cottages humides, puis du temps horrible, tout en buvant deux tasses de café supplémentaires. Hope éprouvait un profond soulagement à pouvoir parler d'autre chose que de culture avec un grand C, d'alimentation biologique, ou de compost maison. Chez elle, elle n'aurait jamais abandonné aussi facilement sa réserve mais Mary-Kate savait la mettre à l'aise.

— Est-ce que les gens d'ici ont l'habitude de faire pousser leurs légumes et de tuer leurs volailles ? demanda prudemment Hope.

— Vous n'y pensez pas ! s'exclama Mary-Kate, ahurie. Il y a un supermarché Dunnes à huit kilomètres d'ici et un Tesco à Killarney. La boucherie est à côté du pub. Elle est fermée pour travaux, mais rouvrira dans quinze jours. Je préfère acheter ma nourriture dans un magasin que de la faire pousser moi-même ! N'allez pas chez Emmet Slattery si vous ne voulez pas vous faire avoir. Par exemple, le shampooing que je vends coûte deux livres, et trois chez Emmet ! C'est un escroc, il volerait sa grand-mère pour quelques sous !

Hope eut une grimace amusée.

— J'avais plus ou moins imaginé que tout le monde faisait son pain, sa confiture, et je ne sais quoi encore.

— Oui, à condition d'être complètement cinglé ! dit Mary-Kate. Hope, nous vivons au vingt et unième siècle. À quoi servent les supermarchés ?

— En fait, Finula m'a dit…

— Dieu nous protège de cette femme ! Nous vivons dans une commune rurale, mais nous sommes des gens modernes, pas une tribu perdue tout droit sortie du *National Geographic*. Nous avons l'eau courante, vous savez, sans même parler d'Internet et de la télévision numérique. Oui, il y a beaucoup d'exploitants agricoles par ici, mais ils sont spécialisés dans l'élevage pour la viande ou pour le lait. Le travail est assez prenant sans qu'ils doivent, en plus, tout produire pour leur propre consommation. Moi, je suis pharmacienne. Je ne vais pas passer une demi-journée à tuer, plumer et vider une volaille pour le dîner quand il me suffit d'aller chez le boucher pour me procurer un blanc de poulet, sans me ruiner ni m'embêter !

— C'est exactement ce que je pense, répondit Hope avec soulagement. Je commençais à croire qu'acheter à manger dans un magasin était tabou !

La sonnette de la porte d'entrée retentit à cet instant.

Mary-Kate se leva.

— L'agriculture est un dur métier. Beaucoup de gens, par ici, ont grandi dans une ferme, mais il est difficile d'en vivre de nos jours. Ils ont donc dû quitter leurs terres pour aller dans l'industrie ou le tourisme. La moitié de Redlion est employée à l'usine d'ordinateurs de Killarney, l'autre dépend de l'activité touristique et travaille au Manoir Rouge Leon. Sans ces deux employeurs, nous habiterions une ville fantôme. Personne n'a le temps ni la patience de faire pousser autre chose que des géraniums et quelques légumes. C'est déjà beau si l'on y ajoute un pied de rhubarbe. Un de mes voisins va jusqu'aux fraisiers, mais c'est le maximum qu'on puisse faire. Il n'y a que les Headley-Ryan et leurs semblables qui soient obsédés par l'autosuffisance et ils croient valoir mieux que nous parce qu'ils jouent au fermier et à la fermière ! Mais s'ils ont une mauvaise récolte de pommes de terre, ils en achètent en ville. Un vrai paysan, qui doit compter le moindre sou, ne peut pas se le permettre.

Mary-Kate eut un petit reniflement très désapprobateur, puis reprit :

— Certains matins, on entend jusqu'ici leurs pauvres vaches meugler de souffrance parce qu'elles n'ont pas été traites. Ces gens-là ne savent pas se lever tôt ! La terre, c'est un travail dur et très exigeant. Il ne suffit pas d'en parler en se pavanant.

Quand Hope rentra, Matt faisait les cent pas dans la cuisine tandis que les enfants se chamaillaient bruyamment dans le salon.

— Tu es partie depuis des heures ! lui reprocha Matt d'un ton accusateur. Je devais être à la Maison des créateurs à onze heures.

S'il voulait que son livre avance, il devait considérer l'écriture comme n'importe quel autre travail et voulait pouvoir y consacrer cinq ou six heures tous les jours.

— C'est une zone de silence. Personne ne parle, sauf dans la cuisine.

Il pointa soudain le doigt sur le carton des poussins :

— Et ça, c'est quoi ?

— Des futures poules, répondit Hope.

— On va les manger ? demanda-t-il d'un ton incrédule en regardant les poussins qui piaillaient de toutes les forces.

— Mais non, c'est pour avoir des œufs ! Finula m'a conseillé d'avoir des poules. J'ai pensé que tu serais d'accord.

Elle ne voulait pas reconnaître qu'elle avait peut-être présumé de ses capacités.

— Oh, si c'est Finula qui le dit, elle doit avoir raison, dit Matt en haussant les épaules.

— À propos, demanda soudain Hope, sais-tu à quelle heure Finula et Ciaran vont traire leurs vaches, le matin ?

— J'espère que tu n'envisages pas d'en acheter une ?

— Non, je voulais savoir, c'est tout.

Matt l'embrassa en lui disant au revoir.

— Désolé de m'être énervé. Je m'inquiétais de ton retard. Tu dois être en train de faire ton trou à toute vitesse dans le pays, ajouta-t-il avec un sourire.

— Six poussins ne suffisent quand même pas à transformer ma cour en grand domaine agricole ! plaisanta Hope.

Pendant la première heure de leur présence, les enfants s'amusèrent beaucoup à observer les poussins tandis que Hope s'occupait de leur installation dans l'entrée de derrière. Nichés dans un énorme carton de déménagement posé dans un second encore plus énorme, avec de vieux journaux dans l'interstice en guise d'isolant, ils pépiaient de bien-être en se chauffant à la lumière de deux vieilles lampes de bureau. Dans un angle, Hope leur avait confectionné un nid douillet avec du foin et des journaux et, dans un autre, elle avait posé la mangeoire. Un morceau de grillage à poulailler disposé sur le dessus du carton mettait les bestioles à l'abri des petits doigts fouineurs. Quand Hope expliqua très sérieusement aux enfants qu'il ne s'agissait pas de jouets, Millie se vexa. Elle monta dans sa chambre et sortit tous ses vêtements de l'armoire rapatriée de leur maison. Cela prit plus d'une demi-heure à Hope pour les ranger. Quand elle eut fini, il n'était même pas encore quatre heures.

Elle regarda par la fenêtre. Le ciel s'assombrissait déjà, à la fois parce que de gros nuages noirs s'accumulaient et parce que le soleil se couchait. C'était lugubre et déprimant, comme un fidèle reflet de son état d'esprit. Elle tourna les yeux vers la parcelle de derrière. On voyait à peine le mur qui la fermait. Hope avait toujours aimé le principe des jardins clos, un lieu protégé où l'on peut paresser au soleil au milieu des arbres fruitiers et des fleurs qui embaument ; bricoler avec son plantoir en arrachant de-ci de-là quelque mauvaise herbe ; et ensuite se reposer sur une jolie chaise longue avec un livre et un verre de vin. De toute évidence, Geraoid n'avait pas du tout la même vision. Son jardin clos appartenait à la catégorie « forêt vierge », envahi de mauvaises herbes géantes et de ronces où aucune personne sensée n'aurait voulu s'aventurer. Nul n'aurait imaginé s'y asseoir pour boire du vin, à moins d'être sous l'effet de drogues hallucinogènes. Il faudrait une pelleteuse pour l'aménager. Hope se demanda à quelle heure Matt rentrerait. Bientôt, espérait-elle.

Le surlendemain, Matt revint tôt à la maison et emmena les enfants en promenade. Hope profita de leur absence pour s'offrir un bain tiède. La plomberie avait encore besoin de quelques réglages. Ensuite, elle s'emmitoufla dans sa robe de chambre et mit des chaussettes pour avoir chaud, puis s'installa devant l'ordinateur. Elle voulait écrire à Sam. Elle aurait aimé commencer en lui avouant qu'elle se sentait très déprimée et que sa vision de la vie aux champs n'avait rien à voir avec la réalité. Mais c'était impossible. Sam l'avait mise en garde dès le début. Hope ne pouvait pas lui dire qu'elle avait eu raison. Du moins, pas encore.

« Coucou, Sam ! Un grand bonjour du Kerry. »

Cela donnait l'impression que tout allait bien, non ?

« Comment vas-tu ? Nous sommes en pleine forme. »

Non, cela sonnait faux. Elle effaça « en pleine forme » et écrivit : « fatigués, mais heureux ».

« Le cottage avait besoin d'une bonne remise en état, mais nous avons été logés par des voisins extraordinaires pendant la durée des travaux. »

Les Headley-Ryan n'avaient absolument rien d'extraordinaire ! En présence de Finula, Hope se sentait devenir folle mais, si elle l'avouait à Sam, cela donnerait l'impression qu'elle avait déjà besoin de Prozac.

« Que je te décrive notre nouvelle maison : Curlew Cottage est à peu près à un kilomètre et demi du village. On prend une petite route tout en tournants et l'on arrive au plus adorable des cottages. En été, il croule sous les roses. On se croirait dans un livre de contes. À l'intérieur, nous avons des poutres en bois et des fenêtres à croisillons très étonnantes. »

Et infernales à nettoyer ! Hope grimaça au souvenir des heures qu'elle avait passées à frotter les carreaux.

« Il y a aussi un vieux poêle très pittoresque, c'est un Aga. Ici, on dit : un fourneau. Il est installé dans la cuisine qui sert de pièce à vivre et c'est confortable. On a aussi un jardin clos, mais il nécessite quelques travaux. Cette dame chez qui nous avons logé m'a conseillé de le débroussailler pour pouvoir faire un potager. »

Cela donnait bonne impression. Inutile de mentionner que, le jour où Matt lui avait suggéré de suivre l'idée de Finula, Hope l'avait dévisagé avec incrédulité, protestant qu'il n'avait qu'à faire le potager lui-même s'il en avait envie !

« La salle de bains est étonnante (surtout depuis que les bestioles avaient disparu), avec une immense baignoire ancienne à pattes de lion. Les enfants sont ravis d'être ici. »

Sur ce point, au moins, elle disait la vérité. Ni Millie ni Toby ne réclamaient leurs copains de la crèche, mais cela tenait sans doute à la nouveauté de leur mode de vie. Hope était certaine qu'ils finiraient par exiger la compagnie d'enfants de leur âge. Elle devait se renseigner pour savoir s'il existait une garderie ou tout autre endroit où elle pourrait les laisser. Cela lui permettrait de s'occuper d'elle. Elle n'aurait jamais cru que son travail lui manquerait autant. Cela n'avait rien à voir avec le salaire, mais concernait son indépendance et ses relations de camaraderie avec ses collègues. Plus elle y pensait, plus elle était déterminée à trouver un job à temps partiel dans la région. Pour être honnête, elle nourrissait un certain ressentiment envers Matt, qui n'avait pas envisagé ce problème un seul instant.

« Nous n'avons pas encore rencontré beaucoup de monde parce que nous avons été très occupés mais Finula – la voisine qui nous a hébergés – nous assure qu'il existe ici une vie sociale intense. Matt se rend tous les jours à la Maison des créateurs pour écrire. Pour l'instant, tout va donc bien ! Réponds-moi vite. Je t'embrasse. Hope. »

Il plut tout le lundi après-midi.

— Maman, je m'ennuie ! pleurnichait Millie en tirant sur le pantalon de Hope. Je veux faire quelque chose !

Je m'ennuie aussi, songea Hope. Cela ne ressemblait pas vraiment à la charmante vie rurale annoncée ! Au lieu d'un ravissant cottage où elle pouvait se pelotonner confortablement avec les enfants pour passer des moments importants avec eux, elle se trouvait coincée dans une maisonnette isolée de tout, privée de télévision et du confort. La situation s'était beaucoup améliorée depuis le début car Hope avait travaillé d'arrache-pied à tout embellir, mais il restait beaucoup à faire.

Ils se trouvaient à plus d'un kilomètre de Redlion, personne ne leur rendait jamais visite – ce qui n'avait rien d'étonnant, puisqu'ils ne connaissaient personne – et la ville la plus proche était à plusieurs kilomètres. Matt était parti écrire. Le veinard ! pensa sombrement Hope comme Millie et Toby commençaient à se battre pour un livre animé. Elle réussit à tenir encore une vingtaine de minutes puis, remarquant que la pluie diminuait, eut une soudaine inspiration.

— Les enfants, on va aller se promener et voir des chatons, dit-elle.

— Oui ! s'écria Millie avec enthousiasme.

Comme Matt avait pris la voiture, Hope emmitoufla les enfants : pull, anorak, bottes en caoutchouc, bonnet et gants de laine. Quand ils eurent enfin l'air prêts pour une expédition au pôle Nord, elle enfila son manteau et ses bottes, et ils partirent. Il tombait toujours un fin crachin, mais ils étaient contents de sortir. Au début, Toby parut heureux de rester dans sa poussette puis il voulut marcher. Cela impliquait une manœuvre compliquée, Hope devant tenir chaque enfant par la main tout en s'occupant de la poussette… Puis Toby réclama d'être porté.

— S'il te plaît, maman, dit-il avec des larmes dans la voix.

— Moi aussi ! cria Millie tandis que Hope se débattait avec Toby sur une hanche.

— Je ne peux pas, ma chérie, tu es trop grande, répondit Hope, haletante.

— Je veux que tu me portes ! Pose Toby !

Avec l'impression d'être devenue un sherpa, Hope s'exécuta en alternant toutes les dix minutes, jusqu'au moment où elle se sentit trop fatiguée pour continuer.

— Tu vas devoir marcher, Millie, dit-elle en remettant Toby, fâché, dans sa poussette.

Elle arriva au village avec deux enfants pleurnichant. Mais pourquoi n'avaient-ils qu'une voiture ? De plus, la Metro lui appartenait, même si Matt se l'était appropriée. Ce n'était pas la faute de Hope s'il avait dû rendre sa voiture de société !

Le village était beaucoup plus joli quand on le traversait à pied. Cela permettait de remarquer les jardinières devant la poste, le cachet des maisons aux teintes pastel et le charme des murs en pierre du Widow Maguire, le pub de la veuve Maguire. Avec ce crachin qui voilait Redlion d'un flou léger, Hope se rendait finalement compte que tout, ici, paraissait sortir d'un conte de fées, et pas seulement Curlew Cottage.

Les enfants cessèrent quelques instants de geindre, lui laissant le temps de lire les panneaux apposés à l'extérieur du pub. « Animation tous les week-ends. Violons bienvenus ! » proclamait l'un d'eux. Sur un autre, figurait un menu avec une liste de plats appétissants, pleins d'ingrédients que Finula aurait approuvés : tarte au fromage de chèvre, raviolis aux épinards et à la ricotta, cake au crabe, tourte à la Guinness. Hope sentit la salive lui venir à la bouche. Il n'était absolument pas question de pieds de porc ou autre nourriture interdite ! Peut-être qu'ils pourraient dîner là un soir, Matt et elle, s'ils trouvaient une baby-sitter.

Comme Toby recommençait à geindre, ils se remirent en marche vers la pharmacie. Hope savait que les enfants seraient fascinés par les chatons. Quant à elle, elle pourrait rassurer Mary-Kate sur le sort des poussins.

Emmener Millie et Toby dans un endroit aussi passionnant qu'une pharmacie était très risqué à cause des flacons de vernis à ongles, des pots de crème et des boîtes de pansements, qui représentaient autant de tentations. Toby possédait un don remarquable pour attraper les paquets depuis sa poussette et les ouvrir avant que Hope ait seulement réalisé qu'il avait pris quelque chose. Consciente du danger, elle passa devant la porte d'entrée sans s'arrêter pour aller jusqu'à celle du bureau de Marry-Kate. Comme elle était fermée, elle frappa.

Mary-Kate ouvrit immédiatement. Pas un seul de ses cheveux bruns brillants ne dépassait de sa coiffure.

— On dirait que j'ai des visiteurs ? dit-elle en se baissant pour accueillir les enfants comme des adultes. Comment allez-vous ? demanda-t-elle poliment à Millie en lui serrant la main.

C'était exactement ce qu'il fallait faire. Le visage de la fillette s'éclaira et Toby esquissa un sourire.

— Comment vous appelez-vous, madame ? demanda Mary-Kate, toujours aussi solennelle.

— Millie, répondit celle-ci, avec un sourire qui creusait ses fossettes.

— Et ce jeune homme ?

— Toby. C'est mon petit frère. Il n'a que deux ans, dit Millie avec dédain.

— J'ai pensé qu'ils seraient heureux de voir vos chatons, intervint Hope. J'espère que cela ne vous dérange pas.

— C'est une excellente idée ! Voulez-vous entrer et jouer avec trois ravissants petits chats ?

Comment refuser une pareille offre ? Comme par miracle, Millie et Toby se transformèrent en enfants modèles tandis que Mary-Kate et Hope prenaient un café.

— Je voulais seulement vous remercier de vos conseils au sujet des poussins, dit Hope.

— Je suis ravie de vous revoir, répondit aimablement Mary-Kate. Vous devez vous sentir très isolée si vous n'avez pas l'habitude de vivre seule.

— Pas du tout, affirma courageusement Hope. Cela me plaît beaucoup.

— Dans ce cas, tout va bien, conclut Mary-Kate.

7

Virginia passa les deux premières heures du trajet en train qui l'amenait de Dublin à Killarney coincée contre la fenêtre par son voisin, un homme corpulent qui débordait largement de son siège. Sa position inconfortable réveillait douloureusement son arthrite de la hanche gauche et lui faisait regretter de ne pas avoir emporté les anti-inflammatoires rangés dans l'armoire à pharmacie. De plus, la ligne n'était pas desservie par un rapide et le voyage lui paraissait interminable. Elle avait fini de lire le journal et, comme elle n'arrivait plus à s'attacher à un roman depuis la mort de Bill, n'avait pas de livre. Une pluie hivernale glaciale battait les vitres, brouillées par la buée de la respiration des voyageurs.

Quand le bar roulant arriva dans le wagon, son voisin s'empressa, avec grossièreté, de demander un thé et un petit pain au chocolat au serveur, sans lui laisser la moindre chance d'intervenir. Immunisé contre les disputes des voyageurs pour avoir le dernier sandwich sous cellophane, l'employé tendit sans un mot sa commande à l'homme, puis se tourna vers Virginia.

— Je prendrai juste un thé, merci, dit-elle d'une voix crispée.

Elle avait eu une journée abominable et se serait volontiers passée d'un désagrément supplémentaire. Non, ce n'était pas le mot juste, pensa-t-elle, pleine de souffrance et de colère. Son insupportable voisin était bien plus que cela et aurait mérité de se faire vertement remettre à sa place. Si Bill avait été là, il aurait appris les bonnes manières à ce porc ! Virginia sentit ses yeux se remplir de larmes brûlantes. Bill l'avait quittée, abandonnée et, désormais, elle devait s'occuper d'elle toute seule. C'était injuste ! Soudain, elle réalisa que la femme brune d'âge moyen assise en face d'elle lui tendait un gobelet en carton, avec des sachets de sucre et de lait.

— Oh ! merci, murmura Virginia.

Son chagrin lui avait fait oublier où elle se trouvait. Cela lui arrivait sans cesse. Perdue dans ses pensées, le temps arrêté, elle ne faisait pas attention à la vie qui continuait. Elle avait horreur de cela, car elle avait alors l'impression d'être devenue une vieille femme ahurie et vulnérable.

Le serveur tendit à l'inconnue une tasse de café et quelques pièces de monnaie. Virginia comprit qu'elle avait payé pour elle.

— Excusez-moi, dit-elle hâtivement. Je vous rembourse…

— Je vous en prie, répondit l'autre d'une voix amicale.

D'allure raffinée, avec des cheveux presque noirs et un visage dépourvu de tout maquillage, elle avait environ quarante-cinq ans. Elle était très calme.

— Ce n'est pas grand-chose, reprit-elle, et de toute façon vous n'avez pas la place de bouger pour prendre votre porte-monnaie !

Elle jeta un regard dur et ironique au voisin de Virginia, qui s'écarta aussitôt d'elle pour lui laisser de la place. L'inconnue le fixant toujours, il se tassa un peu plus. Malgré sa peine, Virginia ne put s'empêcher de sourire. La femme en fit autant et retourna à ses mots croisés.

À Limerick, le train se vida d'une bonne part de ses passagers, y compris le gros homme. Virginia soupira de soulagement. Elle pouvait enfin occuper plus de place et poser ses paquets à côté d'elle.

— Il y a des gens vraiment très mal élevés, lui dit l'inconnue.

— Oui, c'est vrai. Merci de votre intervention. J'aurais dû lui demander de se pousser mais, certains jours, on n'a pas l'énergie pour se défendre. Et c'est mon cas !

Elle ignorait pourquoi elle racontait sa vie à cette femme mais elle avait passé un moment abominable chez le comptable, signant une tonne de papiers. Le calcul des impôts sur les polices d'assurance de Bill était incompréhensible et sans fin. Chaque fois que son interlocuteur lui avait demandé d'une voix grave si elle « s'en sortait… », elle avait eu envie de lui envoyer son sac à la figure en hurlant : « Non, je ne m'en sors pas ! Comme si cela vous intéressait ! »

— Permettez-moi de me présenter : Mary-Kate Donlan, dit la femme en lui tendant la main.

— Virginia Connell.

Elles se serrèrent la main cérémonieusement, comme si elles se trouvaient à une réception et non pas dans le train bringuebalant pour Killarney.

— Que diriez-vous d'une autre tasse de thé ? proposa Mary-Kate. Le serveur ambulant ne repassera pas, mais je peux aller nous en chercher au wagon-bar.

— Je vous en prie, laissez-moi faire, répondit Virginia en se levant. Préférez-vous du thé ou du café ?

Mary-Kate haussa légèrement les épaules.

— En principe, je ne prends jamais de thé, mais le café était si mauvais que, pour une fois, je vais changer !

Virginia revint et elles burent en bavardant à bâtons rompus. Mary-Kate fit rire Virginia en lui racontant sa recherche d'une robe élégante pour un mariage auquel elle était invitée.

— Je ne serais pas allée à Dublin uniquement pour cela, précisa-t-elle, mais comme j'y étais, j'ai pensé que je pouvais essayer d'en trouver une.

Virginia eut un sourire amusé. La tenue très sobre et un peu démodée de Mary-Kate, cardigan bleu marine et chemisier de soie blanche, démontrait amplement qu'elle n'était pas du genre à faire régulièrement le tour des boutiques de mode. Elle-même avait toujours aimé s'habiller, mais, depuis un certain temps, n'avait pas eu envie d'acheter quoi que ce soit. Il lui restait néanmoins quelques beaux vêtements dans sa garde-robe. Pour voyager, elle portait une robe à col montant en jersey de soie bordeaux avec un long cardigan assorti en laine chenille. L'ensemble, griffé d'un créateur irlandais, lui avait été offert par Bill pour ses cinquante-six ans. Il la trouvait très belle dans cet accoutrement qui mettait sa haute silhouette mince en valeur. Il disait qu'il aimait la façon dont le bordeaux faisait ressortir ses cheveux un peu argentés.

« Tu ne crois pas que cela fait trop jeune pour moi ? »

Elle examinait son reflet dans le miroir de la cabine d'essayage en fronçant son nez de patricienne.

« Mais tu es jeune ! » avait répondu Bill en lui caressant la hanche avec tendresse.

Mary-Kate continuait à parler de son expédition dans les magasins de Dublin.

— Si vous aviez vu les prix ! Trois cents livres pour un bout de robe en mousseline qu'on peut confectionner soi-même en deux heures avec une machine à coudre ! Et ce n'était même pas portable. On doit geler, là-dedans. Quoique… ajouta-t-elle en baissant les yeux sur sa poitrine plate. Je crains de ne pas avoir grand-chose qui risque de geler.

Virginia éclata de rire, bientôt rejointe par Mary-Kate.

— On voit bien que je n'ai pas l'allure d'un mannequin de *Vogue* ! poursuivit Mary-Kate avec entrain. Les vendeuses insistaient pour me vendre des tenues pour belle-mère dans des teintes pastel bleues ou roses, avec des jupes informes et des chemises-vestes qui cachent tout !

— Êtes-vous la mère de la mariée ? s'enquit Virginia.

— Seigneur, non ! Je n'ai pas d'enfants et je ne me suis jamais mariée. Je ne suis que la vieille tante célibataire. Vous ne l'aviez donc pas remarqué ? demanda Mary-Kate avec un coup d'œil malicieux. Cela se voit pourtant comme le nez au milieu du visage.

Virginia se dit que seuls l'humour et la finesse de Mary-Kate se voyaient. Ses yeux gris pétillaient d'esprit. Si sa tenue, son comportement et ses cheveux coupés au carré, qu'elle ne teignait pas, évoquaient la tante célibataire sans histoires, il suffisait de passer deux minutes en sa compagnie pour effacer cette impression.

— Avez-vous quand même trouvé quelque chose ?

— Non, répondit Mary-Kate d'un air sombre. Je dois pourtant avoir une robe neuve pour ce mariage. Si je mets mon ensemble gris habituel, la mère de la mariée va me faire une scène en me reprochant de ne pas avoir fait d'effort. Je devrai sans doute prendre le risque de m'aventurer chez Lucille, la boutique locale. Elle n'a jamais rien de normal ! Je vais finir avec du Lycra à imprimé panthère ou une robe noire transparente à ras des fesses. Lucille peut se montrer très persuasive. Vous savez que cela ne vous va pas du tout, mais elle réussit à vous convaincre du contraire.

— Mais alors, vous êtes de Redlion ! s'exclama Virginia. Moi aussi ! J'aime beaucoup la vitrine. C'est…

— Je sais, l'interrompit Mary-Kate. En ce moment, elle expose un manteau en fourrure imitation léopard. J'ai vaguement pensé à acheter la toque assortie, mais cela ferait fuir les clients de la pharmacie.

— Elle est à vous ? Quelle coïncidence ! Je passe devant tous les jours. J'habite à Kilnagoshell House, sur la route de Blackglen. Je vais à Redlion quotidiennement, mais je ne me suis rendue à la pharmacie qu'une ou deux fois.

— Vivez-vous à Kilnagoshell House depuis longtemps ? demanda Mary-Kate.

En réalité, elle possédait la réponse. Il était clair que Virginia ne connaissait personne à Redlion, mais elle l'avait voulu. Elle détesterait l'idée que Mary-Kate sût depuis le début qui elle était, même s'il était impossible de rester anonyme dans une localité comme la leur.

— Je ne suis là que depuis quelques mois. Je crains d'être restée un peu à l'écart, mais je me suis installée dans le Kerry après le décès de mon mari, l'année dernière. Je n'étais pas vraiment d'humeur à me lancer dans une vie sociale très active.

Virginia se sentait à nouveau au bord des larmes. Elle fit un effort pour déglutir et dénouer le nœud dans sa gorge.

— Je suis vraiment désolée, dit Mary-Kate avec chaleur. Il est difficile de retrouver sa place dans la vie après un pareil choc.

— Aujourd'hui, j'avais rendez-vous avec le comptable. C'était affreux, expliqua Virginia d'une voix blanche. J'ai failli pleurer chaque fois qu'il a prononcé le nom de Bill. J'avais l'impression qu'on m'enfonçait un immense clou dans la tête, un peu plus chaque fois. Dès que je crois pouvoir reprendre mon souffle, il y a quelqu'un pour taper sur ce clou et j'ai de nouveau aussi mal qu'au début. Je ne sais pas pourquoi je vous raconte cela, ajouta-t-elle sur un ton d'excuse. Nous ne nous connaissons pas.

— La sympathie des étrangers peut être la plus efficace, répondit Mary-Kate. Ils ne sont pas pressés, ne cherchent pas à se mêler de ce qui ne les regarde pas et ne peuvent pas faire la part de ce qui est vrai et de ce qui ne l'est pas.

Virginia la dévisagea avec curiosité. On aurait dit qu'elle savait de quoi elle parlait.

— Les étrangers, reprit Mary-Kate, ne vous racontent pas que vous devez faire un effort sur vous-même et que la vie continue.

— Ils ne vous disent pas de vous secouer parce que Bill n'aurait pas voulu que vous passiez votre temps à pleurer, ajouta Virginia d'un ton amer.

Mary-Kate eut un sourire entendu.

— C'est incroyable, poursuivit Virginia. Des gens qui n'étaient que de banales relations et n'ont pas la moindre idée de la vraie personnalité de Bill sont les premiers à m'expliquer ce qu'il aurait voulu ou pas après sa mort. La veille même de l'enterrement, un de ses cousins au second degré m'a appelée pour me conseiller sur les textes à retenir pour la cérémonie, parce que « Bill les avait toujours aimés ». Le pauvre idiot ! Ils ne se voyaient jamais.

Virginia avait été furieuse d'une telle indiscrétion.

— Ce genre d'individus, reprit-elle, qui l'avaient pour ainsi dire ignoré toute sa vie, prétendaient savoir ce qu'il pensait à partir du moment où il était parti. Mon Dieu ! dit-elle en changeant de ton. Vous êtes certaine de ne pas être psychiatre ? Vous êtes très douée pour m'aider à tout sortir en vous contentant de hocher la tête et de faire « hum, hum » au bon moment !

— Vous ai-je dit que je prends quarante livres de l'heure ? rétorqua Mary-Kate sans perdre son sérieux.

Virginia lui parla encore de ses fils, de sa petite-fille chérie et de la charmante Sally, la plus aimable belle-fille qu'on puisse désirer. Mary-Kate lui raconta à son tour qu'elle avait grandi à Redlion, où son père était pharmacien, mais qu'elle avait rêvé de s'échapper. Elle avait fait ses études à Dublin et y avait travaillé pendant quinze ans, jusqu'à la mort de son père. Elle avait repris l'affaire dix ans plus tôt.

— Par moments, j'aime beaucoup Redlion, dit-elle. Il y a du vrai dans l'adage qui prétend que l'on est lié à son lieu de naissance. Mais parfois, je regrette l'anonymat de Dublin. À Redlion, tout le monde sait tout sur tout le monde.

— Et vous ne vous êtes jamais mariée…

Virginia regretta aussitôt sa réflexion.

— Excusez-moi, cela m'a échappé. C'est très indiscret de ma part et vous venez précisément de parler des voisins curieux !

— Je vous en prie, il n'y a pas de problème. Moi aussi, je vous ai posé des questions personnelles. Il y a eu un homme dans ma vie, mais cela n'a pas marché.

Mary-Kate haussa les épaules et changea élégamment de sujet.

— Comme vous ne connaissez pas grand monde au village, reprit-elle, je vais devoir vous présenter les gens. Il faut absolument que vous croisiez Delphine.

Virginia remarqua le changement de sujet mais s'abstint de tout commentaire.

— C'est ma nièce. C'est une fille formidable qui vous plaira. Elle est esthéticienne au Manoir Rouge Leon. Je l'aime beaucoup. Un peu excentrique, je dois dire, ce qui explique pourquoi nous nous entendons si bien, elle et moi ! Delphine peut aller chez Lucille et y trouver des choses qui lui vont vraiment.

Elles rirent ensemble à cette idée. Virginia se dit que Delphine devait sortir de l'ordinaire.

— Nous nous retrouvons tous les quinze jours, dit Mary-Kate. Parfois nous allons au cinéma, parfois au restaurant. J'aimerais beaucoup que vous la rencontriez.

— Avec plaisir, répondit Virginia à sa grande surprise.

Le train s'arrêta à Killarney dans un grand ferraillement. Elles rassemblèrent leurs affaires. Virginia souffrait de sa hanche et elle eut encore une pensée de regret pour les anti-inflammatoires. Ce soir, elle se coucherait tôt après un bon bain chaud.

— Voulez-vous que je vous dépose chez vous ? proposa Mary-Kate.

— Je vous remercie mais j'ai ma voiture.

— Je vous donne mon numéro de téléphone, dit encore Mary-Kate en lui tendant un bout de papier.

N'hésitez pas à m'appeler si vous avez envie d'un peu de compagnie !

Virginia se dirigea vers sa voiture en serrant son cardigan sur elle pour se protéger du vent glacial. Elle souriait. C'était bon de sentir qu'elle avait une amie.

Hope écoutait la pluie tambouriner avec entêtement sur le toit en tôle ondulée rouillée de l'appentis. Elle avait envie de téléphoner au cabinet du docteur McKevitt en jurant que c'était une urgence et qu'il fallait lui envoyer sur l'heure un baril de Prozac ou de Valium, n'importe quelle drogue susceptible de lui faire voir la vie en rose.

Un mois s'était écoulé depuis leur arrivée à Redlion. On était à présent en décembre, avec un temps glacial. Hope n'avait jamais été aussi malheureuse de toute sa vie. Chaque matin, un Matt de plus en plus grincheux fonçait à la Maison des créateurs avec son ordinateur portable. Il ne rentrait pas avant six heures du soir. Hope n'avait pas la moindre idée du nombre de pages qu'il avait déjà écrites. En effet, chaque fois qu'elle lui posait la question, Matt la rembarrait violemment en grognant que « la création prend du temps ». Hope ne demandait donc plus rien. Elle aurait aimé savoir si l'entourage de Shakespeare avait dû supporter un tel comportement de sa part.

Cependant, même si Matt était de mauvaise humeur, au moins c'était un adulte, quelqu'un avec qui parler d'autre chose que du « popo » des poussins et du précédent épisode des *Tweenies*. Une fois qu'il était parti, la journée s'étendait devant Hope, monotone, avec comme perspective la dernière lubie de Millie et Toby, qui consistait à faire des monceaux de décorations de

Noël dans des morceaux de papier de couleur. Ils avaient déjà réalisé assez de guirlandes pour décorer quatre cottages. Leur seule autre distraction consistait en une promenade sous la pluie et par les chemins boueux qui menaient à Redlion. Hope aimait ses enfants avec passion et, du moins en théorie, appréciait l'idée de passer des moments de qualité avec eux. Mais, à la longue, celle-ci était difficile à préserver. À l'exception des week-ends, où Matt mettait la main à la pâte, elle était seule pour s'occuper de Millie et Toby, et ne pouvait pas les lâcher un instant.

Elle n'avait plus jamais une minute pour feuilleter un magazine ou se sécher les cheveux jusqu'au bout. Elle ne pouvait même pas prendre son bain tranquillement, le soir, après le coucher des enfants ; Millie avait tellement besoin d'elle qu'elle se relevait et insistait pour la rejoindre dans la baignoire. Tout simplement, elle et son frère s'ennuyaient et avaient besoin de la compagnie de petits camarades. Mais apparemment, il n'y avait pas de familles avec des bambins dans le voisinage.

Hope pensait avec regret à la crèche de Bath. Elle s'en voulait même d'avoir remis cet adjudant de Marta à sa place. Elle aurait fait n'importe quoi pour inscrire Millie et Toby dans une garderie locale mais, quand elle avait cherché des places, n'en avait pas trouvé une seule à des kilomètres à la ronde. Les Petits Lapins, à l'autre extrémité de Redlion, n'en aurait pas avant la fin du mois de janvier. Elle devait donc attendre. Ensuite, bien sûr, se poserait la question de savoir ce qu'elle ferait. Il n'y avait même pas de banque à Redlion et elle n'avait pas envie d'aller jusqu'à Killarney pour travailler, à supposer qu'elle y trouve un poste. À part la banque, Hope n'avait aucune qualification particulière. Que pouvait-elle choisir d'autre ?

Encore neuf mois, et ils repartiraient. Neuf grands mois ! Elle soupira.

On était lundi et une nouvelle semaine l'attendait, sans rien à faire sauf les allers et retours quotidiens à Redlion pour les courses. Si elle n'avait pas eu Sam à qui parler par courrier électronique et Mary-Kate à qui s'adresser en chair et en os, elle serait devenue folle. Sa vie sociale se résumait à lui rendre visite. Elle ne voyait personne d'autre. Finula les invitait régulièrement à dîner mais l'unique fois où ils y étaient allés, elle s'était montrée si condescendante que Hope refusait d'y retourner. Désormais, Matt s'y rendait sans elle, la laissant seule pour la soirée.

Mary-Kate l'avait conviée à deux reprises à l'accompagner dans une soirée avec ses amies, mais Hope avait refusé chaque fois, en partie parce que Matt détestait qu'elle sorte sans lui, et en partie parce qu'elle ne voulait pas être un fardeau pour qui que ce soit. C'était une chose d'aller quotidiennement à la pharmacie pour acheter ce dont elle avait besoin, une autre de s'imposer dans un groupe de vieilles copines. La gentille Mary-Kate ne la bousculait jamais, contrairement à Sam, qui devenait de plus en plus autoritaire dans ses réponses.

« Tu ne vis plus que pour Matt », écrivait-elle. Tout en lisant, Hope croyait entendre sa sœur crier de colère. « Monsieur s'offre une nouvelle vie ! Monsieur s'attend à ce que tu te prosternes et que tu l'accueilles le soir avec le dîner prêt à être servi ! Dis-lui qu'il peut se le préparer lui-même ! » Sam avait raison, se dit Hope. Elle devait retrouver une vie personnelle. Elle avait besoin de sortir, de voir des gens et de dénicher un boulot. Elle songea pendant quelques minutes au bon vieux temps de son emploi à la banque, quand les conversations n'arrêtaient jamais.

Mais dans l'immédiat, il fallait nettoyer le carton des poussins. Son élevage marchait très bien. Elle avait découvert qu'elle prenait plaisir à s'occuper des petits animaux et avait décidé d'en avoir d'autres quand ceux-ci seraient assez grands pour intégrer le poulailler. L'idée d'avoir des œufs lui donnait l'impression satisfaisante de se suffire à elle-même. Elle avait aussi la ferme intention de nettoyer le jardin à l'arrière pour y cultiver des légumes. Et des herbes aromatiques, basilic et romarin, qui embaumeraient. Cela changerait des poussins, qui sentaient fort ! Personne ne l'avait avertie que la fiente puait, pensa-t-elle en regardant dans le carton. D'après Matt, les poussins de Finula vivaient dans la spacieuse arrière-cuisine, si bien que les Headley-Ryan n'étaient jamais incommodés par la puanteur.

— Beurk ! C'est dégoûtant, déclara Millie en se bouchant ostensiblement le nez.

— Je croyais que ça te plaisait, se moqua Hope. Tu n'arrêtes pas de parler de popo.

Millie gloussa de ravissement. Elle et son frère aimaient ce moment où Hope nettoyait le carton, car c'était leur seule occasion de pouvoir jouer avec les bestioles. En tout cas, la seule officielle ! Hope trouvait sans arrêt Millie dressée sur la pointe des pieds, essayant de glisser la main sous le grillage pour attraper une petite boule jaune qui piaillait de terreur. À sa vue, les pensionnaires de Hope se mettaient à courir dans tous les sens et cherchaient à se cacher les uns sous les autres. Hope n'aimait pas penser à ce que

Millie avait pu leur faire pour que sa présence déclenche une telle panique.

Hope souleva le grillage et posa le premier poussin dans un carton plus petit qu'elle tendit à Toby. Elle estimait plus important de l'aider à surmonter sa peur des bêtes que de vouloir le protéger des microbes. De toute façon, elle utilisait des litres de désinfectant pour les mains.

— Ne l'embrasse pas et ne porte pas les mains à ton visage si tu le touches, lui dit-elle en guise d'avertissement.

Toby fixait le petit volatile avec horreur.

— Où est le mien ? geignit Millie.

Hope lui tendit une autre boîte.

— C'est lequel ? demanda Millie, qui tentait déjà de s'emparer de sa proie.

— Mopsy, mentit Hope.

Elle n'était jamais totalement sûre de l'identité de ses protégés car, à cet âge, ils se ressemblaient tous beaucoup. Durant quelques journées très amusantes, Millie et Toby leur avaient imaginé des noms bizarres. Millie ne jurait que par Beatrix Potter et refusait d'admettre que Mopsy et Floppy s'appliquaient traditionnellement aux lapins. Toby avait proposé Nounours (inspiré par sa peluche préférée) et Thomas (d'après Thomas la Locomotive). Hope avait baptisé le plus petit Fifi et cherchait un sixième nom quand Millie avait déclaré de sa voix flûtée que le plus gros devait s'appeler Tante Finula.

— Ce n'est pas possible, avait répondu Hope, luttant contre une terrible envie de rire.

— Mais moi je veux !

— Pourquoi ?

Hope savait qu'elle ne devait pas s'engager sur cette pente dangereuse mais n'avait pas pu résister.

— Parce que je n'aime pas tante Finula et que je n'aime pas ce poussin, avait répondu Millie avec décision.

Elle pointait le doigt vers l'innocente bestiole au corps grassouillet, dont les pattes paraissaient trop fragiles pour la porter.

Hope s'était mordu la lèvre.

— C'est impossible, cela risquerait de faire de la peine à la vraie tante Finula.

Les yeux noirs de Millie avaient jeté des éclairs de défi.

— Tant pis !

Mary-Kate eut plus de succès pour convaincre Virginia de sortir qu'elle n'en avait eu avec Hope. Elles avaient pris l'habitude de se téléphoner régulièrement et étaient déjà allées une fois au cinéma avec Delphine, que Virginia avait trouvée très attachante. Cette fois, Mary-Kate lui avait proposé de passer la soirée du lendemain au Widow Maguire. « Juste vous, Delphine et moi, avait-elle précisé. Une sortie entre filles avant Noël. » Virginia n'avait pas le cœur à s'amuser et se demandait comment refuser poliment l'invitation sans froisser ses amies.

Elles composaient un curieux trio, la pharmacienne apparemment collet monté, elle, veuve brisée de chagrin, et Delphine, avec sa sauvage beauté de Celte et ses tenues excentriques. La conception que cette dernière se faisait d'un habillement normal consistait, quand elle avait envie de jouer à la femme d'affaires, en un ensemble pantalon à très fines rayures et un tee-shirt qui lui arrivait au nombril et, quand elle souhaitait s'amuser, en une longue robe de velours violet rehaussée de gros bijoux fantaisie.

À Dublin, dans sa vie d'avant, Virginia ne se serait jamais liée avec des personnes si différentes. Elle fréquentait des femmes de son âge, mariées et mères de famille. Elles ne parlaient jamais que de sujets sans risque, banals et classiques. Elles évoquaient gaiement l'heure tardive de retour de leur mari, le soir, ainsi que les jeunes hommes qu'elles n'auraient pas aimé avoir pour gendre. Mais Virginia ne les supportait plus. Elles lui rappelaient trop ce qu'elle avait perdu si brutalement et rougissait de honte à l'idée qu'elles puissent se plaindre d'horaires. Elles tenaient à elle et faisaient de leur mieux pour changer de sujet mais Virginia était réaliste. Elle connaissait les conversations des gens mariés depuis longtemps : leur vie de couple et leurs enfants. Ce n'était pas leur faute si cela lui déchirait le cœur.

Ses nouvelles amies étaient très différentes. Mary-Kate, au franc-parler, avait quarante-quatre ans et, sous son allure conservatrice, cachait une personnalité originale. Elle pouvait passer pour une femme pondérée, avec ses lunettes démodées et ses manières un peu pincées, mais elle avait un esprit d'une ironie désabusée et d'une grande lucidité. Virginia devinait un fond de tristesse en elle, quelque chose qui expliquait sans doute leur sympathie réciproque. Peut-être était-ce lié à cette histoire d'homme aimé et perdu, mais Virginia ne se serait jamais permis de poser la question.

Delphine, qui habitait également Redlion, avait à peine vingt-neuf ans et vivait avec Eugene, un homme adorable genre gros ours. Elle travaillait au Manoir Rouge Leon qui se dressait à sept kilomètres de

Redlion et qui, d'après Mary-Kate, était si élégant qu'il méritait six étoiles ! Et, avait-elle ajouté, il était dirigé par un Apollon qui rendait folles toutes les femmes mais, curieusement, n'était jamais venu jusqu'à la pharmacie pour l'inviter à sortir.

« Christy De Lacy n'est pas ton genre, avait plaisanté Delphine. Tu m'as toujours dit que c'est le cœur d'un homme qui compte, pas son visage.

— S'il est aussi beau qu'on le dit, je pourrais faire une exception », avait protesté Mary-Kate.

Vive comme un feu follet, Delphine était à la fois la nièce et la filleule de Mary-Kate. Et quand celle-ci avait adopté Virginia, Delphine en avait fait autant. Malgré ces manifestations d'amitié, Virginia avait, ce soir-là, autant envie d'aller au Widow Maguire qu'un veau à l'abattoir.

— Je crois que j'ai un début de migraine, dit-elle à Delphine au téléphone.

Elle trouvait plus facile de mentir à la nièce qu'à la tante.

— Dans ce cas, vous serez en avance sur nous d'une bonne longueur ! s'exclama Delphine en riant. Parce que à la fin de la soirée, nous aurons toutes mal à la tête ! C'est le groupe des Nashville Springtime Girls qui chante et elles sont terrifiantes.

Virginia ne put s'empêcher de rire à son tour.

— Je suis vraiment fatiguée, essaya-t-elle encore.

— Eh bien, n'y pensez plus ! répondit Delphine avec son accent chantant du Kerry. Vous venez et c'est tout.

Les Nashville Springtime Girls étaient en train d'installer leur équipement quand les trois femmes prirent place dans le fond du Widow Maguire, aussi loin que possible des haut-parleurs. Les chanteuses, se dit Virginia, ne manquaient pas d'humour dans le choix de leur nom, car ces « filles du printemps » paraissaient toutes au moins aussi âgées qu'elle. Avec leur jean et leur chapeau de cow-boy, on aurait dit des grand-mères sexy.

— Il y a des avantages à venir tôt, dit Mary-Kate en s'adossant avec soulagement au coussin supplémentaire qu'elle avait récupéré sur une des banquettes voisines. Ma sciatique me fait affreusement mal, mais j'ai pris deux comprimés de décontractant et je ne sentirai bientôt plus rien.

— Ce sera aussi le cas si vous buvez, lui reprocha Virginia. Ces médicaments font mauvais ménage avec l'alcool et vous allez planer comme si vous aviez pris de la drogue !

— Ne m'embêtez pas ! répondit tranquillement Mary-Kate. Je mène une vie très morne et j'ai le droit de me laisser aller de temps en temps. De toute façon, je vous jure qu'on peut boire avec ce que j'ai avalé. Parole de professionnelle !

— Peux-tu m'en offrir un paquet pour Noël ? demanda Delphine. Je ne supporterai pas la période des fêtes sans cela !

Virginia eut un frisson à l'idée de Noël. Elle aurait tout fait pour en effacer la date du calendrier. L'année précédente, elle s'était bourrée de tranquillisants. Cette fois, elle l'affronterait sans aide chimique.

— Que faites-vous, Eugene et vous, ce jour-là ? demanda-t-elle en essayant de contrôler sa voix.

Que, pour elle, Noël représente à présent l'enfer sur terre ne signifiait pas que c'était pareil pour tout le monde.

Delphine, qui avait déjà la peau très blanche, devint encore plus pâle et ses yeux d'un vert profond s'emplirent de larmes. Mary-Kate lui tapota la main.

— Excusez-moi, dit Virginia, très ennuyée. Je ne voulais pas vous blesser.

Elle avait dû rater un épisode de la relation entre Eugene et Delphine. Celle-ci parlait toujours de lui avec tant d'amour qu'elle les imaginait mal en train de se disputer.

— Ce n'est pas votre faute, Virginia, dit Delphine en reniflant un peu.

— Vous n'avez pas besoin de me répondre, cela ne me regarde pas, dit Virginia, désolée d'avoir fait de la peine à Delphine.

— Si, je vais vous expliquer. Vous, vous comprendrez, répondit Delphine. C'est à cause d'Eugene et de Noël. Avant, il était marié et il a divorcé et…

Elle ravala ses larmes avec effort. Mary-Kate lui tendit son verre et acheva le récit.

— Ma chère sœur Pauline fait partie de ces gens à l'esprit ouvert pour qui l'on ne divorce pas quand on est marié. Pour elle, en vivant avec Eugene, Delphine est en train de se damner pour l'éternité. Pauline refuse d'entendre parler de lui et de le recevoir chez elle, et n'a accepté que depuis peu de reparler à sa fille. Vous voyez, le niveau de sa conversation ne dépasse jamais les remarques comme : « Quand vas-tu ouvrir les yeux et laisser tomber cet homme sans moralité ? » ou « Vas-tu continuer à nous faire honte ? ». Vous imaginez le style.

— Ce Noël va être horrible ! pleura Delphine.

Virginia et Mary-Kate se penchèrent ensemble vers elle pour la serrer dans leurs bras.

— L'année dernière, reprit Delphine, je n'avais rien dit à ma mère et Eugene avait sa maison mais, maintenant, nous vivons ensemble…

Elle s'essuya les yeux avec une des serviettes en papier disposées sur la table.

— Elle n'arrête pas de me harceler. Je dois revenir à la maison pour Noël ; c'est le jour du Seigneur et je fais un horrible péché en vivant avec Eugene, et je ne pourrai jamais me marier à l'église. Elle me tuera si je ne passe pas Noël chez elle mais je ne peux pas laisser Eugene tout seul ce jour-là ! C'est impossible.

— Pas moyen d'intercéder auprès de Pauline ? demanda Virginia à Mary-Kate, qui la regardait d'un air résigné.

— Vous ne connaissez pas ma sœur, répondit-elle sombrement. Quand Dieu a fait sa distribution de compassion et de compréhension, elle n'était pas dans les parages ! Elle se trouvait dans la pièce d'à côté, en train de faire provision de préjugés et de s'inscrire au concours de commérages.

— C'est vous qui avez reçu sa part, plaisanta Virginia avec un sourire affectueux, espérant détendre l'atmosphère. Delphine a de la chance de vous avoir.

Delphine fit une petite grimace stoïque.

— Je ne tiendrais pas, sans Mary-Kate. Je crois que je vais aller me refaire une beauté aux toilettes. Ce serait mauvais pour les affaires que la clientèle du pub voie l'esthéticienne locale barbouillée de mascara comme un clown !

Elle traversa hâtivement la salle, ses boucles rousses dansant sur ses épaules. Plus d'un homme leva les yeux de sa pinte de bière pour la regarder passer. Même un immense pull d'homme orange et une jupe en soie informe ne réussissaient pas à cacher sa silhouette à la Rubens.

— Pauvre Delphine ! dit Virginia. Je suis désolée d'avoir mis les pieds dans le plat.

— Ce n'est pas votre faute, soupira Mary-Kate. C'est cette foutue Pauline.

Virginia en eut un choc. Elle n'avait jamais entendu Mary-Kate employer un tel vocabulaire.

— Je ne comprends pas comment nous pouvons être sœurs, tant nous sommes différentes. Elle n'a pas une once de compréhension, s'emporta Mary-Kate. Elle fait vivre l'enfer à cette pauvre Delphine, tout cela pour pouvoir se pavaner en tête de la file de communion à la messe du dimanche !

— Mais il y a beaucoup de gens qui divorcent, maintenant, dit Virginia. Elle devrait se rendre compte que c'est courant. On ne vit plus comme avant, même l'Église le reconnaît. Une de mes amies de Dublin faisait partie du groupe de préparation au baptême et on leur avait enseigné de traiter tous les parents de la même façon, qu'ils soient mariés ou non. L'étroitesse de vue de Pauline appartient au passé.

Mary-Kate eut un sourire amer.

— Le Vatican annoncera l'élection du premier cardinal de sexe féminin avant qu'elle puisse envisager que l'on ne se marie pas pour la vie. Elle a le droit de penser comme elle l'entend, mais pas de vouloir forcer Delphine à en faire autant.

— Et le père de Delphine ? Quelle est son attitude ?

Elles aperçurent Delphine qui sortait des toilettes.

— Mon beau-frère, Fonsie, s'entend très bien avec Eugene mais il a trop peur de Pauline pour dire quoi que ce soit. Son idée de l'indépendance consisterait à acheter un journal à scandale en même temps que celui considéré comme convenable par Pauline !

Elle se tourna vers sa nièce comme celle-ci les rejoignait :

— Delphine, veux-tu nous commander une autre tournée, nous mourons de soif, dit-elle avec chaleur. Et maintenant, raconte-nous ta journée !

— Ne m'en parle pas ! J'ai dû faire une manucure à cette garce de Miriam Concannon de la télévision. Elle a pris une suite immense à l'hôtel et, quand elle ne flirtait pas comme une folle avec Christy, qui n'était pas en reste, je vous le garantis, elle disait des horreurs sur tout le monde. Elle peut avoir l'air douce comme un agneau dans son émission mais, en réalité, elle croit que sa m… sent la rose ! conclut Delphine en reniflant de dédain.

— Et d'où te vient cette façon de parler ? demanda Mary-Kate. On croirait entendre un docker !

— Nous avons beaucoup de clients intéressants, dit Delphine, imperturbable. Ils utilisent des expressions très pittoresques. Apparemment, celle-là vient de Dublin. Attends d'avoir entendu celle-ci…

— Delphine ! Virginia n'est pas venue pour subir ton esprit dépravé. Et vous, Virginia ? Comment s'est passée votre journée ?

Elles mangèrent, burent et écoutèrent les Springtime Girls dévider tout un chapelet de chansons sur l'amour, les hommes et la façon dont ils vous laissent toujours tomber.

— Je croyais qu'on était venues pour se remonter le moral ? dit Mary-Kate après une nouvelle chanson triste sur une femme qui avait une tendance fatale à choisir le mauvais partenaire. Si cela continue, je rentre et je reprends une double dose de décontractants !

Delphine, qui supportait mal l'alcool et devenait déjà très gaie après quatre verres de Guinness, partit d'un éclat de rire incontrôlable.

— Tu ne pourrais pas en envoyer un paquet format géant à ma mère ? Elle en a sacrément besoin !

Elle changea brutalement d'humeur.

— J'ai appelé à la maison, aujourd'hui, poursuivit-elle tristement, et elle a à peine voulu me parler.

— Oh ! Mais, avec Pauline, c'est une bénédiction déguisée, dit Mary-Kate pour ranimer l'ambiance. Ma sœur, ajouta-t-elle pour Virginia, est un vrai moulin à paroles. Et toi, ma fille, dit-elle en tapotant le genou de Delphine, tu as besoin de sortir plus souvent avec des gens normaux pour ne pas oublier que tout le monde n'a pas l'esprit aussi étroit que ta mère. Je pense qu'il devient nécessaire de relancer le club de macramé.

Delphine se ragaillardit immédiatement.

— Il est en sommeil depuis qu'Aggie a quitté Redlion mais nous pourrions le rouvrir. Aggie était un des membres fondateurs, ajouta-t-elle en se tournant vers Virginia.

Virginia ne comprenait plus rien.

— Du macramé ? Je n'aurais jamais cru que vous vous intéressiez aux travaux manuels, vous deux !

Mary-Kate et Delphine échangèrent des regards entendus.

— Ils consistaient essentiellement à apprendre comment confectionner un vermouth digne de ce nom, déclara Mary-Kate.

— Souvenez-vous des *Sorcières d'Eastwick*, ajouta Delphine.

— Moi je veux être Cher et avoir Jack Nicholson pour moi toute seule, interrompit sa tante. Il faut faire une réunion après Noël. Vous viendrez, Virginia ?

— Que dois-je apporter ? demanda-t-elle, espérant pouvoir faire du crochet au lieu du macramé.

— Du gin, suggéra Delphine. Ou de la vodka. Les soirées au club permettent de se laisser aller.

— Et comment vous est venue l'idée de ce nom ?

Une expression de profond amusement illumina le visage de Mary-Kate.

— À l'origine, nous n'avions même pas pensé à en trouver un. Nous étions juste un petit groupe qui aimait se réunir pour se détendre et bavarder. Mais quand Finula Headley-Ryan est arrivée ici, elle voulait à tout prix en faire partie et, comme aucune de nous ne pouvait la supporter, nous lui avons dit que c'était des soirées dédiées aux travaux manuels. Il m'a semblé que le macramé serait assez répulsif. Finula ne s'intéresserait jamais à une activité aussi terre à terre. Et le nom est resté. Il s'est également révélé très pratique pour tenir Pauline à distance. Elle y aurait vu une occasion d'entendre des histoires sordides et des confidences de toute sorte. Or, ce n'était vraiment pas l'objectif ! Oh, regardez ! C'est Hope, dit Mary-Kate en voyant les Parker entrer par la porte latérale. Matt est le dernier adepte de l'école de gribouillage créatif du Kerry occidental et Hope est sa femme. Elle est très attachante. Je crois qu'un peu de macramé ne lui ferait pas de mal, à elle non plus.

Virginia observa les nouveaux venus avec intérêt. Elle appréciait de ne plus être la dernière arrivée et avait envie de savoir qui l'avait remplacée dans ce rôle. Hope et Matt ne répondaient pas aux critères de normalité de la communauté artistique, ne serait-ce qu'en raison de la tenue de Hope, un jean noir très banal, une chemise en chambray et un coupe-vent bleu marine. Rien à voir avec les vêtements voyants et flottants que l'épouvantable Finula portait toujours. Virginia avait rencontré cette dernière une seule fois à la pharmacie et n'avait pas eu la sensation de croiser l'âme sœur. Hope possédait un charme discret, un peu désuet, quoiqu'il soit éclipsé par la remarquable beauté de son mari.

— Beau morceau, n'est-ce pas ? dit Delphine en admirant sa haute silhouette, sa mâchoire bien dessinée et ses yeux expressifs. C'est lui, l'idiot qui a encore succombé aux sortilèges de Mme HR ?

— Je le crains, dit Mary-Kate d'un air navré. Je ne crois pas que la pauvre Hope sache vraiment sur quoi elle est tombée. Elle se sent très isolée, et très gênée de le reconnaître.

— Vous la connaissez donc bien ? demanda Virginia avec étonnement.

Delphine éclata de rire.

— Bien la connaître ? Si Watergate s'était produit à Redlion, Mary-Kate aurait joué le rôle de Deep Throat, au courant de tout !

— Tu ne trouves pas que c'est agréable ? dit Hope en regardant autour d'elle avec plaisir.

Le pub lui plaisait beaucoup, avec ses poutres sombres, ses recoins intimes et tout le bric-à-brac suspendu partout à des crochets. Si l'on dépassait une certaine taille, on risquait de se cogner contre des casiers à homards accrochés au plafond, des lampes-tempête ou des outils agricoles d'un autre âge. Matt avait failli être étranglé par un bout de filet de pêche qui traînait n'importe comment.

— Nous aurions pu aller chez Finula, répondit Matt. Elle faisait du boxty. C'est un plat traditionnel.

— Eh bien, nous pouvons en avoir ici aussi, dit Hope avec un sourire forcé.

Ils s'étaient disputés un peu plus tôt, quand Matt avait essayé de revenir sur sa promesse de l'emmener dîner au pub sous prétexte que Finula venait de les inviter. « C'est très gentil à elle, avait répondu Hope, mais j'espère que tu lui as expliqué que nous avions prévu de sortir. » Elle avait serré les dents en pensant au mal qu'elle avait eu pour trouver une baby-sitter.

« Euh… non…

— Alors, appelle-la ! avait jeté Hope en se laissant tomber lourdement sur le lit pour mettre un soupçon de maquillage.

— Oui, oui, j'y vais. Ne t'énerve pas ! »

Matt avait téléphoné à Finula et avait ensuite rejoint Hope, la mine contrite. « Je suis désolé, Hope. J'aurais dû refuser son invitation tout de suite. Maintenant, vous êtes toutes les deux fâchées contre moi. » Hope avait aussitôt levé les yeux du miroir qu'elle tenait et posé son mascara.

« Non, mon chéri. Je voulais seulement que nous soyons un peu ensemble, c'est tout.

— Tu as raison, avait-il admis en l'embrassant sur le dessus de la tête. Je suis un sale égoïste. Tu as besoin de voir autre chose que la maison de Finula. »

Hope avait souri en elle-même. C'était exactement son opinion. Au cours des dernières semaines, Matt n'avait pensé qu'à lui, au point d'oublier son talent pour la comprendre quand il en avait envie.

Mais ils étaient enfin au Widow Maguire.

— Je vais chercher des menus, dit Matt.

Ils choisirent tous les deux des moules avec du pain à l'ail, mais Hope prit du vin rouge et Matt de la Guinness.

— Tu devrais essayer, dit-il en buvant une longue gorgée du breuvage noir d'encre. Cela te plairait.

— Fais-moi goûter… Beurk ! C'est ignoble, dit-elle en regrettant de ne pas pouvoir cracher.

Ils restèrent un moment silencieux, à regarder autour d'eux et s'imprégner de l'ambiance. Les gens s'installaient pour la soirée, achetaient des quantités de boisson impressionnantes, comme s'ils avaient prévu de rester jusqu'à la fermeture. Il y avait un intéressant mélange de genres. Dans un coin, deux hommes en pull-over et pourvus d'une barbe en broussaille contemplaient leur bière d'un air maussade. Derrière eux, une superbe blonde en tailleur, que Hope avait vue entrer et sortir de l'agence immobilière, parlait d'un ton furieux à un homme visiblement confus. Il avait ôté sa veste, laissant voir de grandes auréoles humides sous ses bras. Certainement un couple en train de se disputer, imagina Hope. Elle repéra également Mary-Kate en compagnie de deux femmes, une jeune et excentrique avec des cheveux d'un roux flamboyant, une plus âgée et d'une élégance tranquille, avec des cheveux argentés, des yeux tristes et l'air très distingué. Hope aurait aimé dire bonsoir à Mary-Kate mais ne voulait pas s'immiscer dans le groupe. Au lieu de cela, elle se tourna vers Matt.

— Et l'écriture ? risqua-t-elle. Comment cela a-t-il marché, aujourd'hui ?

Elle sentait que Matt n'avait pas envie d'en parler.

— Bien, répondit-il, sur la défensive.

— Tu es doué pour ce genre de chose, tu es tellement créatif. Tu te souviens de cet horrible plan de retraite ? Les clients avaient déjà refusé huit projets de campagne différents et tu as réussi à leur en proposer un neuvième !

— Tu parles si je m'en souviens ! répondit Matt en riant. C'était un vrai cauchemar. Mais imaginer des lancements publicitaires et écrire des romans n'est pas la même chose. En tout cas, c'est ce que je suis en train de découvrir.

— Raconte-moi, demanda Hope. Dis-moi tout.

Elle prit la main de Matt, sous la table, et il serra la sienne très fort.

— Ne parlons pas du travail, répondit-il en coinçant une mèche rebelle derrière son oreille. Je sais que tu ne voulais pas venir en Irlande, ajouta-t-il avec tendresse, mais cela nous réussit, non ? Ce pays nous fait du bien. Nous allons mieux. Chez nous, je ne rentrerais sans doute que maintenant et tu serais épuisée par ta journée. Il te resterait à peine le temps de voir les enfants.

Elle hocha la tête d'un air consterné.

— Et je m'énerverais parce que tu rentres tard et que le dîner va être brûlé, et je n'aurais eu personne avec qui tenir une conversation de toute la soirée.

— Tu irais te coucher parce que tu serais morte de fatigue et moi, je resterais devant la télévision à regarder Sky Sports pour ne pas devoir affronter ton dos tourné contre moi.

Ce souvenir lui arracha une grimace.

— Le dos tourné et mon pyjama spécial « ne me touche pas ! », lui rappela Hope en riant.

Les rares soirs où elle était vraiment en colère contre Matt, elle mettait un affreux pyjama en pilou, parfait pour décourager les élans amoureux. C'était sa façon de lui faire savoir qu'elle était fâchée. Elle trouvait cela plus facile que de le lui dire et espérait qu'il comprendrait sans mots.

Leur dîner arriva et, d'une main, Matt commença à manger les délicieuses moules à l'ail avec appétit. Son autre main tenait toujours celle de Hope. Il trempa un morceau de pain dans le jus et le tendit à Hope, qui n'en prit que la moitié pour lui laisser le reste.

— Nous sommes bien, ici, n'est-ce pas ? dit-il, la bouche pleine.

Hope acquiesça de la tête.

— C'est juste un peu difficile de m'adapter parce que j'ai la sensation de n'avoir aucune existence. Désolée ! J'aimerais avoir un travail à temps partiel, n'importe quelle occupation. Je suis heureuse d'être avec les enfants, mais je ne vois jamais personne. Je suis terriblement seule…

Elle se tut, se sentant coupable de seulement oser se plaindre. Elle avait tellement rêvé de pouvoir se consacrer aux enfants. C'était comme un conte de fées. Mais il était difficile de supporter le vide des journées. À Bath, elle avait des amies, elle déjeunait avec Betsey, sortait le soir avec Yvonne et Denise, et Sam venait parfois passer un week-end prolongé. À Redlion, c'était le désert.

Matt poussa un grand soupir. Il n'avait pas besoin qu'elle le harcèle, vraiment pas ! Il avait passé une journée très rude à travailler sur ce fichu bouquin et, de quelque façon qu'il s'y prenne, il n'arrivait pas à donner vie à son personnage principal.

— Je suis désolé, Hope, dit-il dans un effort pour se montrer conciliant. Ce n'est pas de l'égoïsme. Je vais travailler tous les jours. Le fait d'essayer de faire décoller mon histoire représente une grande tension. Ce n'est pas facile, tu sais.

Hope le fixait. Il était incroyable ! Égoïsme ? Le mot n'était pas assez fort.

— Ce n'est pas facile pour toi, siffla-t-elle entre ses dents. Crois-tu que ça le soit pour moi ? J'aime les enfants plus que tout, mais c'est insupportable d'être ainsi enterrée chez soi toute la journée.

— Je sais… commença-t-il.

— Non, tu ne sais pas ! Si tu savais, tu ferais un effort. Pourquoi ne peux-tu pas travailler à la maison deux jours par semaine et me donner une chance de trouver un travail à temps partiel ?

— Pour faire quoi ? s'étonna-t-il. Vendeuse dans un magasin ? Serveuse au pub ?

— Je l'ignore, répliqua Hope. Ce qui compte n'est pas le genre de boulot que je pourrais faire, mais le fait d'en avoir un ! J'ai toujours travaillé et cela a été très dur d'abandonner mon emploi pour toi. Parce que j'ai fait cela : j'ai démissionné pour toi, s'il faut te le rappeler. Je veux seulement retrouver un peu d'indépendance. Il reste au moins un mois avant que la garderie puisse prendre les enfants. Je ne suis pas certaine de supporter de vivre encore un mois comme une morte-vivante pendant que tu écris ton grand roman !

Matt lui jeta un regard noir.

— En ce moment même, ajouta Hope, je me sens isolée. Notre vie sociale est limitée, en dehors des dîners chez Finula. Nous avons besoin de rencontrer d'autres gens, de nous faire des relations. Si je travaillais, ce serait un début.

— Et moi, comment suis-je supposé progresser si je dois surveiller les enfants ? demanda Matt.

Hope renonça. L'heure suivante s'écoula sans qu'ils échangent un mot. Ils mangèrent et écoutèrent la musique. Hope ressassait son besoin de renouer avec une vie où elle serait autre chose qu'épouse et mère. Matt ne comprenait pas. Qu'elle désire autre chose que d'être avec les enfants et lui représentait, à ses yeux, une trahison. Il n'avait pas réalisé qu'elle avait pris confiance en elle grâce à son travail. Pour être honnête, pensa-t-elle, elle non plus. Il avait fallu qu'elle le perde pour le découvrir. Sans cela, elle sentait son assurance l'abandonner. Elle avait peur de devenir une femme recluse, terrorisée à l'idée de devoir rencontrer d'autres personnes. Elle n'avait pas l'intention que cela arrive.

Matt regardait les Nashville Springtime Girls sans les voir, pensant à son roman. Les grands écrivains avaient-ils tous ce problème ? Cette incapacité à écrire un seul mot ?

— Bonsoir, Hope ! Ravie de vous voir.

Ils levèrent tous les deux les yeux. Devant eux se tenaient Mary-Kate et ses compagnes, l'élégante femme aux cheveux argent et la rousse pulpeuse.

— Nous rentrons avant d'avoir les tympans percés, expliqua Mary-Kate avec une grimace. Mais avant, j'ai voulu vous faire connaître Delphine et Virginia.

Il y eut des présentations de part et d'autre, et Matt oublia sa bouderie pour se montrer charmant.

— Vous devriez nous accompagner un soir, Hope, dit Delphine. Nous organisons bientôt une sortie entre filles.

Hope sentit ses yeux se mouiller et accepta d'un signe de tête reconnaissant.

— J'en serais très heureuse, dit-elle.

— Et tu prétends que tu ne rencontres personne ! remarqua Matt après le départ des trois femmes.

Elles avaient promis de téléphoner à Hope.

— Elle a l'air charmante, dit Virginia tandis qu'elles prenaient congé les unes des autres devant le pub. Mais elle paraît avoir les nerfs à fleur de peau. Vous avez raison, Mary-Kate, elle doit être très seule.

Delphine eut un grand sourire.

— On va bien vite arranger cela !

8

Sam participait à la première réunion du début d'année du service marketing. Elle écoutait avec attention le dernier single des Hot Tamale, un groupe composé de jeunes Américaines à l'allure de bombes sexuelles. Ils étaient neuf autour de la longue table de bois mat. Devant chacun d'eux s'alignaient des rapports commerciaux bourrés de chiffres, de grands blocs-notes et des stylos, sans oublier les gobelets en plastique remplis de café. Ils étaient désormais d'usage, car les mugs finissaient toujours par être volés.

— *Boy, don't do it to me, yet*, roucoulait la soliste des Hot Tamale d'une voix voilée, sur un fond de pizzicati soutenus par le rythme obsédant des percussions.

Sur l'immense écran plat de télévision fixé au mur, on voyait les Hot Tamale, cinq blondes bronzées et menues, se déhancher avec des danseurs noirs au corps d'athlète. Elles se tortillaient et s'accrochaient à eux dans des postures à la limite de l'indécence. La soliste, celle qui avait les extensions de mèches les plus longues et la minijupe la plus courte, mettait ses lèvres siliconées comme des ballons en avant tout en soufflant les derniers mots devant la caméra. Elle avait dix-neuf ans, en paraissait dix-sept et portait le mot « mineure » écrit sur toute sa personne.

— Un bon clip, dit Sam.

Elle fit pivoter son fauteuil de cuir gris mat vers la table de réunion. Elle avait atrocement mal au ventre, comme des règles très douloureuses mais avec quelque chose en plus, qu'elle ne reconnaissait pas. Elle remua le contenu de son gobelet où pétillaient des comprimés effervescents contre la douleur avec son stylo et regarda les derniers fragments se dissoudre.

— Qu'a-t-on prévu pour l'émission *Top of the pops* ? Elles ne peuvent pas y aller avec toute la troupe, n'est-ce pas ? Nous aurions des notes d'hôtel monstrueuses.

— Non, répondit Karen Storin.

Elle supervisait l'organisation de la tournée, et c'était une alliée de Sam.

— Leur manager les fait travailler avec un des meilleurs chorégraphes et leur numéro est étonnant. Ce sont des battantes, Sam. Elles veulent absolument conquérir l'Europe, tu n'as pas idée.

Elle consulta ses papiers.

— Leur album est numéro sept aux États-Unis. Si jamais on arrive à les faire passer sur MTV, je crois qu'on aura une bonne chance de les imposer ici.

— Super ! dit Sam avant d'avaler ses médicaments avec dégoût. Et ensuite, qu'est-ce qui est prévu ?

Pendant le quart d'heure suivant, les neuf personnes assises autour de la table ne parlèrent que des Hot Tamale et du plan de lancement de leur premier album au Royaume-Uni en avril, dans à peine plus de trois mois. Une série d'interviews était programmée ; Karen leur avait obtenu la couverture de *Smash Hits* ; elles apparaissaient dans quatre shows télévisés et dans une émission enfantine du samedi matin, mais « en jupe plus longue », précisa Karen, soucieuse de ne pas se mettre les parents à dos en montrant des chanteuses presque nues à d'impressionnables bambins de dix ans. Les tee-shirts publicitaires étaient déjà imprimés, et les coûteux porte-clefs qui seraient adressés aux radios en même temps que le premier single étaient également déjà fabriqués.

Pendant un mois, elles feraient également des apparitions et des animations dans des centres commerciaux à travers le pays, ainsi que cinq spectacles en première partie des concerts d'un boys-band, les El Hunks, numéro deux au hit-parade, qui appartenait à un autre label. Un directeur de tournée de Titus, en plus du personnel de la promotion et du marketing, s'occuperait des Hot Tamale.

— Fais juste très attention à les tenir à l'écart des El Hunks, dit Karen au directeur de tournée. J'ai entendu dire que deux des garçons prennent des drogues dures.

La nouvelle les fit tressaillir. Il n'y avait rien de pire que de voir un groupe sur lequel on avait tout misé se laisser prendre au mauvais côté du showbiz. Des formations comme El Hunks, qui séduisaient un public féminin très jeune, devaient garder une image impeccable. Au moindre soupçon d'une dépendance à l'héroïne, elles s'effondraient tel un château de cartes.

— Cela me rend dingue, dit Cheryl avec animation.

Assistante de publicité, Cheryl s'était emballée pour un des protégés de Titus, les LLBoys. Lancés en même temps que El Hunks, ils avaient échoué tandis que El Hunks réussissait.

— On s'en ficherait s'ils avaient le moindre talent ! reprit-elle. Mais ils se contentent de chanter des textes écrits par quelqu'un d'autre en essayant de faire croire le contraire à leurs fans !

Un éclat de rire général salua sa remarque.

— Cheryl, dit un membre de la promotion, s'il n'y avait que des chanteurs capables d'écrire leurs textes eux-mêmes, il n'y aurait pas cent noms au hit-parade mais à peine trois !

Cheryl rougit.

— Bien, si nous passions à The Enchanters ? dit Sam.

Elle avait une réunion de budget à cinq heures et voulait voir tous les points importants de la réunion en cours avant de partir.

Il s'agissait de deux sœurs, ravissantes Londoniennes, dont le disque n'était pas encore sorti. Steffi et Katya Ceci avaient dix-sept ans, presque la même voix de soprano, et leur interprétation de *Jerusalem* aurait arraché des larmes à n'importe qui. Déterminés à avoir leur Charlotte Church, l'enfant prodige à la voix d'ange du pays de Galles, les responsables de Link leur avaient signé un énorme contrat l'année précédente. Malheureusement, comme Sam s'en était rendu compte dès son entrée en fonction, elles étaient totalement inaptes à la vie de star. D'une timidité maladive, elles restaient muettes face aux journalistes et Karen avait découvert que leur mère – le type même qui représente un cauchemar pour les maisons de disques – leur faisait prendre des bêtabloquants avant d'entrer sur scène pour les calmer. Karen était également convaincue que Steffi souffrait d'anorexie. Pour Sam, les Ceci ne seraient jamais capables de supporter la présence des journalistes ni les articles les décrivant comme trop grosses, trop maigres, trop banales ou trop excentriques. Le succès impliquait de voir sa vie privée devenir l'objet de toutes les critiques et Sam craignait que ses protégées ne puissent l'assumer.

Il leur avait fallu six mois pour enregistrer leur album, de grands intervalles séparant parfois les séances de travail. À présent qu'il allait enfin sortir, elles frisaient la dépression à l'idée de devoir assurer la promotion. Quant à leur mère, elle dépensait tout leur à-valoir chez Versace, s'offrant une garde-robe provocante pour la soirée de lancement, qui n'avait pas encore été mise au point.

— Mme Ceci a appelé ce matin, dit Karen d'un ton exaspéré. Elle avait appris que nous avions une réunion marketing.

— Comment l'a-t-elle su ? demanda Sam.

— Je l'ignore. Cette femme, c'est le FBI ; elle sait tout ! Je n'arrive pas à la tenir, reconnut Karen avec un frisson. Elle voulait venir à la réunion.

Sam haussa les sourcils.

— Vraiment ?

Seules les équipes de direction étaient concernées. Parfois, les artistes et leur manager assistaient à la présentation d'une campagne de promotion mais, en général, cela ne touchait que les stars.

— Elle n'a pas arrêté de me téléphoner pendant la semaine ; elle a insisté pour ne pas être laissée à l'écart parce qu'elle ne veut pas, je cite, « que nous gâchions les chances de réussite » de ses petites chéries, expliqua Karen.

— Je devrais peut-être lui parler et lui expliquer comment nous procédons, soupira Sam.

Autour de la table, tout le monde sourit à la pensée de Sam Smith remettant à sa place l'insupportable Mme Ceci, qui se croyait capable de tenir tête à qui que ce soit. Elle n'avait pas encore eu affaire à Sam !

Ils passèrent finalement du problème Ceci au dossier d'un beau chanteur d'Amérique latine qui avait déjà vendu des millions de disques et dont le succès ne semblait pas vouloir faiblir.

— Heureusement, nous avons Sergio, dit Sam en regardant les chiffres de vente des deux derniers albums.

Fiable, intelligent, travailleur et très professionnel, Sergio ne causait aucun ennui. La courbe ascendante de ses ventes compenserait en partie la fortune déjà dépensée pour les Ceci, qui, jusqu'alors, s'étaient révélées bonnes à rien.

Sam examina la pochette du disque où Sergio apparaissait, moulé dans un tee-shirt blanc qui faisait un contraste éblouissant avec son bronzage. Pendant quelques instants, son esprit s'égara vers le souvenir d'un autre homme en chemise blanche, aux yeux irrésistibles, qui aurait pu donner des leçons à Sergio en matière de séduction.

— C'est vraiment un pro, dit Karen d'un ton affectueux.

Elle venait de parcourir la liste impressionnante des obligations que Sergio avait aimablement acceptées.

— Il va faire trois jours complets d'interviews avec la presse et la télévision au Dorchester et je sais qu'il ne se plaindra pas une seule fois.

— Super ! dit Sam machinalement en essayant de ne plus s'égarer.

Elle n'avait pas revu son voisin depuis le lendemain de la fête, quoique les ouvriers travaillaient chez lui sans relâche, dans un vacarme d'outils en tout genre. Elle jetait de temps en temps un coup d'œil par la fenêtre, cachée derrière les rideaux, bien entendu, mais ne l'avait pas aperçu une seule fois.

— À propos de plaintes, interrompit l'un des directeurs de produit, nous avons un problème avec Density.

Sam sentit son estomac se crisper douloureusement. Peut-être cela venait-il seulement du stress : il suffisait de dire « Density » pour qu'elle ait mal.

— Qu'est-ce que c'est, cette fois ?

Karen intervint aussitôt.

— Nous en parlerons après, Sam, si tu es d'accord, dit-elle d'un ton calme en jetant un regard féroce au directeur de produit.

Sam accepta d'un hochement de tête. Des ennuis en perspective. Et même de gros ennuis, pour que Karen veuille en discuter en privé.

Ils travaillèrent encore pendant une heure, faisant le point sur divers groupes de rock, une chanteuse de blues et une formation folk composée de grand-mères qui avait remporté un triomphe dans une émission consacrée aux talents inconnus. Elles venaient juste de signer un contrat avec la maison. Sam s'agitait dans son fauteuil, à la recherche d'une position où elle se sentirait bien, mais sans succès. Elle avait mal au ventre et, de quelque façon qu'elle essaie de s'asseoir, la douleur restait aussi forte. Les antalgiques n'avaient eu aucun effet. Elle se rappela avec soulagement qu'elle en avait d'autres dans son bureau. Mais, se demandait-elle avec angoisse, si elle souffrait autant *avant* ses règles, que serait-ce *pendant* ?

La réunion se termina enfin.

— Merci à tous, dit Sam, essayant de paraître satisfaite et positive, mais sans y parvenir.

Elle se sentait trop mal.

— Tu vas bien ? demanda Karen comme les autres se hâtaient de partir. Tu as l'air un peu fatiguée.

— Je me suis couchée tard, mentit Sam avec un sourire complice.

— Veinarde ! répondit Karen en riant. J'étais au lit à dix heures en train de regarder *Ally McBeal* !

Exactement comme moi, pensa Sam.

De retour dans son bureau, elle se regarda dans le miroir de son fond de teint compact et ce qu'elle vit lui fit un choc. Elle avait le teint terreux et le front brillant de sueur. Elle appliqua rapidement une nouvelle couche de base Clinique, puis se mit du blush sur les pommettes, du mascara et du rouge à lèvres vif. Elle se trouva un peu plus présentable. Pour parachever le tout, elle reprit deux comprimés effervescents en essayant de ne pas lire le nombre autorisé par jour.

La réunion de budget avec Steve et deux autres responsables financiers fut dominée par le problème des Enchanters. Leur disque avait coûté une fortune et le clip presque autant. Le tournage avait en effet duré deux jours de plus que prévu, car le réalisateur avait dû user de toute sa persuasion pour convaincre les stars de sourire de temps en temps. En tant que directrice du marketing, Sam avait souvent été confrontée à la dure réalité des artistes dont les recettes ne couvraient pas les frais de la maison de disques. À présent, cette situation lui apparaissait sous un angle très différent. Depuis qu'elle était directrice générale du label, il lui revenait de prendre la décision. Or, ils avaient déjà dépensé des sommes énormes pour The Enchanters sans en tirer un sou. Steve voulait savoir pourquoi la date de sortie du disque avait été reculée.

— Nous envoyons un signal négatif au marché en faisant cela, grommela-t-il en allumant un autre de ses énormes cigares.

Sam se sentait trop malade pour lui raconter des histoires.

— Oui, je sais. Mais il aurait fallu commencer par ne pas les prendre sous contrat. Vous le savez pertinemment, Steve. (Elle lui jeta un regard assassin.) Mon équipe et moi nous faisons attaquer à cause de quelqu'un que nous n'avons pas engagé, alors ne me reprochez pas d'avoir reculé la date de sortie du disque ! Si nous travaillons à partir de l'hypothèse que vendre trente mille albums serait un miracle, au moins nous sommes honnêtes. J'ai fait mes petits calculs et, si nous avons de la chance, nous récupérerons la moitié de notre investissement. Ce serait une belle réussite compte tenu des problèmes que nous découvrons tous les jours avec ces filles.

Steve s'était arrêté, l'allumette en l'air, pour la dévisager, sidéré par tant de candeur.

— Pas la peine de ménager la chèvre et le chou, Sam, dit-il sur le ton de la plaisanterie. Dites-nous ce que vous pensez réellement.

Sam fixa sur lui son regard bleu.

— Steve, nous avons sur les bras deux gosses à bout de nerfs dont l'une est probablement anorexique. Elles ont la mère la plus exigeante à laquelle nous ayons jamais eu affaire et chaque fois qu'une personne qu'elles ne connaissent pas entre dans le studio, elles refusent de chanter. Elles peuvent avoir des voix en or, elles ne sont pas faites pour ce métier, c'est aussi simple que cela ! C'est leur mère qui en a envie, pas elles. Si elle savait chanter, elle aurait déjà rapporté des millions, car elle a visiblement assez de cran pour tout affronter. Mais pas ses filles. Amener The Enchanters au succès est une mission presque impossible. Si ça marche, tant mieux ! Mais au point où nous en sommes aujourd'hui, notre seule option envisageable est de sortir l'album en le laissant vivre sa vie sans demander aux auteurs de faire la promotion. Enfin, si vous voulez une directrice générale qui vous raconte des mensonges, il faudra engager quelqu'un d'autre que moi. Pigé ?

Les autres personnes qui participaient à la réunion sursautèrent. Steve poussa un rugissement et éclata d'un rire tonitruant qui lui secouait le ventre à en faire trembler la table.

— Vous n'êtes pas banale, Smith, on vous l'a déjà dit ? On a eu du bol le jour où on vous a trouvée, ça c'est sûr !

Soulagés de voir que Steve n'avait pas explosé de colère, les deux responsables budgétaires se mirent à rire. Même Sam trouva l'énergie de sourire. Ils passèrent ensuite au dossier des licenciements. Sam fut heureuse que Steve ne conteste pas ses choix. Il aurait perdu le respect que lui inspirait son comportement de femme sans pitié s'il avait découvert la vérité. Elle avait insisté pour que l'employée enceinte garde son travail, de même que le jeune qui venait d'acheter un appartement. Elle avait passé des heures à essayer de trouver une solution ; elle avait finalement retenu trois membres de son équipe qui, de toute façon, cherchaient un autre poste depuis un moment. Ils seraient contents de partir avec un chèque, une belle référence et une chance de progresser. Sam n'attendait plus que l'accord du dernier candidat au licenciement sur son indemnité.

Il était presque huit heures quand elle sortit et il pleuvait à verse. Comme si la pluie ne suffisait pas, il faisait un froid glacial. La température avait sérieusement chuté depuis que Sam avait quitté son appartement, le matin, vêtue de son manteau de cuir et tête nue. Elle frissonnait après la chaleur tropicale qui régnait dans les bureaux. Elle se demanda si elle n'allait pas rentrer en taxi. Ce serait beaucoup plus rapide par le métro et la station était à deux minutes de marche, mais elle n'avait pas le courage de descendre d'interminables escaliers mécaniques pour se retrouver dans d'étroits boyaux souterrains. Elle était trop fatiguée. D'ailleurs, depuis quelque temps, c'était un état permanent. Peut-être était-ce simplement la dépression de janvier. Mais peut-être devait-elle prendre rendez-vous chez le médecin.

Pour la première fois depuis longtemps, l'e-mail de Hope était plein d'optimisme.

« Salut, Sam ! Comment vas-tu ? Tu avais l'air fatiguée, au téléphone, dimanche soir. J'espère que tu prends soin de toi. Il faut que tu viennes nous voir. Je te gaverai de bons repas à base de produits sains. Une bouffée d'air du Kerry te ferait du bien. Tu entends cela ? À peine deux mois, et je parle comme les gens d'ici. Sérieusement, tu aurais dû passer Noël avec nous. Je sais que tu avais promis à Katrina et aux autres d'aller à Brighton comme d'habitude mais, à Noël, Redlion est charmant. Sauf pour la pluie !

« Matt travaille dur et les enfants iront en garderie à partir de la semaine prochaine. J'ai hâte d'y être, et eux aussi. Millie s'est enfin lassée de jouer avec les poussins, qui deviennent énormes, à propos. J'ai commandé un livre complet sur l'élevage des volailles parce que je ne peux pas continuer à demander aux gens quand mes poules vont commencer à pondre, etc. Apparemment, pour le savoir, il faut leur tâter le derrière, mais je n'ai pas du tout l'intention d'essayer ! »

Rien sur sa vie, pensa Sam avec énervement en parcourant le bavardage de sa sœur à propos de leurs nouveaux amis et de la décision qu'ils avaient prise, Matt et elle, de dîner à l'extérieur une fois par semaine.

« Quand prends-tu des congés pour venir nous voir ? Nous serions très heureux de t'avoir. Dis-moi que c'est pour bientôt. Tu me manques. »

Sam sentit sa gorge se nouer. Hope lui manquait aussi. Elles avaient été très proches pendant toute leur enfance mais, à l'arrivée de Matt, une sorte de barrière s'était peu à peu dressée entre elles, que Sam ne se sentait pas assez forte pour briser. De plus, c'était normal. Sam ne gaspillait pas de temps à se sentir jalouse ou délaissée. Les frères et sœurs s'écartent un peu les uns des autres quand ils fondent une famille. Mais depuis quelque temps, Sam avait de plus en plus de mal à se passer de sa sœur. À bien y réfléchir, c'était l'ambiance familiale qui lui manquait.

Elle s'était très bien débrouillée pendant des années avec ses amis : des gens avec lesquels elle pouvait passer Noël ou aller dîner. Aujourd'hui, cela ne lui suffisait plus. Il lui fallait autre chose, mais elle était trop fière pour l'admettre. Sam, la femme forte capable de se débrouiller seule, aurait été humiliée de reconnaître qu'elle avait réellement besoin des autres ; c'était l'unique raison pour laquelle elle n'était pas allée en Irlande à Noël. Elle se sentait très coupable d'avoir dit non. Hope avait tellement insisté ! Mais, dans son état d'esprit présent, Sam ne pouvait pas supporter plus de trois jours de fêtes.

Elle était allée à Brighton, dans le cottage que Hugh et Katrina possédaient depuis des années. Elle avait réussi à se forger un sourire pendant deux jours avec la bande, jusqu'au moment où elle ne l'avait plus supporté. Elle avait prétexté l'obligation de voir un groupe prometteur qui donnait un concert le surlendemain de Noël et elle avait pris la fuite. Elle espérait seulement que son départ précipité lui avait donné une aura de femme d'affaires survoltée, pas de mal élevée.

« Je dois y aller, Sam. Matt a juste fini de mettre les enfants au lit. Je t'appelle bientôt et je suis sérieuse quand je te demande de venir très vite passer un moment ici. Nous n'y sommes que pour un an et je veux te voir. Bisous. Hope. »

Sam resta un moment assise devant son ordinateur, essayant d'imaginer la vie de Hope. À quoi ressemblait d'être en famille, de devoir en permanence penser aux autres, s'inquiéter de savoir ce qu'on mangerait ou si quelqu'un s'occupait des enfants ? N'était-ce pas étrange ? Avoir quelqu'un dans son lit tous les soirs, et deux petits êtres totalement dépendants, qui n'autorisent pas la moindre vie privée ? Ne plus être un individu à part entière mais « maman », ou la moitié de quelqu'un ? Très bizarre. Elle cliqua sur « répondre ».

« Salut, petite sœur ! Je vais très bien, mentit-elle. J'ai été très occupée par mon boulot et cela ne s'arrange pas. Nous avons quelques débutants formidables que nous lançons dans les mois qui viennent et je ne vais plus avoir de temps que pour eux. Puisque tu aimes Sergio, je t'enverrai son nouvel album. Il fait une énorme promotion.

« Je dois aller à Bruxelles la semaine prochaine pour une réunion internationale qui sera intéressante. Je n'ai encore jamais participé à ce genre de chose en tant que directrice générale. C'est épuisant mais, au moins, j'ai droit à une suite au lieu d'une simple chambre à l'hôtel ! Il faut bien qu'il y ait quelques compensations. Karen Storin vient aussi. Je t'ai déjà parlé d'elle. Elle est formidable. »

En se relisant, Sam réalisa qu'elle ne parlait que de son travail. Sans doute était-il plus facile de radoter à ce sujet que d'avouer qu'elle se sentait malade, triste et seule. Oui, c'était bien cela : seule. Quinze ans passés à se crever pour avoir un bureau avec une belle vue… Et maintenant qu'elle y était, cette vue superbe lui paraissait de plus en plus désolée et ses satisfactions professionnelles disparaissaient plus vite que les mois qui la séparaient de ses quarante ans. Elle fit un nouvel effort.

« Ce soir, Katrina et Hugh m'ont invitée à dîner. J'y vais avec Jay. » Elle ne l'avait pas vue depuis Noël, il y avait presque un mois, bien qu'elle ait eu l'intention de lui téléphoner. « Je dois me dépêcher et j'ai encore à trouver des fleurs ou du vin à apporter. Il faut que j'y aille. Je t'appelle bientôt. Bisous. Sam. »

Elle s'était débrouillée pour éviter d'aborder la question d'éventuelles vacances dans le Kerry. À Londres, elle réussissait à maintenir sa façade de femme maîtresse d'elle-même. Mais sous le regard anxieux de sa sœur, à la recherche de réponses – un regard qui découvrirait la vérité –, les apparences s'effondreraient.

Elle laissa le sac en plastique qui contenait la bouteille de champagne dans le taxi, courut jusqu'à l'immeuble de Jay Raskin et appuya sur le bouton de l'interphone.

— C'est Sam, dit-elle quand Jay répondit. J'ai un taxi qui attend. Tu en as pour longtemps ?

— Je descends dans une minute.

Bien qu'elle vécût au Royaume-Uni depuis vingt ans, Jay avait gardé son doux accent d'Atlanta. Sam regagna le taxi et se laissa aller contre les coussins, épuisée. Elle regrettait de ne pas avoir fait l'effort de se changer. Elle avait gardé son ensemble noir de travail et sa chemise blanche. Avec ses cheveux tirés, cela lui donnait une allure un peu masculine. Mais elle n'avait pas eu l'énergie nécessaire pour passer une autre tenue.

Katrina, qui était très élégante et toujours habillée comme pour une photo de magazine de mode, porterait certainement un vêtement divin d'un créateur inconnu qui, avant un mois, ferait la couverture de *Vogue*. On pouvait la prendre pour une styliste, plutôt que pour une consultante en recrutement. Sam se consolait en pensant que Jay ne serait guère mieux habillée qu'elle, quoique dans un genre différent. Elle avait un style très personnel, à mi-chemin entre le film en costumes d'époque et le hippie chic. Elle privilégiait les antiques jupes longues en dentelle portées avec des bottes de motard et de minuscules tee-shirts imprimés de messages variés. Elle se situait à des années-lumière de Sam et Katrina.

La bande de Sam était très disparate et, quand ils sortaient ensemble, Sam voyait souvent les gens se retourner sur eux, se demandant ce qui les rapprochait. Jay paraissait plus jeune que les autres et Hugh plus vieux. Jay s'habillait comme une étudiante, Katrina comme une journaliste de mode. Personne n'aurait deviné qu'ils avaient fréquenté la même université.

La porte de l'immeuble de Jay claqua. Sam leva les yeux puis battit des paupières, stupéfaite. Jay était méconnaissable. Elle portait une petite jupe collante couleur pistache au-dessus du genou avec un collant très fin et de hauts talons, sans doute de chez Jimmy Choos. De même, elle avait troqué son fameux manteau d'astrakan (sept livres dans une vente de charité) contre un en cachemire blanc, qui ne pouvait venir que d'une boutique de luxe, du genre de celles qu'elle évitait, en principe, comme la peste. Sam essaya de ne pas montrer son ahurissement.

— Tu as beaucoup changé, dit-elle comme Jay montait dans le taxi.

Jay devint toute rose, ce qui lui allait très bien, et remit une mèche de cheveux bruns derrière son oreille. Encore une modification ! D'habitude, Jay avait des cheveux frisés et indomptables.

— Je crois que tu ne connais pas Greg ? dit Jay qui, en s'asseyant, avait révélé la présence d'un homme derrière elle.

— Bonsoir, dit poliment Sam comme si elle n'était pas plongée dans le plus profond étonnement.

Jay avait juré de ne plus jamais s'attacher après sa dernière histoire d'amour avec un opérateur sur le marché à terme du nom de Stefan, qui était parti avec la meilleure amie de sa sœur. Il lui avait fallu une année et de nombreuses soirées à la vodka en compagnie de Sam pour se consoler.

— Ravi de vous rencontrer, dit Greg avec ce séduisant accent écossais qui efface presque les « R ».

Sam serra une main solide et détailla Greg de la tête aux pieds en essayant de ne pas en avoir l'air. Il n'était pas très grand, mince, avec des cheveux d'un blond-roux clair. Il avait les cils très pâles et ces yeux d'un bleu étonnant qui vont souvent avec. Son visage marqué de taches de rousseur était bronzé comme s'il revenait d'un pays chaud. Un grand sourire engageant et un regard aussi intelligent que rieur achevaient de le rendre très séduisant. Sam comprit pourquoi Jay affichait ce sourire niais et adorateur. En revanche, elle ne saisit pas pourquoi elle ne lui avait pas parlé de son nouvel amoureux.

Greg s'assit sur le strapontin, face à la banquette, et sourit à Jay qui fit de même, toutes fossettes dehors. Sam s'était rarement sentie autant de trop.

— Nous nous sommes rencontrés à Lanzarote, dit Jay à Sam sans quitter Greg du regard.

— J'ignorais que tu étais allée à Lanzarote, répondit Sam d'un ton léger. Je suppose que tu es partie juste après notre retour de Brighton.

Jay lui donna une petite tape sur le genou.

— Tu as été tellement occupée avec ton nouveau travail que nous ne nous sommes pas parlé depuis Noël. J'ai agi sur un coup de tête. J'avais besoin de vacances, d'une semaine au soleil.

Pendant ce temps, Greg, qui semblait connaître le quartier, indiquait au taxi la direction d'un magasin qui vendait de l'alcool.

— Il faut quelque chose pour Katrina, expliqua Jay.

— Je ne serai pas long, dit Greg en sortant du taxi d'un souple mouvement de sportif entraîné, son imperméable noir battant sur ses mollets.

— Affreuse cachottière ! s'exclama Sam dès qu'il eut refermé la portière. Pourquoi ne m'as-tu rien dit ?

— Je voulais te faire la surprise, répondit Jay en souriant.

— C'est réussi ! Maintenant, je veux tout savoir.

Jay commença à énumérer les informations réclamées par Sam en comptant sur ses doigts :

— Il a trente-quatre ans, il dirige une société de paysagisme et conception de jardins, il n'a jamais été marié, il est né à Fife et je l'aime comme une folle. Cela ne date que de trois semaines mais c'est sérieux, Sam. C'est l'homme que j'attendais.

Sam la serra dans ses bras.

— Je suis très heureuse pour toi ! Mais, ajouta-t-elle après un instant de réflexion, Katrina sait-elle qu'il vient ?

Jay fit oui avec la tête mais regarda par la fenêtre, évitant de croiser le regard de Sam. Greg revenait, un sac à la main.

— Elle le connaît, dit enfin Jay. Nous sommes allés ensemble voir une exposition.

Sam eut la curieuse sensation d'être comme un enfant que personne ne veut prendre dans son équipe. Elle connaissait Jay, Katrina et Hugh depuis très longtemps. Ils faisaient tous les quatre partie de la même bande, qui comptait sept personnes. Or, d'un seul coup, elle se trouvait mise à l'écart par la formation d'un nouveau couple, dont la complicité lui paraissait, par ailleurs, très enviable. Quand avait-elle vu une exposition pour la dernière fois ? Depuis quand avait-elle fait quelque chose qui fût sans relation avec son travail ?

Hugh vint les accueillir à la porte. Tout en lui proclamait l'avocat à succès, même si sa chemise à rayures échouait à dissimuler son embonpoint. Il ne serait jamais élu Monsieur Muscle, mais il avait le regard le plus gentil que Sam ait jamais vu.

— Entre, dit-il en la serrant contre lui. Où te cachais-tu, Madame La-Directrice-Générale ? Tu nous as manqué.

À sa grande surprise, Sam sentit ses yeux se remplir de larmes. Elle fut heureuse d'avoir en cet instant le visage enfoui dans la confortable épaule de Hugh.

— Nulle part, réussit-elle à dire avec une imitation de rire assez crédible.

Elle s'arracha à l'étreinte de gros ours de son ami et entra rapidement pour que personne ne puisse voir ses yeux brillants de larmes.

— Où est Katrina ? ajouta-t-elle.

— En train de s'escrimer devant ses fourneaux ! plaisanta Hugh.

Sam se sécha discrètement les yeux en longeant le couloir. C'était une belle maison, assez semblable à son appartement pour la décoration : meubles aux lignes nettes, sans bibelots inutiles. En revanche, si Sam avait opté pour une harmonie en blanc cassé, Katrina avait peint chaque pièce d'une couleur différente. L'entrée était d'un accueillant jaune bouton-d'or et seules des fleurs jaunes avaient droit de cité sur les éléments modernes. Le petit bureau était vert olive, la grande salle de bains, violette, et la chambre, dans un camaïeu de bleus. Sam atteignit la cuisine (turquoise), vaste pièce où n'importe quel chef du Michelin se serait senti à l'aise : appareils habillés d'acier, casseroles professionnelles à fond en cuivre et murs carrelés.

— Tu es toute rouge à force de tourner tes sauces sur le feu ? demanda Sam depuis le seuil.

Katrina pivota vers elle. Elle n'avait rien d'une cuisinière au visage en sueur. Elle portait une provocante robe rose saumon de chez Ghost et ne paraissait pas du tout inquiète de devoir préparer un dîner pour dix. Sam savait qu'elle faisait tout venir de chez un traiteur. Elle n'avait qu'à se donner le mal de faire réchauffer les plats, livrés dans des conteneurs, et de ciseler la coriandre – également fournie – avant de servir le potage.

— Sam chérie, bonsoir ! s'exclama Katrina.

Elle lui tendit ses joues qui sentaient bon la crème de luxe.

— Tu as l'air fatiguée, ajouta-t-elle abruptement.

Sam sourit d'un air piteux. Katrina pouvait bien jouer les hôtesses parfaites, elle n'avait jamais perdu ce franc-parler qui faisait son charme et lui avait valu le surnom de Miss Tous-les-Coups-Sont-Permis. Sa profonde honnêteté en avait fait une responsable de recrutement très respectée dans la City.

— Une journée chargée, répondit Sam d'un ton insouciant. Faut-il mettre ça dans le réfrigérateur ? As-tu besoin d'aide ?

— Il n'y a rien à faire, la rassura Katrina. À moins que tu ne veuilles ouvrir une des bouteilles de vin blanc qui sont au frais. Je sais que tu aimes le blanc. Tout le monde est là. Je suppose que nos tourtereaux prennent leur temps pour ôter leurs manteaux ?

Sam, plongée dans le réfrigérateur, sourit.

— Exactement ! J'ai eu une sacrée surprise en le voyant.

— Il est parfait pour elle, dit Katrina. Tu aurais dû les voir à Lanzarote. Je n'ai jamais connu Jay aussi heureuse. Elle est restée une éternité…

Sam n'entendit pas la suite, trop blessée par ce qu'elle venait d'apprendre. Ils étaient tous allés à Lanzarote et personne n'avait pensé à lui en parler. Ses meilleurs amis, des gens avec qui elle avait passé Noël, avaient fait des projets de voyage en commun et personne ne lui avait rien dit ! Le regard perdu dans le grand saladier de roquette qui attendait sur une étagère au frais, Sam éprouvait un profond sentiment de trahison. De plus, pourquoi Jay avait-elle menti en prétendant que Hugh et Katrina avaient rencontré Greg à une exposition ? Sans doute parce qu'elle savait que Sam se sentirait, sinon, laissée de côté.

— Tu ne nous en veux pas ? demanda Katrina avec perspicacité. Cela s'est fait à la dernière minute. Quand tu es repartie pour Londres, nous nous sommes retrouvés en train de geler à Brighton et Hugh a suggéré de prendre une semaine au soleil. Tu sais que tu as horreur de ça, Sam ! Souviens-toi de cette semaine en Crète où tu nous as prévenus que tu allais devenir folle si tu restais sur la plage sans rien faire une minute de plus !

Sam acquiesça, faisant de son mieux pour avoir l'air de n'attacher aucune importance au fait que les autres ne l'aient pas mise dans le coup. Non qu'elle aurait eu envie de les accompagner, mais seulement – seulement ! – qu'on le lui ait proposé.

Dans la salle à manger (couleur Sahara), le seul membre de la bande présent, en dehors de Jay et Sam, était Andy. Il était plus maigre que jamais depuis son divorce, l'année précédente. Quand il l'embrassa, Sam sentit ses côtes sous son pull ample.

— Tu fais un régime, Andy, dit-elle d'un ton de reproche.

Elle examinait sa silhouette frêle et ses yeux, très sérieux derrière les lunettes à monture d'écaille, qu'il avait commencé à porter dès sa première année d'enseignement.

— Je peux te retourner le compliment, madame Smith ! Tu as perdu quelques kilos, toi aussi.

— C'est le stress, répondit Sam d'un ton amer.

Hugh fit les présentations. Il y avait deux autres couples : Maya et Tom, invités par Katrina, parce qu'elle travaillait avec Maya ; Dennis et Emily, conviés par Hugh, parce qu'il bossait dans le même cabinet que Dennis.

Sam se montra polie mais ne réussit pas à s'amuser beaucoup. Elle se sentait toujours blessée à cause de Lanzarote. Et puis elle n'était pas d'humeur à participer à une soirée où Hugh et Katrina avaient invité des collègues par courtoisie. Elle s'attendait à passer un moment entre amis, où elle aurait pu se laisser aller. Or, elle se retrouvait en train de sourire à l'ennuyeux Dennis, qui manifestait la ferme intention de la faire parler de l'industrie du disque et voulait savoir si « c'était vrai qu'on fabriquait les groupes en fonction du marché, maintenant ». Heureusement, Andy, qui était assis de l'autre côté de Sam, vint à sa rescousse avant qu'elle plante le manche de sa cuillère à potage dans l'œil de l'importun.

— Est-il exact que les avocats passent des accords en dehors des prétoires pour décider lequel des deux gagnera le procès ? demanda-t-il de son air le plus naïf.

Dennis faillit s'étrangler.

— Sottises ! cracha-t-il. C'est une supposition insultante et j'ajouterais…

Andy lui fit un grand sourire.

— Je vous ai eu ! dit-il gentiment. Ce que vous demandiez à Sam était tout aussi insultant.

Dennis reconnut qu'il avait eu tort.

— Excusez-moi, fit-il d'un air contrit. Je ne voulais pas être déplaisant mais on entend de telles choses !

— Oui, vous les entendez, répondit Sam qui se détourna pour parler avec Andy.

— Tout va bien ? demanda Katrina, inquiète de voir son merveilleux dîner risquer de tourner au fiasco.

— Très bien, dit Andy. Toi aussi ? s'enquit-il auprès de Sam. Tu n'as pas l'air au mieux de ta forme. Normalement, tu aimes bien remettre à leur place des gens comme ce Dennis.

— Tu veux dire que je suis la reine des garces et que je laisse rarement passer l'occasion de massacrer quelqu'un ? répliqua-t-elle sèchement.

— Eh ! On se calme. Tu oublies que nous sommes amis ? Que je t'ai tenu la main dans les montagnes russes géantes ?

À ce souvenir, ils éclatèrent de rire.

— C'était ta faute si j'y étais allée ! répliqua Sam en piquant son doigt dans l'épaule d'Andy. Le résultat, c'est que j'ai peur de l'altitude, maintenant.

— Tu évites toujours de prendre l'ascenseur vitré pour accéder à ton bureau ? demanda Andy.

Sam eut un frisson d'épouvante à ce souvenir.

— Cet engin, c'était vraiment l'horreur ! Mais non, je n'ai plus à le prendre. J'ai changé de travail.

— Désolé, j'avais oublié. C'est difficile de se tenir au courant de tout, n'est-ce pas ? Chacun est tellement pris par ses problèmes.

Andy baissa les yeux sur son assiette à potage à moitié pleine. Sam eut honte d'elle. Elle faisait toute une histoire de ne pas être allée à Lanzarote avec les autres alors qu'Andy avait des difficultés autrement graves. Son divorce s'était mal passé et la situation restait tendue, avec d'affreuses disputes au sujet du droit de garde des deux enfants. La dernière fois que Sam l'avait vu, il vivait dans une chambre meublée minable. Il ne pouvait rien se permettre de mieux avec son salaire de professeur après avoir payé la pension alimentaire. Mais son ex-femme refusait que les enfants lui rendent visite dans un lieu pareil. C'était une situation sans issue. « Je ne peux pas payer un loyer plus élevé », avait-il expliqué à Sam. Il avait l'air réellement fauché. À trente-neuf ans, il en paraissait cinquante.

Sam réalisa avec gêne que la rencontre datait de plus de six mois. Elle ne pouvait pas se vanter d'avoir été une amie fidèle pour Andy. Il aurait eu besoin que quelqu'un l'emmène prendre un verre dans un pub et l'écoute quand il était trop déprimé. Il aurait certainement apprécié d'entendre une voix amicale au téléphone. Mais elle était trop occupée ! Au moins, Katrina et Hugh se montraient plus attentifs et l'invitaient.

Sam prit une grande gorgée d'eau minérale. Bizarrement, elle n'avait pas envie de vin, alors que Hugh, qui était connaisseur, avait dû choisir d'excellents crus.

Elle devait devenir moins égocentrique et essayer de s'amuser, pour le bien-être de tout le monde.

Le dîner était délicieux et la musique, mise en sourdine, pas trop mauvaise, bien que sans personnalité, comme leurs hôtes l'aimaient. Sam l'appréciait peu mais n'aurait jamais osé le leur dire. Pour rire, à l'occasion d'un Noël, elle leur avait offert une pile de CD de rock, qu'ils n'avaient jamais écoutés.

Ce soir, les convives – plus exactement huit d'entre eux – riaient, plaisantaient et discutaient de tout. Jay et Greg, assis l'un à côté de l'autre, passaient la plus grande partie du temps à se regarder dans les yeux et s'amusaient des plaisanteries des autres dix minutes après tout le monde. À en juger par leurs gloussements, Sam était certaine qu'ils se faisaient du pied sous la table. Elle s'efforçait de ne pas les fixer mais ne pouvait s'en empêcher. Il y avait une telle tendresse dans la façon dont Greg faisait goûter le gâteau au chocolat à Jay, qui avait choisi la salade de fruits… Sam les observait à la dérobée et se demandait tristement si, un jour, quelqu'un aurait de telles attentions pour elle.

— Ce stilton est un pur délice ! dit Dennis.

Sam jeta un coup d'œil au beau plateau de fromages servi par Katrina. Elle se souvenait de l'époque où, pour eux tous, un dîner de fête se composait d'un émincé de bœuf avec du riz. Ils achetaient le vin en bouteille d'un litre à capsule, trop fauchés pour se permettre autre chose. Leur situation avait beaucoup changé.

Elle fit un effort pour se souvenir de ce qu'elle espérait de la vie pendant ses années à l'université. Avait-elle imaginé qu'elle serait parfaitement heureuse grâce à une carrière éblouissante ou avait-elle rêvé d'autre chose ? Elle n'arrivait pas à s'en souvenir.

Elle n'était pas bien, incapable de s'amuser. Elle se sentait en total décalage par rapport aux autres. Katrina et Hugh échangeaient sans cesse des regards tendres, Jay et Greg ne voyaient qu'eux et tous, sauf elle, étaient en bonne voie pour se saouler. À onze heures, elle estima qu'il était temps de rentrer chez elle. Elle finit son café et s'inquiéta de paraître grossière en partant la première. Elle avait espéré revenir avec Jay, et lui parler de son épuisement et de ses problèmes de santé, mais c'était hors de question, à cause de la présence de Greg.

— Nous avons une nouvelle à vous annoncer, déclara soudain Katrina, les yeux brillants d'orgueil.

Hugh la regarda avec tendresse.

— Tu es devenue associée de ton cabinet de recrutement ! s'exclama Sam avec joie. Katrina, c'est magnifique !

Hugh et Katrina éclatèrent de rire.

— Non, Sam ! Tu es vraiment une droguée de travail, lui dit Hugh d'un ton affectueux. Katrina est enceinte, nous allons avoir un bébé.

L'annonce fut saluée par un concert de félicitations et d'exclamations de joie. Tout le monde se leva pour embrasser l'heureux couple.

— Je suis très contente pour vous deux, dit Sam avec sincérité en serrant Katrina contre elle. C'est une merveilleuse nouvelle.

— Merci, répondit Katrina.

Plus Sam regardait son amie, plus elle s'étonnait de ne rien avoir remarqué. Katrina était resplendissante. Il ne s'agissait donc pas d'un mythe de la maternité ! Elle rayonnait de joie et de fierté, et sa silhouette mince s'ornait du léger embonpoint du quatrième mois. Sam se moqua silencieusement d'elle-même. C'était tout à fait elle : croire que la seule révélation que Katrina pût faire concernait son avancement professionnel ! Quelqu'un de normal aurait sans doute compris immédiatement de quoi il s'agissait. Seule une vieille fille carriériste pouvait assimiler une grande nouvelle à une promotion.

Après que plusieurs bouteilles de champagne eurent été vidées à la santé du bébé, Sam prit enfin congé.

— Désolée de jouer les rabat-joie, mais j'ai d'importants dossiers à traiter ce week-end, mentit-elle.

Que personne ne la supplie de rester n'améliora pas son moral. Elle était devenue si ennuyeuse que les soirées ne s'animaient pas quand elle arrivait mais quand elle partait, et cela se savait !

Katrina et Hugh la raccompagnèrent et l'embrassèrent.

— Je me réjouis pour vous, répéta Sam sur le seuil en tenant Katrina par les mains.

Après cette soirée riche en émotions, elle était au bord des larmes. Se trompant sur leur sens, Katrina lui serra aussi les mains.

— Ne t'inquiète pas, Sam. Cela t'arrivera à toi aussi, dit-elle d'un ton rassurant. Ce n'est pas trop tard. Nous pensions, nous aussi, avoir trop attendu, mais nous avions tort.

Sam ne comprit pas tout de suite puis, soudain, la lumière se fit dans son esprit. Le pauvre Andy, traumatisé et divorcé, n'était pas la seule personne que l'on plaignait. Elle aussi ! Tous les autres étaient en couple, plongés dans un bonheur sécurisant et elle, elle donnait l'exemple édifiant d'une femme trop occupée pour trouver un homme et fonder une famille, la carriériste célibataire sans autre perspective dans la vie que des repas solitaires et des nuits douillettes en compagnie de la commande à distance. Dans un sursaut de dignité, elle éclata d'un rire convaincant.

— Moi ? hoqueta-t-elle. Katrina, tu seras une mère formidable, mais ce n'est pas pour moi. À bientôt, ajouta-t-elle en forçant la note de gaieté.

Elle les salua d'un grand geste exubérant tout en marchant vers le taxi, s'attachant à conserver l'air d'une femme très heureuse et qui s'est bien amusée.

— Je t'appelle bientôt ! jeta-t-elle encore. On ira acheter des vêtements de femme enceinte.

Elle se retrouva enfin dans le taxi et put laisser tomber son sourire forcé. Le chauffeur ne s'arrêta pas devant le numéro de son immeuble et, comme il était un peu sourd et qu'elle avait déjà eu beaucoup de difficultés à lui indiquer où elle allait, elle ne prit pas la peine de lui signaler son erreur.

— Parfait, merci, dit-elle avec lassitude en lui tendant le prix de la course par la fenêtre.

Elle remonta lentement la rue, trop fatiguée pour regarder par les fenêtres illuminées de ses voisins. Des pas retentirent soudain derrière elle et elle fut aussitôt sur ses gardes. Elle pivota vivement sur ses talons, mais la personne qui courait derrière elle n'était pas un agresseur. C'était une jeune fille aux longs cheveux bruns, vêtue d'un ample manteau en laine, avec des sandales à hauts talons guère appropriées à la course. Elle la doubla à toute vitesse, ce qui lui permit de mieux la voir : c'était la beauté aux yeux de biche qu'elle avait vue avec son voisin après la soirée qu'il avait donnée. Elle pleurait.

C'était un vrai feuilleton à l'eau de rose qu'il lui offrait ! Une fille superbe en robe de lamé sortait de la maison et, à l'épisode suivant, elle revenait en courant, pleurant toutes les larmes de son corps. Elle frappa violemment à la porte et Sam vit avec intérêt que l'homme venait ouvrir. Au moins, il avait mis une chemise, cette fois, pensa-t-elle ironiquement tandis qu'elle poussait la grille de sa résidence.

— Maggie ? l'entendit-elle dire comme la jeune fille s'écroulait dans ses bras. Ma pauvre petite fille, que se passe-t-il ?

Il y avait vraiment du laisser-aller dans le voisinage ! Personne d'autre ne se serait permis d'étaler sa vie privée en public.

Au bruit de la grille que Sam fit lourdement retomber, le voisin regarda autour de lui et l'aperçut. Sam retroussa le nez avec dédain et prit ses clefs dans son sac en l'ignorant. Comme si elle s'intéressait à l'âge de ses petites amies !

Elle ouvrit doucement sa porte.

— Moins de bruit ! hurla Malcolm le Dingue depuis le palier du dernier étage.

— Oh, la ferme ! répondit Sam sur le même ton.

S'il osait descendre pour l'embêter, elle le tuerait !

Enfin chez elle, elle jeta quelques comprimés effervescents contre la douleur dans un verre d'eau. Quelle horrible soirée ! Elle avait découvert que ses meilleurs amis étaient allés en vacances sans même le lui dire. Elle avait dû subir le spectacle de l'amour épanoui chez Katrina et, à côté de chez elle, celui de ce playboy sur le retour. C'était assez pour la rendre malade. Tout cela était si injuste ! Les hommes pouvaient jouer les séducteurs à n'importe quel âge et sortir avec des jeunes filles, mais les femmes n'avaient pas le droit de dépasser les trente ans. Après, c'était la pente fatale.

Elle pensa avec colère à tous ces articles où l'on affirmait que le pic d'activité sexuelle féminin se situait entre la trentaine et la quarantaine. Et alors ? Personne n'avait plus envie d'elles, à ce moment-là !

Elle avala ses médicaments comme si c'était un verre de tequila, ajouta un somnifère pour faire bonne mesure et se coucha.

Le lendemain était un samedi. Sam se leva tôt et prit son café, installée sur la banquette de la fenêtre sur rue. Lisant son journal d'un œil, elle remarqua que des gens sortaient de la maison voisine. Lui ! Et la jeune fille. Mais, cette fois, elle portait un jean trop grand pour elle de plusieurs tailles et dont elle avait roulé le bas. Il devait être à lui, sans doute. Comme c'était touchant, pensa Sam avec ironie. Vraiment charmant ! Elle aurait parié que la fille avait traîné toute la matinée dans une des chemises du voisin, sans rien d'autre, les pans battant sur ses longues jambes bronzées. À supposer qu'il ait des chemises. Les fils à papa dans son genre n'en avaient jamais. Ils n'en achetaient pas car elles étaient synonymes de travail et que, pour ces riches oisifs, cela, comme les impôts, c'était bon pour le peuple. Ils portaient des tee-shirts hors de prix, achetés avec l'argent de leurs rentes. Sam était certaine qu'il appartenait à cette catégorie de profiteurs. Tous les signes y étaient : des soirées de dingues, aucun gagne-pain apparent, des nanas comme s'il en pleuvait. Elle détestait ce genre d'individu.

Après le petit déjeuner, elle déterra ses chaussures de course, son pantalon de survêtement, et un pull à deux épaisseurs, parfait par temps froid. Cela faisait longtemps qu'elle n'avait plus pris d'exercice. Elle était sûre que ses jambes s'ankyloseraient avant même qu'elle ait eu le temps de s'échauffer. Elle se livra à un petit exercice de calcul mental : elle n'avait pas couru depuis presque trois mois. Heureusement, elle n'avait pas pris de poids !

Dehors, l'air de janvier était glacial. Les rues se remplissaient de gens qui allaient déjeuner en flânant ou faire leurs courses. Sam prit une profonde inspiration et s'élança, essayant de se souvenir du rythme qui lui convenait le mieux. Elle n'y arrivait pas. Courir ne lui faisait pas de bien et son corps protestait. Elle se sentait fatiguée, maladroite. Elle s'entêta sur un kilomètre et demi, refusant de se dégonfler et de faire demi-tour. L'épuisement finit par l'emporter. Elle prit le chemin du retour par les rues du riche quartier de Holland Park mais dut brusquement s'arrêter, submergée par une vague de nausée. Elle se laissa tomber sur le bord du trottoir, les jambes trop faibles pour la porter. Elle ne savait pas ce qui était le pire, la sensation d'être trop faible pour se tenir encore debout ou le fait de ne plus être maîtresse de son corps. Elle mit la tête entre les genoux et tenta de respirer à fond. Même cela échoua. Elle haletait, sans pouvoir se contrôler. Ses yeux se remplirent de larmes. Que lui arrivait-il ? Qu'est-ce qui n'allait pas ? Comment allait-elle rentrer chez elle ?

Après quelques minutes où elle avait senti ses jambes et son derrière s'engourdir de froid sur le trottoir, elle se releva en tremblant et s'appuya contre le tronc d'un gros cerisier. Si seulement elle avait pris son téléphone portable ! Elle aurait pu appeler quelqu'un. Restait à savoir qui, pensa-t-elle amèrement. Aucun nom ne lui venait à l'esprit. Elle avait laissé ses amis s'éloigner d'elle. Elle était réellement seule.

Deux femmes en survêtement flambant neuf passèrent à côté d'elle en marchant très vite, pleines du zèle des sportifs de janvier, décidés à perdre les kilos de Noël. Sam les remarqua à peine. Mais elles, elles la virent. Elles passèrent rapidement puis s'arrêtèrent et firent demi-tour.

— Vous allez bien ? lui demanda l'une d'elles.

Sam secoua la tête.

— J'étais en train de courir et j'ai soudain eu l'impression que j'allais m'évanouir, dit-elle en essayant de rire. Tout ira bien dans un instant. J'ai juste besoin de souffler un peu. J'habite à moins d'un kilomètre.

— Vous êtes blanche comme un linge, dit l'autre. Vous n'avez pas l'air en état de faire un seul mètre de plus.

— Ça va, je vous assure, protesta Sam, toujours appuyée à l'arbre.

Les deux femmes échangèrent un regard. La première sortit un minuscule portable d'une de ses poches.

— J'appelle Michael pour qu'il nous rejoigne avec la voiture, dit-elle d'un ton sans réplique. Nous ne pouvons pas vous laisser ici.

Michael arriva dix minutes plus tard dans une Range Rover neuve rutilante où tout le monde s'entassa. Sam se sentait trop faible pour protester beaucoup et s'assit à l'arrière. La voiture stoppa bientôt devant chez elle.

— Je ne sais comment vous remercier, dit-elle, les larmes aux yeux. Puis-je vous demander vos noms ? Je voudrais faire quelque chose…

— Je vous en prie, refusa la femme de Michael. C'était notre bonne action du jour ! Faites attention à vous, vous devriez voir un médecin.

À peine rentrée chez elle, Sam s'allongea sur son lit sans même enlever ses chaussures, sans s'inquiéter de tacher ses draps blanc ivoire.

Ces gens avaient été si gentils avec elle ! Si c'était elle qui avait croisé une inconnue appuyée contre un arbre, elle aurait passé son chemin aussi vite que possible en pensant « encore une droguée ». Aujourd'hui, elle avait appris qu'il existait des gens bien, qui n'étaient pas cyniques comme elle.

Elle décida de prendre rendez-vous chez le médecin dès lundi.

Le lundi, elle arriva à son bureau à huit heures. Elle s'occupa des dossiers empilés sans lever la tête sauf pour boire un café et prendre rendez-vous chez le médecin à l'heure du déjeuner. Elle se répétait qu'elle allait très bien, qu'il s'agissait simplement d'un problème féminin ou d'une fatigue intense. Elle avait besoin d'un remontant, rien d'autre. Mais sans alcool !

À dix heures et demie, Karen Storin la rejoignit. Comme d'habitude, elle était superbe, éclatante de beauté dans un ensemble pantalon blanc cassé qui faisait un contraste parfait avec sa peau noire.

— J'aime beaucoup ta tenue, dit Sam. Elle vient de chez Joseph, n'est-ce pas ? Tu as l'air en pleine forme.

Karen lui jeta un regard observateur.

— J'aimerais pouvoir en dire autant de toi, Sam.

Sam se crispa.

— Je ne voudrais pas être indiscrète, Sam, mais tu as vraiment mauvaise mine. Tu as beaucoup maigri et tu as l'air… l'air épuisée, en fait.

— Vraiment ?

Elle n'avait pas besoin de tricher avec Karen.

— Oui, répondit franchement Karen. Veux-tu en parler ?

Sam refusa d'un signe de tête et fit un petit sourire tendu.

— Je crois que je suis seulement très fatiguée. Je vais chez le médecin tout à l'heure. Cela peut rester entre nous ?

Karen eut une expression blessée.

— Tu sais bien que je ne me permettrais pas d'en parler à qui que ce soit !

— Lydia ? appela Sam par l'Interphone. Pouvons-nous avoir du café, s'il vous plaît ?

Tout était bon pour changer de sujet.

À la fin de leur réunion, une fois Karen partie, Sam demanda à Lydia d'annuler tous ses rendez-vous de la journée.

— Je dois m'absenter, dit-elle, ignorant l'expression stupéfaite de son assistante.

Lydia savait que Sam Smith ne faisait jamais ça. C'était une machine à travailler et elle serait restée à son bureau tous les jours jusqu'à neuf heures si elle avait pu. Lydia en conclut qu'il se passait quelque chose.

Sam était rarement malade. Elle prenait des vitamines, se gavait d'Echinacea, la plante miracle pour renforcer les défenses immunitaires, et, d'une façon générale, était convaincue de s'être toujours très bien occupée d'elle. Cela expliquait pourquoi elle passait peu de temps chez le médecin. Elle s'agitait donc dans le fauteuil de la salle d'attente, jetait des coups d'œil agacés à sa montre et surveillait avec énervement la porte du cabinet. Sam était une femme occupée et n'avait pas le temps d'attendre que les patients aient fini leurs grandes conversations avec le médecin ! La femme qui était passée avant elle y était depuis une éternité. Que faisait-elle ? On lui enlevait les amygdales ?

Sam finit par renoncer et feuilleta les magazines cornés posés sur la table basse devant elle. Comme le *Time* était le seul qui ne s'acharnait pas à lui expliquer comment trouver un homme, le séduire ou cuisiner pour lui, elle le prit et s'absorba dans la lecture d'un article sur la piraterie sur Internet. On appela soudain son nom.

Le médecin était un homme brusque d'une quarantaine d'années, avec des yeux las. Aussi rapidement que si elle participait à une réunion express, Sam lui fit la liste de ses symptômes, fatigue, douleur et nausée.

— Des règles très abondantes, également ? demanda-t-il.

— Oui, reconnut-elle.

— Vos problèmes durent depuis combien de temps ? demanda-t-il encore en vérifiant le dossier de Sam.

— Six mois, répondit Sam, un peu embarrassée. J'ai été débordée de travail…

Elle venait de rompre sa règle de conduite : ne jamais donner d'explications à quelqu'un qui n'en a pas besoin.

— On ne devrait jamais être trop occupé pour faire attention à sa santé, rétorqua le médecin en la regardant dans les yeux.

Sam lui rendit son regard sans ciller.

Il lui posa de nombreuses questions sur ses règles, sur l'endroit précis de la douleur, sur sa façon de se nourrir et ses réactions intestinales, pour finir par déclarer qu'il valait mieux qu'il l'examine.

Sam s'étendit sur la table d'examen, se sentant vulnérable avec le bas de son corps dénudé, pâle et plutôt ridicule par comparaison avec le haut, parfaitement habillé. Avec l'aisance que donne une longue pratique, le médecin ne la regarda même pas quand il commença son auscultation. Il avait les mains froides mais fit courir ses doigts sur la peau blanche de son ventre avec une étonnante finesse de palpation. Elle ne put retenir un gémissement.

— Cela vous fait mal ? demanda-t-il bêtement.

— Mmm, dit-elle en se mordant la lèvre.

Il insista et elle tressaillit à nouveau.

Après quelques minutes, il enfila un gant chirurgical, l'enduisit de gel et procéda à l'examen interne. Sam était crispée et le médecin lui faisait toujours mal.

Aïe ! Mais à quoi jouait-il ? Au chercheur d'or ? Ou bien cherchait-il ses clefs de voiture ?

— Détendez-vous, dit-il.

Se détendre ! grogna Sam en elle-même. Essayez quand un parfait inconnu vous introduit sa grosse main dans le corps ! Elle ne dit rien et essaya d'ignorer la douleur. Ce fut enfin fini et Sam se rhabilla rapidement. Elle se sentit mieux en reprenant le contrôle de la situation. Le médecin ne perdit pas de temps.

— Pour moi, vous souffrez de fibromes et de colopathie dysfonctionnelle, un côlon irritable si vous préférez, dit-il tout en écrivant.

— Des fibromes ? demanda Sam.

Elle savait tout des problèmes de côlon irritable. À Londres, pas un seul dîner ne se terminait sans que quelqu'un témoigne du dernier traitement à la mode ou des bienfaits d'un remède aux plantes, des conversations que Sam trouvait ennuyeuses à mourir.

— Un fibrome est une tumeur bénigne de l'utérus. Cela peut provoquer une anémie, ce qui expliquerait votre fatigue. Cela entraîne aussi des règles importantes et douloureuses, des douleurs abdominales et du bas-ventre, et parfois des relations sexuelles pénibles.

Sam se renfrogna. Aucun risque de ce côté-là !

— Les autres spasmes sont plus probablement d'origine intestinale, bien que les fibromes puissent subir une torsion, ce qui provoque des douleurs. Il faudra faire une échographie, par sécurité. À votre âge…

Sam sursauta mais le médecin ne s'aperçut de rien.

— … il existe diverses options : la myomectomie, la résection ou l'ablation de l'endomètre. Mais, à mon avis, la meilleure façon de s'en débarrasser, c'est l'hystérectomie. Le tout est de savoir si vous voulez des enfants ou pas.

Sam s'apprêtait à dire « non », mais se tut. Combien de fois ne l'avait-elle pas affirmé lors de soirées ou à des personnes comme Hope ou la tante Ruth ? De son vivant, celle-ci répondait toujours par un hochement de tête approbateur, ajoutant : « Bonne idée, Samantha. Je ne crois pas, en effet, que tu aies la fibre maternelle. » En revanche, cela rendait Hope triste. Elle rétorquait à Sam que peut-être, un jour, elle changerait d'avis. Hope avait toujours voulu des enfants. Sam savait qu'elle rêvait de la chaude atmosphère familiale qui leur avait manqué dans leur enfance. Cela lui paraissait un peu futile. On ne peut pas combler les manques du passé en se créant un personnage de mère idéale avec une grande famille pleine d'amour. Mais encore, se dit Sam avec amertume, elle-même essayait de compenser en affirmant qu'elle n'aurait pas d'enfants ! Ainsi, il n'y aurait pas de petits êtres mal-aimés et esseulés dépendant d'une adulte froide, dépourvue de tendresse, et pour laquelle ils ne représenteraient qu'un poids.

Pendant ce temps, le médecin s'était remis à gribouiller. Si elle avait été dans son état normal, Sam aurait essayé de voir ce qu'il écrivait : elle était experte dans l'art de lire à l'envers, ayant eu l'occasion de le pratiquer au fil d'années passées dans des entreprises où il faisait partie des techniques de survie. À présent, cela n'avait aucune importance. Elle jouait machinalement avec le bracelet de sa montre.

— Revenez demain, on vous donnera un courrier pour un spécialiste pour vos fibromes, dit le médecin sans cesser de rédiger. Je vais demander à la secrétaire de prendre un rendez-vous pour vous, à moins que vous ne préfériez vous en occuper vous-même si vous avez un emploi du temps chargé. Quand on y verra plus clair de ce côté-là, vous pourriez peut-être faire des examens pour vérifier vos problèmes intestinaux. Histoire de ne rien négliger.

— À propos de l'hystérectomie, commença Sam. Je veux dire… Les autres possibilités que vous avez mentionnées sont envisageables ?

Elle se demanda pourquoi elle posait cette question. C'était un peu inutile.

— Oui, bien sûr, mais je n'ai pas voulu m'y attarder parce que je préfère laisser ce soin au spécialiste. Certaines patientes sont totalement opposées à cette solution, mais vous ne m'avez pas paru trop perturbée par cette idée. À votre âge, les femmes sont déjà souvent mères. Si vous aviez suivi des traitements contre la stérilité, ils figureraient dans votre dossier. Comme ce n'est pas le cas, j'en ai déduit que la question des enfants ne vous préoccupait pas.

— Une conclusion un peu rapide ! jeta sèchement Sam.

Comment pouvait-il croire s'en tirer à bon compte ? Il aurait dû être radié, fusillé, pendu, roué et écartelé ! Comment osait-il décréter qu'elle ne voulait pas d'enfants puisqu'elle n'en avait pas encore ! Avait-elle l'air tellement hors jeu ? Apparemment…

— Êtes-vous aussi brutal avec toutes vos malades ? lui demanda-t-elle froidement.

— Je ne voulais pas vous choquer, dit-il, étonné. Nous pouvons parler des autres choix, depuis les traitements médicamenteux pour réduire la taille des fibromes…

Il n'alla pas plus loin. Sam s'était levée et sortait du cabinet. Elle verrait le spécialiste et, s'il était aussi grossier, elle lui casserait la figure. Les hommes !

Retourner à son bureau n'aurait eu aucun sens. Elle rentra donc chez elle, ôta son ensemble et enfila sa tenue pour traîner à la maison, un vieux tee-shirt gris, un caleçon noir et un cardigan. Elle s'installa ensuite à la table de salle à manger avec sa serviette bourrée à craquer. Mais son cerveau refusait de se concentrer sur des rapports de marketing et des études de budgets. Elle n'arrêtait pas de penser aux mots utilisés par le médecin : fibromes, hystérectomie, examens, ne rien négliger… Elle regrettait de ne pas lui avoir demandé plus d'informations, mais elle était trop choquée, trop en colère. Elle pouvait chercher des renseignements sur Internet. Franchement, à quoi cela ressemblait-il ? À deux mois de son quarantième anniversaire, elle tombait déjà en ruine !

Elle se prépara une nouvelle tasse de café et traversa la salle à manger pour regarder par la fenêtre. Le jardin de la copropriété était long et étroit, presque entièrement dallé sauf à l'arrière, où une petite partie avait été laissée à l'état sauvage. Le couple qui habitait l'appartement du rez-de-chaussée avait disposé plusieurs bacs de belle qualité et, même par mauvais temps, les arbustes prospéraient.

Sam ouvrit la fenêtre pour aérer et regarda le jardin mitoyen. Il avait été laissé à l'abandon pendant de longues années mais depuis qu'Il avait emménagé, Il avait débroussaillé. Les ronces avaient disparu et la terre avait été récemment retournée. Sam se pencha, curieuse de voir exactement ce qu'Il avait fait. Elle retint soudain sa respiration. Il était là, transportant une énorme dalle de pierre. S'assurant que le lourd rideau de brocart la dissimulait au moins en partie, Sam l'observa tandis qu'Il la plaçait à côté d'autres, déjà soigneusement posées. Elle réalisa avec stupéfaction qu'Il était en train de créér une terrasse. Qui aurait imaginé que Monsieur Play-Boy (et Rentier) puisse se livrer à pareille besogne ! Malgré le froid, Il devait avoir chaud, car Il n'avait gardé qu'un jean et un tee-shirt blanc. Sam assura sa prise sur sa tasse et le regarda travailler. C'était intéressant. Il fallait un temps fou pour mettre chaque dalle en place à coups de marteau et, ensuite, Il se livrait à tout un numéro de vérification avec de la ficelle et un outil de mesure pour voir si elle était de niveau avec les autres. Deux ou trois fois, Sam le vit lever les yeux vers sa fenêtre, mais Il ne pouvait pas la voir. Elle en était certaine…

Quelques minutes s'écoulèrent et, soudain, Il s'arrêta, regarda franchement dans sa direction et cria :

— Vous allez passer la journée à m'observer ou bien venez-vous m'aider ?

Sam recula d'un bond, comme si elle venait de s'ébouillanter. C'était très gênant. Se cachant avec soin derrière le rideau cette fois, elle le vit poser le marteau et courir vers la maison à grands bonds. Oh là là ! Avec tous ces muscles qui roulaient sous son tee-shirt et ces longues jambes bien prises dans son jean, Levis l'aurait engagé pour faire sa publicité. Elle l'aurait parié. Quel bel animal ! Car, bien sûr, il n'était rien d'autre : un bel animal qui aimait faire la foire et couchait avec des gamines trop jeunes pour lui. Sam soupira. Pourquoi perdait-elle son temps à l'espionner, d'ailleurs ? Qu'il lui ait donné la chair de poule la première fois qu'elle l'avait vu ne signifiait rien.

Soudain, son Interphone retentit, brisant le calme de son appartement. Elle sursauta. Qui pouvait sonner à cette heure de la journée ? Elle n'était jamais chez elle dans la semaine. Ce devait être une erreur. Des laveurs de carreaux qui s'étaient trompés de bouton, peut-être.

— Oui ? dit-elle dans l'Interphone.

— Livraison de fleurs, répondit-on.

Sam ouvrit de grands yeux. Des fleurs ! Comme c'était gentil. Karen Storin était vraiment quelqu'un d'appréciable. Elle avait dû parler à Lydia et découvrir que Sam ne reviendrait pas au bureau.

Toute souriante à l'idée que quelqu'un ait pensé à elle, elle prit ses clefs et se dépêcha de descendre jusqu'à la porte de la résidence. Elle l'ouvrit en grand et s'étrangla. Devant elle, toujours en jean et tee-shirt blanc taché, un petit bouquet de narcisses sauvages à la main, se tenait l'Homme. Celui de la maison d'à côté !

— Je croyais que c'était une livraison de fleurs ? dit Sam, en état de choc.

— Oui, dit-il en lui tendant les narcisses.

Elle les approcha de son nez par réflexe et respira leur délicieux parfum.

Puis elle releva les yeux avec méfiance pour croiser son regard de séducteur, posé sur elle comme celui d'un oiseau de proie sur sa victime. Cette impression était accentuée par son nez en bec d'aigle. Un vrai prédateur ! Sam ne savait pas pourquoi, mais il lui paraissait très intimidant ou impressionnant… Elle ne trouvait pas le mot juste. Elle se sentait de nouveau parcourue d'un petit frisson. Que se passait-il avec cet individu ? Même sa peau se mettait à brûler en sa présence !

— Que faites-vous ici ? demanda-t-elle avec un grand effort pour reprendre sa voix normale.

— Puisque vous vous ennuyez visiblement et que vous me surveillez, je suis venu vous demander de m'aider à poser les dalles, dit-il en examinant sans se presser son vieux tee-shirt gris et son caleçon.

— Je ne m'ennuie pas, rétorqua-t-elle. Je suis en train d'étudier des rapports.

— En regardant ce qui se passe dans mon jardin ?

L'espace d'un instant, Sam chercha une réponse mordante et hautaine mais rien ne lui vint à l'esprit. Elle s'appuya à la porte et soupira.

— Bon, c'est vrai. Je n'ai pas la tête à travailler, aujourd'hui, reconnut-elle.

Elle ajouta un petit mensonge :

— J'ai une migraine épouvantable, mais heureusement cela commence à aller mieux.

Son beau visage se plissa en un grand sourire qui effaça par miracle son air de grand mâle prédateur pour laisser place à celui d'un voisin amical, malgré sa barbe noire de trois jours.

— Je pensais bien que vous étiez malade car vous n'êtes jamais chez vous dans la journée. Donc, me suis-je dit, pourquoi ne pas l'inviter à me rejoindre ?

— Comment savez-vous que je ne suis jamais chez moi dans la journée ?

— Je vous observe tous les matins, quand vous passez dans la rue, dit-il, toujours avec son sourire engageant.

— Vous m'observez ? répéta-t-elle en haussant les sourcils.

— Il doit y avoir quelque chose dans l'air de ce quartier… répondit-il sans ciller.

Sam ne put s'empêcher de rire.

— Comment puis-je vous aider à poser les dalles ?

— En vérifiant le travail. Vous avez l'air douée pour superviser les autres ! En plus, puisque vous n'avez plus mal à la tête, vous pourriez faire le thé, ajouta-t-il avec effronterie. Je vous attends !

Mais qu'est-ce qui me prend ? se répétait Sam en cherchant ses chaussures de sport à toute vitesse dans ses placards. Il lui fallait aussi un vêtement chaud à passer par-dessus son cardigan. Je dois être folle ! Je ne connais pas cet homme. C'est peut-être un tueur en série et je vais finir enterrée sous les dalles ! Mais elle redescendait déjà l'escalier, essayant de se raisonner : elle s'ennuyait et, au moins, cela représentait un peu de compagnie, même s'il s'agissait d'un vulgaire play-boy. Ce n'était pas comme s'ils sortaient ensemble. C'était une simple relation de voisinage.

D'abord, elle était trop vieille pour lui. Il ne regardait même pas les filles de plus de vingt ans. Leur quotient intellectuel ne devait pas être beaucoup plus élevé, d'ailleurs, pensa-t-elle méchamment.

— Prête ? demanda-t-il en riant quand elle le rejoignit.

— Prête, répondit-elle avec son sourire le plus innocent.

Il la guida vers la façade arrière de la maison, où les dalles étaient empilées. Il en avait déjà posé presque la moitié et Sam dut reconnaître que son travail était très professionnel.

— Vous ne voulez pas vous présenter ? demanda-t-elle pour dissimuler qu'elle était impressionnée.

Il leva ses deux mains sales avec une expression confuse.

— Excusez-moi de ne pas vous tendre la main mais je suis couvert de boue et de ciment. Je m'appelle Morgan Benson.

— Sam Smith, répondit-elle avec entrain.

— Je sais.

— Vous savez ? dit-elle, stupéfaite.

— J'aime tout savoir sur mes voisins.

Il sourit de nouveau et Sam remarqua le fin réseau de rides autour de ses yeux, de charmantes petites marques qui donnaient beaucoup de caractère à son visage.

— En particulier, reprit-il, sur mes voisines capables d'interrompre une de mes soirées.

Sam rougit violemment.

— Si vous m'avez fait venir pour m'insulter…

Morgan lui tendit un bizarre instrument oblong. Quelque chose qui ressemblait à trois bulles y était incrusté.

— Ceci est un niveau. J'ai besoin de vous pour m'aider à vérifier que les dalles sont bien planes. D'accord ? Je ne vous ai pas conviée pour vous insulter, mais juste pour établir des relations amicales !

— J'ai assez d'amis, je n'en ai pas besoin d'autres, dit Sam avec colère.

— Ah ! Ne faites pas la chipie, dit-il en s'accroupissant. Laissez-moi vous montrer comment on se sert du niveau. Toute l'astuce est de donner une légère pente à la terrasse dans une direction donnée pour permettre l'écoulement de la pluie…

Sam se rendit compte qu'elle ne pouvait pas se mettre en colère contre lui, simplement parce qu'il n'y faisait pas attention.

— Quand les bulles du niveau sont à leur place, cela signifie que la dalle est à l'horizontale…

À la quatrième dalle, Sam était experte dans le maniement de l'outil et avait envie de passer à la pose.

— J'aimerais essayer, dit-elle.

— Je vais juste m'assurer que la couche de sable est de niveau, dit Morgan, toujours agenouillé.

Il se pencha sur la surface parfaitement lisse du matériau et y apporta une minuscule rectification.

— Je peux m'en charger, protesta Sam. Je vous ai regardé le faire déjà quatre fois !

Il se redressa et s'assit sur ses talons, essuyant la sueur de son front d'un avant-bras musclé.

— Êtes-vous toujours aussi impatiente ? demanda-t-il.

— Non, mentit Sam en se plaçant à côté de lui.

— Dans ce cas, pourquoi ne poseriez-vous pas la prochaine vous-même, du début à la fin ? proposa-t-il en lui souriant. Cela me permettra de faire une pause en vous regardant travailler !

Les yeux de Sam brillèrent de plaisir. Un défi ! Exactement ce qu'elle aimait.

Morgan s'assit sur un seau retourné, croisa les bras, étendit devant lui ses longues jambes dans son jean maculé de ciment, et regarda comment Sam s'y prenait. Ce n'était pas aussi facile qu'on pouvait le croire.

— Où avez-vous appris à le faire ? demanda-t-elle. Je ne vous aurais pas pris pour un grand bricoleur.

Morgan fit une petite moue.

— Et pour quelle sorte d'homme m'avez-vous pris ? Un joyeux fêtard, peut-être ?

— Apparemment, vous n'allez pas travailler aux heures normales de bureau et vous êtes suffisamment à l'aise pour acheter cette maison. Je ne pouvais donc pas vous imaginer dans le rôle d'un homme capable de réaliser une terrasse…

Elle savait qu'elle s'enfonçait dans des explications de plus en plus ridicules mais comment reculer, à présent ?

— J'aurais plutôt cru que vous auriez embauché quelqu'un pour cette tâche.

— Ah !

Morgan comprenait enfin.

— Vous voulez dire que vous me pensiez incapable de mener à bien cette terrasse puisque je pouvais payer quelqu'un pour cela ?

Il avait un don infaillible pour enfoncer le clou.

— Moi, j'aurais agi ainsi, balbutia Sam.

— Mais vous ignoriez comment faire, du moins jusqu'à maintenant, dit-il. Puisque j'en suis capable, je ne vois pas pourquoi je gaspillerais de l'argent. De plus, j'aime travailler de mes mains.

Je te crois ! pensa Sam, imaginant les longues mains de Morgan en train de caresser une femme après l'autre.

— Dans quelle branche êtes-vous ? demanda-t-elle.

— Je suis à la retraite, dit-il.

Gagné ! jubila Sam, satisfaite d'avoir deviné juste. C'était bel et bien un fils à papa vivant de ses rentes, ou un milliardaire de l'Internet. Qui d'autre pourrait prendre sa retraite à quarante ans et se promener en jean et vieux tee-shirt troué ? En fait, s'il avait fait fortune avec Internet, elle éprouverait beaucoup plus de respect pour lui que s'il se contentait de toucher une rente.

— Vous avez l'air gelée. Voulez-vous une tasse de thé ? proposa-t-il.

Elle accepta d'un signe de tête et il la guida jusqu'à la cuisine, qui n'avait guère changé depuis la dernière fois qu'elle l'avait vue, lors de son inoubliable intervention. Sam s'assit au bout d'un simple banc d'ouvrier taché de peinture.

— J'adore la façon dont vous avez décoré cette pièce, dit-elle, pince-sans-rire.

Le sol était encombré de pots de peinture et les placards n'étaient qu'à moitié terminés.

— C'est la dernière mode, répondit Morgan, occupé à préparer le thé. J'ai fait venir un spécialiste du feng-shui. Il m'a dit que le papier peint et la peinture perturbaient les bonnes ondes et que si je m'abstenais de mettre des portes aux placards, je connaîtrais la paix intérieure. Il semblerait que j'aie besoin du désordre. Voulez-vous du lait et du sucre ?

— Seulement du lait. Sérieusement, qu'allez-vous faire ici ? demanda Sam.

La cuisine n'était qu'une simple coque vide mais si claire qu'on l'imaginait très agréable une fois finie.

— De l'érable partout, dit Morgan en posant deux mugs et une boîte de biscuits sur la table.

Il avança un vieux transat pour lui et reprit :

— À une époque, j'ai vécu dans une maison où tout était en pin. Je ne veux pas en voir une seule écharde ici !

— Laissez-moi deviner : vous aviez aussi un Aga ? plaisanta Sam.

— Comment le savez-vous ? grogna-t-il.

— Je vous imagine très bien dans un palais avec un grand fourneau Aga et un majordome.

Morgan parut amusé à cette idée puis secoua la tête.

— C'est vrai pour l'Aga, dit-il avec un étrange éclat dans les yeux, mais pas pour le majordome. Dans quel genre de maison croyez-vous que je vivais ?

Sam haussa les épaules.

— Quelque chose de très grand avec de l'argenterie de famille.

— Nous avions de l'argenterie de famille, c'est exact, reconnut Morgan, qui avait toujours la même lueur étrange dans le regard.

Sam sourit en elle-même. Elle en était sûre !

— Vous vivrez ici quand vous vous serez débarrassé de tous les vieux meubles en pin ? demanda-t-elle.

— Je ne sais pas.

— Laissez-moi deviner, dit Sam. Vous revendrez la maison dix fois plus cher que vous l'avez achetée ?

— Cela vous choque ? dit-il en ouvrant le paquet de biscuits.

— Non, cela n'a rien de mal…

— Mais vous désapprouvez ce genre d'opération, n'est-ce pas ? Vous êtes une grande désapprobatrice, madame Smith ! dit Morgan en lui tendant les biscuits. C'est à cause de votre migraine ou bien est-ce votre nature ? Je vous pose la question simplement parce que je n'aime pas les situations compliquées et, si nous devenons amis, il faudra me prévenir les jours critiques.

Sam laissa tomber le paquet comme s'il contenait du poison.

— Je suis désolé, dit-il avec sincérité. Je ne voulais pas vous blesser, je plaisantais.

— Je ne suis pas d'humeur à cela, répliqua Sam d'une voix tendue.

Elle se sentait sur le point de laisser exploser ses émotions. Elle avait eu une journée épouvantable, en particulier chez le médecin, et voilà que cet homme insupportable lui disait des horreurs au lieu de flirter gentiment avec elle et de l'aider à se sentir bien !

— Restez, je vous en prie, dit-il en lui prenant fermement la main.

— Non, répliqua-t-elle en lui retirant sa main d'un geste brusque. Je dois m'en aller. Je ne me sens pas bien.

— Je comprends, je suis vraiment navré, dit-il d'un ton sincère. Moi et ma grande gueule ! Je n'ai pas l'habitude d'avoir de la compagnie.

Sam leva les yeux au ciel avec incrédulité. Comment pouvait-il prétendre cela avec le flot de femmes qui entraient et sortaient de chez lui !

— De nouveau la migraine ?

— Euh, oui, répondit-elle, saisissant avec bonheur la perche qu'il lui tendait.

Il eut un grand sourire chaleureux.

Le lendemain, Sam téléphona à son bureau pour dire qu'elle était malade et passa chercher la lettre de recommandation chez le médecin. La secrétaire lui annonça que le rendez-vous était trois semaines plus tard.

— Pas avant ? s'exclama Sam, sidérée par le délai.

— Mais c'est rapide ! répondit la secrétaire. Cette spécialiste est la meilleure de Londres et elle est très demandée. Nous n'avons obtenu cette date qu'en insistant sur l'urgence et parce qu'il y a eu une annulation !

Il y avait donc urgence ? Cela ne présageait rien de bon. Sam fit un effort pour ne pas se laisser dominer par la peur.

Elle acheta quelques gros magazines de luxe sur le chemin du retour puis décida d'aller faire des courses. Elle avait besoin de se nourrir mieux que d'habitude. Elle voulait des blancs de poulet, quelque chose de nourrissant. Elle se rendit dans un des supermarchés du quartier. Elle se trouvait au rayon des légumes quand elle s'entendit appeler.

— Eh ! Bonjour !

C'était Morgan, l'air toujours aussi peu recommandable avec sa barbe de trois jours. Il portait une chemise à col ouvert (ridicule par ce froid, se dit Sam en essayant de ne pas lorgner sur le bout de peau ainsi visible) et la veste en daim beige sans laquelle il ne sortait jamais. Elle l'avait déjà très souvent vu dedans, non qu'elle l'ait espionné, mais de la banquette de sa fenêtre, elle ne pouvait pas ne pas le remarquer.

— Bonjour, répondit-elle d'un ton brusque avant de se retourner pour tâter les avocats.

— Je crains que même un massage cardiaque ne puisse les ramener à la vie, dit Morgan.

— Ah ! ah ! dit-elle d'un ton uni. Vous n'avez jamais envisagé une carrière de comédien ?

Elle attendit un instant sa réponse mais ajouta très vite :

— Non, rien.

— C'est une migraine, aujourd'hui, ou un simple mal de tête ? demanda-t-il sans se démonter.

— Rien de tout cela, jeta-t-elle.

Il ne comprenait donc pas qu'elle voulait faire ses courses en paix ? Elle regarda dans le chariot de Morgan. Comme prévu, elle y trouva un énorme plateau congelé posé sur le dessus. Du rosbif avec des crêpes épaisses et de la sauce au jus de viande. Beurk !

Remarquant son regard, Morgan prit le plateau et le contempla d'un air dégoûté.

— Je sais, vous trouvez cela répugnant mais le garçon qui m'aide à faire les plâtres ne veut rien d'autre que ces cochonneries pour son déjeuner.

Il le reposa sur le côté du chariot de sorte qu'elle puisse voir le reste des courses. Il avait beaucoup plus de légumes que Sam, du poisson frais et une botte d'aneth.

— Je préfère préparer mes repas.

Sam rougit. Son panier contenait trois dîners congelés et elle n'achetait jamais de poisson frais. Cela empuantissait l'appartement et elle ne voyait pas pourquoi elle s'embêterait alors qu'elle pouvait avaler sa dose hebdomadaire dans un restaurant.

Comme elle n'arrivait pas à se débarrasser de Morgan, elle décida de le mettre mal à l'aise. Elle se dirigea donc vers le rayon de l'hygiène, s'arrêta devant les protections féminines et feignit de les comparer tranquillement, comme si elle voulait écrire une thèse sur les différentes qualités. À son grand dépit, Morgan en fit autant, la tête penchée sur l'épaule, avant de choisir une boîte bleu pâle et de la mettre dans son chariot.

— Pourquoi faites-vous cela ? demanda-t-elle.

— Au cas où ! On ne sait jamais, répondit-il d'un ton paisible.

Quel homme insupportable ! Elle prit une boîte de sa marque habituelle et se dirigea d'un pas énergique vers les caisses. Là, elle posa bruyamment son panier sur le tapis roulant et attendit son tour.

— Bonjour, Morgan, dit la caissière. Comment allez-vous ?

Bien sûr, il était derrière elle ! Sam se retourna pour lui jeter son regard le plus dur, mais il l'ignora.

— Très bien, Tanya. Et vous ? répondit-il à la fille en lui souriant, ses dents éclatant de blancheur dans sa barbe noire.

Sam assistait à la scène avec incrédulité. Tanya battait des paupières, souriait de tout son cœur et n'avait pas compté les avocats de Sam. Elle était trop occupée à faire du charme à Morgan.

Sam connaissait à peine le nom du magasin et encore moins celui des employées. Mais de quoi s'étonnait-elle ? Il s'agissait du play-boy en chef ! Sa maison servait de phare à la population féminine et jeune de l'ouest de Londres. Cet homme connaissait certainement le nom de toutes les gamines de vingt ans de la ville, sans parler de leurs caresses préférées !

Tanya en avait fini avec les achats de Sam, qui lui fourra sa carte de crédit dans la main. Elle signa le reçu, reprit sa carte d'un geste sec, mit ses achats dans des sacs et partit sans un mot. Comme sa maison n'était pas assez loin pour qu'elle prenne un taxi, elle se traîna aussi vite que possible en portant ses courses. Ce n'était pas très lourd, mais elle se sentait soudain épuisée, comme si tous ses muscles avaient fondu en un instant.

— Voulez-vous un coup de main ? demanda-t-il.

Il avait dû courir pour la rejoindre.

— Je peux porter mes sacs moi-même, répliqua-t-elle sèchement.

Elle savait qu'elle allait passer pour une harpie ingrate, mais c'était plus fort qu'elle.

Morgan la dévisagea pensivement.

— Vous savez, Sam, c'est étonnant qu'une jolie femme comme vous puisse être un pareil chameau ! Je voulais seulement vous aider.

— Et alors ? Je n'ai peut-être pas besoin d'aide ! répondit-elle du même ton désagréable. Je suis une adulte, pas une de ces femmes-enfants que vous devez sans doute assister pour nouer leurs lacets et faire leurs devoirs de maths, d'accord ?

À sa très grande gêne, il s'appuya contre le mur et se mit à rire si bruyamment qu'une passante avec une poussette faillit changer de trottoir, effrayée.

Folle de rage, Sam regardait le visage de Morgan plissé de rire, ce qui le rendait encore plus séduisant, le monstre ! Il ne donnait aucun signe de vouloir se calmer. En pleine crise d'hilarité, il s'essuyait les yeux, comme si elle venait de lui raconter une très bonne blague.

— Arrêtez ça ! siffla-t-elle entre ses dents au bout de cinq minutes. Vous vous ridiculisez.

— Vous êtes un sacré numéro, vous savez ! Ou plutôt, comme disait ma grand-mère, un sacré phénomène.

Sam ramassa ses sacs et partit d'un pas rageur. Étonnant comme la colère pouvait lui redonner de l'énergie, pensa-t-elle. En arrivant au passage pour piétons, elle s'autorisa un regard en arrière. Morgan ne l'avait pas suivie. Il avait disparu. Curieusement déçue qu'il n'ait pas cherché à la rejoindre, Sam rentra chez elle, de nouveau vidée.

Une fois qu'elle eut rangé les courses, l'envie de cuisiner lui était passée. Elle alla s'étendre sur son lit pour se reposer en lisant les magazines. Elle ne se réveilla qu'à sept heures et demie, l'esprit embrouillé. Se frottant la joue pour effacer les plis laissés par la revue sur laquelle elle s'était endormie, elle se leva et regarda machinalement dans le jardin de Morgan. Elle avait été affreusement désagréable avec lui et elle ne savait même pas pourquoi. Quoique… Si, reconnut-elle en elle-même, elle le savait. Il lui plaisait, il l'attirait profondément. Or, comme il ne s'intéressait pas aux femmes de son âge, elle avait perdu son sang-froid. La reine des peaux de vache a encore frappé, pensa-t-elle tristement.

Quel était donc le problème ? Qu'est-ce qui n'allait pas dans sa vie ? Elle avait décroché un job formidable, elle était une des rares femmes à avoir jamais obtenu le poste de directeur général d'un label de disques, elle était en bonne voie pour réussir une carrière en or et, malgré tout cela, elle se sentait malheureuse et vide. Non, se reprit-elle : elle ne se sentait pas vide mais pleine, pleine de désespoir. C'était le mot exact : désespoir. Elle pouvait retourner la situation dans tous les sens, elle n'y voyait pas un avenir brillant, mais une épouvantable solitude jusqu'à la fin de ses jours.

9

Darius aimait et détestait à la fois ouvrir son courrier. En tant que chasseur de talents, il recevait des sacs entiers de CD et de bandes de démonstration envoyés par des mains pleines d'espoir ou par des agents encore plus convaincus que leur « démo » était « la bonne ». Pour tous, « la bonne » représentait un contrat d'un million de livres, une carrière pleine de numéros un au hit-parade, des groupies par milliers et un style de vie où l'on passait son temps à boire du champagne, vautré sur les coussins d'une limousine avec chauffeur. Pour Darius, « la bonne » représentait la gloire d'une découverte, l'espoir d'une belle promotion, et une assistante pour trier les démos à sa place et séparer le bon grain de l'ivraie.

Quand il était interviewé par des magazines de musique hip au sujet de son travail chez Titus Records – « le plus beau métier du monde », comme disaient souvent les journalistes avec envie –, il mentionnait rarement le calvaire que représentait l'écoute de centaines d'enregistrements épouvantables en quête d'un seul titre correct. Très scrupuleux dans son travail, Darius refusait de faire comme certains de ses collègues de A & R et écoutait chaque démo avec soin jusqu'au bout, aussi débordé fût-il. « Cela représente le rêve de ces gens, expliquait-il quand on lui demandait pourquoi il le faisait. Ce n'est pas juste de ne leur accorder qu'un instant. »

Darius Good ne disait pas cela pour épater les médias : il le pensait très sérieusement. Il savait trop bien ce qu'on éprouvait à attendre la réussite et la couverture des magazines professionnels. Avant de travailler à ce poste, il était chanteur dans un groupe d'étudiants. The Effervescent Bunnies s'étaient séparés depuis longtemps, mais Darius n'avait jamais oublié l'émotion d'envoyer un essai à une maison de disques. Il se souvenait des deux mois passés à attendre une réponse. Quand elle était arrivée sous forme d'une lettre dont les termes étaient sans complaisance, les Bunnies avaient fait une dépression. Bien sûr, il s'était rendu compte par la suite qu'ils étaient très mauvais, mais le savoir n'atténuait pas la déception du rejet.

C'est pourquoi Darius Good passait son temps avec son Discman sur les oreilles et avalait des médicaments contre les maux de tête qu'il attrapait à subir des textes désespérés, apparemment enregistrés sur des longueurs d'ondes accessibles aux seuls chiens policiers et aux chauves-souris.

En ce dernier vendredi de janvier, il arriva à son bureau avec une légère migraine due à une soirée agitée avec Density. Les chanteurs passaient le matin même à la télévision dans une émission. Il redoutait de voir à quoi ils ressembleraient après avoir fait le tour de trois boîtes de nuit et joué à qui boirait cul sec le plus de verres. Ils savaient s'amuser, soupira Darius en s'installant confortablement dans son fauteuil de bureau.

Sa pile de courrier était un peu moins haute que d'habitude, mais c'était toujours les mêmes enveloppes rembourrées marron ou jaunes. Il gémit et, pliant son long corps mince en deux, posa le front dessus. Pour une fois, il ne supportait plus de s'occuper des rêves et des espoirs des autres. Il n'avait plus envie d'être gentil et scrupuleux, mais de tout jeter à la poubelle car, vraisemblablement, il n'y avait pas une seule chanson correcte dans le lot. Il en avait ras le bol des gens persuadés d'être de futures vedettes parce qu'ils savaient imiter Oasis. Du café ! Il lui fallait du café.

Une demi-heure de bavardage et deux cafés au lait très sucrés plus tard, Darius se sentait un peu plus dispos. Il ouvrit la première enveloppe, mit le minidisque qu'elle contenait dans le lecteur, s'enfonça dans son fauteuil et posa sur son bureau ses pieds aux chaussures de sport branchées.

Non ! gémit-il en lui-même. Pas encore un clone de Whitney Houston ! Il avait reconnu *The Power of Love* dès les premières mesures. Mais il ferma les yeux et écouta, regrettant de prendre son travail tellement au sérieux. Toutefois, quelque chose d'étrange se produisit et ses cheveux se hérissèrent sur sa nuque. La chanteuse avait la voix la plus chaude, la plus prenante qu'il ait jamais entendue de sa vie. Malgré une totale absence de technique, la magie était là. Cette femme pouvait tenir une note aussi pure qu'un cristal de Waterford, puis atteindre des graves rauques et sensuels à faire rougir un évêque. Darius était enthousiasmé. Il passa une première fois les quatre chansons, puis une deuxième et une troisième, mais en poussant tellement le son que Moll, l'assistante de marketing du bureau voisin, venue lui demander de le baisser, resta pour écouter, séduite.

— Qui est-ce ? demanda-t-elle.

— Je ne sais pas, mais c'est extraordinaire, répondit Darius avec chaleur.

Toutefois, la voix ne suffisait pas. Il lut la lettre d'accompagnement. Elle était très brève, signée d'une certaine Nicole Turner, et ne fournissait aucune information en dehors de son adresse et de son numéro de portable. Malheureusement, il n'y avait pas de photo non plus, ce qui lui aurait été très utile. Si Nicole Turner était, en plus, jeune et belle, et qu'on lui trouvait de bonnes chansons, rien ne pourrait l'arrêter. La combinaison d'une sonorité exceptionnelle et de textes des meilleurs auteurs pouvait l'amener au premier plan. Malheureusement, s'il s'agissait d'une femme qui avait déjà beaucoup vécu, les années en trop et un mauvais physique joueraient contre elle et, dans une industrie dominée par la jeunesse, Nicole Turner risquait d'échouer avant d'avoir commencé. Il n'y avait qu'une chose à faire : la rencontrer. Mais en toute simplicité, bien sûr, sans faire de cinéma, au cas où elle aurait cinquante ans. Il ne fallait pas que ce rendez-vous lui fasse croire qu'elle allait signer un contrat.

Darius passa la tête par la porte du bureau voisin.

— Moll, ne pourrais-tu pas me rendre service ? Ne parle de cette démo à personne, tu veux bien ? Je ne voudrais pas qu'on s'intéresse à elle tant qu'on ignore si elle a ce qu'il faut.

Nicole attaquait avec appétit son cabillaud frites à la cantine du bureau quand son portable sonna. Elle le repêcha dans son sac et répondit, la bouche pleine.

— Ah'ô ?

— Euh… Bonjour, dit Darius, quelque peu déconcerté par cette voix étouffée.

— Che chuis en train de décheuner, bafouilla Nicole. Décholée.

Elle déglutit hâtivement.

— Désolée, répéta-t-elle.

— Nicole Turner ? demanda Darius.

— Oui, répondit-elle en piquant de nouvelles frites sur sa fourchette.

— Ici Darius Good, de Titus Records.

Nicole en resta bouche bée et lâcha la fourchette.

— Waouh ! dit-elle.

À l'autre bout du téléphone, Darius sourit. Elle n'était certainement pas très vieille.

— Votre démo m'a plu et j'aimerais vous rencontrer. Serait-ce possible ?

— Dites-moi quand et où, répondit simplement Nicole.

— Je vous laisse choisir.

Nicole resta coite. Stupéfiée par cet appel, elle n'arrivait pas à penser à un lieu de rendez-vous.

— Euh… bafouilla-t-elle en cherchant désespérément une idée. Euh… Le Red Parrot, à Camden.

— Ce soir, à sept heures ?

— Parfait. À tout à l'heure, dit-elle après lui avoir indiqué où se trouvait le Red Parrot.

Elle appuya sur la touche d'arrêt de son téléphone et gémit. Mais quelle idiote ! Proposer le Red Parrot et accepter de le voir le soir même. Le Parrot était un bouge minable, pas du tout l'endroit idéal pour rencontrer un type lancé qui ne fréquentait certainement que des bars privés où l'on buvait des cocktails sophistiqués. Il paraissait bien trop chic pour Camden. En plus, elle aurait dû se montrer moins pressée et ne lui donner rendez-vous que dans deux ou trois jours. Comment avait-elle pu se conduire aussi impulsivement ! Idiote, triple idiote !

— Qu'est-ce qui ne va pas, Nicole ? demanda Sharon.

Assise en face d'elle devant une salade au fromage blanc, elle contemplait les frites d'un regard affamé. Nicole roula des yeux effarés, mais le coin de sa bouche se relevait et la trahit.

— Tu ne devineras jamais qui je vois, ce soir ?

Contrairement aux craintes de Nicole, Darius se sentit parfaitement à l'aise au Red Parrot. Habitué à fréquenter des salles miteuses pour écouter de nouveaux groupes, il n'attachait aucune importance au fait que les banquettes de velours rouge soient légèrement collantes à cause de tout ce qui y avait été renversé, ou que la table n'ait pas encore été débarrassée des verres vides, des paquets de chips déchirés et du cendrier plein des clients précédents. Il commanda une bière et attendit, surveillant avec impatience chaque nouvel arrivant.

Curieusement, il était certain de reconnaître Nicole tout de suite. Dieu seul sait pourquoi ! Leurs quelques instants d'entretien téléphonique lui avaient donné une image d'elle très nette. Il ne lui avait pas demandé de se décrire mais savait qu'à l'instant où elle entrerait, il n'hésiterait pas. Elle était spéciale, unique.

Par coquetterie, Nicole obligea Sharon, qui grillait d'impatience, à attendre à l'extérieur. À sept heures dix, elle fit son entrée au Red Parrot et sourit au patron. S'appliquant à ne pas regarder autour d'elle, de peur de trahir sa nervosité, elle se dirigea de son pas souple vers le bar et s'y accouda en cherchant à paraître aussi décontractée que possible.

Darius observait la fille en jean peau d'ange et veste de cuir assortie. Il la fixait tandis qu'elle plaisantait avec le barman, payait son verre et celui de la petite blonde qui l'accompagnait, puis se retournait vers la salle pour la parcourir d'un regard curieux. Cela ne pouvait être que Nicole, il en était certain.

Elle était incroyablement belle, avec un teint caramel, de hautes pommettes à la Néfertiti et des yeux brillants aux reflets félins. Elle devait avoir vingt et un ou vingt-deux ans, mais paraissait très capable de se défendre, presque sur la défensive en dépit de son allure décontractée. En revanche, sa coiffure n'allait pas. Il y avait déjà beaucoup de belles filles à la peau sombre et aux longs cheveux sur le marché. Sa Nicole ne pouvait pas ressembler à l'un de leurs clones. Elle avait beaucoup trop de talent pour cela. Il la voyait très bien avec une coupe très courte qui lui ferait une tête bien dessinée, en mèches légères frôlant ses pommettes, si douces qu'on aurait envie de les caresser…

— Darius ?

Elle se tenait devant lui, grande, fine et maîtresse d'elle-même.

Espérant n'avoir pas été surpris en train de la regarder avec des yeux de veau amoureux, Darius se leva et s'inclina avec solennité avant de lui serrer la main.

— Je suis Nicole et voici Sharon.

— Je vous en prie, asseyez-vous, dit-il très poliment en se maudissant de parler comme s'il se trouvait à l'une des réceptions de sa mère. Voulez-vous boire quelque chose ?

— Nous sommes déjà servies, dit brièvement Nicole.

Quelle situation bizarre ! pensa Darius. Il était censé prendre la direction de l'entretien tandis que Nicole se serait montrée intimidée et angoissée. Or, l'inverse se produisait. Il essayait de ne pas fixer ces beaux yeux sombres qui lui donnaient l'impression d'être mis à nu. Il préféra se concentrer sur sa bière. Que lui arrivait-il ? Elle était magnifique, mais il avait déjà rencontré de très belles femmes. Et des célèbres également.

— Vous n'avez pas eu de difficulté pour trouver l'endroit ? demanda Sharon par politesse.

— Non, pas vraiment, répondit-il.

Deux minutes de bavardage creux suffirent à Nicole, qui n'était pas particulièrement connue pour sa patience. Elle devait savoir pourquoi cet homme avait voulu la rencontrer. Or, maintenant qu'il était là, il s'étendait de sa voix de snob sur les difficultés qu'il y avait de nos jours à trouver un chauffeur de taxi qui connaisse la ville.

— De quoi vouliez-vous me parler ? demanda-t-elle abruptement.

— Eh bien… J'ai aimé votre démo.

Il n'osait toujours pas la regarder.

— Je suis sincère. Vous avez une voix extraordinaire…

Il sentit sa main se poser légèrement sur son bras. Il pouvait même humer son parfum, séduisant, avec une touche de cannelle. Il déglutit.

— Vous avez vraiment aimé ma voix ? souffla-t-elle.

Avec l'impression d'avoir pris une drogue, Darius leva les yeux pour découvrir que la décontraction de Nicole avait disparu. Elle le dévisageait avec ravissement.

— Vous avez aimé ma voix, répéta-t-elle sur le même ton que si elle venait de gagner le gros lot à la loterie nationale.

— Oui.

Ses yeux étaient fixés sur son visage animé et sur sa petite bouche parfaite, qui se retroussait en un sourire irrésistible, un véritable appel au baiser.

— Autrement, je ne serais pas venu. Quand je vous ai entendue, mes cheveux se sont dressés sur ma nuque !

Nicole jeta un regard de jubilation à Sharon, qui était trop occupée à manger Darius des yeux pour lui répondre.

— Alors, que fait-on ? Vous me signez un contrat. J'enregistre un album en studio ?

Darius vit s'allumer tous les clignotants d'alarme, mais il était trop tard.

— Euh… En fait, cela ne va pas aussi vite.

Nicole retira vivement sa main, comme si elle s'était brûlée.

— Je ne comprends pas, dit-elle d'un ton anxieux. Que voulez-vous dire ? Puisque vous avez aimé ma voix…

Elle le regardait avec méfiance, s'attendant à l'entendre répondre que cela n'avait pas de signification particulière et qu'il était venu pour la décourager gentiment.

— C'est vrai, dit chaudement Darius. Mais je ne suis qu'un maillon de la chaîne. Il faut que d'autres personnes s'intéressent à vous et nous devons savoir jusqu'où vous pouvez aller.

— Qu'est-ce que ça signifie ? intervint Sharon, soudain très méfiante.

— Nous devons juger si vous êtes réellement sérieuse dans votre désir de faire une carrière musicale, expliqua-t-il posément. Il n'est pas seulement question de s'amuser et de faire la fête. Cela représente beaucoup de travail ; c'est très dur. Je me suis occupé de Density et je peux vous assurer qu'ils bossent comme des fous.

— Je n'ai jamais entendu parler d'eux, rétorqua Nicole qui, se sentant blessée, attaquait en retour.

— Cela va venir, affirma Darius. Ce que je veux vous faire comprendre, c'est qu'on ne devient pas une star du jour au lendemain. Il faut parfois deux ans pour sortir un album et mettre tout le marketing en place.

— Deux ans ! s'exclama Sharon, ébahie.

Nicole ne dit rien, se contentant de garder les yeux fixés sur lui.

— Je vous en prie, ne croyez pas que je veuille vous faire perdre votre temps, Nicole.

Le seul fait de prononcer son nom lui donnait des frissons. Cette fille était de la graine de star, mais il y avait aussi autre chose. Seulement, il n'était pas question qu'il tombe amoureux d'elle, de crainte de tout gâcher. Elle était trop jeune pour lui, pensait-il du haut de ses vingt-neuf ans, et, sous ses allures décontractées, il percevait une grande vulnérabilité. Quoique, si elle réussissait dans le monde du disque, elle prendrait vite de l'assurance. Elle s'endurcirait aussi.

— Je crois en vous, reprit-il, mais je dois convaincre d'autres personnes. Je vous rappelle dans deux ou trois jours, d'accord ?

— Parfait, dit Nicole avec un sourire crispé.

Elle tira la manche de Sharon pour lui indiquer qu'il était temps de partir.

— Au revoir, Darius, roucoula Sharon.

Nicole l'entraîna vers la sortie.

— Tu l'as vu ? Qu'est-ce qu'il est beau ! Et ce corps !

Nicole était tout émoustillée, tandis qu'elles se dirigeaient sous une pluie battante vers l'arrêt du bus.

— Qu'est-ce qu'on donne à ces types de la haute pour qu'ils grandissent comme ça ? Ça doit être à force de jouer au rugby dans la neige quand ils sont dans leurs écoles privées de riches. Et son accent ! Et tu imagines, avoir des cheveux naturellement blonds…

Elle donna gaiement un coup de coude dans les côtes de Nicole.

— Il te plaît ?

— Pas du tout ! Pour ce genre de snob, les filles comme toi et moi sont transparentes. Il a été gentil avec nous uniquement parce qu'il nous voit comme des occasions intéressantes, dit Nicole d'un ton cinglant.

— Je n'en suis pas sûre, répondit Sharon avec un petit sourire. Il te regardait d'un air très intéressé, comme s'il se moquait de saisir l'occase.

— Tu parles !

— Je t'assure ! protesta Sharon.

— Tu as encore lu des romans à l'eau de rose, Sharon ! la taquina Nicole. Le beau prince ignore la princesse qu'on lui destine pour épouser la soubrette aux gros nichons !

Elles éclatèrent de rire.

— J'ai les gros nichons, reprit Sharon, mais c'est toi que Darius regardait.

— Eh bien, qu'il ne se gêne pas ! dit Nicole comme elles atteignaient l'abri du bus.

— Nicole ! Il est gentil.

— Tu dis ça de tout le monde, rétorqua vivement Nicole.

— Oui, et toi tu te méfies de tout le monde, comme si chacun n'attendait que le moment de se moquer de toi.

— Il vaut mieux penser de cette façon quand on a affaire à ce genre de type, insista Nicole. Il a dû coucher avec la moitié des chanteuses qu'il connaît et je n'ai pas l'intention d'être la prochaine.

Sharon écarquilla les yeux.

— Si jamais tu entends qu'il couche aussi avec leurs meilleures copines, tu pourras lui dire un mot en ma faveur ?

Nicole ne put s'empêcher de sourire.

— D'accord, mais attendons qu'il me fixe réellement rendez-vous avec quelqu'un de sa boîte pour lui donner la combinaison de la ceinture de chasteté de Votre Altesse !

Il y avait une hiérarchie à respecter chez Titus. Darius dépendait directement de Zak, du moins, en théorie. En réalité, Zak avait trop endommagé son cerveau avec les drogues dans sa lointaine jeunesse pour pouvoir diriger quoi que ce soit. Seule sa longue amitié avec Steve Parris lui évitait de rejoindre une file de chômeurs pleine de dirigeants de maisons de disques lessivés. Ceux-ci, très occupés à se faire une ligne de coke dans les lavabos, n'avaient pas réalisé que l'industrie de la musique était devenue un énorme enjeu économique pour des sociétés d'importance mondiale, qui prenaient fortement position contre la drogue. Steve et Zak se connaissaient depuis très longtemps et, si Zak voulait prendre sous contrat deux clochards qui jouaient de l'harmonica dans le métro, Steve lui donnait le chéquier de la société et le laissait signer un chèque avec autant de zéros qu'il en avait envie. En principe, Zak était donc la personne idéale à aller voir avec la démo de Nicole. En principe, seulement, car Zak aimait le heavy metal, à se casser les oreilles. Il n'y avait rien d'étonnant à ce qu'il souffre d'acouphènes, après toutes ces années passées à écouter des choses assourdissantes. Un homme qui considérait Aerosmith comme de la musique douce et romantique ne saurait apprécier la riche voix de gorge de Nicole Turner. Il jetterait sa démo à la poubelle et elle finirait par signer avec un autre label. Darius ne voulait surtout pas que cela arrive. Il voulait Nicole pour Link. Et pour lui-même, s'avouait-il rêveusement. Il devait y avoir un moyen de contourner l'obstacle. S'il passait par-dessus la tête de Zak, celui-ci en ferait toute une histoire. Mais si quelqu'un d'autre entendait la démo de Nicole comme par erreur… Quelqu'un d'influent, qui se moquait de savoir qui était Zak, et qui saurait tenir tête à Steve Parris ? Darius connaissait une personne qui correspondait à cette description : Sam Smith, la nouvelle directrice de Link. Elle avait la réputation d'une vraie peau de vache qui avait mis des embouts en métal à ses chaussures pour donner des coups de pied aux gens. Pourtant, quand Darius l'avait rencontrée au concert de Density, elle lui avait paru plutôt agréable. Elle n'avait pas l'air d'un enfant de chœur, bien sûr, mais certainement pas d'une horreur sans pitié comme on le prétendait. D'après la rumeur, elle n'acceptait pas que Steve lui raconte n'importe quoi ou lui parle n'importe comment. Sam Smith était celle dont Darius avait besoin.

Lydia, son assistante, était de bonne humeur et lui annonça que Sam était libre après le déjeuner.

— Que dois-je lui dire ? demanda-t-elle. C'est à quel sujet ?

Lydia faisait de son mieux pour paraître aussi professionnelle que possible, espérant être engagée à l'issue de son contrat à durée déterminée. Sam s'énervait quand elle ignorait le motif pour lequel quelqu'un voulait la voir.

— Une affaire, répondit Darius entre ses dents.

— Lydia, que signifie « une affaire » ? demanda Sam d'un ton irrité une heure plus tard. Quel genre d'affaire précisément ?

Elle venait de découvrir le nom de Darius sur la liste de ses rendez-vous. Depuis quelques jours, elle ne maîtrisait pas sa mauvaise humeur, et le savait.

— Ne vous fâchez pas, dit Lydia, montant elle aussi sur ses ergots. Je le lui ai demandé mais il ne m'a rien dit d'autre.

Sam leva les yeux au ciel.

— Parfait, Lydia ! De toute façon, je n'ai pas beaucoup de temps à lui consacrer. J'ai les Ceci à trois heures moins le quart. Ah ! Si Mme Ceci réclame du champagne, ne lui en donnez pas. Nous sommes dans un bureau, pas dans un bar.

— Bien sûr, répondit Lydia d'un air vexé. Je lui offrirai du café, rien de plus. Je ne suis pas serveuse !

Darius arriva au rendez-vous à deux heures et quart précises. Il avait réfléchi à la meilleure façon de gérer la situation et se trouvait face à une alternative : jouer la carte de la franchise et expliquer à Sam ses craintes de voir la démo finir à la poubelle s'il la donnait à Zak ; ou prétendre vouloir parler d'un sujet tout à fait différent, mentionner sans insister une nouvelle chanteuse à laquelle il croyait, puis faire mine d'hésiter à laisser Sam écouter le CD. Cela piquerait certainement sa curiosité. Oui, ce serait sans doute la meilleure approche.

Mais Darius avait sous-estimé Sam. Après une minute de tête-à-tête, il commença à se sentir mal à l'aise. Elle le fixait de son regard clair et franc, et il se dit qu'il ne fallait pas lui mentir. Même s'il essayait, elle saurait lui arracher la vérité. Elle avait de beaux yeux, très malins, aussi. Il savait qu'une femme ne se retrouve pas à la tête d'une maison de disques sans être très intelligente.

— De quoi voulez-vous parler, Darius ? demanda Sam d'un ton aimable.

Il repensa rapidement aux deux options et déglutit.

— Eh bien… Euh… En fait…

Il prit soudain une profonde inspiration.

— J'ai découvert une fille qui a une voix remarquable.

On était vendredi soir. Nicole et Pammy regardaient les dessins animés. Du moins, Pammy, en chemise de nuit Barbie. Nicole fixait l'écran sans rien voir en pensant à Titus Records et à Darius. Leur rencontre datait d'une semaine déjà, et elle n'avait pas eu de nouvelles, pas même un coup de téléphone. Rien. Sharon, la seule à être au courant, commençait à craindre que la carrière de Nicole ne soit finie avant d'avoir commencé. Pourtant, elle était capable de rester optimiste dans les situations les plus déprimantes.

« Tu devrais sortir avec Elaine et moi, ce soir, lui avait-elle proposé plus tôt dans la soirée. On est vendredi, après tout, tu as besoin de faire la folle et de te saouler pour retrouver le moral.

— Je ne peux pas. Maman est sortie. »

Elle avait un rendez-vous avec un pompier. Il lui avait téléphoné pendant des mois, la suppliant de le rencontrer, avant qu'elle accepte.

« Oh ! » Sharon n'avait rien ajouté. Elle pensait souvent que Nicole n'aurait pas dû être aussi responsable de sa sœur. Elle-même avait une grande famille et il y avait toujours un aîné pour s'occuper des petits pour que leurs parents puissent sortir. Mais chez Nicole, le cercle familial se résumait à trois personnes.

« Veux-tu que je vienne chez toi ? avait proposé Sharon. On pourrait regarder une cassette en mangeant un plat préparé ? » Une soirée à la maison avec Nicole lui paraissait très préférable à une sortie avec Elaine, qui s'enivrait facilement. Ensuite, il fallait s'occuper d'elle et Sharon passait plus de temps à surveiller son sac à main que le sien.

« Non, je veux me coucher tôt », avait menti Nicole. Inutile de préciser qu'elle n'avait pas dormi de la semaine, tant elle se sentait malheureuse. Mais aller au lit de bonne heure n'arrangerait rien. « Appelle-moi demain, tu me raconteras tout », avait-elle ajouté.

La cassette de dessins animés se termina. Pammy regarda sa sœur avec espoir, ses grands yeux bleus la suppliant de l'autoriser à rester debout.

— Non, ma chérie, dit Nicole en lui ébouriffant doucement les cheveux. Tu vas à ton cours de danse, demain, et il ne faut pas que tu sois fatiguée. Il est déjà sept heures et demie.

Nicole obligeait Pammy à respecter les horaires même pendant le week-end. Elle se souvenait de son enfance, quand elles vivaient chez sa grand-mère. Cette dernière répétait toujours que les petits avaient besoin de sommeil, que c'était important pour eux. Nicole se plaignait de ne pas pouvoir veiller, comme les autres filles de son école, mais sa grand-mère n'avait jamais cédé. « Les fillettes doivent se reposer », disait-elle en envoyant Nicole au lit après lui avoir donné un lait chaud et un gâteau sec « spécial dodo ».

Quand Sandra avait trouvé une maison et qu'elles avaient déménagé, Nicole avait eu l'autorisation de se coucher à n'importe quelle heure. Sandra n'attachait aucune importance aux règlements et aux habitudes. Nicole avait alors ressenti de la nostalgie pour sa vie passée quand, bien bordée dans son lit, elle regardait la lueur des lampadaires derrière les rideaux rose pâle à fleurs et se racontait des histoires pour s'endormir. Elle se savait en sécurité auprès de sa grand-mère.

Elle avait donc décidé de reprendre les règles établies par celle-ci pour sa sœur. Pammy avait droit à un verre de lait chaud avec un petit gâteau et ensuite à une histoire. Elle traversait une phase où seules les princesses l'intéressaient. À contrecœur, Nicole alla chercher le livre et commença la lecture. Le problème ne venait pas de Pammy : Nicole lui aurait lu *Guerre et Paix* de la première à la dernière page si elle le lui avait demandé. Mais elle ne pouvait s'empêcher de penser que ces récits destinés aux petites filles avaient une mauvaise influence sur elles. Il suffisait que le prince apparaisse sur son cheval blanc et qu'il enlève la belle en pleine pâmoison pour que tout aille bien. Voilà des idées dangereuses à mettre dans la tête des enfants, pensait Nicole avec colère. Les princes n'existaient pas et le seul moyen de réussir sa vie pour une princesse intelligente était de trouver un travail. Cela lui permettait alors d'expliquer élégamment à son sauveur qu'il pouvait se garder sa proposition de mariage ! Il était toutefois difficile de faire passer ce message à une fillette de cinq ans pour qui Barbie en robe de mariée avec un diadème sur la tête était l'idéal absolu.

Quand Pammy fut couchée et bordée, Nicole se prépara du café et se laissa tomber devant la cheminée pour voir ce qu'il y avait à la télévision. Elle zappa d'une chaîne à l'autre sans que rien ne l'intéresse jusqu'au moment où elle tomba sur une émission du cable qui retint son attention. Des jeunes femmes qui se trouvaient dans une sorte de préau d'école chantaient un vieux succès comme si leur vie en dépendait. Nicole regarda pendant un moment, curieuse de savoir de qui il s'agissait, car elles paraissaient très jeunes et inexpérimentées. Quelques minutes plus tard, elle eut l'explication. On cherchait de nouveaux talents pour former un groupe pop. Cinq imprésarios auditionnaient des candidates pour constituer un quatuor. L'émission était en français, mais les sous-titres permirent à Nicole de comprendre qu'elle se déroulait à Paris. La compétition était déjà très avancée et il ne restait que vingt personnes en lice.

Nicole poussa le son. Mais sa fascination fit place à la consternation devant la façon dont les chanteuses étaient mises à l'épreuve. Elle avait l'impression d'assister à un concours de beauté où il ne suffisait pas d'être très belle : les filles devaient aussi avoir du talent et se plier à l'idée que les juges se faisaient d'un groupe, quelle qu'elle soit. Nicole avait mal en écoutant les commentaires des professionnels, qui, heureusement, ne parvenaient qu'aux téléspectateurs ! « Elle a une coiffure impossible ! disait l'un. Teinte en blond, et avec une coupe courte, peut-être… Mais on a déjà assez de brunes à cheveux longs pour remplir une piscine ! »

Nicole aurait voulu éteindre, mais elle en était incapable.

Trois postulantes chantaient merveilleusement. En plus, elles étaient belles et savaient danser. On leur posa des questions et elles racontèrent la même chose : une vie passée à apprendre à se tenir sur scène et à travailler pour participer à l'émission. Elles rêvaient depuis toujours de faire partie d'un groupe. Nicole se sentit mal. Comment avait-elle pu se croire capable de faire carrière alors que, par rapport à ces filles, elle n'était qu'une petite débutante ?

Elles avaient consacré leur adolescence à faire des claquettes, prendre des cours de théâtre, de chant et de danse. Elle avait passé la sienne à s'amuser, aller danser en boîte avec ses copines et faire de son mieux pour éviter tout travail susceptible, de près ou de loin, de ressembler à une carrière. Elle s'était presque retrouvée par hasard chez Copperplate Insurance et, à vrai dire, ne pleurerait pas si elle perdait sa place. Cela l'ennuierait uniquement à cause des problèmes financiers que cela entraînerait pour sa famille. Elle ne s'était passionnée pour rien en particulier alors que ces filles montraient une détermination presque obsessionnelle à réussir. Elle avait écrit quelques chansons et connaissait certains airs à la guitare, mais elle n'avait rien de commun avec Eric Clapton.

Pendant les publicités, elle examina tristement ses cheveux, vérifiant qu'elle n'avait pas trop de fourches. Elle était une tricheuse et c'était pour cette raison que Darius ne l'avait pas rappelée. Il l'avait percée à jour et il avait compris qu'elle n'était pas capable de s'impliquer à long terme. Il avait dû sentir que devenir chanteuse n'était pas le rêve de sa vie.

L'émission reprit et Nicole regarda la suite avec mélancolie. Elle n'avait même pas l'allure d'une seule de ces stars potentielles. Elles avaient toutes les cheveux blonds et une coupe très moderne. Nicole fit glisser ses longues mèches noires entre ses doigts. Elle voulait devenir chanteuse, réellement. Peut-être ne l'avait-elle pas désiré avec beaucoup de force dans son enfance, mais elle avait grandi et changé d'avis. Elle aimait chanter et ferait tout pour y arriver. Elle pouvait prendre des leçons de danse, changer de coiffure… Mais oui ! Voilà ! Ainsi, tout le monde verrait qu'elle était sérieuse.

Pour se donner du courage, elle ouvrit le placard où sa mère rangeait les alcools. Personne ne buvait beaucoup chez elles, mais il y avait toujours une bouteille ou deux derrière les paquets de biscuits en cas d'urgence ou de visite. Nicole trouva le whisky. Elle n'aimait pas beaucoup cela mais il n'y avait rien d'autre. Elle s'en versa une dose, y ajouta du jus d'orange et goûta. Beurk ! C'était horrible, mais indispensable.

Elle gagna l'étage, but encore un peu et fouilla dans le premier tiroir de la commode de sa mère. De vieux rouges à lèvres et des bouts de papier froissés étaient mélangés à des flacons de déodorant vides et des boucles d'oreilles. Elle referma le tiroir et ouvrit le suivant. Des crèmes dépilatoires et un antique matériel d'épilation à la cire voisinaient avec ce que Nicole cherchait : le matériel de teinture. Sandra Turner était châtain terne jusqu'à ce qu'elle apprenne, à quatorze ans, à se décolorer les cheveux. Nicole s'était souvent demandé où elle avait trouvé le cran de le faire, compte tenu que, pour sa grand-mère, c'était le premier pas vers la damnation éternelle.

À présent, Sandra faisait faire sa couleur dans un salon mais, dans le passé, quand elles manquaient d'argent, elle l'avait souvent posée elle-même. Nicole lut attentivement le mode d'emploi à suivre pour se transformer en blonde scandinave. Cela paraissait assez simple, pensa-t-elle, sans réfléchir un seul instant que sa magnifique chevelure noire serait peut-être plus difficile à teindre que les boucles de sa mère.

Trois quarts d'heure plus tard, elle examina dans le miroir de la salle de bains la mousse qui couronnait sa tête. Était-ce prêt ? Elle frotta une mèche avec précaution. Le blond nordique n'était pas encore atteint. En fait, c'était plutôt orangé. Elle décida de laisser le produit agir encore dix minutes, pour plus de sûreté. Trop occupée à s'imaginer dans la peau d'une amazone exotique à peau sombre et crinière claire, elle ne se rendit pas compte du temps qui passait. Quand elle regarda de nouveau sa montre, dix-sept minutes s'étaient écoulées.

Zut ! Elle se pencha sur la baignoire et rinça le produit sous la douche. D'après le mode d'emploi, il était recommandé de faire deux shampooings pour se débarrasser des dernières traces de teinture. Les yeux fermés, Nicole chercha le flacon à tâtons, se lava deux fois les cheveux et les rinça longuement. C'était curieux : ils n'avaient pas la même consistance que d'habitude. Ils étaient plus rêches et plus raides. Elle prit le petit tube de coûteux après-shampooing. Cela arrangerait les choses. Le contraire se produisit. Plus elle frottait, plus ses cheveux ressemblaient à de la corde sous ses doigts. Elle prit enfin le risque d'entrouvrir les yeux pour constater le résultat et tomba d'un bloc sur les genoux. Les belles mèches noires lustrées avaient fait place à des touffes sèches comme de la paille de la couleur des abricots trop mûrs. Nicole releva sa chevelure mouillée et la contempla avec horreur. Même pas des abricots ! Plutôt des oranges… Elle se mit à pleurer.

Quand sa mère rentra, amenant son ami le pompier pour prendre un café, Nicole ruminait dans le salon, avec son troisième grand verre de whisky. Sa tignasse, trop desséchée pour qu'elle la coiffe, se dressait autour de sa tête comme après une électrocution.

— Tes cheveux ! dit Sandra, tirée de son apathie habituelle par la vue de cette étrange coiffure.

Nicole éclata de nouveau en sanglots.

— Je sais, c'est affreux, dit-elle en hoquetant. J'ai utilisé ta teinture et ça n'a pas marché. Je crois que je l'ai laissée trop longtemps.

— Cela me rappelle le travail, dit le pompier en souriant. C'est sacrément…

— La ferme ! crièrent ensemble Nicole et Sandra.

Le samedi soir, après une journée où Nicole n'avait même pas osé s'approcher de la porte d'entrée, Charlene, l'amie de Sandra, arriva avec ses ciseaux et un vanity-case en métal rempli de teintures. Heureusement, elle ne pinça pas les lèvres en secouant la tête comme l'avait fait la grand-mère de Nicole. Celle-ci marmonnait toujours contre les dangers d'une décoloration quand Charlene commença à examiner la catastrophe.

— Cela aurait pu être bien si tu étais allée dans un salon, mais se décolorer chez soi avec un produit périmé est à proscrire absolument, dit-elle. De toute façon, avec ta nature de cheveux, il te sera très difficile de changer de couleur.

— Maman le fait depuis toujours, répondit Nicole avec des larmes dans la voix.

— Il y a une grande différence entre des cheveux d'Asiatique et ceux de ta mère, répondit simplement Charlene.

Après quelques minutes d'examen, elle fit la grimace.

— Il n'y a rien à faire, dit-elle avec compassion. Je dois les couper avant d'essayer d'arranger la couleur. Tu sais, si on t'avait fait la même chose dans un salon, tu aurais pu demander assez de dommages et intérêts pour ne plus avoir de soucis d'argent jusqu'à la fin de ta vie !

Nicole battit sombrement des paupières. Savoir qu'elle était seule responsable de son malheur ne la consolait guère.

— Vas-y, coupe ! dit-elle, les dents serrées.

Charlene s'exécuta. De longs écheveaux orange tombaient sur le sol tandis qu'elle maniait habilement les ciseaux.

— Charlene est la meilleure, jura Sandra en voyant l'expression de sa fille. Cela va te plaire.

— Je ne veux surtout plus les voir, dit Nicole. Je vais acheter un chapeau.

— Ce n'est pas d'un chapeau que tu as besoin, dit sa grand-mère en éclatant de rire. C'est une perruque qu'il te faut !

10

La nuit précédant son entrée à la garderie, Millie avait été trop excitée pour dormir. Malgré cela, le lundi matin en question, elle fit une scène terrible en hurlant qu'elle ne voulait pas y aller. Elle tapait avec énergie de ses petits pieds en chaussettes roses, se débattant quand Hope voulait lui mettre sa salopette mauve.

— Veux pas y aller ! braillait-elle à pleins poumons, agitant les bras dans tous les sens comme un moulin en furie.

Toby, accoutumé aux cris de sa sœur, se tenait dans le coin de la chambre et, suçant son pouce, observait le spectacle avec intérêt.

— Millie, sois sage ! cria Hope à son tour.

Elle savait que ce n'était pas la bonne réaction face aux colères des enfants mais elle était trop fatiguée pour réfléchir calmement. Si elle avait suivi les conseils des ouvrages de pédiatrie, elle aurait ignoré Millie pour lui montrer qu'elle ne tolérerait pas cette façon de se faire remarquer. Mais c'était plus facile à dire qu'à faire. Les auteurs ne s'étaient certainement jamais trouvés dans un supermarché avec un bambin rouge de colère, vociférant pour avoir des bonbons. Sinon, ils n'auraient jamais conseillé de s'éloigner mine de rien. Un jour, Hope avait tenté l'expérience mais, à peine avait-elle eu le dos tourné, que Millie avait couru le long du rayon pâtisserie en saccageant les glaces à la cerise dont des morceaux se collaient dans sa frange. Elle s'était ensuite mise à piailler comme si on l'égorgeait parce qu'une aimable vendeuse essayait de l'aider.

— Je ne veux pas aller à la crèche ! répétait-elle en ce matin de janvier.

Elle tapa du pied encore plus violemment. Hope renonça. Ce n'était qu'une garderie après tout. Même si elle en avait rêvé tout le mois précédent parce que cela lui donnerait un peu de liberté, ce n'était pas grave si Millie et Toby manquaient ce premier jour tellement attendu.

Hope s'assit sur le lit de Millie et contempla par la fenêtre le jardin clos à l'abandon. Les ronces étaient moins impressionnantes dans le froid glacial. Le gel avait donné un coup d'arrêt à leur plan de domination du monde. Hope se dit qu'elle devait vraiment s'en occuper, d'autant plus qu'il était impensable de garder les poulets dans l'arrière-cuisine en permanence. Mais, livrés, dehors, aux ronces et aux herbes folles, ils disparaîtraient.

Un mouvement se produisit alors à l'extérieur. Hope plissa les yeux pour mieux voir. Quelque chose de brun et petit se déplaçait. Des lapins ? Un joli bébé hérisson cherchant à manger du bout de son adorable petit nez ? Cela se répéta. L'animal était gros, lisse avec une longue queue et des yeux luisants de prédateur. Un rat ! Hope poussa un cri d'horreur. Un rat dans le jardin ! Cela signifiait la peste, la puanteur, d'affreuses bestioles qui se faufilaient partout et les attaqueraient en masse pendant la nuit !

Le cri de Hope avait inquiété Millie, dont la bouche se mit à trembler.

— Pardon, maman, dit-elle d'une voix pleine de larmes.

Cela se termina par une embrassade générale et, tout en serrant ses enfants dans ses bras, Hope regardait avec épouvante par-dessus leur tête. Peut-être s'agissait-il d'un rongeur solitaire ? Peut-être était-il entré dans le jardin des Parker par accident et allait-il repartir très vite ? Il réapparut avec un congénère, tous deux filant dans la même direction, du gros rhododendron vers un vieux fût rouillé, en traversant un espace dénudé. Ils couraient clairement vers un but précis. Un plus petit les suivait. Pendant les dix minutes suivantes, Hope observa sombrement leur sarabande. Elle croyait que les rats étaient des animaux nocturnes et qu'ils avaient peur des humains. C'était bien sa chance ! Ceux-ci avaient toutes les audaces du monde et ne craignaient pas de se montrer en plein jour comme s'ils passaient une audition pour une émission naturaliste. Comment ne les avait-elle pas encore remarqués ? Comment allait-elle s'en débarrasser ?

Elle téléphona à Matt, mais on lui répondit qu'il était allé marcher. Elle fronça les sourcils. Il n'était que neuf heures et demie. Pourquoi Matt allait-il marcher quand il était censé travailler ? Si c'était de cette façon qu'il passait son temps dans cette fichue Maison des créateurs, elle ne s'étonnait plus qu'il reste muet quand elle l'interrogeait sur son grand roman.

— Maman, on va à la garderie ? demanda Millie en toute innocence.

Elle avait enfilé seule sa salopette mais, comme les attaches lui posaient un problème, elle avait coincé les bretelles dans le col de son tricot imprimé de pensées.

— Dans un petit moment, mon chou, répondit Hope qui feuilletait le répertoire téléphonique.

Le responsable du service de dératisation la rassura.

— Ne vous inquiétez pas ! Il y a des rats partout, ici. Il suffit de les surveiller. On va s'en occuper. Je serai disponible à midi. Combien en avez-vous vu ?

— Trois, répondit Hope, occupée à fermer correctement la salopette de Millie, le téléphone coincé contre l'épaule. Mais il y en a peut-être plus. Je trouve qu'ils se ressemblent tous. Peut-être qu'il y en a beaucoup mais qu'on n'en voit que trois à la fois.

— Avez-vous des enfants ou des animaux domestiques ? demanda encore son interlocuteur.

— Oui, deux enfants et des poules.

Hope entendit une sorte de petit hoquet qui lui mit la puce à l'oreille.

— Des poules, répéta-t-il d'un ton soucieux. Cela devient plus sérieux.

La responsable de la garderie était une Allemande du nom de Giselle qui parlait avec beaucoup de gentillesse. Elle aurait pu jouer le rôle de la fée avec ses boucles d'or, ses yeux pleins de douceur et son expression de tendresse maternelle. Hope en vint à regretter de ne pas pouvoir s'inscrire elle-même ! Au mois de décembre, quand elle l'avait rencontrée pour se faire une idée de l'ambiance des lieux, Giselle s'était montrée charmante. À présent que Hope arrivait avec une heure de retard, rouge et angoissée par l'invasion des rongeurs, elle l'était tout autant.

— Je suis désolée d'avoir un pareil retard, commença-t-elle. Je vous avais dit que je les amènerais à neuf heures et demie, mais…

Giselle l'arrêta dans un anglais impeccable.

— Il n'y a pas de problème. Les premiers jours peuvent se révéler un peu difficiles. Laissons d'abord Millie et Toby faire connaissance avec les autres. Ensuite, vous devriez goûter nos cookies faits maison !

Une heure plus tard, quand Hope rentra chez elle, elle se sentait plaisamment gavée de biscuits au gingembre et rassurée. Les enfants seraient très bien. Pour commencer, ils iraient deux fois par semaine, le lundi et le vendredi. Si Hope trouvait un travail à temps partiel, elle les laisserait d'autres jours.

« J'ignore ce que je pourrais trouver, avait-elle dit à Giselle. J'ai toujours travaillé dans la banque ou les sociétés de crédit, mais il n'y en a pas à Redlion.

— Ce sera plus facile en été, la rassura Giselle. Le tourisme engendre de nombreux emplois. En cette saison, ce n'est pas la même chose, mais on ne sait jamais ce qui peut arriver. Quant aux rats, ne vous inquiétez pas. Vous êtes à la campagne, avec plein de petites bêtes ! Mieux vaut ne pas savoir ce qu'il peut y avoir d'autre. »

Les rats lui suffisaient, pensa Hope sombrement. L'idée que des bestioles grouillaient dans les broussailles, surveillant ses poules et ses chevilles, n'améliorait guère son moral.

L'employé de la dératisation examina la zone autour du vieux fût rouillé en proférant force « Hum ! hum ! », en particulier quand il vit les deux vieux hêtres dans le coin du jardin. Il farfouilla dans les faines, l'air consterné.

— Qu'en pensez-vous ? demanda Hope.

Elle avait soigneusement rentré le bas de son jean dans ses bottes en caoutchouc, de peur que des rats ne remontent le long de ses jambes. Elle avait aussi un gros bâton pour leur taper dessus. Évidemment, pas un seul d'entre eux ne se montra.

— Il y a de nombreux signes d'une forte activité, dit gravement le spécialiste. Vous avez ici tout ce qu'il faut à ces animaux pour bien vivre : de l'eau dans le ruisseau derrière le jardin et de la nourriture avec les faines de l'année dernière. Ils les adorent. En plus, vous conservez des aliments pour volailles dans l'abri.

— Mais ils ne peuvent pas y accéder, protesta Hope.

— Non, mais ils les sentent et ils aiment ça. Ce sont des omnivores, ils mangeraient n'importe quoi.

— Même les poules ? dit Hope d'une voix étranglée.

— Non, mais ils avaleront la nourriture que vous leur donnerez et, s'ils souillent leurs aliments, les poules peuvent attraper des maladies qui se retrouvent dans les œufs.

— Oh ! C'est affreux.

— Ne vous inquiétez pas. Je vais mettre du poison dans nos pièges haute sécurité. Seuls les rats peuvent y entrer. Cela devrait régler le problème dans l'immédiat, mais si vous ne débarrassez pas le jardin de toute cette jungle, ils reviendront. Surtout si vous mettez les poules dehors.

— C'est ce que j'avais prévu, soupira Hope.

Elle dut signer un gros chèque avant que l'homme commence à poser les pièges. Doublement perturbée par l'état de son compte en banque et l'invasion des rongeurs, Hope rentra, se lava les mains aussi vigoureusement que si elle avait touché les bestioles, et appela Mary-Kate.

— Comment se passe la première journée des enfants à la garderie ? demanda-t-elle.

— Bien, mais c'est le dernier de mes soucis, gémit Hope. Nous avons des rats et je dois faire nettoyer le jardin pour être vraiment tranquille. Sinon, je ne pourrai jamais sortir les poules. Connais-tu quelqu'un qui se chargerait de ce travail ? Le problème, c'est que je peux à peine payer une demi-livre !

Elle devina la réaction de Mary-Kate avant que celle-ci se mette à rire.

— Je crains que cela ne suffise pas, dit-elle.

— Je ferais n'importe quoi pour résoudre la question.

— Je connais quelqu'un qui loue du matériel. Il a une petite débroussailleuse qui serait parfaite pour les ronces et les mauvaises herbes, mais il voudra se faire payer. Et je te jure, Hope, que tu ne dirais pas aussi facilement que tu ferais n'importe quoi si tu le connaissais !

Pour la première fois depuis le début de la journée, Hope éclata de rire.

— À moins qu'il n'ait besoin de quelqu'un pour mettre de l'ordre dans ses finances ou changer des dollars en euros, je crains de ne pas pouvoir l'intéresser !

— Il y aura une solution, tôt ou tard, la consola Mary-Kate. Je dois y aller. J'ai une liste d'ordonnances longues comme le bras à préparer. Tout le monde est malade, à Redlion. À bientôt.

Quand le téléphone sonna, à peine un quart d'heure plus tard, Hope ne s'attendait pas à entendre Mary-Kate.

— Tu ne le croiras pas mais je viens d'avoir une idée formidable, dit-elle. Tu connais Erwin, le loueur de matériel dont je t'ai parlé tout à l'heure. Sa femme s'occupe de son secrétariat et de sa comptabilité. Il vient de passer à la pharmacie avec une ordonnance pour elle. Elle a un zona, la pauvre ! Elle ne pourra pas retravailler avant un mois, si ce n'est plus. Erwin sera perdu sans elle. Je lui ai parlé de toi. Que dirais-tu d'un remplacement ?

Hope en resta bouche bée.

— Je... je... je n'ai jamais fait ce genre de travail, réussit-elle enfin à articuler.

— Tu assurerais la permanence jusqu'à ce qu'elle se sente mieux. Erwin te paierait et il s'occuperait sans doute gratuitement de ton jardin, en prime ! Ce serait pour deux ou trois matinées par semaine. C'est un début, non ?

Erwin appela Hope pour lui parler de la suggestion de Mary-Kate et il lui parut satisfait de l'arrangement, même s'il ne s'exprimait que par monosyllabes.

— Ce n'est que pour un mois, insista-t-il. Il n'est pas question d'un emploi à long terme. Ma femme sera bientôt sur pied.

— Cela me convient parfaitement, répondit Hope. Je viendrai vendredi.

Quand sonna six heures et demie, Hope avait la sensation d'avoir survécu à une tornade : les enfants étaient allés à la garderie, elle avait fait venir l'employé de la dératisation, et elle avait du travail. Matt n'était parti que depuis neuf heures du matin, mais il lui semblait qu'une éternité s'était écoulée entre-temps. Tant d'événements s'étaient produits ! Elle avait hâte de tout lui raconter.

Les enfants étaient morts de fatigue. Millie dormait déjà sur le canapé, serrant dans ses mains un livre qu'elle avait « emprunté » à la bibliothèque de la garderie. Elle avait beaucoup insisté sur ce mot. De son côté, Toby, qui mangeait, en principe, tout ce que sa mère lui donnait, était trop fatigué pour dîner. Il ne pouvait plus tenir ouverts ses yeux aux paupières bordées de longs cils et s'accrochait de toutes ses forces à sa fourchette en plastique.

— Allons, mes chéris, il est temps de vous coucher, dit gaiement Hope.

Un délicieux ragoût de porc mijotait sur le fourneau, embaumant toute la maison et, pour fêter son nouveau travail, elle avait mis une bouteille de vin dans le réfrigérateur. Ce serait une soirée tranquille en tête à tête, juste pour marquer le coup. Matt serait si fier d'elle, pensait Hope en faisant couler le bain des enfants. Il s'inquiétait en permanence des questions d'argent depuis quelque temps. Le salaire de Hope couvrirait les frais de la garderie. Certaines personnes la trouveraient stupide de travailler uniquement pour cela, mais elle avait besoin de deux ou trois jours par semaine à l'extérieur de chez elle. Cela lui ferait du bien, même s'il ne lui restait pas grand-chose de ce qu'elle gagnerait chez Erwin. De plus, s'il débroussaillait gratuitement le jardin, ce serait un énorme avantage.

Pour une fois, elle n'eut pas à lire longtemps, car Millie et Toby sombrèrent dans le sommeil bien avant la dernière page. Hope les embrassa doucement sur le front, quitta leur chambre et se rendit dans la sienne. Elle ôta rapidement sa tenue habituelle, jean et sweat-shirt, pour passer une jupe en fin jersey vert olive et une tunique assortie. Elle laissa ses cheveux flotter sur ses épaules et se parfuma.

Un bruit de freinage lui apprit le retour de Matt. Elle pensait que Ciaran Headley-Ryan l'avait ramené mais, en réalité, Finula s'en était chargée et paraissait très décidée à s'inviter.

— Je m'arrête juste une minute pour dire bonjour, dit-elle gaiement en s'installant dans le fauteuil le plus confortable, comme si elle était là pour la soirée.

Elle semblait véritablement costumée, avec son ample robe à fleurs et son immense cardigan rouge vif à grosses mailles. C'était le vrai chic Emmaüs par opposition au chic bohème.

Matt embrassa distraitement Hope sur la joue et se jeta sur le canapé avec un soupir de fatigue. Avec son jean déteint, son vieux pull gris moulant ses muscles et sa barbe d'un jour, il ressemblait plus à une rock star en vacances qu'à un futur écrivain.

— Tu prendras bien quelque chose, Finula ? proposa-t-il d'une voix lasse.

Il est de mauvaise humeur, pensa Hope.

— Oh, alors rien qu'un verre… dit Finula comme si elle n'acceptait qu'à contrecœur.

Elle battit des cils à l'intention de Matt, incapable de s'empêcher de lui faire du charme. Hope savait que son mari produisait toujours cet effet sur les femmes : séduites par son allure, elles succombaient doublement quand elles découvraient l'esprit incisif caché sous ses apparences parfaites.

— Je prendrai aussi un verre de vin, Hope, ajouta Matt.

Hope fronça les sourcils. De toute évidence, on la considérait comme juste bonne à faire la domestique.

La bouteille de blanc bien frais ne dura pas longtemps et Matt ouvrit du rouge. La boisson lui avait redonné de l'animation mais ne l'avait pas rendu plus heureux, pensa Hope en ôtant le ragoût du fourneau avant de le couvrir de papier aluminium. Oui, Matt s'était animé mais il restait très tendu et ne cessait de tambouriner de ses longs doigts sur le bras du canapé. À croire qu'il ruminait un problème personnel et ne faisait un effort de conversation qu'au profit de Finula. Celle-ci, d'ailleurs, n'avait rien remarqué. Son verre à la main, elle se tenait aussi près de Matt que possible sans s'asseoir sur ses genoux. Elle racontait une histoire au sujet d'un peintre qu'elle avait admiré dix ans plus tôt et qui était devenu célèbre.

— On me dit que j'ai l'œil pour reconnaître la bonne peinture, tu sais, se vanta-t-elle d'une voix embrumée avant de prendre une autre grande gorgée de vin. Même en faisant de son mieux, ce n'est pas toujours facile. Tant d'artistes comme nous sont obligés de vivre en plein désert culturel.

Hope ne doutait pas de faire partie des habitants de ce désert tandis que Finula et Matt comptaient au nombre des créateurs incompris.

— Mais nous ne devons pas ennuyer Hope avec nos histoires d'artistes. Et la littérature ? Vous lisez, n'est-ce pas ? demanda Finula comme une tante hautaine faisant un effort pour parler à une nièce un peu arriérée. Qu'avez-vous lu récemment qui vous ait émue ?

— Le *Guide de la dératisation pour tous*, répondit Hope. Cela m'a donné la nausée.

Finula eut son rire de gorge et Matt dévisagea Hope.

— Des rats ? demanda-t-il.

— Je t'expliquerai plus tard, répondit-elle.

— Que pensez-vous du travail de Matt ? demanda Finula, peu intéressée par les détails domestiques. Ses idées me fascinent.

Ce fut au tour de Hope de fixer Matt dans les yeux. Elle n'avait toujours pas vu le premier mot de ce fameux roman mais, apparemment, Finula, si ! Hope se sentit prise d'une grande colère.

— S'il te plaît, Finula, tu vas me causer des ennuis chez moi, dit Matt, mal à l'aise. Je n'ai rien montré à personne.

— Je sais, vilain !

Finula lui sourit avec coquetterie et lui donna une tape sur le bras.

— Mais à la façon dont tu as parlé de cette histoire, nous grillons d'impatience de la lire, Ciaran et moi. Avec ton intelligence, tu vas écrire quelque chose d'extraordinaire, j'en suis certaine. Je parie que vous êtes très fière de votre mari ? dit Finula en se tournant de nouveau vers Hope.

— Très fière, répondit Hope, les dents serrées.

Finula ne partit qu'après que la deuxième bouteille eut été vidée. Elle repoussa d'un geste de la main l'offre de Matt d'appeler un taxi pour lui éviter de conduire. Il n'y avait qu'un petit chemin de campagne à suivre, dit-elle, et elle serait chez elle.

— Pour quelques verres de vin ! ajouta-t-elle gaiement en trébuchant jusqu'à sa voiture sur des hauts talons peu adaptés à la vie rurale.

— Cette pauvre idiote va foncer droit dans la haie, gronda Hope en jetant les deux bouteilles vides à la poubelle.

Finula n'était qu'une gourde ennuyeuse et prétentieuse. Elle croyait peut-être avoir évoqué l'art et la culture avec intelligence et finesse, en réalité, elle n'avait fait que parler pour ne rien dire d'une exposition et d'un livre qu'elle avait lu en cherchant à frimer. Hope se sentait prête à exploser : elle avait faim, elle avait bu deux verres de vin et Matt avait gâché leur tête-à-tête en ramenant Finula ! Folle de rage, elle posa bruyamment les verres sales dans l'évier.

Matt referma la porte après avoir salué Finula de la main. Il alla se rasseoir sur le canapé, posa ses longues jambes sur la table basse, le regard morne, fixant le vide.

— Le dîner doit être fichu, grogna Hope. Mais comment peut-on poser des questions aussi bêtes ? « Qu'avez-vous lu récemment qui vous ait émue ? » Pauvre crétine paternaliste !

Elle arracha le papier qui protégeait le plat et contempla les restes desséchés du beau ragoût. Les sauces prêtes à l'emploi pouvaient être aussi sophistiquées que possible, aucune ne résisterait à deux heures d'attente dans un four rancunier.

— Encore mieux : « Vous lisez, n'est-ce pas ? » Autrement dit, êtes-vous une de ces idiotes de femmes au foyer sans rien dans la tête, ou bien vous arrive-t-il de penser, de temps en temps ?

La casserole atterrit sur la table de cuisine avec un grand « bang ».

— Tu vas réveiller les enfants, l'avertit Matt.

Ce fut comme s'il avait allumé la mèche de la bombe. Les yeux de Hope jetèrent des éclairs.

— Parfait ! Ils auront au moins une chance de parler à leur père, pour une fois ! À propos, ils ont eu une longue journée très intéressante. Mais tu n'as même pas pris la peine de t'inquiéter d'eux ni de moi. Surtout pas !

Elle s'échauffait à énumérer ses griefs et sa voix monta encore d'une octave.

— Puisque ce grand esprit de Finula existe, pourquoi demander à son idiote de femme comment s'est passée sa journée ? C'était beaucoup plus intéressant de traîner avec la commère du quartier pour qu'elle puisse me montrer sa supériorité et, par-dessus le marché, gâcher notre dîner !

— Elle s'est invitée sans que je le lui propose ! grinça Matt entre ses dents.

Hope vit que tous les signaux passaient au rouge. Elle remarqua que la mâchoire de Matt se crispait, preuve qu'il allait exploser, lui aussi. Mais elle ne pouvait plus s'arrêter. Sa haine pour Finula, qui couvait depuis si longtemps, débordait.

— Et tu as essayé de l'en empêcher, bien sûr ! Cette stupide grosse vache est folle de toi et je ne le supporte pas...

— Je suis heureux de constater qu'il y a au moins une chose susceptible de te faire réagir, jeta Matt d'un ton sec. Toutes ces dernières semaines, j'ai eu l'impression de vivre avec un robot ! J'ai eu des conversations avec mon ordinateur plus intéressantes qu'avec toi.

— À qui la faute ? cria Hope, piquée au vif. Tu passes plus de temps à parler à cette machine qu'à moi.

— Oh ! Lâche-moi, tu veux ?

— Tu n'es jamais là pour t'occuper des enfants, cria-t-elle. Tu nous as expédiés comme des objets dans ce trou perdu et je suis censée garder le sourire en te faisant une maison de rêve. La gentille petite bobonne ! Et quand tu daignes rentrer, tu me rabroues comme une malpropre si je te demande comment s'est passée ta journée.

— Arrête !

Ils se faisaient face par-dessus la cocotte fumante où reposaient les restes calcinés du dîner. Hope n'avait jamais vu Matt dans une telle colère. Il serrait violemment les lèvres comme pour retenir des paroles qu'il regretterait. Sa propre hargne reflua soudain. Hope ne savait pas rester fâchée très longtemps, cela lui faisait trop peur. Les gens qui s'emportent sont méchants et on les laisse tomber. Qu'avait-elle dit ? Elle l'avait blessé, elle lui avait fait mal et maintenant, il allait partir. Oh, non ! Elle se souvint brusquement de sa terreur à l'idée qu'il puisse avoir une liaison et l'abandonne. Pétrifiée, elle comprit qu'elle devait s'excuser, tendit la main vers Matt et lui demanda pardon. Mais il était hors d'atteinte.

— Je suis désolé de t'avoir amenée dans ce trou perdu, dit-il méchamment. Si tu désires partir, je ne t'en empêcherai pas. Tu peux toujours rejoindre Sam si tu ne veux plus de moi. Tout ce que j'espérais, c'était ton soutien pour réaliser le rêve de ma vie.

Il la fixa d'un regard vide.

— Nous reparlerons de cela demain. Il doit y avoir assez d'argent sur le compte pour ton billet d'avion et ceux des enfants.

Hope plaqua ses mains sur sa bouche grande ouverte.

— Pas la peine de m'attendre, ajouta froidement Matt.

Il décrocha sa grosse veste en cuir du portemanteau, l'enfila d'un geste brusque et claqua la porte derrière lui.

Comment en étaient-ils arrivés là ? Tout lui avait échappé très vite : elle avait déclenché un processus impossible à arrêter, une fois lancé. Elle se mordit la lèvre, mais elle pleurait déjà sans pouvoir se retenir. À l'étage, un des enfants pleurnicha. Sûrement Toby, qui avait toujours eu le sommeil léger. Hope ne risquait pas de l'aider à se rendormir s'il la voyait pleurer. Matt ne pouvait pas être sérieux en lui disant de rentrer avec les enfants ? Non, impossible ! Qu'avait-elle fait ? Elle aurait dû se taire au sujet de Finula. C'est tout !

Matt savait qu'il n'aurait pas dû conduire après avoir bu mais il s'en moquait. Il roula jusqu'au bout du chemin et, alors seulement, eut honte de lui. Il laissa la voiture sur le bord de la route et fit à pied les sept cents mètres qui le séparaient du village. Le Widow Maguire était bondé, comme d'habitude, touristes et habitants de Redlion mélangés. Des clients du Manoir Rouge Leon descendaient parfois jusqu'au bourg pour goûter à la vie dans un authentique pub irlandais. Ensuite, ils oubliaient de rentrer. L'hôtel devait alors envoyer un minibus pour ramener au bercail ces inconscients, victimes de la différence de contenance entre les verres irlandais et européens ou américains. Ils ne savaient plus depuis longtemps où ils étaient quand la patronne en personne leur servait « le petit dernier pour la route »…

Il restait un tabouret vide au bar. Matt s'y laissa tomber.

— Un double whiskey, demanda-t-il à la jeune serveuse. Du Jameson. Sans glace.

Les yeux de la fille n'étaient pas les seuls à détailler avec approbation ce grand brun en veste de cuir qui était entré dans le pub d'un pas furieux. Son expression rageuse le rendait encore plus attirant. Elle lui trouvait presque l'air inquiétant avec sa barbe du jour et ses yeux sombres frangés de longs cils. Un bel homme, vraiment. Elle ne le reconnaissait pas mais il ne ressemblait pas aux riches clients de l'hôtel. À l'abri du bar, elle prit son sac et vérifia son rouge à lèvres dans son petit miroir. Elle remit une couche de rose chaud, très sexy.

Inconscient de l'effet qu'il produisait, Matt vida son verre en quelques gorgées. Il en eut le souffle coupé, l'impression d'avoir avalé de la lave en fusion. Il reprit sa respiration puis fit signe à la serveuse de la main. Elle surgit devant lui, les lèvres d'un rose brillant, avant qu'il ait fini son geste.

— Puis-je en avoir un autre, s'il vous plaît ?

— Bien sûr, susurra-t-elle d'un ton plein d'espoir.

Elle ne voyait pas que, même de mauvaise humeur, Matt Parker restait imperméable à ses tentatives d'approche.

Il tourna quelques instants le verre entre ses mains, faisant doucement jouer les reflets de la lumière sur le liquide ambré. Comment la situation avait-elle pu dégénérer à ce point ? Il n'était pas dans un bon jour, c'est vrai, mais cela ne suffisait pas à expliquer que Hope s'énerve et l'agresse. Il ne comprenait pas pourquoi elle ne supportait pas Finula. Il se sentait mal dans sa peau depuis quelque temps et le jeu de séduction auquel se livrait Finula lui faisait du bien. Elle, au moins, semblait croire à son talent d'écrivain. Personne d'autre n'y croyait. Des airs irlandais pleins d'entrain se succédaient dans le pub et tout le monde parlait très fort. Matt ne remarquait rien et buvait son whiskey à petites gorgées pensives. Il réalisait que l'excitation du travail à l'agence lui manquait. Quand on peinait sur une campagne difficile, les collègues étaient là pour vous plaindre et vous aider. Et, le soir, on allait boire une ou deux bouteilles de bon vin en râlant contre le client. Si l'on gagnait une récompense professionnelle à l'issue d'un lancement réussi, ils étaient là pour vous féliciter et vous traiter de petit génie. Il s'ennuyait de tout cela. S'asseoir devant une feuille blanche pour écrire ses pensées était une idée très séduisante, du moins en théorie. En réalité, cela représentait une terrible solitude. Matt regrettait l'agitation de l'agence, les reparties du tac au tac qui fusaient dans le bureau de création, les blagues paillardes et les plaisanteries maison. Mais ce n'était peut-être pas tout. Il ne put retenir un frisson et, instinctivement, vida son verre. Il aurait fait n'importe quoi pour empêcher certaines pensées, qu'il ne voulait surtout pas s'avouer, de monter à la surface.

La serveuse lui sourit avec une fausse timidité. Elle n'était pas vilaine, se dit Matt. Avec ses cheveux noirs, ses taches de rousseur et ses yeux bleus de Celte, elle était typiquement irlandaise. Il l'imaginait très bien dans une publicité pour la Guinness, en train de rire devant une pinte de bière sombre, sur fond de musique irlandaise. Il sourit en lui-même. Publicitaire un jour, publicitaire toujours ! Dan et lui avaient souvent passé de longues heures à mettre en scène des inconnus dans des clips imaginaires.

« Pour des protections féminines, elles sont parfaites », disait Dan, par exemple, en voyant deux très jeunes filles moulées dans un jean qui ne laissait rien ignorer de leur anatomie. « Non, pour une barre chocolatée », contrait Matt quand l'une des filles se tournait vers eux, montrant ce genre de bouche pulpeuse idéale pour s'arrondir autour d'un biscuit de forme phallique. Il n'avait jamais compris pourquoi il n'y avait pas plus de gens à se plaindre de ces images à connotation sexuelle très forte. « Gagné ! soupirait Dan. Elle est faite pour ça. À moins que… Que dirais-tu d'un rouge à lèvres ? »

Ils ne jouaient jamais à cela avec des gens qu'ils connaissaient, ç'aurait été trop cruel. En lui-même, Matt s'autorisait à imaginer le nouveau rédacteur en mauviette méprisée par les filles dans une campagne pour une boisson non alcoolisée. Pour lancer une poudre à laver, la secrétaire du service comptable lui semblait la mère de famille idéale, qui essaie de faire partir les taches sur le maillot de football de son fils. Et Hope ? Elle aurait l'air complètement anachronique dans un spot vantant un produit.

Elle ne s'intégrerait que dans une publicité pour un site historique, peut-être dans le rôle de l'hôtesse. Mais ces commandes étaient très rares. Hope… Comment aurait-il pu lui dire ce qui n'allait pas ? C'était impossible car, alors, elle comprendrait qu'il les avait tous déracinés pour rien. Le grand roman restait au point mort. Matt était furieux contre lui et avait besoin du soutien de Hope. Mais elle se conduisait en mégère qui ne comprenait rien ! Était-elle aveugle ? Ne voyait-elle pas ce qui lui arrivait ?

Il sourit amèrement à la serveuse et lui demanda un autre double whiskey. Il voulait se saouler, se saouler horriblement.

Il faisait très froid, mais Hope n'était pas certaine qu'il gèle. Elle commençait à savoir anticiper l'évolution du temps. S'il allait geler, le ciel était d'une pureté glaciale et l'on voyait toutes les étoiles avec netteté. Elle n'avait jamais fait attention à ces détails auparavant. À Bath, s'il faisait froid, elle poussait la chaudière et, la nuit, elle regardait rarement par la fenêtre. Mais à cause du système de chauffage primitif de Curlew Cottage, elle avait pris l'habitude d'écouter les bulletins météorologiques et de surveiller le ciel. Si la température menaçait de baisser, elle devait remettre du bois dans le fourneau pour que la maison reste chaude jusqu'au matin.

Ce soir-là, Hope pensa que le froid ne tenait peut-être pas seulement au climat. Elle avait l'impression d'être gelée jusqu'aux os. Cela durait depuis plusieurs heures, depuis que Matt était parti en fureur. Après qu'elle eut enfin réussi à rendormir Toby, elle était descendue silencieusement pour s'asseoir à côté du fourneau, les pieds posés sur le rebord. Elle voulait avoir chaud pour attendre Matt. Mais il n'était pas revenu. Minuit avait sonné sans le ramener chez lui. Comme les pubs fermaient à onze heures et demie, il aurait dû rentrer peu après.

À une heure du matin, elle éteignit toutes les lampes, sauf la petite lumière derrière la porte d'entrée, et elle monta se coucher. Lentement, presque douloureusement, elle se déshabilla et s'allongea dans leur grand lit. Les draps étaient froids à lui faire mal. Bien qu'elle ait les pieds comme des glaçons, elle n'enfila pas ses chaussons de lit blancs et duveteux. Matt les avait en horreur. Elle voulait lui faire plaisir, faire quelque chose qu'il puisse prendre pour des excuses. Si seulement il rentrait, elle lui demanderait pardon et lui dirait que tout était de sa faute à elle. Elle s'était conduite comme une mégère, une horrible mégère…

Ses larmes coulèrent sur l'oreiller qu'elle serrait contre elle, essayant d'imaginer que c'était Matt. Elle vit les aiguilles lumineuses du réveil marquer deux heures du matin, puis trois, avant de s'endormir d'un sommeil troublé.

La sonnerie du réveil la fit s'asseoir en sursaut dans le lit. Sept heures et demie ! L'heure à laquelle Matt avait l'habitude de se lever. Elle réalisa avec un choc que les draps de son côté n'avaient pas été défaits. En principe, elle avait encore dix minutes ou un quart d'heure de grâce avant que Millie et Toby se jettent sur elle, grincheux ou rieurs, selon les jours. Mais ce matin-là, elle les entendit au rez-de-chaussée. À en juger par le bruit des cuillères dans les bols, ils étaient en train de dévorer leur petit déjeuner.

Elle passa sa robe de chambre en chenille, qui la faisait ressembler à la petite sœur du bonhomme Michelin, et descendit lourdement l'escalier, s'attendant à découvrir le désastre que les enfants n'avaient pu manquer de faire. Au lieu de cela, elle découvrit Matt en train de battre des œufs tandis que Millie et Toby buvaient tranquillement leur bol de lait, assis à table. Il avait une mine épouvantable comme si, quoi qu'il ait fait pendant la nuit, cela avait impliqué de ne pas dormir. Hope sentit son humeur se durcir en le regardant. Il ne lui avait même pas téléphoné alors qu'elle s'était rendue malade d'inquiétude à l'imaginer embourbé quelque part avec la voiture ou, pis, gisant dans son sang après un accident. Et maintenant il était là, joyeusement inconscient de ce qu'il lui avait fait subir, en train de préparer le petit déjeuner des enfants comme s'il le faisait tous les matins !

Sans un mot, elle alla mettre la bouilloire à chauffer.

— Maman, papa nous fait du pain à la française, grillé d'un seul côté ! lui annonça gaiement Millie.

Vraiment ! pensa Hope.

— Il ferait mieux de nettoyer derrière lui, grinça-t-elle entre ses dents.

Matt lui jeta un regard dur et insistant, qu'elle ignora.

Elle se prépara une tasse de café instantané et l'emporta dans la chambre. Que Matt s'occupe des enfants, pour une fois ! Elle se recoucha pour lire tranquillement. Malheureusement, ce projet qui lui avait toujours semblé si attirant parce qu'elle n'avait jamais la possibilité de le mettre en application ne lui procura pas le plaisir qu'elle en attendait. Au lieu de se détendre avec un roman policier, elle passa son temps à ruminer sa colère, à l'affût du moindre mot qui pouvait lui parvenir de la cuisine. Elle ne cessait de se demander où son mari avait bien pu passer la nuit. Mais elle ne lui poserait pas la question, certainement pas ! C'était à lui de le lui dire. S'il ne le faisait pas, elle ne le lui demanderait pas. Jamais !

La guerre froide dura toute la semaine. Le matin, Matt partait avant que Hope ait fini de préparer les enfants. Le soir, il se conduisait avec une politesse froide envers elle. Il lui demandait comment Millie et Toby s'étaient comportés comme s'il s'était adressé à une vague connaissance rencontrée par hasard dans la rue. Quand Hope lui avait parlé de son travail, il avait accueilli la nouvelle d'un simple grognement. Elle préparait le dîner machinalement et ils l'avalaient en silence, avec la télévision en bruit de fond. Au lit, ils restaient aussi raides que des gisants, se tenant aussi loin que possible l'un de l'autre, de crainte d'entrer en contact même par le bout d'un orteil.

Finula avait obligeamment informé Hope qu'elle avait été ravie d'accueillir le cher Matt pour la nuit après leur dispute. « Les artistes peuvent être impossibles à vivre ! », avait-elle ajouté, visiblement très excitée d'avoir des informations de première main sur la vie privée des Parker. Hope n'avait pu qu'acquiescer.

Le mercredi après-midi, tandis que Hope grattait des carottes pour le dîner, elle réalisa tristement que les hommes étaient très doués pour la guerre. Ils pouvaient la faire durer plus longtemps que les femmes. Elle aurait aimé conclure la paix mais, pour une fois, peut-être même pour la première fois de sa vie, résistait à la tentation de courir vers Matt et de le supplier de lui pardonner pour que la vie reprenne son cours normal. C'était lui qui était dans son tort, après tout ! Elle ne pouvait implorer son pardon quand c'était lui le fautif. Elle avait cédé pendant toute sa vie de femme mariée et comprenait enfin que c'était une erreur. Il fallait briser ce schéma. Du moins, quelque chose devait changer.

Bien que Matt fût dans son tort, il se conduisait comme s'il était furieux contre elle.

Le vendredi, elle l'emmena à la Maison des créateurs dans ce silence absolu qui régnait entre eux depuis plusieurs jours. Ensuite, elle déposa les enfants à la garderie. La rapidité avec laquelle ils se précipitèrent vers Giselle alerta Hope sur le fait qu'ils souffraient de la situation. Comment y auraient-ils échappé ? Elle essayait de toutes ses forces de ne rien changer à son attitude en leur présence, mais l'atmosphère était glaciale dans le cottage. Elle décida de mettre un terme à tout cela le soir même. Ils devaient avoir une discussion franche, sans excuses abjectes de sa part, et ils mettraient les choses au clair. Légèrement moins déprimée qu'elle ne l'avait été depuis huit jours, Hope se rendit à sa première matinée de travail.

L'affaire d'Erwin Donald se trouvait à une quinzaine de kilomètres de Redlion sur la route de Killarney. Le bureau était un petit bâtiment peu engageant en béton accolé aux immenses hangars à portes d'acier où étaient stockées les machines. Les moissonneuses-batteuses coûtaient une fortune et peu d'agriculteurs pouvaient en acheter. Cela permettait à des entrepreneurs comme Erwin de gagner de l'argent en les louant. Février faisait partie des mois calmes sur tous les fronts. Le temps étant le plus souvent trop dur même pour les travaux de construction, la maison Donald Machinery recevait peu de demandes.

— Il faut juste assurer la permanence jusqu'à ce que Moira aille mieux, expliqua Erwin.

Le nouvel employeur de Hope était un géant d'une cinquantaine d'années avec une tignasse rousse et un visage couvert de taches de son.

— Vous aurez seulement à répondre au téléphone, poursuivit-il, ce genre de petites choses. Moira s'apprêtait à mettre de l'ordre dans les papiers pour les impôts avant de tomber malade, conclut-il en allumant la lumière dans le bureau.

Hope se retint de pousser un cri. Il faisait encore plus froid dans la pièce nue que dehors. Rien d'étonnant à ce que la pauvre Moira soit malade ! Le miracle était plutôt qu'elle n'ait pas d'abord succombé à une double pneumonie. Frissonnante, Hope fit du regard le tour des tristes murs blancs où s'alignaient des meubles de classement en métal. Le sol était couvert d'un vieux linoléum. Elle espérait qu'un chauffage se cachait derrière un des deux bureaux en bois.

— On peut basculer la ligne de l'entreprise sur celle de la maison, vous savez. Nous ne passons pas beaucoup de temps ici, dit Erwin sur un ton d'excuse.

Il semblait remarquer pour la première fois que l'endroit était sinistre.

— Il y a une bouilloire et de quoi faire du thé dans l'entrée, ainsi que des toilettes.

Il tira un vieux chauffage soufflant qui était rangé sous l'un des bureaux et le mit en marche. Hope s'attendait presque à ce qu'il fasse sauter le disjoncteur mais, au bout de quelques instants, il commença à cracher de l'air chaud sentant le renfermé. Erwin lui expliqua comment répondre aux appels téléphoniques et ils fixèrent le jour où il viendrait à Curlew Cottage avec sa débroussailleuse. Après quoi, il la laissa. Hope fit de nouveau le tour de son petit royaume et frissonna un peu plus. Le pull bleu pâle à col roulé et le pantalon noir qui lui avaient paru une tenue adéquate pour travailler ne la protégeaient guère. Elle garda donc son manteau.

Deux tasses de thé plus tard, le téléphone n'avait sonné qu'une fois et Hope s'ennuyait à périr. Était-ce pour cela qu'elle avait mis ses petits trésors en garderie ? Pour geler deux matinées par semaine dans un bureau où elle n'avait rien à faire ? Il n'y avait même pas une radio pour se distraire. Elle regarda sa montre. Une heure s'était écoulée. Il en restait deux à tirer. Elle pensa un moment téléphoner à Mary-Kate pour lui demander si Erwin avait réellement besoin d'aide ou si elle l'avait forcé à l'engager. À la réflexion, cela lui parut un peu paranoïaque. Comme elle se sentait incapable d'avaler une autre tasse de thé et qu'elle avait besoin de bouger pour se réchauffer, elle commença à ouvrir les tiroirs. Erwin ne lui avait rien demandé de tel, mais elle devait trouver à s'occuper pour mériter son salaire et ne pas devenir folle d'ennui.

Les paperasses du premier tiroir dataient de dix ans plus tôt. Tout semblait en ordre dans des dossiers étiquetés avec soin : « impôts », « comptabilité », « impayés »…

Hope passa au deuxième tiroir qui, d'après l'étiquette, concernait l'activité de neuf ans plus tôt. C'était le cas, mais rien n'était classé et les archives s'entassaient les unes sur les autres. Incrédule, Hope souleva une pile. De petits bouts de papier s'en échappèrent et tombèrent. Elle feuilleta le tout rapidement et se rendit compte que le tas englobait aussi bien des factures que des reçus, des catalogues et des listes de prix.

Du troisième tiroir, elle exhuma de nouveau des documents datés de neuf ans plus tôt et en total désordre. Elle commençait à comprendre pourquoi Moira était tombée malade plutôt que d'affronter le percepteur. Hope sourit. À présent, elle avait de quoi s'occuper ! Retroussant ses manches, elle s'assit et attaqua l'opération de tri.

À midi et demi, elle avait répondu à quatre appels téléphoniques et classé un premier tiroir sans rien laisser de côté. Elle éprouvait une profonde satisfaction à mettre de l'ordre dans ce fouillis. Elle l'envisagerait différemment si elle devait le faire tous les jours, sans doute, mais cela lui avait donné beaucoup de plaisir. Absorbée par son activité, elle avait oublié sa guerre avec Matt. Des bouts de papier ne pouvaient la regarder avec reproche ni réveiller son sentiment de culpabilité. Ils attendaient simplement qu'on leur assigne une place précise.

Elle laissa un mot à Erwin avec ses messages téléphoniques, ajoutant qu'elle avait fait un peu de rangement. Puis elle éteignit le radiateur et partit, contente d'elle.

L'assistant de Mary-Kate, un jeune homme timide qui portait le prénom très peu irlandais d'Otis, était en train de servir une cliente quand Hope entra. Elle s'assit donc sur la chaise installée à côté du comptoir et patienta. Elle avait hâte de raconter sa matinée à quelqu'un.

Quand Otis eut fini, elle demanda à voir Mary-Kate.

— Elle a dit que vous deviez la rejoindre directement dans son bureau, répondit-il.

Étonnée, Hope traversa vivement la pharmacie. Elle s'attendait à retrouver l'arôme du mélange de cafés qu'affectionnait son amie. Or, la cafetière était éteinte et Mary-Kate enfilait son imperméable.

— Désolée d'arriver sans prévenir, dit Hope, toujours prête à s'excuser. Je voulais juste te raconter comme cela s'est passé chez Erwin. Mais je vois que tu sors. Je ne veux pas te retarder.

— Comment peux-tu dire cela ? répondit affectueusement Mary-Kate. C'est avec toi que je sors ! On va manger un sandwich au pub pour fêter tes débuts.

Hope se sentit ridiculement heureuse. C'était si bon d'être appréciée !

— Comment savais-tu que nous avions quelque chose à fêter ? demanda-t-elle.

Mary-Kate se mit à rire.

— Arrête de poser des questions idiotes et racontemoi ta matinée !

L'après-midi, avec un regain d'énergie, Hope emmena les enfants se promener. Quand ils rentrèrent, Millie et Toby étaient si fatigués que, pour une fois, ils jouèrent ensemble sans se disputer. Hope décida de s'attaquer à la pile de repassage.

Au bout d'une heure consacrée aux vêtements d'enfants, durs comme du carton à cause de l'eau très calcaire de la région, Hope se sentit à la fois très méritante et très fatiguée. Il lui restait toutefois une dernière tâche à accomplir : préparer le dîner.

Elle feuilleta son livre de cuisine, à la recherche d'une recette simple. Toutes celles dont la photo lui semblait appétissante nécessitaient des ingrédients qui lui manquaient. Même le sauté de porc – puisqu'elle avait du porc – exigeait du gingembre, qu'elle n'avait pas. Zut ! Elle referma sèchement l'ouvrage et décréta que les femmes qui travaillent n'ont pas le temps de mitonner de petits plats. Elle ouvrit donc une boîte de ragoût tout prêt de sa marque préférée. Une fois le porc en train de mijoter, un coup d'œil dans le salon lui apprit que Millie, la polissonne en chef, dormait dans le grand fauteuil tandis que Toby faisait tranquillement des coloriages. Hope grimpa donc quatre à quatre dans sa chambre pour ouvrir sa boîte à lettres électronique. Elle avait pris l'habitude de vérifier tous les jours si elle avait du courrier, au cas où Sam ou quelqu'un d'autre lui aurait écrit. En quittant Bath, elle avait promis à ses amies de rester en contact et avait reçu nombre d'e-mails lui souhaitant bonne chance ou un joyeux Noël, ou lui demandant des nouvelles. Cette fois, il y avait un courrier de Betsey. Hope l'ouvrit avec impatience, car ses messages la faisaient toujours hurler de rire.

« Comment cela va-t-il, dans le Kerry ? Scrogneugneu, ce que ça doit faire du bien de ne plus avoir à courir comme une dératée ! Je suis plongée jusqu'au cou dans un énorme article sur “les femmes en politique” et je n'ai pas eu un instant pour écrire depuis Noël. Dan travaille sur une campagne pour une marque de bière et il me rend dingue. Tu sais comment ils sont, Matt et lui, quand ils entrent en transe créative.

Le cauchemar ! Dan prétend qu'il ne sait plus ce que c'est de dîner chez lui en famille parce qu'il y a toujours l'un de nous deux qui veille très tard.

« En plus, samedi prochain, nous devons aller à la soirée des grands prix de la publicité. J'ai hâte d'être à Londres pour faire les boutiques. Tu sais que la lutte sera rude et si je ne suis pas bichonnée jusqu'au bout des ongles dans du Chloé ou je ne sais quoi, je serai cataloguée comme une sorcière mal fagotée jusqu'à la fin de ma vie. Tu te souviens de l'année dernière, quand Erica s'est pointée dans ce vieux truc en velours rose ? On aurait cru que sa grand-mère l'avait tricoté ! Dan mourra de honte si je ne suis pas super-chic, mais je n'ai pas le temps ! Snif, snif !

« Si tu savais comme je t'envie de pouvoir flemmarder avec les gosses et de ne pas t'enquiquiner avec des cérémonies de remise de prix, des histoires de nounou ou de garderie, ou l'obligation d'être maquillée dès le matin. Le bonheur ! As-tu fait la connaissance d'autres mères ? J'espère que tu as des amies. Est-ce que les femmes qui ne travaillent pas s'occupent toujours autant des ventes de charité ? Je pensais leur consacrer un article de fond. Ça fait tellement années soixante-dix, tu ne trouves pas ? Raconte-nous vite comment vous vous débrouillez et si vous n'envisagez pas de revenir bientôt à la civilisation. Ciao. Betsey. »

Hope n'en croyait pas ses yeux. Revenir à la civilisation ? Mais que croyait Betsey ? Qu'ils avaient émigré au fin fond du Congo quatre siècles plus tôt ? Quant à ses réflexions… « As-tu fait la connaissance d'autres mères ? »… « Je t'envie de pouvoir flemmarder avec les gosses »… Le fait de ne plus travailler impliquait-il qu'elle vive à présent dans une sorte de quart-monde isolé de tout ? Sa démission n'entraînait pas qu'elle ait dû renoncer à réfléchir ou à s'habiller décemment ! Cela ne la condamnait pas à se transformer en ménagère abrutie qui ne pense à rien d'autre qu'à nettoyer son réfrigérateur ! Betsey n'était jamais restée plus longtemps chez elle avec ses enfants que la durée légale du congé maternité. De toute évidence, elle considérait les femmes au foyer comme folles ou stupides. Ou les deux !

Hope éteignit l'ordinateur et descendit l'escalier en furie. Elle était dans une telle colère quand Matt rentra qu'elle en oublia de lui battre froid et se lança dans une tirade passionnée au sujet de cet e-mail.

— Sincèrement, pour qui se prend-elle ? dit-elle en disposant avec brusquerie les portions de porc sur les assiettes. À croire que nous avons été bannis à des millions de kilomètres de toute civilisation et que nous faisons la ronde en pagne de feuilles séchées pendant que les indigènes battent le tambour ! Quel mépris de croire que les gens qui restent chez eux pour s'occuper de leurs enfants sont tous lobotomisés !

— Elle n'a certainement pas voulu être aussi désagréable, dit Matt d'un ton apaisant.

Il était heureux que Hope lui parle à nouveau. De plus, comme elle avait fait le premier pas, il pouvait se montrer magnanime et lui parler aussi. Il n'arrivait toujours pas à croire qu'elle ait tenu pendant une semaine. Avant, s'ils se disputaient, elle le suppliait de lui pardonner au bout de quelques minutes. Hope changeait, de façon subtile mais incontestable.

— Je vais aller lire son courrier.

Il redescendit peu de temps après, les marches craquant sous ses pas.

— Quelle idiote ! grogna-t-il entre ses dents.

— Ah, tu vois ! Je savais que tu trouverais aussi qu'elle exagère, fulmina Hope.

Mais ce qui perturbait Matt n'était pas la référence aux ventes de charité ou la supposition qu'ils puissent vivre au milieu de nulle part parce qu'ils avaient quitté le Royaume-Uni. Non… Ce qui le bouleversait était l'allusion banale à la campagne de publicité pour la bière et toute l'agitation qui entourait la remise des prix de la publicité. Il regrettait son monde avec une violence qui lui fit un choc. Il aurait tout donné pour vivre le grand frisson de la cérémonie, où chacun buvait trop en affectant une feinte indifférence à l'égard de la médaille qui couronnait la meilleure campagne, même si tout le monde rêvait de l'emporter. Il aurait tant aimé se trouver en pleine réunion de créativité, avec l'impression que les idées jaillissaient autour de lui comme des geysers, au milieu des trouvailles et des plaisanteries.

Hope le prit dans ses bras, réalisant soudain qu'elle avait rompu la glace malgré sa volonté de résister. Zut ! C'était mieux ainsi et elle se sentait très fière d'avoir fait valoir son point de vue en restant fâchée contre Matt aussi longtemps.

— Je suis contente que nous ayons échappé à ce monde de fous, mentit-elle. On est mieux ici, n'est-ce pas ?

— Oui, mentit Matt à son tour en la serrant dans ses bras, lui aussi. Bien mieux.

11

Le lundi matin, Nicole entra d'un air très digne dans l'immeuble de bureaux où elle travaillait. Ses cheveux étaient coupés en mèches courtes et légères d'une belle teinte cuivrée. L'ignoble couleur orange avait laissé place à un subtil dégradé ambre foncé à reflets métalliques, d'un effet stupéfiant avec son teint café au lait. La coupe était encore plus réussie. Elle suivait la ligne élégante de sa tête et mettait en valeur ses pommettes. Nicole n'avait plus grand-chose de commun avec la jeune femme qui avait quitté son bureau le vendredi. Ainsi coiffée, et avec un pantalon noir collant, de hautes bottes et un très court blouson en jean délavé elle était très belle, au point que les gens se retournaient sur son passage.

— Bon Dieu ! s'exclama la réceptionniste comme Nicole passait devant elle. Qu'as-tu fait à tes cheveux ?

— J'ai eu envie de changer, répondit Nicole.

Après en avoir discuté avec Sharon, elles avaient conclu que c'était là la meilleure réponse. Nicole aurait été trop gênée de raconter sa bêtise. À propos, où pouvait bien être Sharon ? Elles avaient prévu de se retrouver au café en face de l'immeuble de Copperplate pour que Nicole n'ait pas à affronter seule les critiques de ses collègues.

— Tu es la nouvelle mascotte ? demanda un employé du service prospection quand elle monta dans l'ascenseur. Des cheveux cuivrés pour Copperplate, l'« assiette en cuivre », tu piges ?

— C'est la mode, dit Sharon en se faufilant dans l'ascenseur, tout essoufflée, au moment où les portes se fermaient. Ça n'existe pas pour les hommes ?

Elle jeta un regard écœuré à la calvitie du vilain mufle.

— Tu donnerais au moins deux dents pour avoir des cheveux que tu puisses teindre !

— Chameau ! lui jeta-t-il.

Nicole lui adressa un geste de la main expressif tandis qu'elle sortait de l'ascenseur avec Sharon, toutes deux gloussant de la repartie de cette dernière.

— Qu'est-ce que tu as fait à tes cheveux ? demandèrent presque tous les employés en voyant Nicole.

— C'est joli, dirent les filles qui travaillaient à côté de Sharon et de Nicole.

— Si seulement j'avais le courage d'en faire autant ! soupira une ravissante jeune Indienne du nom de Shirin, dotée d'une longue chevelure noire. Mon père me tuerait si je me teignais !

Un sourire éclatant éclaira soudain le visage de Nicole.

— Voilà à peu près le seul avantage qu'il y a à ne pas connaître son père ! répondit-elle.

— Sinclair à neuf heures ! souffla Sharon.

Elle guettait du coin de l'œil la surveillante, qui s'avançait vers leur petit groupe.

Plus rapides que des souris venant de repérer un chat, elles s'éparpillèrent et se précipitèrent vers leur siège respectif. Elles n'avaient pourtant aucune raison de s'inquiéter. L'unique cible de Mlle Sinclair était Nicole. Qu'est-ce que cette idiote avait encore inventé ?

— Vos cheveux ! dit-elle d'un air révulsé.

— Oui ? répondit Nicole avec un sourire que démentaient ses yeux. Je les ai coupés.

Ulcérée par un tel culot, Mlle Sinclair poussa un grognement sourd.

— Ce n'était pas de la coupe que je parlais, répliqua-t-elle d'un ton acide.

— Vous n'aimez pas la couleur ? demanda Nicole d'un ton innocent.

Elle savait que rien n'aurait plus réjoui Mlle Sinclair que de pouvoir la faire renvoyer sous prétexte d'avoir contrevenu au règlement de l'entreprise sur la tenue vestimentaire des employés.

— Beaucoup de gens se teignent, reprit Nicole.

Elle fixa les cheveux noirs de son interlocutrice, dont les racines châtain clair apparaissaient sous une couche de pellicules.

— J'espère que la teinture ne pose pas de problème pour les femmes d'origine indienne, ajouta-t-elle avec machiavélisme.

Elle eut la satisfaction de voir la harpie reculer anxieusement d'un pas. Elle savait que cette dernière l'attaquait parce qu'elle ne l'aimait pas. C'était donc bien fait pour elle si elle jouait ostensiblement la carte du problème racial pour se défendre.

Mlle Sinclair s'empourpra.

— Je faisais une remarque sur votre nouvelle coiffure, c'est tout ! En revanche, le blouson en jean est interdit. Vous connaissez la règle de notre maison.

Sans un mot, Nicole enleva le vêtement, révélant un tee-shirt blanc dont l'étoffe trop fine ne cachait rien d'une poitrine parfaite, sans soutien-gorge. Les yeux de son adversaire sortirent de leurs orbites et Nicole cacha son sourire. Rien, dans le règlement, ne l'obligeait à porter un soutien-gorge.

Quand Mlle Sinclair eut regagné d'un pas furieux l'extrémité opposée de la salle et fut occupée à gâcher la vie de quelqu'un d'autre, Nicole appela Sharon.

— Quelle garce ! souffla-t-elle. Il est temps que je me tire d'ici parce que, sinon, je vais me retrouver en prison pour meurtre.

— Courage ! lui dit doucement Sharon. Quand tu seras célèbre, tu pourras dire des horreurs sur elle à tout le monde en restant intouchable.

— Tu parles, répondit sombrement Nicole. Les poules auront des dents avant que je sois célèbre.

— Tu n'aurais pas dû parler des femmes indiennes, lui reprocha Shirin, à une heure une, dans les toilettes des dames. Mon père dit que c'est mal de réclamer un traitement particulier sous prétexte que nous sommes d'une race différente.

— Shirin, même avec cinquante pour cent de sang indien, je suis une Londonienne pur sucre ! Je n'ai jamais vu mon père.

— Je suis désolée pour toi, dit Shirin.

Sharon entra à cet instant pour remettre du rouge à lèvres.

— Pourquoi est-elle désolée pour toi ? demanda-t-elle.

— Pour rien, grommela Nicole.

De quoi parlait Shirin ? Le fait de ne pas connaître son père et de tout ignorer de sa culture ne signifiait rien. Grâce à sa grand-mère, elle possédait des racines suffisamment fortes, de toute façon. Elle disposait d'un bon répertoire de chants irlandais traditionnels. Elle n'avait pas besoin d'autre chose !

La journée se traîna, pleine d'ennui. À trois heures et demie, n'y tenant plus, Nicole commença à lire les offres d'emploi dans le journal du soir, entourant au stylo celles qui l'intéressaient. Quand Mlle Sinclair vint rôder dans les parages, elle ne prit même pas la peine de se cacher. Elle aurait presque aimé la mettre assez en colère pour qu'elle la licencie sur-le-champ. Elle ne supportait plus Copperplate.

Tout cela était la faute de Darius Good, pensa-t-elle avec rage. S'il ne lui avait pas donné de faux espoirs, elle continuerait joyeusement à travailler, à plaisanter avec Sharon et sa bande, à jouer des tours à son ennemie et à ne s'inquiéter que du week-end. À présent, elle avait entrevu la possibilité d'une autre vie et voulait y goûter. Elle refusait de rester ainsi coincée au service des réclamations.

À la pause, elle alluma son portable, dont l'usage était interdit pendant les heures de travail. « Vous n'avez pas de nouveau message », annonça le répondeur. Nicole fut si déprimée qu'elle oublia d'éteindre son téléphone. Aussi, à cinq heures moins dix, la sonnerie retentit, étouffée, dans le fond de son sac à dos.

— Où est ce fichu truc ? grinça Nicole entre ses dents en farfouillant dans ses affaires. Oui ? dit-elle d'un ton brusque.

— Bonjour, Nicole, c'est Darius Good, de Titus.

Nicole se redressa sur sa chaise. Elle se moquait qu'on puisse la surprendre.

— Bonjour, vous allez bien ? demanda-t-elle sur le ton de la conversation banale.

Darius ne pouvait dissimuler son excitation.

— Pouvez-vous venir chez nous demain pour rencontrer notre directrice ? Je sais que je vous ai fait attendre avant de vous donner des nouvelles, mais Sam Smith était très occupée. À propos, elle aime beaucoup votre voix.

— Vraiment ? dit Nicole, rayonnante. À quelle heure, demain ?

— Dix heures ?

— Parfait. Pouvez-vous me donner l'adresse ?

Elle prit le temps de l'écrire avant de demander :

— Serez-vous là ?

— Bien sûr ! Vous m'appartenez.

Darius se reprit en bafouillant de confusion :

— Heu… Je veux dire que c'est moi qui vous ai découverte… Je vous amène ici… Enfin, vous me comprenez.

— Très bien, dit Nicole en jouant de sa voix de gorge. Je me réjouis d'avance de rencontrer toute l'équipe.

Elle raccrocha et adressa un grand sourire à Sharon.

— Prends ton manteau, Sharon, on fonce dans les boutiques.

— Il n'est même pas encore cinq heures et demie ! protesta Sharon.

— On va se faire toutes petites, gloussa Nicole.

— Je ne peux pas.

— Très bien. Moi, j'y vais. Appelle-moi sur mon portable quand tu sortiras et l'on se donnera un rendez-vous. Je dois m'acheter une tenue.

Nicole défit les trois boutons du haut de la robe chemisier moulante rouge vif qu'elle avait trouvée la veille chez Next. Les bottes en cuir noir qu'elle avait dû acheter pour aller avec dépassaient largement son budget mais, avait-elle pensé pendant que la vendeuse scannait l'étiquette, c'était à cela que servaient les cartes de crédit !

Sharon avait fait le sacrifice suprême en empruntant le sac Prada de Tina, sa sœur aînée, qui y tenait comme à la prunelle de ses yeux. Elle y avait mis la condition qu'il devait avoir retrouvé sa place dans l'armoire le soir même, sinon sa sœur la massacrerait. « Tu as l'air d'une milliardaire », avait-elle soupiré avec révérence devant Nicole.

Cette dernière se tenait, à présent, dans le vaste espace de chrome et de verre qui servait de salle d'attente chez Titus ; elle tentait de cacher son appréhension tandis que passaient des gens habillés à la dernière mode. Ils couraient en tous sens, parlant à tue-tête, qu'ils s'adressent à leur portable ou à un interlocuteur proche. Nicole remarqua, en particulier, une très belle femme au carré blond platiné, vêtue d'un pantalon en cuir vieilli qu'elle reconnut pour un modèle de Dolce & Gabbana, et dont les ongles vernis d'un pourpre éclatant se serraient sur un agenda électronique dernier cri. Nicole aurait aimé demander à l'hôtesse d'accueil qui était cette personne et ce qu'elle faisait, mais Darius apparut à ce moment-là et elle ne voulait pas paraître gauche.

— Bonjour, dit-elle calmement.

Elle s'était exprimée comme si elle avait l'habitude de ce genre de rendez-vous professionnel.

— Bonjour, répondit Darius.

Nicole le détailla rapidement des pieds à la tête. Il était encore mieux que la première fois. Il s'était fait couper les cheveux. C'était l'un des rares hommes de sa connaissances qui fût capable de porter une chemise décontractée sur son jean sans la boutonner. Son visage accueillant arborait une expression amicale. Il avait l'air d'un homme prêt à s'allonger au soleil sur l'herbe d'un parc, avec Nicole, une bouteille de vin et les abeilles en train de bourdonner autour d'eux tandis qu'ils se regarderaient les yeux dans les yeux.

— J'aime beaucoup votre nouvelle coiffure, dit-il d'un ton admiratif.

Brusquement arrachée à sa rêverie, Nicole sourit, espérant qu'il n'apprendrait jamais la vérité sur sa coupe de cheveux. Elle sentit sa feinte décontraction l'abandonner tandis que Darius la guidait jusqu'au cinquième étage où, lui expliqua-t-il, elle était attendue par Sam Smith, Sophie Lanson, Nadia Vieri et d'autres membres de l'équipe.

— Cela fait pas mal de gens, commenta Nicole, qui aurait tout donné pour pouvoir allumer une cigarette.

— Oui. En fait, tout le monde veut vous rencontrer. Ensuite, nous aurons sans doute un entretien avec Sam sans les autres. Elle est dure au travail mais gentille, je vous le promets. Et elle aime votre voix.

— Vous me l'avez déjà dit, souffla Nicole, qui essayait de ne pas claquer des dents. Qu'est-ce que cela signifie, précisément ? Que va-t-il se passer, ensuite ?

— Eh bien, si Sam est d'accord, nous vous engagerons pour un essai en studio. Vous travaillerez avec des auteurs et des producteurs, et si c'est réussi, nous sortirons des singles, voire un album.

— Le problème, dit Nicole, c'est que je n'ai pas beaucoup de chansons. J'en ai écrit quelques-unes, mais rien d'extraordinaire.

Autant être honnête, pensait-elle. La veille, elle avait relu l'ensemble de ses textes et s'était rendu compte qu'ils étaient plutôt mauvais.

— Nous regarderons vos créations ensemble, peu importe si elles ne sont pas assez fortes, la rassura Darius. Il y a beaucoup d'artistes qui n'écrivent pas leur musique. Ce qui compte pour nous, c'est votre voix.

Il ne mentionna pas que Link était particulièrement intéressé par Nicole en raison de l'échec consternant de ses deux dernières jeunes recrues britanniques. Il fallait du sang neuf et une chanteuse capable d'atteindre la première place. Si Nicole répondait à leurs espoirs et remportait du succès, ce serait le délire ! Mais seul le temps dirait si Darius s'était trompé ou non.

— Pourquoi parlez-vous toujours des « artistes » ?

— Oh ! C'est ainsi que nous appelons les chanteurs et les musiciens.

— Comme dans « drôle d'artiste ! », plaisanta Nicole.

Elle perdit toute envie de rire en entrant dans la grande salle de réunion moderne, incomparablement plus élégante que le plus beau bureau de Copperplate. Assises autour de la table, se trouvaient plusieurs personnes d'allure très branchée, qui l'examinaient d'un regard scrutateur. La blonde platinée qu'elle avait remarquée était installée à un angle. Nicole déglutit péniblement puis inspira à fond. C'était la chance de sa vie. Elle allait leur montrer de quoi elle était capable !

— Elle est fantastique, dit un peu plus tard Sam à Karen Storin. Elle est intelligente et elle sait ce qu'elle veut.

Nicole était sortie un moment avec Darius, en quête des toilettes.

— Et d'une beauté ! soupira Karen. Elle pourrait faire une carrière de mannequin. Si on lui trouve de bonnes chansons et si elle a les tripes nécessaires pour les défendre, nous avons une autoroute devant nous, avec elle !

— Je l'espère, dit Sam avec chaleur. Nous avons perdu une fortune avec Density et j'ai la sensation que le groupe n'ira plus très loin. Nous avons besoin d'une valeur sûre pour compenser, pas d'autres hystériques !

— Est-ce que je leur ai plu ? demanda anxieusement Nicole à Darius, qui l'escortait vers le bureau de Sam.

Avec lui, elle avait renoncé à feindre la décontraction. Il était clair qu'il aspirait, autant qu'elle, au succès. Il lui fit un grand sourire, légèrement penché vers elle.

— Oui, beaucoup, comme je vous l'avais dit !

— Alors nous allons travailler en studio, enregistrer quelques chansons et voir si c'est bon ?

— Seulement deux ou trois, répondit Darius, et Sam verra si elle peut vous proposer un contrat.

— Je ne sais pas comment je vais supporter d'attendre !

— Écoutez, Nicole, si vous pouvez chanter seulement à moitié aussi bien que sur votre démo, c'est gagné d'avance, je vous le garantis.

Nicole trouva que le bureau de Sam ressemblait beaucoup à son occupante : immaculé, professionnel, sans le moindre chichi. Pas de photos de gosses entassées sur le bureau, pas de plantes soigneusement bichonnées débordant des meubles de classement, pas d'aquarelles sur les murs ; juste un coin salon avec une immense table de travail en bois clair et des disques de platine accrochés aux murs. Sam était décidément une coriace. Petite, mince et élégante dans un ensemble gris qui devait coûter une fortune, elle était très belle, mais il émanait d'elle comme un avertissement : on ne lui faisait pas avaler n'importe quoi ! Nicole appréciait cela, même si ça l'intimidait. Mais Sam avait été réellement gentille avec elle pendant la réunion, ce qui semblait de bon augure.

— Que pensez-vous de tout cela ? lui demanda Sam quand ils se furent installés autour de la table.

— En toute franchise, c'était un peu angoissant, ces discussions sur les cours de chant et de danse, et le reste…

— Je suis ravie que vous le preniez ainsi, répondit Sam, à la grande surprise de Nicole. Les enjeux sont très importants, et nous allons vous demander de quitter votre emploi pour mettre au point votre voix et enregistrer sous la direction d'un producteur, nous laisser vous prendre en main, travailler avec un chorégraphe, le tout sans la moindre garantie de succès.

Nicole tressaillit.

— Vous toucherez une avance à la signature du contrat, si vous signez avec nous. Mais, ensuite, si cela ne marche pas, on vous dit au revoir. Vous entrez dans un monde très dur, Nicole, et je ne veux pas que vous vous fassiez d'illusions.

— Vous me prenez pour une idiote ! s'insurgea Nicole.

— Je n'ai pas dit cela, répondit calmement Sam. Je vois bien que vous êtes intelligente. Mais vous seriez étonnée de savoir combien de gens pensent qu'ils vont devenir des stars mondiales et, quand ils échouent – ce qui arrive très souvent dans ce domaine –, s'effondrent sans rien comprendre.

Le ton de Sam se fit plus pressant.

— Cela ne signifie pas que vous n'allez pas y arriver, Nicole. Je veux seulement être certaine que vous avez conscience du risque d'échec.

Nicole ayant l'air un peu secouée par sa déclaration, Sam l'encouragea :

— Courage ! Je crois en vous, et en Link. Nous avons une équipe formidable, Nicole, et nous allons réussir. Personne ne sait faire un lancement comme Link, vous pouvez me croire. Bien ! Commençons par le commencement. Il vous faut un agent. Darius, avez-vous pensé à quelqu'un pour Nicole ?

Quand, une demi-heure plus tard, Darius et Nicole reprirent l'ascenseur pour descendre au rez-de-chaussée, Nicole avait l'impression d'avoir essuyé un cyclone.

— Elle est impressionnante, dit Darius, mais j'espère qu'elle ne vous a pas fait peur.

Il dévisageait Nicole avec inquiétude. L'idée que Sam ait pu l'effrayer lui était insupportable. Mais il avait tort. Le petit visage de Nicole exprimait la plus grande joie.

— Non, dit-elle, c'était extraordinaire. Je suis plus décidée que jamais à faire ce travail.

Sam était pliée de douleur. Comme tous les mois, cela partait du milieu du ventre pour irradier sourdement dans le bas du dos et le bas-ventre. Ce n'était vraiment pas le moment ! Elle assistait au lancement de l'album de Density dans la boîte rock la plus branchée de tout Londres. L'endroit était bourré à craquer. Quant à savoir si les quelque trois cents personnes en train de boire à l'œil et de se gaver de canapés gratuits étaient les bonnes, c'était une autre histoire. Si elles ne faisaient pas partie des personnalités les plus en vue des médias, des animateurs les plus connus d'émissions de rock ou si, tout simplement, elles ne présentaient aucun intérêt pour l'avenir du groupe, c'était une soirée pour rien.

Sam devait faire une petite allocution, très courte heureusement, avant celle de Steve. Ce mal au ventre était donc particulièrement malvenu. Un spasme encore plus douloureux la fit se crisper tout entière. Elle eut soudain très peur : si cela commençait maintenant, son pantalon crème moulant serait affreusement taché. Titubant presque dans sa hâte de se rendre aux toilettes, elle percuta Roberta Ceci. C'était la dernière personne qu'elle avait envie de voir en cet instant.

— Sam ! s'exclama Roberta en brandissant une de ses mains aux longs ongles rouges. Il faut que je vous parle…

— Excusez-moi, c'est impossible maintenant, dit Sam d'une voix hachée, laissant Roberta Ceci très fâchée, ce qui n'avait rien de rare chez elle.

Enfermée dans les lavabos, Sam se félicita d'avoir fait sienne la devise des scouts : elle était toujours prête à tout. Elle avala, sans eau, un comprimé analgésique et s'assit sur le couvercle des toilettes, priant pour la disparition de la douleur et de la faiblesse qui l'accompagnait. Ces fichus fibromes la tuaient ! Depuis qu'elle avait vu son généraliste, elle avait commencé à faire le compte des mois de sa vie où elle avait eu mal au ventre à en hurler.

Elle avait réalisé que cela s'était produit à maintes reprises. À l'époque, elle avait essayé d'ignorer le phénomène. À moins qu'elle n'ait été trop occupée pour remarquer son caractère anormal. Elle avait rendez-vous chez le spécialiste trois semaines plus tard et, une fois de plus, se demanda si elle n'aurait pas dû insister pour être reçue avant. Elle savait que le système de santé national était en crise, mais il s'agissait d'une consultation en clientèle privée et elle était sans doute assez bien assurée pour ne pas avoir à attendre. Mais peut-être n'était-ce rien de grave et s'inquiétait-elle pour rien. On la prendrait pour une hystérique si elle téléphonait maintenant pour essayer à tout prix de déplacer la visite. La secrétaire de son médecin avait vraiment insisté sur le fait qu'elle ne pouvait rien obtenir plus rapidement.

Au bout de dix minutes, Sam se sentit mieux et sortit de son refuge. En voyant son visage livide dans le miroir, elle réalisa qu'elle devait remettre du blush pour dissimuler son malaise. Malheureusement, elle n'était pas du genre à transporter une valise de maquillage dans son minuscule sac à main de soirée. Elle dut donc se débrouiller en estompant quelques touches de rouge à lèvres sur ses joues. Le résultat n'était guère convaincant, mais il faisait très sombre dans le club. Avec un peu de chance, personne ne remarquerait rien.

L'heure des discours étant arrivée, Steve était planté devant la porte qui menait à la scène et jetait des coups d'œil furieux autour de lui. Sam le rejoignit précipitamment.

— Désolée, je donnais une interview au *Mirror*, mentit-elle.

Réduit au silence, Steve ouvrit la porte et ils montèrent sur la scène. Les membres de Density patientaient en coulisse, prêts à jouer dès que Steve aurait informé l'univers qu'ils formaient le meilleur groupe au monde. Sam dut faire appel à tout son professionnalisme pour réussir à sourire, serrer la main de leur insupportable manager et répéter aux musiciens qu'ils étaient fantastiques. Néanmoins, elle avait un mauvais pressentiment à leur sujet, qui s'aggravait chaque fois qu'elle les voyait. Bien qu'ils n'aient jamais vendu un seul disque, ils affichaient une extrême assurance. Et s'ils échouaient, ils l'entraîneraient probablement avec eux dans leur chute.

Elle parla pendant deux minutes, Steve pendant cinq et, soudain, Density se lança dans un grand fracas de guitares et de hurlements.

— J'adore ces garçons, hurla Steve par-dessus le vacarme à l'intention de Sam.

— Moi aussi, dit-elle courageusement.

Mme Ceci apparut alors, en vrai pot de colle qu'elle était, et intercepta Sam. Elle était écarlate sous l'épaisse couche de Max Factor dont elle se tartinait le visage.

— Ne croyez pas que vous pouvez me traiter de cette façon ! hurla-t-elle. Je veux vous parler et je ne vous permets pas de me repousser…

Sam en avait assez. Elle s'avança lentement jusqu'à ce que ses yeux se trouvent à quelques centimètres de ceux de Roberta Ceci.

— Nous sommes à la soirée de lancement d'un album et je travaille, rétorqua-t-elle. Je ne comprends même pas ce que vous faites ici, car je n'ai pas vu votre nom sur la liste des invités. Mais si vous voulez me parler, vous pouvez appeler mon assistante pendant les heures de bureau et *si* vous avez quelque chose d'important à me dire, je vous recevrai.

Sam avait insisté sur le « si ».

— Vous avez compris ?

Roberta Ceci ouvrit de grands yeux.

— À ce sujet, arrêtez d'embêter mon équipe au téléphone et de lui gâcher la vie ! Et si vous avez quelque chose à dire, allez-y ! Parce que, moi, je ne vous laisserai pas me parler n'importe comment.

Sam attendit encore une demi-heure avant de filer à l'anglaise. Elle espérait que personne ne remarquerait son absence. Dans le taxi qui la ramenait chez elle, elle appela Karen Storin sur son portable. Celle-ci répondit en essayant de se faire entendre malgré le bruit. Sam comprit que Density jouait toujours.

— Karen, cria Sam, j'ai dû sortir pour un petit moment. J'ai reçu un appel urgent. Si Steve me cherche, dis-lui que je serai de retour dans une heure.

À ce moment-là, Steve serait trop imbibé de champagne pour réaliser sa disparition. Quant au manager de Density, la poudre colombienne l'empêcherait de s'apercevoir de quoi que ce soit.

Les rues illuminées défilaient de part et d'autre et Sam oublia l'infernale Roberta Ceci. En revanche, elle ne pouvait ignorer son mal au ventre et cette angoisse qui ne la quittait plus. Que lui arrivait-il ? Ne s'agissait-il que de fibromes ? Aurait-elle dû exiger un rendez-vous immédiat au lieu d'en accepter un avec presque un mois d'attente ?

Chez elle, comme l'inquiétude l'envahissait, Sam alluma son ordinateur pour faire une recherche. Elle aimait surfer sur Internet et savait explorer rapidement les sites intéressants. Comme elle ne s'était jamais intéressée à ceux axés sur la médecine, elle dut faire quelques tentatives avant d'en trouver un consacré à la santé des femmes.

Quelques minutes plus tard, elle découvrit l'existence de maladies dont elle n'avait jamais entendu parler. Puis elle tomba sur ce qu'elle cherchait : une liste de symptômes identiques aux siens. La douleur, les nausées, les problèmes menstruels, tout y était. Seulement, ces manifestations trahissaient un cancer des ovaires. Plus Sam avançait dans sa lecture, plus elle comprenait que l'existence de tels signes révélait que la maladie avait atteint un stade avancé et fatal. Elle était de plus en plus terrifiée. En état de choc, elle cliqua sur le lien avec un groupe d'entraide. La première chose qu'elle vit était un poème écrit par une femme dont la sœur était morte de ce cancer.

Deux mois nous furent accordés avant ta mort, Juana,
Deux mois pour nous faire des souvenirs,
Deux mois pour se rappeler toute une vie.
Ce n'était pas assez.
Tu nous manques à tous, tellement.
Tu nous manques encore plus
parce que cela n'aurait pas dû arriver.

La biographie jointe expliquait que Juana, d'après le diagnostic des médecins, avait encore six mois à vivre mais, en réalité, n'avait survécu que deux mois. Elle avait laissé trois adolescents et un mari derrière elle, ainsi qu'une sœur, qui avait fait le vœu d'empêcher d'autres femmes de mourir alors que cela pouvait être évité. Elle avait ainsi créé un groupe, qui diffusait l'information sur le cancer des ovaires.

Sam arracha la prise de l'ordinateur et tapa sur le bouton d'arrêt. Elle fixa longuement l'écran noir, pétrifiée. À présent, elle savait ce qui lui arrivait ; elle comprenait enfin pourquoi elle se sentait si mal et avait perdu autant de poids. Elle était en train de mourir. Son temps s'achevait. Elle n'avait pas trois semaines à perdre pour attendre un rendez-vous. Elle avait besoin d'aide tout de suite. Mais pour quoi faire, si elle devait de toute façon y rester ?

C'était étrange : ses mains ne tremblaient pas et elle ne pleurait pas. Au contraire, elle se balança dans son fauteuil préféré, réfléchissant à la façon dont elle avait vécu comme si chaque instant allait de soi.

Elle n'avait jamais remercié personne d'être en vie. Cela lui était dû et elle était absolument certaine que, quoi qu'il arrive, rien ne l'empêcherait de se réveiller le lendemain matin. Et le jour suivant, et le jour encore après. Mais c'était fini. Le temps devenait soudain très précieux et le sien était compté. L'idée la dépassait, comme quand elle essayait d'imaginer l'infini. Son cerveau ne pouvait concevoir le moment où elle cesserait d'exister. À quoi cela ressemblerait-il ? Y avait-il une vie après la vie ? Ou le néant ? Et, pour être tout à fait honnête, qui la regretterait vraiment ? Une image de Hope surgit dans sa mémoire, Hope avec Millie et Toby, en train de rire. Et soudain, elle éclata en sanglots.

Sam n'eut pas envie de se coucher, cette nuit-là. Elle resta assise en silence dans le salon, buvant verre sur verre. Pourquoi rester sobre si l'on est en train de mourir ? Au petit matin, le visage gonflé par les larmes, Sam prit enfin une décision. Il n'y avait qu'une seule possibilité. Elle savait ce qu'elle devait faire.

12

Matt ayant pris la voiture pour l'après-midi, Hope se trouvait coincée chez elle. Comme il pleuvait beaucoup trop pour aller à pied jusqu'à Redlion, elle décida de s'occcuper d'une chaise de cuisine qu'elle voulait remettre à neuf. Elle était en bois blanc, mais le travail du dossier était très joli. Hope s'était dit qu'elle ferait beaucoup d'effet une fois débarrassée de ses multiples couches de peinture marron sale. Il lui avait fallu une semaine pour la décaper avant de poser une lasure jaune citron. Il lui restait à décalquer des dessins de fleurs sauvages dans un livre sur la flore irlandaise qu'elle avait emprunté à la bibliothèque, et à les reporter dessus. Comme Millie avait très envie de l'aider, Hope avait fait mettre aux deux enfants leur tablier de peinture de la crèche de Bath. Vaine tentative, elle le savait, pour les empêcher de se couvrir de taches. Elle-même portait une vieille chemise de Matt par-dessus son tee-shirt et son jean.

— Maman, laisse-moi faire, dit Millie d'un ton impérieux en tendant la main pour avoir le fin pinceau avec lequel Hope travaillait.

Elle peignait comme un décorateur novice devant un très grand mur : à coups de pinceau aussi gros que possible, sans faire attention aux détails. Hope sourit : elle savait qu'ils seraient bientôt, tous les trois, barbouillés.

— Regarde, tu peux faire une fleur ici, dit-elle fermement.

Elle donna un tout petit pinceau chargé d'une infime goutte de couleur à Millie.

— Et Toby peut s'occuper de ce coin.

Millie était si concentrée qu'elle en tirait la langue. Le temps s'écoula et ils étaient si absorbés par leur activité qu'aucun d'eux n'entendit la voiture qui s'arrêtait devant la maison. Quand on frappa à la porte, ils sursautèrent violemment.

Hope se redressa et se jura d'installer une sonnette. C'était un son dont elle avait l'habitude ; en revanche, quand quelqu'un frappait, cela lui rappelait ces films où l'on voit des policiers procéder ainsi avant d'enfoncer la porte et de déferler chez les gens. Elle ouvrit et eut un hoquet de surprise : frissonnant dans son manteau de cachemire, ses grands yeux dévorant son visage maigre et inquiet, c'était Sam.

Hope en resta muette mais, quand sa sœur, de façon très inhabituelle pour elle, éclata en sanglots, Hope la prit vivement dans ses bras et l'entraîna à l'intérieur de la maison. Elle ne comprit pas tout de suite ce que Sam essayait de lui dire entre ses pleurs et elle supposa qu'il avait dû lui arriver un horrible malheur.

— J'ai tout gâché, sanglotait Sam d'une voix tremblante.

Hope se rendit compte avec un choc que Sam était d'une maigreur épouvantable. Elle avait toujours été très mince mais, à présent, on aurait dit un squelette ambulant.

— Je n'ai rien... personne... balbutiait Sam. Tout le monde s'en fichera quand je ne serai plus là. Tout le monde ! Je suis devenue tellement amère, ça m'a rongée de l'intérieur. C'est pour cela que je suis malade. Je commence même à faire fuir les gens qui m'aiment bien. Comme lui ! Tu sais, il était très gentil et moi, je n'ai pas trouvé quelqu'un qui me plaise autant depuis une éternité, et j'ai été horrible...

Elle se mit à pousser des gémissements de désespoir, comme Millie quand elle s'écorchait le genou et pleurait trop fort pour pouvoir dire à sa mère qu'elle avait très mal.

— C'est l'homme dont tu m'as parlé à Bath ? demanda Hope. Vous avez rompu ?

Une expression blessée apparut dans les yeux de Sam.

— Non, souffla-t-elle. Il n'y a plus d'homme dans ma vie depuis longtemps. Qui oserait s'approcher de moi ? J'ai même fait fuir mes amies, Jay et Katrina...

— Chut, chut, lui dit Hope en la cajolant pour l'empêcher de trembler si fort.

Sa pauvre Sam chérie !

— Et maintenant, je suis malade, je vais mourir et il n'y a que toi qui t'en soucies.

Hope comprit soudain ce que signifiait l'expression sur le sang qui se change en glace, car c'est exactement ce qu'elle ressentit.

— Tu es malade ? Je ne comprends pas ? Dis-moi tout.

Il fallut un long moment avant que Sam s'arrête de frissonner. Hope l'avait gardée étroitement serrée contre elle et priait comme jamais jusqu'alors. La tante

Ruth n'était pas très portée sur la religion, mais Hope s'assurait tous les soirs que ses enfants avaient dit leurs prières. Seigneur, je t'en prie, par pitié, fais que ce ne soit pas vrai.

Sam réussit enfin à articuler quelques mots.

— J'ai tout trouvé sur Internet. C'est un cancer des ovaires.

— Est-ce qu'un médecin te l'a confirmé ? As-tu passé des examens ?

— Je sais lire, Hope ! J'ai tous les symptômes. J'ai un rendez-vous avec une spécialiste dans trois semaines, mais je n'ai pas besoin d'elle pour savoir ce que j'ai, tu comprends ?

— Mais, Sam, on ne te ferait pas attendre aussi longtemps si c'était grave, commença Hope.

Elle ne put poursuivre. Sam fut prise d'une violente crise de larmes. Hope ne l'avait jamais vue dans cet état.

Elle l'entraîna jusqu'au canapé et l'y fit asseoir. Elle demanda ensuite à Millie, qui observait la scène avec de grands yeux, de s'installer à côté de sa tante tandis qu'elle lui préparait une tasse de thé. Millie aimait beaucoup Sam, mais cette femme désespérée aux yeux affolés lui faisait peur. Elle se cacha derrière un fauteuil, tordant le bord de son tablier entre ses doigts et jetant des regards anxieux. Toby, en revanche, escalada le canapé pour montrer à Sam son nouveau jouet préféré, un grand camion à benne hydraulique jaune qu'il pouvait faire monter et descendre.

— En haut, en bas, expliqua-t-il d'un air sérieux en faisant une démonstration. En haut, en bas.

— C'est formidable, dit Sam.

Ayant remarqué l'inquiétude de Millie, elle faisait de son mieux pour avoir un comportement normal.

— Laisses-tu Millie jouer avec ?

— Non ! s'exclama Millie avec indignation de sa position de repli.

— Alors, quels nouveaux jouets as-tu reçus, toi ? demanda Sam, redevenue maîtresse d'elle-même.

Millie sortit de sa cachette et commença à en entasser à côté de Sam.

— Regarde ! Tout plein !

Hope arriva avec les tasses de thé qu'elle posa soigneusement sur la table basse, à l'abri des petites mains.

— Et maintenant, les enfants, tante Sam voudrait boire son thé tranquillement. Je vous mets une cassette, d'accord ? proposa-t-elle d'une voix pleine d'entrain.

Sam adressa un pauvre sourire à sa sœur. Pour la première fois, elle réalisait que la maternité impliquait de maîtriser ses réactions et de feindre que tout allait bien.

Quand les enfants furent installés devant les *Télétubbies*, Hope revint s'asseoir à côté de sa sœur.

— Raconte-moi tout, depuis le début, dit-elle avec autorité.

— La spécialiste que je dois voir n'a pas de place avant trois semaines. Il paraît que c'est la meilleure mais je suis terrorisée de devoir attendre aussi longtemps. J'ai pensé que ce serait plus facile ici.

— Sam, pourquoi n'as-tu pas pris rendez-vous avec quelqu'un d'autre ? Puisque tu as une assurance privée, cela aurait dû pouvoir s'arranger ?

— Je sais, mais je n'y ai pas pensé. J'ai paniqué à l'idée de devoir patienter. De toute façon, qu'est-ce qu'on va me dire ? Que mon organisme est envahi par cette chose et que j'ai droit à une agonie de quelques semaines sous chimiothérapie ! J'ai lu tout ce qu'il faut savoir sur le sujet…

— Sam, je t'en prie, ne dis pas cela, l'interrompit Hope, bouleversée. De nos jours, le cancer se soigne très bien. La médecine a fait des progrès extraordinaires et il y a toujours de l'espoir.

— Pas avec ces symptômes ! sanglota Sam. Quand on s'en aperçoit, il est déjà trop tard. Tu aurais dû voir ce site sur Internet.

Hope pesta en silence contre ces sites alarmistes qui poussaient à croire au pire.

— Écoute, Sam ! Il n'y a pas longtemps, il y avait une histoire qui courait sur Internet, d'après laquelle on pouvait avoir un cancer à cause des déodorants ! C'était idiot, non ?

— Je sais, mais ce n'est pas la même chose.

Elles terminèrent leur thé puis Hope installa Sam dans sa chambre pour qu'elle dorme.

— Je ne veux pas te prendre ta chambre, dit Sam avec lassitude.

— Je te préparerai un lit plus tard mais, dans l'immédiat, tu es épuisée !

Sam n'avait pas dormi depuis plus de vingt-quatre heures et, dans l'avion Londres-Dublin qu'elle avait pris en urgence, elle n'avait même pas réussi à somnoler.

— Je suis incapable de m'endormir, dit-elle d'une voix terrifiée. Tu resteras près de moi ?

— Bien sûr !

Hope avait envoyé les enfants jouer dans leur chambre en les menaçant des pires châtiments s'ils faisaient le moindre bruit. Elle s'assit donc au bord du lit et caressa la main froide de Sam d'un geste apaisant. Les cheveux de sa sœur s'étalaient comme un éventail sur la taie d'oreiller bleu marine qui la faisait paraître d'une pâleur effrayante.

— J'ai affreusement peur, Hope. C'est pour ça que je suis venue. Je n'ai que toi, dans la vie. Je ne peux pas affronter ça toute seule.

— Je ne te laisserai pas, je te le promets. Maintenant, tais-toi, Sam, et essaie de dormir, dit Hope de la voix douce qu'elle utilisait pour consoler Toby après un cauchemar.

Elle continua de caresser la main de Sam et, quelques minutes plus tard, épuisée, celle-ci s'endormit. Hope s'assura que sa respiration était régulière et sortit sur la pointe des pieds. Que faire ? Le rapport de forces était inversé. Alors qu'elle avait toujours été celle dont Sam s'occupait, elle devenait soudain la plus solide des deux. C'était à elle de prendre les responsabilités, cette fois.

Elle se sentait dans la situation du baigneur méfiant qui teste la température de l'eau du bout de l'orteil. Comment était-ce, d'être la responsable ? Elle n'avait pas le choix : elle devait tout faire pour Sam et, si elle était réellement mourante, elle l'aiderait à se battre jusqu'au bout. À l'idée de la perdre, elle éprouva une épouvantable douleur en pleine poitrine. Mais elle n'avait pas le temps de s'apitoyer. Elle devait agir, agir sur le plan médical. Sam ne supporterait jamais la tension des trois semaines d'attente et, si elle était malade, ce délai risquait d'avoir des conséquences désastreuses. Hope était furieuse contre ce médecin négligent qui n'avait pas envoyé sa sœur immédiatement à l'hôpital. Quel crétin ! Quel incompétent !

Hope Parker, celle qui laissait toujours les autres s'occuper des problèmes, passa à l'action. Elle prit l'agenda de Sam et chercha la page sur laquelle figurait le rendez-vous avec la spécialiste. Il y avait un numéro de téléphone. Il était presque cinq heures. Elle avait tout juste le temps d'appeler avant qu'il n'y ait plus personne pour répondre. Elle fit le numéro et expliqua l'histoire à la secrétaire en quelques mots.

— Je n'ai pas le droit de discuter de son cas avec vous, madame Parker, répondit poliment celle-ci.

Hope fit une grimace exaspérée.

— Je ne vous le demande pas, dit-elle. Je voudrais seulement que vous receviez ma sœur plus tôt, au cas où vous auriez une annulation, s'il vous plaît. Elle est en pleine dépression. Sinon, pouvez-vous me recommander quelqu'un d'autre ? C'est vraiment une urgence.

La secrétaire promit de rappeler le lendemain. Hope ne pouvait que patienter. Elle raccrocha et songea qu'elle ferait mieux de s'occuper du dîner.

— À qui est la voiture de location ? demanda Matt quand il rentra, peu après six heures.

Il jeta ses clefs de voiture sur la table basse du salon et passa dans la cuisine, curieux de savoir qui était le mystérieux invité.

— À Sam, dit Hope.

Elle avait des frissons rétrospectifs à l'idée qu'elle ait pu conduire depuis l'aéroport de Dublin dans l'état où elle se trouvait. Qu'elle n'ait pas eu d'accident tenait du miracle.

— Sam ? Qu'est-ce qu'elle fait ici ? demanda Matt, sidéré.

— Papa, papa ! cria Millie en descendant l'escalier à toute vitesse dans un terrible vacarme.

— Ne fais pas tant de bruit, Millie ! dit Hope à mi-voix. Sam dort dans notre chambre, je ne veux pas la réveiller maintenant.

— Elle dort ? répéta Matt. Hope, que se passe-t-il ?

Hope l'entraîna dans le couloir du fond et lui expliqua la situation en chuchotant, de peur que Sam ne soit réveillée et puisse l'entendre.

— Mon Dieu ! dit Matt, secoué par la nouvelle. Hope, c'est affreux.

Il la prit dans ses bras et l'embrassa tendrement dans les cheveux.

— Comment vas-tu ? lui demanda-t-il.

À l'abri dans les bras de son mari, avec la sensation que quelqu'un d'autre prenait la relève, Hope s'autorisa enfin à pleurer.

— Tout va s'arranger, ma chérie, je suis là, la consola-t-il. Même si le pire se produit, tu nous auras toujours, les enfants et moi.

— Je sais, dit Hope, qui trempait de ses larmes la chemise en jean de son mari. Mais pourquoi ne pourrais-je pas avoir aussi Sam ?

Plutôt que de réveiller sa sœur, qui dormait du sommeil des gens vraiment épuisés, Hope prépara le canapé-lit de la chambre d'amis, où Matt et elle passèrent une assez mauvaise nuit. Elle se réveilla à l'aube et regarda le ciel s'éclairer peu à peu par la fenêtre sans rideaux.

À neuf heures cinq, le téléphona sonna et Hope bondit pour décrocher.

— Oui ?

C'était la secrétaire de la spécialiste qui lui proposait un rendez-vous deux jours plus tard.

— Merci, merci, dit Hope avec reconnaissance. J'accompagnerai ma sœur. À très bientôt, donc.

Elle réveilla Sam à onze heures avec un plateau chargé de café, de jus d'orange, d'un œuf de ses poules, de pain complet, de beurre de ferme et de confiture de groseilles à maquereau. Hope en achetait tous les samedis matin au marché fermier qui se tenait dans la grande salle du club de football. Elle n'avait jamais rien mangé de meilleur que les produits qu'elle y trouvait : légumes fraîchement arrachés sur lesquels il restait encore un peu de terre, pain bis aux noix, beurre qui semblait supplier qu'on l'étende sur une tranche de bon pain, confitures et chutneys. Ils disparaissaient à toute vitesse et, malgré sa volonté de faire des provisions, elle devait chaque semaine refaire le plein des placards.

— Je ne peux pas croire que j'ai dormi aussi longtemps, dit Sam avec ahurissement.

Elle se redressa contre les oreillers, la robe de chambre rose de Hope drapée sur ses épaules.

Hope posa le plateau sur le lit.

— Tu étais épuisée, dit-elle.

Elle s'assit à côté d'elle et se versa une tasse de café, observant Sam du même regard que celui qu'elle avait pour Millie quand celle-ci jouait avec sa nourriture au lieu de manger.

— Mange ! dit-elle. Tu as besoin de te nourrir correctement.

— Oui, maman ! dit Sam en riant.

— Je sais que tu commences à aller mieux quand tu me taquines, répondit Hope.

— C'est trop facile avec toi, avoua Sam en éclatant d'un rire attendri, au risque de renverser le plateau.

— Tu te souviens de cette fois, à l'école, quand quelques mômes avaient attrapé des poux ? La directrice nous avait donné un mot pour tante Ruth, pour qu'elle fasse attention…

— Oh, oui ! l'interrompit Sam. Je t'ai dit que tu en avais et que la seule façon de t'en débarrasser était de te couvrir la tête avec le talc Yardley de tante Ruth et de la laisser pendre par la fenêtre de notre chambre pendant une heure !

— C'était un sale tour, dit Hope en riant à ce souvenir. Je suis restée penchée pendant une éternité et tante Ruth a hurlé quand elle a découvert que j'avais vidé son flacon.

— Tu étais tellement naïve, dit Sam en étalant de la confiture sur son pain.

— Et maintenant ? demanda Hope. Quel est le contraire de « naïve » ?

— Tu es toujours naïve, répondit Sam en souriant. Et adorable ! Merci de t'occuper de moi.

— Ce n'est pas tout, dit Hope. Je t'ai obtenu un rendez-vous dans deux jours. Le médecin t'a trouvé une place et je t'accompagne.

Sam en resta muette. Elle put seulement prendre la main de Hope, les yeux pleins de larmes.

— Mange ! dit Hope d'un ton vif. Quand tu auras tout fini, nous irons faire une grande promenade qui te remontera.

— Tu crois ?

— Oui ! dit Hope. Tu as besoin de prendre l'air.

— Et les enfants ? À propos, où sont-ils ?

— Matt les a déposés ce matin à la garderie. Nous avons donc toute la maison pour nous. Allez ! Dépêche-toi, paresseuse !

Il faisait un beau temps de février, avec un pâle soleil d'hiver qui caressait les branches dénudées des arbres. Hope et Sam remontèrent l'allée, appréciant la douceur de ses rayons.

— Je suis désolée ; j'aurais dû rester chez moi et ne pas te donner tout ce mal. J'aurais dû me charger de décaler mon rendez-vous.

Sam marchait les mains enfoncées dans les poches du léger coupe-vent qu'elle avait emprunté à Hope.

— Ne dis pas de bêtises ! Tu as agi au mieux. Où pouvais-tu aller, sinon ici ?

Sam acquiesça d'un hochement de tête plein de tristesse.

— Tu as raison. Où aurais-je pu aller ? Nulle part, c'est vrai.

Hope se serait battue pour sa maladresse. La veille, au milieu de ses larmes, Sam avait mentionné un certain Morgan. Hope avait tout de suite compris qu'il lui plaisait mais que rien ne s'était passé entre eux. Elle avait aussi saisi qu'il n'y avait pas eu d'homme dans la vie de sa sœur depuis très longtemps. Elle avait honte d'avoir cru à ses vagues histoires au sujet de ses amis. Elle aurait dû deviner que Sam était seule mais le cachait.

Elles atteignirent la grand-route et, tandis qu'elles marchaient au soleil, Sam s'émerveilla de la façon dont les conducteurs qui les croisaient les saluaient en décollant quelques doigts de leur volant.

— C'est drôle, j'y suis totalement habituée, maintenant, lui dit Hope. Au début, je trouvais cela bizarre, mais la plupart des gens le font.

— Je ne peux pas imaginer cela à Londres, dit Sam avec un sourire amusé. Là-bas, si quelqu'un agite les doigts dans ta direction, il s'agit d'un geste obscène !

Elles marchèrent en silence pendant quelque temps, puis Sam reprit soudain la parole.

— Papa et maman étaient beaucoup plus jeunes que nous aujourd'hui quand ils sont morts. Elle avait vingt-neuf ans. Je me souviens encore de son parfum alors que je n'ai jamais su exactement ce que c'était. Un jour, à Paris, dans un grand magasin, j'ai passé des heures dans le rayon parfumerie à tout sentir, mais je n'ai pas réussi à en trouver un comme le sien. Tu t'en souviens ?

Hope secoua la tête.

— Non, et je ne me souviens pas vraiment d'eux non plus.

C'était la première fois qu'elle l'avouait à qui que ce soit. Elle avait trois ans et demi au décès de leurs parents, et Sam six. Une baby-sitter du nom de Marina s'occupait d'elles et elles n'avaient rien su avant le lendemain. Encore à présent, Sam détestait le prénom de Marina. Pour elle, il symbolisait le moment où sa vie avait basculé.

— Tu ne m'avais jamais dit que tu ne te souvenais pas d'eux, dit Sam.

Hope haussa les épaules.

— Quand on était petites et que tu me demandais si je me rappelais le parfum de maman et la chanson qu'elle nous chantait pour nous endormir, je disais oui. Je pensais que c'était la bonne réponse à te faire. Je croyais que tu m'en voudrais de les oublier.

— Je suis désolée, dit Sam.

Elle sentit ses yeux se remplir de larmes, ce qui lui arrivait de plus en plus souvent. Elle se mettait à pleurer pour un rien, à présent. La plus petite chose suffisait. Elle détestait cela.

— Je voulais que nous nous souvenions de tout parce que tante Ruth refusait de parler d'eux. Elle nous interrompait toujours et changeait de sujet quand j'évoquais maman.

— Je ne pense pas qu'elle avait de mauvaises intentions. Simplement, elle n'avait pas l'habitude des enfants, ni de la mort, d'ailleurs. Elle devait croire que le mieux pour nous était de les oublier et que ce serait plus facile si nous n'en parlions jamais. Elle avait tort, bien sûr.

Elles revoyaient chacune la grande maison silencieuse et désuète de Windsor. Les rires d'enfants y étaient déplacés. Ils risquaient de déranger les dames qui jouaient au bridge dans le petit salon. Et à la seule mention du nom de Camille ou Sandy Smith, la tante Ruth prenait une rapide inspiration et disait : « Allons, les filles ! Il ne faut pas regarder derrière soi. »

— Elle ne s'est pas si mal occupée de nous, dit Hope.

— Non. Cela a dû être un cauchemar pour elle de devoir brusquement élever ses nièces alors qu'elle portait le deuil de son petit frère.

Ce n'était que bien plus tard que tante Ruth leur avait expliqué la réalité. Elle s'était sentie obligée de les prendre en charge car, des deux côtés, les grands-parents étaient trop âgés pour s'occuper d'elles. Le père et la mère de Sam et Hope étaient, en effet, nés tous deux de parents âgés. Sam avait toujours pensé que cela avait dû contribuer à les rapprocher. Et, à cause de leur tragique disparition, leurs filles avaient, à leur tour, été élevées par une personne d'un âge déjà avancé.

— Crois-tu que nous aurions eu des vies différentes si papa et maman n'avaient pas été tués ? demanda Sam.

Hope haussa les épaules.

— On serait sans doute quand même complètement dingues ! dit-elle d'un ton léger.

Une voiture rouge flambant neuve s'arrêta à ce moment à côté d'elles.

— Hou ! hou ! cria Delphine en baissant sa vitre. Salut, Hope ! Et vous, vous devez être Sam, ajouta-t-elle avec entrain. Je suis très heureuse de faire votre connaissance. En tout cas, on voit tout de suite que vous êtes sœurs. C'est fou comme vous vous ressemblez !

Sam et Hope échangèrent un regard et éclatèrent de rire.

— Personne ne nous l'avait jamais dit, répliqua Sam en se penchant pour tendre la main à Delphine.

— Ce sont mes origines celtiques ! répondit Delphine, rayonnante. Je suis un peu voyante et je sens certaines choses, c'est tout. À moins que ce ne soit mon nouveau collier.

Elle fit tinter deux cristaux qu'elle portait sur une chaîne autour du cou.

— Il y a une nouvelle collection de bijoux druidiques dans la boutique d'artisanat écolo. Je pense que les vibrations de la matière m'ont appris que vous êtes sœurs. Est-ce que vous venez au club de macramé, ce soir ?

— Je pensais vous rejoindre mais comme Sam est là… commença Hope.

— Ne dis pas de bêtises ! la coupa impérativement Delphine. Tu viens avec Sam.

— Je ne veux pas vous déranger, dit Sam, épouvantée à l'idée de perturber une réunion visiblement prévue depuis longtemps.

Delphine leva les yeux au ciel.

— Mais où avez-vous la tête, vous deux ? Bien sûr, vous êtes invitées ensemble ! Le club rassemble les sœurs qui se ressemblent, mais les bijoux druidiques ne sont pas obligatoires. Cela fait une éternité que nous ne nous sommes pas réunies. On va s'éclater ! De toute façon, Mary-Kate a fait des provisions de vodka et nous concoctera son fabuleux cocktail. Si vous vous défilez, nous aurons plus à boire et, demain, si Mary-Kate a la gueule de bois, elle sera incapable d'exécuter la moindre ordonnance ! Saluuut !

Et elle redémarra, pied au plancher.

Sam et Hope se regardèrent à nouveau et éclatèrent de rire.

— Elle est incroyable ! s'exclama Sam. Tu vis dans un endroit surprenant.

— C'est cela, Redlion, dit fièrement Hope. Les choses ne se font pas à moitié ici. Ce n'est pas un pays qui se contente de t'accueillir, non. On t'accepte, on t'avale tout entière et on ne te lâche plus !

13

La première réunion du club de macramé devait avoir lieu le soir même. Virginia avait acheté un beau morceau de fromage local et une bouteille de vin blanc au titre de sa contribution aux réjouissances. Mary-Kate avait pourtant insisté pour qu'elle n'apporte rien.

« Amène-toi, avait-elle dit. Tu n'as besoin de rien d'autre. Je m'occupe de tout avec Delphine. L'essentiel est de ne pas conduire et d'avoir des médicaments contre la migraine pour le lendemain matin.

— Suggères-tu que nous aurons trop bu ? avait demandé Virginia.

— Pas du tout, avait gaiement répondu Mary-Kate. Simplement, j'aime bien prendre mes précautions. »

Virginia vérifia l'heure à sa montre. Elle devait partir dans une demi-heure si elle ne voulait pas arriver en retard. Cela lui laissait le temps d'inspecter les chambres d'amis situées en façade. Jamie, Laurence et Barbara, son amie, venaient passer quelques jours et elle voulait s'assurer que tout était en ordre. Elle s'était demandé si Laurence et Barbara préféreraient dormir ensemble. Pour qu'ils puissent choisir eux-mêmes ce qui leur conviendrait le mieux, sans que personne se sente gêné, elle avait préparé trois chambres. Dans la deuxième, d'un rose très féminin, qui serait idéale pour Barbara, le papier peint était légèrement taché d'humidité dans un coin. Quant à la troisième, en bleu et jaune, elle s'ornait dans un angle d'un lavabo rose criard et avait également une tache d'humidité, mais Virigina décida que Jamie s'en contenterait.

Les vieilles maisons, soupira-t-elle, étaient semblables aux femmes d'un certain âge, comme elle. Chaque fois qu'elle pensait avoir réglé un problème de santé, un autre surgissait à point pour lui rappeler sa fragilité. L'arthrite avait cessé de la faire souffrir depuis une semaine, malgré le froid glacial, mais sa contraction douloureuse à l'épaule, qui avait disparu depuis des années, s'était soudain réveillée, au moment même où elle avait besoin de ses forces. Devant ses fils, elle devait à tout prix paraître en pleine forme et capable de se débrouiller, et surtout pas diminuée ou dépendante. Non qu'ils fussent encore des enfants, corrigea mentalement Virginia. Ils avaient respectivement vingt-sept et vingt-cinq ans. Au fond d'elle-même, pourtant, ils resteraient toujours ses bébés, même s'ils avaient leur vie et travaillaient comme des fous. Laurence développait le cabinet qu'il avait monté avec deux amis à Swords, juste au nord de Dublin, et Jamie enseignait les sciences dans une école de garçons. Virginia se sentait très fière de ses trois fils. Elle n'espérait qu'une chose : avoir réussi, selon le cliché du devoir parental, à leur donner des bases et des ailes. Elle avait trouvé dur de laisser Laurence et Jamie à Dublin quand elle avait déménagé et s'était reproché son égoïsme. Dominic nageait dans le bonheur conjugal et paternel et Laurence était si absorbé par sa clientèle qu'il paraissait très satisfait de son sort. Mais

Jamie avait toujours passé beaucoup de temps avec ses parents, bien qu'il ait quitté leur toit à vingt-deux ans. En fait, il s'était installé tout près de chez eux avec trois autres étudiants et passait sans arrêt pour dîner, emprunter un objet, ou demander à sa mère de mettre son linge dans la machine à laver parce que celle qu'il partageait avec ses colocataires était encore en panne. Son Jamie chéri, son bébé… Mais si son deuil l'avait empêchée de s'occuper d'elle-même, cela avait été encore plus vrai vis-à-vis de Jamie.

Laurence et lui avaient visité Kilnagoshell House quand elle avait voulu l'acheter. Ils avaient alors compris qu'ils ne réussiraient pas à la détourner de son projet de s'installer à la campagne. Ils n'étaient pas venus depuis qu'elle avait emménagé et elle se sentait bizarrement nerveuse à l'idée de les recevoir.

Laurence sortait avec Barbara depuis quatre mois et Virginia était impatiente de la connaître. Avant la mort de Bill, elle aurait été si souvent invitée qu'elle aurait presque fait partie de la famille, à présent. C'était typique de lui. Accueillant et généreux, il avait toujours voulu que ses fils puissent venir à la maison avec leur petite amie dès le début d'une relation. Virginia s'assit sur le lit de la chambre à motif de cachemire, songeant au premier flirt de Laurence, une espèce de hippie indomptable, qui ne voulait porter que des jeans déchirés, ne se lavait jamais les cheveux (elle affirmait qu'ils se nettoyaient tout seuls au bout d'un mois !) et se lançait dans des confrontations systématiques avec toute personne âgée de plus de vingt ans. Même Laurence, malgré sa fascination pour elle, avait frémi quand elle s'en était prise à Bill parce que la tondeuse consommait du diesel au lieu de sans-plomb. Bill, souriant, avait refusé de s'énerver.

« Ce n'est pas vraiment ce que j'aurais choisi pour Laurence, avait-il chuchoté à Virginia, un peu plus tard, dans la cuisine. Mais s'il est heureux, nous l'accepterons.

— Cela signifie-t-il que nous devrons tous porter un anneau dans le nombril ? avait pouffé Virginia à l'idée de son très conservateur de mari faisant des efforts pour s'entendre avec la jeune mal élevée.

— Cela doit faire mal. »

Bill avait feint un frisson d'horreur.

« Mais on a besoin de se différencier quand on est jeune. Souviens-toi de mon père pour qui les pantalons étroits et Elvis Presley portaient la marque du démon !

— Tu sais ce que j'aime chez toi ? avait dit Virginia en le prenant dans ses bras. Ta façon de respecter les gens, quels qu'ils soient. »

Elle était en train de l'embrasser quand Laurence était entré, son amie derrière lui. Accoutumé aux fréquentes démonstrations d'affection de ses parents, il ne leur avait prêté aucune attention et avait ouvert le réfrigérateur. La fille était restée à regarder Virginia et Bill, sidérée. Virginia s'était détachée des lèvres de Bill et avait souri. « Aussi étrange que cela puisse vous paraître, mon chou, les gens de plus de quarante ans ont une vie sexuelle, avait-elle dit d'un ton sec. Pourquoi les jeunes seraient-ils les seuls à prendre du plaisir ? »

Même si Bill n'attachait aucune importance à l'attaque grossière de l'invitée au sujet de la tondeuse, Virginia en avait été blessée. Personne n'avait le droit d'agresser son mari bien-aimé.

La fille avait rougi et son histoire avec Laurence s'était terminée peu après. Par la suite, Laurence avait eu de nombreuses petites amies, mais il avait rarement paru aussi entiché d'une femme que de Barbara. « Elle est très agréable et très belle et… vraiment adorable », avait-il expliqué à sa mère au téléphone d'une voix rêveuse. Une autre conversation téléphonique, cette fois avec Jamie, avait donné des informations un peu différentes. « Elle est un peu casse-pieds, d'une façon assez décourageante, mais en même temps très autoritaire. On pourrait la qualifier de passive agressive. »

Virginia avait souri pour elle-même. Jamie avait vaguement suivi quelques cours sur la psychothérapie à l'université et en avait profité pour les analyser tous de fond en comble.

« Tu veux dire que tu ne l'aimes pas ?

— Exactement », avait-il répondu avec une fermeté inhabituelle chez lui.

Virginia soupira en regrettant que Bill ne soit pas là pour faire l'arbitre pendant le week-end. L'évoquer produisait toujours le même effet et elle prit le mouchoir en papier qui ne la quittait pas pour se tamponner les yeux. Pense à autre chose ! s'ordonna-t-elle. Voyons, que faire contre cette vilaine tache d'humidité ? Poser un isolant coûterait une fortune et elle ne pouvait pas se le permettre. Replâtrer ? Bill aurait eu la solution. Virginia, ne recommence pas ! se raisonna-t-elle.

Elle descendit à la cuisine et se prépara une tasse de thé dont elle n'avait pas envie. Pourquoi considérait-on ce breuvage comme la panacée ? Dans les moments difficiles, les gens voulaient toujours vous en faire, comme s'il suffisait de mettre quelques feuilles dans de l'eau bouillante pour tout guérir. Mais Virginia avait été élevée ainsi et continuait à se diriger automatiquement vers la bouilloire en cas de crise. Son organisme devait être confit dans le tanin, à présent. C'était stupide ! Elle vida la tasse dans l'évier et décida de ne pas prendre sa voiture pour aller chez Mary-Kate. Comme elle n'avait plus l'habitude des soirées entre amis, elle avait prévu de ne pas rester longtemps et de s'en tenir à l'eau minérale en dépit des allusions constantes de Delphine aux cocktails de sa tante et à la migraine qui avait suivi la dernière réunion. Mais pourquoi se conduirait-elle en rabat-joie ? Si quelqu'un avait besoin de quelques cocktails savamment dosés, c'était bien elle !

Mary-Kate ouvrit et fit entrer Virginia.

— Je n'étais pas certaine que tu viendrais, tu sais.

Virginia lui tendit le fromage, le vin, et le bouquet de jonquilles qu'elle avait cueillies dans l'herbe à côté de sa pelouse envahie de mousse.

— J'ai failli ne pas venir, répondit-elle en souriant.

Elle regardait tout autour d'elle, fascinée par la maison de Mary-Kate où elle venait pour la première fois.

— Tu connais la règle de nos réunions, dit Mary-Kate avec autorité en la guidant vers une pièce entièrement tapissée d'un papier peint rouge. Si tu te sens malheureuse, ce soir, laisse-toi aller. On oublie les masques, au club de macramé.

Voilà le miracle avec sa nouvelle amie, pensa Virginia : on n'avait pas besoin de faire semblant.

— Tu as réussi un décor incroyable, dit-elle avec admiration.

La pièce semblait tout droit sortie du Shanghai des années trente vu par Hollywood. Deux immenses canapés recouverts de brocart et où s'entassaient de gros coussins en tapisserie étaient disposés en vis-à-vis. Entre eux, se trouvait une grande table basse de bois sombre couverte de bibelots, d'animaux en bois et d'un échiquier en jade sculpté. Aux murs étaient accrochées des peintures orientales tandis que les fenêtres étaient drapées d'élégants rideaux de soie couleur de rose ancienne. De vieilles lampes Tiffany à abat-jour à franges richement coloré diffusaient une lumière douce et dorée. Un bouddha de bronze les contemplait depuis la tablette de la cheminée, où brûlaient des bougies parfumées aux épices et à la cannelle. Il ne manquait plus que Mary-Kate en kimono pour que la scène soit parfaite.

— C'est superbe, répéta Virginia avec sincérité.

— C'est sans doute un peu kitsch mais j'adore ça, dit Mary-Kate. À l'époque de ma mère, cette pièce servait de salon de réception, très formaliste et jamais utilisé. Elle avait une petite chaise en crin sur laquelle on ne pouvait pas s'asseoir sans glisser, et personne ne s'y risquait, sauf pour les mariages et les enterrements.

Mary-Kate prit le temps de caresser le chat blanc et noir qui se faufilait dans la pièce en se demandant avec quoi il allait commencer à s'amuser.

— Je voulais quelque chose de très spécial, poursuivit Mary-Kate, et comme je n'ai jamais vraiment pu voyager, ici, je m'évade en écoutant de la musique.

— C'est extraordinaire, n'est-ce pas ? Je veux la même chose chez moi, soupira Delphine qui arrivait de la cuisine avec un plateau chargé de verres à Martini, d'un shaker et de tout un attirail à cocktails. Veux-tu boire quelque chose, Virginia ? ajouta-t-elle.

— Pourquoi pas !

Delphine s'assit sur un gros coussin de velours posé à même le sol et caressa le chat tandis que Mary-Kate mettait de la musique et que Virginia goûtait le vermouth.

— Absolument délicieux ! s'exclama-t-elle.

— Je t'avais dit que Mary-Kate était une reine en la matière, lui rappela Delphine. C'est du gâchis de passer sa vie à la pharmacie. Le Plaza de New York la paierait une fortune, mais elle préfère rester à Redlion et préparer des potions contre la toux pour les masses laborieuses.

Mary-Kate tira une des mèches de Delphine.

— Avez-vous fini de préparer les biscuits salés, madame ? demanda-t-elle.

— J'ai oublié. Je m'en occupe tout de suite.

— Laisse-moi t'aider, dit Virginia en quittant le confortable canapé. J'ai honte de venir ici et de rester assise.

— Dans ce cas… dit Mary-Kate en se dirigeant vers la petite cuisine impeccable. Tu vois, il n'y a rien à faire au club de macramé. La personne chez qui cela se passe fournit quelques boissons, et c'est tout. Si tu en fais trop pour une réunion, tu te fais expulser avec fracas ! L'intérêt de ces soirées, c'est qu'elles ne doivent nous donner aucun travail.

Mary-Kate tendit à Virginia quelques paquets de crackers à ouvrir et disposer sur des assiettes.

— Tu trouveras du fromage dans le réfrigérateur, des couteaux, des petites assiettes et des serviettes sous le plan de travail, ajouta-t-elle.

Virginia trouvait que c'était une façon de s'amuser agréablement détendue. Mary-Kate n'était pas en train de s'énerver à couper des crudités en bâtonnets à tremper dans des sauces variées. Elle offrait simplement à ses invitées de quoi éponger l'alcool. La soirée était consacrée à la conversation, pas à la nourriture.

— Qui vient ? demanda Virginia. Il vaudrait mieux que tu me donnes quelques informations sur tout le monde pour m'éviter de faire des gaffes.

— Commençons par Hope. Tu l'as rencontrée au pub, l'autre soir, avec son mari. Elle sera avec sa sœur, Sam, qui arrive de Londres.

Virginia indiqua d'un hochement de tête que c'était enregistré. Elle se souvenait de la jolie Hope Parker aux grands yeux inquiets et de son beau mari si sûr de lui.

— Ensuite, Giselle. Elle est allemande et elle dirige la garderie à côté de l'hôtel. Il y a longtemps qu'elle s'est installée à Redlion. Elle fait partie des six membres fondateurs du club. Nous avons toujours été au moins six.

— On dirait vraiment une réunion de sorcières ! remarqua Virginia en mangeant un morceau de fromage. Comment cela a-t-il commencé ?

— Au début, c'était une idée de Sheila. Nous étions à l'école ensemble mais nous avions plus ou moins perdu le contact. Je vivais à Dublin et elle, ici. Et puis son mari l'a quittée pour partir avec le dentiste. On ne l'aurait jamais cru. C'étaient deux hommes vraiment agréables.

Virginia ouvrit de grands yeux.

— Nous nous sommes retrouvées à ce moment-là. Je venais de rentrer de Dublin et nous avions envie de passer une soirée loin de toutes les commères avides d'informations sur le mari de Sheila et sur les raisons de mon retour à Redlion, la queue entre les jambes et seule.

Virginia ne fit aucun commentaire. Elle aurait bien aimé, elle-même, connaître la clef du mystérieux célibat de Mary-Kate.

— Giselle a été très chic avec Sheila, à ce moment-là. Elle ne lui a posé aucune question. Elle a juste pris les enfants pendant deux ou trois week-ends où Sheila essayait de convaincre son mari de revenir. Mais cela n'a pas marché. Bref, nous étions six à nous sentir en décalage par rapport aux gens d'ici et, après une soirée formidable chez Sheila, nous avons décidé de nous retrouver une fois par mois pour dire du mal de tout et de tout le monde. C'est une bonne thérapie !

— Est-ce que vous faisiez du macramé, au début ?

Mary-Kate gloussa de rire.

— Cela a toujours été une ruse pour tenir Pauline et Finula Headley-Ryan à distance. Finula se croit au-dessus de quelque chose d'aussi médiocre et Pauline déteste les travaux manuels, à l'exception du tricot. Elles n'avaient donc aucune raison de venir, ni l'une ni l'autre. De temps en temps, j'achetais des suspensions pour fleurs en macramé pour faire crédible, puis j'ai cessé de m'en soucier. De toute façon, on n'en trouve plus nulle part. Sincèrement, j'ai fait très attention même si, à mon avis, Pauline se doute de quelque chose ; elle est venue à la pharmacie le lendemain d'une réunion et j'avais une affreuse gueule de bois ! Pauvre Pauline, poursuivit Mary-Kate avec un soupir. Elle n'a pas de pire ennemi qu'elle-même. C'est pareil pour Finula, d'ailleurs.

— Sheila ne vient pas, ce soir ?

— Non. Maintenant, elle vit dans le sud de la France avec un milliardaire de l'électronique. Quand elle passe des vacances ici, nous nous réunissons au nom du bon vieux temps. Elle dit que cela l'a aidée à ne pas devenir folle, à l'époque. Comme moi, ajouta-t-elle avec un sourire triste.

Elles apportèrent les assiettes de crackers garnis dans le salon.

— Il y a nous trois, Hope et Sam, Giselle et Mai Hondu. Elle est japonaise et son mari travaille à l'usine d'ordinateurs.

— Depuis que Sheila est partie, cela faisait longtemps que nous n'avions pas atteint le quorum souhaité, remarqua Delphine.

La sonnette retentit à cet instant et elle alla ouvrir.

— Giselle, Mai, bonsoir ! dit-elle gaiement. Un verre ?

Hope et Sam étaient en retard. Devinant que sa mère et sa tante allaient s'amuser sans elle, Millie avait refusé de se mettre en pyjama. Elle avait fait une scène jusqu'à ce que Hope renonce et demande à Matt de s'en occuper. Instantanément, Millie s'était montrée la plus gentille des petites filles, battant de ses longs cils au profit de son père et obéissant au doigt et à l'œil. « Quelle petite terreur ! », avait chuchoté affectueusement Matt à l'oreille de Hope pendant que Millie fouillait dans le coffre à jouets, en quête du livre aux histoires les plus longues qu'elle puisse trouver. « Oui, et elle mène son père par le bout du nez », avait répondu Hope sur le même ton.

Elles se trouvèrent enfin dans l'allée de Mary-Kate, Sam portant une bouteille de vin. Hope, qui, normalement, aurait été très angoissée à l'idée de rencontrer toutes ces femmes qui se connaissaient déjà, n'éprouvait pas la moindre inquiétude. Sam était avec elle et elle devait prendre soin de sa sœur chérie. Pour une fois, c'était elle qui avait des angoisses. Son monde s'était disloqué et tout avait basculé, la laissant désemparée comme elle ne l'avait jamais été de toute sa vie. Elle se détendit dès le seuil passé. Il régnait l'atmosphère relaxée qui s'installe dès que tout le monde a bu un premier verre. Les invitées étaient en train de rire en voyant le chat jouer avec une souris en peluche. Sam n'aurait pas cru se sentir aussi à l'aise en quelques instants. Elle n'avait pas l'habitude des soirées exclusivement féminines et craignait de se retrouver au milieu d'une bande de bobonnes en train d'organiser une vente de charité ou de discuter les mérites d'une poudre à laver.

Mais il ne s'agissait pas de cela. Les bonnes œuvres n'impliquent généralement pas l'absorption d'apéritifs bien tassés – sans oublier les olives ! – ni les conversations passionnées sur l'homme idéal. Or, Giselle était en train de décrire avec ravissement son premier amour, apparemment très beau mais pas très doué sur le plan intellectuel.

— Je me moquais de savoir si ce garçon était idiot ! Disons que c'était une sorte de pin-up au masculin.

Elle soupira tandis que Sam et Hope s'asseyaient, un verre à la main.

— Klaus est très différent, poursuivit-elle en parlant de son mari.

— Je m'abstiendrai de toute plaisanterie osée ! rit Delphine.

— Il n'y a rien de mal à aimer les hommes beaux, dit Mary-Kate. Moi-même, cela ne me déplairait pas ! Vous savez, un de ces packs de muscles ?

— Paquets de muscles ! rectifièrent ensemble Sam et Delphine, ce qui fit rire tout le monde.

— C'était un jeu de mots ! protesta Mary-Kate. Vous croyez vraiment que je ne connais pas la différence entre un pack de bière et un paquet de muscles ? Personne n'a jamais entendu parler du sens de l'humour, ici ?

La glace était rompue, et elles se mirent toutes à piocher dans les crackers et le fromage en bavardant à bâtons rompus. Sam, qui n'était pas portée sur les confidences, se trouva assise à côté de Mary-Kate, en train de lui parler d'elle et de la façon dont elle avait pris le premier avion pour se réfugier auprès de Hope.

— Cela paraît tellement bête d'être sûre d'avoir un cancer sans aucune confirmation médicale, dit-elle enfin, son verre de vermouth tremblant dans sa main.

— Je ne trouve pas idiot d'être inquiète, répondit Mary-Kate de sa voix chaude et apaisante. En revanche, il ne faut pas planifier tes funérailles avant d'avoir le résultat des examens.

Sam eut un faible sourire. Hope l'avait avertie de la façon très directe dont Mary-Kate mettait le doigt sur les failles d'un raisonnement.

— Tu ne sais rien, poursuivit Mary-Kate d'un ton assuré. Les médecins se trompent parfois lourdement mais, d'après ce que tu m'as expliqué, je ne pense pas que ce soit le cas. S'il avait estimé que c'était grave, il ne t'aurait pas laissée attendre un rendez-vous pendant un mois. De toute façon, tu vois la spécialiste dans deux jours. Quand ce sera éclairci, tu te sentiras mieux. Inutile de paniquer ! Je suis une vieille chose fragile et une pharmacienne, dit-elle en souriant. Je sais donc de quoi je parle.

— J'espère que je suis seulement à bout de forces, je l'espère vraiment, dit Sam de tout son cœur. Mais ce n'est pas mon genre de perdre les pédales de cette façon, pas du tout.

— Alors, ton corps est en train de t'envoyer un message, remarqua Mary-Kate. Tu dois comprendre de quoi il s'agit et réagir en conséquence. Tu as l'habitude d'envisager les pires scénarios et c'est ce que tu as fait, à tort je l'espère.

Sam se rendit compte que Mary-Kate avait passé un bras autour de ses épaules amaigries et la serrait amicalement contre elle, qui n'était guère plus grosse.

Mary-Kate ne semblait pas beaucoup plus âgée qu'elle mais il y avait quelque chose de maternel et rassurant dans son geste.

— Je ne fais pas partie de ces gens qui écoutent leur corps, dit Sam avec un sourire ironique. Au contraire, je l'ai toujours obligé à m'obéir : « Lève-toi ! Tu n'as pas la grippe ! Ce n'est pas grave d'être malade, continue ! » Ce genre de choses…

— Tu devras peut-être changer cela. Tu n'auras peut-être pas le choix. Si jamais tu étais vraiment malade, tu modifierais ton mode de vie. Alors, pourquoi ne pas le faire de toute façon ? Tu traverses une crise importante, Sam, tu dois l'accepter.

Sam acquiesça de la tête.

— Me précipiter chez Hope comme je l'ai fait est un signe, c'est sûr. Je n'avais jamais agi comme ça. Mes collègues seraient étonnés de voir la reine des peaux de vache aussi vulnérable.

Mary-Kate inclina la tête sur l'épaule et observa Sam.

— Tu es la reine des peaux de vache à ton travail ?

Sam répondit avec un haussement d'épaules.

— Pas tout le temps… Mais je crains de le devenir. Je ne le veux pas mais…

— Alors, change ! dit Mary-Kate.

— Ce n'est pas si facile.

— Pourquoi ? Hope connaît un autre aspect de ta personnalité, chaleureux et attachant. C'est la sœur qu'elle aime.

— Bien sûr, mais nous nous comportons différemment en famille, protesta Sam.

— Et tu essaies d'être quelqu'un d'autre que toi-même parce que tu penses que c'est le seul moyen de rester forte et maîtresse de la situation.

— Aïe ! dit Sam en éclatant de rire. Tu es douée pour ce petit jeu mais ça fait mal ! Je ne sais pas si je supporterais de pousser l'analyse.

— Bien sûr que si ! Tu es une femme forte qui a besoin d'amis forts et de mots tout aussi forts pour l'aider.

Mary-Kate resta silencieuse quelques instants, comme si elle réfléchissait à l'opportunité de poursuivre ou non. Puis elle reprit :

— Au début des réunions du club, nous avions un jeu : la vérité ou un gage, mais pas méchant. Quand nous avions des problèmes, nous en parlions. Nous disions franchement ce que nous attendions de la vie et – c'est la partie difficile ! – demandions à nos amies de donner leur avis.

— Nous ne l'avons pas pratiqué depuis que je participe au club, interrompit Delphine.

— Quoi ? demanda Hope avec un regard à Sam pour voir si tout allait bien.

— Le sérum de vérité du club de macramé ! répondit Mary-Kate.

Giselle éclata de rire.

— Mon dernier enfant est né à cause d'une de ces soirées ! Une trop forte dose du sérum de vérité de Mary-Kate et l'on oublie son contraceptif !

— Qu'est-ce qui sert de sérum de vérité ? demanda Sam.

— Tu es en train d'en boire, dit Mai avec un sourire.

— Oh ! On y joue, supplia Delphine. On va s'amuser. J'adore les soirées de confessionnal entre filles !

— Ce n'est pas facile, la prévint Giselle. On peut te dire des choses que tu n'as pas envie d'entendre. Mais le point positif, c'est que tu es autorisée à parler de tout ; cela ne pose pas de problème. Personne ne reviendra sur le sujet et pas un mot ne sortira de cette pièce.

— On y joue, répéta Delphine.

Mary-Kate, Mai et Giselle échangèrent un sourire.

— Nous devons voter, dit Mai. Celles qui sont pour lèvent la main !

— Seulement si vous êtes gentilles avec moi, demanda Sam d'une petite voix.

— D'accord, répondit Mary-Kate.

Six mains se levèrent.

— Bien ! Delphine, tu commences, dit Mary-Kate. Mais laissez-moi d'abord préparer d'autres cocktails.

— Choisis un aspect de ta vie que tu veux changer et montre-toi sincère, expliqua Giselle. Ensuite, nous te donnerons notre avis si nous pensons que cela t'aidera.

— Je dois passer la première ?

— Oui, répondirent les autres en chœur.

— D'accord, l'heure de la confession a donc sonné, dit Delphine en prenant son souffle.

— Passe-moi d'abord ton verre pour que je le remplisse, dit Mary-Kate qui revenait avec un pichet de vermouth.

— Cela me rappelle ce jeu que nous avons, au salon de beauté, dit Delphine quand elle eut un verre plein et de grosses olives piquées sur un bâtonnet. Vous devez vous décrire en trois mots. C'est beaucoup plus drôle quand les autres le font pour vous. La semaine dernière, Anna, la nouvelle, m'a dit que je suis gentille, séduisante mais incapable de me défendre.

Une grimace générale accueillit sa déclaration.

— C'était un peu cruel, dit Sam.

— Oui mais elle devait croire qu'il fallait être absolument sincère alors que, pour le reste d'entre nous, c'est pour rire, reconnut Delphine. On se dit seulement des choses gentilles. Par exemple, la directrice du salon est toujours très soucieuse de sa silhouette, alors nous lui vantons ses formes voluptueuses. Mais ce qui est étrange, c'est qu'Anna a raison. J'y ai réfléchi toute la semaine et, je le répète, elle a raison. Je ne sais pas me défendre.

— Moi non plus, intervint Hope qui ne voulait pas que Delphine se sente critiquée.

— C'est terrible, n'est-ce pas ? reprit Delphine en jouant avec les olives. Je voudrais me défendre, mais c'est plus facile de ne pas le faire.

— Aimerais-tu que cela change ? demanda Giselle

— Oui, dit Delphine avec un mouvement du menton énergique.

— Comment peux-tu y arriver ? insista Giselle.

Pour une fois, Delphine resta muette.

— C'est ici que nous intervenons, dit Mary-Kate. Épouse Eugene !

Delphine sursauta et leva les yeux vers sa tante.

— Tu sais pourquoi nous ne nous sommes pas mariés, commença-t-elle.

— Très bien ! Parce que tu ne veux pas t'opposer à ta mère, rétorqua Mary-Kate.

— Et si tu nous racontais toute l'histoire, demanda Sam en se penchant vers Delphine.

Elle prit une rasade de vermouth et se lança.

— Mon fiancé est divorcé et ma mère ne veut même pas faire sa connaissance. Ne parlons pas d'assister à notre mariage ! Nous avons décidé d'attendre qu'elle cède et qu'elle accepte Eugene, mais nous attendons toujours. Mon père l'a rencontré en secret, vous vous rendez compte ! Ma mère le tuerait si elle le savait. Pour elle, si j'épouse un divorcé, je serai damnée pour l'éternité. Elle veut une cérémonie à l'église, ce qui est hors de question.

— Pauvre chou, dit Mai en tapotant l'épaule de Delphine.

— C'est ce que j'appellerais un exemple type du comportement qui consiste à ne pas s'affirmer, dit Sam. C'est simple : tu organises ton mariage, tu invites ta mère et, si elle ne vient pas, c'est tant pis pour elle ! Tu prends ta décision et c'est à elle de savoir comment elle veut réagir, pas à toi.

Delphine fixa Sam. Elle était si sûre d'elle-même ! Hope leur avait tout raconté sur sa sœur fabuleuse et son travail de rêve. Même avec sa maigreur et ses grands cernes noirs, elle dégageait une impression de force et de confiance en soi.

— C'est facile pour quelqu'un comme toi, soupira Delphine.

Sam éclata d'un rire amer.

— Delphine, je commets sans arrêt des erreurs, mais il y en a une que je ne fais jamais, c'est de ne pas me défendre ! Je pourrais presque dire que c'est ma spécialité. Quand j'ai une décision difficile à prendre dans mon travail, j'essaie de la formuler le plus simplement possible pour y voir clair. Par exemple, imaginons que tu aies envie de te teindre en rose ?

Elles sourirent toutes à cette image.

— C'est déjà arrivé ! dit Mary-Kate.

— Les punks sont morts, déclara Delphine. J'avais seize ans et cela ne m'allait pas. Continue, Sam.

— Donc, tu voudrais des cheveux roses, mais tu as peur de passer à l'acte, au cas où cela déplairait à ta mère. Que fais-tu ? Tu te teins : à elle de se débrouiller avec ses idées ; ou tu renonces et tu lui en veux parce que tu as laissé ses goûts prévaloir sur les tiens ?

— Tu es douée pour réduire les problèmes à leur plus simple expression, dit Mary-Kate d'un ton admiratif.

— C'est facile quand il s'agit des autres, dit Sam avec son sourire désabusé.

— Voyons si j'ai bien compris, dit Delphine. Je me marie sans me soucier de ma mère.

— De toute façon, elle ne te parle plus, souligna Mary-Kate avec son esprit réaliste. Quelle différence cela fera-t-il si elle ne te parle pas après ? Elle a peut-être besoin de se faire botter les fesses pour comprendre qu'elle n'est pas le centre du monde.

— Bravo ! dit Giselle.

Les yeux de Delphine se mirent à briller d'énergie.

— Vous avez raison, les filles ! Allez vite acheter un chapeau, vous êtes toutes invitées à un mariage le mois prochain.

— Un toast ! réclama Mary-Kate, ravie. À Delphine, à Eugene et au merveilleux sérum de vérité !

De nouveaux crackers garnis de fromage aidèrent à faire passer l'alcool.

— Sam, proposa Mary-Kate avec un regard appuyé. Veux-tu être la suivante ?

Sam grimaça.

— Je ne suis pas très forte pour ce genre de choses, avoua-t-elle. Prendre l'avis de quelqu'un, pour moi, c'est comme les médicaments : j'essaie de m'en passer.

Hope se pencha vers elle et l'embrassa.

— Vas-y, dit-elle, nous sommes entre amies.

Il fallut cinq minutes à Sam pour raconter l'histoire des derniers mois et, cette fois, elle admit qu'elle avait sans doute eu une réaction exagérée. À présent, elle se sentait gênée d'avoir tout laissé tomber pour se précipiter à Redlion.

— Je ne vois pas ce qu'il y a de mal à cela, dit Delphine. Tu voulais être avec ta sœur, c'est parfaitement normal.

— Je sais mais, en principe, je me maîtrise.

— Ah ! s'exclama Mai. Alors, il y a une différence. Tu as changé. Tu n'es peut-être pas vraiment malade mais tu traverses une crise. C'est le signe que tu dois modifier ton mode de vie, réorganiser ton existence.

— Comment ? répliqua Sam d'un ton découragé. J'ai un travail, un emprunt immobilier, des responsabilités. Que puis-je faire ? Vous savez, les filles, on n'est plus au pays des rêves mais dans la dure réalité.

— Demande-toi si le quotidien te rend heureuse, lui conseilla Giselle. Le travail est un élément fondamental du bien-être. Si tu n'en es plus satisfaite, tu dois changer d'activité.

— Prends du temps pour les gens que tu aimes, renchérit Virginia. Tu te sens mise à l'écart par tes amis, mais tu ne peux espérer avoir une vie personnelle si tu t'épuises dans ton job en dépassant tes limites.

— Occupe-toi de ta santé, dit Hope d'un ton farouche. Je prie pour que tu n'aies rien de grave et, quand tu seras guérie, je m'occuperai moi-même de ton cas si j'apprends que tu recommences à travailler telle une forcenée. Tu manges n'importe comment, tu ne te reposes jamais, tu ne te détends pas. Rien d'étonnant à ce que ton corps se rebelle !

— Arrête de repousser les gens, dit Delphine à son tour, désireuse d'aider celle qui lui avait permis de voir clair. Tu t'es entourée de défenses. Ton voisin te plaît mais, quand il a essayé de devenir ton ami, tu l'as rejeté. C'est stupide, Sam. Tu es belle – j'aimerais te ressembler –, alors, profites-en ! Je ne savais pas que je pouvais être aussi heureuse avant de rencontrer Eugene. Morgan est peut-être l'homme de ta vie.

— Je ne l'ai jamais cherché, remarqua Sam. Et Morgan pas plus qu'un autre, si tu vois ce que je veux dire. C'est arrivé, c'est tout. Au cours des dernières années, j'ai été interviewée deux ou trois fois et les journalistes m'ont toujours demandé comment j'avais fait pour choisir entre une carrière et une famille. Mais je n'ai pas choisi. Ils ne veulent pas le comprendre. Qui peut se vanter de tout contrôler dans sa vie ?

Elles la regardèrent avec compréhension mais ne firent aucun commentaire.

— Je n'ai jamais eu un plan où je disais oui à certaines choses et non à d'autres, poursuivit Sam avec passion. Les choses se sont produites d'une certaine façon et pas d'une autre. J'en ai marre de devoir me justifier sur ma manière de vivre !

Elle paraissait au bord des larmes. Mary-Kate se pencha vers elle avec une expression concentrée.

— Personne ne te le demande, Sam. Ta vie est aussi respectable que celle de quiconque, qu'on ait des enfants ou pas, un mari ou des coucheries d'un soir, peu importe. En revanche, que tu te sentes autant obligée de défendre ton mode de vie indique que tu ressens un malaise pour une raison ou une autre. Je dis bien : toi, pas nous ! Il y a plein de gens à Redlion qui me prennent pour une vieille folle parce que j'avais un boulot formidable, un bel appartement et de l'argent et que, malgré cela, je ne me suis jamais mariée. C'est mon choix et je ne le changerai pas.

Virginia jeta un vif coup d'œil à Mary-Kate.

— Je ne dis pas qu'il n'y a jamais eu d'homme dans ma vie, précisa Mary-Kate avec un clin d'œil coquin.

Cela permit de détendre l'atmosphère et les fit rire.

— Je crois que Sam a entendu assez de conseils, dit doucement Virginia, voyant l'expression bouleversée de Sam.

— Non, c'est très bien, dit Sam en secouant la tête. Il y a une éternité qu'on ne m'avait pas dit ce que je devrais faire de façon aussi directe. Normalement, c'est moi qui pose les règles du jeu. Le seul problème est de savoir par où commencer.

— Attends d'avoir vu le médecin, dit Giselle. Ensuite, tu décideras ce que tu veux faire du poids que tu t'es mis sur les épaules. Tu es une femme intelligente, tu trouveras la solution.

— Je ne peux pas changer mon travail, quoi qu'il en soit du reste. Je n'ai ce poste que depuis quelques mois et je dois encore m'imposer…

Elle se tut. Pour la première fois depuis qu'elle avait trouvé des informations sur le cancer des ovaires sur Internet, elle commençait à se demander si elle n'avait pas réagi avec exagération. Avait-elle seulement paniqué ? La calme et distante Sam Smith avait-elle perdu les pédales ? Et s'il s'agissait, en effet, d'une réaction d'affolement au lieu de la connaissance intuitive d'une éventuelle maladie ? Sam connaissait la réponse, bien qu'elle eût tout fait pour que ce ne soit pas cela : en réalité, pour une raison ou une autre, elle ne supportait plus de vivre ainsi. Les gens satisfaits et heureux ne se croyaient pas en train de mourir.

— Je pense que c'est à mon tour, dit Mary-Kate en constatant la tension de Sam. Nous ne pouvons pas laisser Sam sur le gril toute la soirée ! Alors, se demanda-t-elle d'une voix rêveuse, qu'est-ce que je veux ?

— À part un paquet de muscles sans pack de bière ? demanda Delphine avec un regard par en dessous.

— Très drôle ! En fait, cela me plairait, plaisanta sa tante. Surtout s'il est doué pour les massages. Cela me ferait du bien au dos.

— Devrait-il se limiter à ton dos ? demanda Mai avec la même étincelle coquine que Delphine.

— Je ne dirai rien si vous continuez à me taquiner, décréta Mary-Kate en installant le chat sur ses genoux. Ce que je veux…

Elle fit une pause avant de poursuivre d'un ton triste et nostalgique :

— Je veux arrêter de toujours regarder en arrière. Oui, c'est cela. Je ne vous demande pas votre avis et j'estime être trop vieille pour l'analyse. Chaque fois que Pauline vient chez moi, j'ai droit à une séance gratuite. Elle m'explique mes erreurs, me demande pourquoi je n'ai pas eu l'intelligence de me marier comme elle et – j'ai gardé le meilleur pour la fin ! – s'étend sur la joie que lui apporte son couple. Je ne dis pas cela pour ton père, Delphine, mais je n'aurais jamais mis tes parents dans la catégorie des grandes histoires d'amour de l'humanité !

Delphine acquiesça tristement de la tête.

La soirée commença à se calmer quand Mai se leva pour partir. Son mari devait venir la chercher à onze heures, soit cinq minutes plus tard.

— Désolée, les copines. Je me lève à six heures, demain matin, et si je reste encore, je serai incapable de sortir du lit. J'en serai quitte pour me confesser la prochaine fois.

Elle partit après moult embrassades et les autres invitées commencèrent à rassembler sacs et manteaux pour s'en aller aussi pendant que Mary-Kate appelait des taxis.

— Tu n'as pas dit ce que tu voulais, Hope, dit Mary-Kate quand elle revint dans le salon.

Hope rougit aussitôt.

— Rien de particulier.

— Allons, la pressa Sam, il y a certainement une chose que tu aimerais modifier, une chose dont tu voudrais te débarrasser. C'est vraiment intéressant d'écouter l'avis des autres. Je me sens déjà mieux !

Ce qui était exact, pensa Hope en constatant que les rides avaient presque disparu du visage de sa sœur, comme par enchantement. Elle hésita, parce qu'elle avait trop à dire. Si elle commençait, elle ne pourrait plus s'arrêter. Elle se rassit. Zut ! Elle pouvait au moins aborder un problème, mais lequel ?

— J'aimerais arrêter d'avoir peur, dit-elle à sa propre surprise. Je ne sais pas comment c'est sorti ! s'exclama-t-elle. Je ne l'avais jamais formulé.

— Continue, répliqua Sam avec affection.

Hope fit de son mieux pour rester claire.

— Je redoute beaucoup de choses. Je m'inquiète en permanence pour les enfants. Quand ils étaient petits, c'était plus fort que moi : la nuit, j'allais vérifier toutes les deux heures qu'ils respiraient bien.

— Je trouve cela normal, dit Giselle.

— Et avant de venir ici, j'avais peur que Matt ait une liaison, avoua-t-elle, honteuse. Ce n'était pas le cas mais j'étais convaincue qu'il avait quelqu'un. J'en étais certaine parce que je ne me trouvais pas assez bien pour lui.

Sam posa la main sur l'épaule de sa sœur.

— Donc, nous sommes deux à pouvoir nous persuader de quelque chose sans preuves.

— Toi, au moins, tu as mal, ergota Hope. Moi, je n'avais pas le moindre élément pour asseoir ma certitude en dehors de mon total manque de confiance en moi. Tu vois, c'est de la peur, rien d'autre. J'imagine toujours le pire.

— Tu donnes l'impression de craindre qu'on t'enlève les gens que tu aimes, remarqua Mary-Kate.

Hope approuva de la tête.

— C'est en partie le cas. Tu sais que nos parents sont morts quand nous étions petites. Je suppose que je n'ai jamais surmonté cette crainte de voir disparaître ceux que j'aime.

— C'est compréhensible, dit Delphine. Cela a dû être très traumatisant.

— Oui mais, à cause de cela, je…

Hope s'interrompit. Elle avait du mal à trouver les mots pour décrire ce qu'elle éprouvait. Elle savait qu'elle se pliait toujours aux désirs de Matt sous prétexte que, sinon, il se fâcherait et la quitterait.

— Le résultat, c'est que je ne me dispute jamais avec Matt, reprit-elle. Je sais que cela peut paraître complètement fou mais c'est vrai ou, du moins, c'était vrai. Je croyais qu'en cas de désaccord, il partirait. Je sais que j'ai l'air d'une idiote avec un QI lamentable, mais c'est ce qui se passe dans ma tête. Si je le contrarie, il s'en ira. Donc je boude un peu, c'est tout.

Une grimace générale accueillit ses aveux.

— Nous ne nous étions jamais disputés avant de nous installer à Redlion, poursuivit Hope. Si j'étais en colère, je le cachais.

— Les gens qui agissent ainsi accumulent une énorme rage intérieure, fit remarquer Virginia. Si tu gardes pour toi ce que tu as à dire, tu finis par retourner ta colère contre toi et cela te ronge. En principe, c'est beaucoup plus sain de se fâcher de temps en temps !

— Maintenant, il m'arrive d'exploser et de dire les choses. Mais cela ne se fait pas du jour au lendemain. Pour moi, cela représente un pas de géant et je ne peux y parvenir que peu à peu. Matt ne tiendrait pas le choc si je me transformais soudain en mégère !

— Lentement mais sûrement, comme un âne qui mange des chardons, récita Delphine.

— Qu'est-ce que cela signifie ? demanda Sam en riant.

— Cela se produit lentement mais, à la fin, l'âne est venu à bout des chardons, expliqua Delphine. C'est le dicton préféré de mon père.

— Désormais, tu oses contrarier ton mari ? demanda Virginia. Tu as donc déjà commencé à transformer ce qui doit l'être. Changer de vieilles habitudes prend du temps mais tu dois te répéter que tu es importante et unique, que Matt a beaucoup de chance de t'avoir et, qu'un jour, il redoutera, peut-être, à son tour de te perdre.

— Cela m'étonnerait ! dit Hope en éclatant de rire. Pourquoi Matt craindrait-il que je le quitte ?

Virginia haussa les épaules.

— Je ne dis pas que cela se produira mais seulement que tu dois te considérer comme une personne intéressante.

Hope sourit.

— J'aime beaucoup cette idée, mais c'est épuisant.

— Oui, dit Virginia. Désolée, les filles, ajouta-t-elle en levant les mains comme pour se rendre. Je n'en peux plus. Je ne sais pas s'il me reste assez d'énergie pour mettre mon âme à nu.

— Ce n'est pas obligatoire, répondit vivement Mary-Kate.

— Tu veux dire que nous devons nous dévoiler seulement si c'est nécessaire ? demanda Virginia d'un ton malicieux.

— Exactement !

La sonnette de la porte d'entrée retentit, signalant l'arrivée des taxis.

— Parfait, dit Giselle en se levant avec difficulté. Je me sens, moi aussi, trop fatiguée pour me livrer à vous ! Mais c'est pour la prochaine fois, d'accord ?

— D'accord ! répondirent-elles en chœur, un peu ivres mais heureuses.

— Je me sens guérie et calmée, c'est merveilleux, déclara Sam en prenant congé de Mary-Kate sur le pas de la porte. Et ce n'est pas dû qu'aux cocktails !

— Je sais, répondit Mary-Kate. Tu as eu un aperçu de ce que tu cherches, Sam. La plupart des gens croient ne pas avoir d'autre choix que de suivre le chemin qui paraît tout tracé pour eux. Quelques-uns comprennent qu'ils peuvent transformer leur vie et cherchent à l'améliorer.

Sam souriait, aux anges.

— J'ai passé une soirée formidable. Je pourrai revenir ?

— Aussi souvent que tu en auras envie, répondit amicalement Mary-Kate.

Teddy, le chauffeur de taxi, ramenait Virginia à la vitesse très précise de vingt kilomètres à l'heure. Assise à l'arrière, Virginia aurait aimé qu'il accélère un peu. Elle était si fatiguée qu'elle craignait de s'endormir sur place. Or, elle n'avait guère envie de s'appuyer sur l'épaule de Teddy.

— Les routes sont dans un état épouvantable, marmonna-t-il pour la quatrième fois, les yeux fixés sur la chaussée balayée de pluie.

La première fois, Virginia, incurablement polie, avait répondu que, oui, les routes étaient très mauvaises. Puis elle s'était rendu compte que Teddy n'attendait pas de réponse. Elle se sentait un peu ivre mais avait mangé assez de crackers et de fromage pour que cela se passe bien. Du moins l'espérait-elle. Elle était trop vieille pour avoir mal aux cheveux. De plus, elle devait s'attaquer dès le lendemain au ménage des chambres d'amis. Les enfants arrivaient le vendredi, trois jours après, et la poussière ne s'envolerait pas par magie. Mais elle avait passé une soirée très agréable, très forte, où tout le monde avait parlé de ses espoirs et de ses rêves d'une façon positive.

— Vous avez vu la profondeur de ce nid-de-poule ! s'exclama Teddy.

Virginia scruta les ténèbres avec lassitude et, soudain, découvrit un petit chien blanc blotti sur le bas-côté. C'était un terrier qui tremblait, le poil collé par la pluie. Il s'aplatit de peur quand les phares du taxi l'éclairèrent. Même depuis l'intérieur du taxi, Virginia distingua clairement son expression perdue. Il n'avait rien à faire dehors par une nuit pareille !

— Arrêtez ! ordonna-t-elle avec autorité.

Teddy freina aussitôt. Virginia se précipita sous la pluie battante vers l'animal, qui grelottait et eut un mouvement de recul en la voyant approcher.

— Bonjour, mon toutou, lui dit-elle d'une voix rassurante en s'accroupissant. Bonjour, mon pauvre petit chou.

Elle tendit la main vers lui et il se tassa encore plus. Virginia n'était pas née à la campagne pour rien, et il fallait qu'elle sauve cette pauvre bête.

— Viens me voir, gentil chien, reprit-elle de la même voix apaisante, tendant la main jusqu'à ce qu'elle puisse le toucher.

Il frissonna mais, quand Virginia commença à lui caresser la tête, il leva les yeux vers elle avec inquiétude et gémit.

— Tout va bien, lui dit Virginia sans prêter attention à la pluie.

Elle s'approcha un peu plus de lui et chercha son collier, mais il n'en avait pas. Sans cesser de le caresser, elle se pencha et réussit à le prendre dans ses bras. Il était d'une maigreur épouvantable sous son poil épais. Virginia sentait ses côtes fines sous ses doigts, et le petit cœur qui battait à toute vitesse sous l'effet de la peur. Il ne grognait pas, ne montrait pas les dents. Il se laissait faire, tremblant de peur et de froid.

— Pauvre petit, dit-elle doucement.

Teddy avait reculé pour revenir à la hauteur de Virginia. Celle-ci, apparemment inconsciente de l'état de saleté du rescapé, lui demanda de baisser la vitre.

— Je ramène cette pauvre bête chez moi, dit-elle. On ne peut pas la laisser ici.

Teddy crut s'étrangler. Il ne voulait pas de ça dans son taxi immaculé. Si quelqu'un d'autre que Virginia avait voulu sauver un clochard en plein déluge, il lui aurait dit d'aller se faire voir ! Mais Mme Connell lui donnait l'impression de pouvoir se montrer redoutable si elle le voulait malgré son air de dame tranquille.

— Euh… bien sûr, dit-il en regardant ses coussins propres.

— Je vais l'envelopper dans mon manteau et vous n'aurez pas une seule tache de boue, dit Virginia d'un ton impérieux.

Il n'y avait rien à répliquer. Teddy, maté, ouvrit la porte du côté passager et Mme Connel s'installa, le chien blotti comme un bébé dans son coûteux manteau.

Arrivée devant chez elle, elle prit dans son sac le premier billet de banque qui lui vint sous la main et le donna à Teddy. Cela représentait deux fois le prix de la course et Teddy le contempla un instant comme s'il hésitait à rendre la monnaie.

— Considérez qu'il s'agit d'une compensation au cas où le siège aurait été sali, lui dit aimablement Virginia.

Et elle s'éloigna, son protégé toujours douillettement emmailloté serré contre elle. Teddy la regarda remonter l'allée d'un pas élégant jusqu'à la porte de la maison, sans manteau sous la pluie. Ah ! les femmes, se dit-il. Comment un homme pourrait-il les comprendre !

Dès qu'elle fut à l'intérieur, Virginia libéra l'animal et alla vite chercher une grande serviette pour le sécher correctement. Comme il faisait toujours chaud dans la cuisine, le soir, elle l'y emporta et le frotta doucement en lui parlant de façon rassurante jusqu'à ce qu'il ne tremble presque plus. C'était un beau petit terrier West Highland blanc, qui aurait dû se trouver devant un bon feu et non pas au bord de la route par une nuit de déluge.

— Désolée de t'avoir prise pour un garçon alors que tu es une fille, lui dit Virginia en regardant affectueusement les yeux inquiets fixés sur elle. Comment t'appelles-tu ?

La chienne cligna des yeux, comme si elle n'arrivait pas à croire qu'on puisse la traiter bien. Virginia prit le lait dans le réfrigérateur et en versa dans un bol, qu'elle posa par terre. La bête le contempla sombrement puis revint vers Virginia.

— Bois !

Avec un autre regard triste, elle commença à laper délicatement du bout de sa langue rose. Même affamée, elle n'éclaboussait rien.

— Tu avais faim, ma petite, dit Virginia.

Elle trouva un reste de poulet et le lui donna. Quand la chienne fut rassasiée, elle se détendit un peu et fit lentement le tour de la cuisine, reniflant de-ci de-là. Elle s'arrêta devant la porte de derrière en regardant Virginia.

— Quelqu'un a pris la peine de bien t'élever, ma fille, dit Virginia en souriant avant de la laisser sortir.

Elle resta sur le seuil, de crainte que la petite bête n'ait peur.

— Je me demande à qui tu appartiens, dit Virginia quand la chienne rentra et s'assit à ses pieds. J'appellerai la police et la fourrière demain matin pour savoir si quelqu'un a signalé ta perte mais, d'ici là, nous avons toutes les deux besoin de nous reposer.

Virginia installa une couverture à côté du radiateur de la cuisine, remplit un bol d'eau puis se dirigea vers la porte. Elle se retourna avant de refermer : sa protégée la regardait avec une affreuse expression d'animal abandonné. Virginia se sentit fondre. La malheureuse avait certainement eu son compte.

— Tu veux dormir dans ma chambre ? demanda-t-elle.

Était-ce son imagination ou bien la chienne avait-elle souri ? Virginia ramassa le lit improvisé et l'emporta à l'étage, où la rescapée la suivit.

— Je dois te trouver un nom, dit Virginia en arrangeant la couverture en forme de nid à côté du radiateur.

La bête inclina la tête sur le côté comme si elle réfléchissait à la question tandis que Virginia passait en revue les chiens qu'elle avait connus.

Sa mère avait un adorable terrier qui répondait au nom de Dinky. C'était un animal de compagnie qui vivait avec la famille alors que les chiens de berger dormaient dehors. Dinky avait un caractère très doux et docile.

— Que dirais-tu de Dinky, en solution d'attente ? proposa Virginia. Au lit, Dinky !

Dinky donna un coup de langue sur la main de Virginia et trotta jusqu'à la couverture, où elle se coucha en rond.

— Va pour Dinky ! dit Virginia, ravie.

Elle se prépara pour la nuit sans cesser de parler à Dinky, qui l'observait depuis sa couche, suivant chacun de ses mouvements de ses grands yeux. C'était bon d'avoir de nouveau quelqu'un à qui parler, même s'il ne pouvait pas répondre. Virginia se coucha et éteignit. Les yeux ouverts dans le noir, elle repassa la soirée en revue, et cette incroyable séance avec le sérum de vérité. Quelle bonne idée ! De plus, à sa façon unique, Mary-Kate avait senti que Virginia n'était pas encore prête à parler de ce qu'elle attendait à présent de la vie.

La paix, pensa soudain Virginia. Voilà ce qu'elle voulait. Se sentir bien et ne plus éprouver ce déchirement chaque fois qu'elle pensait à Bill. Or, elle commençait très lentement à se sentir apaisée. Elle parlait à Bill quand elle s'occupait des tâches quotidiennes, lui racontait sa journée et les histoires qu'elle avait lues dans le journal du matin. Elle n'éclatait plus en sanglots en se remémorant les moments heureux du passé. Pouvoir y penser et dire merci pour les avoir vécus représentait un pas énorme pour elle et elle remerciait Dieu. Voilà ce qu'elle aurait pu dire. Mais il y aurait d'autres soirées pour le faire. Virginia se blottit contre son oreiller et dormit mieux qu'elle ne l'avait fait depuis longtemps.

Au matin, elle fut réveillée par Dinky qui, dressée sur ses pattes de derrière, reniflait les draps d'un air timide. Virginia tapota la couverture et, sans hésitation, Dinky bondit et se pelotonna contre elle.

— Comme tu es mignonne ! s'extasia Virginia.

À quoi Dinky répondit d'un coup de langue affectueux sur sa main.

Après le petit déjeuner, Virginia se força à téléphoner à la police pour déclarer qu'elle avait trouvé une petite chienne blanche.

— Personne ne nous a signalé sa disparition, madame Connell, répondit le sergent O'Hara. Mais je note votre nom et votre téléphone, au cas où quelqu'un la réclamerait.

Ensuite, elle appela le refuge et l'organisation locale de protection des animaux. Ni l'un ni l'autre n'avaient été avertis de la disparition d'un terrier blanc.

— Je ne peux pas croire qu'elle ne manque à personne, dit Virginia. Elle est vraiment adorable.

— Vous m'avez bien dit qu'elle était affolée quand vous l'avez trouvée ? rétorqua la responsable du refuge. Cela me donne l'impression qu'elle n'était pas très bien traitée. On a dû la jeter d'une voiture.

— Mais qui pourrait faire une chose aussi cruelle ! s'indigna Virginia.

— Ce n'est rien par rapport à ce que certaines personnes font aux animaux, répliqua son interlocutrice d'une voix découragée. Si personne ne la réclame, désirez-vous la garder ?

— Rien ne me ferait plus plaisir ! répondit spontanément Virginia. Je m'y suis déjà attachée. Je sais que c'est affreux à dire, mais j'espère que nul ne la revendiquera, parce que c'est vraiment une très jolie bête.

— Elle a eu de la chance de vous rencontrer. Sans vous, elle se serait sans doute fait écraser. Il y a beaucoup de camions sur cette route et, la nuit, ils ne l'auraient pas vue.

Virginia tendit la main pour caresser Dinky, assise à ses pieds.

— Nous avons eu de la chance toutes les deux, dit-elle avec conviction.

Le lendemain matin de la réunion du club de macramé, Sam se leva avant tout le monde. Elle faisait des petits pains au riz soufflé avec les enfants quand Hope descendit.

— Tu t'es levée tôt, dit-elle, la tête cotonneuse après les abus de la veille.

— Oui et je me sens en pleine forme. J'espère que tu ne m'en voudras pas. J'ai réservé une place sur le vol de ce soir pour rentrer.

Hope ouvrit de grands yeux.

— Mais je croyais que je t'accompagnais ?

— Non, tu as trop à faire ici. Je rentre chez moi et je vais voir la spécialiste toute seule. Je ne suis plus un bébé, Hope.

— Mais je voulais…

— Je sais.

Sam commit alors l'erreur fatale de laisser Millie en tête à tête avec un énorme bol de chocolat pour embrasser sa sœur.

— Je peux me débrouiller seule. Tu m'as aidée à me calmer et je me sens de nouveau dans mon état normal.

Elles s'étreignirent jusqu'au moment où un cri et un bruit de porcelaine cassée leur firent comprendre que Millie avait pris les choses en main.

— C'est tombé, dit Millie avec de grands yeux innocents.

En découvrant le gâchis des éclats de porcelaine et du chocolat répandu par terre, Hope et Sam éclatèrent de rire. Millie se mit alors à glousser de plaisir. Jamais elle n'aurait cru qu'on puisse trouver cela drôle !

14

Le Pr Olivieri était loin de la spécialiste en tailleur à fines rayures que Sam avait imaginée. Elle était encore plus petite qu'elle, avec les cheveux gris et un visage très pâle, qu'éclairait un regard chaleureux et intelligent. Elle parlait peu.

Elle lut en silence la lettre du médecin traitant de Sam qui, dans ce cabinet plein d'équipements à la pointe de la technologie, frissonnait d'angoisse et de gêne. Elle avait affreusement honte à l'idée qu'on puisse la prendre pour une hypocondriaque dérangée. Depuis qu'elle avait cessé de paniquer, elle avait retrouvé son appétit et, la veille au soir, avait dévoré une énorme pizza avec une demi-bouteille de vin en regardant sa cassette de *Raison et Sentiments*.

— Je suis désolée d'avoir tellement insisté, dit-elle. J'ai été prise d'une crise d'angoisse et j'étais incapable d'attendre aussi longtemps.

Le Pr Olivieri sourit simplement.

— Ne vous inquiétez pas. Je vais vous examiner, puis je ferai une échographie pour être certaine de ne rien laisser passer.

Sam hocha péniblement la tête.

— Allons-y ! répliqua-t-elle dans un souffle.

Elle s'était convaincue que tout irait bien, mais si elle se trompait ?

À Redlion, Hope s'assit dans la cuisine et fixa l'horloge ornée d'une image de la Petite Sirène accrochée au mur au-dessus de la table. Trois heures cinq. Le rendez-vous de Sam était à trois heures. Combien de temps cela pouvait-il prendre ? Hope essaya de chronométrer la durée des événements : peut-être cinq minutes d'attente, ensuite quinze pour exposer ce qui n'allait pas, cinq ou dix pour un examen. Mais si la spécialiste envoyait Sam faire une échographie ailleurs ? Cela l'obligerait à prendre un nouveau rendez-vous avec quelqu'un d'autre.

En dehors du léger tic-tac et du meuglement d'une vache dans un pré voisin, le silence régnait à Curlew Cottage. Matt avait eu la gentillesse d'emmener les enfants passer l'après-midi à l'extérieur mais, à présent qu'elle était seule, Hope aurait aimé les avoir près d'elle. Millie et Toby l'auraient tellement occupée qu'elle n'aurait pas eu le loisir de s'inquiéter.

Elle se reprochait violemment de ne pas avoir accompagné Sam à Londres. Cela aurait très simple : Matt aurait pu se charger des enfants et elle, elle n'aurait pas eu à attendre, assise, en se rongeant les ongles, espérant recevoir un appel de Sam lui disant que tout allait bien. Elle lui aurait tenu la main, elle ne l'aurait pas laissée seule, elle aurait pu l'aider.

Fichue Sam, avec son indépendance à tout prix ! Cependant, même si elle pestait contre cela, Hope savait que Sam avait précisément besoin d'être seule en cet instant. Ainsi, elle serait forte. Avec Hope à son côté, elle aurait risqué de s'effondrer.

Zut ! se dit Hope en ajoutant un beau juron. Elle n'y pouvait rien. Autant repasser.

Elle avait déjà fait dix chemises à une vitesse furieuse quand le téléphone sonna. Elle posa le fer en équilibre instable au bord de la planche et se rua pour décrocher.

— Allô ?

— C'est moi, dit Sam.

Hope inspira profondément en priant pour trouver les mots nécessaires.

— Je n'ai rien ! cria Sam. Je vais très bien. L'échographie a montré la présence de fibromes, mais c'est tout et l'on peut m'en débarrasser sans problème.

— Oh ! Sam, dit Hope qui pleurait de soulagement. J'avais peur, tellement peur.

— Moi aussi, dit Sam d'une voix heureuse qui rassura Hope. Je suis libérée, en bonne santé et je me sens bien. Elle veut que je prenne rendez-vous pour une petite intervention chirurgicale. J'entre en clinique le matin et le soir, je suis chez moi.

Sam rejeta la tête comme pour respirer la vie à pleins poumons à présent qu'elle était tranquillisée.

— Je suis tellement heureuse, que vais-je faire ?

— Une fête ? suggéra Hope, qui aurait aimé être avec sa sœur pour la serrer dans ses bras.

— Excellente idée !

Hope se sentit brusquement très seule, mais refoula ses émotions.

— Qui vas-tu inviter ? demanda-t-elle.

Katrina accepta avec enthousiasme l'idée d'un dîner improvisé le vendredi.

— Je ne vais plus nulle part, maintenant, gémit-elle. Je me sens tellement énorme, tu sais !

Jay et Greg étaient invités ailleurs plus tard, mais promirent de passer.

— Et pas question de vous cacher dans la chambre pour faire des câlins ! les avertit Sam.

— Il y a une occasion particulière ? demanda Jay d'un ton soupçonneux.

— Oui, le fait que je suis heureuse et en vie ! répondit Sam en essuyant quelques larmes. J'ai eu un sale moment la semaine dernière quand j'ai cru que j'étais malade, mais tout va bien.

— Tu as cru que tu étais malade ? demanda Jay, soudain inquiète.

— Je t'expliquerai plus tard. Dis-moi plutôt ce que je vais préparer : cuisine thaïlandaise à emporter, cuisine indienne à emporter ou cuisine italienne à emporter ?

— Pourquoi ne pas tout commander chez Delia Smith ? Ce serait plus facile.

Le vendredi, Sam se rendit à son travail presque en dansant, à la grande surprise de tous les gens auxquels Lydia avait dit qu'elle était malade pour la semaine.

— Vous aviez l'air vraiment mal, vendredi dernier, dit Lydia. Vous êtes sûre que vous n'êtes pas partie en cure de remise en forme ?

Sa patronne était radieuse, même si elle paraissait encore un peu trop maigre dans son ensemble pantalon de fin lainage ivoire.

Sam lui fit un grand sourire.

— Si l'envie vous chante de nous quitter, pourquoi ne pas démissionner selon la méthode classique plutôt que de m'obliger à vous licencier ? la taquina-t-elle.

Elle quitta son bureau assez tôt dans l'après-midi et prit un taxi pour rentrer. Elle lui demanda de s'arrêter chez un fleuriste, le temps pour elle d'acheter plusieurs énormes bouquets. Le vin et le dîner lui seraient livrés un peu plus tard à grands frais.

« À quoi bon gagner tout cet argent si je n'en fais rien ? avait-elle lancé gaiement à Hope au téléphone la veille au soir.

— Exactement ! » avait répondu celle-ci, ravie que Sam se sente si bien, mais un peu triste d'être exclue de la fête.

Dès son arrivée chez elle, Sam donna un coup de ménage ; ce fut rapide compte tenu de son obsession de la propreté qui la poussait à tout entretenir à fond. Puis elle disposa les fleurs, des roses corail sur la table de la salle à manger, un amaryllis rouge vif avec un feuillage spectaculaire dans le calme salon blanc et, dans l'entrée, des lis au parfum délicieux.

Elle finissait de mettre quelques boutons de rose dans un verre en cristal sur l'appui de la fenêtre et jetait machinalement un coup d'œil dans le jardin d'à côté lorsqu'elle vit Morgan traînant un laurier-sauce dans un énorme pot en pierre le long de la terrasse. Il aurait fallu être au moins deux pour le déplacer mais c'était typique de Morgan : affronter le monde entier tout seul.

Sam sourit à sa vue puis se baissa à toute vitesse quand il se redressa pour se masser le bas du dos et leva directement les yeux vers sa fenêtre. Il l'avait vue.

Sam rougit brusquement au souvenir de la façon dont elle s'était conduite lors de leur dernière rencontre. Il avait été gentil avec elle, plus que cela, même : amical et légèrement charmeur ; et elle avait réagi comme un crocodile qui vient de se faire soigner les dents. Elle s'en sentait profondément honteuse et savait qu'elle lui devait des excuses. Elle allait changer de vie, après tout, et ce point figurait en tête de la liste des choses à corriger. Elle sortit de chez elle en courant de peur de changer d'avis, se précipita chez son voisin et sonna de toutes ses forces. Plusieurs minutes s'écoulèrent avant que la porte s'ouvre en grand.

Morgan portait son jean habituel. Des fragments de feuillage et des traces de terre étaient collés sur son pull-over et dans ses cheveux en broussaille.

— Oui ?

Il la dévisageait avec méfiance, comme s'il s'attendait à ce qu'elle le cogne sur le nez. Ses yeux conservaient toute leur séduction, même quand il était fâché et les plissait en la surveillant avec arrogance.

— Je suis venue vous présenter mes excuses, dit-elle, se lançant avant de le regretter. J'ai été odieuse envers vous et vous prie de me pardonner. Si cela peut justifier ma conduite, je traversais une terrible crise personnelle. Non que cela soit une raison valable, corrigea-t-elle.

Elle baissa les yeux sur ses chaussures, incapable d'affronter plus longtemps son regard.

— Je suis sincèrement désolée, Morgan. Je comprendrais que vous ne vouliez plus me voir mais j'aimerais que nous soyons amis. J'ai organisé un petit dîner, ce soir. Seriez-vous des nôtres ?

Elle le fixa, espérant avoir assez rampé pour le convaincre. Cela valait la peine, rien que pour voir son visage s'éclairer d'un sourire éclatant.

— Puis-je amener une dizaine de ravissantes jeunes créatures ? demanda-t-il d'un air malicieux.

Sam se mordit la lèvre.

— Si vous voulez, vous pouvez en amener une !

— Je plaisantais ! Je serai seul, dit-il, l'air réellement content.

— C'est tout à fait décontract… commença Sam avant de s'interrompre.

À quoi bon préciser, puisque Morgan Benson ne possédait que des vêtements décontractés.

— Je peux venir en jean, alors ? s'enquit-il en se retenant de rire.

— Parfaitement, répondit Sam d'un ton très sérieux. Mais pas celui-ci !

Ils baissèrent tous les deux les yeux sur les ourlets effilochés.

— Je dois y aller, dit Sam. La cuisine, les derniers préparatifs, vous savez ce que c'est.

— Oui. Les réceptions peuvent donner un travail épouvantable ! répliqua-t-il sans broncher. Par exemple, faire sauter le risotto en espérant que le majordome ne se trompera pas pour le vin du dessert.

De retour dans son appartement, Sam réalisa que le traiteur et les invités ne tarderaient plus. Elle devait s'habiller. Au lieu de son habituelle tenue – chemise de coton et pantalon bien coupé –, elle opta pour une robe en soie brune avec un décolleté en V très flatteur et une jupe qui mettait en valeur ses jambes élancées. Elle l'avait achetée pour une soirée et ne l'avait jamais portée, la trouvant trop aguicheuse. Qu'y avait-il de mal à cela, après tout ? pensa-t-elle gaiement en enfilant des sandales à talons bobine d'une extrême fantaisie. Elle devait trouver un peu de place dans sa vie pour une touche de frivolité !

À huit heures, toute sa bande était arrivée : Jay et Greg, toujours amoureux ; Katrina et Hugh, fièrement en attente du bébé, et qui avaient hâte de parler de la dernière échographie et du moindre détail concernant la naissance ; Andy avec une timide collègue du nom de Vanessa, qui semblait capable de lui faire surmonter son divorce.

Morgan surprit Sam par une tenue d'une élégance parfaite et visiblement très coûteuse – chemise anthracite impeccable, qu'il portait col ouvert, et pantalon gris –, dans laquelle il était plus beau que jamais. Il l'embrassa sur la joue sans insister en lui tendant une bouteille de vin.

— C'est très aimable à vous de m'avoir invité, madame Smith, dit-il avec une politesse irréprochable. J'ai de la chance d'avoir des voisins comme vous. Y aura-t-il de la musique très fort, ce soir ?

Sam eut un petit rire, et l'assit à côté de Jay et Vanessa avant de courir dans la cuisine disposer l'entrée sur un plat.

— Il est superbe, murmura Katrina à Sam entre deux bouchées de poulet à la thaïlandaise. Où le cachais-tu ?

— C'est juste un ami, protesta Sam en faisant passer la salade.

— Quelle femme voudrait un mari avec des amis comme lui ? rétorqua Katrina avec un clin d'œil coquin.

La soirée se déroulait agréablement. Sam n'avait jamais organisé un dîner aussi réussi. Cela venait en partie de sa nouvelle attitude, beaucoup plus décontractée, mais aussi, réalisa-t-elle avec étonnement, du bonheur que lui procurait la présence de Morgan. Les membres de sa bande l'appréciaient aussi. Hugh, en particulier, avait l'air de très bien s'entendre avec lui. Ils s'étaient lancés dans une conversation passionnée au sujet de leurs relations communes, qui semblaient nombreuses. Sam aurait voulu entendre ce qu'ils disaient car elle ne savait toujours rien de Morgan, même pas ce qu'il faisait pour gagner sa vie. Apparemment, Morgan avait travaillé à New York des années plus tôt et y avait rencontré Christopher, le frère aîné de Hugh.

— De quoi parlais-tu avec Morgan ? demanda Sam à Hugh avec une feinte indifférence plus tard dans la soirée tandis qu'il l'aidait à préparer une deuxième tournée de café.

— Oh ! du travail. C'est quelqu'un de bien, ce Morgan. Mais il a l'air très soulagé d'être libéré de la compétition professionnelle.

Morgan entra à ce moment-là dans la cuisine pour proposer son aide à Sam et elle dut remettre sa petite enquête à plus tard.

Il était presque minuit quand Katrina déclara qu'ils devaient rentrer, Hugh et elle. N'ayant rien bu, elle était chargée de conduire.

— Je me demande ce qui arrivera après la naissance du bébé quand tu perdras ton chauffeur ! remarqua Sam quand Hugh lui dit bonsoir d'une voix pâteuse.

— On trouvera un permis de conduire pour le bébé, déclara Hugh en bafouillant. À quoi bon faire des enfants s'ils ne s'occupent pas de leurs chers vieux parents ?

Jay et Greg, trop fatigués pour se rendre à leur autre soirée, partagèrent un taxi avec Andy et Vanessa, qui allaient dans la même direction.

— Je vais t'aider à ranger, dit Morgan quand tout le monde fut parti.

Ils remplirent le lave-vaisselle dans un silence amical. Sam avait mis un disque de Macy Gray en sourdine. On dirait un vieux couple, pensa Sam avec un instant d'émotion.

— Vous êtes très détendue, ce soir, madame Smith, dit Morgan en remplissant l'évier d'eau chaude pour rincer les verres.

La langue déliée par quelques verres de vin, Sam oublia ses défenses et lui raconta l'horrible semaine qu'elle venait de passer.

— Je comprends mieux ta tension, dit Morgan en s'essuyant les mains.

À la grande surprise de Sam, il la prit ensuite dans ses bras.

— Je suis vraiment heureux que tu ne sois pas malade. Tu as dû avoir affreusement peur.

Serrée contre lui, Sam ne trouvait rien à répliquer. Elle se sentait si bien dans ces bras protecteurs, à l'abri de tout. C'était encore plus agréable qu'elle ne l'aurait imaginé : son torse était musclé et chaud, très ferme contre sa joue. C'était si bon d'être dans les bras de quelqu'un d'autre que Hope, Hugh ou Andy, qui l'embrassaient comme une sœur ou un frère.

Aussi soudainement qu'il l'avait prise dans ses bras, Morgan s'écarta d'elle, la laissant pantelante de désir.

— Désolé, dit-il brusquement, je ne voulais pas empiéter sur ton territoire. Il m'arrive d'oublier les convenances.

— Non, il n'y a pas de problème, murmura Sam, qui se sentait abandonnée.

Elle se souvint trop tard de leur première rencontre quand elle l'avait accusé d'envahir son territoire, juste avant de lui donner un coup de pied au tibia.

— Je ferais mieux de m'en aller, dit Morgan.

Il ne la regardait pas, penché sur les derniers verres qu'il finissait de rincer.

— D'accord, répondit-elle poliment, les yeux fixés sur son dos musclé. Merci d'être venu et de m'avoir aidée à faire la vaisselle.

— De rien !

Il s'abstint de l'embrasser sur la joue en partant et se contenta de la remercier encore une fois. Sam attendit quelques instants sur le seuil, au cas où il se serait retourné, mais en vain. Elle referma la porte avec la sensation d'avoir pris une douche froide. Il y avait réellement eu quelque chose dans l'air avant que Morgan s'écarte d'elle. Elle se demanda pourquoi puis s'interdit d'y penser. Si elle intéressait Morgan, il le montrerait. Si ce n'était pas le cas, tant pis. À quoi bon se torturer pour cela ? Elle avait fait la paix avec lui et c'était l'essentiel. Elle était une nouvelle personne, mieux dans sa peau et très heureuse d'être en vie, ce n'était pas pour se rendre malade avec ce qui aurait peut-être pu arriver. Elle allait être heureuse et modifier son mode d'existence pour le meilleur. Elle allait prendre des cours de yoga, manger sainement, être gentille avec tout le monde et essayer de vivre dans la lumière de l'esprit. Elle n'allait certainement pas se morfondre à cause du bellâtre qui se consumait dans la maison d'à côté !

15

Virginia ne voyait vraiment pas pourquoi Jamie trouvait Barbara tyrannique. Elle paraissait très douce, presque docile. Elle était très petite, surtout par rapport aux trois Connell, et avait de longs cheveux blond vénitien qui cascadaient dans son dos en ondulations romantiques. Un délicat visage triangulaire, une bouche sage en bouton de rose et de grands yeux bleus composaient l'image même de la douceur. On comprenait que Laurence soit fou d'elle. À côté des deux costauds que Virginia avait mis au monde, Barbara ressemblait à une sylphide entre deux joueurs de rugby.

— Prendrez-vous une tasse de thé ? Vous devez être fatiguée après le voyage, proposa Virginia une fois les présentations terminées.

— Je ne voudrais pas vous déranger, répondit-elle.

Virginia aperçut Jamie qui levait les yeux au ciel.

— Pas du tout, dit-elle en le foudroyant du regard.

Dinky suivit Virginia avec confiance tandis qu'elle leur montrait le chemin vers la cuisine. Comme personne n'avait réclamé la rescapée, Virginia avait acheté un charmant collier écossais et un permis de posséder un chien. À présent, si jamais quelqu'un prétendait lui reprendre Dinky, il y aurait de la bagarre !

— Comment vas-tu, m'man ? demanda Jamie.

Il s'était laissé tomber dans le vieux fauteuil à côté du grand buffet, passant ses longues jambes couvertes d'un jean par-dessus l'accoudoir. Il ressemblait beaucoup à Bill, pensa Virginia avec tendresse, sauf que celui-ci était bâti en force et Jamie tout en longueur, avec des cheveux châtains qui tombaient dans ses yeux bleus malicieux. Il avait encore l'air d'un gamin. En revanche, Laurence semblait fatigué, s'inquiéta Virginia. De loin, on aurait pris les deux frères pour des jumeaux mais, de près, les yeux bleus de Laurence avaient de nouvelles rides et sa coupe de cheveux, parfaite pour impressionner un banquier, ne lui convenait pas vraiment. Virginia se promit de lui parler en tête à tête pour savoir si sa clientèle se développait de façon satisfaisante. Elle ne prendrait pas le risque de le gêner en lui posant la question devant Barbara.

Installée sur une chaise dans la cuisine, Barbara, tel un oiseau perché, regardait autour d'elle. Dinky, qui accueillait tout le monde, facteur compris, d'un aboiement joyeux, s'approcha d'elle et renifla l'ourlet de sa longue jupe noire avec la politesse distinguée d'une duchesse recevant une amie…

— Oh ! C'est adorable, dit Barbara en serrant sa jupe sur ses jambes, comme s'il s'était agi d'un berger allemand aux crocs menaçants.

— Vous n'aimez pas les chiens ? demanda Virginia.

Elle était prête à bannir Dinky sur sa couche si nécessaire. Tout le monde n'appréciait pas les animaux comme la famille Connell.

— Si, je les adore, roucoula Barbara sans cesser de protéger ses jambes.

Semblant dire que l'invitée mentait, Dinky jeta un regard entendu à sa maîtresse.

— Mais oui, elle aime les chiens, intervint nerveusement Laurence, comme s'il craignait que sa chérie puisse passer pour autre chose qu'une sainte.

— Dinky, viens ici, dit Virginia.

Peut-être que Barbara était seulement un peu tendue. Il fallait lui laisser le bénéfice du doute.

Dinky, toujours très « grande dame », vint s'asseoir tranquillement aux pieds de Virginia. Elle n'en bougea plus tandis que Barbara expliquait avec force détails ce qui lui plaisait tant à la campagne. Virginia, se désintéressant de la conversation, se demanda pourquoi la jeune femme avait souligné ses lèvres d'un trait de crayon très foncé qui ne correspondait pas du tout à leur contour naturel. Elle supposa que c'était la mode. Au bout de vingt minutes, elle réalisa que le discours de son interlocutrice devait tout aux feuilletons télévisés sur les communautés rurales et aux quelques occasions où elle était allée aux courses hippiques. Barbara précisa qu'elle avait même failli, par deux fois, y gagner le titre de la femme la mieux habillée.

— Tu étais absolument superbe à Leopardstown, dit Laurence en tendant son grand bras par-dessus la table pour lui prendre la main.

— J'ai les photos quelque part, ajouta Barbara d'un ton suffisant. Elles ont été faites par un professionnel.

Elle essayait sans doute seulement de les impressionner, pensa charitablement Virginia tandis qu'ils subissaient la description sans fin du chapeau aux fleurs peintes à la main que le jury avait tellement admiré. Bien sûr, la femme qui avait gagné possédait une boutique et avait donc accès à un stock de vêtements sans limite, ce qui était déloyal, souligna Barbara.

— Dans ce cas, elle a tout simplement triché, dit Jamie sans rire. Elle n'aurait pas dû être autorisée à concourir. Tu aurais dû exiger une enquête des organisateurs.

— Pourquoi n'iriez-vous pas vous promener ou prendre un bain, bref, faire ce que vous voulez pendant que je m'occupe du dîner ? suggéra Virginia en jetant un regard d'avertissement à Jamie.

Il y avait longtemps qu'elle ne cuisinait plus que pour elle seule ; elle voulait disposer de la cuisine tranquillement et étouffer toute velléité d'aide de Barbara. Ces ongles si soigneusement vernis n'avaient pas dû souvent entrer en contact avec un épluche-légumes.

Ils sortirent donc avec obéissance, laissant Virginia seule avec Dinky.

— Que penses-tu d'elle ? lui demanda Virginia.

Dinky posa sa truffe rose sur ses pattes et leva des yeux pleins de sérieux vers sa maîtresse. Pas grand-chose, semblait-elle dire.

Une heure et demie plus tard, Jamie posa la même question en aidant sa mère à mettre le couvert dans la salle à manger. Virginia n'eut pas la possibilité de répondre, car la voix de Barbara retentit depuis le salon, où elle venait d'entrer avec Laurence.

— Est-il normal que ce chien soit dans la maison ?

Le ton, très autoritaire, de Barbara n'avait rien à voir avec celui de femme-enfant qu'elle avait utilisé jusqu'alors. Virginia se raidit.

— Je te l'avais dit, glissa Jamie à l'oreille de sa mère. On lui donnerait le bon Dieu sans confession, mais elle descend en ligne directe de la vilaine grande sœur d'Attila !

— Tu aurais pu me prévenir, le gronda sa mère.

— Je l'ai fait, mais tu n'as pas voulu me croire, répliqua Jamie d'un air vexé.

— C'est une petite chienne tout à fait gentille, entendirent-ils Laurence répondre d'un ton apaisant.

— Hum ! La maison a besoin d'être remise en état de haut en bas, poursuivait Barbara d'un ton dégoûté. Je ne comprends pas comment ta mère peut vivre là-dedans. L'humidité qu'il y a dans notre chambre ! C'est certainement très mauvais pour mon asthme. Il y a une grande tache sur le mur…

Virginia n'en entendit pas plus. Jamie la ramena de force dans la cuisine avant qu'elle n'explose de colère.

— Comment ose-t-elle ? grondait Virginia. Comment ose-t-elle ?

Jamie, toujours incorrigible, éclata de rire.

— Tu devrais envoyer Dinky en mission suicide pour la zigouiller !

— Je ne laisserai certainement pas Dinky s'approcher d'elle. Elle pourrait l'empoisonner !

Pendant le dîner, Barbara reprit son rôle de sainte nitouche et offrit même un morceau de pain à Dinky. Mais la chienne, pas folle, resta avec méfiance aux pieds de Virginia, qui n'était plus d'humeur à supporter tant de fausse politesse, comme pour lui apporter son soutien. Quand Barbara déclara avec enthousiasme qu'elle adorait absolument la maison et les rideaux aux teintes fanées, Virginia dut se mordre la langue.

— Aïe ! dit-elle.

Jamie venait de lui donner un coup de pied sous la table. Elle lui jeta un regard indigné, mais il affichait une expression de parfaite innocence. Par égard pour Laurence, elle ne répondit pas à Barbara. Si Laurence l'aimait, ce n'était pas à elle de semer le trouble. Avec un peu de chance, il réaliserait vite qu'une femme douce en public et méchante en privé représentait un mauvais choix.

Le lendemain, Barbara se leva tôt et utilisa toute l'eau chaude en prenant un bain interminable. Compte tenu que Virginia avait signalé l'obsolescence de la plomberie et la nécessité de la faire réviser par un spécialiste, elle éprouva une colère très naturelle quand elle se trouva sous une douche glacée.

— Désolée, dit Barbara de sa voix de sainte nitouche. Comme cette maison était un B & B, avant, je n'ai pas imaginé qu'il puisse y avoir un problème.

Virginia lui jeta un regard noir. Personne n'aurait pensé, en voyant la demeure élégamment délabrée et ses antiques salles de bains, que l'installation était irréprochable. En réalité, Virginia redoutait de voir le ballon d'eau chaude passer à travers le plancher du grenier chaque fois qu'elle ouvrait un robinet.

Après le petit déjeuner, Barbara proposa d'accompagner Virginia dans sa promenade quotidienne avec Dinky.

— Quelle bonne idée, dit Laurence en passant un bras affectueux autour des épaules de sa mère.

— Oui, c'est charmant, renchérit Jamie, riant sous cape. En famille, c'est merveilleux !

Barbara n'était pas faite pour marcher. Non seulement ses chaussures ne convenaient pas du tout pour les chemins boueux, mais elle poussa de hauts cris quand son Macintosh blanc s'accrocha à un buisson, y laissant un bout de fil. Pour finir, elle voulait voir d'« adorables lapins », mais ne comprenait pas où ils se cachaient.

— Ils se terrent dans leur trou, terrifiés par tes hurlements, marmonna Virginia entre ses dents.

De retour à la maison, elle se dépêcha de ressortir en emmenant Dinky, sous prétexte de quelques courses à faire. Tout était bon pour éviter Barbara !

Mary-Kate fut ravie de laisser Otis se charger de la clientèle pour quelques minutes. Elle entraîna Virginia dans son confortable bureau et fit un café pour accompagner les pâtisseries qu'elle avait apportées.

— Je déteste penser que je deviens une de ces horribles mégères qui détestent leur belle-fille ou la petite amie de leur fils, grogna Virginia. La belle-mère peut être une telle source de conflits ! Il paraît qu'en Italie, il y a des cours destinés aux mères abusives pour qu'elles apprennent à laisser leur fils échapper à leurs griffes et mener une vie de couple normale. À moins que ce ne soit en Inde ? Bref, un pays qui commence par un « I ».

— Mais pas l'Irlande ! dit Mary-Kate d'un air malicieux. Je plaisante, ajouta-t-elle en voyant l'expression blessée de Virginia. Je crois que tu t'entends très bien avec ton autre belle-fille ?

— Sally ?

Virginia renifla un peu et chercha son mouchoir.

— Oui, mais c'est différent.

— Exactement ! Parce qu'elle est gentille et affectueuse, et que tu l'aimes. Mais cette Barbara me paraît détestable et elle te déplaît. Je crains, malheureusement, que tu ne doives la supporter.

Virginia eut l'air consternée à cette perspective.

— Je veux seulement que mes garçons soient heureux et qu'ils épousent des femmes merveilleuses que je puisse aimer, pour qu'ils se sentent vraiment bien.

— Oui, et moi je veux la paix dans le monde et gagner à la loterie, mais rien de cela n'arrivera. Je suis donc obligée de m'en passer ! dit Mary-Kate avec son réalisme habituel. Tu ne sais pas ce qui peut se passer. Laurence se fatiguera peut-être d'elle et la quittera. Les hommes quittent sans arrêt les femmes. Il a certainement déjà eu plein de petites amies.

— Oui, quand il était plus jeune, répondit tristement Virginia. Cette fois, c'est différent. Ça a l'air sérieux. Barbara est le genre de fille qui ne lâchera pas tant qu'elle n'aura pas un solitaire au doigt et que la date du mariage ne sera pas fixée.

Cela rendit Mary-Kate songeuse.

— En effet, c'est sérieux. Peut-être Delphine pourrait-elle convaincre une de ses belles amies de séduire Laurence et l'entraîner dans une nuit de passion. Cela mettrait un terme aux projets de Barbara.

Virginia éclata de rire.

— Il n'y a que toi pour imaginer ce genre de solution ! Tu es bien trop machiavélique pour te contenter d'une pharmacie. Tu devrais diriger une grosse boîte.

— Tu pourrais aussi être horrible envers elle et dire à Laurence que tu la détestes.

Même sachant que son amie plaisantait, Virginia rejeta cette idée d'un mouvement de tête.

— Non, je refuse de tomber dans la caricature. J'en ai assez d'entendre des histoires de femmes aigries qui traitent mal leur belle-fille et pourrissent leur fils. Je refuse d'intégrer le club des marâtres.

— Dans ce cas, entraîne-toi à afficher un sourire forcé, lui suggéra Mary-Kate.

Elles étaient en train de se dire au revoir quand Virginia pensa à un autre trait de caractère qu'elle détestait chez Barbara.

— Tu ne le croiras jamais, dit-elle. Elle n'aime pas Dinky.

Mary-Kate posa théâtralement la main sur sa poitrine.

— Cela suffit ! Je sors le fusil. Il faut arrêter cette femme !

— Tu sais que tu es impossible ! dit Virginia en éclatant de rire.

Mais sa bonne humeur ne devait pas durer. Le soir même, Laurence les invita tous au Pigeon Club, un restaurant très coté de la région.

— Ta clientèle se porte bien, Laurence, dit Jamie, qui avait sursauté en découvrant les prix pratiqués. Je devrais devenir dentiste ! Mon salaire de professeur ne me permet pas de fréquenter ce genre d'établissements.

— Nous voulions que ce soit très spécial, répliqua Laurence en souriant à Barbara, qui lui rendit son sourire. Nous avons une grande nouvelle à vous annoncer. Barbara et moi allons nous marier.

Virginia se demanda qui, d'elle ou de Jamie, était le plus étonné. Elle rassembla son courage pour sourire, prononcer quelques mots de félicitations et embrasser Laurence. Ensuite, avec un immense effort, elle donna à Barbara le premier baiser dans l'air de toute sa vie, car elle ne pouvait pas supporter de la toucher. Barbara ne remarqua rien, trop occupée à montrer sa joie. Mais, comme Virginia l'observait, elle réalisa que ses yeux étaient froids comme le ciel d'hiver avant la neige.

— Aucune nouvelle du mariage de l'année ? demanda Sally au téléphone, la semaine suivante.

Virginia se remettait enfin du choc et éclata de rire. Au moins, elle avait une belle-fille avec laquelle elle s'entendait.

— Non, chipie ! Ne m'oblige pas à y penser. Tu auras moins envie de plaisanter quand tu l'auras pour le week-end.

Barbara et Laurence devaient, sous peu, rendre visite à Dominic et Sally à Londres.

— Elle veut absolument aller chez Harrods, où elle saura comment obliger Laurence à faire des folies pour elle, expliqua Virginia. Mais tu ne comprendras pas un mot de ce qu'elle dit. Elle a l'accent le plus bizarre, le plus affecté que j'aie jamais entendu.

— C'est ce que dit Jamie. Il la déteste.

Virginia secoua tristement la tête.

— Je ne suis pas non plus très enthousiaste. Parlons d'autre chose ! J'ai gâché beaucoup trop de temps à penser à cette fille. Quand je n'arrive pas à dormir, je me retrouve en train de grincer des dents en imaginant ce que j'aimerais lui dire. Bref ! Sally, poursuivit fièrement Virginia, j'ai fait une chose que je voulais faire depuis une éternité. J'ai pris rendez-vous pour des leçons de golf avec un professeur du club local. Je commence dans une semaine.

— Formidable ! s'exclama Sally.

Virginia soupçonna qu'elle lui aurait répondu la même chose au sujet de cours de trapèze ! Pour Sally, tout signal indiquant que sa belle-mère sortait de sa dépression était une bonne nouvelle.

— Je serai sans doute très mauvaise. Je suis un peu âgée pour commencer, dit Virginia.

— Vous dites des bêtises, répondit généreusement Sally.

Virginia sourit.

— Tu es une affreuse menteuse, sais-tu ?

Elles éclatèrent de rire ensemble.

— Le professeur m'a demandé si j'avais déjà pratiqué un sport. J'ai répondu que j'avais joué au *camoige* quand j'étais adolescente. Il m'a répondu que c'était parfait. Je lui ai fait remarquer que je n'avais pas tenu une crosse de *camoige* depuis quarante ans, mais il m'a répété que c'était parfait parce que, au moins, je n'aurais pas de mauvaises habitudes à perdre !

— C'est ce jeu qui ressemble un peu au hurling ? demanda Sally.

Étant née et ayant été élevée à Londres, Sally n'avait jamais entendu parler des jeux bizarres des Irlandais avant de rencontrer Dominic. Elle ne connaissait toujours pas grand-chose à cette sorte de hockey, hormis que tous les coups étaient permis.

— Le *camoige* est beaucoup plus violent, sourit Virginia. Je finirai sans doute par me faire exclure du club pour avoir tapé sur la tête d'une autre joueuse avec mon fer numéro neuf !

— Vous connaissez certainement déjà tout le vocabulaire, souligna Sally.

— En ayant vécu tant d'années avec un golfeur enragé, il aurait fallu que je sois sourde pour l'ignorer.

« En vivant avec Bill », voulait-elle dire. Elle avait heureusement un mouchoir en papier glissé dans sa manche et put essuyer ses larmes.

Fintan O'Riordain, le joueur professionnel qui enseignait au St. Cecilia's Golf Club, était un homme bourru d'une quarantaine d'années, avare de mots. Il s'était visiblement levé du pied gauche.

— Pourquoi le club s'appelle-t-il St. Cecilia ? demanda courtoisement Virginia tandis qu'ils quittaient le club-house pour gagner le practice, où elle allait recevoir sa première leçon.

— Ce n'est pas à moi qu'il faut poser la question, aboya-t-il. Je suis ici pour vous apprendre à jouer au golf, pas pour vous donner un cours d'histoire !

Reste calme ! se dit Virginia.

— Mon mari jouait au golf et ce sont ses clubs, reprit-elle en les caressant.

— Ils sont sans doute trop grands pour vous, madame Connell. Le matériel utilisé par les femmes est plus court et plus léger que celui des hommes.

Virginia l'examina froidement. Il était d'une taille inférieure à la sienne et utilisait des clubs d'homme, mais elle s'abstint de tout commentaire.

— Et maintenant, regardez-moi, dit Fintan en tapant quelques balles pour l'impressionner.

Bill serait allé plus loin, pensa fièrement Virginia.

— À vous, dit Fintan.

Au bout de dix minutes au cours desquelles il expliqua à Virginia comment tenir le club sans cesser de soupirer avec exaspération à cause de sa stupidité, celle-ci en eut assez.

— Deux phalanges ! rugit Fintan en lui arrachant le club des mains pour lui montrer la bonne position.

— Dites-moi, répondit-elle sur le ton de la conversation banale. Avez-vous beaucoup de clients qui reviennent, Fintan ? Parce que vous êtes l'individu le plus désagréable que j'aie jamais eu la malchance de rencontrer. Si c'est de cette façon que vous pensez m'apprendre à jouer au golf, je préfère me casser une jambe !

— Personne ne s'est jamais plaint ! rétorqua-t-il, l'air blessé.

— Moi, si, répondit Virginia en souriant. S'il suffisait de regarder les autres pour savoir jouer instantanément, nous serions tous des champions comme Tiger Woods, non ? Même vous, Fintan ! Et vous n'auriez pas besoin de donner des leçons à des bonnes femmes idiotes !

Fintan cligna des yeux avec nervosité.

— Je ne marche pas dans les minauderies des femmes de Dublin, maugréa-t-il.

— Fintan, même si j'ai vécu trente ans à Dublin, je suis née et j'ai grandi tout près d'ici, à Tralee, et jamais une femme de Tralee ne supporterait pareille attitude de la part d'un homme ! En plus, en payant !

— Pourquoi ne l'avez-vous pas dit ! s'exclama-t-il d'un ton indigné. Je vous aurais traitée comme les gens d'ici !

— Les autochtones bénéficient donc d'un traitement privilégié ? dit Virginia, sentant le fou rire la gagner.

— Peut-être. Mais le prix est le même, ajouta-t-il d'un ton sans appel.

À la fin du cours, ils revinrent au club-house, un vieux bâtiment plein d'allure avec du lierre autour de la porte et une terrasse au premier étage, où l'on pouvait s'asseoir par beau temps en regardant les golfeurs, fatigués, jouer le dix-huitième trou.

— Désirez-vous venir au bar pour que je vous présente tout le monde ? demanda Fintan, visiblement décidé à racheter sa conduite.

« Non, je n'ai envie de rencontrer personne », faillit dire Virginia. Elle ne voulait pas avoir à expliquer qu'étant veuve depuis un an et demi, elle avait fui Dublin parce qu'elle ne supportait pas de vivre là où tout lui rappelait son mari.

— J'en serais ravie, Fintan, dit-elle aimablement.

Si, extérieurement, le St. Cecilia's Golf Club évoquait des temps révolus, à l'intérieur on se sentait transporté encore plus loin. Les charmants lavabos pour dames où Virginia se lava les mains étaient décorés avec un papier peint assez sombre qui imitait ceux de l'époque victorienne. Le miroir devant lequel elle se remit un peu de rouge à lèvres était doré et encadré de chérubins en relief. Elle se brossa les cheveux et les rattacha avec un ruban de velours violet foncé. Cela ferait l'affaire. Ses yeux aux sourcils délicatement arqués avaient une expression calme. Son polo et son pantalon ivoire (ce dernier, dans un ton plus soutenu) étaient corrects, elle n'en doutait pas. Elle prendrait juste un verre puis battrait en retraite vers son refuge et retrouverait sa solitude.

Fintan était au bar quand elle gravit les quelques marches qui menaient au salon du club, une pièce aux lambris sombres avec une accumulation de coussins bordeaux.

— Que prenez-vous ? demanda Fintan.

— Une eau minérale, s'il vous plaît, répondit Virginia en regardant autour d'elle.

En dehors de la jeune barmaid et de deux hommes installés dans un coin avec un whiskey et qui ne se parlaient pas, il n'y avait personne.

— Le terrain était fermé ce matin, expliqua Fintan qui avait vu son regard. Pour l'entretien.

— Ah ! dit Virginia.

Elle ne risquait donc pas de se voir présenter une foule d'inconnus. Parfait !

Elle but tranquillement et se détendit. Fintan n'était pas du genre bavard et cela lui convenait très bien. Elle n'éprouvait pas le besoin de parler sans nécessité.

Elle terminait son verre et s'apprêtait à prendre un autre rendez-vous avec Fintan quand un homme entra dans le bar. Il était grand et élancé, avec des cheveux grisonnants portés un peu longs, un beau bronzage qui ne devait rien au climat du Kerry en hiver, et la démarche très droite d'un ancien militaire. Il salua Fintan et sourit courtoisement à Virginia, son regard intelligent s'attardant brièvement sur elle. Elle le trouva bel homme. Contrairement à nombre de ses semblables après la soixantaine, il ne s'était pas laissé aller et n'avait pas ce ventre qui signale le buveur de bière ni les joues couperosées de l'amateur de whiskey. Dans son visage ridé, souligné par un nez d'empereur romain, ses yeux gris et chaleureux pétillaient d'intelligence.

— Kevin ! Je voudrais vous présenter Virginia, dit Fintan du ton soulagé d'un homme tombé à la mer, qui aperçoit soudain une bouée de sauvetage.

Kevin tendit la main mais avant même qu'il ait pu dire bonjour, Fintan se lança dans les présentations.

— Je suis sûr que vous avez beaucoup en commun. Virginia apprend à jouer au golf. Elle est veuve et habite dans le coin. Kevin aussi est veuf. Sacrée coïncidence, non ?

Visiblement ravi de pouvoir se débarrasser de Virginia, il attrapa sa pinte de bière et se dirigea vers les buveurs de whiskey.

Le regard de Virginia croisa celui de Kevin et ils éclatèrent de rire. Elle lui serra la main, toujours riant.

— Virginia Connell, veuve et future golfeuse.

Kevin avait une poignée de main chaude et énergique.

— Kevin Burton, répondit-il aimablement. Veuf et futur golfeur également. Il y a longtemps que j'avais envie de me mettre à ce sport. Les trente premières années d'apprentissage sont les plus ardues !

Virginia glousa de rire, ce qui ne lui était pas arrivé depuis une éternité.

— Fintan vous dirait que la chose la plus difficile est la première leçon. Je crains de ne pas l'avoir beaucoup impressionné.

— Il n'est jamais très impressionné, répondit Kevin. Comme il doit être aimable avec les touristes tout l'été, le reste de l'année il laisse son aigreur naturelle reprendre le dessus pour compenser cet effort. On ne peut pas exiger qu'il soit poli en permanence !

Ils se remirent à rire et Virginia s'étonna de se sentir aussi détendue. Par la suite, elle se demanda comment cela se serait passé si Fintan ne les avait pas présentés avec son habituel manque de manières. Auraient-ils plaisanté de façon aussi familière ? Auraient-ils jamais su ce qu'ils avaient en commun ? Sans doute pas. Ils se seraient croisés au bar ou sur le terrain de temps en temps, rien de plus. Les pittoresques présentations de Fintan avaient été une bénédiction pour eux deux.

Virginia finit par accepter un autre verre.

— Mais quelque chose de plus sérieux, cette fois, dit Kevin d'une voix douce.

Il parlait presque à voix basse, comme s'il savait qu'on l'écoutait et qu'il n'avait absolument pas besoin d'élever la voix pour se faire entendre.

— Comment s'est passé votre premier cours ? demanda-t-il.

Virginia fit la grimace.

— J'ai été nulle, reconnut-elle. Bill, mon mari, était un golfeur enragé et il me poussait toujours à apprendre. Je n'en ai jamais pris la peine et, maintenant, je sais pourquoi ! Je ne suis pas douée du tout !

Kevin lui adressa un sourire encourageant.

— Nous sommes tous très mauvais, quand nous débutons. Il m'a fallu des années pour descendre à un handicap honorable.

La conversation se déroulait sans heurts, agréable et facile.

Kevin était allé dîner quelquefois avec sa femme, Ursula, à Kilnagoshell House et connaissait les anciens propriétaires.

— Je crois que la gestion du B & B était devenue trop lourde pour eux quand ils ont pris de l'âge. La maison est charmante.

— Votre femme jouait-elle au golf ? demanda Virginia.

— Oui, et très bien, dit-il d'un ton plein de nostalgie. Nous jouions souvent ensemble.

Ils parlèrent pendant plus d'une heure. Virginia avait pris deux verres de chardonnay et se sentait joyeusement pompette. Kevin et Ursula avaient voyagé en Extrême-Orient et Virginia découvrit qu'ils avaient séjourné dans le même hôtel que Bill et elle à Singapour, mais pas la même année. Les deux couples s'étaient également rendus en Écosse à St. Andrew's, la patrie du golf, mais Virginia avoua en souriant qu'elle avait passé un merveilleux week-end à paresser tandis que Bill arpentait avec bonheur le parcours historique.

— Savez-vous ce que j'apprécie dans notre conversation ? dit soudain Virginia. Pouvoir parler de mon mari en sachant que vous comprenez. Vous n'avez pas essayé de changer de sujet comme si j'étais folle en mentionnant son nom. Vous n'avez pas tenté de marmonner une bêtise sur la vie qui continue. C'est un tel soulagement ! Mes fils redoutent de prononcer le nom de leur père, de peur que cela ne me fasse pleurer.

Seule ma belle-fille me comprend et évoque son souvenir normalement.

À Dublin, elle n'aurait jamais avoué cela. Là-bas, elle était une dame, et gardait en public son masque de Virginia Connell, femme distinguée, aimable et réservée. Ici, c'était comme si elle avait le droit de dire ce qu'elle pensait. L'expression de Kevin s'assombrit quelques instants, comme s'il réfléchissait aux derniers mots de Virginia.

— Les gens pensent que cela vaut mieux, vous savez, dit-il enfin. Ils n'ont pas l'intention de vous blesser. Ils croient seulement que vous guérirez plus vite si vous ne parlez pas de la personne que vous avez perdue. Mais nous savons, vous et moi, que nous en avons désespérément besoin. Nul ne veut m'écouter évoquer le projet que nous avions, Ursula et moi, de partir en croisière quand nous aurions pris notre retraite. Tout le monde trouve ça morbide.

— J'en avais aussi très envie, dit paisiblement Virginia. Voilà ce qui fait si mal : penser à tout ce que l'on aurait aimé faire et qui ne se passera jamais. J'avais des dépliants dans la cuisine et je les feuilletais souvent en pensant au bonheur que ce serait quand nous pourrions enfin partir, après le départ en retraite de Bill. Rien de ruineux ! Juste un circuit en Méditerranée ou sur l'Adriatique pour se détendre et s'amuser. Mais Bill est mort ! Fin des projets ! Je ne vais pas partir seule !

Ses yeux se brouillaient à cette évocation. Kevin lui prit la main et la pressa gentiment, rien de plus. Juste pour la consoler.

— En revanche, vous pouvez vous mettre au golf. Je vous expliquerai les ficelles du jeu. Je sais qu'on ne peut pas comparer le Kerry et la Méditerranée, mais nous improviserons autre chose, tels deux vieux amis qui s'entraident.

— Mais nous n'en sommes pas, remarqua Virginia.

Kevin lui adressa un sourire chaleureux et réconfortant, qui illuminait son visage.

— Après une pareille conversation, je pense que nous sommes de sacrément bons amis ! dit-il.

Quand Virginia rentra chez elle, elle trouva un message de Sally sur son répondeur. « Je voulais juste savoir comme s'est passée votre leçon de golf, disait-elle de sa voix amicale. Je suis à la maison toute la journée. Rappelez-moi quand vous voulez. Dominic travaille tard et je serai ravie de vous entendre. »

Virginia fixait le téléphone comme s'il lui reprochait d'avoir abandonné sa famille, ses fils – les fils de Bill. Qu'avait-elle fait ? Elle avait bavardé et flirté – oui, flirté – avec un inconnu alors que l'homme de sa vie était mort. Elle chiffonna le papier avec la liste des animations prévues au club, y compris l'annonce d'une compétition féminine au profit d'un organisme caritatif et les horaires d'ouverture du terrain.

Comment avait-elle pu se livrer avec autant de facilité et de plaisir ? Bill était mort et il n'y avait plus de bonheur possible pour elle dans ce monde. L'oublier, même un seul instant, c'était le trahir. Rire avec un autre pendant plus d'une heure était un acte des plus abjects.

Elle s'assit sur la première marche de son bel escalier courbe, sorte d'ouvrage victorien que Bill aimait. Il lui avait toujours dit qu'ils en auraient un, un jour. Virginia enfouit son visage dans ses mains et pleura. Sur Bill et sur elle-même.

Le courrier arriva l'après-midi suivant. « Si cela vous amuse de faire un neuf trous, appelez-moi », avait écrit Kevin d'une écriture affirmée et volontaire. Il avait noté son numéro avant de terminer par : « Rien d'obligatoire. Ne vous manifestez que si vous en avez envie. »

Elle hésitait. Après une nuit agitée, pleine de rêves où Bill restait affreusement hors d'atteinte alors qu'elle le voyait, elle s'était réveillée avec la sensation d'avoir labouré le jardin. La culpabilité d'avoir pris plaisir à parler avec Kevin l'étouffait. Pour réparer, elle s'était levée tôt et rendue à la messe de huit heures, avec l'espoir que les textes familiers dits par le père McTeague pénétreraient son âme et rendraient au monde sa normalité. Comme toujours depuis la disparition de Bill, la cérémonie ne lui avait apporté aucun réconfort. Elle avait murmuré les mots machinalement, égrenant les prières sans difficulté mais sans leur trouver le moindre sens. La religion n'avait pas réussi à la consoler sur le moment et n'y parvenait guère mieux un an et demi après.

Toujours en quête d'absolution, en rentrant chez elle, elle s'était attaquée à la cabane, au fond du jardin, et en avait sorti un énorme tas de saletés, des vieux pots de peinture jusqu'à des morceaux de bois truffés de clous. À midi, elle était épuisée et encore malheureuse. Elle se sentait incapable d'affronter autre chose qu'une soirée en solitaire, chez elle. Mais elle avait promis de sortir avec Delphine et Mary-Kate, qui avait annoncé « un festin d'ailes de poulet grillées et de frites au Widow avec quelques verres ». Ensuite, Teddy les raccompagnerait !

Aucun cafard ne tenait le choc quand Mary-Kate était dans les parages. Virginia se retrouva donc au pub devant un verre de vin et une portion de la célèbre tourte au poisson de l'établissement. Elle avait horreur des ailes de poulet.

— C'est courageux de ta part, d'apprendre le golf, dit Delphine en attaquant les frites avec entrain.

— As-tu rencontré Kevin Burton ? demanda Mary-Kate comme s'il s'agissait d'une question banale. Je l'ai toujours trouvé très agréable.

— C'est vrai, répondit Virginia sur le même ton.

Puis elle leva les yeux et rencontra le regard de Mary-Kate, qui lui souriait. Virginia rougit.

— Quoi ? dit-elle.

— Rien, répondit Mary-Kate d'un air innocent.

Matt regardait sans le voir l'écran vide de son ordinateur portable. Il scintillait dans la lumière des lampes douces réparties tout autour de la vaste pièce en mansarde. Le curseur clignotait avec impertinence. Le silence régnait, comme toujours. On n'avait pas le droit de parler dans la salle d'écriture. Seuls deux des sept bureaux étaient occupés, ce matin-là, dont le premier par une dame âgée, écrivain. Dans la cuisine, elle avait confié à Matt qu'en réalité elle était en train de remplir sa déclaration d'impôts et qu'elle avait besoin d'un endroit calme pour y arriver. À l'autre, était assis Ciaran Headley-Ryan, qui tapait à toute vitesse. Il travaillait là quotidiennement de neuf heures à treize heures et ne s'arrêtait pas, semblant ne jamais souffrir du moindre blocage et ignorer l'angoisse de la page blanche.

Matt leva les yeux vers le paysage désolé, balayé par le vent. Il faisait un temps affreux, avec des rafales très violentes qui giflaient les pins plantés autour de la Maison des créateurs et secouaient violemment les rhododendrons à côté de la grille d'entrée. « Pour bloquer, pensa désespérément Matt, encore faut-il commencer à écrire quelque chose ! » Il peinait depuis plusieurs mois, à présent, et le résultat était lamentable.

Le beau roman lyrique dont il rêvait depuis si longtemps, grâce auquel le monde des lettres se serait précipité pour lui serrer la main, refusait de prendre forme. En réalité, il avait réussi à produire un texte juste bon pour un film télévisé de dernière catégorie qui n'intéresserait personne. Son héros, déprimé, ressemblait plus à un personnage échappé d'une nouvelle quelconque de science-fiction que d'un ouvrage dont Salman Rushdie voudrait faire la critique. Lecteur passionné, Matt connaissait la différence entre un mauvais et un bon livre. Or, même si cela lui faisait très mal de se l'avouer, le sien était définitivement raté. Il n'avait pas eu le courage de dire à Hope à quel point il souffrait de fixer l'écran avec autant de concentration et, malgré cela, d'aboutir à quelques phrases lamentables. Elles lui paraissaient encore pires le lendemain, quand il les relisait.

Il venait de passer une demi-heure à parcourir le travail des semaines précédentes et se sentait plus désespéré que jamais. Ciaran continuait à travailler à toute vitesse. Matt n'avait jamais lu ses romans historiques, bien que Finula lui en ait passé trois. Il ne voulait pas être influencé par le travail d'autrui. Du moins était-ce la raison initiale. Puis ayant compris qu'il ne pouvait pas écrire, sa vie en eût-elle dépendu, il n'avait pas supporté l'idée de lire les créations de Ciaran ; cela l'aurait rendu malade de voir quelqu'un gagner sa vie en réussissant là où il échouait.

Aussi douloureux cela fût-il, Matt avait fini par admettre qu'il n'était pas un écrivain. Inventer une campagne publicitaire et mener un roman à bien n'était pas le même métier, tout comme savoir jouer du piano n'impliquait pas automatiquement que l'on pratique le violon, même si les deux activités se ressemblaient.

Il avait mal, très mal. Mais il y avait pis : à cause de sa certitude d'y arriver, il avait fait déménager sa famille. Il avait quitté son travail et déraciné les siens pour rien. Pour rien !

— Café ? formula en silence Ciaran, que Matt découvrit soudain à côté de lui.

Il accepta avec reconnaissance d'un hochement de tête. Il aurait fait n'importe quoi pour s'éloigner de ce malveillant curseur qui clignotait sur l'écran.

Ils descendirent ensemble au rez-de-chaussée. Au passage, ils perçurent les rires étouffés qui, dans les deux grands ateliers d'art, indiquaient la fin de la leçon de peinture du matin. Pour rentabiliser le centre, le conseil d'administration le louait dans l'année pour des sessions artistiques de deux ou trois jours ou des cours d'écriture d'une semaine. Ce groupe-là avait renoncé à dessiner dehors. Matt avait vu les participants rapporter des branches d'arbre et de gros morceaux de rocher boueux pour étudier la nature morte. Heureusement, il n'aurait pas besoin d'échanger des propos creux avec eux.

Les utilisateurs extérieurs du centre prenaient toujours leur pause matinale dans ce que l'on appelait la bibliothèque, une petite pièce décorée avec les peintures non vendues et les livres des auteurs, passés et présents, hébergés par le centre. Ciaran disposait d'une étagère entière pour lui seul. Matt conclut misérablement que son unique chance de voir son travail exposé là était de renoncer à l'écriture pour se consacrer à l'art. Imprimer des motifs avec des pommes de terre coupées en deux devrait être à sa portée !

— Tu avances ? demanda gentiment Ciaran.

Pour rien au monde, il n'aurait avoué qu'il reconnaissait immédiatement les signes révélant un blocage. Il avait vu des gens venir à la Maison des créateurs pour écrire et découvrir qu'ils possédaient un talent caché, enfoui en eux-mêmes : leurs doigts volaient alors sur le clavier, dans le bonheur d'une créativité enfin libérée. Et il en avait vu d'autres, qui se promettaient d'écrire depuis des années et qui avaient économisé pour s'offrir une semaine dans cet endroit célèbre, découvrir brutalement, le jour où ils s'asseyaient dans la vaste salle mansardée, que la tâche était plus difficile qu'il n'y paraissait. Les mots ne venaient pas tout seuls. Il fallait les arracher l'un après l'autre, dans la souffrance. Ils restaient – et resteraient – sans vie sur les pages blanches.

Matt n'avait pas l'expression des premiers, mais l'air accablé et déprimé des seconds, qui trahissait qu'il avait fait une grosse erreur et ne savait pas comment y remédier.

— Oui, répondit Matt, sur la défensive. J'avance. Je continue à réfléchir à l'intrigue.

— Bien sûr, approuva Ciaran sans insister. C'est très important.

Il finit de doser le café soluble dans sa tasse, se disant que Matt ne ferait jamais progresser la trame sans écrire. Pauvre Matt ! Ciaran était navré pour lui et pour sa gentille épouse, si douce. Il espérait que Matt comprendrait avant que cela n'affecte sa famille. Il avait quelquefois vu Hope traînant leurs deux enfants sans but dans le village, et tous les trois avaient l'air aussi déplacés que des réfugiés. À présent, elle travaillait à temps partiel, ce qui indiquait des problèmes d'argent. Il aurait été plus honnête envers sa femme et lui-même que Matt renonce et rentre chez lui. Se torturer parce qu'on n'arrive pas à écrire ne faisait pas de bien à l'âme, Ciaran le savait pour avoir assisté à la défaite de nombre de gens qui ressemblaient à Matt.

— Finula m'a demandé de vous inviter pour la semaine prochaine. Nous organisons une petite fête, dit Ciaran sur le ton de la conversation banale.

— Avec plaisir, dit Matt.

Il aurait accepté n'importe quoi pour briser la monotonie de son existence. Il pourrait peut-être se saouler à mort et oublier, au moins pendant quelques heures, qu'il était un raté.

Matt négocia un virage à une vitesse que Hope estimait criminelle. Une semaine s'était écoulée depuis l'invitation de Ciaran.

Dire à Matt de ralentir n'aurait servi à rien, si ce n'est à l'inciter à accélérer en se fiant aux freins. Normalement, Hope n'y aurait pas attaché autant d'importance, mais la Metro n'était pas faite pour encaisser les creux et les bosses des routes de campagne.

Les jointures des mains blanches d'être crispées sur le bord du siège, les lèvres serrées, elle se tourna vers les enfants. Toby dormait dans son rehausseur et Millie rayonnait de bonheur. On n'allait jamais assez vite, pour elle. Comme son père, elle affectionnait le style de conduite pied au plancher qui faisait pâlir sa mère. Il lui arrivait de crier : « Plus vite, papa ! »

Ils revenaient d'une expédition dans les magasins de Killarney, où ils avaient acheté des chaussures neuves aux enfants. Millie était aux anges avec ses « baby » en daim bleu ciel. Hope était moins enchantée, car cela ne lui paraissait guère compatible avec Curlew Cottage. Comment enlève-t-on la boue sur le daim ? Matt était d'une humeur qui pouvait passer pour joyeuse par rapport à celle des derniers mois, car il s'était offert un roman à suspense et quelques magazines d'informatique ruineux. Quant à Toby, il était heureux parce que c'était sa nature. Hope, enfin, se sentait grognon et déprimée, et n'avait rien acheté, en dehors des produits d'entretien. Malheureusement, même l'offre spéciale de deux nettoyants pour les toilettes au prix d'un seul ne suffisait pas à réjouir une femme. Elle cherchait quelque chose de beau et pas cher pour la soirée de Finula mais, curieusement, les magasins étaient à court de vêtements susceptibles de répondre à cette définition.

Hope fit un effort pour ne plus penser à la conduite de formule 1 adoptée par Matt et passa mentalement sa garde-robe en revue, en quête d'une tenue. Elle ne trouva presque rien qui convînt.

Il y avait, se dit-elle, un lien direct entre les vêtements et l'antipathie. Plus on détestait les gens, mieux on voulait s'habiller pour les voir. Compte tenu de cette situation, la meilleure solution aurait été d'appeler Donatella Versace à Milan pour lui demander d'envoyer une robe. Si seulement elle avait pu éviter de se rendre à cette soirée ! Mais elle n'avait aucune échappatoire. Elle ne pouvait invoquer un problème de baby-sitting, car Finula avait insisté pour qu'elle amène les enfants et les couche dans une des chambres d'amis.

« Ils ne se réveilleront sans doute même pas quand on les ramènera à la maison », avait déclaré Matt avec enthousiasme en expliquant à Hope que tout était arrangé. S'ils se réveillaient, Hope s'était juré que Matt n'aurait qu'à s'en occuper ! Depuis un mois, il lui avait rendu la vie infernale, l'obligeant à les assumer entièrement. En tout cas, c'était lui qui voulait aller à cette fichue soirée, pas elle ! À lui de se débrouiller avec deux bambins en pleurs et mal réveillés qui n'apprécieraient certainement pas de devoir se relever à minuit pour rentrer chez eux.

À huit heures du soir, les Parker se garèrent devant la maison des Headley-Ryan. Ils étaient sur leur trente et un. Millie et Toby arboraient leur plus beau pyjama, Millie avec ses chaussures neuves qu'elle avait refusé d'enlever. Matt était particulièrement beau dans un costume Paul Smith qu'il avait rarement mis, et portait avec une chemise grise sans cravate et col ouvert. L'effet était à la fois décontracté et d'une classe naturelle. Hope, certaine qu'elle ne réussirait jamais à donner une telle impression d'elle-même, avait opté pour une robe noire très nette au décolleté arrondi. Quand elle l'avait achetée, elle la serrait un peu à la taille et cela ne s'était pas arrangé au fil des ans. Ses perles d'oreilles, un beau chignon et un collant fumé avec des escarpins classiques en daim complétaient sa toilette.

On ne risquait pas de se tromper avec une petite robe noire, clamaient régulièrement les magazines de mode. Comme Hope avait, en dessous, son inconfortable sous-vêtement d'une pièce qui, en la serrant de partout, était censé la faire paraître plus mince, elle espérait qu'ils avaient vraiment raison. Elle se faisait l'effet d'un poulet en barquette, comprimé sous le plastique et ainsi doté d'une forme bizarre, avec sa poitrine projetée vers l'avant par son body. Mais elle ne regretterait rien si cela lui permettait d'avoir plus belle allure que Finula.

— Il y a beaucoup de voitures, remarqua Matt.

De grandes berlines et d'onéreux coupés, ajouta-t-il mentalement. Leur Metro avait l'air perdue au milieu des BMW et des Audi. Matt se remémora le modèle de sport racé qu'il conduisait avant de venir en Irlande. Il n'avait pas pensé que cela lui manquerait tant qu'il n'avait pas été obligé de conduire la vieille Metro de Hope. Aucun risque de la comparer avec le véhicule dont il bénéficiait auparavant, aux lignes élégantes et au moteur puissant qui ronronnait quand il enfonçait l'accélérateur ! En ce moment, ils ne pouvaient pas se permettre une seconde voiture. Apparemment, Hope n'y attachait aucune importance. Lui, si ! Il ne supportait plus d'être fauché.

Ciaran les accueillit et les conduisit à la chambre d'amis préparée pour les enfants.

— Voulez-vous que je demande à Finula de venir vous dire bonjour ? proposa-t-il avant d'entraîner Matt vers le salon.

Hope sourit en refusant de la tête. Elle s'était rendu compte que, tout compte fait, c'était un homme charmant. Elle ne détestait que Finula.

Bien entendu, Millie avait des projets et n'envisageait pas de se coucher sans avoir eu un verre de lait, puis de l'eau, ni sans avoir fait plusieurs allers et retours entre la chambre et la salle de bains. À neuf heures, les enfants dormant enfin, Hope put rejoindre le salon, où la réception battait son plein. Elle se sentait fatiguée et sans aucune envie de s'amuser.

— Ma chérie, je suis ravie de vous voir. Les petits se sont endormis ? dit une voix qu'elle redoutait d'entendre.

Finula avalait ses voyelles encore plus que d'habitude, mais il n'y avait rien d'étonnant à cela, se dit Hope. Finula avait adopté son registre le plus snob pour la soirée, émaillant sa conversation d'expressions françaises et mentionnant des artistes qu'elle connaissait à peine comme s'il s'agissait d'amis intimes. À l'écouter, elle dînait quotidiennement au champagne. C'était très lassant. Au bout de dix minutes, Hope ne pensait plus qu'à partir et se coucher. Elle se rappela, énervée, qu'il y avait un excellent film à la télévision. Visiblement, Finula s'ennuyait au moins autant qu'elle.

— Et maintenant, dit-elle comme une autre femme s'approchait d'elles, je veux vous présenter ma sœur, Priscilla Headley-Clarke.

Priscilla était une version plus mince de Finula, habillée de façon plus conventionnelle aussi. En revanche, comme sa sœur, elle avait des ongles telles des griffes vernis rouge vif, trop de bijoux et un faux accent distingué.

— Priscilla Headley-Clarke, répéta-t-elle en tendant la main à Hope, comme si celle-ci était sourde et n'avait pas entendu son nom quelques instants plus tôt.

— Hope Parker, répondit-elle, résistant à l'envie de rire et de se présenter comme Hope Smith-Parker.

Elle imaginait très bien Priscilla apprenant que sa sœur aînée s'était confectionné un nom à rallonge en ajoutant son nom de jeune fille à celui de femme. Elle la voyait en train de crier : « Si elle peut le faire, moi aussi ! » Hope se demanda si elle avait imposé son choix à son mari, comme Finula à Ciaran. Mais qu'arrivait-il si des jeunes filles avec un tel patronyme se mariaient ? Elles multipliaient les traits d'union ?

N'ayant plus à subir les discours de Finula sur ses tableaux tous dus à des amis, Hope trouva la conversation plus facile avec Priscilla. Décoratrice d'intérieur basée à Galway, celle-ci n'était pas hostile au fait de mentionner les célébrités pour lesquelles elle avait travaillé mais, au moins, elle n'essayait pas d'écraser intellectuellement tout le monde. De plus, encore à l'inverse de Finula, elle écoutait ce que Hope lui disait.

— Cela ne doit pas être facile de tout laisser tomber pour changer de pays, souligna-t-elle quand elles parlèrent de l'installation des Parker en Irlande.

— Mes amies me manquent, dit Hope, même si je m'en suis fait de très bonnes ici.

— Finula, bien sûr, dit Priscilla avec vénération.

Hope s'abstint de la corriger.

— Nous ne sommes ici que depuis quelques mois mais, parfois, j'ai l'impression d'y vivre depuis toujours. C'est un endroit très attachant.

— Vous ne vous ennuyez pas ? demanda Priscilla. Je trouve la campagne un peu morne. Je dois avouer que j'aime la vie citadine.

Hope réalisa que, depuis quelque temps, elle ne s'ennuyait plus. Elle travaillait deux fois par semaine pour Erwin, quoique cela dût bientôt s'arrêter car sa femme allait mieux. Elle ne resterait toutefois pas longtemps sans emploi car, d'après Delphine, le Manoir Rouge Leon recherchait une employée supplémentaire à temps partiel à la comptabilité.

Du côté de sa vie sociale, Hope prenait régulièrement le café avec Mary-Kate ou Delphine ; Matt et elle dînaient à l'extérieur avec d'autres personnes au moins une fois par semaine et, en plus, elle avait commencé à marcher avec Delphine deux fois par semaine à l'heure du déjeuner dans l'optique de pouvoir se mettre en maillot de bain pendant l'été. Sans compter le club de macramé, où elle s'amusait beaucoup. Elle n'avait qu'une seule réserve à ce sujet : Mary-Kate avait la main lourde avec la vodka et, malgré sa volonté d'être raisonnable, Hope souffrait toujours, le lendemain, d'une migraine abominable. Son unique vrai regret venait de l'éloignement de Sam. Elles se téléphonaient à présent tous les deux jours sans se soucier de la facture à l'arrivée tant elles avaient besoin de garder un contact étroit. Hope savait que Sam prenait de temps en temps un jour de congé et essayait de changer de vie, mais elle s'inquiétait quand même toujours pour elle.

— Redlion doit être très ennuyeux par rapport à Bath, reprit Priscilla. Car vous viviez à Bath, si j'ai bien compris ?

— En fait, je suis très bien ici, répondit Hope, à sa grande surprise. On a une impression très forte de… Comment dire ? La sensation d'appartenir à une communauté. Cela me plaît. C'est comme une très grande famille où tout le monde se connaît.

Priscilla fronça le nez.

— Finula est ici depuis dix ans et elle se sent toujours étrangère.

Hope se retint de sourire. Elle connaissait l'habitude de Finula d'entrer dans les magasins du village telle Sa Majesté condescendant à se pencher sur les indigènes. Elle parlait d'une voix forte comme si Redlion se trouvait en Mongolie extérieure et que personne ne la comprît, dans sa quête pour se procurer des lentilles biologiques. C'était encore pis si elle croisait quelqu'un qui séjournait à Redlion pour travailler au centre artistique.

Hope l'avait vue alpaguer un malheureux poète chez le boucher pour lui expliquer en long et en large qu'elle adorait la simplicité de la vie rurale et la rudesse, si reposante, à la fois des gens et du paysage. La femme du boucher, une personne pleine d'humour et extrêmement instruite, s'étouffait de colère derrière son comptoir. Dans sa rage, elle avait failli trancher les doigts de l'apprenti avec son couteau à désosser.

— Vous savez, répondit Hope à Priscilla d'un ton conciliant, tout le monde ne s'adapte pas.

— Oh ! Finula est très adaptée, insista Priscilla. Elle dit que les locaux ne sont pas du tout amicaux.

Hope finit par échapper à Priscilla et alla parler avec Mai. Ni elle ni son mari, Chan, n'étaient des artistes mais ils avaient été invités parce que Chan occupait un poste important à l'usine d'ordinateurs. Finula aimait mélanger les gens dans ses réceptions.

Il était plus d'une heure quand ils partirent.

— Tu t'es bien amusée ? demanda Matt en caressant la cuisse de Hope à travers son collant soyeux.

— Oui, répondit-elle.

Elle disait vrai : elle s'était amusée dès qu'elle avait réussi à échapper aux deux sœurs.

— Et toi ? reprit-elle.

— Oui, nos sorties me manquent.

— Mais nous sortons, ici, fit remarquer Hope, blessée.

— Tu sais ce que je veux dire. Je parle de croiser d'autres gens, de sortir avec Dan et Betsey. D'entretenir des relations professionnelles, aussi.

Ils se turent. Matt réalisait qu'il regrettait la vie sociale liée à son ancien poste et Hope souffrait à l'idée que sa conversation ne suffisait pas à son mari.

Matt conduisait lentement, essayant d'éviter les nids-de-poule, et, par miracle, les enfants ne se réveillèrent pas quand Hope et lui les portèrent de la voiture dans leurs lits. Hope était en train d'enlever son body qui lui faisait si mal quand Matt entra dans la chambre tel un ouragan, les yeux brillants d'excitation.

— Il y a un message de Dan sur le répondeur. Tu ne le croiras jamais ! Adam Judd a eu une crise cardiaque. Il va bien, il est hors de danger, mais il est arrêté pour six semaines. Il a demandé à Dan de voir si je ne reviendrais pas pour le remplacer jusqu'à ce qu'il aille mieux.

Hope le fixa d'un air interdit.

— C'est une urgence, ajouta-t-il, incapable de réfréner sa joie.

Il rentrait ! Il était toujours dans le coup ! Judd le réclamait, il avait besoin de lui. Il n'écrirait peut-être pas son grand roman, mais quelle importance ? Il restait le seul capable de diriger l'agence en l'absence du patron.

Il prit Hope dans ses bras et la serra, à demi nue, contre lui, encore tout habillé, pour lui faire savoir à quel point il était excité. Quelque chose disait à Hope que ce n'était pas elle qui avait éveillé son désir mais les nouvelles du bureau. Elle le laissa la caresser et l'embrasser jusqu'à ce qu'il l'entraîne sur le lit et lui fasse l'amour. Plus tard, tandis qu'il s'endormait, occupant à moitié son côté du lit, elle resta les yeux ouverts dans le noir. Comment se faisait-il qu'il lui suffise alors qu'elle ne lui suffisait pas ? Il attendait quelque chose de plus de la vie alors qu'elle n'avait besoin que de son amour.

Le lendemain, Matt s'affaira avec énergie, passant des coups de téléphone, envoyant des e-mails, réservant une place d'avion. Hope se rendit compte que tout était redevenu comme avant. Dopé par le fait qu'on le sollicite, Matt était d'excellente humeur, plein d'un enthousiasme communicatif. Les enfants, ignorant qu'il s'en allait pour six semaines, dansaient gaiement autour de lui. Hope s'efforçait de faire bonne figure mais se sentait désespérée de le voir partir, et encore plus de le voir si heureux de partir.

L'après-midi, elle l'accompagna avec les enfants à l'aéroport. Millie était furieuse car elle avait enfin compris que son père adoré s'en allait. Assise à l'arrière de la voiture, elle hurla jusqu'à Killarney, ce qui rappela à Hope leur arrivée dans le Kerry.

— Il vaut mieux se quitter ici, dit Matt en se garant.

Il se sentait très culpabilisé par le visage pâle et bouleversé de Hope. Ce serait trop dur pour elle de lui dire au revoir dans un aéroport bondé pour, ensuite, devoir ramener à la voiture deux enfants hurlant et pleurant. Il lui prit donc la main et la serra très fort, espérant qu'elle comprendrait. Tout ce qu'elle retint était que Matt avait tellement hâte de la quitter qu'il lui refusait la possibilité de lui dire un vrai au revoir.

Quand il se pencha sur elle pour l'embrasser, elle lui donna un baiser du bout des lèvres, aussi bref que possible.

— À bientôt, dit-elle d'une petite voix.

16

« Salut, Hope ! Désolée de ne pas avoir pu te parler, hier. J'avais une réunion urgente et pas une seconde à moi. Je t'écris ce petit mot rapide très tôt parce que j'ai plein de rendez-vous au bureau pour démarrer la journée. Ensuite, il y a grande réunion avec le service des ventes et toute la boîte déménage dans le Hertfordshire pour trois jours. Comment te débrouilles-tu sans Matt ? Je parie que Millie te fait tourner en bourrique, comme d'habitude.

« Comme je sais que tu commences ton nouveau travail aujourd'hui, je voulais te souhaiter bonne chance. Je suis sûre que tu seras parfaite. Cet hôtel a l'air extraordinaire. Peut-être que, la prochaine fois que je viendrai, nous pourrions prendre une chambre pour une nuit et passer la journée au salon de beauté de Delphine pour nous faire belles. J'en aurais bien besoin ! Depuis quelques semaines, j'ai une peau abominable. Je suis sûre que c'est à cause de l'anesthésie que j'ai subie quand on m'a enlevé mes fibromes. “Vous serez dehors le soir même et il n'y a pas d'effets secondaires.” Tu parles ! Non, je plaisante. Si je n'ai qu'un problème de peau sèche, ce n'est pas cher payé pour me sentir bien. J'ai commencé à faire du yoga chez moi, avec une cassette, mais je crois que je devrais m'inscrire dans un cours. Je veille à mon alimentation, je bois des litres d'eau et je me prépare un vrai repas tous les soirs. Tu peux être fière de moi.

« Je n'aurai sans doute pas le temps de te téléphoner aujourd'hui, mais j'essaierai demain. Plein de bises. Sam. »

Hope se plut à imaginer sa sœur se faisant quotidiennement de la cuisine, elle qui était tout sauf une femme au foyer. Elle cliqua sur le bouton de réponse.

« Salut, frangine ! Pas de problème. J'ai bien compris que tu es débordée. Le soir, je tombe toujours sur ton répondeur. Je t'écris juste quelques mots parce que je dois partir dans cinq minutes et, d'après ce que j'entends en bas, Millie est en train de massacrer Toby. En toute franchise, je suis un peu angoissée par ce nouveau travail parce que je n'ai eu qu'un seul entretien d'embauche et c'était au téléphone avec la responsable du service comptable, Una Hutchinson. Elle a dit qu'ils avaient besoin de quelqu'un deux jours par semaine pour tout le classement en retard. »

Hope sourit à l'idée de son nouvel emploi. Elle l'avait obtenu après le rendez-vous le plus insolite de toute sa vie. Le jour de sa rencontre avec Una Hutchinson, celle-ci avait téléphoné pour dire que son mari était malade, qu'elle ne pouvait donc pas sortir de chez elle et que, si Hope le voulait bien, le contact se passerait par téléphone. « Volontiers », avait répondu celle-ci en riant.

Elle se souvenait de ses vingt ans, quand elle mourait d'angoisse lors des entrevues. Elle arrivait pomponnée, s'attendant à ce qu'on lui pose mille questions très difficiles auxquelles elle ne saurait que répondre. Par comparaison, sa conversation avec l'amicale Una avait été un jeu d'enfant.

Hope relut rapidement son e-mail et poursuivit.

« L'autre emploi que j'ai eu depuis mon arrivée était tellement simple que j'avais l'impression de juste donner un coup de main à un voisin pour classer ses papiers. En revanche, cet hôtel cinq étoiles doit avoir un système comptable très complexe et cela m'inquiète un peu. Mais je ferai de mon mieux. Si je peux me débrouiller quand l'électricité se détraque en l'absence de Matt et quand Millie fait son cirque (tu as mis dans le mille, elle est infernale depuis le départ de son père), alors je devrais y arriver dans un nouveau boulot. Tu te rends compte que Matt est parti depuis trois semaines ? Moi-même, j'ai du mal à y croire. J'ai eu tellement à faire qu'il ne me manque pas dans la journée ; en revanche, le soir, je me sens seule. Cependant, les copines sont très douées pour me faire sortir. »

En réalité, l'absence de Matt lui pesait infiniment, mais elle ne voulait pas le dire à Sam, car elle appellerait tout de suite Matt pour lui reprocher avec énergie de négliger sa sœur.

« Contente de savoir que le seul ennui lié à ton opération est une sécheresse de la peau. Je demanderai à Delphine ce qu'elle te conseille. Elle connaît certainement une crème au prix pharaonique (du genre cent livres le petit pot !) qui arrangerait ça. Meilleure idée : tu viens à Redlion et elle s'occupe de toi ! Toutes les copines du club de macramé me demandent sans arrêt de tes nouvelles et j'aimerais beaucoup te voir. À propos, Giselle va à Londres en novembre et aimerait te retrouver sur place.

« Matt va bien, quoiqu'il soit encore plus difficile à joindre au téléphone que toi ! L'agence est débordée et il fait le travail d'Adam en plus d'une partie du sien. »

Hope ne mentionna pas que Matt était le plus mauvais correspondant par e-mail qui puisse exister, parce qu'il considérait comme une erreur de recevoir des messages privés au bureau, au cas où quelqu'un d'autre les lirait. Il se contentait donc de téléphoner à Hope et aux enfants en rentrant de l'agence, à neuf heures du soir, sans penser que Millie et Toby se couchaient à sept heures et demie ; tout cela n'avait rien de satisfaisant. Encore pis, il ne l'avait pas appelée la veille pour lui souhaiter bonne chance dans son nouveau job. Delphine, Mary-Kate, Virginia et Giselle y avaient pensé, pas Matt. Le principe qu'avait Hope de ne pas se plaindre de son mari était mis à rude épreuve. Elle aurait aimé laisser sortir son ressentiment et parler à Sam de son impression d'être abandonnée, mais c'était inconcevable. Pour elle, un couple devait garder ses désaccords pour lui et ne pas les étaler sur la place publique. Or Sam ferait tout pour défendre sa sœur contre son mari, et il n'en était pas question. Hope se remit à écrire.

« Je parie que ta grande réunion se tient dans un bel hôtel. Profites-en bien ! À bientôt au téléphone et prends soin de toi. N'oublie pas que ton opération ne remonte qu'à deux semaines. Tu n'es pas superwoman. Enfin, si, mais n'abuse pas de tes forces ! Je t'embrasse très fort. Hope. »

Elle entendit soudain Toby qui montait l'escalier en pleurant de toutes ses forces.

— Maman ! Millie m'a tapé avec Thomas, la petite locomotive.

Hope cliqua sur « envoi » et descendit en courant.

Une heure plus tard, bouche bée, elle remontait l'allée impeccablement entretenue du Manoir Rouge Leon. Elle avait vu les photos du dépliant que Delphine lui avait donné, elle avait entendu Mary-Kate dire que c'était une oasis de luxe, et elle connaissait même les tarifs. Deux semaines dans une suite valaient apparemment la moitié du prix d'une maison à Redlion. Mais rien n'avait préparé Hope au spectacle du château niché dans une splendide vallée d'ormes et de chênes à moins de dix kilomètres du village. L'hôtel était immense, avec une énorme tour de part et d'autre d'une monumentale porte en bois, d'innombrables gargouilles séparées par des créneaux et un mur d'enceinte, comme pour protéger un précieux bijou.

— Eh bien ! s'exclama-t-elle.

Elle n'osa pas garer sa Metro à côté des Mercedes et des Bentley des clients. Depuis qu'elle avait franchi la grande grille rouillée qui marquait l'entrée de l'allée privée de l'hôtel, sa voiture lui paraissait encore plus minable. Elle suivit les flèches qui signalaient le parking du personnel et se demanda si elle devait passer par l'entrée de service. Delphine lui avait recommandé d'emprunter la porte principale pour éviter de se perdre. « L'arrière du château, avait-elle précisé, ressemble à un terrier de lapin et l'on te retrouvera dans un mois, enfermée dans un bureau perdu ! »

Mais Hope hésitait sur la conduite à tenir, car elle ne travaillerait qu'à mi-temps. Elle n'avait pas le choix : elle devait opter pour l'entrée principale. Un portier en uniforme lui ouvrit et la salua d'un « Bonjour, madame », assorti d'un sourire. Hope le lui rendit, heureuse que son ensemble noir soit assez élégant pour qu'on la prenne pour une cliente à Bentley. Elle se dit qu'elle devrait faire plus souvent un effort de coiffure et de maquillage. Elle s'arrêta un moment dans le hall d'entrée, orné de lambris, de tapisseries sur les murs, d'énormes arrangements floraux et d'une armure guettant au pied du grand escalier à double révolution.

— C'est beau, n'est-ce pas ? dit une voix mâle et veloutée.

— Charmant, mentit Hope.

Pour quelque raison, les armures la faisaient toujours penser à un film d'horreur.

— Puis-je vous aider ?

La voix appartenait à un homme vêtu d'un costume, avec une chevelure noire et bouclée indomptable, qui rappela à Hope le pelage d'un chien terrier du Tibet. C'était le seul détail qui détonnait dans sa tenue, pour le reste impeccable. De ses manchettes d'un blanc éblouissant à ses chaussures de cuir qui brillaient, il paraissait tout droit sorti de la liste des hommes les mieux habillés. Il dégageait un charme méditerranéen irrésistible et embaumait Givenchy pour Homme. Quand Hope rencontra ses yeux noirs brillant dans son visage mat, elle lui sourit stupidement.

— Euh… je… je cherche la comptabilité, réussit-elle enfin à dire au bout d'une éternité. Je suis censée y travailler.

— Vous devez être Mme Parker ?

— Comment le savez-vous ? demanda Hope, stupéfaite.

— C'est mon travail d'être au courant de tout ce qui se passe ici, répondit-il de sa voix caressante. Je suis Christy De Lacy, le directeur.

Hope n'avait pas encore réalisé qu'il avait pris sa main et la serrait dans la sienne.

— Bienvenue chez nous, et merci.

Hope ne savait pas de quoi ce beau spécimen de virilité la remerciait, mais trouvait très agréable qu'il lui tienne ainsi la main. Elle n'avait pas envie de gâcher cet instant si satisfaisant !

— Pouvez-vous m'indiquer le chemin du service comptable ?

Il lui lâcha enfin la main et Hope se demanda si ses doigts sentiraient le Givenchy.

— Je vais vous y conduire. J'en profiterai peut-être pour vous faire faire le tour complet des lieux.

— En fait, fit remarquer Hope, je dois commencer à neuf heures et demie et c'est presque l'heure.

Christy haussa les épaules avec décontraction.

— Je suis le patron, dit-il avec fierté.

Hope rougit et voulut protester.

— Mais je ne veux pas abuser de votre temps…

La voix de Christy, déjà grave, descendit encore d'une octave.

— Je ne suis jamais trop occupé pour escorter une jolie femme, ronronna-t-il.

Hope eut l'impression que son estomac faisait un saut périlleux, une jolie performance pour une femme de trente-sept ans qui n'avait jamais été très sportive.

Christy l'escorta jusqu'à l'ascenseur et la visite commença.

— Les lambris proviennent d'une maison de Malte, expliqua-t-il avec sérieux.

Pendant que l'ascenseur commençait sa majestueuse ascension, il lui décrivit comment cette partie du château avait été rénovée. Il était intéressant, mais Hope trouva très difficile de dire ce qu'il fallait au sujet des boiseries et du coût d'entretien du mobilier ancien, alors qu'elle désirait seulement l'entendre l'appeler de nouveau « une jolie femme ». Il y avait quelque chose d'excitant à se trouver dans l'ascenseur avec le directeur. N'existait-il pas un film avec des scènes torrides dans un tel endroit ? Des caméras de surveillance étaient-elles installées ? Seraient-ils vus si Christy la serrait contre lui pour l'embrasser ?

— Je crois que la rénovation du premier étage est la plus réussie, dit-il comme la porte s'ouvrait.

Hope fit de son mieux pour poser des questions intelligentes et apprit bientôt pourquoi Christy connaissait si bien l'histoire des lieux.

— J'étais déjà ici quand la rénovation a démarré. Cela a pris deux ans. J'avais l'impression de regarder une charmante star du cinéma muet se transformer en jeune beauté.

Hope soupira.

— C'est beau mais pourquoi dit-on le manoir et pas le château ?

— Excellente question !

Christy sourit avec bienveillance à son élève, qui s'épanouit comme si elle avait eu vingt sur vingt à un devoir.

— Par endroits, on dirait une bâtisse médiévale ; en réalité, les parties les plus anciennes datent du dix-neuvième siècle. Un riche propriétaire terrien a fait construire l'ensemble pour sa jeune épouse en gage d'amour, parce qu'elle avait toujours eu envie de vivre dans un château. Malheureusement, elle est morte avant la fin des travaux et le mari, fou de chagrin, a insisté pour que personne n'emploie plus jamais ce terme. En fait, cette construction est une folie.

— C'est très romantique !

Hope passa la main sur une des tapisseries soyeuses accrochées aux murs.

Comme ils attendaient l'ascenseur pour continuer la visite, Hope se surprit à regarder Christy avec les yeux d'une femme qui vient de tomber amoureuse. « Arrête tout de suite ! se dit-elle. Que fais-tu ? » Elle se conduisait comme une gamine de quinze ans lors d'un premier rendez-vous, prête à tout pour avoir des compliments, souriant gauchement à l'objet de son désir et attendant qu'il la flatte à propos de ses cheveux, son jean ou n'importe quoi.

Au dernier étage, Christy la fit entrer dans une des suites inoccupées, où se trouvait le plus grand lit qu'elle ait jamais vu.

— Eh bien ! s'exclama-t-elle, résistant à la tentation de s'y asseoir et de rebondir sur le matelas.

— Asseyez-vous, c'est un lit à eau, dit-il en s'y installant lui-même et en se livrant à ce jeu. C'est amusant, non ?

Quand il levait ses sourcils de cette façon provocante, il avait l'air vraiment diabolique. Hope se percha au bord du lit, aussi loin de lui que possible. C'était fou ! Cet homme était dangereux.

Comme s'il lisait dans ses pensées, Christy se releva.

— Excusez-moi, fit-il avec sincérité. Je me laisse toujours emporter quand je parle de l'hôtel et j'oublie que je peux devenir ennuyeux. Vous voyez, je tiens à ce que les gens qui travaillent ici puissent apprécier la beauté du lieu. Question de fierté ! C'est pour cette raison que je voulais vous faire visiter. J'espère ne pas vous avoir lassée. Je vous emmène à la comptabilité. Vous découvrirez la suite plus tard.

Hope se sentit ridicule d'avoir pu même seulement imaginer quoi que ce soit au sujet de Christy. C'était clair, pourtant : en tant que directeur, il désirait faire saisir à tout nouvel employé l'aspect exceptionnel du cadre. Comme si un homme aussi courtois et raffiné que Christy De Lacy pouvait s'intéresser à elle !

Ils redescendirent par l'escalier de service, Hope rouge de gêne. Elle avait dû paraître vraiment stupide, avec ses airs d'écolière fascinée ! Un si bel homme devait avoir l'habitude que les femmes se jettent à ses pieds mais, dans son cas, elle avait montré un élan formidable. Quelle humiliation ! Elle pouvait à peine parler, tant elle se sentait embarrassée.

Il s'arrêta devant une porte toute simple.

— Je vais prévenir Mme Hutchinson que vous êtes là, dit-il en ouvrant la porte.

Il revint quelques instants plus tard et lui annonça que la chef-comptable l'attendait.

— J'espère vous revoir bientôt, fit-il en lui serrant la main sans intention particulière.

— Je vous remercie, monsieur De Lacy, répondit Hope, essayant de mettre dans son ton autant de politesse que d'excuses.

— Christy, pas « monsieur De Lacy » !

Et Hope le regarda s'éloigner à grands pas dans le corridor. Avait-elle rêvé, ou ce dernier regard pénétrant qu'il avait eu en lui disant au revoir était autre chose que platonique ? Non ! Son imagination lui jouait des tours.

Mme Hutchinson était une femme charmante d'une cinquantaine d'années et originaire de la région. Elle se montra aussi amicale qu'au téléphone et insista pour que Hope l'appelle Una.

— Ce bureau n'est pas un salon où l'on fait des manières, dit-elle en souriant.

Elle présenta Hope à l'autre employée du service, une jeune femme effrontée du nom de Janet.

— À la façon dont M. De Lacy vous appelait, madame Hutchinson, j'ai cru que l'on était très conventionnel, ici, expliqua Hope.

— Que pensez-vous de lui ? demanda Una de son air le plus innocent.

— Je l'ai trouvé très gentil, répliqua Hope avec enthousiasme.

Elle ne vit pas le regard qu'échangeaient ses interlocutrices.

— Quel dommage ! Il ne pourra jamais avoir de petite amie, dit Janet d'un ton désespéré. Une affreuse tragédie…

— Laquelle ?

Hope avait sauté droit dans le piège.

— On vous a eue, dit Una en riant. Il est irrésistible, n'est-ce pas ? Toutes les femmes tombent amoureuses de lui !

— Ce n'est pas mon cas, protesta vivement Hope. Je suis mariée et mère de famille, je vous signale…

Una lui tapota le bras.

— Tout ira très bien ! À moins qu'on nous autorise à avoir un poste de télévision dans la salle du personnel, le beau Christy De Lacy reste notre seule distraction ! À propos, avant que vous ne posiez la question : il n'est pas marié.

Elles se remirent à rire.

— Je parie que vous vous sentiez toute molle auprès de lui, soupira Janet.

— Ne dites pas de bêtises !

Hope avait pris la voix avec laquelle elle se faisait obéir des enfants.

— Et maintenant, j'espère que vous avez du travail à me confier !

Elle essaya de toutes ses forces de bannir l'image de Christy De Lacy et d'elle-même s'abandonnant à lui... Ses mains pétrissaient sa chair, dénouaient les crispations de ses épaules, descendaient plus bas...

Le soir même, Mary-Kate et Delphine arrivèrent à Curlew Cottage avec plusieurs bouteilles de vin et une soupière du célèbre potage aux champignons de Mary-Kate.

— Comme ça, tu n'as pas besoin de t'embêter à faire la cuisine !

Depuis le départ de Matt, les trois amies dînaient souvent ensemble. Hope avait ainsi découvert que Mary-Kate était une cuisinière hors pair.

Toby et Millie accueillirent Delphine avec enthousiasme. Pour eux, c'était une sorte de grande sœur qui, en plus, avait le droit de faire marcher le magnétoscope. Pendant quelques minutes, ils se disputèrent pour qu'elle accepte de jouer à leur jeu et l'on ne s'entendit plus, car ils n'avaient pas le même !

— Le mien ! Le mien ! hurlait Millie.

— Nous jouerons à ton jeu et aussi à celui de Toby, déclara Delphine très diplomatiquement. Mais je dois d'abord parler à ta maman. Comment cela s'est-il passé ?

— Très bien, répliqua Hope. Una est très gentille.

— Elle ? C'est la crème des femmes ! Elle dirige pratiquement l'hôtel et sans jamais faire montre d'autorité.

Ce n'est que depuis la maladie de son mari qu'elle a dû prendre des jours de congé et il y a tellement de paperasse qu'on ne peut pas s'en tirer. Et Janet ? Elle est drôle, non ?

— Oui, acquiesça Hope. Oh ! J'ai aussi fait la connaissance du directeur, ajouta-t-elle d'un ton indifférent. Christy De Lacy.

Elle n'avait pas pu s'en empêcher : elle aimait prononcer ce nom, elle aimait la façon dont les syllabes glissaient sur sa langue.

Du canapé, où elle était assise entre Toby et Millie, Delphine jeta un rapide coup d'œil à Hope.

— Il t'a plu ?

Hope rayonnait.

— Il a été d'une gentillesse incroyable. Il m'a fait visiter l'hôtel. Excuse-moi, le « manoir ».

— Comment se fait-il que je ne l'aie jamais vu ? s'étonna Mary-Kate. Je dois être la seule femme à quinze kilomètres à la ronde qui ne se pâme pas à la seule mention de son nom. Pourquoi ne vient-il pas à la pharmacie acheter une crème contre les boutons ou je ne sais quoi ? Je pense que je vais écrire une lettre de réclamation. Que fait donc le ministre de la Justice ? Vous croyez qu'il pourrait arranger cela, les filles ?

Hope se mit à rire.

— Tu devrais prendre rendez-vous pour une visite du site. Cela te permettrait de faire sa connaissance.

— Ah ! Peut-être qu'il ne fait visiter que les superbes femmes de trente et quelques années en petit tailleur élégant, dit Mary-Kate d'un air avisé.

— Madame, vous n'aurez pas de vin si vous continuez sur ce ton ! plaisanta Hope. C'est un homme charmant, rien d'autre. Personne ne se pâme.

Le fait de parler de l'hôtel avec Christy pouvait difficilement passer pour le début d'une grande aventure.

Delphine se sentait mal à l'aise quand elle prit le livre d'histoires de Millie. Elle n'avait pas envie de raconter à Hope qu'elle avait vu Christy dans des circonstances où il n'était pas vraiment « charmant », voire carrément méchant. La plupart des femmes semblaient folles de lui et marchaient à fond dans son jeu de séduction. Mais cela lui paraissait n'être qu'un masque. Même la pauvre Una Hutchinson, qui aimait son gros lourdaud de mari de tout son cœur, avait un faible pour Christy. Cependant, il ne lui appartenait pas de prévenir Hope contre lui. Elle était mariée au beau Matt, auprès duquel l'obséquieux Christy disparaissait. Pourquoi Hope s'intéresserait-elle un seul instant à Christy ? Ce serait comme de posséder une usine de choux à la crème et de sortir discrètement acheter des biscuits de régime au coin de la rue ! Non, il n'y avait pas de quoi s'inquiéter !

Les enfants n'allèrent se coucher qu'à contrecœur mais se consolèrent quand Delphine leur promit de venir leur lire une histoire.

— Tu es sûre que cela ne t'ennuie pas ? s'enquit Hope, désireuse de ne pas abuser.

— Au contraire, cela me fait plaisir ! J'aime les enfants et ces deux-là sont irrésistibles.

Hope redescendit pour rejoindre Mary-Kate au salon.

— Elle est formidable avec les petits. Ce sera une excellente mère. Penses-tu qu'ils auront des enfants, Eugene et elle ?

— Je suis sûre qu'ils en ont très envie mais, à mon avis, elle attend que sa mère accueille Eugene dans la famille. Pauvre Delphine, soupira Mary-Kate. Je crains qu'elle ne patiente encore longtemps. Je ne comprends pas pourquoi elle ne se marie pas, que cela plaise ou pas à mon idiote de sœur !

— Les gens peuvent être très cruels sans le savoir, n'est-ce pas ? Personne n'a le droit de dire à Delphine comment elle doit vivre.

Mary-Kate ne fit aucun commentaire, le regard perdu dans le vide. Elle paraissait soudain triste et vulnérable.

— Tu te sens bien ?

Mary-Kate fit un effort visible pour se secouer et revenir au présent.

— De vieux souvenirs, dit-elle enfin.

Hope avait l'impression d'avoir maladroitement heurté son amie là où elle avait mal. Elle voulut revenir en arrière.

— Si l'on goûtait ton légendaire potage ?

Mary-Kate n'avait apparemment pas entendu la suggestion. Hope ne l'avait jamais vue triste ou repliée sur elle-même. C'était effrayant. Mary-Kate leur remontait toujours le moral et les faisait rire ; elle aidait les membres du club de macramé à voir le bon côté des choses. La découvrir soudain si éteinte était un choc.

— Je crois qu'ils dorment, chuchota Delphine, qui descendait l'escalier sur la pointe des pieds. Ils étaient fatigués, je me suis arrêtée à la fin de la première histoire.

— C'est toujours comme ça quand ils passent la journée à la crèche, expliqua Hope. Je ne sais pas ce que Giselle leur fait faire, mais c'est fantastique !

— Elle doit avoir un gymnase pour petits et elle les attache au tapis de marche une heure par jour, suggéra sournoisement Delphine.

— Tiens ! C'est une idée, dit Hope. Je devrais m'en offrir un !

Même Mary-Kate rit à cette idée.

Quelques instants plus tard, elles se régalaient du délicieux potage aux champignons, dans lequel elles trempaient des morceaux de pain tiède au babeurre, le typique *soda bread* irlandais, le tout arrosé de vin. La conversation tourna autour de leur semaine respective et Hope réussit à raconter sa matinée sans mentionner de nouveau Christy. Delphine les fit hurler de rire avec l'histoire d'un célèbre acteur de cinéma assez âgé qui séjournait à l'hôtel avec sa femme et qui avait voulu se faire épiler le torse dans l'après-midi.

— Le sexe fort, vraiment ! J'ai fait des épilations du maillot très douloureuses à des femmes qui serraient les dents et ne disaient rien. Mais cet homme ! Il criait si fort que je n'ai pas pu continuer, tant j'avais envie de rire. J'ai dû demander à Antoinette de me remplacer. Et ce ne serait rien mais, quand cela a été fini, il est redevenu un parfait macho et m'a invitée à prendre un verre avec lui dans la soirée. Quel culot ! Sa femme est charmante, je lui avais fait une manucure un peu plus tôt. Et il a osé me proposer de sortir avec lui !

— Très excitant, la taquina Mary-Kate. J'espère que tu as accepté.

— Je lui ai expliqué que l'éthique professionnelle m'interdisait de fréquenter les clients. Mais je ne lui ai pas dit que j'aurais préféré m'arracher les dents avec une tenaille ! Beurk ! Il était répugnant. Parlons d'autre chose.

— Je crains d'avoir eu une journée plus terne que vous deux, dit Mary-Kate. Sauf que j'ai rencontré Belle Maguire et que j'ai dû subir un long discours sur sa nouvelle entreprise.

— Je ne savais pas qu'il y avait vraiment une veuve Maguire, interrompit Hope, surprise. Je croyais que le pub s'appelait ainsi simplement parce que c'est un bon nom. Je ne l'ai jamais vue.

— C'est parce qu'elle passe la majeure partie de l'hiver dans sa villa du Portugal, expliqua Mary-Kate. Belle Maguire est la veuve joyeuse par excellence. Et pourquoi pas ? Le mystère, pour moi, c'est comment elle n'est pas morte de souffrance avant que son mari casse enfin sa pipe ! C'était le plus méchant homme du monde. Mais il était riche… La vertu a eu sa récompense. Quand il est mort, Belle a rebaptisé le pub – avant, c'était simplement Chez Maguire –, s'est offert une villa et ne revient pas en Irlande avant le mois de mars. D'après la rumeur, là-bas, elle a un petit ami qui a la moitié de son âge ; elle ne l'amène jamais ici. Dommage ! J'aimerais bien voir à quoi ressemble un gigolo.

— Tout cela est fascinant, commenta Hope. Elle doit être très belle et très séduisante.

— Oui, mais dans le genre bronzage permanent et grand sac doré, précisa Mary-Kate. Et les seules personnes auxquelles elle s'évertue de plaire sont les hommes. Elle n'apprécie pas les femmes. À ta place, je veillerais sur Matt si elle le croise, parce que c'est exactement son type !

— Dans ce cas, elle devra d'abord se débarrasser de Finula, commenta Hope d'un ton un peu amer. Elle passe sa vie ici à demander comment il va et ce qu'il a fait. Comme si je le savais ! Je ne suis que sa femme.

— Oh ! tu sais, dit Delphine d'un ton rassurant, tu dois terriblement lui manquer. Les hommes ne pensent jamais à téléphoner.

— Il doit se sentir coupable de t'avoir laissée seule avec les enfants, renchérit Mary-Kate.

Il a une drôle de façon de le montrer, dans ce cas, pensa Hope. Il ne l'avait pas appelée depuis deux jours. Hope n'aurait pas tenu huit heures loin de sa famille sans prendre de nouvelles mais, apparemment, Matt ne fonctionnait pas ainsi. Il avait franchi le seuil de leur maison trois semaines plus tôt et les avait oubliés. Hope se sentait très seule en son absence, mais lui ne semblait pas souffrir de la séparation. Betsey devait certainement l'escorter triomphalement dans toute la ville, au fil des sorties et des vernissages, en tant qu'homme seul et très demandé. Qu'une femme l'attende dans son paradis campagnard ne représentait rien pour les mangeuses d'hommes qui hantaient les folles soirées de Bath. Sans sa famille pour ternir son image, Matt devait bien s'amuser, pensa sombrement Hope.

Delphine et Mary-Kate l'embrassèrent de façon particulièrement affectueuse avant de s'en aller, comme pour lui dire ce qu'elles ne voulaient pas exprimer par des mots : qu'elles la comprenaient et ne la laisseraient pas tomber.

Hope eut une pensée pour ses amies de Bath. Elle se demandait si elles auraient été aussi gentilles avec elle que celles de Redlion. Elle finit de ranger, verrouilla les portes, vérifia les fenêtres et monta se coucher. Curieusement, ce soir-là, la solitude ne la dérangeait pas. Elle serra étroitement la couette autour d'elle. Elle pouvait se laisser aller à une rêverie, dans laquelle les yeux noirs, brillants de Christy De Lacy occupaient le premier plan. Matt était rentré à Bath. Cela lui donnait bien le droit de fantasmer ! Après tout, cela ne tirait pas à conséquence, un peu comme une goutte de

Baileys sur beaucoup de glace avant d'aller au lit alors qu'on était au régime. Cela lui faisait du bien sans causer de tort à personne. Bien sûr, c'était un peu osé mais tellement, tellement agréable !

Le dimanche soir, Hope passa sa garde-robe en revue, essayant de trouver une tenue pour le lendemain. Elle n'avait pas eu besoin de le faire depuis des années. Quand elle travaillait chez Witherspoon, elle portait un uniforme, jupe et chemisier. Depuis qu'elle vivait à Redlion, c'était la même chose, sauf qu'il s'agissait d'un jean ou d'un pantalon bleu marine à taille élastique avec un sweatshirt ou un pull-over. De temps en temps, elle appliquait une touche d'eye-liner et de rouge à lèvres. Mais ce n'était pas systématique.

Malheureusement, rien de tout cela ne convenait pour travailler au Manoir Rouge Leon. Le lit fut bientôt couvert d'une pile de chemisiers, jupes et pantalons dans lesquels elle n'entrait plus depuis des années. Cela lui rappelait son adolescence, quand elle se torturait pour savoir quels vêtements choisir. Sam, qui n'avait que deux ans et demi de plus qu'elle, n'avait apparemment jamais connu ce genre de soucis. Elle n'avait qu'à ouvrir son armoire, rangée par couleurs coordonnées, et en sortir ce qu'il fallait. Elle se moquait de ce que les autres penseraient de son derrière dans tel ou tel pantalon, ou de savoir si elle avait les bras trop gros. Les garçons pouvaient y perdre du temps, elle-même ne voyait pas pourquoi elle aurait dû s'en inquiéter. À l'époque, Hope avait beaucoup envié le chic naturel de sa sœur. Non, ce n'était pas vrai : elle enviait toujours Sam pour son élégance.

Matt, qui s'était fait pardonner son silence par un long coup de fil le vendredi, appela à huit heures dix.

— Bonsoir, chuchota Hope, empêtrée dans un pull trop étroit.

Pourvu que la sonnerie n'ait pas réveillé les enfants !

— Pourquoi parles-tu à voix basse ?

— Pour ne pas réveiller Millie et Toby, expliqua Hope en achevant d'enlever le pull.

— Je voulais leur parler, répondit Matt d'une voix plaintive.

Hope secoua la tête, découragée par l'ignorance masculine de l'emploi du temps d'un enfant !

— Quelle heure est-il, Matt ? demanda-t-elle sur un ton sarcastique. Tu n'as jamais remarqué qu'ils dorment à cette heure-ci ?

— Non, ce n'est pas vrai. Il leur arrive de rester debout plus tard !

— Parfois, c'est exact, mais pas souvent. Tu aurais dû appeler plus tôt. Nous étions là.

« Pendant que tu t'amusais à Bath et que tu nous oubliais », sous-entendait Hope.

— Je pensais que tu serais peut-être sortie.

Hope n'avait même pas envie d'expliquer à Matt qu'il avait plu à verse toute la journée.

— Que fais-tu ?

— Je range l'armoire à linge, rétorqua Hope, avec une pointe de culpabilité à la vue de sa chasse aux vêtements « spécial Christy ».

— Ah !

Après un silence, Matt reprit :

— Qu'as-tu fait, aujourd'hui ?

Hope examina un chemisier couleur feuille d'automne. Oui, ce serait bien avec une jupe noire. Elle pourrait le porter par-dessus la ceinture pour cacher ses hanches.

— Euh… rien. Comme Millie a un début de rhume, nous sommes restés à la maison. Et toi ?

— Je suis allé déjeuner chez les Meadows avec Dan et Betsey. La jeune fille au pair s'occupait des enfants.

— La jeune fille au pair ? Dan et Betsey ont une fille au pair ? Depuis quand ?

— Environ une semaine.

— Betsey disait toujours qu'elle trouvait choquant de laisser ses enfants à une tierce personne, pesta Hope, en colère. Je suppose que cette gamine a dix-sept ans et ressemble à un clone de Britney Spears ?

Matt se mit à rire.

— Tu plaisantes ? Tu connais Betsey, elle est trop jalouse pour faire entrer une fille de ce genre chez elle. Il s'agit d'une catholique très pratiquante de vingt-trois ans qui vient de Strasbourg. Elle est à l'opposé de Britney Spears. Elle est très prude et timide, et elle dit « Madame » à Betsey.

Hope grogna de dégoût.

— Betsey doit adorer cela ! Elle va lui demander de porter une tenue de femme de chambre, de lui faire la révérence et d'incliner la tête pour lui demander si Madame désire prendre son thé dans le grand salon ! Comment était-ce, chez les Meadows ? Un déjeuner ou une réception ?

— Une réception, répondit Matt sans réfléchir. Ils fêtaient leur dixième anniversaire de mariage et avaient voulu renouveler leurs vœux.

Assise au bord du lit dans son cottage mal chauffé, où personne n'était passé de la journée et où la principale distraction avait été de regarder la télévision l'après-midi, une boîte de chocolats sur les genoux, Hope bouillait. Peu importait que Matt et elle connaissent à peine les Meadows. Si Matt n'avait pas été logé chez Dan et Betsey, il n'aurait jamais été invité. Le problème, c'était qu'il s'était amusé sans elle et que, par conséquent, il téléphonait trop tard pour parler aux enfants.

— Nous, nous étions ici à écouter la pluie faire un boucan de tous les diables sur le toit de l'appentis pendant que tu t'amusais en buvant des cocktails chez les Meadows !

Hope savait qu'elle agressait Matt mais ne pouvait s'en empêcher, par jalousie.

— C'était d'un ennui affreux, mentit Matt. Tu n'aurais pas du tout apprécié.

— C'est facile à dire puisque je n'étais pas invitée !

— Ne joue pas à cela avec moi, jeta Matt d'un ton violent. Tu n'es plus une petite fille, Hope. Tu es tout à fait capable de sortir et de t'occuper. N'essaie pas de te poser en martyre !

Médusée, elle n'en croyait pas ses oreilles ! Matt osait la traiter de martyre ! Alors qu'elle s'occupait de ses enfants dans un endroit qu'il avait choisi sans elle, il se permettait de faire le beau dans des réceptions de renouvellement de vœux. Quel culot ! Hope agit alors comme elle ne l'avait encore jamais fait : elle raccrocha sans un mot. Matt exagérait. Cela lui ferait du bien d'avoir mal. Ce n'était pas comme s'il pouvait rentrer une demi-heure plus tard et lui faire une scène pour lui avoir raccroché au nez. Il ne reviendrait pas avant plusieurs semaines. Elle décrocha le combiné pour qu'il ne puisse pas la rappeler et sourit à son reflet dans le miroir. Curieusement, elle se sentait très bien.

Elle prit un provocant body noir que Sam lui avait offert une année pour Noël et qu'elle n'avait jamais osé porter, l'essaya sans soutien-gorge et admira l'effet du tissu soyeux qui descendait en V profond entre ses seins. Elle passa ensuite son tailleur gris et prit quelques poses de mannequin devant le miroir.

C'était bien trop sexy pour travailler au service comptable, surtout si ses deux collègues étaient vêtues très simplement. Elle finit néanmoins par se convaincre que cela convenait comme tenue de travail. Tout dépendait du genre d'emploi concerné !

Dans la chambre d'amis tapissée de chintz, chez Dan et Betsey, Matt contemplait son téléphone portable avec consternation. Bravo ! Hope avait raccroché, une chose que, jusqu'alors, elle n'avait jamais faite. Il n'avait pas voulu la blesser mais elle l'avait provoqué. Il détestait la façon dont elle attendait de lui qu'il agisse toujours bien, comme si c'était son devoir de diriger leurs vies du haut de sa science. « Fais ceci, Hope ; fais cela ! Ne prends surtout pas de responsabilités ! »

D'humeur sombre, il s'allongea sur la couette à fleurs. Non, ce n'était pas tout à fait vrai. C'était lui qui voulait être le grand chef. Il aimait choisir pour Hope ce qu'ils allaient faire, quel film ils regarderaient, quelle voiture ils achèteraient, où ils passeraient leurs vacances. Pour être tout à fait honnête, il désirait que Hope lui abandonne le droit de prendre toutes les grandes décisions. Il appréciait de commander et ne pouvait donc reprocher à Hope de récuser les responsabilités quand il la laissait seule. Même quand elle avait trouvé du travail à Redlion, elle s'était empressée de le lui annoncer, dans sa hâte à se faire féliciter. Hope n'était pas du genre indépendant, contrairement à sa sœur ! Pourtant, ce n'était pas Sam qui lui avait raccroché au nez et qui avait laissé le téléphone décroché dans un geste de défi. C'était Hope.

— Matt ? appela une voix douce derrière la porte. Je fais du café. En voulez-vous ?

Il n'avait pas été tout à fait franc dans sa description de la jeune fille au pair. Chantal était prude, chrétienne et certainement pas coureuse. Mais il avait volontairement accentué sa banalité. En réalité, elle était très jolie, d'une beauté discrète, et avait de toute évidence un gros béguin pour lui, ce qu'il trouvait charmant. En fait, elle n'était guère différente de Hope, avec ses grands yeux qui lui mangeaient le visage, son désir de plaire et son absolue gentillesse. Il corrigea mentalement son appréciation : Hope était comme cela, normalement. Mais Chantal n'était pas Hope et Matt était l'homme d'une seule femme. Toutes pouvaient battre des cils en son honneur, cela ne l'intéressait pas.

— Avec plaisir, Chantal, merci, dit-il d'une voix amicale. Je descends tout de suite.

Ce fut un miracle, le lendemain matin, si Hope ne partit pas de chez elle couverte de céréales ou de jus de fruit. Avec une imparable intuition, Millie sentit que sa mère avait quelque chose en tête et était pressée. Elle se montra donc insupportable et, avec une remarquable vigueur, projeta un bol entier de Coco Pops sur le sol.

Hope, surexcitée et nerveuse comme une pouliche avant la course de l'année, s'emporta contre elle. Quand elle parvint enfin à mettre les enfants dans la voiture, Toby suçait son pouce et Millie sanglotait.

— Je veux mon papa ! hurlait-elle.

Le visage rougi par les larmes, elle tapait des pieds sur la banquette.

— Papa rentre bientôt, la rassura Hope en l'attachant avec dextérité dans son siège.

— Tout de suite ! Tout de suite !

Millie tapa sur la tête de sa mère avec sa poupée Barbie.

— Aïe ! Tu m'as fait mal, dit Hope avec colère. Sois sage, Millie !

Cela déclencha de nouveaux hurlements.

En arrivant à la garderie, Hope avait une migraine due aux cris de Millie et à la cassette de chansons que les enfants réclamaient toujours en temps normal.

— Ma pauvre Millie ! La journée a mal commencé, dit Giselle d'une voix rassurante, ayant enregistré les yeux rouges de la fillette et sa lèvre qui tremblait.

Celle-ci se jeta dans ses bras avec un regard lourd de reproches pour sa mère. Puis elle s'appuya d'un air angélique sur son épaule, telle une petite fée incomprise, avec ses boucles sombres dansant autour de son visage.

— Je suppose que leur père leur manque, dit doucement Giselle à Hope.

Hope acquiesça, lèvres pincées.

— Ah ! les hommes.

— Je sais, répondit Giselle en prenant les deux enfants par la main. Ils sont insupportables, mais on ne peut pas s'en passer.

Una était en train de préparer le café.

— Vous êtes bien élégante, remarqua-t-elle, admirant l'ensemble de Hope.

— Oh ! Cette vieille chose ?

Hope s'assit.

— Bon, par quoi dois-je commencer ?

— Un travail très ennuyeux, je le crains. Nous avons un problème avec les factures du poissonnier. On a laissé les choses filer parce que j'ai dû beaucoup m'absenter. Apparemment, il y a eu des approvisionnements sans bon de livraison signé. Dans ce cas, nous n'avons pas payé et le poissonnier ne veut plus nous livrer. Le pauvre Christy commence à paniquer et il faut absolument tirer cette affaire au clair avant la fin de la semaine.

Désignant un énorme classeur posé par terre à côté du bureau de Hope, elle poursuivit :

— Le seul ennui, c'est qu'il y a une masse de papiers à vérifier.

— Pas de problème !

Hope se voyait déjà dans des réunions de travail aussi passionnantes que fréquentes avec Christy, où il lui dirait que c'était un plaisir de travailler avec une femme efficace. « Personne n'aurait été capable de gérer la crise comme vous l'avez fait », lui murmurerait-il par-dessus les factures de haddock.

Malheureusement, la matinée ne se déroula pas comme elle l'espérait. La porte qui séparait la réception de la comptabilité fut poussée de nombreuses fois, mais seulement par l'une ou l'autre des deux élégantes réceptionnistes françaises, Claude ou Sophie, qui cherchaient Una. Christy ne donna pas signe de vie. Chaque fois que quelqu'un entrait, Hope levait les yeux avec un sourire enthousiaste pour avoir l'air aussi accueillante que productive. Mais c'était toujours Claude ou Sophie, qui ignoraient Janet et Hope pour ne s'adresser qu'à Una.

Comme la matinée s'écoulait sans rien de plus excitant que la pause avec les délicieux sablés préparés dans les cuisines du Manoir en guise d'événement, Hope commença à se sentir d'accord avec Una : sa tâche était monstrueuse. Elle avait déjà passé plusieurs heures à entrer méticuleusement dans l'ordinateur les règlements et les numéros des bons correspondants, et n'avait encore accompli que dix pour cent du travail. Et pour couronner le tout, elle découvrit que son ravissant body en soie lui tenait trop chaud et la faisait transpirer. Una poussait le radiateur au maximum, et il régnait une atmosphère terrible dans le bureau.

« J'ai toujours tellement froid aux mains que je ne peux pas travailler, avait dit Una en guise d'excuse. J'ai une mauvaise circulation sanguine.

— Je comprends », avait aimablement répondu Hope, qui étouffait.

Elle espérait avoir pensé à mettre un déodorant dans son sac. En attendant, elle n'osait plus lever les bras.

On ne bavardait pas beaucoup, dans ce bureau, non qu'Una ou Janet soient hostiles, mais la radio marchait en permanence. La conversation allait d'un rare commentaire sur les invités de telle ou telle émission à la question de savoir à qui revenait de faire le café. Et bien sûr, pendant les publicités, elles parlaient de leur alimentation. Hope n'avait jamais travaillé dans un endroit où les femmes n'abordaient pas, tôt ou tard, ce sujet. Chez Witherspoon, elles évoquaient leurs régimes. Yvonne les avait tous essayés, depuis celui où l'on n'avale que des carottes jusqu'à celui où l'on peut manger de tout à condition d'en laisser la moitié. Hope avait testé ce dernier avec enthousiasme, mais cela n'avait pas marché. Comment définit-on une demi-cuillerée de glace ?

Au Manoir, il était question de gastronomie. Una cherchait comment tenter son mari, qui était alité avec une fracture de la hanche et ne mangeait plus. Elle lui rapportait des morceaux fins du restaurant, dans l'espoir qu'il finirait par se nourrir correctement.

— Il aime ça, mais Luigi m'a dit qu'il n'en remettrait pas au menu avant deux ou trois jours.

— Sa recette avec les cheveux d'ange à la sauce au Pernod, renchérit Janet d'un ton extasié, je pourrais m'en rendre malade !

Hope, qui avait commencé le matin même son régime spécial « cinq kilos à perdre pour Christy », se sentait presque défaillir de faim à les entendre. Elle sortit de son sac un bonbon à la menthe sans sucre et le croqua avec désespoir.

Claude entra, énervée par un client qui réclamait Christy et lui avait mal parlé.

— Je dois voir M. De Lacy, dit-elle d'une voix coléreuse en agitant les bras d'exaspération.

— Vous savez, il n'est pas ici, répondit Una d'un ton acerbe. Vous oubliez que c'est son jour de congé et que Frederick le remplace.

Claude et Hope prirent en même temps une expression consternée. Hope soupira. Elles auraient pu la prévenir ! Elle aurait gardé sa belle tenue pour un autre jour.

À une heure moins dix, Hope avait les yeux qui louchaient à force de taper des chiffres sur le clavier de l'ordinateur.

— Tu as fait un travail formidable, lui dit Una avec gratitude. La dernière personne qui est venue nous aider ne correspondait pas du tout à ce que nous cherchons, toi tu es parfaite. Crois-tu que tu pourrais nous donner plus de deux matinées par semaine ? Cela nous aiderait beaucoup en attendant que mon mari aille mieux. En fait, nous aurions besoin de quelqu'un d'autre à temps plein, n'est-ce pas, Janet ?

Hope éprouva un plaisir incroyable. Cela lui faisait du bien de savoir qu'on l'appréciait et qu'on avait besoin d'elle.

— Ne devriez-vous pas d'abord vérifier avec M. De Lacy que c'est possible ?

Giselle lui avait déjà proposé de prendre les enfants un jour de plus à la garderie.

— Inutile, il te trouve formidable, répondit Una.

L'estomac de Hope fit une cabriole. Il la trouvait formidable ! Mais de quelle façon ? Formidable en tant qu'employée du service comptable ou en tant que femme absolument irrésistible ?

— Veux-tu déjeuner avec nous ? Un des à-côtés de ce travail est que l'on fait des repas divins, dit Una.

— Il ne vaut mieux pas.

Hope pensait aux effets à long terme des pâtes à la sauce Pernod sur son tour de taille.

— Je dois faire les courses avant d'aller chercher mes enfants à la garderie.

— N'oublie surtout pas de nous apporter des photos d'eux jeudi, rappela Una. Ils ont l'air tellement mignons !

Hope se sentit tout attendrie et en même temps très coupable de s'être fâchée contre Millie le matin.

— Oui, ils sont très mignons.

Elle sortit rapidement par la porte de derrière et se dirigea vers le parking du personnel, composant mentalement une liste d'achats, indifférente à tout le reste.

— Bonjour, Hope.

Elle reconnut aussitôt la voix sensuelle, pivota sur ses talons et découvrit Christy. Souriant, il était au volant d'une voiture de sport gris métallisé. Ses cheveux humides étaient plaqués vers l'arrière et il portait un pull-over écru au lieu du costume directorial. Hope le trouva encore plus attirant que d'habitude en tenue décontractée et sa chevelure le faisait paraître vulnérable. Cela donnait l'impression de le voir nu, pensa-t-elle, se mordant aussitôt la lèvre. Elle réalisa soudain qu'il devait habiter l'hôtel et qu'il venait de prendre une douche.

— Oh ! Euh… Bonjour, dit-elle gauchement.

Cela n'arrivait qu'à elle. Au lieu de le rencontrer quand elle était toute pimpante, elle le croisait alors qu'elle avait trop chaud et que son maquillage avait fondu !

— Vous ne restez pas pour le déjeuner ?

— Non, répondit Hope en espérant ne pas rougir.

— Vous n'avez pas faim ?

— Euh… Si, mais je n'ai pas le temps…

— Ne dites pas de sottises ! Il faut toujours prendre le temps de se nourrir. Je vais au Pigeon Club. Cela vous dit de vous joindre à moi ?

Il s'agissait d'un restaurant élégant à une quinzaine de kilomètres du Manoir et à l'opposé de Redlion. Hope n'y était jamais allée mais en avait entendu parler mille fois par Finula, qui s'extasiait sur la table et le décor, sans compter que seule l'élite, c'est-à-dire elle-même, le fréquentait. Jusqu'à ce jour, Hope n'avait pas éprouvé l'envie de découvrir l'endroit. Soudain, cela lui semblait très tentant. Et puis, après tout, elle avait faim.

— Je dois aller chercher les enfants, cet après-midi, argua-t-elle d'un ton inquiet. J'ai promis d'y être au plus tard à trois heures et demie.

— Cela nous laisse beaucoup de temps ! Pourquoi ne me suivez-vous pas avec votre voiture ? Vous partirez quand vous voudrez, dit Christy comme s'il n'y avait rien de plus simple.

— D'accord, répondit Hope, rougissant pour de bon.

Déjeuner avec Christy De Lacy ! Que faisait-elle donc ?

Il remonta sa vitre et Hope courut vers sa voiture. Christy n'attendit pas et descendit l'allée à toute allure, ses pneus projetant le gravier tels des confettis. Hope fit de son mieux pour le suivre, se demandant comment elle arriverait à conduire et, en même temps, à se remaquiller s'il continuait à prendre les virages sur les chapeaux de roue.

Elle avait réussi à s'inonder de White Linen, se poudrer le nez et mettre un peu de rouge à lèvres corail quand le bolide argenté de Christy tourna brutalement à droite et s'engagea dans une allée bordée d'arbres. Il était déjà sorti de sa voiture quand Hope s'arrêta à côté de lui, descendit et découvrit le Pigeon Club. La maison, longue et discrète, avec un toit de chaume et de petites fenêtres, avait tout d'un lieu de rendez-vous galant.

Un homme vint à la rencontre de Christy dans le restaurant, lui serra la main avec force démonstrations et se présenta à Hope comme Liam, le propriétaire. Il les guida ensuite à une table placée dans l'arrondi d'une fenêtre, où ils étaient pratiquement invisibles du reste de la salle. Hope en était contente car, ainsi, personne ne la verrait déjeuner avec un autre homme que son mari en l'absence de celui-ci. En revanche, quand elle réalisa que Christy et elle pouvaient se déshabiller et avoir une relation sexuelle sous la nappe sans que personne les remarque, elle se sentit soudain nerveuse. Ce n'était pas son genre.

Christy avança le siège de Hope puis s'excusa.

— Je dois parler à Liam.

Une fois qu'il fut parti, Hope paniqua. Elle aimait Matt et ne l'avait jamais trompé. Elle avait eu envie de jouer les femmes sophistiquées avec Christy, mais le retour de flamme ne lui plaisait guère. Il ne l'avait certainement pas invitée à déjeuner par seul souci de sa santé ! Il devait vouloir autre chose, que Hope ne pouvait lui donner. Il avait dû imaginer qu'elle le ramènerait chez elle pour passer un après-midi torride. Il l'avait certainement prise pour une petite ménagère qui mourait d'ennui et cherchait une aventure minable. Mon Dieu, non, ce n'était pas possible !

« Mais il n'est question que de déjeuner », susurra dans son esprit une petite voix tremblante d'excitation. Matt est en train de s'amuser à Bath et il ne prend même pas la peine de te téléphoner. Toi, tu ne fais que déjeuner avec un bel homme, un collègue de travail, en fait. Quel mal y aurait-il à cela ? » Matt et Christy s'entendraient très bien. Elle organiserait des dîners et inviterait Christy. « Non », corrigea-t-elle avec franchise. Il n'y avait aucune chance de voir Christy et Matt en même temps dans la même pièce. Elle se racontait des histoires, avec cette idée de dîners entre intellectuels ! La vérité, c'est que la seule présence de Christy la rendait folle de désir et que Matt s'en apercevrait certainement. Le plus aveugle des hommes s'en rendrait compte, sans parler des femmes.

— Désolé de vous avoir abandonnée, dit Christy en se glissant sur sa chaise. Je devais avoir un entretien avec Liam. C'est pour cela que je suis venu ici. J'espère que vous ne m'en voulez pas de vous avoir demandé de me tenir compagnie. (Ses yeux noirs juraient de son innocence.) J'ai pensé que ce serait agréable de ne pas déjeuner seul. Je déteste cela, mais Liam n'a jamais plus d'une seconde pour s'asseoir et parler avec ses clients.

Hope sentit sa tension et son sentiment de culpabilité la quitter lentement. Tout cela était très rationnel…

Ils étudièrent le menu et, après concertation avec Liam, firent leur choix. Christy commanda aussi une bouteille de vin rouge.

— Je ne bois pas, dit Hope. Je conduis.

— Juste une gorgée, dit Christy d'une voix câline. Cela vous fera du bien après tout le travail de ce matin. Et maintenant, dites-moi où nous en sommes avec le poissonnier ?

Hope se détendit un peu plus encore. Christy ne voulait que parler du travail. Quel mal y avait-il à cela ? Qu'avait-elle donc imaginé ! Si Matt lui posait la question, elle pourrait lui répondre qu'elle avait eu un déjeuner professionnel. Il y avait peu de chances qu'il lui demande où elle était mais, s'il le faisait, elle pourrait lui dire que tout était parfaitement clair, sans rien de répréhensible. D'ailleurs, que risquait-il de se passer dans un lieu public, voyons !

Elle parla des factures à Christy et il l'écouta, remplissant son verre de temps en temps. Les entrées n'arrivaient pas et, sans rien d'autre à se mettre sous la dent que les petits pains, Hope commença à se sentir ivre. Dans les mains expertes de Christy, la bouteille fut bientôt vide. Mais la plus grande partie était allée dans le verre de Hope. Elle buvait toujours trop quand elle se sentait tendue.

Christy était réellement un homme charmant, se dit-elle dans son ivresse. Il n'avait pas envie de parler de lui, il voulait seulement qu'elle lui parle d'elle.

— Je crois que votre mari est en train d'écrire un roman.

Ils venaient d'attaquer les entrées et une deuxième bouteille de vin était apparue sur la table, comme par magie.

— Je veux tout savoir, reprit Christy. J'aimerais beaucoup le rencontrer. Je crois que chacun a le fantasme de l'écriture, n'est-ce pas ?

L'innocente déclaration de Christy acheva ce que le vin avait commencé. Les craintes de Hope disparurent. Cet amour de Christy s'intéressait à sa famille et voulait faire la connaissance de Matt ! Comme c'était gentil ! Il se conduisait en ami, rien de plus. Un ami très bel homme et terriblement séduisant, avec lequel il serait agréable de sortir en toute franchise. C'était exactement ce dont elle avait besoin : beaucoup d'amis platoniques très attirants avec des yeux très gentils.

D'un regard embrumé, Hope admirait les épaules musclées de Christy, que moulait le pull-over de grosse laine. Elle le trouvait vraiment très sexy. Sam l'aimerait aussi. Si on lui posait des questions, elle répondrait qu'elle cherchait un homme digne de Sam.

Ils parlèrent du Kerry. Hope découvrit avec ravissement qu'elle pouvait vraiment être intéressante quand elle évoquait les difficultés de s'adapter à un autre mode de vie. Elle n'arrivait pas à croire que ses histoires sur l'invasion des rats et ses tentatives d'élevage de poulets puissent être aussi amusantes. Mais Christy riait aux éclats et ne l'interrompit pas une seule fois.

À trois heures et demie, le bruit étouffé d'un aspirateur leur parvint. Hope, le menton appuyé sur sa main, souriait à Christy en lui racontant d'une voix pâteuse comment elle avait passé une éternité à chercher sa tenue du matin, au cas où elle le croiserait. Elle sursauta. Le regard brouillé par l'alcool, elle regarda sa montre et poussa un petit cri étranglé.

— Les enfants ! Je dois aller les chercher !

— Pas déjà, ce n'est pas possible, dit Christy d'un air contrarié.

— Si ! Je suis en retard ! gémit Hope en se levant avec maladresse.

Elle renversa son verre, heureusement vide.

— Vous ne pouvez pas conduire, ma belle, dit Christy. Vous êtes saoule. Je vais vous emmener.

— Vous êtes dans le même état que moi. Il est hors de question que mes enfants montent dans votre voiture !

— Je n'ai pas bu autant que vous.

C'était vrai. Christy s'était appliqué à remplir le verre de Hope beaucoup plus souvent que le sien.

— Non, répéta Hope.

Elle était ivre et l'admettait, à sa grande honte, mais elle ne laisserait personne conduire Millie et Toby dans cet état.

— Vous pouvez me déposer à la garderie, reprit-elle, et j'appellerai le taxi pour qu'il nous ramène à la maison.

En sortant, elle passa devant le miroir de l'entrée et constata avec un choc qu'elle n'avait plus du tout l'air aussi jolie qu'une heure plus tôt quand, perdue dans une brume béate, elle s'était admirée dans la glace des lavabos des dames. Elle était cramoisie, son eye-liner était effacé et son rouge à lèvres avait disparu sur le bord de son verre.

La voiture de Christy lui parut très basse quand elle se laissa lourdement tomber sur le siège. L'habitacle était très petit et la main de Christy, posée sur le levier de vitesses, se trouvait près de son genou.

— Vous êtes installée ?

— Oui.

Elle n'était qu'une traînée et une mauvaise mère…

La voiture démarra et Hope se sentit bientôt légèrement nauséeuse. Le fait d'avoir bu n'incitait en rien

Christy à ralentir. Bourrelée de remords, Hope regardait par la vitre ; elle s'inquiétait de son retard et de la façon de conduire de Christy. Elle se torturait si fort qu'elle ne remarqua pas comment, entre deux changements de vitesse, Christy avait posé la main sur sa jambe. Elle ne s'en rendit compte que lorsqu'ils arrivèrent à la garderie, car elle avait particulièrement chaud au genou.

Christy se gara derrière un gros arbre, qui cachait la garderie de la route – et dissimulait aussi la voiture. Il n'y avait aucune maison à moins de cinq cents mètres. Personne ne pouvait les voir.

— Au revoir, mon chou, dit Christy d'une voix caressante.

Avec un mouvement de félin, il prit Hope dans ses bras et approcha son visage du sien, de plus en plus près, jusqu'à l'embrasser à pleine bouche. Hope se sentit fondre sans défense contre son torse musclé et arqua instinctivement son corps, comme pour aider Christy à glisser les mains sous sa veste et découvrir qu'elle ne portait rien sous son body. Elle se sentait brûlante de désir, dans l'attente de la suite. Soudain, avant qu'elle ait pu dire un mot, Christy s'écarta d'elle et passa le pouce sur ses lèvres dans un geste tendre.

— J'en ai eu envie dès que je t'ai vue. (Il plongea son regard dans celui de Hope, qui reprit péniblement sa respiration.) À bientôt, dit-il en posant les deux mains sur son volant.

— Euh… Merci pour le déjeuner, bafouilla Hope avant de sortir de la voiture en accrochant son collant dans la portière.

Christy démarra sur les chapeaux de roue et Hope se retrouva seule devant la garderie, les jambes tremblantes d'ivresse et de désir mêlés. Comment allait-elle expliquer tout cela à Giselle ?

Celle-ci estima son état au premier coup d'œil et, sans un mot, l'entraîna dans la salle réservée aux adultes, où elle lui prépara une tasse de café assez fort pour y faire tenir une cuillère.

— J'ai bu quelques verres de vin après le travail, et quelqu'un m'a conduite ici parce que je savais que je ne pouvais ramener les enfants à la maison dans cet état…

— Quelqu'un t'a conduite ici ? répéta Giselle, soucieuse.

— Quelqu'un du travail, dit Hope avec un hoquet. Mary-Kate me répète sans arrêt de me décoincer. Je pense que c'est ça qu'elle veut dire ! Est-ce que je peux utiliser ton téléphone pour appeler Teddy, le taxi ?

Rentrée chez elle mais toujours un peu ivre, Hope se prit à aller et venir dans toute la maison. Elle était heureuse de jouer avec Millie et Toby, et se sentait pleine d'une énergie sans limites.

— Tu sens bizarre, dit Millie, intriguée par cette mère curieusement hilare qui ne s'était pas changée en rentrant du travail.

Hope la souleva et la fit tournoyer tout autour de la pièce. Comme Toby voulait s'amuser avec elles, Hope mit de la musique et ils dansèrent ensemble pendant un long moment. Les enfants avaient fait des collages avec de la peinture brillante et des étoiles dorées à la garderie, et des parcelles scintillantes tourbillonnaient autour d'eux à chacun de leurs mouvements.

— Je suis une étoile ! s'exclamait Millie.

Dressée sur la pointe des pieds telle une ballerine, elle était auréolée de paillettes dorées, qui s'envolaient autour d'elle.

— Mes petites étoiles chéries, chantait Hope en valsant.

Mais à cinq heures et demie, elle fut brusquement atteinte d'une crise de migraine et de culpabilité. À quoi rimait ce déjeuner avec Christy ? Elle avait perdu la tête. Et ce baiser devant la garderie... Le seul fait d'y repenser la faisait trembler de désir mais c'était mal, horriblement mal. Et si quelqu'un l'avait vue et en parlait à Matt ? Hope pâlit à cette idée. Non ! Cela ne se reproduirait pas !

Elle se réveilla au milieu de la nuit, en pleine crise d'angoisse. Elle avait rêvé que Matt les avait surpris en train de faire l'amour, Christy et elle, dans le jacuzzi de l'hôtel. Les rêves sont vraiment une chose étrange : elle ne savait même pas s'il existait un jacuzzi au Manoir. Son cœur battait à toute vitesse comme elle revoyait l'expression désespérée de Matt en découvrant sa femme nue avec un inconnu, se collant à lui comme une nymphomane. L'horrible désespoir de Matt. Il n'y avait pas d'autre mot.

Un profond sentiment de culpabilité l'envahit. Pourquoi ne lui avait-on jamais dit que tromper son mari faisait si mal ? Les films et les livres n'évoquaient que le risque de se faire prendre, jamais cette affreuse angoisse liée à l'idée de blesser un être aimé. Et elle n'avait même pas trompé Matt à proprement parler ! Il ne s'agissait que d'un baiser volé. Elle essaya de se convaincre que ce n'était pas si grave. Ils ne faisaient pas complètement l'amour, dans le jacuzzi. En fait, ce n'était même pas sexuel.

Et zut ! Hope était au bord des larmes. Elle ne pourrait se persuader que son après-midi avec Christy était innocent, tout simplement parce qu'il ne l'était pas. Si sa voiture avait ressemblé un peu plus à un grand lit, elle se serait retrouvée nue en un instant, tant il y avait de désir entre eux. Sous l'effet de la flatterie et de l'excitation, elle avait presque mis ses seins sous le nez de Christy et s'il l'avait caressée sur quelques centimètres de plus, elle se serait pâmée de désir.

Elle se leva, s'enveloppa dans la vieille robe de chambre de Matt et descendit au rez-de-chaussée. Elle n'arriverait pas à se rendormir. Autant qu'elle regarde n'importe quelle émission idiote de la nuit.

Une bonne tasse de thé à la main, elle alluma la télévision et s'installa devant la rediffusion d'un feuilleton américain des années quatre-vingt. Elle se revoyait à cette époque, portant des vestes usées et des pulls à larges épaulettes, comme les actrices du feuilleton, quand elle réalisa que l'une d'elles s'emportait contre son mari, un homme à l'air piteux, parce qu'il venait d'avouer une liaison. « Pourquoi m'as-tu trahie ? », criait-elle en faisant de son mieux pour paraître désespérée sans abîmer son épaisse couche de maquillage.

Hope changea de chaîne aussi vite que possible, malade de honte. Parviendrait-elle jamais à se pardonner d'avoir failli tromper Matt ? Ou bien devrait-elle se sentir coupable jusqu'à la fin de sa vie ? Dans le courrier du cœur des magazines, on conseillait toujours aux gens qui avaient des liaisons de ne pas avouer pour soulager leur conscience. Bien sûr, on se sentait mieux, mais cela n'arrangeait pas vraiment les relations conjugales. Hope aurait tout donné pour raconter à Matt ce qui s'était passé et obtenir son pardon. Si seulement elle avait pu remonter le temps et agir autrement !

17

Virginia était en train de jardiner en compagnie de Dinky quand le téléphone sonna. Elle ôta ses gants en se hâtant vers la maison, Dinky courant devant elle pour l'aider.

C'était Laurence, la voix très contrariée.

— Je ne sais pas comment te le dire, maman, commença-t-il, mais Barbara n'aime pas ce que nous avons projeté pour le mariage.

— Qu'entends-tu par « n'aime pas » ?

Laurence soupira.

— Elle dit qu'elle a toujours rêvé d'un mariage au bord de l'océan. Tu sais, ce genre de cérémonie où tout le monde se retrouve pieds nus dans le sable avec les vagues à l'arrière-plan.

Virginia s'obligea à compter jusqu'à dix. Dire du mal à son fils de sa future femme était une erreur qu'elle ne voulait pas commettre.

— Pourquoi n'en a-t-elle pas parlé tout de suite ? demanda-t-elle d'un ton contenu. Tu as réservé l'église et l'hôtel depuis un mois. Il aurait peut-être été plus simple qu'elle explique ce qu'elle voulait avant que les choses soient organisées.

Le mariage devait avoir lieu quatre mois plus tard et la réception était prévue dans un des hôtels les plus chic de Dublin. Jusqu'alors, la seule contrariété avait été l'impossibilité de célébrer la cérémonie dans la jolie église choisie par Barbara, car elle était déjà réservée. Cependant, puisque Barbara et Laurence – ou plutôt Laurence seul, probablement –, payaient, Virginia n'avait pas l'intention de s'en mêler.

— Tu vas certainement perdre les arrhes que tu as versées à l'hôtel, si tu annules la réservation, dit doucement Virginia, consciente que le nouveau caprice de Barbara mettrait son fils sur la paille.

— Je sais, grommela Laurence. Elle prétend qu'elle ne voulait pas faire d'histoires.

À quoi bon préciser que changer d'avis quatre mois avant le mariage en provoquerait beaucoup plus que d'oser formuler des souhaits dès le départ ?

— Qu'en pensent les parents de Barbara ?

— Ils veulent qu'elle soit heureuse, c'est tout. Et moi aussi. Maman, je sais que tu attendais cela avec impatience. Nous en voudrais-tu beaucoup si nous allions plutôt nous marier sur une île des Caraïbes ?

— Bien sûr que non, Laurence, mon chéri. C'est toi qui te maries, pas moi. Mais beaucoup de gens ne pourront pas s'offrir le voyage. Avez-vous déjà arrêté une date et un lieu ?

— Je vais m'en occuper. J'ai tellement de travail que je n'ai pas encore eu le temps de téléphoner.

Virginia ne put se retenir.

— Mais pourquoi Barbara ne s'en charge-t-elle pas ?

— Elle déteste faire ce genre de choses. Elle est très timide, maman. Ce n'est pas quelqu'un d'organisé comme toi.

Virginia pensa que le problème de Barbara n'avait rien à voir avec la timidité. Elle était trop capricieuse et trop gâtée, voilà tout ! Ses pauvres parents accepteraient probablement un mariage sur Mars si cela lui faisait plaisir. Et maintenant, Laurence aussi était prêt à se plier au moindre de ses desiderata.

— Eh bien ! Laurence, quand tu seras fixé, appelle-moi. Il n'y a pas de quoi en faire un drame.

Jamie se montra nettement moins réservé quand il téléphona à Virginia.

— Maman, je ne supporte pas ce sale chameau de Barbara ! Elle traite Laurence comme un chien. Tu connais la dernière ? Cette idiote veut se marier les pieds dans l'eau ! Elle a intérêt à faire attention sur la plage, parce que j'ai bien l'intention de lui faire boire la tasse. Elle pourra toujours dire « oui » en faisant des glouglous !

— Jamie ! le tança Virginia.

— Elle le mérite. Elle pourrit la vie de mon frère. Il ne sait plus où il en est. Ils vont perdre une fortune en annulant l'hôtel, sans parler des arrhes versées à l'agence de voyages, puisque Madame veut passer sa lune de miel à Antigua au lieu de la Thaïlande.

— Nous ne devons pas nous en mêler, Jamie. Je refuse de jouer les belles-mères abusives.

— Maman, si papa était là, il ne l'accepterait pas, rétorqua Jamie avec colère. Il remonterait le moral de Laurence et lui prouverait qu'il mérite mieux que cette fille !

— Il ne s'en mêlerait pas, contra Virginia d'une petite voix.

— Si ! Il le ferait s'il pensait que Laurence va souffrir, insista Jamie.

Virginia, qui était restée debout dans le salon, se laissa lourdement tomber sur le coin du canapé.

— Maman, tu n'es pas la seule à subir la mort de papa, reprit Jamie. Cela a été un choc terrible pour Laurence. Ils étaient si proches l'un de l'autre ! Et tu connais son hypersensibilité. Ce n'est pas parce qu'il n'en parle pas qu'il n'en est pas très malheureux. Il n'est plus le même depuis et cette Barbara est la première femme dont il soit tombé amoureux. Il est perdu et elle en profite. Il a besoin de nous, il a besoin qu'on lui dise de laisser tomber. Ils courent à la catastrophe. Oh ! excuse-moi, on m'appelle sur mon portable. Je dois y aller, maman. À bientôt.

Et il raccrocha. Il vivait toujours à cent à l'heure. Laurence était le plus silencieux, le plus calme des deux, celui qui réprimait ses sentiments et taisait ce qu'il éprouvait réellement.

Dinky, sentant que sa maîtresse était triste, s'assit à ses pieds et leva vers elle de grands yeux inquiets. Pour une fois, Virginia ne s'en rendit même pas compte. Elle était hantée par l'idée qu'à la mort de Bill, elle avait été trop accaparée par sa douleur pour penser à ses fils. Comme d'habitude, elle trouva du réconfort auprès de Mary-Kate la réaliste. Elle lui rendit visite à la pharmacie et elles prirent un café dans son bureau.

— Je ne sais pas quelle attitude adopter vis-à-vis de Barbara, se plaignit Virginia. Elle a exigé une demande en mariage romantique, où Laurence lui offrait une bague et, quand il l'a fait, elle en a voulu une autre, parce que celle qu'il avait achetée ne lui plaisait pas !

— Pourquoi n'est-elle pas allée la choisir tout de suite avec lui ? C'est ce que font la plupart des couples, aujourd'hui.

— Pas Barbara ! Avec elle, c'est les douze travaux d'Hercule ! Elle aime qu'on se donne du mal pour la satisfaire. Elle a besoin de voir Laurence courir partout pour elle en permanence.

— Combien des travaux d'Hercule Laurence a-t-il déjà accomplis ?

Virginia haussa les épaules d'un air lugubre.

— Pas assez, je le crains. Barbara a dû dresser une liste. Je suis terrifiée à l'idée qu'elle fasse partie de ces femmes insupportables qui refusent de prendre la moindre responsabilité. Tu sais, le genre qui n'est jamais contente, mais ne lèvera pas le petit doigt pour obtenir ce qu'elle veut.

L'expression de Mary-Kate indiquait qu'elle voyait exactement à quoi Virginia faisait allusion.

— Le genre de femme, poursuivit Virginia, qui ne prend pas la moindre décision, qui joue les victimes comme si c'était son atout majeur et, quand les choses tournent mal, passe sa vie à raconter à tout le monde que « tout est sa faute à lui » !

— Oui, soupira tristement Mary-Kate. J'ai connu quelqu'un comme ça. On aurait dû lui tatouer « victime » sur le front. Elle avait épousé un homme très gentil, qui lui donnait tout ce qu'elle désirait dans la vie : l'argent, la stabilité et un bel avenir. Pour elle, ce mariage faisait partie d'un plan de carrière, en quelque sorte, avec pour but suprême de régner sur le château. Mais quand son couple n'évolua pas dans le sens qui lui convenait, elle refusa de l'admettre. Elle n'avait absolument pas l'intention de renoncer à sa position sociale. Elle voulait conserver ses avantages matériels et passa sa vie à raconter à qui voulait bien l'entendre que tout était de sa faute à lui, que c'était un mari horrible et qu'elle ne comprenait pas pourquoi elle restait avec lui. Elle ne pouvait pas reconnaître qu'ils n'auraient jamais dû se marier, en réalité.

Mary-Kate ne prenant pas la peine de cacher ses yeux pleins de larmes, Virginia eut la certitude que son amie n'avait pas tout dit.

— C'étaient des amis ?

— Je l'avais rencontré à l'université, avant qu'il l'épouse. Toute la promotion est allée au mariage mais, à mon avis, ses amis savaient qu'il faisait une grosse erreur. Ils étaient trop différents pour être heureux ensemble.

Virginia réalisa que Mary-Kate parlait de l'homme de sa vie et qu'elle le pleurait encore.

— Tu l'aimais ? demanda-t-elle doucement.

Mary-Kate fit oui de la tête.

— Nous nous étions perdus de vue mais, quelques années après son mariage, nous nous sommes retrouvés et nous sommes tombés amoureux. Dans la vie, tout dépend du moment où se produisent les choses, n'est-ce pas ? Si cela nous était arrivé avant qu'il la rencontre, qui sait comment les choses auraient évolué… Bref, nous avons été ensemble pendant six ans. Nous nous aimions comme des fous.

— Que s'est-il passé ? demanda Virginia avec affection.

— Elle a tout découvert, elle a fait une dépression et l'a supplié de ne pas la quitter.

— Et il a accepté ?

— Oui.

Mary-Kate battit énergiquement des paupières pour chasser ses larmes, comme si elle avait déjà assez pleuré sur son amour perdu.

— Je suis revenue ici pour reprendre la pharmacie et eux, ils ont fait un autre enfant. Et voilà : tu connais toute mon histoire, à présent. Pourtant, je n'ai pas le style de la maîtresse qu'on cache, n'est-ce pas ?

Elle avait dit cela avec un léger haussement d'épaules. Virginia sourit.

— J'avoue que je me suis laissé avoir par l'absence de rouge à lèvres incendiaire et de bas de soie noirs ! Tu es très douée pour garder un secret, Mary-Kate.

— Quand on vit dans un village, mieux vaut parfois se taire. Personne n'est au courant mais je crois que Giselle a deviné. Elle est très intuitive. Je n'aimerais pas que quelqu'un d'autre le sache. Je préfère passer pour la vieille fille pharmacienne plutôt que pour la traînée amoureuse d'un homme marié. J'espère que tu n'es pas choquée ?

Elle avait changé de voix, soudain inquiète.

— J'ai eu l'impression que je pouvais te dire la vérité, mais je n'aimerais pas perdre ton amitié...

Virginia lui fit les gros yeux.

— Si tu me prends pour ce genre d'hypocrite à la morale inflexible qui te condamnerait, tu me connais mal ! Tu oublies que tu parles à la deuxième veuve joyeuse de Redlion, celle qui scandalise les dames paroissiales en flirtant avec cet innocent de Kevin Burton.

Elles éclatèrent de rire. Les commères du village étaient sur le qui-vive depuis qu'elles avaient appris que Virginia déjeunait régulièrement au club-house du golf avec Kevin.

— Je crains que tu aies froissé quelques-unes de nos compatriotes qui pensaient avoir une chance avec le beau Kevin, reconnut Mary-Kate. Mlle Murphy, celle qui s'occupe des fleurs à l'église, est particulièrement choquée. Pour elle, tu es une nymphomane sans vergogne. Elle a perdu tout espoir de remonter l'allée centrale au rythme d'une marche nuptiale à soixante ans, pour la première fois de sa vie, quand tu es apparue dans tes atours citadins.

Mary-Kate sourit.

— Mais la rivalité pour conquérir Kevin a un excellent effet sur mon petit commerce ! Depuis que tu es installée ici, je fais fortune avec les teintures blond argenté. Plus d'une habitante de Redlion a réalisé que, si l'élégante Mme Connell peut ressembler à une vedette de cinéma, rien ne s'oppose à ce qu'elle tente de parvenir au même résultat. Elles viendront bientôt te demander des conseils de maquillage.

— Tu es sans pitié ! dit Virginia en se retenant de rire.

— Tu crois que je plaisante ? Tu te trompes.

— Kevin ne m'intéresse pas, en tout cas pas sur ce plan-là, précisa Virginia. Je trouve seulement agréable d'avoir un partenaire de golf.

— Va le dire à Mlle Murphy !

Virginia jouait nerveusement avec la carte que Kevin lui avait envoyée, au point de finir par la corner. Elle n'avait jamais fait cela, auparavant, pas plus que Bill. Ils étaient tous les deux des personnes très calmes. Elle se souvint de l'époque où, quand ses fils étaient encore petits, le gamin de la maison voisine, Freddie, s'était mis quatre petits pois dans le nez. « Mon Dieu, mais qu'est-ce qu'on peut faire ? » avait hurlé sa mère, qui prenait une tasse de café avec Virginia pendant que les enfants ravageaient le jardin de derrière.

Virginia avait calmement déposé les garçons chez une amie, deux maisons plus loin, conduit Freddie et sa mère chez le médecin, puis les avait ramenés chez eux en une heure, sans histoires ni crise d'hystérie. Du moins, si l'on exceptait une scène de Freddie quand il avait vu l'instrument de torture avec lequel le praticien était intervenu.

Après cela, la mère de Freddie avait pris Virginia pour la grande spécialiste des catastrophes à résoudre dans le quartier. Elle l'avait appelée quand sa machine à laver avait débordé et quand sa fille avait failli s'électrocuter avec le grille-pain, et fait sauter tous les fusibles de la maison. « Pourvu que son mari ne la quitte jamais, plaisantait Bill. Elle n'arrêterait pas de te téléphoner pour que tu voles à son secours. »

Le calme légendaire de Virginia l'avait toutefois désertée quand elle avait reçu la carte de Kevin, qui la conviait à un concert. Aussi cérémonieuse qu'une invitation à une garden-party royale, elle était démodée et parfaitement innocente.

« Accepteriez-vous d'être mon invitée jeudi soir pour un récital à Kilmonbeckin ? Si cela vous convient, je viendrai vous chercher à sept heures. »

Pourquoi Virginia avait-elle donc peur de passer une soirée avec lui ? Parce que « soirée » était synonyme de rendez-vous amoureux. Cette fois, les dames paroissiales auraient vraiment quelque chose à se mettre sous la dent !

Virginia décida de mettre une tenue neuve pour aller au concert, car en porter une qu'elle avait choisie pour Bill vouerait la soirée à l'échec dès le départ. Si elle sentait sous ses doigts l'étoffe de sa robe rose en lainage préférée, elle penserait à la dernière occasion où elle l'avait, un dîner avec Antonia et Michael, deux amis très chers. Michael avait insisté pour qu'ils goûtent l'armagnac et ils avaient dû rentrer chez eux en taxi. Cela la ferait pleurer et déprimer, ce qui n'était guère souhaitable à ce moment-là. Ce n'aurait pas été correct envers Kevin, non plus. Il l'avait invitée et elle devait bannir le fantôme de son mari.

Elle avait donc fait un aller et retour à Killarney et acheté une robe toute simple en fin jersey mordoré. Elle en avait d'abord essayé une noire, ravissante, parfaitement coupée et très élégante, mais dans la lumière crue du magasin, elle s'était aperçue qu'elle ressemblait à une caricature de veuve en deuil. Elle avait fini par prendre l'autre. De toute façon, Bill détestait la voir en noir et la taquinait dès qu'elle apparaissait ainsi : « Je sais que tu aimes tout ce qui brille, mais tu n'es pas obligée de te déguiser en pie ! »

Associé à ses cheveux blond argenté, ce coloris la faisait effectivement ressembler à une pie, mais elle n'avait jamais laissé Bill le lui dire sans faire preuve de repartie : « À propos de petites choses qui brillent, j'espère que tu économises pour mon cadeau de Noël. Il y a de ravissants colliers en diamant chez Weirs, qui ne coûtent que quelques centaines de milliers de livres. » Même s'ils en avaient eu les moyens, Virginia n'aurait pas voulu d'un tel bijou, le simple rang de perles que Bill lui avait offert pour leurs noces d'argent suffisant à son bonheur.

Bill renchérissait alors, jusqu'à ce que Virginia lui jette un coussin à la figure ou n'importe quoi qui lui tombait sous la main :

« Fichtre ! J'en ai commandé un pour "l'autre" ! Je suppose que tu en veux un aussi ? Sincèrement, il y a des femmes perpétuellement insatisfaites. Il va falloir que j'appelle encore ma banque en Suisse.

— J'espère que tu plaisantes, mon gars ! »

À ce stade-là du jeu verbal, elle se demandait, en général, si elle n'allait pas changer de vêtements.

« Le noir est horrible sur moi ? Tu crois que je devrais opter pour autre chose ?

— Non, sur toi rien n'est jamais horrible. »

Après une pause, il ajoutait :

« Savez-vous que vous êtes superbe, madame Connell ? »

— Vous êtes ravissante, dit Kevin très courtoisement quand il vint la chercher à sept heures.

— Merci.

Virginia arborait un sourire un peu crispé. La situation était bizarre. Leur camaraderie décontractée du golf avait disparu. C'était une chose de bavarder en prenant de l'exercice au grand jour parmi d'autres personnes. C'en était une autre de se trouver à deux dans une voiture pour se rendre à un concert et passer la soirée en tête à tête. À cette idée, Virginia crut que son cœur allait s'arrêter. Elle n'avait pas besoin de sortir avec un homme, elle aurait dû se trouver chez elle avec Bill, en train de faire des mots croisés.

Ils roulaient dans un silence pesant. Kevin conduisait sans quitter la route des yeux. Au bout de quelques minutes, il s'éclaircit la gorge.

— Euh… C'est très aimable d'avoir accepté de m'accompagner, dit-il avec raideur. C'est plus agréable d'assister à deux au spectacle.

— C'est vrai, répondit Virginia, aussi tendue.

Elle regardait par la fenêtre. Il faisait une nuit d'encre. Mais de quoi avons-nous l'air ? pensa-t-elle piteusement. On dirait deux poupées de ventriloque, incapables de parler par elles-mêmes. Ni Bill ni Ursula n'auraient voulu cela.

Elle décida de prendre sur elle pour bavarder normalement, comme ils le faisaient sur le parcours de golf.

— J'ai travaillé mon putting comme une folle, dit-elle avec entrain. Mon fils Jamie m'a envoyé un tapis d'entraînement. C'est très pratique. Quand vous tapez la balle, la machine vous la renvoie. Dinky apprécie beaucoup ce nouveau jeu. Elle croit que c'est pour elle et n'arrête pas de courir après la balle.

— On devient vite dépendant de ces engins, dit Kevin en souriant. Ursula m'en avait offert un. J'y ai passé des heures et des heures. Maintenant, il est relégué dans un coin du grenier. Bill en possédait un, certainement ?

Virginia fouilla dans ses souvenirs.

— Je ne m'en souviens pas. C'est probable, mais j'ignore ce qu'il est devenu. Bill avait tout ! Si l'on avait fait des gants de cuisine en forme de gants de golf, il les aurait achetés !

— Vous voulez dire que vous n'en avez pas ? demanda Kevin en feignant l'étonnement. Je tiens aux miens comme à la prunelle de mes yeux.

Ils parlaient et riaient de nouveau comme des amis et non des marionnettes.

Kevin expliqua d'un ton très tendre que sa femme avait gagné de nombreux matchs.

— C'était une remarquable golfeuse, apparemment, commenta Virginia.

— Oh, oui ! Excellente…

Il y avait foule dans le grand foyer moderne quand ils y entrèrent. Tout le monde avait à la main un verre de vin chaud trop sirupeux. Les organisateurs avaient pensé que cela encouragerait les gens à sortir en grand nombre par cette froide soirée d'avril.

Virginia tendit un verre à Kevin. Cela lui ferait du bien. Il avait besoin de se détendre.

— Kevin ! appela-t-on dans la foule des gens endimanchés qui attendaient de pouvoir entrer dans la salle de concert.

— Glenys, Richard ! Je suis ravi de vous voir, répondit Kevin en accueillant un couple avec force effusions.

Glenys, une femme d'une soixantaine d'années, imposante et resplendissante avec sa fourrure et ses cheveux d'un blanc nacré, serra Kevin dans ses bras avant de tourner vers Virginia un regard ombré de mauve.

— Bonsoir, Virginia Connell, dit chaleureusement Virginia. Je suis une amie de Kevin.

— Glenys et Richard Smart, répondit Glenys avec froideur. Nous sommes de très vieux amis de Kevin. Et d'Ursula, ajouta-t-elle en relevant le menton avec défi.

Oh, là, là ! pensa Virginia sans cesser de sourire. J'aurais dû m'y attendre. Par fidélité à la chère défunte, ils refusent de voir une sale petite veuve de Dublin mettre la main sur le pauvre veuf.

— Je suis enchantée de faire votre connaissance, répliqua-t-elle.

Bill l'avait souvent taquinée sur sa capacité à rester d'une politesse parfaite à l'égard de gens qu'elle n'aimait pas.

Richard se contenta de la saluer d'un signe de tête. Quant à Glenys, elle se détourna d'elle et prit la main de Kevin dans la sienne.

— Mon cher Kevin, comment vas-tu ? s'enquit-elle d'une voix pressante.

Ce fut une soirée de cauchemar. Quand ils prirent place pour le concert, Glenys se débrouilla pour que Virginia et Kevin soient séparés. Virginia se retrouva à l'extrémité de la rangée, à côté de Richard, qui ne s'exprimait que par monosyllabes. Encadré par Glenys et Richard, Kevin pouvait difficilement se pencher pour s'adresser à elle, ce qui était sans doute le but recherché. À l'entracte, Glenys fit remarquer avec un soupir tragique que la pauvre Ursula n'était plus là pour entendre ce récital.

— Elle aimait tellement aller au concert, dit-elle d'un ton apitoyé en pressant la main de Kevin. Tu te rappelles cette soirée délicieuse au Concert Hall de Dublin ? Nous avions pris des chambres au Westbury et nous avons soupé après le spectacle.

Kevin s'en souvenait et, bientôt, les trois amis riaient en évoquant les instants extraordinaires qu'ils avaient passés ensemble. Virginia, qui avait fait un effort pour garder le sourire, sentait la colère l'envahir. Quelle grossièreté ! Elle espérait que si ses proches rencontraient un jour Kevin, ils ne seraient pas assez mesquins pour parler de Bill toute la soirée et des bons moments partagés de son vivant !

Glenys était lancée. De toute évidence, elle n'acceptait pas la présence de Virginia. Mais pourquoi ? De quoi protégeait-elle Kevin ? Prenait-elle Virginia pour une dévoreuse d'hommes éhontée, qui laissait derrière elle une multitude de cœurs brisés ? À moins qu'elle ne l'ait cataloguée comme une veuve noire, qui ne s'accouple que pour mieux tuer ! Quoi qu'il en soit, elle et son mari paraissaient convaincus des mauvaises intentions de Virginia.

Après le récital, ils se rendirent dans un petit pub tout proche. Glenys marcha en tête à côté de Kevin, dont elle avait pris le bras d'un air très protecteur. Virginia et Richard suivaient, tandis que Glenys n'arrêtait pas de parler d'Ursula. En cinq minutes, Virginia eut le loisir de tout savoir sur Ursula et son amour de la musique classique, Ursula et sa capacité à reconnaître n'importe quel morceau dès les premières mesures, Ursula et son désir d'apprendre le violon.

— Tu ne penses pas qu'elle aurait été une merveilleuse violoniste ? demanda Glenys à Kevin d'une voix attristée. Elle était si douée !

Virginia avait d'abord cru qu'elle aurait beaucoup apprécié Ursula, d'après ce que lui en disait Kevin, mais elle commençait à la prendre en grippe. Comment une femme saine d'esprit pouvait-elle avoir des amies – pis : une « meilleure amie » – comme cette méprisable Glenys ?

Au pub, elle reprit la situation en main. Elle choisit une banquette avec de la place pour deux en invitant Kevin à s'asseoir à côté d'elle. Glenys et Richard furent ainsi obligés de s'installer sur les chaises qui faisaient face. Glenys ressemblait à Grincheux un jour de migraine. Virginia s'offrit sournoisement la petite satisfaction de poser la main sur le bras de Kevin. Il sursauta et se leva.

— Que prenez-vous ? demanda-t-il, visiblement pressé de s'écarter de son invitée.

À son retour, il se rassit sur la banquette, mais aussi loin que possible de Virginia, et laissa Glenys poursuivre le panégyrique d'Ursula. Il s'adressait à Virginia avec la raideur solennelle d'un archevêque, comme s'il craignait que ses amis puissent se méprendre sur leurs relations. Virginia, sentant sa tolérance l'abandonner à toute vitesse, termina son verre de vin blanc et pria Kevin de la raccompagner chez elle.

— Il faut que tu viennes dîner bientôt, roucoula Glenys comme ils prenaient congé.

L'invitation n'incluait, clairement, pas Virginia.

Le trajet de retour se déroula dans un silence rompu par la seule radio. Virginia ne voyait pas l'intérêt de parler à Kevin. S'il avait honte de leur amitié, elle ne voulait plus le voir, c'était aussi simple que cela. Mlle Murphy pourrait reprendre espoir…

À Kilnagoshell, elle le remercia poliment pour le concert et ouvrit la portière de la voiture.

— Ce fut un plaisir, dit Kevin, soudain redevenu lui-même. Je vous appelle pour le golf ?

C'était une question plutôt qu'une déclaration d'intention.

Virginia le gratifia d'un regard froid.

— Pourquoi ?

Il baissa les yeux avant elle.

— Je suis navré. Je sais que c'était très dur pour vous. Glenys et Ursula étaient très liées, et Glenys ne supporte pas l'idée qu'une femme la remplace.

— Vous auriez dû expliquer à Glenys que telle n'est pas mon intention, répliqua Virginia d'un ton sec. Je suis sortie avec vous ce soir en amie, rien de plus. Les vrais amis ne se taisent pas quand l'un d'eux se fait insulter !

Elle descendit de la voiture, claqua la portière et remonta l'allée. Kevin n'avait d'autre choix que de repartir.

— Comment cela s'est-il passé, hier soir ? demanda Mary-Kate.

Virginia et elle venaient de se croiser par hasard devant le bureau de poste. Virginia savait à présent qu'il était impossible de descendre à Redlion sans rencontrer l'une ou l'autre de ses connaissances. Compte tenu de son état d'esprit, elle préférait que ce soit Mary-Kate plutôt que Lucille, cette dernière passant toujours de longs moments à essayer de la convaincre d'entrer dans sa boutique pour acheter un petit rien.

Virginia raconta sa soirée ratée.

— Je ne connais pas les Smart, mais cette femme me paraît abominable. Elle doit rêver de consoler le veuf elle-même, dit Mary-Kate, toujours réaliste. Un bel homme libre peut faire des merveilles pour un couple ! Mme Smart pense sans doute que c'est très pratique d'avoir un célibataire en réserve pour ses réceptions. Et toi, femme sans vergogne, tu oses casser ses plans !

Virginia haussa les épaules.

— Je sais, je ne suis qu'une briseuse de cœurs qui s'en prend délibérément aux hommes seuls. Il devrait y avoir une loi contre ça.

— Ne te décourage pas, Virginia ! Ce n'est pas parce qu'elle est jalouse de toi que tu ne dois plus voir Kevin.

Virginia baissa les yeux sur les lettres qu'elle tenait.

— C'est toute la question, Mary-Kate. Kevin s'est conduit très différemment en leur présence. Je crois qu'il se sent coupable de seulement m'avoir parlé.

— Coupable ? Mais pourquoi ? Sa femme est morte depuis des années. Il n'insulte pas sa mémoire en te voyant.

Virginia eut un léger mouvement des épaules.

— Morte, peut-être, mais certainement pas oubliée. Il a la sensation de la trahir en jouant au golf avec moi.

Elle accrocha le regard triste de Mary-Kate et poursuivit à mi-voix :

— Je pense tout le temps à Bill. Je l'aimais si fort qu'il restera le seul homme de ma vie, mais cela ne signifie pas que je ne prends pas plaisir à la compagnie d'un homme comme Kevin. Le fait d'avoir quelqu'un avec qui aller au restaurant, par exemple, me donne l'impression de mener de nouveau une existence normale. À la mort de Bill, j'ai cru que ce ne serait plus jamais le cas. Des choses toutes simples – acheter une robe ou rencontrer des gens – m'aident beaucoup. Je sais, ainsi, que je suis vivante, que je n'attends pas simplement de mourir pour retrouver mon mari.

Son visage avait pris une expression sérieuse et profonde. Mary-Kate se dit que Kevin Burton était fou de laisser passer une femme aussi gentille et fine, sous prétexte de ne pas trahir une morte.

— Tu comprends ce que je ressens, Mary-Kate ? Je n'ai pas le droit de renoncer à vivre, ce serait mal. Autant prendre une lame de rasoir et en finir ! Je dois essayer de profiter pleinement des années qui me restent, et pas me contenter de les subir. Quel mal y a-t-il à cela ?

— Aucun, tu as absolument raison, répondit fermement Mary-Kate. Tu ne vas pas tout arrêter parce que des idiots se sentent menacés si la femme ne s'immole pas sur le bûcher funéraire de son mari ! Tu pourrais peut-être donner une seconde chance à Kevin ?

— Oui, peut-être. Je suis ici depuis un an et c'est le seul beau célibataire que j'aie rencontré. Je peux aussi tenter d'arracher Richard Smart aux griffes de Glenys…

Cette idée les fit sourire.

— Pourquoi pas ? renchérit Mary-Kate. Je te mets au défi d'essayer !

Virginia repoussa la provocation de son amie d'un mouvement d'épaules.

— Ce n'est même pas la peine. Il la trouve tout à fait à son goût. En fait, ils se valent !

18

— Maman, le téléphone !

Millie criait avec indignation et grimpa sur le lit de sa mère, où elle se mit à sauter de toutes ses forces.

— Réveille-toi, maman, c'est papa !

« Maman », qui avait la migraine après une très mauvaise nuit, s'assit péniblement. Pourquoi n'avaient-ils pas fait installer une seconde prise dans la chambre ?

Elle descendit en titubant et prit le combiné. Elle avait une voix rauque et fatiguée.

— Bonjour, ma chérie ! On dirait que je te réveille ? dit Matt d'une voix pleine d'entrain.

Hope remercia le ciel que les vidéophones n'aient pas encore atteint la famille Parker ! Au premier coup d'œil, Matt aurait repéré son air coupable et aurait compris qu'elle avait mal agi.

— Non… Non, bafouilla-t-elle. Juste fatiguée. J'ai mal dormi.

— Ma pauvre chérie ! J'ai peur de devoir te parler de quelque chose.

Hope écarquilla les yeux. Comment savait-il ? Qui aurait pu lui téléphoner ? Personne, à Redlion, ne savait où le joindre. De plus, cela ne datait que de la veille et personne ne serait assez cruel pour briser un couple sur la seule foi d'un méchant commérage…

— On est débordés, ici. Je reviens, comme prévu, dans dix jours mais je devrai retourner à Bath pour deux semaines, peut-être plus. On travaille tous comme des fous et Adam n'a pas encore retrouvé la grande forme. Je trouve que sa crise cardiaque l'a beaucoup affecté. Il est très changé. En plus, depuis que notre campagne pour un nouveau restaurant a été citée pour les prix de la publicité, l'agence est la plus recherchée de la région. Tout le monde veut nous engager. Le téléphone n'arrête pas de sonner. Adam supporte d'autant moins l'idée de refuser un contrat que les clients potentiels appartiennent à des sociétés que nous courtisons depuis des années.

Hope se laissa tomber dans un fauteuil, soulagée. Matt ignorait tout. Cela la rendit indulgente.

— Pas de problème, Matt, dit-elle avec sincérité. Tu n'y peux rien. Je comprends.

— C'est formidable, ma chérie. J'avais peur que tu sois furieuse. Je sais que ce n'est pas facile de t'occuper seule des enfants. Je te promets qu'à mon retour nous demanderons à Finula de faire la baby-sitter et nous irons passer un week-end en amoureux quelque part, d'accord ?

À l'idée d'un week-end en tête à tête, où elle devrait se gendarmer pour ne pas tout raconter à Matt, Hope sentit son sang se figer. Elle avait un besoin profond et douloureux de ne pas taire la vérité. Elle avait embrassé Christy De Lacy mais, sincèrement, c'était une erreur et elle n'avait jamais pensé à…

— Qu'en dis-tu, Hope ? Ce serait une bonne idée ?

— Oh ! oui, dit-elle machinalement. Ce serait génial mais nous devrions emmener les enfants.

Avec eux, elle n'aurait pas beaucoup de temps à consacrer à l'introspection ou à de grandes conversations sur leur couple. Matt commença à énumérer les endroits où ils pourraient aller mais Hope n'écoutait pas, trop occupée à se torturer. Matt interpréta son silence de travers.

— Ne me fais pas la tête, s'il te plaît, la supplia-t-il. Je suis désolé de ne pas revenir pour ce week-end. Tu crois que les enfants vont m'oublier, je sais, et tu vas chercher un gigolo pour ne pas mourir d'ennui !

L'absurdité même de cette idée le fit éclater de rire et Hope s'empressa de rire nerveusement avec lui.

— Très drôle, dit-elle, très drôle.

Le jour où elle retourna travailler à l'hôtel, elle n'avait pas prévu de se mettre sur son trente et un. Vraiment pas. La veille, elle avait choisi un chemisier en coton blanc tout simple avec son pantalon noir à pli, une tenue parfaite pour une employée et dépourvue de la moindre sensualité. Elle avait même réfléchi à ce qu'elle dirait si elle croisait Christy. Elle avait passé les deux derniers jours à mettre sa tirade au point, répétant sans fin leur éventuelle conversation en imagination : « Je suis mariée, Christy, et j'aime mon mari. C'était une erreur ; j'avais beaucoup trop bu. Je suis désolée de vous avoir induit en erreur ; je suis mariée et heureuse de l'être. »

Elle essaya plusieurs variations sur ce thème, les joues brûlantes de honte de s'être mise dans une pareille situation. Christy serait sans doute choqué d'apprendre qu'elle s'était laissé embrasser sans le vouloir réellement. Il la prendrait peut-être pour une femme sans moralité qui collectionnait les aventures et jouait avec les sentiments d'autrui. Oh ! non, pourvu qu'il n'imagine pas une chose aussi affreuse ! Depuis qu'elle était mariée avec Matt, elle n'avait jamais seulement regardé un autre homme, en dehors de ses béguins à distance pour les clones de Mel Gibson ! Mais c'était totalement imaginaire ; cela ne comptait pas. Elle espérait de toutes ses forces que Christy ne s'approcherait plus jamais d'elle et qu'elle pourrait ainsi oublier cette sordide affaire, dans une sorte de scénario de l'innocence où Christy était sourd, aveugle et muet.

Mais Millie l'obligea à modifier sa sévère tenue en les aspergeant toutes les deux de confiture de fraise.

— Fais attention ! lui dit Hope tandis qu'elle plongeait sa cuillère au fond du pot, plus par plaisir de faire une bêtise que par envie de confiture.

Mais il était déjà trop tard. Des empreintes de doigts poisseux sur la manche du chemisier blanc de Hope achevèrent de le rendre immettable. Elle se rua à l'étage pour passer un sweat-shirt propre à Millie avant de se précipiter dans sa chambre pour se changer. Elle n'avait qu'un autre corsage blanc, caché tout au fond de son armoire. Elle l'enfila à toute vitesse, oubliant pourquoi elle ne le portait presque jamais. Soyeux et apparemment très sage, c'était une centrale d'électricité statique et, à moins de frotter vigoureusement le tissu avec une lingette parfumée pour sèche-linge, il se plaquait sur la peau comme un tee-shirt mouillé.

Hope s'en souvint une fois arrivée à son bureau, au moment où elle enleva son manteau. Son chemisier était collé sur sa peau aussi étroitement que si elle s'était roulée dans de la superglu avant de s'habiller.

— Aïe ! Électricité statique, dit Una avec compassion en la voyant faire de son mieux pour le décoller de son torse. J'ai une jupe en soie qui pose le même problème. Si je ne mets pas assez de produit adoucissant dans la lessive, elle adhère à mes jambes. Et avec celles que j'ai, ce n'est pas très joli à voir !

— C'est affreux, n'est-ce pas ? gémit Hope en contemplant sa poitrine, où la dentelle de son soutien-gorge blanc se dessinait nettement. Si seulement j'avais une lingette à sèche-linge, ce serait réglé !

— Je vais appeler la lingerie et demander qu'on nous en envoie une, dit Una.

Janet était absente pour la journée. Hope travailla donc avec Una au son de la radio. Seule l'une ou l'autre des réceptionnistes les interrompait de temps en temps. Chaque fois que la porte s'ouvrait, Hope sursautait, en proie à une épouvantable sensation de culpabilité, espérant que ce ne serait pas Christy. Elle était trop gênée pour avoir envie de le rencontrer, surtout dans cette tenue.

La matinée s'écoula sans aucun signe du beau directeur de l'hôtel. Hope se rassura à l'idée qu'il n'était pas là. La lingerie ne se manifesta pas non plus mais, sur ce plan aussi, son inquiétude diminua. Avec un peu de chance, elle serait partie bien avant le retour de Christy et n'aurait pas à l'affronter. Elle pourrait aussi oublier ses excuses passionnées. À leur prochaine rencontre, elle se conduirait comme une employée modèle et ferait comme si rien n'était arrivé.

Les acteurs et les actrices qui avaient des aventures pendant un tournage ne procédaient pas autrement. D'après ce que Hope avait lu, ils appelaient ça jouer au CNCPST – « cela ne compte pas sur les tournages » ! À la fin du film, ils faisaient comme s'il ne s'était rien passé et retournaient chastement à leur partenaire légitime, en toute innocence. Ce devait être la même chose dans le monde hôtelier, décréta Hope.

À une heure moins cinq, elle éteignit son ordinateur et prit son manteau.

— Je sais qu'il n'est pas tout à fait l'heure de partir, dit-elle, mais je suis pressée.

Christy ne s'était jamais montré avant une heure de l'après-midi. Si elle s'en allait un peu plus tôt, elle ne risquerait pas de le croiser.

— Pas de problème, dit Una. Peux-tu déposer ça à la réception, au passage ?

Elle lui tendit un document. Hope le prit et jeta un coup d'œil en direction de la réception. Le champ était libre : aucun signe de Christy. Satisfaite, elle s'exécuta auprès de la réceptionniste et sortit en courant, son manteau sur le bras parce qu'elle n'avait pas le temps de le mettre. Elle contourna la haie de buis taillé et, à l'abri d'une statue couverte de mousse qui représentait un chien-loup irlandais, jeta un coup d'œil en direction du parking. La voiture de Christy ne s'y trouvait pas. Marchant aussi vite que possible avec ses bottes à hauts talons, elle se dirigea vers la partie réservée au personnel. Elle avait à peine atteint l'entrée gravillonnée que Christy apparut devant elle.

Avec son costume parfaitement coupé et ses cheveux noirs qui lui retombaient sur les yeux, il était très beau et très troublant. Beaucoup plus que dans ses rêves, où elle le voyait nu et excité, lui faisant l'amour avec furie et lui répétant de sa voix de velours à quel point il la désirait.

— Bonjour, lui dit-il chaleureusement en détaillant sa tenue du regard. Vous êtes toujours en train de courir, madame Parker !

Hope en resta muette. Malgré ses multiples répétitions, elle était incapable de débiter son petit discours à présent qu'il se dressait devant elle, lui faisant battre le cœur à coups redoublés.

— Je dois aller chercher mes enfants, dit-elle enfin.

Elle se maudit aussitôt : Christy saurait qu'elle mentait puisque, l'autre jour, elle ne les avait pas récupérés avant quatre heures !

— Quel dommage ! dit-il d'un ton léger. Nous aurions pu déjeuner ensemble. J'aime beaucoup votre chemisier, ajouta-t-il, passant la main sur le revers du vêtement traître. Vous portez des choses très intéressantes.

Il lui souriait en caressant toujours l'étoffe. Il était si près d'elle qu'elle sentait la chaleur de son souffle sur son visage.

— Je trouve cette tenue très troublante, dit-il d'une voix rauque. Je serais incapable de travailler si je devais vous voir pendant toute la matinée.

— Vous n'êtes pas obligé de me regarder, dit bêtement Hope.

Un sourire s'étira sur les lèvres de Christy.

— Mais j'aime ça.

Il la déshabillait du regard, s'arrêtant sur la courbe de ses seins, l'arrondi de ses hanches et la bouche douce qui tremblait de désir. Il se pencha sur elle, encore plus près, jusqu'à ce que ses lèvres effleurent celles de Hope, qui ne voulait pas se laisser embrasser mais ne pouvait pas résister. Sa tirade sur son couple était oubliée et elle s'abandonna à la sensation affolante que lui procurait la proximité de l'homme le plus excitant qu'elle ait jamais rencontré. Quand sa bouche se fit insistante, elle lui rendit son baiser. Posant ses mains sur les reins de Hope, il l'attira contre lui, plaquant son corps contre le sien. C'était autre chose que le baiser de la voiture, où ils étaient gênés par le manque de place. Ici, dans ce coin discret à moitié dissimulé par une haie très haute, ils étaient à l'aise pour bouger. Christy serrait Hope, toute tremblante, contre lui pour lui faire sentir son corps mince aux muscles durs. Elle répondit violemment à son étreinte, lui jetant les bras autour du cou, caressant ses cheveux bouclés, se serrant contre lui comme si sa vie en dépendait.

Il lui sembla que cette étreinte ne finirait jamais, tant elle oubliait tout sous sa bouche. Elle le désirait de tout son corps. Ses mains quittèrent ses boucles pour descendre vers ses épaules. Pouvoir le toucher la plongeait dans le ravissement. De son côté, il relâcha sa pression sur le dos de Hope pour descendre jusqu'à ses fesses. Hope ne put s'empêcher de gémir comme il la serrait contre lui, lui causant les plus exquises sensations. Elle le voulait, ici, tout de suite. Elle désirait qu'il la plaque contre le mur et lui arrache ses vêtements, qu'il la supplie de le laisser lui faire l'amour, qu'il lui demande en criant de dire oui. Oui, oui…

— Oui, gémit-elle comme les lèvres de Christy descendaient le long de son cou jusque dans son décolleté, protégé par son chemisier boutonné jusqu'en haut.

— Oui ? répéta-t-il d'une voix rauque. Tu veux vraiment ?

— Oui, gémit de nouveau Hope. Je sais que c'est mal mais c'est plus fort que moi.

— Non, ce n'est pas mal.

Christy déboutonna rapidement le corsage de Hope et ses doigts se glissèrent sous son soutien-gorge. Hope pleurait presque de désir tandis qu'il la caressait d'une manière experte. Elle n'avait jamais éprouvé une telle excitation de toute sa vie. Son corps appelait Christy, se tendait vers lui, liquéfié…

La sonnerie aigrelette du portable de Christy les fit sursauter.

— Nom de Dieu ! jura Christy tandis qu'une de ses mains quittait brutalement le sein de Hope pour voler vers sa poche.

— Christy De Lacy, dit-il courtoisement.

En un clin d'œil, il avait retrouvé son professionnalisme tandis que Hope restait bouche ouverte, le décolleté béant.

— Monsieur Wilson ? Bien sûr que nous ne vous avons pas oublié !

À l'écouter, on n'aurait jamais pu se douter que, un instant plus tôt, il était presque en train de faire l'amour avec Hope. La délicieuse sensation d'être désirée par Christy s'évanouit pour faire place à la vérité dure et froide. À l'instant où le devoir l'appelait, il repoussait Hope sans un regard. Et elle, tel un animal en chaleur, avait oublié ses devoirs envers son mari. Qu'avaient-ils fait ? Qu'avait-elle fait ? Horrifiée, elle reboutonna son chemisier, ramassa son manteau qu'elle avait jeté à terre dans son élan de passion et courut jusqu'à sa voiture. « Et voilà pour "j'aime mon mari" », se dit-elle avec rage en jetant ses affaires sur le siège. « Tu n'es qu'une traînée, une menteuse et une tricheuse », hurlait-elle en elle-même. Elle fonça dans l'allée, de peur que Christy veuille la rattraper pour continuer ce qu'ils avaient commencé. Mais il ne se montra pas. Non, se dit-elle avec amertume, il avait repris son rôle de maître des lieux et, sans doute, déjà oublié sa séance torride avec cette dévergondée complètement idiote de la comptabilité. Cette stupide femme mariée, avec son cocu de mari ! À présent, Christy pourrait regarder Matt de haut et penser avec un petit sourire suffisant : « J'ai eu ta femme, mon pote ! », et c'était sa faute.

En cet instant, Hope se haïssait comme jamais. Arrivée chez elle, elle arracha ses vêtements pour enfiler son plus vieux jean et un sweat-shirt gris informe qui l'enlaidissait. Elle voulait raconter ce qui était arrivé à quelqu'un. Elle avait besoin d'entendre une autre femme lui dire que ce n'était rien, qu'il ne s'était rien passé et qu'elle n'avait aucune raison de se sentir coupable.

Malheureusement, elle ne put joindre Sam ni à son bureau ni sur son portable. En désespoir de cause, elle essaya le numéro de Mary-Kate, mais la ligne était occupée. Quant à Delphine, elle connaissait Christy, ce qui rendait sa confession plus difficile. Elle s'assit devant l'ordinateur et essaya d'envoyer un mot à Sam, mais quand elle entreprit de relater la vérité, une nouvelle vague de honte la submergea. En voyant les mots crus et froids s'afficher sur l'écran – « Il m'a embrassée et je l'ai laissé faire, et je l'ai embrassé moi aussi » –, Hope comprit qu'elle ne pourrait pas supporter de dire à Sam qu'elle était tombée aussi bas. Sa sœur la trouverait indigne, avec raison.

Elle enfila tristement ses bottes en caoutchouc et sortit pour faire le travail qu'elle détestait par-dessus tout : le nettoyage du poulailler. Les poules ne passaient pas beaucoup de temps dans leur cabanon dans la journée, sauf quand Hope le nettoyait. Il suffisait qu'elle s'y mette pour qu'elles arrêtent de picorer et grimpent sur leur perchoir pour l'observer d'un air outragé en caquetant de dégoût.

— Cessez de vous plaindre ! grogna Hope avec colère en commençant à pelleter la paille mélangée aux fientes.

L'odeur était abominable mais il y avait pis : les asticots nés des œufs pondus par les mouches au milieu des déjections. La vue de ces minuscules choses blanches qui gigotaient dans tous les sens lui donnait toujours la nausée. Eh bien, cette fois, elle le méritait. C'était sa punition, sa pénitence. Elle serra les dents et mania la pelle avec rage.

Le soir, quand elle réussit enfin à joindre Sam, elle décida de se taire, non que sa sœur fût prude ou quoi que ce soit, mais Hope savait que l'infidélité n'était pas un péché comme les autres. C'était un vrai tabou, le genre de choses dont les gens ne voulaient pas parler. D'aucuns, qui trouvaient des excuses à toutes sortes de comportements anormaux, étaient choqués à l'idée de tromper leur partenaire.

Même si Sam et Matt ne s'entendaient pas, Sam serait stupéfaite d'apprendre que Hope ait seulement pu envisager de faire son mari cocu. Encore pis, elle serait très déçue par Hope. Celle-ci choisit donc de se taire et elles bavardèrent de tout et de rien pendant dix minutes.

Le vendredi, Mary-Kate téléphona pour dire que Virginia et elle avaient la grippe, et que Delphine était en train de tomber malade, elle aussi. La réunion du club de macramé du samedi était donc annulée. Hope eut envie de pleurer. Le week-end s'étendait devant elle, vide de toute rencontre entre adultes pour le rendre moins long. En plus, elle n'avait pas la moindre chance de se libérer de son affreux secret.

— Tu n'as pas l'air très bien, toi non plus, dit Mary-Kate d'un ton soupçonneux.

— Si, mentit Hope.

Elle raccrocha et regarda tristement par la fenêtre. Les enfants s'amusaient à faire des pâtés de boue et s'en étaient mis jusqu'aux yeux. Ils débordaient d'énergie. Et elle, Hope, avait l'impression de vivre un enfer mais elle ne pouvait s'en prendre qu'à elle-même. Elle n'avait qu'une possibilité : démissionner de son travail. Elle ne supporterait pas la gêne de revoir Christy. Et Matt, comment pourrait-elle encore le regarder en face ?

19

— Où allons-nous dîner ? demanda Morgan.

Sam et lui sortaient d'un cinéma de Leicester Square. Il faisait froid.

— Tu viens d'avaler une énorme ration de pop-corn et tu as encore faim ? Tu as certainement le ver solitaire, acheva-t-elle en désignant son ventre plat avec une expression d'horreur feinte.

— C'est mon secret, répondit-il en souriant. Nous devons souffrir, nous les hommes, pour être beaux. Épilation des jambes, ver solitaire, le grand jeu, quoi !

Sam éclata de rire.

— J'aimerais voir ta tête si on t'arrachait le moindre poil. Par exemple, dit-elle avec un sourire sardonique, si l'on te faisait une épilation du maillot !

— Aïe ! dit Morgan avec une grimace de douleur. D'accord, tu as gagné. Les femmes ont une vie très dure, blablabla ! Mais ce n'est pas plus facile d'être un chasseur-cueilleur !

Sam leva les yeux au ciel avec une mimique exagérée.

— En plus, nous avions décidé d'aller au cinéma et de dîner, reprit Morgan. Nous n'avons fait que la moitié du programme. J'attends la seconde. Je n'ai pas fini ma croissance et j'ai besoin de me nourrir !

— Alors, c'est d'accord, mais on partage l'addition, dit Sam.

Il ne s'agissait pas d'une sortie en amoureux et elle tenait à ce que la situation soit claire dès le départ. Morgan l'avait appelée la veille parce qu'il avait envie de voir le dernier film de Tom Hanks. Voulait-elle l'accompagner ? À sa voix, Sam avait compris qu'il ne lui demandait pas de sortir avec lui. C'était le ton habituel, dénué d'intention particulière, celui d'un ami qui proposait à une amie d'aller au cinéma. Cela impliquait de régler tout de suite la question de l'addition.

— Si tu veux, mais n'oublie pas que je te dois un dîner pour m'avoir invité chez toi.

Ils marchèrent dans un silence confortable, Sam luttant pour rester au même rythme que lui. D'habitude, c'étaient les autres qui couraient pour la rattraper !

Ils tournèrent un peu dans Soho et finirent par s'arrêter devant un restaurant italien à la lumière tamisée, comme il se doit, et qui promettait une cuisine « comme chez maman ».

— On voit qu'ils n'ont jamais goûté à celle de ma mère ! plaisanta Morgan en entrant. C'est une femme bourrée de talent, mais la cuisine n'est pas son fort. Mon père devait s'en charger parce qu'elle ne sait même pas faire chauffer de l'eau.

Sam était étonnée.

— Tu ne parles jamais de toi…

— Bonsoir ! susurra une serveuse blonde qui n'avait rien d'une Italienne et souriait à Morgan avec admiration. Vous êtes deux ? Suivez-moi !

Elle les guida vers une table, puis tendit les cartes à Morgan avec une déférence à la limite de l'adoration.

Sam l'observait, à moitié amusée, à moitié fâchée. Le seul point positif était que Morgan, apparemment, n'avait pas remarqué l'admiration béate de la fille.

— Je ne parle pas beaucoup de moi parce qu'il n'y a rien à dire, déclara-t-il en haussant les épaules quand ils furent de nouveau seuls. Je suis tout à fait insignifiant.

— Ce n'est pas l'avis de la serveuse, dit Sam avec malice. Ni celui de Tanya, dans le magasin à côté de chez nous, ni d'aucune des innombrables femmes que je vois te sourire bêtement en permanence.

— Jalouse, mademoiselle Smith ?

Morgan pouvait avoir un regard perçant quand il le voulait : cela le faisait ressembler à un oiseau de proie encore plus que d'habitude. De ses yeux à demi clos, il l'observait avec curiosité. Pendant un instant affolant, Sam crut presque qu'il voulait qu'elle lui réponde : « Oui, je suis jalouse à en crever de toute femme qui te regarde de trop près. » Mais non, ce n'était pas possible, elle en était certaine. Même s'il aimait sa compagnie, Morgan ne s'intéressait pas à elle, du moins pas de cette façon. Elle était une amie platonique, qu'il appréciait mais dont il n'aurait jamais envie, quelqu'un avec qui parler quand ses poupées habituelles le lâchaient. Sam les voyait lui faire au revoir de la main quand il les raccompagnait jusqu'au portail. À vrai dire, il ne leur accordait pas grande attention. En fait, il se montrait même rarement plus qu'amical avec elles, même si elles le dévoraient des yeux avec un désir non déguisé.

Mais surtout, la jeune Maggie aux yeux de biche, celle qui s'était jetée dans les bras de Morgan un certain soir n'avait plus donné signe de vie depuis quelque temps. Sam n'osait pas le questionner à ce sujet, mais elle espérait que cette absence signifiait la disparition de cette gamine une bonne fois pour toutes.

Elle but une grande gorgée d'eau fraîche.

— Il fait chaud, ici, dit-elle en s'éventant de la main.

Morgan lui sourit, amusé, et tout un réseau de petites rides apparut au coin de ses yeux.

— Arrête de sourire et commence à parler ! Tu es beaucoup trop renfermé. Pour ce que je sais, tu pourrais aussi bien figurer sur la liste des hommes les plus recherchés par Interpol ou le FBI.

Il fit « oui » de la tête.

— Si je comprends bien, il y a une récompense pour mon arrestation. Pas beaucoup mais, voyons…

Il marqua une pause, comme s'il envisageait sérieusement la question.

— Assez pour refaire la décoration de ton appartement et acheter une belle voiture, je dirais.

— Oh ! Un acteur comique, j'aurais dû m'en douter ! répliqua Sam. Non, sincèrement, parle-moi de toi.

Morgan se frotta les yeux, puis la considéra quelques instants d'un regard un peu flou.

— Ne t'est-il jamais venu à l'esprit que si les gens ne parlent pas de certaines choses, c'est qu'ils ne le souhaitent pas ?

— Si, répondit Sam sans se démonter. Mais je demande quand même. Je suis quelqu'un de direct, tu sais.

Il éclata de rire.

— À Scotland Yard, il y a des inspecteurs en chef moins brutaux que toi ! Bien ! Sortez votre petit carnet, inspecteur. Que voulez-vous savoir ?

Sam se sentit rougir. Elle voulait l'interroger sur son histoire amoureuse, connaître le nombre de femmes avec lesquelles il était sorti et s'il avait déjà vécu en couple ou s'était marié. Mais c'était impossible de lui poser ce genre de questions. Il comprendrait alors qu'il lui plaisait. Tout, mais pas ça ! Ce serait trop humiliant. Comme si le séducteur attitré des blondes de vingt ans à peine nubiles pouvait s'intéresser à une vieille dure à cuire de trente-neuf ans et onze mois ! Il détestait les dures à cuire. Sam réagit donc comme d'habitude quand elle affrontait une situation délicate : elle parla de travail.

— Tu n'es pas un millionnaire d'Internet, j'ai vérifié, commença-t-elle. Donc, que fais-tu ?

Sous-entendu : comment as-tu eu l'argent pour acheter la maison à côté de chez moi ? Mais cette question-là, elle ne pouvait pas la lui poser.

— Tu veux dire, répondit Morgan d'un ton solennel, comment j'ai fait pour acquérir la maison à côté de chez toi ?

Elle se mordit la lèvre puis éclata de rire.

— J'avoue !

La serveuse arriva à ce moment avec leur commande.

— Désirez-vous autre chose ? demanda-t-elle en dévisageant Morgan.

Il la gratifia d'un sourire chaleureux et engageant. Sam crut qu'elle allait se trouver mal et, en même temps, elle n'avait qu'une envie : gifler cette fille pour son impertinence.

— Non merci, c'est parfait.

— Franchement, je n'ai jamais rien vu de semblable, dit Sam d'un ton furieux. Elle te déshabillait des yeux ! C'est incroyable comme les femmes se jettent sur toi. C'est honteux !

Et elle tourna rageusement sa fourchette dans ses pâtes.

— Elle faisait son travail, c'est tout, dit Morgan, sidéré par la sortie de Sam. Elle doit demander si tout se passe bien. De quoi parles-tu ?

Sam le fixa. N'avait-il donc aucune idée de ce qui venait de se passer ? Croyait-il que les autres hommes passaient leur vie à voir des femmes leur jeter le genre de regard plein d'envie qu'un accro du chocolat peut avoir pour une tablette de noir extra ?

— De rien ! Allez, tu allais tout me raconter sur ton travail.

— J'étais spécialisé dans le capital-risque, commença-t-il en trempant son pain dans la sauce. J'étais un des associés d'une firme de la City et nous prenions des participations dans les entreprises qui démarraient. C'est un métier dur, mais on est vite drogué.

— Pourquoi as-tu arrêté ? demanda Sam sans réfléchir. On dirait que tu aimais ça.

En levant les yeux, elle découvrit le visage de Morgan figé comme un masque et tendit spontanément la main pour toucher la sienne de ses doigts maigres.

— Je suis désolée, Morgan. Je ne voulais pas être indiscrète. Oublie ce que j'ai dit.

L'expression de Morgan se détendit imperceptiblement.

— Ne t'en fais pas. Je dois apprendre à me montrer moins coincé sur le sujet.

Il eut un brusque sourire.

— C'est ce que Charlie me répète en permanence. C'est mon beau-fils et il est très porté sur la psychologie.

— J'ignorais que tu en avais un.

— Tu vois, ma composition d'homme mystérieux a marché ! En fait, j'ai deux belles-filles et un beau-fils. Ils vivent avec mon ex-femme, mais nous sommes restés très proches. Je les connais depuis leur petite enfance.

— Oh ! Excuse-moi, Morgan. Je ne voulais pas être indiscrète…

— Mais tu es une femme et c'est ton travail… répliqua-t-il, la bouche pleine de pâtes.

— C'est que tu sais tout sur moi, répliqua Sam, sur la défensive.

— Je te taquine, dit-il doucement. Ce n'est pas si terrible, maintenant que j'ai commencé. Je te comprends parce que tu es ce que j'étais : une dingue de travail. Je ne vivais que pour mon boulot et cela a fini par briser mon couple. Nous nous sommes séparés et avons divorcé. C'est ce qui m'a poussé à abandonner la course à la réussite. Mais il était trop tard pour Val et pour moi. Et voilà, fin de l'histoire !

— Je suis désolée.

Morgan haussa les épaules et repoussa son assiette.

— C'est ma faute si cela s'est terminé de cette façon, dit-il d'un ton brusque. Je me suis lancé dans le projet de la maison pour rester actif jusqu'à ce que j'aie trouvé ce que je veux faire. Quand nous étions mariés, Val et moi, je n'ai jamais changé une ampoule ou planté un clou. Nous devions prendre quelqu'un pour le faire, alors que j'aurais pu m'en charger sans aucune difficulté. Mais je n'avais pas le temps.

Ses lèvres se retroussèrent à nouveau en un demi-sourire.

— Trop occupé à jouer les maîtres du monde pour voir que ma vie de famille se désintégrait.

Sam regrettait d'avoir entamé cette conversation. Elle n'avait pas eu l'intention de l'attrister ou de l'obliger à se souvenir de choses qu'il aurait préféré oublier.

— Vas-tu retourner travailler dans la City ? demanda-t-elle pour changer de sujet.

Il secoua la tête.

— Non, je ne veux plus vivre de cette façon. Les fonds de pension indexés ne compensent pas vraiment le vide du reste de ta vie. Depuis un an, j'ai eu le temps d'évoluer et de me mettre en paix avec le passé. C'est pour cela que je n'ai pas envie de m'engager trop vite dans une relation.

Il la regarda au fond des yeux.

— Pas tout de suite, corrigea-t-il.

Ce fut un instant lourd de sens, avec de la magie dans l'air. Sam se mordilla nerveusement la lèvre, espérant l'entendre en dire plus, l'entendre dire qu'il l'aimait bien, parce que c'était à lui de l'avouer. Elle-même en était incapable.

— Vous avez fini ? Cela vous a plu ?

La serveuse s'était précipitée vers leur table, ôtant les assiettes, les soucoupes à pain et le beurrier avec des gestes vifs, et offrant de nouveau un grand sourire à Morgan.

— Désirez-vous des desserts ?

— Non ! jeta Sam.

— Oui ! dit Morgan. J'ai un faible pour les douceurs, expliqua-t-il à l'intention de Sam.

— Cela ne m'étonne pas, dit la fille avec un clin d'œil coquin.

Sam la fusilla du regard mais c'était inutile : le moment magique était passé. Morgan avait dû le sentir également. Il s'écarta de la table et s'appuya au dossier de sa chaise, brisant l'intimité qui naît entre deux personnes penchées l'une vers l'autre par-dessus une table de bistrot.

— J'ai trouvé amusant de jouer au clochard qui n'est pas obligé de mettre des chemises à manchettes et de quitter la maison à six heures du matin pour une réunion à Francfort.

— Et moi qui pensais que tu n'en avais pas une seule de correcte ! dit Sam d'un ton léger.

— Quel est le problème ? demanda-t-il en regardant sa chemise bleue délavée et son jean aux ourlets usés.

— Aucun, c'est très bien, dit-elle aimablement.

Elle avait au plus haut point conscience de l'effet que lui faisait la proximité de Morgan, de ses longues jambes qui touchaient parfois les siennes sous la table d'une façon à la fois familière et rassurante, et terriblement excitante…

Ils bavardèrent à bâtons rompus en dégustant un café et une glace, puis ils prirent un taxi pour rentrer. Pendant toute la durée du trajet, tandis qu'ils parlaient et riaient, Sam ne put oublier que Morgan était assis tout près d'elle. Voilà ce qu'elle trouvait merveilleux avec lui : il la faisait rire tout le temps.

Une fois arrivés chez eux, Morgan tendit le prix de la course au chauffeur avant que Sam ait pu sortir son porte-monnaie de son sac.

— Nous sommes censés tout partager.

— Relax, tu veux bien ? Je ne vais pas te demander de me rembourser en nature sous prétexte que j'ai donné huit livres à un taxi !

Dommage ! pensa Sam.

— Dans ce cas, que dirais-tu si je t'offrais un café chez moi en guise de remerciement ? proposa-t-elle d'une voix qu'elle tentait de faire paraître normale.

— Volontiers ! répondit-il en ouvrant la grille de l'allée. Après vous, mademoiselle Smith.

En montant l'escalier, Sam sentait son cœur battre la chamade. Le moment était venu.

Elle avait une chance de découvrir si Morgan l'appréciait réellement.

Il fit le tour du salon, passant le doigt sur la sculpture en bois flotté, se baissant pour examiner l'éléphant indien en argent et admirant les tableaux.

— L'autre soir, quand tu m'as invité à dîner, j'ai oublié de te dire que ton appartement est très agréable.

— Merci, dit-elle depuis la cuisine, où elle cherchait frénétiquement un paquet de café.

Elle ne pouvait pas être à court, non ! Zut et rezut ! Si : elle était à court de café. C'était l'inconvénient d'être une femme qui travaille et n'a pas le temps de faire les courses : les placards étaient souvent vides.

— Est-ce que du café instantané te conviendra ?

— Bien sûr.

Sa voix se fit malicieuse :

— Cela ne t'ennuie pas si je mets un CD ? Je te promets de ne pas monter le son trop fort pour ne pas déranger les voisins et les obliger à forcer ta porte pour arracher la prise.

— Très drôle, Benson ! répondit Sam. Si tu montes le volume à plus de cinq, je te massacre. Le type qui habite l'appartement du dessus tape sur son plancher s'il entend le moindre bruit venant de chez moi.

— Je suis certain que tu es une voisine très bruyante, plaisanta Morgan. Toutes ces folles soirées entre filles avec des litres de vodka et la musique à fond !

— S'il te plaît, arrête ! Je ne supporte même pas qu'on plaisante à ce sujet, dit-elle en frissonnant. Malcolm le Dingue a un chien qui aboie à n'importe quelle heure du jour et de la nuit ; en plus, toute la journée il écoute de la musique si fort qu'on l'entend jusqu'au sous-sol. Et ensuite, c'est lui qui nous crie d'arrêter de faire de bruit !

— Désolé, c'était une plaisanterie de mauvais goût. Vous ne pouvez rien faire contre lui ?

— Tous les habitants de la maison ont signalé le problème aux diverses autorités auxquelles ils ont pu penser, mais sans aucun résultat. J'attends qu'il devienne complètement fou pour qu'on l'interne en hôpital psychiatrique. Sinon, je serai obligée de revendre mon appartement.

— Oublions ce vilain bonhomme, dit Morgan tandis que s'élevait doucement la voix de Nina Simone.

— Ma chanteuse préférée ! soupira Sam avec bonheur. Comment le savais-tu ?

Morgan s'installa confortablement dans le grand canapé et lui sourit.

— Tu as l'air d'une femme qui aime la bonne musique.

Sam apportait les mugs de café quand le téléphone sonna.

— Zut ! dit-elle en posant les mugs sur la table. Qui peut bien m'appeler à…

Elle regarda sa montre.

— À onze heures moins le quart !

Elle blêmit soudain.

— Il a dû arriver quelque chose. Personne ne me téléphone aussi tard, sauf ma sœur.

Elle se précipita et décrocha d'un geste brusque.

— Allô ?

— Sam ? C'est moi, dit Hope. J'ai besoin de te parler.

— Bien sûr mais est-ce que je peux te rappeler ? dit Sam, inconsciente de l'effort que représentait cet appel pour sa sœur.

Il y eut un silence à l'autre bout du fil. Morgan se leva et fit signe de la main à Sam.

— J'y vais, dit-il en silence.

Sam lui répondit non de la tête.

— Ce n'est pas grave, dit Hope d'un ton d'excuse. Je comprends que tu n'es pas seule. Je te rappellerai une autre fois.

Sam sentit que sa sœur était bouleversée.

— Non, Hope, attends un instant.

Elle vit Morgan prendre sa veste, lui dire au revoir de la main et sortir en fermant doucement la porte derrière lui.

— Ils viennent de partir. Maintenant, raconte-moi, Hope. Qu'est-ce qui ne va pas ?

— Rien ! jeta Hope. Rien ! Je te rappellerai demain. Salut !

Et elle raccrocha. Sam s'assit en regardant les mugs de café posés sur la table et raccrocha à son tour avec un soupir. Elle devrait donner des cours sur l'art de terminer une soirée en beauté…

20

Nicole vérifia son maquillage pour la énième fois de la matinée.

— Tu vas finir par fêler le miroir si tu te regardes encore une seule fois ! dit sa mère avec son petit rire caractéristique.

— Ne dis pas de bêtises ! répondit sa grand-mère. Au moins, elle ne ferme pas les yeux pour se maquiller et elle ne se tartine pas n'importe comment, comme toi !

Nicole crispa les doigts sur sa tasse de café. Elles n'arrêtaient pas de se chamailler toutes les deux depuis qu'elles étaient montées dans le taxi. D'abord, sa grand-mère avait marmonné que cela représentait un gaspillage d'argent alors qu'il y avait un excellent service de bus et que si c'était assez bon pour elle, ça l'était pour les autres également. Sandra avait contre-attaqué en répliquant qu'il était temps que les Turner mettent un peu d'élégance dans leur mode de vie. Elle avait ajouté que, à ce propos, elle avait repéré un très beau sac à main dans un magazine, qui ne coûtait que deux cents livres chez Harrods. Comme Nicole serait bientôt riche grâce à sa maison de disques, toute la famille pourrait y faire ses courses, n'est-ce pas ? « Harrods ! avait glapi sa grand-mère assez fort pour faire sursauter leur chauffeur rasta, pourtant très décontracté. D'où crois-tu que tu viens, ma fille ? Quand j'étais jeune, nous ne pensions même pas à y aller, tu peux me croire. De l'élégance ? Sottises ! À votre âge, madame, je n'aurais même pas imaginé acheter un sac qui permettrait d'habiller toute la famille pendant des années. »

La bagarre continuait toujours tandis que Nicole regardait par la fenêtre. Mais pourquoi n'avait-elle pas dit aux gens de chez Titus qu'elle était orpheline et viendrait donc seule pour choisir son agent ? Darius avait insisté pour que sa famille lui apporte un soutien moral…

« Il n'entre pas du tout dans les habitudes d'un label d'organiser ce genre de rencontres. La plupart des gens ont déjà un manager quand ils signent avec nous, mais Sam Smith veut absolument que vous soyez aussi bien représentée que possible. Elle a beaucoup insisté sur ce point.

— Elle est gentille », avait répondu Nicole, faute de trouver mieux.

La première fois qu'elle avait rencontré Sam, elle l'avait trouvée terrifiante. Calme, maîtresse d'elle-même et silencieuse pendant la plus grande partie de la réunion, elle lui avait paru glaciale, et certainement pas du genre à se soucier d'une débutante au point de convoquer d'éventuels agents. Mais Darius était très impressionné par l'implication de Sam et avait fait remarquer à Nicole qu'en organisant ces contacts, elle rendait son travail un peu plus difficile. « En vous faisant rencontrer les meilleures agences actuelles, elle vous met en relation avec des personnes qui sauront nous arracher un contrat bien meilleur pour vous ! » lui avait-il expliqué.

Nicole ignorait si elle pouvait faire ou non confiance à Darius, ainsi qu'à qui que ce soit dans cette affaire, mais c'était la chance de sa vie et elle devait foncer. Le premier rendez-vous était programmé dans la grande salle de Titus à dix heures et demie. D'autres suivaient, chacun d'une demi-heure, jusqu'au déjeuner. Sam et Darius emmèneraient alors les Turner au restaurant.

Nicole priait pour que sa mère et sa grand-mère aient cessé de se disputer. Jusqu'alors, elles ne lui avaient pas été très utiles, en fait de soutien moral. Comme elles étaient en avance, elles s'étaient installées dans l'élégant café en face des bureaux de Titus. Reenie Turner s'était plainte à haute voix du prix de la tasse de thé, demandant pourquoi il n'y avait pas du sucre digne de ce nom au lieu de ces stupides petits sachets, et la bagarre avait recommencé. À présent, elles se chamaillaient sur les cheveux teints, un de leurs sujets favoris, mais chacune pour des raisons différentes. Fan de Goldie Hawn depuis toujours, Sandra était une adepte du dicton selon lequel les blondes s'amusent plus que les autres, tandis que l'éducation catholique de sa mère lui avait inculqué la notion qu'il était mal de modifier ce que Dieu avait donné à chacun.

— Quand je pense que Nicole s'y est mise aussi ! grommela Reenie Turner, dont les cheveux grisonnants n'avaient jamais été touchés par une seule goutte de teinture.

— Cela lui va très bien, rétorqua Sandra. C'est toujours mieux que de se promener avec plus de mèches grises qu'un vieux chien de berger.

— Vas-y ! Ne te gêne pas, insulte-moi !

Malade de nervosité à la pensée de la matinée qui l'attendait, Nicole en eut assez. Elle se leva brutalement en repoussant sa chaise en métal dont les pieds raclèrent le sol bruyamment.

— Je vous ai demandé de venir pour m'aider, pour m'apporter votre appui, leur jeta-t-elle. Je croyais que je me sentirais soutenue, mais vous ne pensez qu'à poursuivre votre stupide querelle ! S'il n'y a que ça qui vous intéresse, vous pouvez rentrer à la maison. Je suis suffisamment tendue sans devoir vous supporter.

Sa mère et sa grand-mère la regardèrent, honteuses.

— Mon Dieu ! Tu as raison, ma chérie, rétorqua cette dernière d'un ton navré. Nous sommes désolées, Nicole, vraiment désolées. Mais nous nous angoissons pour toi.

— Et moi, je ne suis pas angoissée ? demanda Nicole.

— Tu sembles tellement à l'aise, ajouta Sandra d'un ton encourageant.

Nicole se rassit et laissa ses bras tomber mollement. Elle aurait voulu leur dire la vérité, qu'elle mourait de peur. Mais c'était impossible. Elles dépendaient trop d'elle. Elles avaient besoin de savoir qu'elle saurait les défendre, quoi que la vie réserve au clan Turner.

— Vous êtes folles ! dit-elle sèchement. Il n'y a pas de quoi s'inquiéter. Tout est très clair. On voit plusieurs agents et l'on en choisit un, c'est tout.

Sa mère et sa grand-mère la regardèrent avec fierté. C'était bien leur Nicole : forte, intelligente et belle. Rien ne la rebutait et ses interlocuteurs la trouvaient valable.

Chez Titus, Sandra fut très impressionnée par le verre fumé et les chromes du décor. Sa mère, en revanche, le fut beaucoup moins par la minijupe de la réceptionniste aux longues jambes. Mais elles ne pipèrent mot, ni l'une ni l'autre. Elles voulaient faire de leur mieux pour Nicole. Elles seraient la bienséance personnifiée, même si cela devait les tuer ! Reenie ne put toutefois s'empêcher de parler de Darius quand il les laissa seules dans la salle de réunion pour aller prévenir Sam de leur arrivée.

— Voilà un garçon bien élevé. De l'allure et d'excellentes manières ! Je croyais que tous les gens des maisons de disques ne pensaient qu'à se droguer. Je regrette seulement qu'il s'habille aussi mal.

Malgré sa tension, Nicole ne put s'empêcher de sourire. Pour elle, la veste en jean vieilli, le tee-shirt blanc tout simple et le pantalon de toile noire de Darius collaient avec sa longue silhouette mince. Elle aimait aussi ses cheveux blonds qu'il faisait tenir tout droit sur sa tête et à des angles bizarres avec du gel. C'était très branché et, pourtant, cela donnait quelque chose de vulnérable et très juvénile à son cou pâle.

Darius avait aussi aimé la nouvelle coiffure de Nicole. « Les cheveux courts vous vont très bien », avait-il dit avec admiration au cours du bref moment où ils s'étaient retrouvés seuls. Sandra et Reenie étaient alors en train d'admirer la vue sur Londres que l'on avait depuis la fenêtre de la salle de réunion. Curieusement, à cet instant, Nicole avait commencé à lui faire confiance. Il y avait quelque chose qui la rassurait dans son visage aimable et ouvert. Quelque chose qui disait que Darius Good aimait les animaux, donnait sa place aux vieilles dames dans le métro, et ne promettait pas à une fille de lui téléphoner s'il n'en avait pas l'intention. Elle lui avait rendu son sourire.

Son visage méfiant et crispé s'était épanoui pour redevenir vivant et doux.

« Merci, avait-elle répondu.

— Je suis sincère, avait-il insisté d'un ton anxieux.

— Je sais », avait-elle rétorqué doucement.

En se hâtant dans le couloir vers le bureau de Sam, Darius s'était senti planer sur un petit nuage.

Sam avait cinq minutes avant son rendez-vous suivant.

— J'aimerais les saluer, dit-elle à Darius. Elles doivent être inquiètes. Vous leur avez proposé un café ?

— Euh… Non, mais je vais le faire.

Décidément, pensa Darius, il y avait quelque chose de changé chez Sam Smith, depuis quelque temps. Il ne savait pas exactement ce que c'était mais il le voyait. Elle se montrait plus douce, plus aimable, s'attardant pour bavarder. À moins que ce ne soit son imagination ! Mais Izzy, la secrétaire d'A & R, avait fait la même remarque, quoique en des termes nettement moins charitables. « Mme Smith doit avoir un jules, avait-elle dit avec conviction, un jour où ils déjeunaient ensemble. Elle a laissé tomber ses tenues de combat "spéciale carriériste", ne porte plus que des vêtements flottants et nous la joue New Age ! Tu l'as vue coiffée en queue de cheval avec une fleur dans les cheveux ? Ça ne trompe pas, il y a un homme. Ce genre de femmes dures jusqu'au bout des ongles oublient tout quand elles ont autre chose qu'un chat qui les attend à la maison ! »

Darius avait trouvé Izzy un peu cruelle. Cependant, Sam était différente. Le personnage cassant et sévère qu'il avait connu disparaissait. Grâce à cela, Sam s'occupait à merveille de sa Nicole et rien d'autre ne comptait. Peu importait la cause de ce changement !

S'il était dû à un homme, tant mieux pour elle ! Après tout, il avait découvert Nicole, même si elle ne le savait pas encore vraiment.

Sam remonta le couloir, sa robe écrue de John Rocha flottant dans le dos avec élégance. Elle la portait avec beaucoup de plaisir et aimait la coupe qui suivait la ligne du corps sans appuyer. Elle entra comme un tourbillon dans la salle de réunion. Nicole se leva instantanément, mince silhouette vêtue de noir avec un halo de boucles cuivrées.

— Bonjour, Sam ! dit-elle.

Sam lui donna une accolade spontanée, chose qu'elle ne faisait en principe jamais. Du moins avant que « la maladie », comme elle l'appelait, ait changé sa vie.

— Bonjour, Nicole. Je suis ravie de vous voir.

— Voici ma grand-mère, Reenie Turner, et ma mère, Sandra.

— Enchantée de faire votre connaissance, dit cérémonieusement Reenie en donnant une énergique poignée de main à Sam. Nous sommes venues soutenir Nicole, déclara-t-elle fermement.

Nicole avait demandé qu'elles l'encouragent dans ces moments importants, et elles l'encourageraient !

— Tout cela est tellement excitant ! dit Sandra en tendant à Sam sa main délicate. Vous avez une vue superbe, d'ici. Comment arrivez-vous à travailler dans ces conditions ?

— Je crains qu'on n'y fasse plus attention, au bout d'un certain temps, dit Sam d'un ton de regret.

Elle avait déjà évalué la mère et la grand-mère de Nicole. Au moins, cette dernière avait l'air sensée, pas comme cette charmante farfelue de Sandra pour laquelle une veste de cuir ivoire, une jupe ample et des sandales roses à hauts talons composaient une tenue idéale pour une journée de crachin printanier. Cela aurait été parfait dans les pages mode d'un supplément du dimanche et porté par un mannequin de vingt ans, mais pas sur une femme normale dans la lumière froide du quotidien. Cela ressemblait un peu trop à une tenue de garden-party.

— Je ne participerai pas à la réunion, leur expliqua Sam, mais Darius restera avec vous, si vous le désirez, pour présenter les gens à Nicole.

Nicole jeta un regard timide vers Darius.

— Vous n'avez pas besoin de prendre une décision aujourd'hui. Surtout, ne les laissez pas vous bousculer ! Leur travail sera de vous représenter dans les différentes étapes de votre carrière et vous devez vous sentir à l'aise avec le manager que vous choisirez. C'est très important, Nicole, insista Sam. Il travaillera en étroite relation avec vous. Il faut que vous vous entendiez bien avec lui, ou elle. C'est une décision que l'on prend souvent d'instinct. Toutes les personnes que vous allez rencontrer sont d'excellents professionnels. Le choix ne dépend donc que de vous.

Nicole et sa grand-mère observaient Sam avec attention pendant qu'elle parlait. Sandra admirait ses mules de chez Gucci.

— Ensuite, si vous avez le temps, je serais heureuse de vous inviter à déjeuner.

Sandra s'illumina.

— Il y aura du champagne ? demanda-t-elle.

À une heure moins dix, Nicole avait la tête qui tournait quand Darius lui demanda son avis sur les agents qu'elle avait vus.

Le clou de la matinée s'était produit quand Reenie Turner avait jeté la photo d'une artiste célèbre représentée par l'un d'eux à travers la grande table. « Si vous croyez que vous allez habiller ma Nicole avec une tenue comme ce… ce costume de prostituée, vous feriez mieux d'oublier cette idée ! » avait-elle dit.

— Je crois que mamie n'a pas aimé le deuxième, dit Nicole en souriant.

— Je crois aussi ! répondit Darius avec une grimace, quoique les minishorts ne soient pas inhabituels dans ce métier.

— Mais j'aime beaucoup en porter ! dit Nicole en riant. C'est simplement que mamie ne m'a jamais vue dans le mien.

Les yeux de Darius pétillèrent.

— Ai-je une chance, en ce qui me concerne ?

Elle lui jeta un regard malicieux.

— On ne sait jamais ce qui peut arriver !

En allant déjeuner, Sandra et Nicole se trouvèrent derrière Sam et Reenie dans le couloir.

— Elle a des mules Gucci, chuchota Sandra à l'oreille de Nicole. Je les ai vues dans *New Woman*. Je préfère ne pas te dire ce que ça coûte !

Nicole passa son bras sous celui de sa mère et lui répondit sur le même ton :

— Maman, dès que mon contrat sera signé, je t'en offrirai une paire.

— C'est vrai ? souffla Sandra.

— Promis !

Nicole était certaine de pouvoir tenir sa promesse. Elle avait été très étonnée par les montants des avances que lui avaient annoncés les agents. C'était beaucoup plus qu'elle n'avait jamais rêvé d'avoir. En outre, tous lui avaient garanti que c'était seulement un début.

« Si vous avez vraiment du succès, vous pourriez devenir une jeune fille très riche », avait dit celui qu'elle avait le moins aimé. Nicole détestant qu'on la qualifie de « jeune fille », il était définitivement hors course. Ces petits yeux porcins et ces sourcils qui se rejoignaient ! Quelle horreur ! Même chose pour la grande femme autoritaire aux cheveux très courts et au pantalon de cuir. Elle avait une voix beaucoup trop perçante. De plus, elle rappelait à Nicole la sœur Jerome, qu'elle avait eue comme professeur de géographie pendant les trois mois qu'elle avait passés à l'école Sainte-Anne avant d'être renvoyée. Nicole s'attendait presque à ce que cette femme lui demande son devoir sur les industries de la Ruhr. Elle aussi était rayée de la liste. Les autres étaient assez sympathiques, mais Nicole ne trouvait rien de plus à en dire.

Celui qu'elle préférait était encore assez jeune. Il l'avait fait rire et, contrairement à ses confrères, n'avait pas essayé de se vanter en affirmant pouvoir lui obtenir le meilleur contrat au monde. Habillé sans recherche excessive d'un jean et d'un manteau de cuir très usé, il lui avait parlé de ceux qu'il représentait. La liste était impressionnante. Il lui avait aussi expliqué sa manière de procéder et avait ajouté qu'il ne croyait pas à l'efficacité des flagorneurs.

« Les lèche-bottes, avait chuchoté Nicole à l'oreille de sa mère, devant son air perplexe.

— Je suis ici, avait-il poursuivi, parce que je pense que vous êtes douée et que vous réussirez. Mon travail consiste à vous y aider, pas à vous flatter en vous faisant croire que vous êtes Madonna. Les gens qui font cela commettent une grosse erreur. Si c'est ce que vous voulez, ne comptez pas sur moi. »

Nicole chercha son nom sur sa feuille : Bob Fellowes de DMF Management. Un nom valable pour un homme sérieux et direct.

— Il est bien, dit Reenie un peu plus tard. Au moins, il n'a pas sorti des photos pornographiques des gens dont il s'occupe. Je ne permettrai pas que tu t'habilles comme une femme perdue pour qui que ce soit, Nicole !

Pendant le déjeuner, Darius se conduisit comme le jeune homme bien élevé qu'il était et parla poliment à Reenie, qui le mettait en garde contre toute tentation de proposer à Nicole des tenues bizarres sous prétexte de spectacles. Sandra, qui ne se tenait plus de joie à l'idée de sortir dans un restaurant chic avec des serveurs qui couraient dans tous les sens, était très occupée à dévisager les clients, essayant de découvrir où ils avaient acheté leurs vêtements et combien ils avaient coûté.

Sam eut enfin une occasion de parler à Nicole.

— Comment cela s'est-il passé ? lui demanda-t-elle gentiment.

Nicole ne pouvait que répondre avec franchise à Sam, qui se conduisait de façon amicale et souriante, et semblait réellement désireuse de savoir comment elle se sentait.

— J'étais terrifiée ! Je n'avais jamais imaginé que je me trouverais un jour dans une situation de ce genre. C'est effrayant, insista-t-elle en baissant les yeux sur ses mains. Je sais que cela doit paraître idiot à quelqu'un comme vous mais, pour moi, c'est dur.

— Ce n'est pas du tout idiot, répondit Sam. Il n'y a rien de pire que la peur. Récemment, il m'est arrivé quelque chose qui m'a angoissée et m'a fait changer ma façon de voir les choses. Ce sont des moments difficiles à vivre.

Nicole aurait aimé lui demander de quoi il s'agissait, mais cela ne lui parut pas une bonne idée.

— Le secret, poursuivit Sam, consiste à être vous-même et à croire en vous. Vous vous trouvez dans une position extraordinaire et, bien sûr, cela vous effraie. C'est pour cela que vous avez besoin d'un bon agent qui saura vous aider à y voir clair. Nous serons là aussi, Darius et moi. Darius est quelqu'un de bien.

Nicole acquiesça timidement de la tête et Sam continua la leçon.

— Les artistes changent parfois quand ils ont fait un album. Ils croient qu'il est important d'adopter un certain type de comportement. Ils oublient qui ils sont réellement et, en général, rendent leur entourage enragé ! conclut-elle en riant.

— Vous parlez de ceux qui exigent du Jack Daniel's dans leur loge et des M & Ms sans les rouges ? plaisanta Nicole.

— Oui, ce genre de choses. Mais il y a pis. Ils commencent à croire qu'ils sont arrivés et ils perdent tout. Vous êtes une fille charmante et vous avez une voix extraordinaire. Je veux que vous réussissiez. Mais, pour cela, comprenez bien une chose : c'est un monde très dur. Vous devrez rester fidèle à vos amis et à ce que vous êtes. Essayer de devenir quelqu'un d'autre serait une grosse erreur.

Pendant quelques instants, Sam eut un regard lointain et Nicole pensa que, en réalité, elle parlait d'elle-même. Mais non, ce n'était pas possible !

Ils passèrent tous les cinq un excellent moment. Sandra était en grande forme et Reenie, qui appréciait beaucoup Darius, s'amusa sans retenue. Pour rester dans cette humeur légère, ils mirent la conversation sur le sujet des vacances et Sandra expliqua qu'elle avait toujours eu envie de se rendre à Cannes.

— Le sud de la France est tellement attirant, dit-elle rêveusement.

Elle se voyait sur la Croisette, habillée en Dior de la tête aux pieds, portant peut-être un caniche sous le bras ou, en tout cas, un petit chien élégant. Dans les magazines, les femmes en avaient souvent un mais, se demandait Sandra, était-il admis dans les restaurants et les magasins – du moins, s'il ne s'agissait pas d'un labrador.

— Cela ne peut pas être mieux qu'Eastbourne, intervint Reenie, quoique j'aie passé les meilleures vacances de ma vie à Guernesey. Nous étions dans une petite pension de famille à l'extérieur de St. Peter Port et il faisait un temps magique.

— J'ai vu une émission sur les Maldives, soupira Nicole à son tour. Ça avait l'air fantastique. Des plages de sable blanc, une mer d'un bleu extraordinaire et rien à faire de toute la journée !

Le regard de Darius croisa le sien.

— Moi aussi, j'en ai toujours eu envie, dit-il.

Sam raconta ensuite qu'elle avait passé quelques jours très agréables chez sa sœur en Irlande.

— Elle vit dans un village absolument incroyable. C'est ravissant. On croirait une carte postale avec un paysage étonnant, des collines et des vallées pleines de mystère et, au milieu, ce ravissant village avec des maisons adorables, des boutiques aux couleurs vives et, dans le pub, la culture populaire la plus dynamique au monde ! C'est un endroit qui fait du bien, si vous voyez ce que je veux dire. On se trouve dans une ambiance amicale. Les gens ont un sens profond de la communauté, ce qui manque partout ailleurs, n'est-ce pas ?

Reenie hocha la tête d'un air entendu.

— Aujourd'hui, on ne connaît plus ses voisins. On peut mourir chez soi et personne ne s'en rendra compte avant que la boîte aux lettres déborde.

Sam pensait aux gens si généreux de Redlion qui avaient adopté Hope et veillaient sur elle comme s'ils faisaient tous partie d'une grande famille. Elle se rappelait aussi les grandes promenades qu'elles avaient faites ensemble avec tant de plaisir, laissant son esprit s'imprégner de l'air léger de la campagne. Elle se souvenait du génial club de macramé où elle avait ri à en avoir mal aux côtes, et où elle avait commencé à envisager de changer son mode de vie.

— C'est très paisible, reprit-elle, même si, quand on connaît les gens, on découvre qu'il se passe plus de choses à Redlion qu'en plein Londres. Je peux vous le garantir ! On a une vie très active, là-bas.

Reenie se raidit sur sa chaise.

— Redlion, dites-vous ?

Nicole jeta un regard curieux à sa grand-mère.

— Tu connais quelqu'un de là-bas ? demanda-t-elle avant de se tourner vers Sam. Ma grand-mère est d'origine irlandaise, expliqua-t-elle. Elle a quitté le Kerry à seize ans et n'y est jamais retournée. J'ai promis que, si j'ai un contrat, nous nous y rendrions pour voir où elle est née. J'en ai très envie.

— Vous venez de Redlion ? demanda Sam avec intérêt.

Les yeux clairs de Reenie Turner s'obscurcirent derrière ses grosses lunettes.

— Non, de Killarney, répondit-elle rapidement.

Les desserts arrivèrent à cet instant et la conversation dévia. Sam se demandait pourquoi Reenie Turner avait réagi si bizarrement au seul nom de Redlion, comme si cela avait touché un point sensible en elle, alors que, jusqu'alors, elle avait semblé très contente de parler de l'Irlande. Si elle ne se trompait pas sur son âge, Reenie devait avoir quitté l'Irlande depuis une cinquantaine d'années.

La situation était très différente, à l'époque. Beaucoup de gens partaient et ne rentraient jamais, pour différentes raisons. Sam savait que certains émigrants ne supportaient pas de retourner dans leur pays natal à cause des mauvais souvenirs qui y étaient attachés. D'autres préféraient se remémorer la terre de leurs ancêtres en images sépia suffisamment floues pour effacer les détails pénibles plutôt que de voir la réalité telle qu'elle était.

Après le déjeuner, Sam dut repartir rapidement pour son bureau. Elle embrassa Nicole et eut la surprise de recevoir deux baisers de Sandra, qui avait vu les autres convives le faire. Darius prit aussi congé.

— Appelez-moi si vous avez envie de parler de votre futur agent, dit-il à Nicole.

— Je le ferai, répondit-elle en le regardant s'éloigner. Je le ferai.

— Qu'en pensez-vous ? demanda Sam à Darius en montant dans l'ascenseur.

— Elle est fabuleuse, répondit-il avec une expression rêveuse.

Sam sourit. C'était merveilleux de voir quelqu'un rencontrer le grand amour !

À six heures, Karen Storin, qui devait assister à la soirée de lancement d'un disque, s'arrêta quelques instants pour voir Sam. Elle ne trouvait pas la situation formidable. Elle aimait beaucoup la voix de Nicole et avait autant envie que les autres de la voir signer un contrat avec la maison. Mais elle craignait qu'en s'impliquant pour lui trouver un agent, Sam et Darius aient semé la tempête.

— Bien représentée, Nicole pourrait obtenir une meilleure proposition dans une autre maison et nous quitter en nous laissant le bec dans l'eau.

Sam joignit les doigts et adressa un regard angélique à Karen.

— Si cela arrive, nous devrons l'assumer. Il y a des choses bien pires !

— Pas pires que ce qui se passera si Steve Parris en entend parler ! lui fit remarquer Karen.

Sam perdit son expression angélique instantanément et sentit la douleur familière revenir. Elle avait fait de son mieux pour s'en libérer, on lui avait enlevé ses fibromes, mais la tension nerveuse restait. Zut ! Karen avait raison. Si Steve Parris découvrait que, grâce à sa générosité, la compagnie avait perdu une future vedette, il ferait jeter ses affaires dans un sac-poubelle et demanderait aux agents de sécurité de la mettre dehors dans les dix minutes.

Mon Dieu ! pensa-t-elle. Aurait-elle fait une monumentale erreur ? Se retrouverait-elle à la rue s'il l'apprenait ?

Après le départ de Karen, Sam s'enferma dans son bureau pour réfléchir. Il était impossible de concilier son nouveau mode de vie et les exigences de son métier. Comment faire baisser son niveau de stress et développer sa vie intérieure si elle devait, chaque jour, se conduire en cadre supérieur terroriste ? Elle pouvait boire toutes les tasses de camomille qu'elle voulait, elle devrait toujours prendre des décisions brutales qui affectaient la vie d'autres personnes, qui lui souhaitaient certainement le pire.

Elle quitta son bureau à sept heures et, tout en marchant vers la station de métro, appela Hope sur son portable. Aucune réponse. Depuis son curieux et tardif appel, elle avait fait son possible pour savoir ce qui n'allait pas, mais Hope lui répétait chaque fois qu'elle se sentait simplement déprimée par l'absence de Matt.

« Je vais bien ! avait-elle crié la dernière fois que Sam avait soulevé le sujet. Sincèrement, Sam, cela ne t'est jamais arrivé de passer une mauvaise soirée et d'avoir envie de gémir sur une épaule compatissante ?

— Parfait ! avait répondu Sam. Excuse-moi de m'être intéressée à ton sort. »

Elle continuait pourtant à s'inquiéter pour Hope.

En arrivant chez elle à sept heures et demie, elle trouva un petit mot coincé dans sa porte : « Veux-tu te joindre à moi pour une pizza "bio" ? » C'était Morgan. Depuis le soir où ils étaient allés au cinéma ensemble, il lui avait proposé cinq sorties : une dans une bibliothèque, pour écouter une conférence sur les modes de vie holistiques ; trois au restaurant ; et une dans un bar à jus de fruits, où Sam avait failli vomir la boisson à base de céréales censée faire des miracles dans son organisme.

« Le seul miracle, c'est qu'on ne nous offre pas un rouleau gratuit de papier toilette parce que cela ne fait que passer ! avait dit Morgan avec une grimace de dégoût.

— Tu ne m'amènes dans ce genre d'endroits que pour m'embêter, lui avait-elle reproché, et pouvoir te moquer de mes efforts pour vivre sainement.

— Pas du tout, avait-il rétorqué en essayant de garder son sérieux. Ce n'est pas parce que tu es devenue bio que je ne peux pas t'aider. J'apprécie beaucoup les thérapies du New Age. Imagine que nous nous disputions au sujet de notre gourou comme les stars de Hollywood ! Quand ces gens divorcent, ils ne se bagarrent pas seulement pour la maison et la pension alimentaire, mais aussi pour le gourou.

— Je n'en ai pas.

— Si, moi ! Je fais de mon mieux. Mon mantra est : "Profite de la vie !" À moins que ce ne soit la définition de ma mission sur terre ?

— Oui, c'est exactement cela ! Je n'ai jamais connu un homme qui cherche autant à profiter de la vie. »

Ce soir-là, l'idée d'une pizza la réjouissait. Ses projets étaient en principe de faire ses exercices de yoga, puis de laver à la main une montagne de linge délicat. Sortir avec Morgan était nettement plus excitant. Il ne la regardait peut-être pas comme une des ravissantes filles de vingt ans qu'il appréciait, mais il était de bonne compagnie et ils s'entendaient bien. Ils étaient amis et Sam en avait besoin en ce moment. Elle composa son numéro de téléphone.

— Pizza bio, monsieur Benson ? Vous ne proposez rien de mieux ?

Elle devina qu'il souriait à l'autre bout du fil.

— Comme il n'y avait plus de gros burgers au tofu au supermarché, j'ai pensé qu'une pizza ferait l'affaire. Chez moi dans une demi-heure ?

— On ne sort pas ?

— Je n'ai pas le courage d'essayer un nouveau restaurant diététique, reconnut Morgan. Mais la pizza est garnie de fromage de chèvre et de champignons sauvages…

— Ça a l'air délicieux, soupira Sam, mais j'ai eu un déjeuner copieux.

— Tu as besoin de prendre quelques kilos, dit-il d'un ton réprobateur. Je n'ai pas envie de te voir disparaître dans un trou de souris. Si tu continues à maigrir, tu auras bientôt un contrat de mannequin, et l'on te verra défiler avec un morceau de Lycra sur toi et rien d'autre.

— Tu peux toujours rêver ! Je serai chez toi dans une demi-heure.

Elle s'activa dans son appartement en souriant. Inutile de changer de tenue : sa robe John Rocha serait parfaite. Elle était toujours d'excellente humeur quand elle dévala l'escalier, vingt-cinq minutes plus tard. Voir Morgan après une journée de travail était une grande détente. Le plus appréciable dans leurs rapports était son caractère si facile. Non qu'ils aient une relation à proprement parler. Mais il y avait une grande différence avec les autres hommes qu'elle connaissait : elle s'amusait beaucoup avec lui. Il était peu exigeant et aussi décontracté que possible, au meilleur sens du terme. Avec lui, elle n'avait jamais la sensation de devoir surveiller ses paroles ou s'épuiser à se faire belle quand elle n'était pas d'humeur à s'habiller. Il paraissait aussi content de la voir qu'elle porte son vieux pantalon de jogging déformé ou qu'elle soit tirée à quatre épingles. Il l'acceptait telle qu'elle était. Sam n'avait jamais connu ce genre d'amitié avec un homme.

Avec Karl, qui possédait un ego insatiable, elle devait déployer beaucoup d'attentions. Il aimait qu'on admire son intelligence et qu'on lui dise que son employeur serait perdu sans lui. Cela le rendait très fier. Avec Morgan, elle n'avait pas besoin de demander « Comment s'est passée ta journée, chéri ? » avant de pouvoir raconter la sienne. Mais peut-être était-ce différent dans le cadre d'une relation amoureuse.

Peut-être Morgan attendait-il de ses petites amies qu'elles le flattent, le cajolent et chantent ses louanges. Sam aimait beaucoup le taquiner en disant qu'il faisait un beau gâchis en rénovant sa maison lui-même. Voilà le privilège de l'amitié !

Il vint lui ouvrir dans sa tenue habituelle, jean et tee-shirt pleins de peinture et de poussière. Ses cheveux noirs étaient poudrés de blanc, à la manière de la perruque d'un aristocrate français du dix-huitième siècle, de même que son visage. Sam jeta un rapide coup d'œil sur son tee-shirt crasseux.

— Cela fait trois jours que tu le portes, dit-elle en entrant. Je croyais que tu avais branché ta machine à laver ?

— Je l'ai fait, mais nous sommes en train de mettre une des salles de bains à nu et il y a un désordre épouvantable. J'ai trouvé que cela ne valait pas la peine de changer de tenue avant d'avoir fini.

— Tu es un danger pour l'environnement ! Les services techniques de la mairie vont débarquer d'une minute à l'autre pour te désinfecter. Je refuse de dîner avec toi si tu restes comme ça !

Morgan s'appuya avec lassitude contre la porte d'entrée.

— Ne me taquine pas, s'il te plaît, dit-il. Je suis crevé.

Elle le fixa sans faiblir.

— Monte prendre une douche. C'est un ordre ! Pendant ce temps, je m'occupe du dîner. D'accord ?

— À vos ordres ! aboya-t-il en lui faisant un salut militaire.

— Et lance-moi ce tee-shirt répugnant ! ajouta-t-elle comme il commençait à monter l'escalier. Je le mettrai dans la machine.

— Tu es sûre que tu n'as pas été adjudant dans une vie antérieure ? grogna-t-il.

Sam attendit au pied de l'escalier jusqu'à ce que Morgan ôte son tee-shirt, dévoilant le jeu de son élégante musculature tandis qu'il faisait passer le vêtement par-dessus sa tête. Sam pensa qu'elle aurait dû détourner les yeux. C'était un geste très intime, qui la troublait beaucoup… À la vue de la demi-nudité de Morgan, elle sentit un petit frisson lui parcourir le dos. Il était si beau avec ses épaules puissantes et ses hanches étroites ! Surtout, il se déshabillait avec tant de naturel, en homme qui se sent à l'aise dans son corps. Elle se demanda combien de séances au gymnase avaient été nécessaires pour obtenir une telle plastique. Mais non, Morgan n'était pas du genre à travailler ainsi sa silhouette ! Il préférait certainement rester en forme en posant les dalles de sa terrasse et en cassant des cloisons à la masse.

Morgan jeta son tee-shirt au bas de l'escalier tout en continuant à monter. Sam le ramassa ; il était encore imprégné de la chaleur de son corps, et dégageait un parfum masculin et musqué mêlé à l'odeur des diluants. Eau de toilette White Spirit ! Quand le jean atterrit au rez-de-chaussée, Morgan était hors de vue. Il l'avait enlevé alors qu'elle ne pouvait plus le voir. Dommage !

La machine à laver tournait déjà quand il redescendit, vêtu d'un jean et d'un tee-shirt propres, presque identiques aux précédents.

— Tu t'es habillé pour dîner ? demanda-t-elle avec un sourire taquin.

— Tu ne me reconnaîtrais pas si tu me voyais en costume, dit-il en prenant une chaise.

— J'en suis certaine. Tu dois en avoir une garde-robe pleine !

Morgan lui jeta un regard ironique.

— Tu serais plus étonnée que tu ne le crois.

— Le choc me tuerait ! répondit-elle du tac au tac. Et maintenant, est-ce que tu nous offres une bouteille de vin ou faut-il que j'aille en chercher une ?

Ils parlèrent tellement pendant le dîner que la pizza de Sam était froide quand elle la termina. Elle aimait être avec Morgan, pensa-t-elle gaiement tandis qu'il mettait de l'eau à chauffer pour le café. Il n'y avait qu'un seul petit hic dans tout cela : il la traitait toujours comme une amie très chère, alors que Sam espérait plus. Même pendant cette soirée où il se montrait si agréable, il manquait quelque chose. Craignait-il de franchir le pas et de lui demander de sortir avec lui ? Ou bien ne l'intéressait-elle pas ? Sam n'était pas sûre de pouvoir supporter l'humiliation de lui proposer d'aller plus loin dans leur relation. Il valait bien mieux qu'ils restent amis. Après tout, ceux-ci ne font-ils pas les meilleurs amants du monde ? Ce n'était qu'une question de temps.

21

Une agitation folle régnait dans l'aéroport régional de Farranfore, à mi-chemin de Killarney et de Tralee, quand Hope et les enfants y arrivèrent pour attendre Matt. Il rentrait pour trois semaines. Hope ne savait pas comment elle allait pouvoir y faire face. Si certains couples résistaient à des liaisons extra-conjugales, comment une relation non consommée pourrait-elle nuire au sien ? Elle aurait aimé que cette période soit déjà passée et Matt reparti pour Bath. Mais il serait bientôt à la maison.

Quand il apparut au milieu de la foule des touristes encombrés d'énormes valises, Millie et Toby se jetèrent sur lui en hurlant : « Papa ! Papa ! »

Il en prit un sur chaque bras et réussit à pousser avec les hanches son chariot à bagages devant lui jusqu'à l'endroit où attendait Hope. Sans lâcher les enfants, il se pencha vers elle et l'embrassa. Elle se rongeait de honte, se demandant s'il devinerait que le dernier homme qui avait touché ses lèvres n'était pas lui.

— Tu m'as manqué, soupira-t-il, beaucoup manqué.

— Toi aussi, répondit Hope d'un ton léger.

Elle devait paraître pleine d'entrain, c'était son seul espoir.

— Allons ! dit-elle toujours aussi gaiement. On accompagne papa à la voiture et vous pourrez lui raconter tout ce que vous avez fait pendant son absence.

Millie et Toby n'avaient pas besoin d'autre encouragement, et se mirent à crier le plus fort possible chacun pour supplanter l'autre, mélangeant des histoires de peinture avec des paillettes qu'ils avaient réussi à coller et celle du pâté de boue de Millie, qui, à cette occasion, en avait mis sur sa culotte.

— De la boue sur ta petite culotte ! s'exclama Matt. Je ne comprends pas comment c'est possible.

Les enfants bavardaient comme des pies et, tout en conduisant, Matt les écoutait avec bonheur. Il leur répondait de temps en temps et, avec un rapide sourire, posait une main pleine de tendresse sur la cuisse de Hope. Elle se forçait à lui sourire en retour. Après tout, peut-être que cela se passerait bien. Si elle se taisait et qu'elle gardait le contrôle de ses émotions, ils traverseraient peut-être la crise sans ennuis.

À Redlion, Matt proposa de déjeuner au Widow Maguire pour fêter leurs retrouvailles.

— Tu mérites bien de te mettre les pieds sous la table, pour une fois, dit-il à Hope.

Le pub était très animé pour un vendredi, car de nombreux touristes avaient voulu profiter de la douceur du mois de mai pour visiter le Kerry. Les Parker trouvèrent une table et choisirent des saucisses-frites pour les enfants et, pour eux, une tourte de poisson, le plat du jour du vendredi.

Comme Matt attendait au bar pour passer la commande, Hope le regarda avec désespoir. Comment avait-elle pu se laisser tenter par Christy ? C'était un bel homme et il pouvait séduire avec son air de chiot charmeur, mais Matt était incomparablement mieux. Il n'y avait aucune comparaison entre le visage saturnien de Christy et celui de Matt, aux traits fins et énergiques, ni entre le regard sensuel et provocant de Christy, et celui de Matt, aimant et attentif. Matt était comme un lion noble et généreux à côté d'un lynx égoïste et nerveux. Deux créatures pleines de beauté, mais sans aucun autre point commun.

— Regardez qui est là ! dit Matt qui revenait à leur table avec Delphine.

— Bonjour tout le monde ! dit-elle gaiement.

Elle embrassa Hope et déposa des baisers sur le front des enfants, absolument ravis de la voir.

— Comme Eugene avait un jour de congé, j'ai pris ma journée, moi aussi. On a eu la flemme de faire la cuisine. On peut s'asseoir avec vous ?

Eugene les rejoignit de son long pas, tel un gros ours plein de tendresse avec un visage froissé, assorti à ses vêtements chiffonnés. Delphine avait beau repasser ses chemises avec le plus grand soin, au bout d'une minute, on aurait dit qu'elles avaient été piétinées par un troupeau de bisons.

— Prenez des chaises, dit Matt.

Ils se serrèrent autour d'une table prévue pour quatre, parlant avec bonne humeur de l'amélioration du temps et de l'invasion touristique. Même le B & B de luxe de Mme Egan était plein, ce qui relevait du miracle compte tenu de son accueil. Il n'y avait plus une chambre libre au Manoir Rouge Leon non plus, dit Delphine. Elle avait dû faire des pieds et des mains pour obtenir sa journée.

— Ils exagèrent, dit Eugene, qui n'avait pas l'habitude de parler pour ne rien dire. Elle n'a pris aucun congé depuis Noël, ajouta-t-il à l'intention de Matt et Hope. Ce directeur essaie de mener tout le monde d'une main de fer.

Hope tressaillit nerveusement à la mention de Christy.

— Ce n'est pas sinistre à ce point, dit Delphine avec un sourire piteux. Monsieur Je-m'Aime De Lacy n'est pas un tyran absolu. On peut le trouver légèrement despotique, mais je ne vais pas travailler là toute ma vie. Je veux créer mon salon de beauté.

— Vraiment ? demanda Hope, pressée de changer de sujet.

— Oui, mais tu ne dois pas t'épuiser à travailler au Manoir, insista Eugene. Je n'aime pas ce type. C'est un requin et il se sert des gens.

Delphine éclata de rire et tapota affectueusement le bras d'Eugene.

— C'est drôle, Hope. Aucun des hommes que je connais n'apprécie Christy, mais presque toutes les femmes en sont folles ! Pour Una, c'est lui qui fait lever le soleil et Mary-Kate est furieuse de ne l'avoir jamais rencontré.

— Tu le connais, Hope ? demanda Matt.

— Oui, répondit-elle d'une voix éteinte.

— Et ?

— Et il est toujours très gentil avec Hope, dit malicieusement Delphine. Je crois qu'elle lui plaît beaucoup !

Hope se sentit glacée tandis que Matt et Delphine riaient à gorge déployée.

— Quel veinard ! dit Matt en souriant à Hope. Dois-je le provoquer en duel ?

Eugene, lui, ne riait pas.

— C'est exactement ce que je n'aime pas chez cet homme, dit-il très sérieusement. Il n'a aucun scrupule, il fait du charme aux femmes mariées comme un loup qui…

— Chut ! lui dit Delphine en posant un doigt sur ses lèvres. Il y a des petites oreilles qui traînent.

— Comment c'est possible ? demanda Millie qui en avait assez d'être ignorée. Elles traînent par terre ?

Delphine entreprit d'occuper les enfants, leur donnant leurs crayons pour dessiner sur les sets en papier. Eugene termina ce qu'il disait en chuchotant.

— Je ne fais pas confiance à quelqu'un qui témoigne si peu de respect aux autres, c'est tout.

Hope se sentit soulagée de voir leur commande arriver. Elle n'avait pas envie de devoir répondre à des questions sur ses relations avec Christy ou d'entendre quelqu'un d'autre parler de sa fatale fascination pour les femmes mariées. Elle regrettait que personne n'ait pris la peine de la prévenir avant qu'elle aille travailler pour lui.

Ils commencèrent à manger et Matt les fit tous rire en leur parlant des clients qui avaient commandé la campagne de publicité pour la bière et qui n'arrivaient pas à choisir les mannequins.

— Elles ne devaient apparaître qu'à l'arrière-plan, mais la discussion pour savoir quelles filles ils engageraient a duré plus longtemps que celle pour choisir le type de campagne dans lequel elles figureraient.

— Tu peux parler ! dit Hope. Dan et toi, vous passez des heures à choisir des mannequins pour telle ou telle campagne. Vous aviez plus de fiches de mannequins que la rédactrice en chef mode de *Vogue* quand vous en cherchiez une pour la campagne des compagnies d'assurance. Ils ont un jeu où ils essaient d'imaginer qui conviendrait pour tel ou tel produit, ajouta-t-elle à l'intention de Delphine et Eugene. C'est parfois très vulgaire. Par exemple, ils avaient décidé que la vendeuse de la boutique de frites du quartier qui avait une bouche spectaculaire – Hope se mit à chuchoter – était parfaite pour une boutique de gâteries conjugales.

Delphine gloussa de rire.

— Maman, c'est quoi, des « gâteries conjugales » ? demanda Millie, qui avait toujours l'oreille très fine.

— Des gourmandises pour les gens mariés, répondit Matt sans ciller.

Il savait que, si jamais Millie avait l'impression d'avoir entendu un mot qu'elle ne devait pas dire, elle s'empresserait de le répéter en hurlant de toutes ses forces pendant des jours et des jours.

Delphine rit encore plus fort.

— Et moi, je devrais faire quelle publicité, Matt ? demanda-t-elle.

Il fit un signe de dénégation.

— Nous ne jouons jamais à ça avec les gens que nous connaissons, dit-il.

— Oh ! Fais un effort, le pressa Delphine.

— Pour un shampooing, proposa Eugene en passant les doigts dans les boucles rousses de son amie.

— Non, dit-elle. C'est à Matt de décider. C'est lui le spécialiste !

— Pour un shampooing, dit-il précipitamment. Ce serait idéal.

— Elle était comment, sa bouche ? demanda alors Millie aussi fort que possible.

— Je crois qu'il vaudrait mieux changer de sujet, si vous voulez bien, dit Hope.

Ils commandèrent du café et les deux hommes se mirent à parler de football tandis que Delphine racontait à Hope le dernier épisode de ses relations avec sa mère. Eugene et elle n'avaient toujours pas trouvé le courage de lui annoncer leur mariage.

— Hier, elle m'a appelée à l'hôtel à propos du mariage d'une cousine de Tipperary. Elle savait que nous sommes invités et, bien sûr, me suppliait de ne pas y aller avec Eugene.

— C'est vraiment dur, compatit Hope. Je ne comprends pas ta mère. Je sais qu'elle est très dévote, mais ce n'est pas une raison pour se montrer si peu chrétienne.

— Quand on aime quelqu'un, on trouve toujours une solution, non ? intervint Matt en prenant la main de Hope.

Se sentant plus hypocrite que jamais, Hope serra aussi celle de Matt dans la sienne, se retenant de toutes ses forces de ne pas pleurer. Elle se méprisait, se haïssait et ne méritait pas un mari comme lui.

Belle Maguire, la veuve en personne, s'approcha de leur table dans un nuage de Chanel N° 5, des joncs en or cliquetant à ses minces poignets bronzés. Elle était maquillée avec art et avait des cheveux d'un blond affirmé. Elle les salua avec amabilité, avec un sourire particulièrement destiné à Matt, qu'elle ne connaissait pas encore.

— J'espère que vous avez tous acheté des billets pour ma soirée de bienfaisance, dit-elle. Les fonds sont levés au profit des chiens d'aveugles. Cela a lieu tous les ans. Plus on est de fous, plus on rit, comme je dis toujours. Il y a des musiciens et un buffet.

— Nous venons, dit Delphine. Et toi, Hope ?

— Euh… Oui.

— Parfait ! Une vendeuse de billets supplémentaire ne serait pas superflue.

— Je crains de ne pas pouvoir être là, annonça Matt, qui avait demandé la date de l'événement.

La veuve lui jeta un long regard, battant de ses cils noirs.

— Quel dommage ! Mais il y aura d'autres occasions.

Il était plus de trois heures quand ils sortirent du pub. Toby se plaignait de se sentir malade à cause de tout le poivre que Millie avait mis sur ses frites.

— C'est pas vrai ! dit-elle avec virulence.

— Si ! répondit Toby d'un air farouche qui, pour une fois, cloua le bec de sa sœur.

— Allons, les enfants, dit Hope avec douceur. Arrêtez de vous disputer !

Elle se réjouissait de voir Toby résister. Décidément, il commençait à prendre de l'assurance.

— Eugene est un chic type, constata Matt en attachant la ceinture de sécurité de Millie. Même s'il est très sévère au sujet de ce De Lacy ! Il doit avoir peur qu'on veuille lui prendre Delphine, ajouta-t-il en souriant.

À Curlew Cottage, Matt s'étonna de voir combien les poules avaient grandi et d'apprendre qu'à elles six elles pondaient trois ou quatre œufs presque chaque jour. Il admira aussi l'énorme travail de débroussaillage effectué par Hope devant la maison.

— Ce n'est rien, dit-elle.

Elle y avait pourtant passé trois jours, à se casser le dos. Une punition de plus ! Ses mains, ses bras et ses jambes étaient griffés par d'innombrables épines et ses épaules lui faisaient mal d'avoir manié la scie et la bêche pendant des heures. Mais elle avait enfin un endroit dégagé et propre pour planter des fleurs. À l'extérieur du supermarché, on vendait des plantes qui lui permettraient de composer une très jolie platebande.

Pendant que Matt défaisait ses valises, Millie et Toby accrochés à lui, Hope s'occupa des tâches ménagères quotidiennes. Elle nettoya la cuisine et mit les blancs de poulet du dîner dans une marinade qu'elle avait faite elle-même. Encore une punition. Elle avait passé une éternité à chercher les ingrédients nécessaires pour réaliser la recette. Chaque fois qu'elle achetait du basilic frais, il se fanait en quelques jours et devenait inutilisable. Elle avait donc sélectionné des herbes en pot et essayait de les cultiver dans le jardin clos, plus abrité.

Quand Matt la rejoignit, il se pencha sur son épaule et fit des bruits appréciatifs en humant la préparation.

— Tu t'es vraiment donné du mal.

Il lui planta un baiser sur le dessus de la tête.

— Je voudrais te dire une chose. Je sais que tu tiens à ce que nous passions du temps en famille, mais je pense que nous avons également besoin d'en passer en couple.

Il lui mit les bras autour de la taille.

— J'ai demandé à Finula si elle pouvait garder les enfants ce week-end. Demain matin, nous partons pour Kinsale, juste toi et moi. Il y aura un grand lit et une ville où l'on trouve quelques-uns des meilleurs restaurants de tout le pays. Du moins, à ce que l'on dit.

Hope déglutit péniblement. Impossible de refuser. Que pourrait-elle dire ? Son mari, attentionné, avait organisé un week-end romantique et seule sa propre traîtrise en rendait la perspective terrifiante. Elle imagina un instant de prétexter que Millie n'appréciait guère tante Finula, mais comme les deux enfants aimaient beaucoup Ciaran, cela ne tiendrait pas.

Kinsale, non loin de Cork, était une localité encore plus jolie que l'affirmait le guide, inévitablement fourni par Finula. Des rues étroites y serpentaient, ponctuées par des quantités de restaurants nichés tout du long, et un charmant petit port y accueillait bord à bord toutes sortes de voiliers et de bateaux à moteur. Leurs propriétaires s'affairaient, dans les bars, à descendre des pintes de Guinness. En temps normal, Hope aurait beaucoup apprécié Kinsale.

Main dans la main, Matt et elle flânèrent dans les rues avant de choisir un délicieux pub à façade rose vif pour déjeuner. Ils s'installèrent dans la salle agréablement chauffée par un grand feu malgré la chaleur extérieure, et Matt insista pour que Hope prenne un verre de Guinness.

— Apparemment, ça a un goût de médicament, dit-il en éclatant de rire devant la grimace que lui arracha la première gorgée. Mais tu es si pâle qu'un remontant ne te fera pas de mal !

Après le repas, ils marchèrent d'un pas vif sur la route qui menait hors de la ville et arrivèrent sur une petite plage, où Hope fut heureuse de ramasser des coquillages pour les enfants. Elle trouva un gisement de coquilles Saint-Jacques rose très pâle et des nacres de la taille d'une maison de poupées. Millie était folle de coquillages et piquerait une colère à l'idée de ne pas avoir pu les ramasser elle-même, pensa Hope avec tendresse.

Le soir, ils dînèrent de crabe et d'un délicieux homard dans un restaurant à l'éclairage tamisé, plein des rires et des conversations des clients. Les gens qui venaient à Kinsale donnaient l'impression d'apprécier la vie, profitant de l'ambiance et des richesses gastronomiques.

— Cet endroit me plaît, dit Matt avec un soupir de satisfaction.

Il se laissa aller contre le dossier de sa chaise, repu.

— Je trouve qu'il y a une atmosphère très décontractée dans ce pays. J'ai essayé de l'expliquer à Betsey, en vain. Pour elle, si tu te trouves à plus de trois heures de Londres, tu es au bout du monde.

— Betsey ne s'autoriserait pas à aimer l'Irlande. En réalité, elle rêve d'habiter Manhattan, fit remarquer Hope. Elle croit que, si seulement elle pouvait se débarrasser de Dan et des enfants, elle vivrait comme Carrie dans *Sex and the City*, qu'elle passerait ses journées à boire des cocktails, porter des robes de collection et se faire draguer par des hommes superbes, avec des propriétés dans les Hamptons et des rentes en or !

— Non, ce n'est pas de ça qu'elle a envie, dit Matt avec un sourire.

— Si !

— Je te trouve très montée contre elle, depuis quelque temps. À Bath, vous aviez l'air d'être amies.

Hope joua quelques instants avec son verre de vin.

— Oui, nous étions, nous sommes amies. Mais Betsey ne s'est pas donné beaucoup de mal pour rester en contact avec moi et, quand elle m'appelle, elle passe son temps à me raconter tout ce que je rate à Bath. C'est très énervant. En plus, elle se moque de moi parce que j'élève des poules, poursuivit Hope avec une colère croissante. Comme si elles vivaient dans la maison avec nous, se perchaient sur le réfrigérateur et pondaient sur le canapé ! Franchement, elle ignore tout de la vie à la campagne, bien qu'elle prétende avoir écrit des articles sur le sujet.

Matt éclata de rire.

— Tu es tellement drôle quand tu te fâches ! Tu étais toujours intimidée par Betsey, elle te faisait faire n'importe quoi ! Tu as changé, tu sais.

Hope lui jeta un regard prudent. Oui, elle avait changé. À Bath, elle n'aurait même pas regardé un homme comme Christy De Lacy. Elle aurait encore moins eu deux entrevues torrides avec lui.

— Tu dois avoir raison, reconnut-elle.

— Te rappelles-tu que tu ne voulais pas quitter Bath ? Tu disais que tu ne t'adapterais jamais à la vie ici ?

— J'avais tort. J'aime vivre dans ce pays.

Elle planta son regard dans celui de Matt.

— C'est plutôt toi qui ne t'es pas adapté.

Ce fut au tour de Matt d'avoir l'air décontenancé. Hope devenait très directe avec l'âge !

— Si ! Mon travail à Bath est temporaire. Je n'ai pas renoncé à mon roman, ajouta-t-il en croisant les doigts sous la table.

Pourvu que ce ne soit pas son roman qui ait renoncé à lui, pensait-il.

En rentrant à l'hôtel par les rues animées de Kinsale, Matt passa un bras autour des épaules de Hope. Une fois dans leur chambre, elle se déshabilla lentement, le cœur lourd comme du plomb. La nuit précédente, Toby avait fait un cauchemar juste avant qu'elle aille se coucher. Le temps de le calmer et de lui faire boire un lait chaud, Matt s'était endormi, étalé au milieu du lit. Elle avait eu une nuit de grâce. Mais ce soir, elle n'avait aucune excuse. Elle défit son chignon, laissant tomber ses cheveux en boucles légères sur sa nuque. Puis elle ôta son cardigan violet et le petit haut à bretelles assorti. Quand elle ouvrit la fermeture Éclair de la longue jupe noire qui s'évasait sur ses hanches, Matt referma ses bras autour d'elle et se mit à l'embrasser dans le cou.

— Tu m'as manqué, dit-il en la serrant contre lui.

Il était nu jusqu'à la ceinture et Hope retrouva le torse musclé et chaud qu'elle connaissait si bien. Il sentait l'après-rasage qu'il portait depuis des années et il avait la peau tiède. Ils avaient si souvent fait l'amour qu'ils étaient tout de suite à l'aise, tant leurs corps étaient habitués l'un à l'autre. Matt commença à la caresser comme elle l'aimait, tout son désir renforcé par sa récente absence. Il la déshabilla lentement, faisant courir ses lèvres sur sa peau. Hope, qui le désirait et ne pouvait rester insensible, renversa la tête. Elle se sentait au bord des larmes. Comment pouvait-elle se livrer ainsi alors qu'elle éprouvait un tel sentiment de culpabilité ?

Matt finit de se dévêtir rapidement alors qu'ils étaient déjà sur le lit tout en serrant Hope contre lui, l'embrassant et la caressant avec passion. Il lui répétait d'une voix rauque de désir à quel point elle lui avait manqué et qu'il avait souvent pensé au moment où il la tiendrait de nouveau dans ses bras.

— Je t'aime, Hope, murmura-t-il.

Elle essaya de lui rendre ses caresses avec au moins une fraction de son ardeur, tout en muselant la petite voix qui la harcelait, lui répétant qu'elle mentait et trompait son mari. Elle essaya de toutes ses forces. Mais c'était trop dur de sentir Matt lui prodiguer les caresses qu'il savait les plus excitantes pour elle alors qu'elle avait tellement honte de l'avoir trahi. Et pendant ce temps, elle ne pouvait se débarrasser de l'image de Christy, qui se moquait d'elle. Les mots tendres de Matt lui donnaient seulement envie de crier qu'elle ne les méritait pas.

— Hope, ma chérie, dit-il encore quand il la prit.

Malgré son terrible malaise, Hope ne put empêcher son corps de réagir. Elle avait passé tant de nuits à regretter son absence ! Et quand ils jouirent ensemble, elle ne résista pas à l'émotion et éclata en sanglots qui la secouaient de la tête aux pieds.

— Ma chérie, qu'est-ce qui ne va pas ? dit Matt, haletant, le visage caché dans les boucles de Hope.

— Rien, tout va bien, pleura-t-elle. Tu m'as manqué, c'est tout.

Et elle pleura encore plus fort parce que ce n'était pas réellement la vérité.

Ils restèrent allongés l'un contre l'autre, imbriqués en petites cuillères. Hope fermait les yeux, comme pour empêcher ses larmes de couler. Normalement, après l'amour, ils se pelotonnaient l'un contre l'autre et bavardaient doucement.

— Qu'y a-t-il ? insista Matt en faisant courir ses doigts sur le bras de Hope.

Hope retint sa respiration.

— Rien, répondit-elle au bout d'un moment. Trop d'émotions, c'est tout. Tu m'as manqué, et les enfants me manquent. J'ai aussi un peu mal au ventre.

Avec un peu de chance, Matt n'y verrait rien d'incongru. L'infidélité conjugale était compliquée à gérer avec tous ses mensonges, pensa Hope.

Il se serra un peu plus contre elle.

— Ah ! Hope, j'ai réfléchi à quelque chose. Maintenant que Toby va avoir trois ans, veux-tu un autre enfant ? Tu as toujours dit que tu en désirais trois. Et puisque tu es heureuse à Redlion, ne serait-ce pas le bon moment pour s'y mettre ?

Hope se mordit la lèvre. Il était vital qu'elle lui donne la bonne réponse, qu'elle ne lui laisse pas croire qu'elle ne voulait pas un autre enfant de lui, alors qu'elle l'aimait de tout son être. En réalité, elle ne savait pas ce à quoi elle aspirait. Elle aimait Millie et Toby, et son rôle de mère, mais ils lui prenaient déjà beaucoup d'énergie. Saurait-elle assumer la charge d'un bébé supplémentaire ? Après la naissance de Toby, il lui avait fallu un an pour s'habituer à l'idée de s'occuper de deux petits au lieu d'un. Mais elle ne voulait surtout pas donner la sensation à Matt que son refus éventuel tenait à lui.

— Je n'y ai pas pensé depuis longtemps, dit-elle prudemment. Nos deux diablotins m'occupent déjà tellement ! J'ai du mal à imaginer comment je me débrouillerais avec un troisième. Toby passe de mauvaises nuits…

Elle s'interrompit.

— Il a vraiment mal dormi pendant mon absence ? s'inquiéta Matt.

— Pas très bien, dit Hope, mentant encore.

Depuis sa naissance, Toby avait toujours eu le sommeil léger, se réveillant au moindre bruit. Mais depuis qu'ils vivaient à Redlion, cela s'était amélioré. Avec le grand air de la campagne, ils dormaient tous plus profondément qu'à Bath.

— J'avais cru que tu voulais absolument faire un autre enfant.

Hope se tortilla pour se retourner et se nicha le visage contre le torse de Matt.

— Profitons, pour le moment, des deux que nous avons avant de penser à la suite, d'accord ? fit-elle d'un ton léger.

Matt l'embrassa dans les cheveux.

— Tu as raison.

Quand Matt repartit pour ce que Hope espérait être son dernier travail à Bath, elle avait presque réussi à se convaincre qu'il ne s'était rien passé entre Christy et elle. La vie avait repris son cours avec une facilité étonnante. Matt était régulièrement allé écrire à la Maison des créateurs mais était rentré plus tôt qu'avant pour avoir le temps de jouer avec les enfants.

« Quand on est séparé d'eux, on se rend compte qu'on a besoin de les voir grandir », avait-il dit à Finula un jour où elle était venue se faire offrir un café à l'improviste. Elle avait été dépitée d'apprendre qu'il avait prévu de pique-niquer avec les enfants et n'envisageait pas d'annuler sa sortie. « Je crains que vous ne soyez obligée de vous contenter de moi », lui avait lancé Hope. Elle avait ainsi pris une petite revanche, tandis que Matt et les enfants s'éloignaient avec le sac de sandwiches qu'elle leur avait préparés et des pots de confiture vides pour rapporter des têtards. « Très bien ! », avait rétorqué Finula sur un ton qui démentait son affirmation.

Pendant que Matt était à Bath, Hope s'était arrangée pour éviter Finula autant que possible. Elle avait été obligée d'aller dîner chez elle une fois, car celle-ci n'avait pas admis qu'elle refuse. Toute la soirée, elle s'était ennuyée à mourir. Heureusement, sans l'attractive présence de Matt, Finula ne tenait guère à passer du temps avec Hope et lui avait donc épargné d'autres invitations.

Dans l'intervalle, Hope avait presque oublié à quel point cette femme l'irritait. Son petit doigt relevé dans un geste qu'elle croyait élégant, Finula avait bu son café et englouti la moitié d'une assiette de biscuits au chocolat à une vitesse étonnante pour quelqu'un qui se prétendait allergique au gluten. Cela ne l'avait pas empêchée de se vanter, comme d'habitude :

« Nous sommes allés dîner au Pigeon Club, l'autre soir. C'était divin ! La table est remarquable. J'ai mangé de l'agneau absolument délicieux.

— Vraiment ? avait rétorqué Hope en hochant la tête.

— Le propriétaire est un de nos amis. Je suis sûre que cela vous plairait, Hope. Je sais que Matt apprécierait beaucoup l'endroit », s'était rengorgée Finula, comme si elle avait une connaissance unique des goûts de Matt.

Hope s'était retenue de toutes ses forces pour ne pas dire qu'elle connaissait Liam, le propriétaire ; qu'elle avait fait chez lui un déjeuner absolument fabuleux avec un de ses véritables amis ; et qu'on leur avait donné la meilleure table de la maison. En fait, c'était plutôt un lit. Hope avait serré les dents et servi une nouvelle tasse de café à Finula, résistant à l'envie de lui renverser la cafetière sur le crâne pour la calmer !

Matt était finalement rentré avec les deux enfants couverts de boue. Millie s'était écorché le genou et ils n'avaient pas trouvé de têtards.

« Finula me rend folle, s'était plainte Hope.

— Mais non, avait dit Matt d'un ton apaisant. Elle est gentille. Seulement elle n'a aucune confiance en elle.

— Aucune confiance en elle ? Elle en manque autant que le président Mao ! Elle ne peut pas s'empêcher de frimer ! Elle m'a répété trois fois qu'ils vont avoir un Cherokee neuf en janvier prochain et j'ai perdu le compte du nombre de fois où elle a mentionné ses vacances à Antigua ! J'espère que la douane les soupçonnera de trafic de drogue et les jettera en prison pour leurs trois semaines de vacances !

— Hope, tu es trop drôle ! »

L'hilarité de Matt avait rendu Hope encore plus furieuse.

« Bien sûr que Finula manque d'assurance ! Sinon, pourquoi raconterait-elle toutes ces histoires ? Tout simplement, elle est jalouse de toi et essaie de t'écraser avec ses vacances, son quatre-quatre et ses amis célèbres ! C'est une brave femme, je l'aime bien. »

Hope s'était demandé comment son mari et elle pouvaient s'entendre en ayant une perception d'autrui si opposée. Croyant tenir un argument décisif, elle avait poursuivi :

« Alors, dis-moi pourquoi Finula serait jalouse de moi ? Que puis-je bien avoir qu'elle n'a pas ?

— Moi, chérie ! »

Matt lui avait adressé un sourire libidineux.

Hope avait travaillé six matinées à l'hôtel pendant le séjour de Matt à Redlion, mais elle n'avait pas croisé Christy une seule fois, comme s'il avait senti qu'elle était hors d'atteinte et qu'il devait la laisser tranquille. Hope, dont le plaisir de travailler avec Una et Janet était un peu terni par la crainte de le voir entrer, avait été très soulagée. Le sixième jour, elle s'était presque convaincue que leurs baisers passionnés faisaient partie d'un épisode de *Dallas* et qu'elle avait rêvé.

« Je vais bientôt m'absenter pour une semaine, lui avait dit Una pendant la pause de onze heures. Pourrais-tu venir travailler toute la semaine pour aider Janet ?

— Je vais voir avec la garderie, mais cela ne devrait pas poser de problème », avait répondu Hope avec assurance.

Après tout, l'histoire avec Christy était terminée. Elle n'avait pas à s'inquiéter.

22

Assise sur son lit, Nicole contemplait sa photo dans le journal du soir. Regarder les images de sa campagne de promotion dans le confort d'un bureau de chez Titus était une chose. Les responsables avaient choisi des clichés en noir et blanc très expressifs, sur lesquels ses pommettes, mises en valeur par l'éclairage, lui donnaient l'air d'une princesse indienne. Les voir dans la rubrique « Ceux qui montent » d'un journal important était bien différent. On la présentait comme la dernière trouvaille de sa maison de disques, « la voix la plus étonnante depuis des années », déclarait Sam Smith, que l'article citait aussi disant que les labels s'étaient bagarrés pour signer avec elle. « Nous sommes très heureux qu'elle nous ait choisis car c'est nous qui l'avons découverte et elle sera bientôt célèbre. »

Sandra Turner avait déliré de joie en voyant la photo et acheté six exemplaires du journal avant de faire le tour de toutes ses amies du quartier pour leur montrer la réussite de sa fille. Comme toujours quand sa mère exagérait, Nicole avait compensé en minimisant l'événement.

« Ce n'est rien, maman. Juste un cliché dans le quotidien, cela ne signifie rien.

— Si, cela signifie que tu es connue, avait répondu Sandra avec déférence.

— Non ! Et maintenant, viens dîner ! J'ai préparé des œufs et des frites. »

Sharon avait appelé pendant qu'elles étaient à table : « Tout le monde a vu ta tête dans le journal, au bureau ! avait-elle crié avec ravissement. Même ce vieux chameau de Sinclair ! À la cantine, on n'arrêtait pas de parler de toi. » Nicole avait éprouvé un bref instant de nostalgie à la pensée de son ancien emploi. Mais cela avait été très bref. Elle n'avait quitté la compagnie d'assurance que depuis un mois et elle avait l'impression que cela remontait à très longtemps. Depuis, elle avait travaillé sur son album ; le seul fait d'y penser lui donnait la chair de poule. Elle avait fait des séances de photo et, bien que cela paraisse prestigieux, les avait trouvées très ennuyeuses. Comment les mannequins les supportaient-elles ? Des heures à se faire maquiller et préparer, avant des heures et des heures de pose, immobile. C'était à des années-lumière du bureau, où Sharon et elle cherchaient comment échapper à la surveillance de Mlle Sinclair, attendant avec impatience le déjeuner ou le début du week-end.

« Oh, là, là ! Nicole, tu es célèbre ! » avait encore dit Sharon, très impressionnée. À ces mots, Nicole s'était sentie triste. Sharon et elle étaient amies depuis qu'elles étaient entrées chez Copperplate, jeunes filles peu assurées de dix-huit ans qui avaient été embauchées le même jour. Sharon connaissait la vraie personnalité de Nicole. Elle aurait dû savoir que son amie ne changerait pas, même si sa photo paraissait dans le journal tous les jours !

« Que fais-tu, ce soir ? avait demandé Nicole pour changer de sujet.

— On sort à quatre, Michelle, son copain, le meilleur ami de son copain et moi.

— Tu m'avais assuré que tu ne voulais pas en entendre parler ! avait protesté Nicole, frustrée de voir s'évanouir la perspective d'une sortie avec Sharon. Tu m'avais dit que l'ami de Michelle est un taré !

— Oui mais c'est mieux que de rester chez moi, non ? Et toi ? Tu as un truc génial, je parie. »

Nicole avait contemplé sans rien dire la table, où les restes du repas de sa mère et de sa sœur se figeaient dans les assiettes. Elles avaient fini de dîner et quitté la table en laissant tout, comme d'habitude. Sandra n'était pas une de ces femmes incapables de se détendre tant que la cuisine n'est pas impeccable. La vaisselle sale pouvait s'entasser pendant plusieurs jours sans que cela la dérange. En général, c'était Nicole qui s'en chargeait totalement. En l'occurrence, cela ne l'aurait pas ennuyée, si elle avait pu prévoir une sortie avec Sharon pour fêter la parution de sa photo. Mais Sharon l'avait clairement remplacée par Michelle. Quant à elle, elle était censée avoir une vie sociale très excitante de son côté, avec ses amis de la maison de disques. Elle était devenue hors de portée pour ses proches.

« Non, rien. Je ne fais rien. J'ai eu une semaine épuisante et je pense que je vais me coucher tôt », avait-elle répondu à Sharon avant de raccrocher. Puis elle avait jeté les restes de son dîner à présent refroidi à la poubelle et attaqué la vaisselle. Comme elle l'avait prévu, le sachant d'expérience, les œufs avaient séché sur les assiettes. Elle avait dû frotter avec énergie, se demandant si les autres futures vedettes passaient leurs vendredis soir de cette façon. En fait, Peta, qui faisait partie de l'équipe de la promotion chez Titus, l'avait invitée à la soirée de lancement d'un disque, mais elle avait refusé.

D'après elle, Nicole aurait eu intérêt à se montrer à cette occasion, mais celle-ci ne pouvait lui avouer qu'elle avait peur. En revanche, Sharon aurait sauté de joie, car il s'agissait d'un de ses groupes préférés. Mais y aller accompagnée aurait sans doute été une erreur. Nicole savait que les stars sont souvent entourées d'une bande d'amis, où qu'elles aillent, mais elle, elle n'était qu'une petite débutante dont personne n'avait jamais entendu parler. Quoi de plus embarrassant que d'arriver avec Sharon et de se voir refuser l'entrée…

Quand la cuisine fut impeccable, Nicole se rendit dans sa chambre et s'autorisa à se regarder de plus près dans le journal. C'était incroyable. Elle était très belle, à ne pas se reconnaître. Quand on voyait cette fille aux grands yeux dont le cou mince s'ornait d'un collier ethnique garni de pierreries, on pouvait penser, à juste titre, qu'elle sortait tous les soirs. Pas qu'elle était coincée chez elle.

Elle jeta le journal par terre. Mais pourquoi resterait-elle coincée chez elle, au juste ? Comme elle n'arrivait pas à joindre Peta au téléphone, elle appela Isya, l'assistante de Bob Fellowes. Elle ne voulait pas ennuyer son agent pour une broutille de ce genre. Quand elle l'avait choisi et qu'ils avaient signé le contrat avec Titus et le label LGBK, Bob avait insisté pour qu'elle se manifeste avant de faire quoi que ce soit, mais Nicole était encore trop intimidée par lui.

Isya, de son côté, se montrait toujours très gentille et beaucoup plus accessible. Nicole ne se voyait pas déranger Bob pour une simple sortie. Isya l'écouta avec attention.

— Bien sûr, vous n'avez pas besoin d'avoir une invitation pour entrer, lui dit-elle de sa voix douce. Laissez-moi m'en occuper. Je vous envoie la styliste et la limousine viendra vous chercher à neuf heures. Lorelei, que DMF représente aussi, se rend à cette soirée et vous irez avec elle. De toute façon, vous deviez la rencontrer car vous ferez ensemble la tournée des Teen Stars.

Nicole raccrocha, toujours sous le choc. Lorelei était très connue. Elle avait déjà eu deux singles classés dans les dix premiers au hit-parade. Enfin, on lui envoyait la limousine et une styliste. Nicole expira en tremblant. Elle était en train de prendre le train de la célébrité et il n'était pas question de s'enfuir !

La styliste l'habilla d'une minuscule jupe de cuir et d'un haut en soie qui aurait été trop petit pour la Barbie de Pammy. Lorelei portait une tenue encore plus osée. Évidemment, les hommes ne cessèrent de les dévorer des yeux pendant toute la soirée. Non pas de ces hommes ordinaires, que Nicole savait comment traiter, mais des célébrités comme le soliste des Coral Fish, un géant au regard idiot qui répondait au nom de Zol, était habillé de cuir de la tête aux pieds et avait des mains baladeuses. Il avait fumé un joint juste derrière elle et lui avait demandé si elle n'avait pas envie de rentrer avec lui à son hôtel un peu plus tard. Nicole s'était contentée de rire nerveusement.

Son calme habituel la désertait et, pour compenser, elle avala cocktail sur cocktail. Elle n'avait pas dit oui à Zol, mais il paraissait croire qu'elle avait accepté car il n'arrêtait pas de lui taper sur les fesses dans un geste très possessif et de lui tripoter les cheveux.

« Je m'occuperai de toi », avait dit Lorelei quand elles avaient fait connaissance, dans la limousine. En réalité, elle l'avait plus ou moins abandonnée. Aussi, quand Darius arriva avec les musiciens de Density, Nicole lui sauta dessus avec ravissement.

— Je suis tellement contente que vous soyez là, dit-elle avec un hoquet. C'est dingue, ici ! Ils sont tous complètement dingues !

— Nicole, dit Darius en la retenant car elle titubait très fort. Vous allez bien ? Vous me paraissez un peu confuse.

— Le Zombie ! dit-elle en levant vers lui son verre à moitié vide. J'en ai bu plein, au moins quatre ! Cet endroit me donne la chair de poule. Il n'y a personne de normal.

— C'est parce que vous étiez avec des gens anormaux, répondit-il.

Il lui prit son verre, le reposa, et entraîna Nicole dans un coin tranquille, à l'écart du bar et de la piste de danse. Elle se laissa tomber dans le grand canapé aux coussins profonds avec l'insouciance des gens vraiment ivres.

— Je ne pensais pas que vous viendriez ce soir, lui dit gentiment Darius.

Il avait enregistré d'un coup d'œil le minuscule haut en soie qui dissimulait à peine les seins de Nicole et la jupe de cuir qui révélait presque la totalité de ses cuisses.

Reenie Turner aurait eu une attaque en voyant sa petite-fille dans une tenue pareille.

— Ce n'était pas prévu. Je devais faire la vaisselle. Ça m'embêtait et je me sentais seule.

Elle croisa ses doigts fins autour du cou de Darius et le regarda avec des yeux brillants de désir.

— Tu es tellement gentil, Darius, roucoula-t-elle.

Darius fit un effort pour déglutir. Il était fou de Nicole mais n'avait pas l'intention de profiter de son état. Il détestait la voir ainsi. De toute façon, elle n'aurait même pas dû être là. Elle avait du talent et débutait à peine. Elle n'avait aucune leçon à apprendre avec des têtes creuses comme la bande des Coral Fish ou avec une petite mijaurée sans cœur comme Lorelei. Tous seraient finis dans moins de deux ans, Darius n'avait aucun doute à ce sujet. Ils auraient gaspillé leur maigre talent mais aussi leurs chances de réussir à cause de la façon dont ils traitaient les gens. Même Density, dont il estimait les musiciens très doués, était en train d'user sa patience par des exigences incessantes. En revanche, Nicole avait une longue et très belle carrière devant elle, qui serait détruite dès le départ si elle se laissait avoir par les Coral Fish, avec leur mode de vie médiocre.

Darius défit doucement l'étreinte des mains de Nicole autour de son cou.

— Je vous aime beaucoup, Nicole, dit-il d'une voix pleine de tendresse. Mais pas ici, pas ce soir.

Ils furent soudain interrompus.

— Tiens ! Bonsoir, roucoula-t-on d'une voix de gorge exagérée.

Lorelei – un mètre soixante-sept, quarante-cinq kilos, et un petit visage agressif, dur comme du diamant –

se tenait devant eux, suivie d'un serveur qui apportait trois cocktails sur un plateau.

— Mais qui est là ? poursuivit-elle. Nicole, ce n'est pas bien de garder les beaux garçons pour toi toute seule !

Lorelei s'installa sur le canapé à côté de Darius dans un mouvement ondulant et se colla contre lui.

— Bonsoir, redit-elle à Darius.

Elle avait de longs ongles au vernis voyant qui formaient un contraste frappant avec ceux de Nicole, courts et protégés par une base naturelle.

— Je m'appelle Lorelei, ajouta-t-elle en posant l'une de ses mains sur la cuisse de Darius.

Elle s'attendait à ce que son habituelle façon de se présenter, qu'elle avait longuement travaillée, produise l'effet désiré. Elle avait vu des hommes baver devant sa poitrine siliconée, projetée en avant par son Wonderbra. Malheureusement, sa manœuvre échoua totalement.

— Nous nous sommes déjà rencontrés, répondit Darius d'un ton sec. L'année dernière, lors d'une remise de prix.

Il se retourna vers Nicole et Lorelei, furieuse de son indifférence, s'éloigna d'un pas outragé. À ce moment-là, tout bascula, mais Nicole ne le savait pas. Lorelei décida de se venger.

Nicole parla longuement à Darius, sans s'interrompre, même quand Zol lui fit savoir qu'il s'en allait et l'attendait. À un moment, elle se leva pour se rendre aux toilettes. Oscillant sur ses sandales neuves à hauts talons, elle souriait puis, avant qu'elle ait compris ce qui se passait, un géant blond l'étreignit sans résistance possible et l'entraîna jusqu'à la limousine de Lorelei.

— Darius m'attend, se plaignit Nicole d'une voix indistincte depuis les profondeurs du siège en cuir.

— Pas ce soir, ma chérie, lui jeta Lorelei.

Elle ordonna au chauffeur de les emmener dans une autre boîte de nuit. Nicole, en larmes, chercha longuement le numéro du portable de Darius dans le répertoire de son téléphone, mais elle était trop saoule pour y arriver. Désespérée à l'idée qu'il penserait qu'elle l'avait laissé tomber, elle avala trois tequilas pour se remonter le moral. Et elle ne dut qu'au géant blond, qui la remit gentiment dans la limousine à quatre heures du matin, de rentrer chez elle.

Le lendemain, comme personne ne répondait au téléphone qui sonnait bruyamment depuis au moins vingt minutes, Nicole s'arracha péniblement à son lit et, victime d'une abominable gueule de bois, descendit en titubant dans l'entrée pour décrocher.

— Allô ? dit-elle d'une voix qui croassait.

— Comment c'était, ta soirée ? demanda Sharon d'un ton sec.

— Quelle soirée ? marmonna Nicole, les tempes battantes.

— Celle d'hier soir ? Celle où tu es allée après m'avoir dit que tu ne faisais rien ?

Nicole s'assit sur la dernière marche de l'escalier et s'appuya au mur tapissé d'un papier jaune qui imitait le bois. Elle se sentait très mal, très nauséeuse. Si seulement elle pouvait rester tranquille quelques instants, cela passerait peut-être.

— C'était improvisé, dit-elle d'une voix faible. On m'avait invitée mais je n'avais pas envie d'y aller.

— Pourtant, d'après le *Globe* de ce matin, on dirait que tu t'es bien amusée, reprit Sharon du même ton sec. Tu n'as pas encore vu l'article ? Je te le lis : « Nicole, la prochaine superstar de LGBK, est arrivée à la soirée de lancement du disque des Coral Fish qui avait lieu au Shiva, la boîte branchée du moment, avec Lorelei. D'après cette dernière, elles sont très proches et feront ensemble la tournée des Teen Stars. La sensuelle Nicole, dont le premier single sortira en mai, est une grande fan des Coral Fish et admire leur travail. » C'est aussi mon cas, poursuivit Sharon d'une voix tremblante. Tu le sais. J'ai leurs deux derniers albums. Mais tu ne m'as pas dit que tu allais à la même fête qu'eux. Tu avais peur que ton amie ordinaire vienne avec toi, sans doute, et tu as préféré te taire. Bravo !

La voix de Sharon trahissait une peine sincère.

— Si c'est ce que tu veux, pas de problème !

— Sharon, protesta péniblement Nicole. Je n'avais pas prévu d'y aller. Quand tu m'as appelée, j'ai cru que nous pourrions faire quelque chose mais tu sortais avec Michelle…

— Bien sûr ! Comme si tu préférais réellement sortir avec moi dans un pub pourri plutôt que de boire du champagne dans un endroit branché avec cette horreur de Lorelei ! Quelle sale garce, celle-là ! Tu m'avais toujours dit que tu la détestais.

Ce n'était ni le lieu ni le moment d'expliquer à Sharon qu'après avoir rencontré Lorelei en chair et en os, elle la détestait encore plus qu'à l'époque où elle n'était, pour elle, qu'un beau visage parmi d'autres à l'écran. Ce n'était qu'une petite diva capricieuse.

— Sharon, ce n'est pas comme ça que cela s'est passé.

Nicole ne savait pas ce qui était le pire : son horrible migraine et ses nausées ou la colère de Sharon contre elle.

— Je suppose que la prochaine fois que je te verrai, ce sera dans cinquante ans pour un documentaire sur ta vie hors du commun. Et moi, je ferai partie de tes vieux amis, si ennuyeux que tu n'auras pas gardé le contact avec eux !

Et Sharon raccrocha. Très malheureuse, Nicole se dirigea vers la cuisine d'un pas chancelant pour boire un grand verre d'eau, qu'elle rendit dix minutes plus tard. Ce fut ensuite au tour de Darius de l'appeler. Lui non plus n'avait pas l'air content.

— Alors, vous êtes bien rentrée ?

Sa voix à l'accent élégant était glaciale.

— Je me suis inquiété de ne pas vous voir revenir. Je vous ai cherchée pendant une heure, mais la fille du vestiaire m'a dit que vous étiez partie.

De vagues souvenirs de la soirée revinrent à la mémoire de Nicole, qui éprouva un choc. Lorelei l'avait enlevée. Nicole était certaine qu'elle l'avait fait pour se venger de l'indifférence de Darius. Et maintenant, il était fâché contre elle. C'était injuste ! Elle fit donc de son mieux pour lui expliquer ce qui était arrivé, mais se sentait si mal qu'elle pouvait à peine parler.

— Cela n'a rien à voir avec Zol, dit-elle finalement. Tout est la faute de Lorelei.

Manifestement, Darius ne la croyait pas.

— Je ne vous conseille pas de sortir avec Zol. C'est quelqu'un de dangereux. Il prend toutes les drogues possibles. Je croyais que c'était moi qui vous ramenais chez vous ?

— Oui, fit-elle tristement.

— Je vous verrai dans quelques semaines, dit-il comme s'il venait de consulter son agenda pour un rendez-vous chez le dentiste. Je serai en relation avec Bob pour le disque, évidemment, mais c'est tout.

— Vous ne venez pas avec moi pour la tournée des Teen Stars ? Je croyais que vous deviez m'accompagner…

Ce parcours des jeunes talents comprenait sept étapes dans sept villes différentes. On considérait que c'était idéal pour que les novices puissent apprendre les ficelles du métier et peaufiner leur spectacle avant de se lancer pour de bon. Cela leur permettait aussi de se constituer un public très jeune. Certains d'entre eux ne dépassaient jamais ce stade parce qu'ils n'avaient pas le cran nécessaire pour faire carrière. Nicole était terrifiée à l'idée qu'elle puisse échouer. Comme c'était Darius qui l'avait découverte, il avait prévu de la suivre. Mais il avait changé d'avis.

— De toute façon, vous connaissez déjà Lorelei, conclut-il froidement. Tout ira très bien.

Nicole eut la sensation d'avoir perdu son unique allié au monde.

Nicole savait ses chansons sur le bout des doigts et le dit avec irritation à sa mère, qui tournait autour d'elle tandis qu'elle préparait ses bagages. Sandra s'inquiétait à l'idée que sa fille chanterait devant beaucoup de monde et risquait d'oublier les paroles…

— J'espère que tu connais aussi bien la musique ! fut le commentaire de Reenie, assise au pied du lit de sa petite-fille.

Nicole, malheureuse de ne pas avoir parlé à Darius depuis une semaine et angoissée à l'idée de se produire devant le public, répondit vivement :

— Comment peux-tu dire des bêtises pareilles !

Au lieu de rétorquer sur le même ton comme elle faisait avec sa fille, la grand-mère de Nicole eut l'air profondément blessée et resta silencieuse. Elle quitta la chambre encombrée, la tête basse, et Nicole comprit qu'elle l'avait peinée. Sandra elle-même lui adressa un regard de reproche. Mais elle aussi se contenta de sortir de la chambre. Nicole finit de bourrer sa valise et la ferma d'un geste rageur.

Pour qui se prenaient-elles ? Elles passaient leur vie à se chamailler et, pour une fois que Nicole leur envoyait une pique, elles se comportaient en douairières outragées. Sa grand-mère avait réellement dit une sottise, après tout !

Nicole se regarda, furieuse, dans le miroir, voyant à peine la très courte veste en jean qu'elle portait avec son pantalon cargo noir, un ensemble qu'elle avait eu beaucoup de plaisir à s'offrir. Pourquoi les gens lui disaient-ils des choses aussi stupides ? Ils ne voyaient donc pas qu'elle avait peur ? Elle savait, pourtant, qu'elle n'avait aucune raison de répondre aussi méchamment. Elle ne l'avait jamais fait et s'en sentait profondément honteuse.

On sonna à la porte juste à cet instant.

— Ta voiture est là, hurla sa mère depuis le rez-de-chaussée.

Nicole descendit en portant sa grosse valise comme elle pouvait et dit bonjour au chauffeur, puis passa la tête par la porte du salon.

— Au revoir, lança-t-elle d'un ton léger.

Ne voyant pas sa grand-mère, elle s'adressa à sa mère :

— Où est mamie ?

— Elle est rentrée chez elle. Amuse-toi bien !

Sandra ne se leva même pas pour l'embrasser, ce qui ne lui ressemblait pas du tout. L'idée que sa fille parte avec la tournée des Teen Stars l'avait beaucoup excitée. Nicole s'était presque attendue à voir les voisins arriver en fanfare avec une bouteille de mousseux. La part d'elle-même tendue et grognon se serait énervée d'une démonstration de ce genre. Mais la Nicole qui avait honte sentit ses yeux se mouiller parce qu'il manquait les voisins, la bouteille, et les adieux pleins de fierté de sa famille. Seule Pammy l'embrassa de toutes ses forces.

— Dis bonjour à Lorelei pour moi, demanda-t-elle de sa voix voilée. Je l'adore !

Tu l'aimerais moins si tu la connaissais, pensa amèrement Nicole. Elle serra sa petite sœur très fort contre elle et lui promit de parler d'elle à Lorelei.

— Maintenant, va voir maman, lui ordonna-t-elle.

Et elle ferma la porte derrière elle. Personne ne lui fit le moindre signe de la main derrière les rideaux du numéro 12a de Belton Gardens.

Elle monta dans la voiture et, les yeux rouges, se tut pendant le trajet jusqu'à l'aéroport. La vie de pop star n'était pas du tout ce que l'on prétendait.

À Heathrow, tous les membres de la tournée furent rassemblés dans un des salons de la classe affaires. La première pensée de Nicole fut que, à deux ou trois ans près, ils auraient pu passer pour un groupe en excursion scolaire. Les équipes des maisons de disques ressemblaient aux professeurs, prenant soin des chanteurs, qui se comportaient comme s'ils venaient de s'échapper d'un pensionnat et étaient déterminés à faire autant de bêtises que possible.

Nicole avait repéré, assises dans un coin, quatre des Carli Girls, en principe de douces et innocentes jeunes filles. Elles étaient occupées à fumer et vider des verres de vin rouge en racontant des blagues salaces à un photographe. Gregory, un ex-jeune premier de feuilletons télévisés au visage très frais, idole des adolescentes ainsi bien que de leurs mères et qui avait présenté une campagne sur le thème de « soyez gentils avec vos parents », fumait et hurlait au téléphone, proférant une grossièreté tous les deux mots. Tina, une enfant prodige qui chantait des reprises des Nolan Sisters, se faisait les yeux de Cléopâtre dans le miroir de son poudrier tout en buvant discrètement dans le verre des Carli quand sa mère ne regardait pas. Seuls les Euston, les cinq membres d'un boys-band à l'image irréprochable, se conduisaient correctement. Ils jouaient sur un Monopoly de voyage.

Ne voyant aucun signe de l'horrible Lorelei, Nicole pensa qu'elle avait peut-être annulé sa participation. Elle ne voulait plus jamais lui parler.

Elle fut accueillie par l'équipe de LGBK et par celle de Teen Stars. Tous voulaient s'assurer que cela se passait bien pour les jeunes vedettes, avec le moins possible de ragots scandaleux dans les journaux. Ils risquaient d'avoir du travail !

— Nous nous inquiétions de ne pas vous voir arriver, lui dit Andrea.

Elle était directrice de promotion chez LGBK et voyagerait avec Nicole. Elle n'avait pas l'air d'avoir plus de vingt ans mais, compte tenu de son poste, Nicole supposait qu'elle devait être plus âgée. Avec un peu de chance, elle serait amusante et elles passeraient un bon moment ensemble. Nicole aurait beaucoup aimé pouvoir se confier à quelqu'un et expliquer qu'elle était terrifiée. Mais ce n'était pas le moment.

— Il y avait des embouteillages, dit-elle d'un ton dégagé, déterminée à se montrer professionnelle jusqu'au bout des ongles. Et maintenant, que se passe-t-il ?

— Nous avons besoin de quelques photos pour le magazine des Teen Stars, dit Phyllis, la plus âgée des responsables de la tournée.

Elle paraissait trois fois l'âge d'Andrea et avait visiblement l'habitude de commander à de jeunes artistes dissipés.

— Le groupe pourrait-il se rassembler ? demanda-t-elle d'une voix autoritaire qui ne supportait aucune discussion.

En un instant, les Carli Girls écrasèrent leurs mégots et sortirent de luxueux poudriers compacts pour retoucher leur maquillage. Phyllis fit rapidement disparaître les verres et tout le monde essaya de donner l'image d'une pop star jeune, heureuse et irréprochable. Gregory jeta un dernier juron très vulgaire, raccrocha son téléphone et afficha son plus charmant sourire, celui qui faisait craquer les femmes de tout âge.

— Salut, mon chou !

Il se faufila pour se placer à côté de Nicole et, rejetant en arrière son épaisse frange blonde qui ne devait rien à la teinture, poursuivit :

— On ne s'est jamais rencontrés. On devrait pouvoir s'amuser, pendant la tournée.

Nicole lui jeta un regard noir. Elle n'était pas stupide au point de se laisser séduire par cet hypocrite !

— Bonjour ! dit à ce moment une voix qu'elle haïssait. Encore en train de me piquer mes chéris, Nicole ? Comme c'est vilain ! Je vais devoir me méfier de toi.

Lorelei était arrivée, suant la méchanceté dans une robe de dentelle rose qui lui collait au corps, complètement déplacée pour un aéroport à deux heures de l'après-midi. Elle avait plutôt l'air d'une strip-teaseuse qui va commencer son numéro. Elle ne peut pas avoir dix-neuf ans, pensa Nicole en l'imaginant en vampire qui parcourait la terre depuis des siècles, en quête de victimes. Il fallait du temps pour devenir aussi perverse qu'elle, beaucoup plus que dix-neuf petites années.

— Nous sommes prêts ? demanda le photographe.

Lorelei, décidée à éclipser les autres, comme d'habitude, en bouscula certains pour se placer au milieu du groupe. Elle se débrouilla alors pour planter un de ses ongles pointus dans le bras de Nicole.

— Aïe !

— Désolée, mon bébé. Ze voulais pas te faire mal, ajouta-t-elle d'une voix de tout-petit avant d'embrasser Nicole. On est les meilleures z'amies, toi et moi.

C'est ainsi que la première photo de la première tournée de Nicole la montra faisant la grimace, dans les bras de Lorelei, qui souriait d'un air angélique… Il y en avait pour trois semaines ! Lorelei avait déjà gâché sa relation avec Darius et Nicole était bien décidée à le lui faire payer, cela dût-il marquer l'arrêt de sa carrière ! Darius ne l'avait pas appelée une seule fois depuis la fameuse soirée et, quand elle lui avait téléphoné dans l'espoir de recoller les morceaux, il s'était montré froid et professionnel, comme si elle n'était qu'un des poulains de LGBK et non quelqu'un de spécial. Après avoir raccroché, Nicole avait versé quelques larmes amères, étonnée de se sentir aussi profondément triste.

En dépit des assurances répétées des responsables, la tournée se révéla très dure. Dans chaque ville, les Teen Stars donnaient deux spectacles, souvent le même jour. Quand ils avaient fini leur seconde prestation, ils étaient tous trop fatigués pour faire autre chose que se glisser dans leurs draps. Du moins d'après le plan des organisateurs. En effet, Lorelei, Gregory et les Carli Girls trouvaient généralement assez d'énergie pour faire la fête. Nicole comprit très vite que la solution consistait à demander une chambre à un autre étage qu'eux en s'assurant que seules Andrea et Phyllis en connaîtraient le numéro. Elle mit son système au point après les deux premières nuits, passées à Manchester. Lorelei et Gregory avaient inventé de déclencher un extincteur devant sa porte avant de s'esquiver. Elle s'était retrouvée dans le couloir, essayant de distinguer quelque chose tandis que les agents de la sécurité arrivaient à fond de train. Elle avait eu beaucoup de mal à leur faire admettre qu'elle venait de se réveiller et n'avait rien à voir avec cette stupide plaisanterie.

Curieusement, le fait de se concentrer sur les meilleurs moyens de contrer Lorelei avait une conséquence miraculeuse : elle n'avait plus le trac ! Pendant les répétitions, elle était trop occupée à se protéger des plans de sa rivale pour avoir peur et, quand l'heure du spectacle arrivait, elle aimait tellement être sur scène qu'elle aurait pu le faire en dormant ! À son sujet, un journaliste du *Edinburgh Clarion* écrivit : « La tournée des Teen Stars est peut-être de la pop industrielle, mais il faut applaudir les organisateurs de nous faire découvrir la charismatique Nicole. Avec sa voix angélique et un peu voilée, et sa silhouette de déesse indienne, elle est sans conteste possible la vedette. Et, à écouter l'ovation qu'elle obtient chaque fois, c'est aussi l'avis des fans. » Ce papier flatteur n'améliora pas les relations entre Nicole et Lorelei, qui se cassa deux ongles dans sa rage et, en guise de représailles, renversa du vernis à ongles sur la précieuse veste à fleurs Dolce & Gabbana de son challenger.

Nicole, en ayant assez de se montrer magnanime, mit les nombreux produits de maquillage de Lorelei dans le micro-ondes des coulisses jusqu'à ce qu'ils se transforment en bouillie multicolore. Elle les replaça ensuite dans le vanity-case métallique que Lorelei faisait toujours porter par les autres. Ces produits faisaient sa joie et son orgueil, car elle refusait d'utiliser les mêmes que les autres et obligeait les maquilleuses à utiliser les siens, tous très chers.

Quand elle découvrit le désastre, elle hurla aussi fort que sur scène, malgré l'absence de micro.

— Espèce de garce !

Elle se tenait sur le seuil de la loge de Nicole telle une femelle vélociraptor échappée de Jurassic Park.

Nicole, qui était en train de parler avec Phyllis, la regarda d'un air innocent.

— De quoi parles-tu ? demanda-t-elle doucement.

— Oui, laisse-nous, Lorelei, lui intima fermement Phyllis pour couper court à toute dispute. Le spectacle commence dans trente minutes et tu n'es même pas maquillée.

— Mes produits sont fichus, tout fondus ! couina-t-elle.

— Tu as dû les laisser trop près du radiateur, lui dit Nicole d'un ton compatissant. Les loges sont surchauffées, pour une fois !

Les jours passèrent à toute vitesse. Nicole trouvait très étrange d'être seule, non qu'elle soit isolée, compte tenu des répétitions, des spectacles, des déplacements et des interviews. Mais elle avait tellement l'habitude d'être responsable de sa famille, de veiller à ce que Pammy n'oublie pas ses affaires de piscine ou qu'il y ait de quoi dîner dans le réfrigérateur qu'elle était déconcertée de n'avoir à s'occuper que d'elle-même. Au début, elle se sentit abandonnée puis elle commença à s'accoutumer à la situation pour, finalement, la trouver très appréciable.

Pendant son temps libre, elle ne se ruait pas dans les magasins comme les autres filles pour acheter des vêtements à ne savoir qu'en faire. Elle préférait marcher longuement dans les villes où ils faisaient halte et visiter les endroits intéressants. Elle se sentait incroyablement bien.

Quand elle avait vu les filles de sa connaissance quitter leurs parents pour prendre un appartement avec des copines, elle avait su que cela ne lui serait jamais permis. Elle ne pourrait pas laisser sa sœur et sa mère seules. L'idée lui en était insupportable. Mais à présent, pour la première fois, elle se demandait comment serait sa vie si elle était indépendante, si elle disposait d'un logement autonome. Cela lui ouvrait des perspectives vertigineuses.

Elle téléphonait tous les jours à Pammy, qui lui manquait terriblement. Elle devait jouer le rôle d'une fée dans le spectacle de l'école. Nicole se sentit très fière en l'apprenant.

— J'ai des ailes, annonça Pammy d'un ton important. Des ailes comme de l'argent ! Celles de Kylie sont bleues et pas aussi jolies que les miennes.

— Je pourrai venir te voir ? demanda Nicole.

— Tu es obligée de venir ! Mlle Vishnu sait que tu chantes à la télé, alors tu dois venir.

L'explication naïve de sa sœur fit sourire Nicole.

— J'ai trouvé les ailes au marché, expliqua Sandra à Nicole. Je crois que l'institutrice de Pammy voulait que je les fasse moi-même mais, sincèrement, tu m'imagines en train de coudre ? Il y a une Italienne adorable qui, sur le marché, vend ce genre de choses. La petite Kylie en a en voile bleu. J'ai dit à Mlle Vishnu que ma Pammy est la plus jolie et qu'elle aura l'air d'un ravissant petit ange. Pas de bleu pour elle !

Nicole fut très étonnée d'apprendre que sa mère avait parlé à Mlle Vishnu. Jusqu'alors, elle s'était tenue à l'écart de l'école autant que possible. Elle avait, en effet, eu de nombreuses conversations non désirées avec la maîtresse de Pammy. En réalité, chaque fois que celle-ci essayait de lui parler, elle esquivait en disant qu'elle était très pressée, mais qu'elles pourraient toujours se voir à la réunion des parents d'élèves. Mais Sandra n'y allait jamais… Soudain, elle s'occupait de Pammy et lui trouvait des ailes de fée ! Cela démontrait à Nicole que la vie continuait sans elle et, curieusement, elle se sentait mise à l'écart. Même sa grand-mère avait changé. Elle ne s'était pas adoucie, malgré les excuses qu'elle lui avait présentées, et leurs échanges restaient guindés.

« Je ne veux pas te voir devenir une petite parvenue prétentieuse, avait dit Reenie une fois où elle avait daigné venir au téléphone.

— Je ne suis pas comme ça, mamie ! avait protesté Nicole.

— Hum ! » avait commenté Reenie, avant de passer le combiné à sa fille.

Dix jours après le début de la tournée, Darius appela.

— Il paraît que vous réussissez très bien.

Nicole, qui s'apprêtait à s'habiller pour le spectacle du soir et ne portait que son peignoir de bain, rougit de plaisir.

— Vous m'avez manqué, dit-elle d'un trait.

Elle rougit encore plus fort à cause de ce que cela impliquait.

— Je veux dire… Cela aurait été bien que vous soyez ici… ajouta-t-elle hâtivement dans l'espoir de minimiser sa déclaration.

Mon Dieu ! Il allait la prendre pour une idiote. Mais il l'interrompit.

— Vous aussi, vous m'avez manqué, répondit-il tranquillement.

Nicole, qui était debout, se laissa tomber sur le lit avec un grand « boum ».

— Oh !

— D'après Andrea, vous êtes formidable, une vraie bête de scène ! De plus, vous avez eu d'excellents articles. En fait, demain soir, nous envoyons des représentants des labels internationaux de Titus pour vous écouter. Ils sont très impatients, car tout le monde dit que vous allez devenir une star. On parle beaucoup de vous, ici.

Nicole s'en moquait. Ils pouvaient faire venir le comité de l'Eurovision, si cela leur chantait ! Un grand sourire de femme amoureuse illuminait son visage. Darius l'avait appelée ! Rien d'autre n'avait d'importance.

— Est-ce que vous venez ? demanda-t-elle.

— Bien sûr !

Brusquement, il ajouta :

— Je suis désolé pour l'autre soir.

— Je ne suis pas sortie avec Zol, l'interrompit Nicole. C'est la vérité. Lorelei était furieuse que vous ne vous soyez pas intéressé à elle et elle a demandé au grand blond de me faire monter de force dans sa limousine. Je ne voulais pas m'en aller, je voulais rester avec vous. Mais je n'ai pas réussi à vous appeler. J'avais bu trop de Zombie, conclut-elle piteusement.

— Ce n'est pas votre faute, vous vous êtes trouvée avec des gens peu recommandables.

— Je ne veux pas fréquenter ce genre d'individus. Je ne suis pas comme ça. Lorelei me rend folle. C'est une… une peau de vache !

Elle avait failli employer un mot beaucoup plus vigoureux mais, curieusement, elle n'avait pas envie de dire des grossièretés à Darius.

— Zol est encore pire, reprit-elle. Il n'a pas arrêté de me tripoter les fesses pendant toute la soirée.

Elle ne pouvait dissimuler son indignation. Darius manifesta une colère très satisfaisante pour elle.

— Le salaud ! dit-il d'un ton furieux. Je n'aurais jamais dû vous lâcher des yeux.

Nicole, qui, jusqu'alors, aurait boxé n'importe quel garçon se permettant de suggérer qu'elle avait besoin d'être protégée, sentit monter des larmes d'émotion devant l'attitude protectrice de Darius.

— J'aime cette idée, murmura-t-elle.

Comme si elle savait que le lendemain était une journée importante pour Nicole, Lorelei se montra encore plus insupportable dès le matin. Au moment du départ, elle bloqua le bus pendant plus d'une heure, prétendant avoir perdu le bracelet porte-bonheur offert par son père. À cause de ce contretemps, ils ne purent pas passer à leur nouvel hôtel avant la représentation de l'après-midi. Nicole, qui devait rencontrer les directeurs de Titus après le spectacle et avait prévu de se pomponner, était furieuse. Elle partageait une loge avec deux des Carli Girls et ne pourrait donc pas s'enduire le corps de lotion parfumée comme elle voulait le faire à l'intention de Darius.

— Tu as l'air ennuyée, ma chérie, lui dit faussement Lorelei quand elle revint dans les coulisses après avoir, pour la première fois, saboté sa répétition.

Nicole lui jeta un regard noir mais ne répliqua pas. De retour dans sa loge, elle trouva les Carli Girls en train de parler de Lorelei.

— Au début, je la trouvais drôle, disait l'une, mais cette fille est un vrai cauchemar !

— Elle me tue avec son cinéma permanent, renchérit l'autre.

— Ne m'en parle pas ! dit Nicole.

Elles avaient une demi-heure devant elles et commencèrent à mettre leur tenue de scène. Les Carli Girls traversaient une phase « argent » et s'habillaient en combinaison pantalon brodée de sequins argentés. Quant au costume de Nicole, il se composait d'un petit haut sans manches étroit et très sexy avec un profond décolleté, et d'un jean Dolce & Gabbana sur mesure, orné de broderies couleur bronze.

— À tout à l'heure, dirent en chœur les Carli Girls en sortant de la loge.

C'était bientôt à elles. Ensuite, venait le tour de Nicole, puis de Gregory, suivi par Lorelei, et enfin d'Euston, qui clôturait le spectacle. L'ordre de passage était essentiel et, en principe, c'était la vedette qui passait en dernier. Lorelei faisait des pieds et des mains pour y arriver, estimant que tous les coups étaient permis, mais ses manœuvres avaient toujours échoué.

Nicole savait qu'elle avait quinze minutes d'attente, ce qui lui permettait de s'occuper d'elle. Vêtue de son jean et d'un fin soutien-gorge transparent, elle prit son parfum et sa lotion, et s'enferma dans la minuscule salle de bains de la loge. Elle dégrafa son soutien-gorge et commença à s'enduire de produit. Au cas où Darius la tiendrait dans ses bras, elle voulait sentir bon et être belle. Un bruit soudain la fit sursauter.

— Andrea ? C'est vous ? Qui est là ?

Personne ne répondit et Nicole se raidit en entendant quelqu'un s'approcher de la porte. Puis elle entendit un cliquetis, comme si l'on faisait tourner une clef dans la serrure. Elle repoussa le verrou intérieur et tenta de sortir, mais sans résultat.

— Qui est là ? répéta-t-elle.

On ne lui répondit pas mais elle perçut un petit rire qu'elle aurait reconnu entre mille, celui de Lorelei.

— Laisse-moi sortir, Lorelei, cria-t-elle d'un ton furieux.

Toujours aucune réponse…

Nicole tira sur la porte de toutes ses forces, sans réussir à l'ouvrir. Lorelei l'avait enfermée alors que ça allait être son tour. Personne ne s'apercevrait de son absence avant l'appel, qui avait lieu cinq minutes avant l'entrée en scène. Ensuite, il leur faudrait quelques minutes pour la trouver et la libérer. Elle passerait alors pour quelqu'un de peu fiable aux yeux des directeurs de la maison de disques qui s'étaient déplacés pour elle. À cette idée, elle vit rouge. Quand elle mettrait la main sur Lorelei, elle la tuerait !

Cinq minutes passèrent, puis dix. Nicole bouillait de colère puis commença à paniquer. Elle se mit à cogner sur la porte de toutes ses forces, à hurler et appeler, mais personne ne l'entendit.

— Au secours ! Au secours !

En plus, elle redoutait de s'enrouer. Mais ce n'était rien à côté de sa terreur à l'idée de rater son entrée en scène. Elle avait tellement travaillé et tout risquait de capoter à cause de cette sale petite garce ! Non, il n'était pas question de laisser Lorelei emporter la victoire ! Nicole regarda autour d'elle, cherchant quelque chose de lourd. Il n'y avait qu'un vieux pèse-personne sale qui devait dater de la reine Victoria. Mais cela ferait l'affaire ! Elle le souleva et l'utilisa pour donner un grand coup sur la porte. Elle ne réussit qu'à faire un trou plein d'échardes. Serrant les dents, elle entreprit de taper sur la poignée, espérant la casser. Elle venait de donner un troisième coup quand elle entendit qu'on criait son nom.

— Nicole ? Vous êtes là ?

— Oui ! hurla-t-elle, folle de joie.

Elle reposa le pèse-personne.

— Je suis enfermée. Il faut trouver la clef.

Après quelques instants de silence, la voix reprit :

— Je ne la vois nulle part. Reculez-vous, je vais enfoncer la porte.

Elle alla se mettre à l'abri dans un coin et patienta. Un bruit violent se produisit, la porte gémit et s'ouvrit d'un seul coup. De l'autre côté, se dressait Darius, un pied encore en l'air.

— Darius ! dit Nicole avec un soupir de soulagement.

De toute sa vie, elle n'avait jamais été aussi heureuse de voir quelqu'un, pour de multiples raisons.

— C'est Lorelei qui m'a enfermée, j'en suis certaine.

— La sale petite punaise, grommela Darius dont le visage, habituellement aimable, avait pris une vive expression de colère. On n'aurait jamais dû vous inscrire dans la même tournée qu'elle. Cela revenait à vous jeter dans un bassin plein de requins sans vous fournir de cage de protection. Elle est jalouse de vous.

— Vraiment ?

Nicole, indifférente au fait qu'elle n'était qu'à moitié habillée, lui faisait face.

— Comment avez-vous su que j'étais là ?

— Je l'ignorais, dit-il avec un regard plein de désir. En revanche, je savais que vous ne vous seriez jamais mise en retard. Donc, il avait dû vous arriver quelque chose.

Et, comme Nicole le savait trop correct pour oser quoi que ce soit avec une femme à moitié nue, elle se dressa sur la pointe des pieds et l'embrassa. L'instant suivant, il la serrait dans ses bras et ils s'abandonnèrent à une étreinte farouche, ne s'écartant l'un de l'autre que grâce au sens des réalités de Darius.

— Tu dois entrer en scène, haleta-t-il, passant les mains dans ses cheveux blonds hérissés, ce qui eut pour résultat de les redresser encore plus.

— Après, dit Nicole.

— Oui, après, lui promit-il.

— Où étais-tu ? Nous nous faisions du souci pour toi, dit Lorelei avec un sourire angélique quand Nicole traversa les coulisses en courant pour entrer en scène.

Nicole n'eut pas le temps de lui répondre. Après le spectacle, l'occasion de se venger lui fut offerte.

— Tu veux bien donner une interview de cinq minutes ? lui demanda Phyllis comme toute la troupe quittait la scène après le final. Je sais que tu as rendez-vous mais tu as été extraordinaire, ce soir, et la journaliste du *Superb* veut t'interviewer.

— Pas de problème, répondit Nicole tandis qu'un plan machiavélique se formait dans son esprit.

Elles s'installèrent dans un bureau des coulisses et, quand arriva l'inévitable question sur les relations de jalousie entre les futures stars, Nicole était prête.

— Je sais de quoi vous voulez parler, dit-elle en étouffant un soupir triste. Lorelei a dit des choses affreuses sur moi… C'est terrible, ajouta-t-elle d'un air éploré. L'industrie du disque est un monde très cruel. Lorelei est une fille adorable et je l'aime beaucoup, mais quand votre album est un échec, c'est comme si vous n'existiez pas. Certaines personnes peuvent en être très affectées.

La journaliste du *Superb* frétilla de plaisir devant cette information toute fraîche.

— On ne savait pas que son album avait fait un flop. Il est très difficile d'obtenir les vrais chiffres des maisons de disques, poursuivit-elle comme pour tâter le terrain. Tout le monde le nie, mais je suis convaincue qu'elles trafiquent les chiffres pour gonfler les résultats de certains de leurs poulains.

Nicole se mordit la lèvre comme si elle venait de faire une grosse bêtise.

— Zut ! J'aurais dû me taire. Lorelei ferait une vraie dépression si l'on savait… Elle est si fière ! Vous savez, avant cela, nous étions amies mais…

Nicole se ménagea une pause lourde de signification puis reprit :

— Mais son deuxième album est sorti du hit-parade à la vitesse de l'éclair. Elle en est malade. Sincèrement, je sais qu'elle ne voulait pas mal parler de moi. Nous sommes très proches.

Nicole essayait d'avoir l'air aussi innocente que possible. La journaliste eut un sourire entendu. À présent, elle savait que Lorelei se produisait dans toutes les petites salles du pays parce que c'était la seule chance qui lui restait. Elle avait enfin trouvé un angle d'attaque intéressant pour son article ! Au cours de ses deux années de carrière, Lorelei s'était fait beaucoup d'ennemis. L'heure de payer était venue.

— Comment s'est passée ton interview ? demanda Darius beaucoup plus tard.

Ils étaient enfin seuls après le triomphal dîner donné en l'honneur des dirigeants de Titus. Ils avaient tous adoré Nicole, lui prédisaient une fabuleuse carrière et lui avaient promis de la faire passer dans des salles aux quatre coins de l'Europe.

Nicole sourit à Darius.

— Attends que je te raconte, dit-elle d'un air malicieux.

Quand Darius la raccompagna à sa chambre, il était presque deux heures du matin. Nicole était épuisée par sa longue journée, elle avait la voix rauque d'avoir parlé et chanté, et enfin elle avait mal aux pieds. Mais elle avait l'impression de pouvoir danser toute la nuit si Darius le lui demandait.

Il s'arrêta devant sa porte et prit sa main dans la sienne. Il était si doux ! pensa Nicole. Elle n'avait jamais rencontré d'homme plus aimable, plus courtois. Que faisait-il avec une sauvageonne comme elle ?

— Eh bien… Bonsoir, bafouilla-t-il.

Lui qui avait gagné des tournois d'éloquence à l'université et n'avait jamais été à court de mots restait soudain sans voix. Un simple regard de Nicole, et il devenait idiot.

— Oui… Bonsoir, dit Nicole à son tour, les yeux baissés sur leurs mains toujours unies.

Elle était incapable de parler. Que lui arrivait-il ? Elle voulait qu'il l'embrasse, elle attendait même beaucoup plus que des baisers mais, un jour, elle avait fait le premier geste et elle ne pouvait pas recommencer. Pas avec un homme comme Darius. Il était si droit, si respectable, avec sa voix qui faisait penser aux réceptions de la reine et aux régates retransmises par la télévision… Ses parents tomberaient raides s'il leur amenait cette petite mal élevée à moitié Indienne, à moitié cockney…

— Quels idiots ! s'exclama Darius qui, soudain, passa à l'action. Où est ta clef ?

Nicole la lui tendit, incapable de réagir. Il ouvrit et la fit entrer, puis la prit dans ses bras et l'embrassa à perdre haleine.

— Excuse-moi, dit-il tandis qu'elle reprenait son souffle.

— De quoi ? dit-elle en riant avant de l'obliger à se pencher pour l'embrasser de nouveau. Ce n'est que si tu t'arrêtes encore que tu devras t'excuser.

Un long moment plus tard, ils s'installèrent sur le canapé et Nicole se pelotonna sur les genoux de Darius, qui l'entoura de ses bras dans un geste protecteur.

— J'ai quelque chose à te dire, commença-t-elle sans oser le regarder dans les yeux.

— Tu peux tout me dire, répondit Darius d'une voix pleine d'amour.

— Je… C'est-à-dire…

Comment allait-elle le lui avouer ?

— Dis-moi tout.

Quand elle vit son regard, elle n'hésita plus.

— Je suis vierge. Je n'ai jamais… Je ne l'ai jamais fait.

Elle se mordillait nerveusement la lèvre.

— Tout le monde croit que si. C'est vrai, aucune fille n'ose avouer qu'elle est vierge, aujourd'hui.

— Pourquoi pas ? dit tendrement Darius en suivant d'un doigt le contour de sa bouche. Tu es si belle, Nicole. Tu me rends fou. Je t'aime.

— Moi aussi. C'est pour cette raison que je voulais te le dire. Tu sais, il faut que ce soit un moment unique parce que, sinon… Sinon, cela peut complètement gâcher ta vie.

Elle voulait tout lui expliquer et Darius le sentit.

— Vas-y, parle-moi.

— Ce n'est pas ma mère, c'est ma grand-mère. Depuis que je suis toute petite, elle n'arrête pas de me répéter que maman s'est retrouvée enceinte alors qu'elle n'était qu'une adolescente et que ça a tout gâché. Je me sentais coupable, comme si j'étais responsable de ce qui était arrivé, acheva-t-elle, les yeux brillants d'émotion.

— Ce n'est absolument pas le cas ! protesta Darius.

— Maman aussi, reprit Nicole. Tu l'as rencontrée. C'est la personne la plus gentille au monde et elle ne sait pas dire non. Mamie pense qu'on ne devrait jamais laisser ma mère sortir seule. J'aime ma grand-mère, vraiment, mais j'aime encore plus maman. Je n'ai permis à personne de la traiter comme une mère indigne avec des enfants de père différent. Je déteste ça ! dit-elle avec véhémence. Voilà pourquoi je fais tant d'efforts pour que la vie soit normale, à la maison.

— Ta mère est une femme charmante, dit Darius avec sincérité.

Il comprenait ce que Nicole voulait lui expliquer au sujet de Sandra et de sa profonde naïveté.

— Maman croit toujours à la bonté du monde et des gens. Il n'y a pas la moindre trace de méchanceté en elle. Elle est seulement un peu innocente, si je peux employer ce mot-là. Elle a agi de son mieux pour nous, mais elle fait partie des gens qui ont besoin de s'appuyer sur quelqu'un de fort. J'ai essayé d'être forte pour elle et, sans arrêt, mamie me répétait que le sexe était une mauvaise chose et que cela avait fait beaucoup mal à maman…

— Le sexe n'est pas une mauvaise chose ! dit Darius en caressant avec douceur la joue de Nicole. C'est son éducation religieuse qui fait parler ta grand-mère de cette façon. Tu comprends ?

— Je le sais, dit Nicole avec le sourire qu'elle aurait eu pour parler à un enfant. Mais j'attendais quand même de rencontrer l'homme de ma vie.

Devant le silence de Darius, elle poursuivit :

— C'est toi. Mais je ne veux pas faire l'amour ici !

Elle savait où elle aurait désiré que cela se passe : dans un endroit à elle, où elle se sentirait heureuse et indépendante. Son futur appartement !

— J'aimerais tellement avoir mon indépendance ! Mais c'est impossible.

— Pourquoi ? demanda Darius calmement.

Elle le dévisagea, étonnée qu'il n'ait pas compris.

— Je ne peux pas laisser maman et Pammy seules.

Le visage de Darius prit une expression très sérieuse.

— Nicole, tôt ou tard, viendra le moment où tu devras partir.

23

« Salut, Sam ! Comment vas-tu ? J'espère que tu ne travailles pas trop. Il fait un temps superbe, aujourd'hui, à Redlion. C'est presque l'été ! Millie et Toby sont assis par terre à côté de moi. Ils jouent à la bataille avec le jeu de cartes orné d'animaux que Matt leur a envoyé de Bath. Ils y passent des heures. Je n'ai jamais été aussi reconnaissante qu'envers ces fabricants de cartes, même si Millie devient un peu déplaisante quand elle perd ! Je dois avouer que c'est vraiment la fille de son père. Il y a deux semaines que Matt est reparti pour Bath et, depuis, elle est absolument insupportable. Et si je m'avise de me fâcher contre elle, elle se met à hurler de toutes ses forces qu'elle veut son papa.

« Aujourd'hui, elle se tient tranquille parce qu'une nouvelle baby-sitter vient les garder ce soir. Elle a hâte d'être débarrassée de moi ! Je suppose qu'elle espère pouvoir faire mille sottises avec quelqu'un qui ne la connaît pas encore.

« Je vais à la grande soirée de bienfaisance organisée par la propriétaire du pub et qui fait beaucoup de bruit. C'est très étonnant, il semblerait que toute la population de la région vienne. Ce soir, il s'agit de lever des fonds pour le dressage de chiens d'aveugles. Matt dit que, connaissant les gens qui fréquentent cet endroit, ce serait plutôt des chiens pour ivrognes aveugles ! Je me suis laissé embrigader pour vendre des billets de tombola. Je crois qu'on va s'amuser. Comme tu sais, je ne suis pas beaucoup sortie depuis le départ de Matt, parce que les enfants avaient tous les deux pris froid. Je te raconterai demain comment ça s'est passé. Bisous. Hope. »

Geraldine avait dix-neuf ans. Elle était étudiante en lettres et ses parents tenaient une boucherie biologique. Elle n'était pas du tout frustrée de rater la soirée de bienfaisance pour faire du baby-sitting.

— Il n'y aura que des vieilles barbes, dit-elle à Hope d'un ton dégoûté. Rien d'intéressant, comme d'habitude ; que des vieux qui essaient de danser avec moi comme si le fait d'acheter de la viande chez mon père leur donnait des droits. J'ai horreur de ça ! Ce sera comme toutes les soirées de bienfaisance de Redlion : à mourir d'ennui.

— Tu crois que ces vieux-là voudront danser avec moi ? demanda Hope avec un sourire.

Geraldine secoua la tête de droite à gauche.

— Non, ils ne vous connaissent pas assez. Dans mon cas, c'est différent. Ils piquent du nez dans leur bière d'un air attendri en disant qu'ils se souviennent de moi tout bébé et des fois où ils ont changé mes couches. C'est comme ça qu'ils espèrent m'entraîner sur la piste ! Avec vous, c'est impossible. Vous êtes encore une touriste, donc ils vous laisseront tranquille. En plus, ajouta-t-elle avec un sourire émerveillé, ils savent que votre mari est très beau et qu'ils n'ont aucune chance.

Arrivée sur place, Hope retrouva Delphine au vestiaire, en train de se débarrasser de son manteau.

— D'après ma baby-sitter, il y aura plein de vieux messieurs prêts à tout pour danser avec des jeunes femmes, lui chuchota-t-elle à l'oreille.

— Elle a raison, répondit Delphine sur le même ton. Mais il devrait bien y en avoir deux ou trois sympathiques. Je te jure d'arriver à la rescousse si je vois quelqu'un de dégoûtant attenter à ta pudeur !

Hope n'était encore jamais entrée dans la salle des fêtes de Redlion. De l'extérieur, c'était un bâtiment en parpaing brut et dépourvu du moindre attrait. On n'avait même pas planté un lierre pour cacher la sinistre façade. En revanche, à l'intérieur, les dames du groupe de Belle Maguire avaient créé un décor à l'aide de papier crépon jaune et de nombreuses plantes retombantes. Enfin, un buffet où tout avait l'air délicieux était disposé sur une longue desserte. Dans le reste de la salle, les tables étaient couvertes d'une nappe jaune et décorées de roses de même couleur, tandis que les lampes avaient été équipées d'ampoules à la lumière assez douce pour flatter les visages de tout âge et donner une ambiance de fête. On voyait bien qu'elles avaient fait un énorme travail pour que ce soit parfait.

À sept heures et demie, les participants commencèrent à arriver, mélange habituel de gens qui avaient eu le temps de se mettre en tenue de gala et d'autres qui venaient directement de leur travail. Hope et Delphine furent chargées de proposer des tickets aux personnes installées qui avaient commencé à dîner devant des assiettes bien remplies. Hope, qui n'avait rien avalé depuis le déjeuner, jetait des coups d'œil affamés aux plats de viande froide et de saumon parfaitement présentés. À huit heures, la salle était comble et la soirée battait son plein. D'aucuns ne s'intéressaient pas au buffet mais profitaient, autant que possible, de la gratuité des boissons pendant la première heure.

— Croyez-vous que ce soit une bonne idée, d'offrir une heure de boissons gratuites ? demanda Hope à Belle quand la queue au bar atteignit des proportions imposantes.

Belle lui répondit d'un sourire énigmatique.

— Attendez les enchères. Ils sont beaucoup plus généreux quand ils ont bu ! Vous verrez que, au bout du compte, nous aurons ramassé une fortune.

Elle avait raison. À dix heures, Hope avait vendu presque tous les billets et le plancher tremblait sous les pieds des joyeux fêtards qui dansaient au son d'un orchestre de disco. Hope avait déjà été invitée plusieurs fois et il ne s'agissait pas de vieillards comme l'avait prétendu Geraldine. Eugene avait amené quelques amis qui n'avaient été que trop heureux de s'occuper de la jolie Mme Parker, si séduisante dans sa longue robe de mousseline à fleurs !

En fait, l'assemblée était plutôt brillante. De nombreuses adolescentes, toutes plus belles les unes que les autres, déambulaient en feignant l'ennui de devoir sortir avec leurs parents, mais cherchaient secrètement à attirer l'attention d'une des rock stars locales venue avec sa femme, ex-mannequin de *Vogue*, qui surveillait les jeunes beautés d'un œil méfiant. La célébrité qui avait racheté Shanrock Castle était accompagnée par des invités venus de Los Angeles, dont l'un tentait un numéro tiré de *Riverdance* avec la barmaid du pub. Les amies de Delphine, une bande de superbes jeunes femmes qui donnaient l'impression d'avoir passé la journée dans un salon de beauté à se bichonner, étaient très remarquées par les Américains et les amis d'Eugene. Deux des beaux artistes danois qui avaient loué une maison à côté de la Maison des créateurs depuis le mois de mars, arrivés en Harley, bénéficiaient d'un cours de cuisine irlandaise donné par Lucille. Elle estimait qu'ils devaient absolument goûter des *crubeens* avant de repartir pour le Danemark.

— Que sont les *crubeens* ? demanda naïvement le plus jeune en prenant une grosse bouchée.

— Des pieds de porc, répondit-elle aimablement. Ceux de derrière, pour être précise, car il y a plus de viande dessus. Quelqu'un en veut-il encore ?

— Vous vous en sortez ? demanda Belle à Hope en la croisant dans les toilettes, où elle essayait de calmer la rougeur de ses joues.

— Très bien ! répondit-elle, ravie. L'argent rentre à flots.

— Parfait ! Nous passons bientôt aux enchères mais j'ai un problème. Une des dames de l'équipe m'a laissée tomber.

— Puis-je vous aider ?

Belle lui sourit.

— J'espérais que vous me répondriez ça.

C'est ainsi que Hope, non sans angoisse, se trouva sur la scène avec sept autres personnes de la région qui avaient accepté, avec bonne humeur, d'être mises aux enchères. Danny, un paysagiste, offrait une journée de jardinage. Shona, une décoratrice de talent, promettait une consultation pour refaire la décoration d'une maison, tandis que Delphine donnait un soin du visage.

Hope ne savait pas très bien ce qu'elle pouvait mettre en jeu.

— L'art d'élever des poussins, suggéra malicieusement Mary-Kate depuis la piste de danse, où elle ne risquait rien.

— Pourquoi ne nous rejoins-tu pas ? dit Hope.

— Tu es beaucoup plus jolie que moi !

— Non, intervint Belle. C'est parce qu'elle a refusé.

Avec ses cheveux relevés en haut chignon et son ensemble rose très décolleté d'où jaillissait majestueusement sa magnifique poitrine, Belle faisait penser à la patronne d'une maison close prospère.

— Que suis-je censée faire ? s'inquiéta Hope.

— Tout le monde me vante vos mérites d'organisatrice. Una Hutchinson n'arrête pas de chanter vos louanges ! Proposez deux heures de classement de papiers administratifs ou professionnels.

— Je ne fais pas vraiment ce genre de choses... protesta Hope.

— Ne dites pas de bêtises ! Vous vous sous-estimez. Vous êtes une femme intelligente, ne l'oubliez pas !

Les enchères furent lentes à démarrer mais quand arriva le tour de Shona, elles s'envolèrent.

— Trois cents livres, vous vous rendez compte ! dit Shona d'un ton ravi quand le marteau tomba.

— Seigneur ! chuchota Hope à Delphine d'un ton très gêné. Personne ne va faire monter les enchères pour moi. Je vais mourir de honte. Pourquoi me suis-je laissé entraîner dans cette histoire ?

Belle, en parfaite maîtresse de cérémonie, invita Hope à la rejoindre sur la scène et commença à vanter ses mérites puis ouvrit les enchères. Hope sourit à l'assistance d'un air figé. Si seulement Matt avait été là ! Il aurait lancé un chiffre élevé, rien que pour lui éviter une humiliation publique.

— Cent livres ! lança Eugene, en véritable ami qu'il était.

Hope lui sourit.

— Cent cinquante, offrit Mary-Kate.

— Cent soixante-quinze, relança Paddy Slattery, qui lui avait vendu les poussins.

Hope soupira. Si Paddy l'emportait, il lui demanderait probablement de nettoyer son poulailler à sa place !

— Deux cents ! dit Erwin.

Elle lui sourit aussi. Elle avait déjà trié ses papiers.

— Deux cent cinquante, dit un homme en fauteuil roulant.

À côté de lui, Una Hutchinson adressa un signe enthousiaste à Hope, pouces levés.

— Deux cent soixante-quinze, reprit la femme du boucher d'un ton encourageant.

— Trois cents, lança la rock star d'une voix enrouée, sous le regard féroce de sa femme.

— Trois cents, répéta Belle en jetant un regard à la ronde.

Les enchères paraissaient terminées. On n'entendait plus qu'un CD qui passait en sourdine et le bruit des verres qu'on reposait brutalement sur le comptoir du bar.

— Plus d'offres ? cria Belle.

— Trois cent vingt-cinq ! dit l'employé du boucher, sans doute à l'instigation de son patron.

— Trois cent vingt-cinq livres, reprit Belle, estimant sans doute que les enchères n'iraient pas plus loin. Une fois, deux fois…

— Quatre cents ! lança une voix que Hope connaissait bien.

Une des dames du comité organisateur, proche du coma éthylique à force de boire du cognac, poussa un cri de joie.

— Fantast-hic ! bafouilla-t-elle. Ch'espère que ch'est pas mon mari qui a dit cha !

— Qui a enchéri ? chuchota Shona, fascinée.

Elle essayait de distinguer quelque chose au milieu des visages massés au fond de la salle peu éclairée. Hope, pour sa part, n'avait pas besoin de voir son « acheteur » pour connaître son nom. Elle aurait reconnu sa voix entre mille. Christy De Lacy. Elle avait les joues brûlantes.

— Quatre cents livres, qui dit mieux ? insista Belle, sachant saisir ce qui était bon.

Elle n'eut aucune difficulté à distinguer le visage sombre de Christy au milieu des invités.

— Une fois, deux fois… Adjugé ! Adjugé à monsieur De Lacy pour quatre cents livres.

Elle baissa le ton pour s'adresser à Hope :

— Veinarde ! J'aimerais bien être vendue à cet homme pour ce prix-là. J'accepterais même pour quatre livres, ajouta-t-elle avec un gloussement lascif.

Hope se demanda si elle n'allait pas faire elle-même un chèque de quatre cents livres au profit des chiens d'aveugles. Elle n'avait absolument pas l'intention de passer une seule minute en compagnie de Christy.

Quand la vente fut terminée, Belle annonça que le bar fermerait dix minutes plus tard. Il se produisit alors une terrible ruée vers le fond de la salle. Quelques personnes commencèrent aussi à rassembler leur sac et leur manteau pour s'en aller. Belle invita ensuite les « acheteurs » à se présenter pour s'organiser avec ceux dont ils avaient gagné les services. Les lumières furent allumées en grand et Hope regarda Christy, irrésistible dans un de ses costumes Hugo Boss, traverser la salle vers la scène.

— C'était extrêmement gentil d'offrir une telle somme, dit Belle en le détaillant du regard.

— C'est pour la bonne cause, ronronna-t-il.

— Je ne vous aurais pas cru intéressé par les œuvres de charité, rétorqua sèchement Hope.

Belle lui jeta un coup d'œil pénétrant mais ne fit aucun commentaire.

— Quand pouvez-vous venir à l'hôtel m'aider à mettre de l'ordre dans mes affaires ? demanda Christy très bas. Nos petites rencontres me manquent.

Hope ne répondit pas, terrifiée à l'idée que quelqu'un puisse entendre. Delphine et Eugene n'étaient qu'à un mètre d'eux, et Mary-Kate bavardait avec Shona encore plus près.

— Puis-je vous raccompagner chez vous, Hope ? proposa Christy à voix haute. C'est sur mon chemin et je dois être de retour au Manoir à onze heures et demie.

— Non, refusa Hope d'un ton abrupt. Eugene et Delphine me ramènent. Ma baby-sitter habite à côté de chez eux et ils la reconduisent en passant.

— Je peux le faire, dit Christy d'une voix conciliante.

Hope jeta un regard implorant à Delphine, mais elle était occupée à prendre son manteau et ne remarqua rien.

— Eugene, je déposerai Hope au passage, proposa Christy, cela vous évitera le déplacement.

— Je ne sais pas… Si vous êtes sûr… hésita Eugene, pris entre son antipathie à l'égard de Christy et son envie de ne pas avoir à conduire sur le chemin défoncé de Curlew Cottage.

— Absolument ! insista Christy.

À moins de déclencher une véritable dispute, Hope n'avait pas d'autre solution que de mettre sa veste, dire au revoir à tout le monde et partir avec Christy. Elle aurait pu refuser sans donner d'explication, mais cela aurait attiré l'attention de Delphine et Eugene. Elle aurait dû avouer qu'elle était une idiote capable de flirter avec Christy. Qu'il aille au diable ! Il ne voyait donc pas qu'elle n'était pas intéressée ? Apparemment, il ne voyait en effet rien du tout.

— Faites attention à la marche, murmura-t-il en lui prenant le bras comme ils quittaient le chemin pour entrer dans le parking.

Hope retira vivement son bras, comme si elle s'était brûlée.

— Tout va bien, dit-elle d'un ton sec.

Il lui jeta un regard plein de reproche, jouant de ses yeux de chiot attendrissants.

— Fatiguée ? dit-il. Ne vous en faites pas. Vous serez assise dans un instant et vous pourrez enlever vos chaussures.

Son regard glissa sur elle, comme s'il envisageait de lui ôter beaucoup plus que ses hauts talons.

Arrivé devant sa voiture de sport gris métallisé, il neutralisa l'alarme puis ouvrit la porte côté passager en s'inclinant.

— Madame, dit-il de sa voix suave en l'aidant à s'installer.

Hope eut une brusque impression de déjà-vu tandis que Christy claquait la portière. Elle trembla au souvenir de ce qui s'était passé la dernière fois qu'elle s'était assise dans cette voiture. D'un geste raide, elle lissa sa jupe sur ses genoux, puis croisa les bras sur sa poitrine en guise de protection. S'il ne comprenait pas le message, elle le lui dirait clair et net : elle aimait Matt et elle ne voulait pas le tromper. Ce qui s'était passé avait été une grosse erreur.

— Vous êtes bien ? dit-il en se glissant derrière le volant.

Les effluves puissants de Givenchy pour Homme se répandaient dans l'habitacle. Christy avait dû s'en inonder.

— Oui, répondit Hope, préférant se montrer courtoise. Je suis fatiguée, Christy. Je commence tôt, demain matin.

— Oui, Una est absente à partir de demain. Je sais que vous vous débrouillerez quand même très bien. Vous êtes très compétente, madame Parker, dit-il en lui jetant un regard plein de sous-entendus.

Hope choisit de l'ignorer.

Ils roulèrent en silence. Christy traversa Redlion à vive allure, au mépris de la vitesse limitée à quarante-cinq kilomètres à l'heure et quand la voiture commença à tressauter dans le chemin défoncé de Curlew Cottage, Hope se sentit soulagée. Elle était chez elle. Christy n'avait pas dit un mot et n'avait pas tenté le moindre geste. Il s'arrêta tranquillement devant la maison.

— Merci, dit sèchement Hope en sortant de la voiture.

À son grand étonnement, Christy fit de même.

— Je dois ramener Geraldine chez elle, je crois ? se justifia-t-il en voyant sa surprise.

— Euh… Oui, mais je pense que je vais lui demander de rester pour la nuit, balbutia Hope.

Elle n'avait pas du tout l'intention de laisser la pauvre Geraldine seule avec lui.

— J'entre, dit-il avec son sourire moqueur.

Hope eut du mal à trouver sa clef et à ouvrir, tant l'anxiété la rendait maladroite. Il ne tenterait certainement rien à l'intérieur, avec Geraldine pour les voir ! Mais il n'y avait aucun signe de la jeune fille. Décomposée, Hope se souvint de lui avoir dit que, si elle était fatiguée, elle n'avait qu'à laisser un mot et s'installer dans la chambre d'amis. Mais il n'était que onze heures et demie, bien trop tôt pour se coucher.

— Elle est sans doute allée dormir, dit Christy en fermant la porte sans un bruit.

— Oui, répondit Hope nerveusement.

Elle se débarrassa de sa veste et chercha du regard un éventuel mot de Geraldine. Elle réfléchissait à toute vitesse. Son chaperon était parti et elle devait se libérer de Christy avant qu'il devienne entreprenant.

— Eh bien ! Christy, merci de m'avoir ramenée, murmura-t-elle.

Elle essaya de prendre le ton d'une hôtesse faisant comprendre à ses invités qu'ils sont restés trop longtemps et non pas celui d'une femme seule avec un homme qu'elle a déjà embrassé.

— Tout le plaisir était pour moi, susurra-t-il.

Il posa doucement ses clefs sur la table basse, ôta son veston avec des allures de serpent en train de muer et s'approcha de Hope d'un rapide mouvement.

— Hope ! souffla-t-il, la prenant dans ses bras.

Il pencha la tête et l'embrassa, sans lui laisser le temps de protester.

— Non ! dit Hope quelques instants plus tard, le temps de libérer sa bouche.

Christy resserra son étreinte d'une main et, de l'autre, remonta sa jupe en mousseline pour caresser la peau si douce de sa cuisse nue.

Hope suffoqua de surprise. Tout cela était irréel. Elle avait l'impression de regarder un film plutôt que de vivre la scène qui se déroulait. Tandis que Christy insistait, elle avait l'impression de se dédoubler et d'assister de loin aux efforts qu'elle faisait pour le repousser. Il était d'une force étonnante et devait être sourd car, le visage enfoui dans son cou, il n'entendait pas ses protestations.

— Arrêtez, Christy ! répétait-elle avec violence mais en chuchotant.

Elle redoutait que Geraldine ne l'entende et ne descende voir ce qui se passait.

— Arrêtez !

Elle fut soulagée de le voir enfin relever la tête et la regarder, les yeux pleins de désir mêlé d'irritation.

— Hope, arrêtez de vous défendre, vous savez que vous avez envie de moi ! murmura-t-il. Vous ne disiez pas non, à l'hôtel. Depuis, je n'ai pas cessé de penser à vous. Vous êtes tellement sexy ! Bon Dieu ! J'ai cru devenir fou à l'idée de ne pas vous avoir.

Elle saisit une des mains de Christy et l'écarta d'elle. Elle n'éprouvait rien même de vaguement sexuel à l'égard de Christy. Tout ce qui avait pu l'attirer en lui avait disparu au moment où elle avait réalisé qu'elle avait trompé Matt en l'embrassant. Et il remontait sa jupe pour la caresser contre sa volonté ! Comment osait-il ? Quel culot !

— Est-ce que vous m'avez entendue ? reprit-elle un peu plus fort. Arrêtez tout de suite ! Je ne veux pas et je vais me mettre à hurler si vous n'arrêtez pas.

Elle réussit à le repousser et ils se retrouvèrent face à face, les cheveux en bataille, la bouche rougie, le souffle court, et les vêtements en désordre.

— Ce n'est pas ce que vous disiez, l'autre fois, fit Christy d'une voix furieuse. Vous m'avez plutôt sauté dessus ! Vous n'aviez rien contre, dans ma voiture, il me semble ? Pourquoi faites-vous la timide, maintenant ? Et à l'hôtel, vous étiez prête à tout avant que mon téléphone sonne. Osez me dire que ce n'est pas vrai ?

— Je crois que vous devriez sortir de chez moi, maintenant, lança alors une voix grave et furieuse. Sinon, j'appelle la police.

Christy et Hope sursautèrent et levèrent les yeux. Matt se tenait en haut de l'escalier, livide de colère. Hope crut que ses jambes allaient la trahir.

— Nom de Dieu ! dit Christy.

Il avait blêmi en voyant apparaître un rival à la carrure impressionnante, qui avait la loi pour lui et, peut-être, une batte de base-ball cachée quelque part. Il ramassa son veston et ses clefs en un éclair, et sortit tout aussi vite. La porte retomba en grinçant alors qu'il démarrait déjà, faisant jaillir les gravillons du chemin.

Le silence régnait dans le cottage, mais il n'était ni agréable ni paisible. Hope ferma les yeux. Elle aurait tout donné pour revenir en arrière, ne serait-ce que de quelques minutes. Cela aurait suffi. Qu'avait vu Matt ? Qu'avait-il entendu ? Peu importe qu'elle ait essayé de se libérer de Christy, les apparences étaient contre elle si l'on ne connaissait pas les faits.

— Je suis si contente que tu sois là ! balbutia-t-elle.

Elle aurait seulement voulu que ses jambes la soutiennent un peu mieux. Son cœur, qui battait déjà la chamade à cause de Christy, avait accéléré après l'apparition de Matt.

— Il s'était collé contre moi et il refusait de me laisser, dit-elle d'un ton paniqué. Je lui ai ordonné de s'en aller mais il ne voulait pas. Tu m'as entendue le lui demander, n'est-ce pas ?

Elle fixait Matt, toujours immobile dans l'escalier. Elle ne l'avait jamais vu dans une telle colère de toute sa vie. Sa mâchoire était crispée de fureur, sa bouche n'était plus qu'une fine ligne haineuse. Il aurait été tout à fait capable de massacrer Christy De Lacy. Cela arrivait, pensa Hope, quand un homme surprenait sa femme avec un autre. *Sa femme avec un autre*. Hope dut s'asseoir. Ce n'était pas un épisode de feuilleton à l'eau de rose. C'était la réalité. Il s'agissait de sa vie. Il fallait arranger la situation au plus vite.

— Matt, dit-elle péniblement, ce n'est pas ce que tu crois. Il a essayé et il refusait de me laisser tranquille, tu t'en es rendu compte, n'est-ce pas ? Tu as bien vu que je ne voulais pas ?

Matt pouvait être brûlant de colère, sa voix n'en était pas moins glaciale.

— J'ai vu et entendu beaucoup de choses, fit-il lentement en la dévisageant comme s'il la voyait clairement pour la première fois. Quel dommage que je sois rentré tôt pour vous faire une surprise, à toi et aux enfants. Désolé d'avoir interrompu ta petite soirée torride !

— Ce n'est pas vrai ! protesta Hope dont la voix devenait plus aiguë sous l'effet de la peur.

Matt ne l'avait jamais regardée de cette façon, si froide et si douloureuse. Il ne se conduisait pas non plus comme quand ils se disputaient. En principe, il criait et s'énervait. Là, même s'il paraissait au bord de l'explosion, il gardait un ton grave et peiné. Hope réalisa qu'il paraissait anéanti.

— Ce n'est pas vrai ! répéta-t-elle.

— N'insulte pas mon intelligence. Je vous ai entendus bien avant que tu ne me voies. J'ai tout entendu.

Prise de faiblesse, Hope s'appuya aux coussins du canapé. Même ses mains tremblaient, à présent.

Matt descendit lentement l'escalier, et Hope se redressa et courut vers lui pour le prendre dans ses bras et lui dire qu'elle l'aimait. Il la serrerait dans ses bras, lui aussi, et tout s'arrangerait. Elle était à quelques centimètres de lui quand il recula.

— Ne me touche pas ! siffla-t-il entre ses dents.

Hope vacilla. Elle recula d'un pas, ne sachant que faire, les yeux fixés sur le visage fermé de son mari. Elle aurait préféré qu'il se mette à crier, qu'il l'insulte et la traite de traînée pour avoir seulement pu regarder un autre homme. Mais ce visage douloureux, cette expression encore incrédule devant la trahison, elle ne pouvait les supporter.

— Matt, je t'en prie, supplia-t-elle d'une voix étranglée. Laisse-moi t'expliquer !

— Tes pauvres explications ne m'intéressent pas, rétorqua-t-il.

— Tu dois m'écouter ! S'il te plaît ! Tu ne m'écoutes jamais, tu ne veux jamais savoir ce que j'ai à dire…

— Ah ! C'est donc cela !

Ses yeux jetaient des flammes.

— C'est ma faute, si je comprends bien ?

— Non, mais tu ne m'écoutes jamais, cria Hope. C'est comme ça, avec toi. Je veux seulement t'expliquer ce qui s'est passé. Ecoute-moi, je t'en prie ! Ce n'était rien. Il avait envie de moi et il n'a pas compris que j'étais mariée et que je t'aime. Parce que je t'aime, tu le sais !

— Et c'est pour cette raison que je ne peux pas te pardonner, dit-il, le regard vide. Je le croyais. Je n'ai jamais été proche des miens et, toi, tu n'avais que Sam. J'imaginais que nous étions tout l'un pour l'autre. Tu étais ma seule famille et je pensais être la tienne. C'est cela que tu as détruit.

— Non ! Il ne s'est rien passé.

Il la regarda avec une expression proche du dégoût.

— C'est encore pire. Tu nous as détruits pour rien. Je croyais que ce genre de comportement était réservé aux hommes !

L'espace d'un instant, il parut prêt à pleurer. Hope ne l'avait vu dans cet état-là que deux fois, quand les enfants étaient nés. Elle ne pouvait envisager d'autres circonstances où cela lui arriverait. Mais il la regarda et elle vit son visage se durcir. Il se détourna d'elle et remonta l'escalier.

Hope éclata en sanglots et se laissa tomber sur le canapé, serrant ses genoux contre elle. Qu'avait-elle fait ? Tout était sa faute. Elle ne pouvait même pas en vouloir à ce sale Christy, qui n'avait que flirté avec elle. C'était à elle de lui dire que cela ne l'intéressait pas. Mais elle ne l'avait pas fait.

Un bruit dans la chambre lui fit lever les yeux. Elle reconnut le grincement du tiroir de la commode. Le bois était très vieux et craquait fort quand on l'ouvrait. Il n'y avait presque rien dedans, à part quelques chemises que Matt portait à Bath pour travailler et dont il n'avait pas eu besoin à Redlion. Hope écarquilla les yeux d'horreur. Il n'avait pu ouvrir ce tiroir que s'il faisait ses valises ! Elle se rua donc à l'étage et essaya d'ouvrir la porte de leur chambre, mais elle était fermée à clef.

— Matt, murmura-t-elle, debout sur le palier, rongée par l'angoisse. Laisse-moi entrer, s'il te plaît.

Il ne dit rien et le bruit de tiroir continua.

— S'il te plaît, souffla Hope. S'il te plaît !

Quelques minutes plus tard, il déverrouilla la porte et apparut, livide. Vêtu de sa veste en daim noire, il portait d'une main leur plus grosse valise et, de l'autre, son ordinateur portable.

Hope recula sous le choc, avec l'impression que tout son sang la quittait.

— Où vas-tu ? balbutia-t-elle péniblement.

— Aucune importance, répondit Matt d'un ton acerbe, à partir du moment où c'est loin de toi.

— Tu ne peux pas faire ça, gémit-elle. Tu m'as déjà quittée, tu m'as plantée ici toute seule et tu m'as oubliée. Tu ne vas pas recommencer.

— Je ne t'abandonne pas, rétorqua-t-il violemment. Je te laisse avec ton amant. Mais ne lui donne surtout pas l'idée qu'il va pouvoir me prendre mes enfants, parce que je l'en empêcherai !

— Matt, arrête et réfléchis, s'il te plaît ! supplia-t-elle. Je peux t'expliquer. Pense aux petits ! J'étais seule, je me sentais déprimée sans toi et, quand il a flirté avec moi, je lui ai répondu sur le même ton, c'est tout. Rends-toi compte ! Tu étais parti, tu m'avais laissée seule et tu ne me téléphonais presque jamais.

Elle savait que ce n'était pas une excuse et qu'elle n'aurait jamais dû lui dire cela.

— Je t'ai laissée pour travailler, pas pour m'envoyer en l'air avec les femmes qui me draguent.

— Ce n'est pas ça, insista Hope sans succès. Mais écoute-moi !

— Non, je ne veux pas de tes excuses minables. Quand je pense que tu as osé te plaindre de Finula parce que je lui plaisais ! Tu savais très bien que je n'aurais même pas regardé une autre femme. Et c'est toi qui sors avec un homme…

— Je ne suis sortie avec personne ! cria Hope. Pourquoi ne m'écoutes-tu pas, pour une fois !

— Ecoute-toi toi-même, dit Matt froidement. Tu es pathétique. Tu veux tout avoir ? Ce n'est pas possible ! Tu ne peux pas me garder en même temps que ton amant.

Il posa sa valise et son ordinateur en haut de l'escalier et entra dans la chambre des enfants. Hope ne l'y suivit pas, mais elle l'entendit se baisser pour embrasser Millie puis Toby et chuchoter : « Au revoir, mes chéris. À bientôt. » Sa voix se brisa quand il ajouta : « Je vous aime très fort, ne l'oubliez pas. »

À cet instant, elle cessa de lutter contre ses larmes et sanglota sans retenue. Qu'avait-elle fait ?

Matt sortit de la chambre et fit comme si elle n'existait pas. Il descendit sa lourde valise. Hope le regardait, impuissante.

Elle essaya encore de l'arrêter à la porte d'entrée.

— J'ai flirté avec lui, hoqueta-t-elle.

Sous l'effet du chagrin et de son sentiment de culpabilité, elle en disait plus qu'elle n'en avait eu l'intention.

— Rien de plus ! Il a mal compris et il a essayé d'aller plus loin. Je ne voulais pas, tu le sais, Matt. Je t'aime, je t'aime !

Il la dévisagea d'un regard blessé.

— Vraiment ?

— Je t'en prie, ne t'en va pas. Pense aux enfants, ajouta-t-elle en dernier recours.

— Tu peux me joindre sur mon portable s'ils ont besoin de moi, dit-il froidement. Sinon, inutile de m'appeler. Je ne veux pas te parler. Quand je serai installé, je te donnerai le numéro de téléphone et l'adresse. Je ne vis plus ici.

Sur quoi il ouvrit la porte et sortit ses bagages.

— Un taxi va arriver. Je préfère l'attendre dehors.

Et il claqua la porte.

Le chauffeur ne fit apparemment aucun commentaire quand Matt posa sa valise dans la voiture car Hope, qui écoutait en pleurant, appuyée contre la porte, ne perçut aucun son de voix. Elle entendit seulement la voiture qui s'éloignait, tressautant dans les nids-de-poule. Elle se laissa glisser au sol et pleura toutes les larmes de son corps.

Le lendemain matin, en se garant devant Curlew Cottage, Delphine s'étonna de voir les rideaux encore fermés à dix heures. Hope et elle avaient prévu d'emmener les enfants à Killarney. D'habitude, à cette heure-là, la maison bourdonnait d'activité. Delphine se demanda si l'un des bambins était malade. Elle s'apprêtait à dire : « Tout va bien ? » quand Hope ouvrit la porte. En la voyant, les mots se figèrent sur ses lèvres.

Visiblement, ça n'allait pas, et Hope avait une mine épouvantable. Non, le mot n'était pas encore assez fort. Elle avait l'air de quelqu'un qui vient de s'extraire d'un accident de voiture où il n'y a pas d'autre survivant. Elle avait les yeux gonflés et rouges dans un visage livide, décomposé, et tremblait de façon terrifiante.

— Delphine ! gémit-elle d'une voix cassée. Matt est parti, il m'a quittée. Il a trouvé Christy ici et il en a conclu le pire.

Hope s'abandonna sur l'épaule de Delphine, secouée de terribles sanglots secs.

Malgré son désir d'en savoir plus sur ces déclarations ahurissantes, Delphine n'avait pas été élevée pour rien sur le modèle de sa tante. Mary-Kate était l'incarnation même du calme dans ce genre de situation et, après l'avoir vue à l'œuvre depuis l'enfance, Delphine savait s'occuper d'autrui sans poser de questions.

Elle ferma la porte et entraîna Hope jusqu'au canapé. La télévision hurlait. Millie et Toby, fascinés, regardaient des dessins animés, plusieurs paquets de bonbons éparpillés autour d'eux. Delphine savait pourtant que Hope faisait très attention à ne pas leur inculquer le goût des sucreries. À la place, en guise de gourmandises, elle leur donnait des yaourts et des fruits secs.

— J'ai pensé que si je leur autorisais les bonbons, ils ne se rendraient pas compte que ça va mal, dit Hope en se tordant les mains. Je ne veux pas qu'ils sachent ce qui se passe.

— Tu as bien fait. Il n'y a rien de mal à cela de temps en temps. Imagine que nous devions nous passer de chocolat, nous les adultes ? répondit Delphine avec un sourire.

Mais Hope ne le lui rendit pas. Elle était trop désespérée pour cela.

— Quand est-ce arrivé ? demanda Delphine en serrant très fort la main tremblante de Hope.

— Hier soir, murmura Hope. Matt était là quand Christy m'a ramenée. Il avait pris un taxi et renvoyé Geraldine chez elle avec le chauffeur et puis… C'était horrible ! Il est parti et ne reviendra jamais.

— Et tu n'as pas pu dormir ?

Hope leva vers elle des yeux désemparés.

— Tu aurais pu ?

Delphine se rendit dans la cuisine et prépara une grande tasse de café très fort, où elle ajouta une goutte de cognac. Elle l'apporta ensuite à Hope en espérant qu'elle pourrait la tenir sans rien renverser.

— Tu as mis de l'alcool dedans, dit Hope après la première gorgée. Je ne pourrai pas conduire.

— De toute façon, tu n'es pas en état de conduire ! répliqua Delphine d'un ton ferme. Bois ! Ensuite, tu vas aller prendre une douche, te coiffer et te maquiller. Et nous pourrons parler si tu en as envie. Mais d'abord, tu dois te rendre présentable pour Millie et Toby. Il ne faut pas qu'ils te voient dans cet état. C'est une priorité absolue.

— Tu as raison, dit Hope dont les yeux se remplissaient de nouveau de larmes. J'ai honte de moi. Ils méritent une meilleure mère…

— Allons, allons, chut ! dit doucement Delphine en la serrant contre elle. Tu es une mère formidable mais tu as eu un choc, Hope. C'est normal de pleurer, tu n'es pas une machine.

Hope but le café jusqu'à la dernière goutte avec la mine d'un gamin obligé d'avaler un médicament au goût âcre, puis elle monta avec obéissance prendre une douche. Elle réussit à se laver, se sécher les cheveux et se maquiller un peu pour retrouver figure humaine en s'interdisant de penser. Mais ses mains tremblaient toujours quand elle enfila le chemisier rose vif que Millie aimait tant. Pour Matt, c'était aussi la couleur qui lui allait le mieux. Il le lui avait dit. Non, elle ne devait pas penser à lui ! Elle toucha du bout des doigts la boîte à pilules de sa mère, les laissant posés sur le couvercle peint comme pour y puiser de la force ou une inspiration. Mais elle ne sentit rien, rien d'autre que de la honte et de la culpabilité. Sa mère l'aurait bannie.

Pendant ce temps, Delphine s'occupait des enfants.

— Comment ça va ? leur demanda-t-elle gaiement.

Toby était trop absorbé par la télévision pour répondre, mais Millie se tourna vers Delphine d'un air solennel.

— Nous allons bien, fit-elle d'un ton sérieux, mais maman a mal à la tête. Elle me l'a dit. C'est pour ça qu'elle pleure.

— Pauvre maman, renchérit Delphine. Les mamans ont parfois très mal à la tête. Elles ont besoin de beaucoup d'amour et de baisers pour guérir. Tu m'aideras ?

Millie accepta d'un hochement de tête.

— Vous avez eu votre petit déjeuner ?

Millie fit de nouveau oui de la tête, puis chuchota :

— J'ai tout renversé et elle ne s'en est même pas rendu compte !

— On en refera un autre tout à l'heure, dit Delphine d'un ton énergique.

Millie reprit sa place devant la télévision. Au bout d'un quart d'heure, Hope redescendit, toujours très pâle mais beaucoup plus présentable. Millie et Toby se jetèrent sur elle.

— Maman, on a eu du pain grillé avec du chocolat dessus, et Toby en a mis sur son tee-shirt, annonça Millie en gloussant de rire.

— C'est pas vrai ! dit Toby avec colère.

Tandis qu'ils se chamaillaient tout en la câlinant, Hope chercha Delphine des yeux par-dessus leurs têtes et articula un « merci » muet. Ils cessèrent bientôt d'accaparer l'attention de leur mère et Delphine refit alors du café – cette fois, sans cognac –, puis s'assit avec Hope à la table de la cuisine. Hope lui raconta tout, sans rien laisser de côté, aussi embarrassée fût-elle de certains aveux.

— Il paraît que cela fait du bien à l'âme de se confesser, conclut Hope tristement.

— C'est ce que ma mère m'a toujours dit, renchérit Delphine. Mais, pour elle, cela veut dire plus ou moins qu'il ne faut plus jamais recommencer la même erreur. Or, je ne crois pas que nous fonctionnions de cette façon, nous autres humains. Nous n'arrêtons pas de nous tromper.

— Mais pas comme moi, certainement pas ! dit Hope d'un ton découragé.

— Ne sois pas trop dure avec toi-même, lui conseilla Delphine. Tu ne l'aurais pas fait spontanément. Christy est un maître de la séduction. Tout le monde a un passe-temps favori. Voilà le sien. Je l'ai vu flirter avec des clientes juste pour le principe. Il ne peut pas s'en empêcher. Et comme tu es mariée, c'était une sorte de défi pour lui.

Hope n'avait pas l'air convaincue.

— J'aurais dû me méfier, reconnut-elle, le regard fixé sur sa tasse.

— Réfléchis, Hope ! Tu étais aussi innocente qu'un agneau qu'on conduit chez le boucher. Le fonds de commerce de Christy, c'est de distraire les gens. Il cherche des femmes qui s'ennuient et il les amuse, il leur joue le grand jeu. Se faire inviter à déjeuner dans un endroit qui sort de l'ordinaire par un bel homme plein d'attentions aide à se croire dans un film. Cela n'arrive pas souvent dans la vie courante. C'est pour cette raison que ses proies sont toujours si enthousiastes et convaincues d'être uniques pour lui.

Hope frémit en entendant la façon dont Delphine qualifiait son aventure. Elle avait été une victime et elle avait aussi pensé, même si ce n'était qu'un bref instant, qu'elle était unique pour Christy. Il était si crédible quand il lui avait parlé de ses sentiments pour elle. Mais, bien sûr, elle n'avait été qu'une distraction. Elle avait détruit son couple pour rien. C'était l'horrible réalité.

— Le fait qu'il soit un coureur ou un play-boy et que j'aurais dû me méfier, dit-elle lentement, n'empêche pas que je me suis sentie attirée par lui. C'est ça qui me rend si honteuse. Qui suis-je pour penser seulement à tromper mon mari alors qu'il est si gentil ? Toi, tu ne ferais pas ça à Eugene. Comment ai-je pu agir ainsi avec Matt ?

Elle était trop épuisée pour pleurer encore, mais elle posa sa tête sur ses bras avec de douloureux sanglots secs.

— Tu ne l'as pas trompé ! protesta Delphine. Tu t'es laissé séduire et tu as embrassé Christy. La belle affaire ! Ce n'est rien.

— Matt ne pense pas la même chose.

— Matt ne connaît pas toute l'histoire. Tu aurais dû lui expliquer.

— Il a refusé de m'écouter, répondit lentement Hope.

Le soir, Hope trouva le courage d'appeler Matt sur son portable. Delphine avait passé la journée à l'encourager en ce sens, mais elle avait trop peur d'entendre Matt lui répondre que tout était fini. Ne pas téléphoner était sa façon de faire l'autruche. Plus longtemps elle gardait la tête dans le sable, moins vite elle devrait affronter la réalité.

Les enfants étaient en train de boire un verre de lait et de se disputer pour choisir l'histoire que Hope leur lirait quand elle se décida à faire le numéro. Elle n'eut que le répondeur et, en entendant la voix familière et calme de Matt, n'eut pas le courage de laisser un message. Elle raccrocha, la gorge nouée. Une fois Millie et Toby au lit, elle rassembla ses forces et rappela. Cette fois, elle se lança : « Bonsoir, Matt. C'est Hope. Il faut qu'on se parle. Appelle-moi, s'il te plaît, appelle-moi. Je t'aime. Je suis désolée, tellement désolée. Tu sais que, pour rien au monde, je ne voudrais te faire du mal. Crois-moi, je t'en prie. Je t'aime. » Elle ne pouvait rien dire d'autre tant qu'il ne lui répondrait pas. Elle raccrocha et appela chez Betsey et Dan, à Bath.

— Bonsoir, lâcheuse ! lui répondit Dan avec bonne humeur. Ça fait longtemps que tu n'as pas donné de nouvelles. Comment vas-tu ? Je suppose que tu veux parler à Betsey…

— Euh… Non, dit-elle avec hésitation.

Matt ne devait pas être là. Dan l'aurait immédiatement mentionné. À moins qu'il ne veuille pas qu'elle le sache ?

— Est-ce que Matt est là ? demanda-t-elle.

Elle savait que, s'il n'était pas chez Dan et Betsey, elle allait de nouveau raconter sa pathétique histoire.

Il y eut un silence.

— Non, dit enfin Dan. Il devait te rejoindre pour le week-end, Hope. Il voulait te faire la surprise… Ne me dis pas qu'il n'est pas avec toi ?

— Il est venu, Dan, soupira-t-elle. Mais nous nous sommes disputés et il est reparti et, maintenant, je n'arrive pas à le joindre sur son portable.

— Tu plaisantes ! s'exclama Dan. Vous n'êtes pas faits pour jouer les amants terribles, tous les deux.

Betsey m'inflige une scène au moins deux fois par semaine et elle s'en va. Elle ne revient qu'après avoir massacré ma carte de crédit. Je te garantis que Matt va revenir après avoir pris une bonne cuite.

Si seulement cela pouvait être aussi simple !

— Je l'espère, dit-elle.

Elle essaya de nouveau le numéro du portable de Matt et lui laissa un second message en expliquant qu'elle s'inquiétait. Est-ce qu'il pouvait la rappeler ? « Les enfants te réclament », ajouta-t-elle, sachant que c'était du chantage affectif, mais incapable de s'en empêcher. Elle aurait prétendu être mourante si cela avait pu l'obliger à appeler car, quand ils se parleraient, elle saurait le convaincre qu'elle l'aimait réellement.

24

Parmi les différentes catégories de voisins indiscrets, il y en avait une que Virginia détestait particulièrement : celle que le malheur des autres réjouit. Cela fournit un excellent prétexte à leur curiosité malsaine pour qu'ils s'autorisent à se présenter chez vous avec un sac de viennoiseries achetées n'importe où. D'un air de fausse sollicitude, ils vous demandent comment vous allez et en profitent pour espionner et voir si vous faites quand même le ménage. Heureusement ils étaient rares, mais Virginia se souvenait d'un exemple particulier. Une de ses voisines avait sonné le lendemain de la mort de Bill. Elle apportait un gâteau et attendait visiblement qu'on la prie d'entrer pour savoir si Virginia faisait face ou si elle restait assise devant la télévision comme un zombie sous tranquillisants. Laurence avait pris cette Emily Dawson pour une femme compatissante venue assurer Virginia de son soutien, comme les autres personnes qui étaient passées depuis le matin pour l'embrasser et partager sa peine. Jamie, plus observateur et plus réaliste que son frère aîné, avait tout de suite compris qu'elle était en mission et l'avait fait sortir avant qu'elle ne commence à rassembler des informations pour les commères du quartier.

« Pauvre Virginia… Regardez, elle reste assise sans bouger. J'ai vu la voiture du docteur ce matin devant la maison, il a dû lui donner des cachets… La malheureuse, elle n'est pas du tout maquillée, elle qui est toujours si élégante… Ses fils sont très gentils avec elle… Est-ce que le cadet n'était pas une vraie terreur à l'école ? » Tel serait le rapport de la curieuse, plein de fausse sympathie.

Virginia savait ce qui allait arriver, ayant passé des années à éviter Emily au cas où elle aurait des ragots sur un couple qui venait de se séparer, un voisin licencié de son travail ou une mort dans une famille. « J'aurais pu vous le dire qu'il allait la quitter… Il avait des yeux baladeurs, celui-là… Pauvre femme, seule avec ses enfants… La maison ? Un vrai dépotoir ! Non que je critique, vous pensez bien… »

C'est pourquoi elle commença par refuser la proposition de Mary-Kate de se joindre à Delphine et elle pour déjeuner avec Hope, à Killarney, afin de la réconforter.

— Je suis certaine qu'elle n'apprécierait pas du tout que j'aille chez elle, demain, dit Virginia, scandalisée. La pauvre doit déjà suffisamment souffrir à l'idée que tout le monde, à Redlion, sait que son mari l'a quittée.

— Personne ne le saura, répliqua Mary-Kate d'un ton assuré. Personne sauf toi et, toi, tu n'iras pas le crier sur les toits. Hope a besoin de quelques amies pour sortir de chez elle et avoir l'impression d'une vie normale. Tu sais qu'elle t'aime beaucoup, Virginia. Elle sera très contente de te voir. Inutile de se voiler la face : les gens sauront la vérité bien assez tôt. Nous pouvons rendre les choses plus faciles en coupant court aux pires ragots.

— Pourquoi ne lui demandes-tu pas si cela l'ennuierait que je sois au courant ? insista Virginia. Fais comme si tu ne m'avais rien dit et pose-lui la question. Si cela ne la dérange pas, je viendrai avec vous.

— D'accord, répondit Mary-Kate. Mais tu es vraiment tatillonne.

Virginia eut une petite grimace.

— J'ai eu plus d'occasions que je ne n'aurais voulu d'affronter des indiscrets, curieux d'assister à un naufrage. Je détesterais devenir comme eux !

Virginia ne put s'empêcher de penser à Hope durant tout l'après-midi. Pour elle, c'était une femme très attachante et douce, un de ces êtres qui donnent sans compter. Elle serait perdue sans son mari. Mais, pensa Virginia avec tristesse, elle aussi s'était sentie totalement perdue sans Bill, et avait dû apprendre à se débrouiller seule et à faire face, quel que soit son chagrin. Hope y arriverait aussi.

Mary-Kate l'appela dans la soirée.

— Sortez votre robe de fête, madame ! Vous déjeunez avec nous, demain. Le seul problème, c'était que Hope a eu peur que tu ne veuilles plus la voir si tu connaissais sa faiblesse à l'égard du play-boy de l'hôtel. Pour elle, tu es une femme très sage, très respectable. Elle craignait de t'avoir scandalisée.

— Pauvre chou ! dit Virginia, émue et attristée. Je suis contente que tu m'aies demandé de venir, Mary-Kate. Je crois que nous devrons expliquer à notre Hope que le monde n'est pas noir ou blanc et que ses vrais amis le savent.

— Gris ! acquiesça Mary-Kate. Le monde est gris. À ce propos, je pense que je vais mettre ma robe grise demain. Je ferais mieux d'aller la repasser.

— Mary-Kate ! dit Virginia d'un ton de reproche. Je me suis juré de te sortir de tes coloris tristes, tôt ou tard. Je suis sûre que les tons vifs te vont très bien.

— J'aurais plutôt l'air d'une grand-mère qui veut jouer les gamines, répondit Mary-Kate en éclatant de rire. Je n'ai pas ton élégance, madame Connell, pour me permettre de m'habiller comme un mannequin !

— Madame ! rétorqua Virginia avec une feinte indignation. Insinueriez-vous que, moi, j'ai l'air d'une grand-mère qui veut jouer les gamines ?

— Comment oserais-je, vous sachant championne de golf ? J'aurais trop peur d'être assommée à coups de club !

— Comme si j'en étais capable ! répondit Virginia. Non, le poison serait une bien meilleure solution. J'utiliserais un produit que tu vends en pharmacie, la police conclurait au suicide et je ne serais jamais soupçonnée.

— Tu lis trop de romans policiers. Je viendrai te chercher demain à midi.

Millie avait décidé de faire une scène. Pendant les quatre jours qui s'étaient déjà écoulés depuis le départ de Matt, les enfants avaient été très sages et plutôt collants, en réaction au chagrin de leur mère. Elle avait beau essayer de se montrer gaie et alerte, ils sentaient qu'il y avait un problème. C'est pourquoi Hope fut ravie que Millie explose le matin même du jour où elle devait déjeuner à Killarney. Tout commença quand elle entendit sa mère parler au téléphone de la façon de s'y rendre. Les enfants, quant à eux, devaient passer la journée à la crèche et Millie estima que ce n'était pas juste. Aller en ville avec tante Delphine signifiait une montagne de gâteries, de bonbons et peut-être même de glaces avec des morceaux de chocolat dedans.

— Je veux pas y aller ! Je veux pas ! hurla Millie.

Elle jeta son gobelet Barbie plein de lait contre le bol de céréales de Toby et tout vola à travers la cuisine.

— Millie ! dit Hope d'une voix menaçante.

— Non ! Je veux aller à « Larney » !

Les hurlements redoublèrent et Millie jeta, cette fois, son bol par terre. Le sol de la cuisine était couvert de lait et de céréales ramollies. Heureusement qu'il était en ardoise ! pensa Hope. Elle avait disposé des tapis partout au rez-de-chaussée pour réchauffer les pièces, hormis dans la cuisine, théâtre de bien des drames au moment des repas. Le nettoyage ne prendrait qu'une ou deux minutes, ce que Hope se sentait capable d'affronter. Au cours des derniers jours, elle s'était rendu compte que les tâches quotidiennes simples ne lui pesaient pas. Si le poêle s'éteignait, elle le rallumait calmement. Si Toby marchait avec des chaussures pleines de boue sur le tapis ocre et terre de Sienne du salon, elle nettoyait. Tous ces ennuis étaient merveilleux : on pouvait y remédier. Ce n'était pas la même chose avec Matt. Elle gérait donc la situation en évitant d'y penser. Elle restait en pilote automatique, très calme, jouant son rôle de mère sereine et responsable. Surtout, elle essayait de ne pas se laisser aller trop souvent au désespoir. Si elle ne se contrôlait pas, elle s'effondrerait.

— Toby. Tu es gentil. Je te referai un petit déjeuner dans un instant.

Elle l'embrassa dans les cheveux et entreprit de nettoyer le gâchis de Millie tandis que celle-ci, rageuse, jetait des regards noirs à son frère et sa mère. Elle voulait qu'on fasse attention à elle, qu'on la supplie d'être gentille, qu'on s'occupe d'elle. Or, c'était comme si elle n'avait pas existé. Il fallait tenter autre chose ; elle jeta donc sa cuillère, la faisant rebondir sur la table de façon à ce qu'elle tombe par terre.

Hope ne dit rien, souleva sa fille, la porta jusqu'au salon, la posa sur le canapé et lui parla d'un ton sans réplique :

— Je prends mon petit déjeuner avec Toby. Si tu ne veux rien manger, tu restes ici.

Puis elle se détourna et retourna dans la cuisine, où Toby l'attendait, laissant Millie sidérée. Elle resta assise pendant une minute en boudant puis commença à s'intéresser à ce qui se passait loin d'elle. Hope dévoilait à Toby que Giselle avait préparé de la peinture et toutes sortes de jeux à la garderie, et qu'il s'amuserait bien. Bien sûr, il irait seul, puisque Millie restait à la maison. Giselle n'acceptait pas les petites filles qui se conduisaient mal. Millie les fixait, le regard noir. Au bout d'une minute, elle descendit du canapé et revint dans la cuisine en tapant des pieds. La tristesse avait remplacé la colère dans ses yeux et sa lèvre inférieure tremblait comme quand elle était très émue ou sur le point de piquer une crise de rage.

— Je peux aller à la garderie, maman ? demanda-t-elle, au bord des larmes.

Hope feignit d'y réfléchir.

— Je croyais que tu ne voulais pas. Tu sais que Giselle n'aime pas qu'on se conduise mal. Elle serait très fâchée si tu renversais ton lait.

La lèvre de Millie trembla un peu plus fort. Hope lui tendit les bras et la serra contre elle.

— D'accord, ma chérie, dit-elle en l'embrassant dans les cheveux. Tu peux aller avec Toby. Mais je ne veux plus de scènes, tu as compris ?

Millie retrouva instantanément sa bonne humeur, le visage plissé par un grand sourire.

— Oui, maman, dit-elle de son air le plus innocent.

Une fois les enfants installés en toute sécurité à la crèche jusqu'à trois heures et demie, Hope rentra chez elle, s'allongea sur son lit et se mit à pleurer. Enveloppée dans sa couette, elle se roula de droite et de gauche, sanglotant à perdre haleine, se libérant de toutes les larmes qu'elle avait retenues. Elle pleura sur elle, sur son couple, ses enfants et, enfin, sur son mari bien-aimé. Elle pouvait à peine penser au visage douloureux de Matt sans se juger comme la femme la plus méprisable au monde. Il avait eu l'air tellement malheureux !

Elle revoyait son expression et se souvenait de ses paroles comme si elles étaient gravées dans son cœur : « J'imaginais que nous étions tout l'un pour l'autre. Tu étais ma seule famille et je pensais être la tienne. C'est cela que tu as détruit. » Elle se rappelait les débuts de leur relation. Elle était tombée amoureuse de Matt et avait commencé à se sentir totalement dépendante de lui. Un soir, elle avait pleuré en lui disant qu'elle avait toujours peur d'être abandonnée par ceux qu'elle aimait. « Moi, je ne t'abandonnerai pas, avait dit Matt tendrement. Ne crains rien, Hope. Nous sommes comme les mousquetaires, toujours présents l'un pour l'autre. Je t'aime. » C'était la première fois qu'il le lui disait. Ils se trouvaient dans un petit pub pittoresque d'Oxford, où ils passaient le week-end de Pâques.

Autour d'eux, les gens riaient, bavardaient, tapaient du pied au rythme de la musique folk en bruit de fond, réclamaient bruyamment des bières, des frites et des sandwiches. Hope ne les entendait pas, tout à son amour.

« Moi aussi, je t'aime, avait-elle murmuré avec bonheur, n'ayant pas eu le courage de l'avouer avant lui.

— Mon petit mousquetaire », avait dit Matt.

Pour leur premier anniversaire de mariage, il lui avait offert une édition ancienne du roman d'Alexandre Dumas. « *Les Trois Mousquetaires* ! », s'était-elle exclamée. Elle s'était sentie aussi heureuse que gênée, car elle avait bêtement choisi un porte-documents. « Le premier anniversaire de mariage est celui qu'on appelle les noces de papier, avait expliqué Matt avec fierté. Peut-on en trouver de meilleur que celui de ce livre ? Je l'aime beaucoup. C'est un de mes préférés. »

Tout à ses souvenirs, Hope s'assit sur le lit et ramena les genoux contre elle en se balançant, comme un enfant qu'on berce pour le consoler. Elle savait où se trouvait le livre, soigneusement emballé dans du papier et rangé dans un carton qu'elle n'avait pas ouvert depuis son départ de Bath. Curlew Cottage étant plus petit que la maison de Maltings Lane, il restait plusieurs cartons empilés dans un coin de la chambre d'amis, en attendant que les Parker rentrent chez eux. Mais où était-ce, « chez eux », à présent ? Hope se demanda avec détresse si le règlement du divorce lui permettrait de garder l'ouvrage ou si Matt réclamerait ce ruineux gage d'amour qu'il avait acheté pour investir. Si seulement il lui répondait ! Elle aurait pu lui dire qu'elle l'aimait et qu'il s'agissait d'une erreur. Mais au bout de quatre jours, elle n'avait toujours aucune nouvelle de lui. Il pouvait aussi bien être mort dans un fossé, et elle en serait responsable.

Elle s'arrêta enfin de trembler, se leva et tenta de se faire un visage présentable. Elle était rouge et bouffie de larmes. De plus, elle avait un début d'éruption cutanée sur le menton. Malgré son chagrin, elle eut un pauvre sourire en découvrant son reflet dans le miroir. Au cinéma, les femmes dont le couple se brise maigrissent, ce qui met leurs pommettes en valeur. Elles deviennent d'une beauté poignante. Dans la réalité, apparemment, on ne gagnait à ce genre de situation que des boutons et des bourrelets dus aux gourmandises que l'on ingurgitait pour se consoler.

Au cas où Matt lui aurait envoyé un e-mail, Hope alluma l'ordinateur. Il n'y avait rien de Matt, mais Sam lui avait écrit.

« Hope, ma chérie. Je me sens tellement triste pour toi. C'est affreux. Hier soir, quand tu m'as raconté ce qui se passe, je t'avoue que j'en ai été sidérée. Quel salaud ! Je vais le tuer ! Comment ose-t-il te quitter sans te donner la moindre chance de t'expliquer ! Quand on te connaît, on ne peut même pas t'imaginer avoir une liaison. On flirte tous avec d'autres personnes, même saint Matt, j'en suis certaine. Tu n'as rien à te reprocher. Tu t'es conduite comme n'importe quelle femme normale et, si Matt n'a pas la loyauté ou le bon sens de te faire confiance, il ne te mérite vraiment pas.

« Laisse-moi m'occuper de lui ! Je te jure que je vais le retrouver et lui dire ce que je pense. S'il ne t'avait pas laissée seule avec les enfants, tu n'aurais jamais risqué de tomber dans les griffes d'un sale prédateur comme ce De Lacy. Celui-là ne vaut pas mieux.

Comment a-t-il osé cherché à te séduire comme ça ! As-tu pensé à appeler la police pour porter plainte…

« Je prends le premier avion pour passer le week-end avec toi. Pas de panique ! Tu peux vivre sans Matt Parker et, le jour où il retrouvera ses esprits et voudra revenir, il me trouvera pour lui remettre les idées en place ! Tu pourras peut-être lui pardonner, mais pas moi. Je te téléphone dans la journée. Je t'embrasse très fort. Courage ! Sam. »

Hope tressaillit. Sam prenait son parti, comme toujours, mais insulter Matt ou même Christy n'était qu'une perte de temps. Elle n'avait pas l'énergie de répondre. Il avait déjà été assez difficile de tout raconter à Sam, bien qu'elle soit la loyauté personnifiée. Au téléphone, elle s'était terriblement emportée contre son beau-frère. Si elle l'avait eu en face d'elle à ce moment-là, elle aurait terminé en prison pour meurtre. « Je le tuerai pour ce qu'il t'a fait ! », avait-elle crié. Cela n'avait contribué qu'à aggraver le sentiment de culpabilité de Hope. Même si Matt n'avait pas voulu écouter sa version des faits, il s'était passé quelque chose dont elle avait honte et rien ne pouvait l'effacer.

Delphine, Mary-Kate et Virginia arrivèrent juste avant midi. Chacune apportait un cadeau. Delphine avait choisi des échantillons du masque facial au prix exorbitant qu'elle utilisait au salon de beauté de l'hôtel.

— En principe, cela doit te rajeunir la peau, dit-elle en lisant l'étiquette, même si la publicité à la télé montre une gamine de quatorze ans au visage parfaitement lisse. J'ignore donc si l'on peut y croire ! À quatorze ans, on n'a pas besoin de ça.

— Tu n'as rien pour le ravalement complet ? demanda Hope dans un effort pour paraître gaie. C'est mon seul espoir. J'ai une éruption de boutons. C'est sans doute la punition pour avoir mangé une tonne de chocolat.

— Cela n'a rien à voir avec ta peau, répondit Delphine de son ton le plus professionnel. C'est plus probablement d'origine hormonale.

— Une bonne bouteille de vin soignera ça très bien, renchérit Mary-Kate en posant son présent, six bouteilles de vin maison. Frederic, poursuivit-elle, celui qui travaille à la boutique d'artisanat, concocte d'excellents vins de sureau et de groseille. Ce n'est pas du châteauneuf de ce-que-tu-veux mais, le soir, un petit verre te met de bonne humeur.

— C'est pour cela que tu es toujours si joyeuse ? plaisanta Delphine. Un verre de distillation maison et un de tes relaxants musculaires…

— Je n'en utilise que pour mon dos ! protesta Mary-Kate.

— Oui, renchérit Virginia. Si elle veut se relaxer, elle fume du hasch !

— Tu es folle ! Tu veux me faire arrêter ? s'exclama Mary-Kate. Je t'ai dit que j'ai essayé une fois il y a plus de vingt-cinq ans dans une soirée et que ça ne m'a rien fait. J'étais toute gosse, je ne savais pas ce qu'on me donnait…

Les trois autres furent prises de fou rire.

— Si tu voyais ta tête, Mary-Kate, dit Virginia en posant un de ses fameux cakes sur la table.

— Vous êtes des chameaux, soupira Mary-Kate. Je me demande comment je peux vous fréquenter.

Hope la serra contre elle.

— Sais-tu qu'on te taquine parce qu'on t'aime ?

Pour la première fois depuis plusieurs jours, elle se sentait bien.

— Mais oui, je sais, *a stór*, dit Mary-Kate en passant au gaélique comme toujours quand elle était émue. Et maintenant, on y va ! J'ai réservé dans le meilleur restaurant de Killarney et demandé qu'on nous mette une bouteille de champagne au frais.

— On fête quelque chose ? demanda Hope, très étonnée.

— L'amitié entre filles, répondit Mary-Kate d'un ton sans réplique. À moins que ce ne soit les varices ? J'ai oublié, mais ce n'est pas important. On y va !

Après le champagne, elles burent du vin, et Mary-Kate leur fit remarquer qu'elles devraient laisser leur voiture en ville et rentrer en taxi.

— Je déteste appeler Teddy, dit Delphine en reposant ses couverts après de délicieuses coquilles Saint-Jacques. Il roule si lentement ! Ce n'est pas une voiture qu'il devrait conduire, mais un corbillard !

— S'il ne roulait pas ainsi, je n'aurais jamais vu ma petite Dinky sur le bord de la route, remarqua Virginia.

— Ç'aurait vraiment été dommage, fit Hope avec attendrissement. Millie et Toby sont toujours très heureux de jouer avec elle. Je devrais peut-être avoir un chien. Un être vivant qui dormirait sur le lit…

Elle se tut, de nouveau malheureuse.

— Ne pleure pas, Hope, dit Mary-Kate d'une voix ferme. Tout va s'arranger.

— Cela m'étonnerait. Matt ne m'a pas donné signe de vie depuis qu'il est parti ; je n'ai pas travaillé la semaine dernière et, de toute façon, je refuse de remettre les pieds à l'hôtel, conclut-elle avec un frisson à l'idée de revoir Christy. Notre seule source de revenus vient de la location de la maison à Bath. Or, cela repart aussitôt en remboursement du prêt. Sans mon salaire et les contrats de Matt, nous sommes sur la paille.

Delphine posa sa main sur celle de Hope.

— On va t'aider.

Hope la gratifia d'un sourire.

— C'est vraiment gentil, Delphine, mais je ne peux pas te demander cela.

— Il faut que tu retrouves du travail, dit à son tour Mary-Kate. La semaine prochaine, on va se mettre en chasse. As-tu prévenu Sam ?

Hope fit oui de la tête en ajoutant que sa sœur venait pour le week-end.

— Cela te remontera le moral.

— Je ne sais pas, répondit Hope d'un air sombre. Je me sens incapable de m'amuser et encore moins de travailler. Je suis tellement perdue !

— Tu dis des bêtises. Tu as besoin de travailler, cela te fera du bien.

— À propos de Teddy et des conducteurs de corbillard, intervint Virginia, profitant habilement de l'occasion pour changer de sujet, l'autre jour, j'étais sur la route de Killarney et j'ai été dépassée par une énorme voiture noire à cent vingt à l'heure ! Devinez quoi ? C'était un corbillard.

— J'espère qu'il était vide ! s'exclama Hope en écarquillant les yeux, horrifiée.

— Oui, mais il devait rouler à plus de cent vingt…

— On peut difficilement le lui reprocher, argumenta Delphine. Imagine que tu ne puisses jamais dépasser le quinze à l'heure ! Cela doit être insupportable, à la fin.

— Tu dis ça parce que tu voudrais entrer dans une équipe de course, plaisanta Mary-Kate. Depuis que tu as ta nouvelle voiture, tu te prends pour Ayrton Senna !

— Désirez-vous un dessert ? demanda le serveur.

— Non, répondit Delphine avec un sourire machiavélique, mais nous aimerions nous faire plaisir en regardant la carte…

Bien sûr, cela ne leur suffit pas et elles ne résistèrent pas en découvrant l'existence d'un « Orgasme au chocolat » !

— Qu'est-ce qu'il peut bien y avoir dedans ? s'étonna Mary-Kate.

— Si tu dois le demander, c'est que tu ne le sauras jamais ! répondit Virginia en piquant sa fourchette dans une montagne de chocolat noir.

Il était presque trois heures de l'après-midi quand elles sortirent du restaurant pour s'entasser en gloussant de rire dans le taxi de Teddy.

— Bonjour, mesdames, dit-il d'un ton méfiant.

Ces bonnes femmes hilares l'effrayaient un peu. Quand il les ramenait chez elles après leurs soirées bizarres, elles riaient toujours comme des folles et se tenaient mal. Il s'attendait à ce que l'une d'elles, un de ces jours, lui fasse des propositions malhonnêtes. Un homme ne se sentait vraiment pas en sécurité avec ce genre de passagères.

Elles avaient laissé à Virginia l'honneur de s'asseoir devant. Elle s'apprêtait à fermer la portière quand un pantalon beige au pli impeccable apparut à côté d'elle.

— Virginia ! Je suis ravi de vous voir.

C'était Kevin Burton. Se baissant pour se mettre à sa hauteur, il la regarda avec amitié. Il était bronzé, à cause des heures passées sur le terrain de golf.

Sur le siège arrière, les trois autres se mirent à rire sous cape comme des lycéennes chahuteuses devant une publicité osée. Se promettant de les massacrer plus tard, Virginia inclina poliment la tête et salua Kevin.

Elle ne l'avait pas revu depuis la soirée du récital, évitant délibérément les réceptions organisées par le club et se contentant de faire des parcours avec d'autres partenaires.

— Comment allez-vous ?

— Très bien, merci. Excusez-nous, Kevin, mais nous devons vraiment partir. Delphine est en retard pour un rendez-vous.

Celle-ci fut prise de fou rire. Après une coupe et demie de champagne et trois verres de vin, elle ne pouvait assumer d'autre rendez-vous qu'avec son canapé et la télécommande de la télévision !

— Puis-je vous téléphoner ? demanda encore Kevin, toujours aussi cérémonieux.

Dans le dossier de son siège, Virginia sentit qu'une de ses compagnes lui donnait un coup de genou impossible à ne pas interpréter comme un encouragement. « Vas-y ! » lui disait-on.

— Oui, bien sûr, répondit-elle à Kevin.

— Merci, Virginia.

Se tournant vers les autres, il ajouta :

— Au revoir, mesdames !

Et il prit le soin de fermer la portière de Virginia.

— Quel homme charmant ! soupira Mary-Kate de son ton le plus innocent.

Mais Virginia lui jeta un regard sévère : pas devant Teddy !

Teddy commença par déposer chez elles Virginia, Mary-Kate et Delphine, puis s'arrêta à la crèche pour prendre Millie et Toby. Ils s'étaient beaucoup amusés avec la peinture. Hope se demanda ce que Giselle leur faisait porter pour protéger leurs vêtements. Cela devait ressembler à une combinaison spatiale, car ils n'avaient pas la moindre tache sur eux.

— On a fait très attention, dit Giselle en agitant la main pour leur dire au revoir.

— Si seulement tu pouvais m'apprendre à en faire autant ! répondit Hope en riant. À la maison, quand ils peignent, seules les poules s'en sortent indemnes !

En arrivant au cottage, elle vit que le voyant vert du répondeur clignotait. Osant à peine espérer que c'était Matt, elle appuya sur la touche d'écoute des messages. « C'est moi », disait Matt.

Hope sentit une vague de bonheur monter en elle. « Je sais que tu as cherché à me joindre. Dan m'a dit que tu avais appelé. Comme je ne voulais pas habiter chez eux, j'ai pris une chambre dans un hôtel de Bath. Je ne sais pas si je pourrai un jour te parler de nouveau, continuait-il d'une voix morne. Je ne supporte pas ce qui s'est passé et j'ai besoin de temps pour y voir clair. Embrasse les enfants pour moi, veux-tu ? Il faudra quand même parler du droit de visite, bien sûr. Mon téléphone portable est en service. Si l'un des enfants a un problème, tu peux donc me joindre. Mais inutile de m'appeler pour me demander de revenir, je ne reviendrai pas. » Et il avait raccroché.

L'espoir qu'avait éprouvé Hope en entendant la voix de Matt s'effondra. Droit de visite ? De quoi parlait-il ? En général, on en définissait un quand un divorce se passait mal. Était-ce donc ce que Matt voulait ? À cet instant, Hope fut envahie par la colère. C'était typique de Matt. Une fois de plus, il avait pris une décision unilatérale, sans lui donner la moindre chance de faire valoir son point de vue ou de présenter sa version des faits. Combien de fois n'avait-il pas agi de cette façon au cours de leur mariage ? Des tonnes, des milliers de fois ! Matt décidait et elle suivait, aveuglément. Eh bien, c'était fini ! Matt voulait divorcer ?

D'accord ! Mais c'était elle qui en ferait la demande, avant lui. Ça lui apprendrait !

À Kilnagoshell House, Virginia avait troqué sa robe chemisier de soie rouge contre un pantalon en velours côtelé marron et un pull-over. Elle avait décidé d'emmener Dinky faire une seconde promenade. Elle avait besoin de s'éclaircir les idées après ces trois verres de vin totalement inhabituels.

— Quelle honte de boire dans la journée, Dinky !

La chienne sautait gaiement autour de ses jambes, pleine de gratitude à l'approche de cette balade inattendue. En général, elles n'en faisaient qu'une, très longue. Deux sorties dans la même journée, cela devenait une fête !

Virginia partit d'un pas vif dans l'avenue qui aboutissait à la route. Elle ne s'arrêta que quand Dinky s'enfonça profondément dans le bois. Elle aurait su la retrouver, mais Virginia l'aimait trop pour prendre le risque de la voir se précipiter sur la route. Compte tenu de la circulation, un accident n'aurait pas été impossible. Virginia pâlit à l'idée que sa Dinky chérie aurait pu se faire écraser, cette nuit de tempête où elle avait été abandonnée.

« Elle est tellement mignonne, avait-elle dit à Jamie, récemment, au téléphone. Je ne sais pas ce que j'aurais fait sans elle. Je me sens un peu ridicule d'être aussi attachée à un chien. En principe, il n'y a que les êtres qu'on aime de cette façon.

— Ne dis pas de bêtises ! avait répondu affectueusement Jamie. C'est une bonne chose que tu aies Dinky. Nous avons tous besoin de quelqu'un, qu'il s'agisse d'un homme ou d'un animal. De toute façon, avait-il ajouté avec malice, tu n'es pas la seule à aimer une chienne, dans la famille. C'est la même chose pour Laurence…

— Jamie ! s'était exclamée Virginia, scandalisée. Tu n'as pas le droit de parler de Barbara de cette façon. N'oublie pas que ton âge ne m'empêchera pas de te donner une fessée s'il le faut !

— Tu devrais en donner une aussi à Laurence, cela le ramènerait à la raison », avait répondu Jamie en riant, sa mère n'ayant jamais, absolument jamais frappé un seul de ses enfants.

Virginia était tellement absorbée par ses réflexions sur sa future belle-fille qu'elle ne remarqua pas la voiture de Kevin avant qu'il s'arrête à sa hauteur. Il descendit de voiture et flatta Dinky, qui accepta gaiement ses caresses, allant jusqu'à se rouler sur le dos pour se faire chatouiller le ventre.

— Tu es une bonne fille, lui dit-il d'une voix attendrie.

Allons, pensa Virginia, un homme qui aimait les chiens ne pouvait pas être tout à fait mauvais !

— Je suis venu pour vous présenter mes excuses, commença Kevin, toujours caressant Dinky.

— À quel sujet ? demanda Virginia, qui n'avait pas l'intention de le laisser s'en tirer à si bon compte.

— Pour vous avoir invitée avec les Smart et pour avoir laissé Glenys se conduire si impoliment avec vous pendant toute la soirée.

— Impoliment ? Le mot est faible, rétorqua sèchement Virginia, encore blessée par le souvenir de ce moment très désagréable. Mais peu importe. Ce qui m'a réellement choquée, c'est que vous ne m'ayez pas défendue. Je comprends jusqu'à un certain point sa conduite, car il est difficile, pour de vieux amis, de voir un veuf ou une veuve avec quelqu'un d'autre, poursuivit Virginia d'une voix froide. Je l'admets même si je ne l'approuve pas. En revanche, vous l'avez laissée me maltraiter, ce qui est impardonnable. J'étais votre invitée, rien de plus. Autoriser cette femme à croire que nous sortions ensemble était d'une indélicatesse incroyable, sans compter que c'était assez présomptueux.

Kevin se redressa péniblement.

— Je sais et j'en suis désolé, dit-il en prenant une des mains de Virginia entre les siennes.

Virginia la lui retira doucement. Elle ne voulait pas être impolie à son tour, mais Kevin n'avait pas gagné le droit de lui tenir la main comme s'ils étaient amants.

— Je vous en prie, pardonnez-moi, reprit-il d'un ton pressant. Je n'ai aucune excuse en dehors du fait que j'aurais été heureux que nous sortions ensemble et que, d'une certaine façon, la désapprobation de Glenys m'a fait me sentir coupable.

Virginia se raidit un peu plus et, voyant son visage fermé, Kevin poursuivit rapidement.

— J'aimerais très sincèrement passer une soirée avec vous, Virginia, parce que je vous aime beaucoup mais, aussi, pour me faire pardonner. Que diriez-vous de venir dîner chez moi ? Cela nous évitera les inévitables commérages si l'on nous voit en tête à tête en public et ce sera plus décontracté. Ne voyez surtout rien de mal dans cette invitation, ajouta-t-il avec inquiétude. Il n'y a aucune entourloupe et je fais très bien la cuisine.

Pour la première fois depuis qu'il s'était arrêté, Virginia sourit et tout son visage s'éclaira.

— S'il y avait la moindre entourloupette, Kevin, vous auriez de très gros ennuis ! dit-elle en riant.

— Alors, nous dînons ensemble ? Vendredi soir ?

— Je dois vérifier mon agenda, répondit Virginia.

À son époque, aucune femme n'acceptait un rendez-vous galant sans consulter son emploi du temps. Nul besoin d'un *Manuel du savoir-vivre* pour connaître cette règle.

— Je vous appellerai demain, fit-il d'une voix pressante. À bientôt.

Cette fois, quand il lui prit la main pour la serrer, Virginia ne la retira pas.

— Vilaine traîtresse ! lança Virginia à Dinky en prenant le chemin du retour. Tu n'avais pas besoin de te trémousser comme ça quand il t'a caressée.

Mais c'était injuste, se reprocha Virginia. Dinky savait juger les gens : elle faisait toujours fête à Mary-Kate, tolérait Teddy et détestait Barbara.

— Que penses-tu de Kevin ?

Sentant que Virginia attendait d'elle une réaction, Dinky remua docilement la queue.

— Bien ! Dans ce cas, j'accepte son dîner.

Hope attendait Sam dans la zone des arrivées de l'aéroport. Elle ne pouvait s'empêcher de penser à la dernière fois où elle s'était trouvée au même endroit. Elle venait alors chercher Matt, pleine de culpabilité et d'angoisse, et mourait de peur à l'idée qu'il devine son inconduite, comme si celle-ci était inscrite sur son front.

Elle pensait aussi aux articles qu'elle avait lus, où l'on demandait à des conseillers matrimoniaux si les femmes adultères devaient avouer leur faute à leur partenaire. Pour eux, il ne fallait rien dire. Le jour du retour de Matt, elle aurait tellement aimé tout lui raconter pour qu'il la prenne dans ses bras, lui pardonne et la rassure en disant qu'il avait bien compris le peu d'importance de toute l'affaire. Si seulement elle avait suivi son instinct ! Elle ne serait pas à présent en train d'attendre Sam, qui venait la réconforter.

— Hope !

Sam resplendissait de santé. Elle prit impétueusement sa sœur dans ses bras et la serra contre elle, jouant le rôle de la consolatrice tandis que Hope se blottissait contre son épaule et s'autorisait le luxe de pleurer.

— Comment vas-tu ? demanda Sam tandis que le flot des voyageurs s'écoulait autour d'elles.

— Ça va, renifla Hope.

Elle rouvrit les yeux et s'aperçut que deux petits garçons les observaient avec curiosité.

— Viens, partons !

Tout en roulant vers Redlion, Hope raconta toute l'histoire à Sam, sans omettre les détails les plus pénibles.

— J'ai tellement honte de moi, fit-elle tristement en prenant le virage juste avant le pont de Redlion. Je voulais te le dire depuis longtemps mais j'ai pensé que je te dégoûterais.

— Arrête tes bêtises ! répondit Sam, peinée à l'idée que Hope n'ait pas osé lui parler. Tu es ma sœur, la personne la plus proche que j'aie au monde. Comment as-tu pu croire une chose pareille !

— Parce que je me dégoûte moi-même, répondit Hope.

La gentillesse de Sam lui faisait venir les larmes aux yeux. C'était toujours la même chose, dès qu'on était gentil avec elle. Il suffisait d'un mot aimable, ne fût-ce qu'un bonjour souriant du boucher, pour qu'elle ait de nouveau envie de pleurer.

— Je suis consciente que Matt a eu tort de ne pas me laisser m'expliquer, poursuivit Hope, mais j'ai mal agi, moi aussi. C'est vraiment ma faute, de quelque façon que l'on envisage les choses. Tout le monde me dit le contraire, toi, Mary-Kate et les autres : Matt est en tort et il devrait revenir pour nous donner une nouvelle chance ; mais, dans la situation inverse, s'il avait seulement pensé à me tromper, j'ignore si je pourrais passer l'éponge.

Elle y avait beaucoup réfléchi et c'était la vérité : si Matt avait eu une relation extraconjugale, elle ne l'aurait pas supporté, elle le savait.

— Tu n'es pas sérieuse, répondit vivement Sam.

— Si ! J'ai toujours cru que je pardonnerais tout à Matt parce que j'avais absolument besoin de lui mais, en réalité, je n'aurais pas admis qu'il me trompe. Je comprends qu'il soit parti, termina Hope d'une voix amère.

Sam n'en croyait pas ses oreilles.

— Tu n'aurais jamais parlé comme ça, avant, dit-elle. Tu as toujours été très satisfaite de laisser Matt commander pour toute la famille.

— C'est vrai, répondit Hope, mais notre couple reposait essentiellement sur le fait que nous avions besoin l'un de l'autre, lui, de moi autant que moi, de lui. Tu connais ses parents. Ils l'ont toujours traité comme une quantité négligeable. Ce qui lui a plu, c'est avant tout qu'il représentait tout pour moi. C'est pour ça que notre couple marchait bien. Pour sa famille, Matt était un problème ; pour moi, c'était ma vie. J'ai détruit ça. C'est un homme intransigeant. Il ne peut pas revenir s'il pense que je ne l'idolâtre plus. C'est la même chose pour moi : je ne reviendrais pas si j'imaginais qu'il ne m'aime plus par-dessus tout.

Hope gara sa voiture devant Curlew Cottage. Elles ne descendirent pas tout de suite, silencieuses pendant quelques instants.

— Le fait de décider de tout, reprit Hope, était sa façon de m'aimer. Je ne l'ai pas compris. Maintenant, je m'en rends compte et c'est trop tard. Il ne reviendra pas.

Ce fut un week-end assez triste. Sam avait l'impression de marcher sur des œufs, terrifiée à l'idée de blesser sa sœur par maladresse. Elle réprimait son envie spontanée de parler de pension alimentaire et de droit de visite, et faisait de son mieux pour apporter son soutien plutôt que ses conseils. Chaque fois que Millie ou Toby parlait en toute innocence de Matt, Sam jetait un regard anxieux à sa sœur, redoutant de la voir désespérée. Mais, curieusement, Hope faisait face. Elle ne s'était pas effondrée comme Sam le craignait. Elle ne s'était pas précipitée chez le médecin en le suppliant de lui donner du Prozac. Elle ne sombrait pas non plus dans le gin tous les soirs. Au lieu de tout cela, elle affrontait la situation avec calme et force.

— Je le dois aux enfants, expliqua-t-elle simplement à Sam.

Le dimanche, elles déjeunèrent avec eux à Killarney, avant que Sam reprenne l'avion. Tandis que Millie et Toby coloriaient les personnages des sets de table gracieusement mis à disposition des jeunes convives, Sam prit le taureau par les cornes.

— Et maintenant, qu'est-ce qui va se passer ? demanda-t-elle.

— Je ne sais pas, répondit Hope en haussant les épaules. C'est Matt qui est parti et tu sais que je ne veux pas lui fermer la porte. Je l'aime. Mais je ne peux pas l'obliger à revenir.

— Veux-tu que je lui parle… commença Sam.

— Non ! répondit Hope d'un ton véhément. S'il revient, ce doit être parce qu'il le veut et non parce qu'on l'y oblige.

Sam sourit.

— Je ne crois pas que personne ait jamais pu obliger Matt à faire quoi que ce soit s'il n'en avait pas envie !

Les yeux de Hope se remplirent de larmes et Sam se maudit pour sa maladresse.

— Excuse-moi.

— Je ne suis plus un bébé, tu sais, Sam ! Je dois regarder la réalité en face. Il m'a quittée et ce pourrait être pour de bon.

— C'est ta plus grande peur, n'est-ce pas ? Qu'on te quitte ?

Hope eut un petit sourire désabusé.

— Oui. Cela en dit long sur moi, n'est-ce pas ? Je me débrouille pour déclencher la catastrophe que j'ai passé ma vie à éviter ! J'ai toujours été terrifiée à l'idée que Matt puisse m'abandonner, comme papa et maman nous ont abandonnées. Et qu'est-ce que je fais ? J'ai une aventure et je fiche tout en l'air.

— Tu n'as pas tout fichu en l'air, protesta Sam. De plus, ce n'était pas réellement une aventure.

Hope ne répondit rien.

Au moment de passer dans la zone d'embarquement, Sam serra Hope très fort dans ses bras. Celle-ci, ne pouvant répondre à son étreinte, car Millie et Toby lui donnaient la main, se raidit pour ne pas éclater en sanglots.

— Tu pourrais venir à Londres, proposa Sam. On prendrait une grande maison ensemble et tu ne serais plus seule.

— Merci, mais ce n'est pas possible, répondit Hope avec émotion. Je suis très touchée par ta proposition mais, maintenant, ma vie est ici.

Hope et les enfants agitèrent énergiquement la main jusqu'au moment où Sam fut hors de vue.

— Quand est-ce que papa rentre à la maison ? demanda Millie, regardant autour d'elle comme si Matt pouvait soudain faire son apparition.

— Bientôt, Millie, bientôt, dit Hope avec autant d'entrain que possible.

Quand arriva le jour où Virginia devait dîner chez Kevin, elle pensa beaucoup à Bill. Elle avait parfois du mal à réaliser qu'il était mort depuis plus de deux ans. Il était toujours présent dans sa vie, de mille façons palpables. En même temps, elle avait l'impression qu'il l'avait quittée depuis beaucoup plus longtemps, tellement sa vie avait changé. À moins que ce ne soit elle qui ait changé. Elle avait traversé les affres du deuil par un cheminement erratique, faisant deux pas en arrière pour un en avant. Cela avait été long et pénible, mais la vie continuait et elle avait appris à dépasser son chagrin. De toute façon, elle n'avait pas le choix. Pendant les six premiers mois qui avaient suivi la mort de Bill, elle se préparait un bol de porridge avec un peu de miel, comme Bill le faisait, pour son petit déjeuner, au lieu du muesli habituel. Cela lui donnait l'impression qu'il était encore là. Pour la même raison, elle avait porté ses chemises.

Au bout de ces six mois, Laurence avait gentiment suggéré de trier les affaires de son père. Il pensait que le temps de le faire était venu. Virginia n'avait pas voulu en entendre parler. « Si tu veux te débarrasser de ses vêtements, tu peux tout aussi bien te débarrasser de moi ! » avait-elle dit d'un ton farouche.

Elle les avait emportés à Kilnagoshell et les avait rangés dans une des chambres d'amis, mais l'odeur de Bill qui s'y était attachée pendant un moment avait fini par disparaître. Quand elle serrait contre elle sa vieille veste de tweed préférée, qu'elle avait essayé de lui faire jeter pendant des années, elle n'y trouvait plus aucune trace de lui. Cela ne sentait plus que le vieux placard, plein d'habits qu'aucun homme bien-aimé ne porterait plus jamais.

L'après-midi où elle avait tout emballé dans les cartons-penderies de déménagement, elle n'avait cessé de pleurer. Mais elle savait qu'elle avait pris la bonne décision. Bill aurait voulu qu'elle déménage. Même si cela la faisait souffrir, elle devait s'y résoudre. Sans cela, elle aurait tout aussi bien pu se faire enterrer avec lui le même jour. À présent, elle s'obligeait à passer sans s'arrêter devant les paquets de porridge au supermarché. Elle refusait de devenir l'esclave du passé.

Néanmoins, elle avait gardé dans le dernier tiroir de sa commode le vieux pull que Bill mettait pour aller jouer au golf. Elle le sortait régulièrement et le pressait contre son visage, les yeux humides au souvenir de tout ce qu'il lui évoquait. Elle revoyait Bill en train de rire quand il mettait ses clubs dans la voiture, le samedi matin ; en train de l'embrasser dans les cheveux, lui promettant de ne pas s'attarder au dix-neuvième trou, ainsi que l'on appelle affectueusement le bar des clubs de golf dans le monde entier ! « Tu n'as pas intérêt à traîner, répondait-elle avec une étincelle amusée dans les yeux. Sinon, à ton retour, ton dîner ne sera plus dans le four, mais dans l'estomac du chien ! »

Le soir de son rendez-vous avec Kevin, elle s'habilla puis s'assit sur son lit en serrant le pull de Bill contre elle tel un ours en peluche. Dinky, sentant la mélancolie de sa maîtresse, alla se pelotonner sur sa couche au pied du lit, posa la tête sur ses pattes de devant et leva vers Virginia un regard éloquent.

— Tu me trouves folle, n'est-ce pas ?

Elle embrassa le pull et le remit soigneusement dans le tiroir.

— Je ne rentrerai pas tard, mon petit amour de chien.

Kevin vivait dans une ancienne ferme en retrait de la route, de l'autre côté de Redlion. Virginia, avec son sens des beaux jardins, aurait imaginé que l'idéal, pour ce genre de vieille maison, se composait d'abord, autour de la porte, de rosiers grimpants flanqués de grandes poteries débordantes de fleurs, et ensuite de larges plates-bandes dominées par le parfum des tabacs d'ornement et des giroflées. Or, il n'y avait que quatre plates-bandes de glaïeuls alignés au garde-à-vous, à croire qu'ils avaient été plantés à l'aide d'une équerre ! Cet étrange formalisme était complètement inadapté au lieu.

— Vous admirez les fleurs ? demanda Kevin depuis le seuil de la maison.

— Euh… Oui, mentit Virginia, d'autant plus embarrassée qu'elle aimait toutes les fleurs, sauf les glaïeuls !

— Ursula était une jardinière hors de pair. Elle a créé ces plates-bandes et j'essaie de les conserver dans l'état qu'elle aurait souhaité.

L'intérieur de la maison était aussi guindé, avec une luxueuse moquette Axminster à grands motifs, par-dessus ce que Virginia supposa être un plancher. Les murs, rouge vif, contrastaient violemment avec le tapis et le canapé rose pâle. Des peintures à l'huile dans de lourds cadres dorés étaient accrochées aux murs tandis que des guéridons se disputaient l'espace avec les buffets et les supports de plantes vertes. Chaque surface disponible était envahie de photos dans des cadres d'argent. Cela donnait une impression étouffante, comme dans la version hollywoodienne d'une maison de l'époque victorienne.

Malgré tout, un objet entre tous dominait la pièce : le portrait, accroché au-dessus de la cheminée, d'une femme en robe bleue. Elle devait approcher de la cinquantaine et affichait un léger sourire, dans le style de la Joconde. Ses cheveux noirs étaient coupés court et ses yeux sombres brillaient. Ce devait être Ursula.

— Je l'ai fait peindre pour ses cinquante ans, annonça fièrement Kevin.

— Elle n'a vraiment pas l'air d'avoir cet âge-là ! s'exclama Virginia.

Kevin fut heureux de sa remarque.

— Elle n'a jamais fait son âge. C'était une de ces femmes qui semblent toujours jeunes. Même à la fin, elle paraissait plusieurs années de moins qu'en réalité. Tout le monde le lui disait.

Il y avait beaucoup de tristesse dans la voix de Kevin et il parut se perdre dans une rêverie tandis qu'il regardait le portrait.

— Avez-vous besoin d'aide à la cuisine ? demanda Virginia d'une voix à la gaieté forcée.

Il parut se reprendre et refusa.

— Non, je contrôle la situation ! J'espère que vous aimez l'agneau.

— Beaucoup ! répondit Virginia.

Elle aurait aimé bavarder tranquillement avec lui pendant qu'il achevait de préparer le dîner mais, de toute évidence, il préférait la recevoir avec plus de cérémonie. Il lui apporta le verre d'eau qu'elle avait demandé et insista pour qu'elle reste dans le salon. Il avait mis un disque de Chopin en sourdine, un morceau plein de mélancolie.

Virginia savait qu'il était mal élevé de fouiner, mais elle ne put résister à l'envie de regarder certaines photos parmi toutes celles entassées dans le salon. Elles représentaient essentiellement le couple ou Ursula seule. En examinant un gros plan d'Ursula pris à un mariage, Virginia constata que le portrait la flattait. Ses yeux noirs étaient bien plus petits et sa lourde mâchoire plus affirmée. Virginia la fixa en se demandant si elles auraient pu être amies. Il devait être difficile de se lier avec un tel parangon de toutes les vertus, surtout quand on la savait si proche d'un cauchemar vivant comme Glenys Smart. De plus, Virginia se sentait mal à l'aise dans ce lieu qui portait l'empreinte d'Ursula jusque dans les moindres détails, depuis les fleurs du jardin jusqu'à la décoration surchargée qui datait d'au moins dix ans, c'est-à-dire de l'époque où Ursula était encore en vie. Même si Kevin avait changé les papiers peints et la moquette, la maison serait restée le domaine de sa femme en raison de toutes les photos d'elle qui y étaient exposées. C'était un sanctuaire à la mémoire d'Ursula, se dit Virginia en finissant son verre d'eau.

Kevin avait dit vrai : il cuisinait bien. Ils mangèrent avec appétit, dégustant l'agneau, très tendre, les petites pommes de terre sautées et les haricots verts au beurre. La conversation porta sur leurs amis et leurs relations, et ils rirent en se racontant des histoires de golf. Ils parlèrent aussi de leur existence avant leur deuil. Virginia s'aperçut qu'elle évitait de mentionner Bill trop souvent, comme en réaction au fait que Kevin n'arrêtait pas de parler d'Ursula. Son nom surgissait tous les deux ou trois mots dans la bouche de Kevin. Virginia se demanda si elle en était responsable mais ne le pensait pas. Ils burent très peu et, au moment du café, il restait encore au moins un verre dans la bouteille.

— Je vous sers ? demanda Kevin.

— Non, merci, répondit Virginia. J'ai eu assez et, de plus, je conduis.

Kevin reboucha la bouteille avec un sourire.

— Ce sera pour une autre fois. On se laisse facilement aller à boire, dans le chagrin. Je suis sûr que beaucoup de veufs isolés supportent ainsi leur deuil. Quand je me retrouve ici en train d'écouter du Chopin, je sais que cela m'achèvera si je bois pour oublier.

Virginia scruta le visage de Kevin quelques instants avec curiosité.

— Je sais que c'est une banalité, mais ne trouvez-vous pas que le temps est un grand guérisseur ?

Kevin eut l'air choqué.

— Non, pas du tout ! Comment serait-ce possible ? Comment pourrais-je oublier Ursula ?

Une expression de profonde souffrance avait creusé son visage.

— Je n'ai pas parlé de cela, répondit Virginia d'un ton apaisant, mais d'apprendre à vivre avec sa perte. Bill est mort depuis deux ans et je ne l'oublierai jamais. Comment y parviendrais-je, alors qu'il a été toute ma vie pendant si longtemps ? J'oublierais plus facilement de respirer, mais…

Elle chercha les mots justes pour ne pas blesser Kevin.

— Mais la vie continue.

Elle ajouta avec un petit rire :

— Encore une banalité, je le crains ! Vous devez reprendre votre vie en main. Ursula semble avoir été une femme très attachante, très vivante. Elle n'aurait pas voulu que vous…

Elle faillit dire : « Que vous vous enterriez pendant cinq ans », mais se retint à temps.

— Elle n'aurait pas voulu que vous vous arrêtiez de vivre.

— Vous avez raison.

Le visage de Kevin s'éclaira comme par magie.

— Elle était très attachante, très vivante. Je suis heureux d'avoir pu vous le faire comprendre.

Il posa affectueusement une de ses mains sur celle de Virginia.

— Vous l'auriez aimée. Vous auriez été amies, toutes les deux.

— C'est possible. De la même façon, je pense que vous vous seriez très bien entendu avec Bill et que vous auriez passé des heures sur les terrains de golf. Mais ils nous ont quittés et nous devons continuer notre chemin. J'ai déménagé et cela m'a causé un chagrin supplémentaire, à vrai dire, mais aussi donné une chance de reconstruire ma vie. Je ne vois pas Bill en train de se raser devant le lavabo ni s'affairer dans le jardin pour qu'il ne se transforme pas en forêt vierge. Un changement peut aider à faire son deuil et ce n'est pas une trahison.

Virginia marqua une pause, se demandant si elle réussirait à dire la suite avec délicatesse. Oui, c'était faisable.

— Par exemple, reprit-elle avec un sourire, vous pourriez refaire un peu la décoration de la maison. Ce n'est qu'une idée pour avoir une raison de continuer.

Cela le fit sourire à son tour.

— Mais je l'ai fait ! Le papier commençait à se fatiguer.

Au moins, se dit Virginia avec amusement, l'horrible désaccord des couleurs venait de lui. Ursula aurait probablement su mieux les assortir.

— Vous ne croiriez pas, expliqua Kevin, la difficulté que j'ai eue à retrouver le même papier. Il ne se faisait plus. Il m'a fallu deux mois de recherches pour dénicher le nombre de rouleaux nécessaires pour la pièce.

Il avait l'air si fier de son exploit que Virginia resta sans voix. De toute façon, qu'aurait-elle pu dire ? Peut-être que, comme on le prétendait, les veuves s'en tiraient mieux que les veufs, complètement perdus sans leur femme. Quelle tristesse ! Mais elle trouvait encore plus affligeant que Kevin cherche désespérément à recréer le passé, au point de ne pouvoir changer de papier peint. Elle aurait parié qu'il achetait les mêmes marques d'épicerie qu'Ursula, depuis le lait jusqu'au nettoyant liquide. Elle avait dû lui apprendre à préparer l'agneau à la perfection, et à le servir toujours avec des petites pommes de terre rôties et des haricots verts. Même la quantité de beurre sur les haricots devait être codifiée. Virginia ne put retenir un frisson. Tout cela lui donnait l'impression d'être surveillée par un fantôme. Elle patienta encore quelques minutes avant de jeter un coup d'œil discret à sa montre. Il était dix heures moins le quart, une heure décente pour partir sans impolitesse.

— C'était un excellent dîner, dit-elle aimablement.

— Je suis heureux que cela vous ait plu. Il faudra recommencer, ajouta-t-il avec un sourire affectueux. Peut-être pourrions-nous scandaliser tout Redlion en allant dîner à l'extérieur, la prochaine fois ?

Virginia hocha la tête.

— Ne me faites pas croire que quelqu'un serait choqué de voir deux vieux amis ensemble ? répondit-elle en feignant d'avoir mal compris.

Puis elle se leva et s'abstint de proposer son aide pour ranger. Il refuserait certainement ; de plus, elle avait assez entendu parler d'Ursula pour la soirée !

— Merci, Kevin.

Elle n'attendit pas qu'il aille lui chercher sa veste et se rendit dans l'entrée pour la décrocher elle-même du porte-manteau avant de l'enfiler d'un geste preste.

— Laissez-moi vous aider, tenta Kevin.

— Je suis très occupée, la semaine prochaine, dit-elle. J'ai plusieurs parties de golf déjà prévues, mais peut-être que dans quinze jours nous pourrions faire un parcours à quatre ?

Kevin aurait ainsi peu l'occasion d'être seul avec elle.

— Oui, bien sûr, si vous êtes occupée…

Elle lui donna un rapide baiser sur la joue et ouvrit encore plus vite la porte d'entrée.

— À bientôt ! dit-elle avec entrain en passant devant les affreux glaïeuls pour rejoindre sa voiture.

En sécurité derrière le volant, elle agita la main à l'intention de Kevin jusqu'au moment où elle passa le portail de la propriété puis, enfin, se détendit. Elle en avait assez de ce tête-à-tête fastidieux. Bravo pour le veuf charmant !

Kevin avait fait de son mieux pour lui plaire mais ils ne pourraient jamais avoir une relation digne de ce nom. Son esprit appréciait Virginia, mais son cœur appartenait pour toujours à Ursula. C'était vraiment dommage.

— J'espère que tu as trouvé une jolie compagne parmi les anges du paradis, Bill, mon chéri, dit Virginia à haute voix. Parce qu'ici, je n'ai pas de chance de ce côté-là. Mais, se reprit-elle en souriant, j'ai les copines, alors ne t'inquiète pas pour moi !

25

Le jour de ses quarante ans, Sam se réveilla à l'aube et chantonna pour elle-même les premières mesures de *Happy Birthday*.

— C'est certainement un signe de folie, quand on se parle toute seule, dit-elle à son reflet dans le miroir de la salle de bains. Aujourd'hui, tu as quarante ans et tu es zinzin ! Mes félicitations !

Elle passa sous la douche en se demandant si elle ne devrait pas prendre un chat. Ce serait une compagnie agréable car elle aimait les animaux et cela lui donnerait une excuse pour radoter. Mais on commencerait peut-être à la voir comme une « femme avec chat », une façon polie de sous-entendre « sans homme ». Avant quarante ans, on pouvait avoir un chat et conserver l'image d'une célibataire amusante qui aime les animaux. Après, il fallait se coiffer avec un chignon sévère de vieille fille comme tante Ruth, apprendre le bridge et devenir désagréable avec les vendeuses.

Tout en se maquillant, elle réfléchissait aux statistiques sur les femmes seules. Dans les trente prochaines années, quarante – ou trente ? – pour cent de ses semblables vivraient ainsi. Il n'y avait rien de mal à cela, bien sûr, et elle aimait cette situation. Plus exactement, elle l'avait beaucoup aimée. En revanche, à présent, cela la blessait de voir toutes les célibataires de sa connaissance qui, ayant réussi leur vie professionnelle, se mettaient à vivre en couple. À croire que, après tant d'années passées à affirmer que l'indépendance leur convenait, elles reconnaissaient soudain que c'était un mensonge, qu'elles voulaient être aimées et voir une autre paire de pantoufles devant la cheminée. Sam avait l'impression d'avoir été lâchement trahie. À moins qu'elle ne se sente seule, elle aussi ? Elle redoutait de regarder la situation en face.

Elle jeta un coup d'œil au courrier, mais il n'y avait qu'une facture d'électricité. Elle n'avait pas l'intention de se laisser aller à la tristesse sous prétexte que Morgan ne lui avait pas envoyé de carte d'anniversaire.

Walking on Sunshine passait à la radio pendant qu'elle s'habillait. Elle avait choisi un pull rose en cachemire soyeux à encolure ronde et un ensemble en lin écru à longue jupe toute simple. Avant, elle n'aurait jamais porté ce genre de vêtement pour travailler. Cela ressemblait plutôt à une tenue pour un mariage d'été mais, ce jour entre tous, elle voulait avoir l'air féminine et séduisante. Elle mangea des fruits frais au petit déjeuner, prit un yaourt biologique dans le réfrigérateur pour plus tard au bureau, et sortit en courant pour aller chez le coiffeur.

— Est-il possible d'avoir une manucure pendant qu'on me coiffe ? demanda-t-elle à la réceptionniste.

— Bien sûr, madame Smith, lui répondit celle-ci, très étonnée.

Le matin, Mme Smith ne demandait, normalement, jamais rien d'autre que d'être coiffée rapidement.

— Vous avez prévu quelque chose de spécial pour ce soir ? s'enquit la manucure en se mettant au travail.

La coiffeuse qui faisait le brushing de Sam leva les sourcils avec inquiétude. Sam Smith n'était pas une cliente avec qui l'on bavardait. Souvent, elle lisait des rapports pendant qu'on la coiffait ou feuilletait les journaux. Jamais de magazines ! En réalité, la fille était un peu intimidée par Sam, qu'elle voyait comme le modèle même de la femme qui a réussi et gagne beaucoup d'argent, quelqu'un qui n'a pas le temps de bavarder de tout et de rien. Or, à son grand étonnement, Sam accepta la conversation.

— Non, et c'est dommage ! J'aimerais bien avoir une sortie prévue. Mais je vais rentrer chez moi après mon travail et, s'il y a un bon film à la télévision, ce sera le summum des réjouissances !

— Je sais ce que vous voulez dire, soupira la manucure. Vous êtes trop fatiguée à la fin de la journée. C'est pareil pour moi. Je fais plein de projets et, quand j'arrive chez moi, je m'écroule devant la télé. Vous voulez un simple polissage des ongles ou du vernis ?

Sam réfléchit quelques instants.

— Allons-y pour un vernis vieux rose. Je n'en mets jamais de coloré mais, après tout, c'est mon anniversaire !

Elle l'avait à peine dit qu'elle le regrettait déjà. La coiffeuse et la manucure se montrèrent assez intelligentes pour ne pas demander son âge.

— Si vous ne faites rien ce soir, je parie que vous avez des projets pour le week-end, alors, reprit la manucure d'une voix compatissante.

— Oui, répondit Sam en essayant de sourire.

Sam sortait du salon quand son téléphone sonna. Elle décrocha. C'était Hope.

— J'ai essayé chez toi. Tu as dû partir très tôt. Bon anniversaire, ma grande sœur chérie ! J'aurais tellement aimé être avec toi pour fêter tes quarante ans. Ce n'est pas juste de rester seule, ce jour-là.

Sam sentit ses yeux se mouiller.

— J'aimerais bien t'avoir auprès de moi, aussi, répondit-elle en prenant un mouchoir en papier dans la poche de sa veste. Ou encore mieux : être en Irlande avec toi.

S'obligeant à la gaieté, elle poursuivit :

— Je déjeune avec Jay. Ce sera un bon moment.

Normalement, Jay et elle dînaient ensemble pour leur anniversaire mais, cette fois, Jay avait oublié que c'était une date spéciale. De toute façon, elle ne quittait pas Greg et passait toutes ses soirées avec lui.

— Tu ne fais rien ce soir ? demanda Hope, qui, à cette idée, parut soudain très malheureuse.

— Je suis trop fatiguée pour sortir, mentit Sam. J'essaie de me refaire une santé en rattrapant le sommeil en retard ! As-tu des nouvelles de Matt ?

— Cette semaine, il a téléphoné chaque soir pour parler aux enfants, mais c'est tout juste s'il ne raccroche pas quand il entend ma voix. Il n'est plus à l'hôtel. Il a loué un appartement, ce qui me donne l'impression qu'il a l'intention de rester à Bath. Millie n'arrête pas de demander quand il reviendra. Cela me fait souffrir.

Sam se sentit triste à l'idée de Millie en train de réclamer son papa. Pauvre Hope ! Comme c'était égoïste de déprimer parce qu'elle avait quarante ans alors que sa sœur se retrouvait seule avec ses enfants !

Elles raccrochèrent et Sam poursuivit son chemin, heureuse de marcher au soleil, avec la sensation agréable de ses cheveux impeccables qui dansaient sur ses épaules. Une fille à longue chevelure blonde sortit d'une boutique, chargée de paquets et de sacs. Elle ne paraissait guère avoir plus de vingt ans. Elle portait un corsaire en jean qui découvrait ses minces chevilles bronzées. Elle passa de sa démarche ondulante devant deux hommes en complet qui parlaient avec animation à côté d'une BMW. Ils tournèrent tous les deux la tête pour la détailler puis regardèrent Sam avec intérêt. Elle sourit, trouvant plutôt plaisant de susciter encore l'attention des messieurs, même si elle les méprisait pour cela.

En arrivant à son bureau, elle trouva un énorme bouquet que Hope lui avait fait livrer. Elle seule connaissait le goût de la stricte Mme Smith pour les fleurs les plus romantiques qui soient : les roses Vendella roses. Certaines étaient épanouies, d'autres encore en bouton, avec les pétales délicatement serrés ; le tout était niché au cœur d'un beau feuillage sombre qui mettait parfaitement en valeur l'éclat du coloris. Heureuse de son premier, et sans doute unique, cadeau d'anniversaire, Sam le cacha derrière un meuble de classement. Nul ne lui demanderait, ainsi, la raison de cet envoi et elle n'avait pas envie d'en parler. Cependant, l'événement n'était pas passé inaperçu du réseau de renseignement du bureau.

Pendant toute la matinée, le cinquième étage n'eut qu'un sujet de conversation : de qui venaient ces fleurs, et à quelle occasion ?

— Certainement son amant, dit l'hôtesse d'accueil.

— Un homme marié, renchérit l'assistante de publicité, qui était bien placée pour en parler.

— Elle a dû se les faire envoyer à elle-même, soutint avec malveillance Izzy.

À onze heures, Katrina appela.

— Bon anniversaire, Sam ! fit-elle gaiement. Tu as déjà eu des cadeaux ?

— Quelques-uns, prétendit Sam, qui n'avait pas envie de passer pour une femme isolée.

— As-tu reçu le nôtre ?

— Non, désolée.

— Il y a pourtant plusieurs jours que Hugh l'a posté. Je suis sûre que tu l'auras demain ou en rentrant chez toi. Je crains que ce ne soit pas un cadeau très excitant. Que fais-tu ce soir ? Je suppose que tu as une soirée de fous avec tes copains branchés du monde du disque ?

Sam se demanda si Katrina prenait, à cause de sa grossesse, des médicaments susceptibles d'amoindrir ses facultés mentales. Elle n'avait jamais appartenu au milieu évoqué. Ses amis, c'était le groupe dont Katrina faisait partie, et personne d'autre. Du moins, cela avait été ce groupe-là.

— Oh, tu sais, cela n'arrête pas en ce moment, répondit Sam d'un ton dégagé. Il y a quelque chose au Sanderson, mais j'en ai assez de boire des Cosmopolitan.

Voilà, cela devrait lui paraître suffisamment excitant.

— Veinarde ! grogna Katrina. Je n'ai pas pris un verre depuis une éternité. Rien qu'à l'odeur d'un cocktail, je m'évanouis.

Il s'ensuivit une longue discussion à propos de tout ce qui concernait sa grossesse. À presque huit mois, elle traversait une phase de fatigue intense. Le matin, quand elle se mettait au travail, elle n'avait qu'une envie : rentrer dormir. Mais, fidèle à elle-même, elle avait décidé de tenir pratiquement jusqu'au moment d'accoucher…

— Tu dois te reposer, Katrina, insista Sam. Arrête de te prendre pour superwoman ! C'est important pour le bébé. Pourquoi n'allez-vous pas tous les deux, Hugh et toi, passer un long week-end dans un endroit agréable ? Oublie un peu le boulot !

— Tu as raison, dit Katrina d'une voix enfin naturelle pour la première fois depuis le début de la conversation. Tout le monde me répète que je suis formidable de rester aussi active et que je ne dois surtout pas m'arrêter de faire ce que j'ai l'habitude de faire.

— C'est bien, mais seulement si tu en as envie, fit remarquer Sam. Tu accouches dans quelques semaines. Tu as le droit de te ménager !

Elles se quittèrent et Katrina promit à Sam de la rappeler la semaine suivante. Le téléphone sonna presque immédiatement de nouveau. Cette fois, c'était Jay qui annulait leur déjeuner.

— Je suis vraiment désolée de te faire ça le jour de ton anniversaire, mais j'ai un problème.

Elle n'expliqua pas à Sam de quoi il s'agissait. Par expérience, celle-ci estimait que les gens qui ont des explications valables les donnent. Quand on en restait à « quelque chose », elle savait qu'on lui mentait.

Ce « quelque chose » devait être Greg qui, désœuvré, lui avait demandé de renoncer au déjeuner avec son insupportable amie obsédée par sa carrière pour s'occuper de lui. Sam avait horreur des femmes qui laissent un flirt éphémère se mettre entre elles et leurs amies. Les hommes, c'était bon pour Noël ! Les amies, c'était pour toujours. Les filles du club de macramé de Hope ne la laisseraient jamais tomber pour un type, pensa-t-elle avec amertume.

— Pas de problème, Jay, dit-elle d'un ton dégagé. Je comprends. Appelle-moi dès que tu as un trou dans ton emploi du temps !

— Oh, Sam ! plaida Jay. Ne m'en veux pas, s'il te plaît ! Tu comprendras plus tard, je te le jure.

Sam planta si violemment son stylo dans le bloc de Post-it jaunes qu'elle y fit une marque profonde. On n'arrêtait pas de lui promettre tout et n'importe quoi, depuis quelque temps. Elle avait envie de rappeler à Jay qu'elle lui avait fait miroiter un joyeux déjeuner d'anniversaire mais se retint.

— Rappelle-moi quand tu veux, Jay. Je serai occupée pendant tout le week-end, mentit-elle. On pourra peut-être se voir la semaine prochaine ?

Sam se souvenait d'une époque pas si lointaine où elles se retrouvaient tous les deux jours.

— À bientôt Sam, dit Jay d'un ton mortifié. Et bon anniversaire !

— Oui, merci.

Sam jeta les Post-it abîmés dans la corbeille à papier. La journée commençait bien !

Ainsi, elle avait quarante ans et aucun de ses amis les plus proches ne paraissait s'en souvenir. Au lieu de cela, ils avaient tous mieux à faire que de passer la journée avec elle.

À midi et demi, elle sortit et se rendit chez Harvey Nichols. Elle allait voir si la thérapie par la dépense marchait vraiment ! Elle commença son enquête au rayon parfumerie, où elle s'offrit un flacon géant de Chanel N° 5 avec l'émulsion pour le corps assortie. Si personne ne lui offrait de cadeau, elle n'avait qu'à le faire elle-même ! Étape suivante : la lingerie, où elle se ruina pour deux ravissants ensembles La Perla. Ensuite, chez les créateurs, il lui suffit de vingt minutes pour choisir un tailleur noir de Richard Tyler à la veste si bien ajustée qu'on l'aurait crue cousue sur elle, deux adorables pulls Fendi, et enfin une robe à l'étoffe irisée de chez Gucci, terriblement sexy. Elle avait l'air d'avoir été dessinée pour être ôtée d'un seul petit geste. Le genre de ceux dont Morgan Benson s'était fait une spécialité, pensa sombrement Sam en signant la facture de sa carte de crédit. À quoi bon acheter de telles choses ? Qui verrait jamais son soutien-gorge lilas pigeonnant ? Où trouverait-elle quelqu'un qui aurait envie de faire tomber cette robe à ses pieds ?

Les cérémonies de remise de prix ne manquaient pas dans le monde du spectacle, et les créatures de rêve en robe Gucci y paraissaient parfaitement à leur place. Mais elle, elle faisait partie de ces pontes de l'industrie du disque qui ne portaient normalement que de stricts ensembles Prada. Elle choquerait tout le monde si elle arrivait en robe de sirène ! La séduction était réservée aux artistes. Aux cadres, les costumes de cadres. Elle restait pourtant la célibataire la mieux habillée à des kilomètres à la ronde. Elle possédait tant de tenues noires qu'elle aurait intérêt à choisir un chat noir. On ne verrait pas les poils !

Elle déjeuna d'un sandwich au fromage blanc avec des tranches d'avocat en guise de protéines et reprit le chemin de son bureau. Deux heures venaient de sonner quand elle monta dans l'ascenseur, chargée des grands sacs luxueux de Harvey Nichols. La thérapie par la dépense marchait, conclut-elle, mais de façon temporaire. Elle avait pris du plaisir aux essayages mais, maintenant que sa fièvre acheteuse était passée, elle se sentait aussi mal qu'avant. Avec une sérieuse brèche dans son compte en banque !

Les portes de l'ascenseur commençaient à se refermer quand Steve Parris se précipita sur le bouton extérieur destiné à les bloquer. Les panneaux se rouvrirent avec obéissance et il sauta dans la cabine. Il affichait un style décontracté : tee-shirt blanc, jean et veste en cuir, le tout de chez un bon faiseur, comme Sam le savait. Sa petite taille et sa maigreur le rendaient en effet trop paranoïaque pour porter le moindre vêtement non griffé. Chez Titus, on se disait souvent que si Steve avait été plus grand, il n'aurait pas été aigri par sa taille et se serait montré moins désagréable. Sam pensait que Steve était, en réalité, très équilibré, car il était aigri de partout !

— Hey ! Salut, Sam ! On a fait des courses ?

Steve la détaillait des pieds à la tête. Il savait lire un bilan en trois secondes et Sam trouvait toujours déconcertant de le voir faire la même chose avec une personne.

— Oui, répondit-elle de son ton le plus professionnel.

Elle résista à l'envie de dire non, qu'elle aimait seulement s'encombrer de sacs de magasins chic.

— De jolies choses ?

La question la fit ciller. Cela ne ressemblait pas au comportement habituel de Steve, qui ne parlait jamais que de travail.

— Euh… Quelques petites choses.

— Rien de renversant ? demanda-t-il avec bonne humeur.

Sam le regarda avec étonnement et l'envie de le piquer l'emporta sur la correction.

— Si, une robe tellement sexy qu'il y a un avertissement du ministère de la Santé sur l'étiquette, souffla-t-elle.

Une fois de plus, elle regretta immédiatement ses paroles. Elle était tombée bien bas si sa seule distraction consistait à essayer de choquer son patron. Mais Steve n'avait pas l'air perturbé.

— Formidable !

Ses yeux froids, qui ne s'allumaient que si le numéro un du hit-parade faisait partie de l'écurie Titus, brillèrent de plaisir.

— Écoutez, Sam, vous savez que nous avons bientôt la soirée des Lemon Awards.

« Bien sûr ! » se dit Sam. Tout le monde le savait, dans l'industrie du disque, même le dernier des idiots. Ces récompenses de haut niveau représentaient une consécration pour les artistes et les labels. Or, Titus avait plusieurs de ses groupes en compétition. Le plus gros problème de Sam était de limiter le nombre des invitations pour le personnel car les entrées, très recherchées, étaient aussi très chères.

— J'ai une partie de la direction américaine qui vient pour l'occasion, des huiles, poursuivit Steve en levant les sourcils dans une grimace de connivence. Vous venez, bien entendu ?

— Bien entendu, confirma-t-elle.

— Je serai ravi de vous avoir à ma table.

Sam lui jeta un regard plein de circonspection. Elle avait elle-même retenu une table pour le label LGBK.

— Et ensuite, je donne une soirée très fermée au Shiva. J'aimerais bien que vous m'accompagniez.

Il lui toucha l'épaule d'un geste expressif en ajoutant :

— Ce serait très important pour moi.

Sam en resta sans voix, ce qui ne lui était pas arrivé depuis longtemps. Essayait-il de la draguer ? Steve Parris le mégalomane, l'homme qui avait un bilan à la place du cœur, était-il réellement en train de la baratiner ? Non, c'était impossible.

— Je serai là, Steve, dit-elle en choisissant ses mots avec soin. Je ne peux pas rater les Lemon Awards, n'est-ce pas ?

Les yeux de Steve s'éclairèrent.

— Merci, Sam. C'est important. Et, ajouta-t-il avec un sourire suffisant, mettez cette robe dangereuse pour la santé, vous voulez bien ? Elle a l'air fascinante !

L'ascenseur arrivait à l'étage de Sam et elle en sortit étourdie.

Zut, zut et zut ! Il l'avait bel et bien draguée. Sinon, pourquoi lui demanderait-il de mettre une tenue incendiaire ? Si seulement elle n'avait pas voulu faire la maligne, elle aurait su l'empêcher de flirter ! Mais elle avait foncé droit dans la gueule du loup. Sa petite bombe sarcastique lui avait explosé à la figure.

Elle se dirigea vers son bureau, réfléchissant à toute vitesse. En dehors de la raison la plus évidente – Steve ne l'intéressait absolument pas –, il y en avait une autre de ne pas avoir de relations intimes avec lui : sortir avec quelqu'un de la même société était un suicide professionnel. Marie-Antoinette n'avait pas fait pis en conseillant au peuple de manger de la brioche ! Dans le meilleur des cas, elle se trouverait dans une situation très gênante si Steve pensait vraiment obtenir quelque chose. Au pis, il deviendrait fou de rage parce qu'elle le giflerait pour le remettre à sa place. Par-dessus tout, quelles seraient les conséquences pour sa carrière ? Quand les Américains verraient Steve lui sourire, la prendraient-ils pour une de ces femmes qui font carrière en couchant et en pensant à l'Angleterre ? Sam se hérissa à cette idée. Il restait dix jours avant la cérémonie. Elle devait absolument trouver le moyen d'éviter la catastrophe.

Elle réussit à se concentrer sur son travail pendant tout l'après-midi, jonglant avec les réunions, les appels téléphoniques et des e-mails importants, sans trahir un seul instant qu'elle se sentait à la fois triste et furieuse. Elle quitta son bureau à sept heures et prit un taxi pour rentrer en guise d'avant-dernier cadeau d'anniversaire. Pour le dernier, elle ouvrirait une bouteille de vin et la boirait tout entière avant de prendre un bain et d'enduire d'émulsion parfumée ce corps que personne ne voyait jamais. Le parfait réconfort pour une carriériste solitaire le soir de ses quarante ans !

En arrivant chez elle, elle vit que le répondeur clignotait. Il y avait quatre messages, mais Sam ne prit le temps d'écouter que le premier. « Sam, disait Katrina d'un ton bref, je sais que je te prends au dépourvu, mais Jay vient d'arriver et elle ne va pas très bien. Crois-tu que tu pourrais passer la voir ? » Même si Katrina ne montrait aucune émotion, Sam fut tout de suite certaine que c'était grave. Un désastre avait dû se produire en relation avec Greg, pensa-t-elle, oubliant sa rancune du matin à l'égard de Jay. Pauvre Jay ! Ils avaient dû rompre, Greg et elle. C'était d'autant plus affreux que Jay l'aimait vraiment.

Sam attrapa son sac à main au vol et sortit en courant. Impossible de trouver un taxi à cette heure-là dans une rue aussi résidentielle ! C'est à ce moment qu'elle aperçut Morgan qui, habillé pour sortir, se dirigeait vers sa Jeep cabossée. Elle était répugnante et il ne la lavait jamais mais, en cet instant, elle parut à Sam aussi belle qu'une Porsche Carrera.

— Morgan ! cria-t-elle. Puis-je te demander un très grand service ? Pourrais-tu me déposer quelque part ?

Ce n'est qu'à dix minutes de voiture, mais je ne trouverai jamais de taxi !

— Monte !

— C'est mon amie Jay, expliqua Sam après lui avoir donné les indications nécessaires. Il lui est arrivé quelque chose et elle a besoin de moi. Je suis vraiment désolée de t'ennuyer avec ça, mais cela doit être grave, sinon Katrina ne m'aurait pas appelée.

— Pas de problème ! répondit Morgan. J'espère que ce n'est rien de sérieux, Jay est quelqu'un de très gentil.

— Je l'espère, moi aussi, dit Sam en se mordant la lèvre avec inquiétude. La pauvre a déjà beaucoup souffert à cause des hommes. Pourvu que Greg ne l'ait pas laissée tomber.

— Ils avaient l'air très amoureux quand je les ai vus chez toi. Ils ont dû se disputer, rien de plus, dit Morgan en pressant la main de Sam dans un geste rassurant.

La Jeep tressautait avec un bruit de ferraille comme Morgan se faufilait par des petites rues et des raccourcis discrets. Il lui suffit de neuf minutes pour s'arrêter devant la maison de Hugh et Katrina. Sam sauta de son siège pendant que Morgan finissait de serrer le frein à main.

— Je n'oublierai pas que j'ai une dette envers toi, lui jeta-t-elle en se précipitant vers la porte, ses longs cheveux blonds flottant au vent.

Katrina vint lui ouvrir, très calme et maîtresse d'elle-même.

— Que se passe-t-il ? Où est-elle ? C'est à cause de Greg ? Ne me dis pas qu'il a rompu ?

— Elle te le dira elle-même, répondit Katrina. Elle est dans le salon.

Sam se dirigea rapidement vers le salon.

— Surprise ! cria en chœur le petit groupe debout sous une grande banderole qui disait : « Joyeux quarante ans Sam ! »

Il y avait Hugh, Jay, Adam et Greg, ainsi que Sally et Danny, qu'elle n'avait pas vus depuis une éternité. Ils levaient tous leur verre vers elle en souriant.

Elle recula de surprise et heurta Morgan, qui arrivait derrière elle, le visage fendu par un grand sourire.

— J'espère que je ne t'ai pas fait peur, dit Katrina en l'embrassant avec élan. On n'a rien trouvé d'autre pour te faire venir sans que tu soupçonnes quelque chose. C'est Jay qui a eu cette idée. Elle savait que tu imaginerais tout de suite le pire !

— Bon anniversaire ! s'exclama Jay d'une voix un peu étranglée en les serrant toutes les deux dans ses bras. Comme si j'allais te laisser tomber le jour de ton anniversaire ! poursuivit-elle en riant. J'ai dû annuler notre déjeuner parce qu'on n'avait pas fini de préparer. J'ai cru que je ne m'en sortirais jamais ! On a commencé depuis deux semaines à tout organiser, mais tu ne peux pas savoir la difficulté de le faire sans que tu devines quoi que ce soit.

À la pensée de sa colère contre Jay, quelques heures plus tôt, et contre ses amis qu'elle soupçonnait de l'avoir abandonnée, Sam se sentit submergée d'émotion et éclata en sanglots.

— Ne pleure pas ! lui dit Hugh en l'embrassant.

Sam sanglota de plus belle.

— C'est son anniversaire et elle a le droit de pleurer si elle en a envie ! intervint Greg.

Il lui tendit une coupe de champagne et lui planta un chaste baiser sur le front.

— Je suis absolument horrifié, poursuivit-il, que tu aies pu croire que j'avais quitté Jay !

Tous, les uns après les autres, ils vinrent l'embrasser et lui souhaiter un bon anniversaire.

— Vous êtes tellement gentils ! pleurait Sam en voyant les ballons, la banderole et la table basse couverte de somptueux paquets.

— On t'aime, lui dit Hugh affectueusement. Qu'espérais-tu, grande bête ? On n'a pas quarante ans tous les jours !

Deux coupes de champagne plus tard, Sam avait séché ses larmes et, assise dans un profond fauteuil, ouvrait ses cadeaux. Katrina s'était perchée sur un des bras du fauteuil et Jay sur l'autre. Hugh passait en proposant à boire et tout le monde bavardait en riant, tandis que Greg aidait Morgan à faire circuler des assiettes pleines de délicieux amuse-gueules.

— J'adore les tapas, soupira Jay en se servant dans le plat que lui tendait Greg. Morgan nous a dit que tu étais en pleine crise d'alimentation diététique, mais que tu mangeais quand même des aliments normaux.

— Morgan était dans le secret ? demanda Sam, éberluée.

— Oui, depuis le début. Il a tout organisé avec Katrina, dit Jay. Je n'ai pas fait grand-chose jusqu'à aujourd'hui mais, comme Katrina travaillait, j'ai attendu le traiteur à sa place. C'est Morgan qui a choisi le dîner et, quand j'ai élaboré avec Katrina le plan pour te faire venir ici, il a dit qu'il se débrouillerait pour se trouver au bon endroit, au bon moment avec sa Jeep. Je crois qu'il se sent un peu fautif de t'avoir laissée croire qu'il y avait un problème, sachant que cela te mettrait dans tous tes états. C'est lui qui a dit que notre ruse marcherait certainement parce que tu es une amie très fidèle et que, si l'un d'entre nous avait besoin de toi, tu viendrais immédiatement sans poser de question.

Sam sentit ses yeux se remplir à nouveau de larmes. Morgan la considérait comme une amie fidèle ! Cela la touchait beaucoup. Mais ce n'était pas vrai. Elle s'était montrée abominable avec Jay, au téléphone. Elle ne méritait pas d'être traitée en amie loyale et généreuse…

— Tu ne peux pas passer ta soirée d'anniversaire à pleurer, lui dit gentiment Morgan.

Il se tenait devant elle, une bouteille à la main.

— Si ! geignit Sam, qui éprouvait du remords.

— Ouvre tes cadeaux, ma chérie, lui dit-il aussi doucement que s'il avait parlé à un enfant.

Sam renifla.

— Voui, dit-elle avec un dernier sanglot.

La bouillotte couverte de fausse fourrure, une imitation léopard très kitsch, la fit beaucoup rire puis elle fit un « oh » de plaisir à la vue du cadeau de Hugh et Katrina, une ravissante aquarelle qui représentait une orchidée. Jay avait choisi un éléphant délicatement sculpté dans un bois exotique très sombre, et Greg une jardinière plantée de fleurs toutes plus belles les unes que les autres.

— C'est plein de petites merveilles qui fleuriront au cours des prochaines semaines, promit-il.

Il y avait aussi, dans un bel emballage, une bouteille ruineuse de son Rioja préféré, du parfum, des chèques-livres et d'élégantes boucles d'oreilles en filigrane d'argent.

— Merci, merci ! s'écria Sam, émue jusqu'aux larmes.

Elle leur lança un regard de gratitude et ils lui sourirent.

— Je ne savais pas quoi t'offrir, dit Morgan. J'avais bien une idée mais, dis-moi, qu'aurais-tu fait avec un surfer californien de vingt-six ans ?

Tout le monde éclata de rire.

— Elle aurait certainement trouvé ! s'esclaffa Hugh. Notre copine est très inventive !

— Mais, reprit Morgan, j'ai pensé à une chose qui devrait te faire vraiment plaisir. Je ne suis pourtant pas certain que ce soit un cadeau acceptable parce qu'on dit toujours qu'on n'a pas le droit de les traiter comme des choses.

Sam le dévisageait, les yeux ronds. Mais de quoi parlait-il, et pourquoi était-il aussi nerveux ?

— Si tu ne les veux pas, la dame du magasin les reprendra.

Il lui tendit une grande boîte en carton. Sam la posa sur ses genoux, souleva le couvercle et découvrit deux chatons, un roux et un tigré, qui se bagarraient avec des miaulements de colère. Ils avaient tous les deux l'air furieux qu'on ait osé les enfermer alors qu'ils auraient pu essayer leurs petites griffes sur le mobilier.

— Oh ! dit-elle en les prenant dans ses bras. Comme ils sont beaux ! C'est un merveilleux cadeau, Morgan.

Soudain, elle partit d'un fou rire inextinguible :

— Quelle ironie ! Me voilà devenue « dame seule avec deux chats » !

Son fou rire était contagieux, mais les autres ne savaient pas très bien de quoi elle parlait.

— C'est vrai ? Tu veux les garder ? demanda Morgan, l'air inquiet. Je sais qu'on ne devrait jamais faire la surprise d'un animal ; si tu changes d'avis, je le comprendrai. J'ai pensé que ce serait mieux d'en avoir deux pour qu'ils se tiennent compagnie quand tu n'es pas chez toi. Quand tu t'absenteras, je m'en chargerai. Je te le promets. Je veux dire…

— Stop !

Elle lui tendit la petite boule de fourrure rousse qui se tortillait dans ses mains.

— Ma tante avait des chats et je sais comment il faut s'en occuper. Et je suis très heureuse d'en avoir.

Elle embrassa le chaton tigré sur son museau rose.

— Je pensais à en prendre un et ces deux-là sont des petites merveilles. Pas vrai, les bébés ?

Le chaton se nicha contre l'épaule de Sam et se mit à ronronner. La petite chatte que tenait Morgan planta ses griffes dans sa chemise blanche comme elle tentait d'escalader son torse. Il lui fallut tout un moment pour la décrocher.

— Décidément, les filles adorent poser leurs griffes sur toi ! commenta Sam en riant avec tendresse.

Morgan sourit.

— J'ai aussi une carte pour toi, dit-il en plongeant la main dans sa poche.

Il lui tendit une enveloppe et prit le chaton tigré pour qu'elle ait les mains libres. C'était une carte toute simple, la reproduction d'une peinture à l'huile représentant une femme en robe à fanfreluches sur une escarpolette. À l'intérieur, Morgan avait griffonné de son écriture à peine lisible : « Bon anniversaire, mon amie ! Je te souhaite une année passionnante. Je t'embrasse. Morgan. »

Gênée d'être aussi heureuse de son cadeau et de la carte si tendre, Sam éprouva le besoin de plaisanter.

— Est-ce du papier recyclable ? demanda-t-elle.

— Bien sûr ! répondit Morgan. Aucun arbre n'a été assassiné pour la fabriquer.

Sam sentit son fou rire la reprendre.

— On a juste dû battre à mort quatre jeunes buissons pour l'enveloppe. Je plaisante ! dit-il en riant. J'aime beaucoup ton côté New Age. Cela te va très bien.

— C'est mieux que d'être une carriériste infernale ? dit-elle, le regard soudain durci.

— Du calme ! La conversation n'est pas un sport de combat.

Elle sourit. Morgan réussissait toujours à désamorcer les situations avant qu'elles ne s'enveniment.

— Je t'appréciais déjà avant que tu t'intéresses au New Age, tu t'en souviens ? Aïe !

Le chaton roux venait de le griffer.

— C'est ta mère qui t'a dit de me faire ça ? demanda-t-il à la petite bête. Heureusement que je n'ai pas pris des bébés tigres !

Les amis de Sam s'extasièrent sur les chatons, qui réintégrèrent bientôt leur boîte, prêts à dormir après avoir lapé un bol de lait et pris de l'exercice. Sam ne s'était pas autant amusée depuis des années. La raison en était très simple : elle ne pouvait pas faire un pas sans trouver Morgan à son côté. On aurait dit un couple qu'une sorte de force magnétique réunissait, même s'ils se trouvaient loin l'un de l'autre, pour qu'ils puissent échanger quelques mots ou rire ensemble.

— Les chatons vont bien ? demanda Morgan comme ils se croisaient dans la salle à manger.

— En train de faire de beaux rêves, répondit-elle en lui touchant le bras d'un geste tendre. Demain, il va falloir leur trouver un nom !

La petite chatte tigrée avait une tête douce et confiante tandis que la rousse se montrait tyrannique, avec des mouvements de la queue très dédaigneux.

— Elle est vraiment très rousse, dit Morgan alors que, le lendemain, il la regardait se promener dans l'appartement de Sam. On pourrait l'appeler Orange.

Le chaton lui donna un coup de patte.

— Elle a trop de classe pour cela ! protesta Sam. De toute façon, elle est abricot.

— Abricot ? Pourquoi pas ! Je t'imagine très bien le soir crier par la fenêtre : « Abricot ! Le dîner est prêt. »

Sam se contenta de sourire, occupée à préparer le thé.

— Ou bien Marmelade ? suggéra Morgan.

— Trop long, dit Sam. Et je ne vois pas quel diminutif on pourrait en tirer.

— Que dirais-tu de Spike ? Elle a vraiment du piquant !

Sam n'était pas très convaincue.

— C'est un nom de garçon.

— Mais ça lui va très bien ! insista Morgan.

Il plongea les yeux dans le regard ambre pâle du chaton.

— Spike ? Je suis sûr que ce nom te plaît, n'est-ce pas, minette ?

Spike répondit de son miaulement enroué si particulier.

— Oui ! Ça lui plaît, cria Morgan. Spike ! Bien, maintenant, c'est au tour de l'autre.

— C'est tout à fait Tabitha, dit Sam avec attendrissement.

Elle abandonna la préparation du thé pour câliner la douce petite chatte tigrée qui, en effet, ressemblait beaucoup à la Tabitha dessinée par Beatrix Potter.

— Tabitha et Spike ? Parfait, cela ne pourrait pas être plus simple, conclut Morgan, qui paraissait très satisfait de lui-même. C'est toi qui fais la cuisine, ce soir, ou veux-tu que je m'en occupe ? Qu'est-ce qui te ferait plaisir ?

Sam le regarda d'un air pensif. Elle savait ce qui lui ferait plaisir et il ne s'agissait pas de nourriture, mais Morgan n'avait pas l'air de penser à la même chose. Il l'aimait bien, c'était certain. Sinon, pourquoi se serait-il donné tant de mal pour son anniversaire ? Mais se déciderait-il un jour à faire le premier pas ?

26

Quelques jours après son anniversaire, Sam se rendit à son premier cours de yoga. Elle mit un temps fou à partir de chez elle, car elle avait laissé son pantalon de survêtement au pied de son lit et Spike avait eu tout le loisir de le transformer en pantalon à jours et ourlet frangé. Sam savait qu'elle était seule responsable. Spike éprouvait une attirance irrésistible pour les vêtements. Elle n'aimait rien tant que filer ses collants ou faire des trous dans ses tee-shirts.

Toutes les serviettes de bain s'ornaient à présent de longues boucles de fil. Spike avait gratté le tissu pour jouer et ensuite tiré. Il lui arrivait de s'emmêler. Elle se mettait alors à miauler piteusement et Sam accourait pour la délivrer. Elle la soupçonnait, en son absence, de se débrouiller seule en déchirant tout bonnement le tissu à belles dents. Cela expliquait les trous visibles un peu partout.

Tabitha était l'esclave dévouée de sa sœur et l'admirait. Sam espérait que la petite terreur rousse ne lui apprendrait pas ses vilains tours.

— Je ne peux pas le mettre, dit Sam en tenant devant elle le pantalon qui avait été impeccable à peine une heure plus tôt. Spike, tu es une vraie chipie ! Maintenant, je dois trouver autre chose.

Spike s'assit et reprit sa toilette sans le moindre remords. Tabitha, en revanche, jetait des regards timides depuis son refuge, sous la table de l'ordinateur.

— Pourquoi n'es-tu pas venue me dire que ta sœur faisait des bêtises ? lui demanda Sam.

Elle la souleva et la prit dans ses bras pour la caresser. Tabitha implora son pardon en frottant sa petite tête contre la joue de Sam.

— Mais que tu es adorable, toi ! ronronna Sam.

Elle s'étonnait de s'être si facilement habituée à cohabiter avec deux chatons. Il avait suffi de quelques jours pour qu'ils prennent une très grande place dans sa vie. Le matin, ils sautaient sur son lit en réclamant des caresses et leur petit déjeuner. Sam ne les avait pas encore laissés sortir de l'appartement. Ils étaient trop petits pour cela. Tant qu'ils n'avaient pas été vaccinés, ils devraient se contenter de leur bac à litière et du paysage qu'ils pouvaient découvrir par la fenêtre.

Quand Sam rentrait le soir, ils lui faisaient la fête, se frottaient avec excitation contre ses chevilles et ronronnaient bruyamment. La place favorite de Tabitha était l'appui de fenêtre, où elle s'installait pour regarder dehors. Les yeux ronds d'étonnement, elle observait les deux rouges-gorges qui vivaient dans le bouleau, juste en face. Spike, quant à elle, aimait n'importe quel endroit, pourvu qu'elle puisse y faire le plus grand nombre de bêtises. Aucun rideau n'était à l'abri de ses griffes impitoyables. Elle était également tout à fait capable de sauter sur la table basse pour tremper une patte curieuse dans l'assiette de Sam.

« Arrête ! » criait alors celle-ci. Tabitha filait aussitôt se cacher sous le canapé, terrorisée, tandis que Spike se léchait allègrement, comme si tout allait bien et qu'elle avait parfaitement le droit d'agir comme elle voulait.

— Merci, Spike ! dit Sam en fouillant ses tiroirs à la recherche d'une autre tenue. Grâce à toi, je vais être en retard.

Le téléphone l'interrompit. C'était Hope.

— Je suis désolée, je n'ai pas le temps de parler.

Elle détestait répondre ainsi à sa sœur, qui traversait des moments difficiles.

— Je suis en retard pour mon cours de yoga. Cette coquine de Spike a réduit mon pantalon en charpie.

Elle fut très heureuse d'entendre Hope éclater de rire.

— Excuse-moi, dit Hope.

Elle n'avait plus eu une voix aussi joyeuse depuis longtemps.

— Excuse-moi, mais c'est trop drôle. Moi, c'est Millie qui dévaste ma garde-robe, et toi, Spike !

— Elles devraient prendre un appartement ensemble ! conclut Sam. Est-ce que je peux te rappeler plus tard ?

— Bien sûr !

Le soir, Sam rappela donc sa sœur.

— Comment s'est passé ton cours de yoga ?

— Génial !

Sam était allongée sur le canapé. Elle se sentait parfaitement bien, calme et sereine, comme si elle avait bu un verre de vin tout en restant sobre.

— J'ai l'impression d'avoir passé une heure dans un caisson d'isolation sensorielle. C'est incroyable !

Tu dois absolument essayer, Hope. Cela te ferait beaucoup de bien.

— Insinuerais-tu que j'ai besoin de me relaxer ? demanda Hope d'un ton ironique.

— Quelques mois en caisson d'isolation sensorielle te seraient sans doute très bénéfiques ! Et c'est moins cher. J'ai acheté un livre, mais je pense qu'il faut vraiment prendre des cours. Sans cela, je n'aurais jamais compris comment il faut respirer.

— Tu veux parler d'un rythme particulier, comme pour accoucher ? demanda Hope.

— Aucune idée. Mais, aujourd'hui, j'ai dû prendre des postures bizarres qui m'ont fait ressembler à une parturiente. Il y a donc peut-être un lien, en effet. Bref, comment vas-tu, toi ?

Elle eut l'impression d'entendre Hope faire la grimace.

— Bien, je suppose.

Le ton était pensif.

— Pour l'instant, je n'ai toujours pris aucune grande décision pour changer de vie. Cela vaut mieux, parce que tout le monde me dit de ne pas bouger, de « tenir bon ». J'aimerais bien savoir ce que ça signifie !

— C'est ce qu'on sort quand on ne sait pas quoi dire, répondit Sam. Personne ne veut donner son opinion parce que cela fait seulement un peu plus de deux semaines et que ça s'arrangera peut-être.

— Deux semaines et cinq jours, interrompit Hope.

— Cela ne change pas grand-chose. Tout le monde redoute de te donner un avis clair et net parce que, si l'on te dit « bon débarras » et que Matt revient, on se sentira gêné. De la même façon, si l'on te conseille de te mettre à sa merci et qu'il ne revient pas, on sera encore plus mal de s'être trompé.

— Et toi, qu'en dis-tu ?

Sam prit le temps de la réflexion. Depuis que Matt était parti, elle s'était souvent demandé ce que sa sœur devrait faire. Elle s'était trompée quant à ses réactions concernant le départ de Matt. Elle aurait cru que sa sœur s'effondrerait en sanglotant et sans rien faire pour reprendre son mari. Elle avait eu tort. En effet, Hope s'était endurcie et avait continué à vivre. Au cours du week-end qu'elle avait passé à Redlion, Sam avait été très étonnée de la voir affronter la situation. Mais peut-être était-ce seulement parce qu'elle croyait la séparation temporaire ? Si Matt demandait le divorce, Hope résisterait-elle aussi bien ?

— Je n'en pense rien, Hope, dit franchement Sam. Je peux difficilement me présenter en expert des relations de couple. Dis-moi plutôt ce que tu désires, toi ?

— Tu le sais. Je veux que Matt revienne à la maison, mais il refuse même de me parler au téléphone. Il ne veut avoir que les enfants.

Cela n'augurait rien de bon, pensa Sam.

— Je suppose qu'il a besoin de temps pour y voir clair.

— Je sais, répondit Hope avec tristesse. Il refuse de me laisser me justifier. Il n'a entendu que cette explication incohérente que je lui ai donnée le soir où cela s'est passé. C'était n'importe quoi ! Je voudrais tellement avoir la possibilité de lui dire que j'ai eu tort mais que je l'aime, qu'il s'agissait d'une bêtise et rien d'autre. Si j'avais un peu réfléchi, je n'aurais même jamais regardé Christy. Mais je dois reconnaître, ajouta

Hope avec amertume, que la réflexion n'a jamais été mon point fort.

— Veux-tu que je parle à Matt ? proposa Sam d'un ton prudent.

— Non, répondit Hope avec fermeté. J'attends qu'il décide de revenir, pas que des tiers l'y incitent. Peut-être est-ce cela, « tenir bon ». Les gens disent vraiment n'importe quoi !

Sam tenta de la réconforter par une plaisanterie.

— Attends encore un mois, et je sais ce qu'on te dira ! Il ne sera plus question de « tenir bon ». Tout le monde t'invitera à des soirées en même temps qu'un célibataire idéal pour toi ! Tu te retrouveras avec une armée d'hommes autour de toi, des divorcés, des qui n'ont jamais eu de petite amie, d'autres qui vivent chez leur maman et la laissent acheter leurs sous-vêtements !

— Surtout pas ! J'ai eu assez d'hommes pour le reste de ma vie, protesta Hope avec véhémence.

— Tu verras, insista Sam. Et puis, on ne sait jamais, tu pourrais rencontrer un super beau mec !

— C'est fait, répondit sèchement Hope, et regarde où ça m'a menée. Bref, assez gémi ! Et toi, comment vas-tu ?

— Pas mal, soupira Sam. J'essaie de comprendre pourquoi les hommes qui me plaisent refusent de se déclarer alors que ceux que je fuirais même si c'étaient les derniers êtres vivants sur Terre me trouvent tellement à leur goût !

Elle pensait à Steve qui, au cours des derniers jours, lui avait souri niaisement à deux reprises. Quant à Morgan, il paraissait déterminé à maintenir leur relation sur un plan purement platonique.

— C'est une question d'antimagnétisme, suggéra Hope.

— D'anti… quoi ?

— Antimagnétisme ! Certaines femmes possèdent un magnétisme qui fait tomber les messieurs comme des mouches autour d'elles, et d'autres n'en ont aucun. Nous devons toutes les deux appartenir à la seconde catégorie.

— Tu me remontes le moral ! dit Sam.

— Au moins, on pourra devenir bizarres et ne plus jamais s'énerver parce qu'on nous prend notre côté de la couette en pleine nuit.

— Moi, je n'ai jamais eu ce problème, fit remarquer Sam. Dis-moi plutôt ce que tu fais ?

À l'autre bout du fil, Hope hésita un instant à dire la vérité, mais c'était impossible.

— Oh ! Je m'occupe d'enfants, je nettoie des fientes, et Mary-Kate m'a trouvé un travail. J'essaie de remettre sur pied l'office du tourisme de Redlion. Il paraît qu'il bat de l'aile depuis que le responsable est parti, l'année dernière, visiter un ashram.

— Tu es donc très occupée ?

— Oui, soupira Hope.

Après avoir raccroché, Hope monta à l'étage pour voir si tout se passait bien dans la chambre des enfants, puis redescendit se préparer une tasse de camomille. Mary-Kate, très confiante dans les progrès de la médecine en matière d'antidépresseurs, aurait aimé qu'elle consulte le docteur McKevitt. Mais Hope savait qu'elle ne devait rien prendre compte tenu de sa grossesse. Elle avait répondu à Mary-Kate qu'elle préférait s'en tenir à un verre de vin occasionnel – un mensonge, puisque cela lui était également interdit ! – et à la camomille.

Sa tisane devant elle, elle feuilleta le programme de télévision. C'était sa nouvelle routine du soir. Plus précisément, ce l'était depuis le jour où, en rangeant la salle de bains, elle s'était rendu compte qu'elle n'avait pas ouvert sa boîte de tampons depuis deux mois. Seule l'angoisse des dernières semaines avait pu lui faire négliger les signes indubitables de sa grossesse : des nausées et un goût métallique bizarre dans la bouche, exactement les mêmes symptômes que pour Millie et Toby. Elle trouvait assez ironique d'avoir pu tomber enceinte cette nuit fatale à Kinsale, quand Matt pensait qu'elle voulait un autre enfant alors qu'elle se consumait de remords à cause de Christy.

Au milieu du chaos qu'était devenue sa vie, Hope savait au moins une chose : elle voulait ce bébé, si difficile fût-il de l'élever sans père à la maison. Elle avait pourtant le cœur brisé à l'idée d'avoir détruit son couple. La seule pensée de ne plus jamais rire avec Matt ou de ne plus sentir ses bras protecteurs autour d'elle la faisait atrocement souffrir. Mais elle ne pouvait pas se permettre de s'appesantir sur son sort. Elle devait protéger ses enfants. Ayant déjà saccagé le mariage de leurs parents par son stupide goût de la flatterie, il n'était pas question qu'elle s'apitoie sur elle-même. Elle devait s'occuper d'eux correctement, ainsi que d'elle-même.

— Je veux voir les enfants, Hope. Je viens pour le week-end. Je serai à Killarney.

Matt se montrait si froid et distant que Hope dut se mordre la lèvre pour empêcher sa voix de trembler.

— Très bien, dit-elle courageusement.

Elle était en train de mettre Millie en pyjama quand le téléphone avait sonné. Alors qu'elle s'apprêtait à tendre le combiné à Millie, Matt avait commencé à lui parler. Elle espérait toujours qu'il souhaiterait retrouver sa famille et que tout s'arrangerait.

— Je t'appellerai quand j'aurai réservé l'hôtel. Tu n'auras qu'à déposer les enfants samedi matin. Cela ne te dérangera certainement pas s'ils passent la nuit avec moi. Cela te donnera une occasion de t'amuser.

À l'amertume avec laquelle il avait prononcé « t'amuser », Hope comprit : Matt croyait qu'elle continuait à batifoler avec Christy De Lacy.

— Tu peux prendre les enfants pour samedi soir, répondit-elle. Nous devons parler de ce que nous allons leur donner comme explication.

Matt s'abstint de toute remarque mordante.

— Je suppose que oui, dit-il d'un ton morne.

— Ils sont encore petits, mais ils savent qu'il y a un problème et j'ignore quoi leur répondre, avoua Hope.

— Que dirais-tu de : « J'ai un nouveau papa pour vous » ? rétorqua Matt.

De nouveau, Hope dut se mordre la lèvre. La tension ne devait pas faire de bien au bébé.

— Ce genre de remarque ne sert à rien, dit-elle avec plus de calme qu'elle n'en éprouvait. Dois-je demander à mon avocat d'organiser ton droit de visite ?

S'il voulait jouer à ce jeu, elle aussi ! Il parut choqué.

— Tu as un avocat ?

— Si tu ne peux même pas te conduire poliment envers moi, j'en aurai besoin d'un, répliqua-t-elle sèchement. Tu n'auras qu'à m'appeler quand tu sauras dans quel hôtel tu descends.

Sur quoi elle raccrocha violemment et éclata en sanglots.

— Je n'ai pas parlé à papa, geignit Millie. C'est papa qui t'a fait pleurer ?

— Non, gémit Hope. Ton papa est le meilleur du monde et il ne ferait jamais de peine à ta maman.

Toby se mit aussi à pleurer, si bien qu'ils se retrouvèrent tous les trois serrés les uns contre les autres au pied de l'escalier et sanglotant à qui mieux mieux.

— Je veux mon papa ! pleurnichait Millie.

— Je veux faire pipi ! couinait Toby.

— Je veux revenir en arrière ! se plaignait Hope.

Par la suite, Matt se montra parfaitement poli au téléphone, comme s'il avait affaire à un nouveau client :

« Comment vas-tu ? demandait-il avec une froide correction.

— Très bien », répondait Hope, se voyant dans la peau d'un personnage de Jane Austen, qui montre ses bonnes manières en société.

C'est sur ce ton que s'organisa le rendez-vous du samedi. Matt avait choisi l'hôtel Europe à Killarney, une accueillante maison familiale avec une immense piscine couverte et des écuries pleines de beaux poneys blonds pour distraire les enfants.

— Pourrais-tu mettre dans la valise des vêtements pour tous les cas de figure ? demanda-t-il à Hope.

Pendant un instant, il était redevenu le mari qu'elle avait connu, capable de faire la différence entre les vieilles salopettes pour les jeux salissants et les tenues correctes qui ne devaient pas aller dans la boue !

— Bien sûr ! répondit-elle humblement.

Ce n'était pas la faute de Matt s'ils se trouvaient dans cette situation. Quoique… Si, peut-être un petit peu ! Mais, pour l'essentiel, elle était la grande responsable de cette impasse.

Le samedi, les enfants étaient dans un état d'excitation indescriptible. Dans la voiture, Millie répéta à pleine voix, comme un refrain : « Papa ! Papa ! Papa ! » À chaque kilomètre qui les rapprochait de l'hôtel, Hope se sentait un peu plus tendue. Elle tenait peut-être sa chance de tout arranger. Peut-être Matt éprouvait-il les mêmes sentiments ? Peut-être attendait-il qu'elle demande pardon pour rentrer à la maison ? Tout recommencerait, alors…

Tout en conduisant, elle réfléchissait à ce qu'elle allait dire. « Je suis vraiment désolée, Matt. Il ne s'est rien passé. C'est ma faute. Je n'aurais jamais dû accepter qu'il me ramène à la maison. J'admets très bien que tu n'aies pas pu me croire… » Mais c'était là où son raisonnement achoppait : elle comprenait pourquoi il était parti. En revanche, elle se sentait toujours très blessée qu'il ne l'ait pas aimée assez pour lui accorder le bénéfice du doute. Le vieux schéma dont elle avait tellement l'habitude s'était encore une fois reproduit quand il avait refusé de l'écouter.

Hope s'engagea dans la longue allée qui menait à l'entrée de l'hôtel. Elle se sentait le cœur brisé. Elle ne pouvait pas s'humilier devant Matt car il avait aussi des reproches à se faire. Il aurait dû savoir qu'elle ne l'aurait pas trahi. Si elle rampait à nouveau devant lui, cela montrerait que rien n'avait changé. Il commanderait et elle obéirait en servante dévouée. Or, elle savait qu'elle était allée trop loin pour l'accepter de nouveau. S'ils reprenaient leur vie de couple, ce devait être parce qu'ils le décidaient tous les deux et s'étaient excusés de leur comportement. Les règles du jeu devaient changer.

Matt les attendait devant l'hôtel, assis sur la barrière à côté du paddock des poneys. Il portait avec son jean un tee-shirt blanc qui faisait paraître ses cheveux encore plus noirs. Le cœur de Hope ne fit qu'un bond en le voyant.

— Papa ! hurlèrent les enfants en chœur.

Hope s'efforça de sourire. Elle arrêta la Metro, sortit et dit un bonjour timide.

Matt ne fit pas un geste pour l'embrasser ou même l'effleurer. Il ouvrit la porte arrière de la voiture et se pencha pour embrasser les enfants dans un concert de cris, de pleurs et de rires ravis, tandis que Hope attendait, à l'écart. Quand les bambins et leurs bagages furent sortis de la voiture, elle attendit un instant, espérant que Matt ferait le premier pas. Elle demandait seulement qu'il lui propose d'entrer prendre un café. Et tout irait bien. Elle pourrait le prendre dans ses bras en disant « oui ! ».

— À quelle heure reviens-tu, demain ?

Il fallut quelques secondes à Hope pour quitter son rêve de joyeuse réconciliation et redescendre dans la brutale réalité.

— Cinq heures ? dit-elle d'une voix étranglée.

— Bien, à demain, dit poliment Matt.

Il souleva Toby et le mit à cheval sur ses épaules, prit les bagages d'une main et, de l'autre, serra la menotte de Millie. Puis il remonta l'allée vers l'entrée de l'hôtel.

Hope se remit tristement au volant et rentra. Elle ne s'arrêta qu'une seule fois, pour essuyer ses larmes. Jusqu'à ce jour-là, elle avait gardé de l'espoir. À présent, c'était fini. Comment pourrait-elle parler du bébé, après ce qui venait de se passer ? Matt penserait qu'elle essayait de le piéger. Du moins, s'il n'imaginait pas que le bébé était de Christy.

27

Nicole posa sa valise dans l'entrée et passa dans le salon. Elle s'attendait plus ou moins à ce qu'il ressemble à un champ de bataille. Elle avait été absente pendant si longtemps ! Normalement, si elle ne ramassait pas tous les vieux journaux et magazines, personne ne le faisait. Mais la pièce était impeccable, sans la moindre tasse oubliée sur la table basse ni de *Hello* ou de *OK !* en désordre sur le canapé. Bizarre ! Dans la cuisine, le même spectacle l'attendait. Le plan de travail brillait de propreté, pas une seule petite cuillère ne traînait dans l'évier et il flottait une bonne odeur de produit de nettoyage au citron.

Sa grand-mère, pensa Nicole. C'était elle qui avait tout nettoyé et rangé, sans doute après une dispute avec Sandra à ce sujet. En général, son « Franchement, Sandra, tu es aussi désordonnée qu'une adolescente ! » déclenchait une crise et il revenait à Nicole de remettre de l'ordre. Mais Reenie Turner avait dû s'en charger, cette fois.

Nicole traîna péniblement sa lourde valise à l'étage mais ne la défit pas tout de suite. En dépit de son goût pour l'ordre et la propreté dans la plupart des domaines, elle détestait vider des valises. Il régnait un calme très inhabituel dans la maison. C'était même bizarre. Nicole entra dans la chambre toute rose de Pammy et s'assit sur le lit, jouant avec une peluche sans y penser. Même ici, le ménage était fait et la collection de personnages de Disney s'alignait sur une étagère toute propre.

Le préféré de Nicole était Tigger. Elle en avait un vieux et l'avait emporté en tournée. Elle l'installait tous les soirs sur son lit et il l'avait consolée plus d'une fois. Le soir où ils étaient restés, Darius et elle, à se caresser, s'embrasser et se parler pendant des heures, Tigger les fixait, désapprobateur, depuis la coiffeuse.

« Tigger est très choqué, avait dit Darius le lendemain matin en tournant le jouet vers le mur avant de donner un dernier baiser à Nicole.

— Il ne devrait pas, avait répondu Nicole avec tendresse. Il ne s'est rien passé. »

Ce n'était qu'une question de temps, de moment et de lieu. Depuis cette nuit passée avec Darius, elle ne pensait qu'à cela. Au cours des dernières étapes de la tournée, elle avait fini par s'imaginer dans son appartement. Pas avec Darius, même si elle l'aimait de toutes ses forces. Non. Elle voulait être chez elle, avoir un endroit qui lui appartiendrait, où il pourrait venir la voir. Un endroit où sa cuisine resterait impeccable et où tout serait bien rangé.

L'idée lui plaisait tellement qu'elle rêvait tout éveillée. Elle se voyait joyeusement courir les magasins avec sa mère et Pammy pour trouver des housses de couette ou des abat-jour, et s'esclaffer devant de ridicules rideaux de douche décorés de poissons rouges. Puis, soudain, elle se réveillait, revenait à la réalité et réalisait qu'elle ne pourrait pas les quitter. Pour la première fois de sa vie, elle disposait de la sécurité matérielle nécessaire pour être autonome mais, à cause de son sens des responsabilités, elle ne pourrait pas en profiter.

Le bruit d'une clef dans la serrure la fit descendre l'escalier quatre à quatre. Elle avait terriblement envie de revoir sa mère et sa petite sœur chérie.

— Nicole ! hurla Pammy.

Avec son jean rose et sa minuscule veste en jean, elle avait l'air d'une petite princesse blonde.

— Ma chérie, comme tu m'as manqué ! dit Nicole en la serrant contre elle et essayant de retenir ses larmes.

Elle se tourna ensuite vers sa mère.

— Je suis contente que tu sois rentrée, dit Sandra. Tu nous as manqué.

— Comment vous êtes-vous débrouillées ? demanda Nicole en mettant tout de suite de l'eau à chauffer pour le thé.

— Très bien, répondit sa mère.

Elle ouvrit son sac à provisions, en sortit des blancs de poulet, des oignons et une boîte de tomates.

— N'est-ce pas, Pammy ? ajouta-t-elle.

La petite hocha fièrement la tête.

— On a fait la cuisine tous les jours ! Pas seulement des œufs et des frites, Nicole. Maman a dit que tu n'y croirais pas.

La remarque fit sourire Sandra et Nicole.

— J'ai appris à préparer l'agneau au yaourt. C'est délicieux, très facile, et Pammy aime ça.

Pammy approuva de nouveau de la tête.

— C'est meilleur que les spaghettis Barbie, dit-elle.

Dans sa bouche, c'était un très grand compliment.

— L'autre soir, on a mangé du lard bouilli comme ta grand-mère l'aime, poursuivit Sandra. Je l'ai fait toute seule ! Mais Pammy n'en raffole pas, n'est-ce pas, mon poussin ?

Pammy confirma d'un signe de tête vigoureux.

Nicole dut s'asseoir sur une des chaises de cuisine. Tout cela était vraiment trop bizarre. Sa mère cuisinait ? Ça n'arrivait jamais ! Quand Nicole était petite, leur régime se composait d'œufs, de frites, de pizzas et de n'importe quoi de surgelé et facile à réchauffer. Et voilà qu'elle se prenait pour la reine des fourneaux !

— La maison est impeccable, dit-elle. Mamie a dû faire le grand nettoyage de printemps.

— C'est moi qui l'ai fait ! s'exclama Sandra avec indignation. Franchement, Nicole, tu croyais que je ne savais pas par quel bout on se sert de l'aspirateur ?

Nicole se mordit la langue pour ne pas rétorquer que, pendant des années, sa mère s'était souciée du ménage comme d'une guigne.

— Et maintenant, raconte-nous tout ! dit Sandra quand elle eut fini de ranger les courses.

Nicole sortit des biscuits au chocolat pour accompagner le thé. Pammy se lança dans des coloriages et sa mère entreprit de hacher des oignons pour le dîner.

— Tu as l'air très en forme, dit-elle à Nicole. J'ai vu le dernier article sur toi dans le journal du soir. Ils disent que tu es « pleine de talent ». J'en ai pris six exemplaires.

Nicole eut un petit sourire amusé.

— Si mon disque ne marche pas, tout le monde dira bientôt que je n'avais pas le moindre talent et que mon échec était prévisible.

— C'est ça, la presse, répondit Sandra.

Elle était occupée à faire revenir les oignons dans un poêlon que Nicole ne connaissait pas.

— Comme je dis toujours, poursuivit Sandra, le papier ne refuse pas l'encre ! De toute façon, ils peuvent imprimer ce qu'ils veulent, nous sommes très fières de toi.

— J'ai réfléchi, maman, commença Nicole.

Elle fit une pause, le temps de prendre un autre biscuit.

— Tu as arrêté de fumer ? demanda soudain sa mère. Tu ne manges jamais de biscuits.

Nicole rougit.

— J'essaie d'arrêter, dit-elle. Dar… Les gens de la maison de disques m'ont dit que c'est mauvais pour la voix, se reprit-elle.

— Vraiment ? la taquina sa mère. Ou est-ce le charmant Darius ? Allons, raconte-moi !

Nicole ne put retenir le sourire sentimental qui lui venait chaque fois qu'elle pensait à Darius et qu'elle trouvait idiot.

— Tu sors avec lui ? demanda Sandra en commençant à nettoyer des champignons.

— Eh bien… Euh… Oui, c'est une des choses dont je voulais te parler, dit Nicole avec inquiétude.

Elle se leva pour remuer les oignons. Elle ne voulait pas que Pammy l'entende.

— Je pense à…

—… à déménager, termina sa mère. Ne prends pas cet air étonné, ma chérie. Je savais que cela arriverait. C'est d'autant plus raisonnable que, à présent, tu travailleras le plus souvent en ville. Tu as une carrière à mener, tu as besoin d'avoir un espace à toi.

Nicole gardait les yeux fixés sur sa mère, étonnée et blessée.

— Mais comment allez-vous faire sans moi ? dit-elle enfin d'une seule traite.

Les yeux bleus de Sandra se plissèrent dans un grand sourire affectueux.

— On va continuer à vivre, Nicole. Il faut bien que tu t'émancipes un jour ou l'autre, non ? Je savais que je devrais te laisser partir. Tu es ma fille, pas ma prisonnière.

— Mais comment allez-vous faire ?

Sa mère eut l'air sincèrement étonnée.

— Comment ? Bien sûr, tu ne seras plus là pour veiller sur nous et t'occuper de tout, mais nous y arriverons. Je ne suis pas totalement incapable de me débrouiller, tu sais. Comment ai-je fait quand tu étais bébé ? J'y suis arrivée, je crois.

— Oui, mais mamie m'a dit qu'elle a dû prendre les choses en main.

— Ta grand-mère est comme toi, Nicole : elle a besoin qu'on ait besoin d'elle. C'est elle qui a insisté pour que j'habite chez elle. Je voulais avoir mon appartement, mais tu la connais. Il n'y a pas plus autoritaire qu'elle, dit Sandra avec tendresse.

Nicole regretta de ne plus fumer car elle aurait vraiment eu besoin d'une cigarette pour faire front.

— Tu étais vraiment une drôle de petite fille, reprit Sandra. Tu voulais toujours que tout soit parfait, exactement comme ta grand-mère. Vous vous ressemblez comme deux gouttes d'eau, mais tu es encore plus perfectionniste qu'elle ! Elle n'a jamais réussi à faire briller les robinets de la salle de bains aussi bien que toi. Je me suis vraiment inquiétée pour toi, tu sais, avoua Sandra. J'ai demandé au médecin si tu n'avais pas besoin d'une aide psychologique à cause de ton obsession de la perfection.

Mais il m'a rassurée. Il m'a dit que c'était ta façon d'affronter la vie. Il m'a aussi expliqué qu'un père te manquait beaucoup, même si tu ne m'en aurais parlé pour rien au monde. D'après lui, c'était pour cette raison que tu voulais que tout soit parfait en apparence. Il m'a conseillé de te laisser faire puisque tu en avais besoin.

— Mais…

Nicole ne savait plus par où commencer. Cela ne coïncidait pas avec ses souvenirs.

— Mais mamie a dit que je devais m'occuper de toi… Et je me suis sentie responsable de tout…

— Je sais, dit Sandra dont les yeux toujours si doux se durcirent brièvement. Tu n'as jamais été responsable de quoi que ce soit, ma chérie. Pammy et toi, vous êtes les plus beaux cadeaux que j'aie jamais reçus, tu le sais, n'est-ce pas ? Je ne regrette pas un seul instant de ma vie puisque j'ai mes deux filles, et qu'elles sont extraordinaires. Ta grand-mère a ses regrets et ça la regarde. C'est pour cela qu'elle est tellement opposée aux relations sexuelles avant le mariage. Pas pour des raisons morales, mais parce qu'elle ne voulait pas te voir coincée avec un enfant sans moyens d'existence comme elle ou moi.

Trop tard ! Sandra, qui remuait les champignons et les oignons, suspendit son geste et jeta à Nicole un regard horrifié.

— Mon Dieu ! Nicole, oublie ce que je viens de dire.

— Comme elle ? répéta Nicole, médusée.

— Je t'en prie, Nicole, ne dis rien. Ta grand-mère me tuerait. Elle ne veut pas que tu le saches, de peur que tu aies honte d'elle. Oublie ça !

— Impossible, répondit Nicole d'une voix hachée. Je n'ai pas honte de mamie, comment pourrais-je ? Mais je veux savoir la vérité.

— La vérité à quel sujet ? demanda Reenie Turner qui venait d'entrer, ses clefs à la main.

Il fallut deux théières de plus pour parvenir au bout de l'histoire et Nicole décida qu'elle arrêterait de fumer un autre jour. Une fois que sa grand-mère eut commencé à parler, elle ne s'arrêta plus, comme si elle attendait de pouvoir enfin dire la vérité à Nicole, malgré tout. Reenie avait seize ans, presque dix-sept, quand elle avait quitté l'Irlande pour Londres. Nicole le savait déjà. En revanche, elle ignorait que sa grand-mère s'était enfuie de chez elle parce qu'elle portait l'enfant d'un garçon de son village qui n'avait pas la moindre intention de l'épouser. Elle vivait dans une petite ferme des environs de Redlion. Nicole se souvint d'avoir entendu Sam Smith prononcer ce nom au sujet de sa sœur. Mais cela ne la surprit pas outre mesure : toute l'histoire était si incroyable qu'une coïncidence de plus ou de moins ne voulait plus rien dire.

— Ce n'était pas comme maintenant, expliqua Reenie Turner. À l'époque, être enceinte sans être mariée faisait partie des péchés mortels et représentait une honte comme tu ne peux pas imaginer, Nicole. Ma famille n'était pas au courant. Moi-même, j'avais à peine compris ce qui m'arrivait. Il n'y avait pas d'éducation sexuelle. Nous avions grandi à la ferme et connaissions la réalité des choses mais, quand il s'agissait de la façon dont les êtres humains procréent, c'était un autre monde, très mystérieux. Cela aurait été plus clair pour moi si j'avais été une génisse !

Les trois Turner, qui étaient assises autour de la table de cuisine, sourirent. Même quand elle racontait une histoire triste, Reenie ne pouvait s'empêcher de plaisanter.

— Ma sœur Heather, Dieu la bénisse, allait à Londres pour suivre une formation d'infirmière. Elle avait trois ans de plus que moi et, un soir, je lui ai tout dit. Je savais que je devais partir si je ne voulais pas que la honte détruise ma famille.

Nicole eut mal pour cette jeune fille obligée de quitter les siens et son pays parce qu'elle vivait à une époque où la grossesse hors mariage restait le pire des tabous.

— Ou je partais, ou l'on m'envoyait chez les religieuses, reprit Reenie avec un soupir. Elles avaient des maisons pour les filles perdues, les « Marie-Madeleine », comme elles nous appelaient. C'étaient de vrais bagnes pour femmes enceintes et je remercie le Seigneur tous les jours d'y avoir échappé. Ta tante Heather m'a emmenée à Londres et s'est occupée de moi.

Sandra prit la main de sa mère et la pressa, dans un geste d'affection.

— Après la naissance de ta mère, nous avons loué un logement ensemble, Heather et moi, et elle a dit à tout le monde que j'étais veuve, que mon mari était mort dans un accident sur un chantier. Comme il y avait beaucoup d'Irlandais dans le bâtiment, cela n'a étonné personne. En tout cas, nul n'a rien dit. Et quand j'ai rencontré ton grand-père, Charlie Turner, nous sommes devenus une vraie famille. Et il a vraiment été ton grand-père, ajouta-t-elle d'un ton farouche, parce qu'il aimait Sandra comme sa fille.

Nicole n'avait que de vagues souvenirs d'un homme très gentil et aux cheveux blancs, qui était mort quand elle était encore toute petite.

— Pourquoi ne m'avais-tu rien raconté, mamie ? Comme si je pouvais te blâmer pour quoi que ce soit !

— Parce que je ne voulais pas laver mon linge sale en public, répondit Reenie d'un ton décidé. J'ai souvent eu l'intention de tout t'avouer, mais ce n'était jamais le bon moment.

— Maman, Nicole a aussi des choses à te dire, annonça Sandra avec un grand sourire. Elle est amoureuse de Darius Good ! Et elle va déménager pour s'installer.

— Pas avec Darius, j'espère ? demanda Reenie d'un ton sans appel.

— Non, répondit Nicole, blessée. Je croyais pourtant que tu l'appréciais.

Sa grand-mère lui sourit.

— Mais oui, je le trouve très bien. Il sera parfait pour toi. Seulement, je n'ai pas envie que tu précipites les choses. Tu dois penser à ta carrière. Il ne faut pas que tu sois limitée à cause d'un homme. Ta mère et moi voulons que tu réussisses avant de penser à autre chose. J'ai regardé l'émission *Top of the pops*. Il n'y a pas une de ces chanteuses qui t'arrive à la cheville !

Nicole éclata de rire.

— Mamie ! Tu n'es pas objective. (Elle embrassa sa mère et sa grand-mère avant de poursuivre :) Je monte téléphoner à Darius.

— Tu vas lui parler de moi ? demanda Reenie avec méfiance.

— Non, pourquoi ? Je vais seulement lui annoncer que je cherche un appartement. Je ne voulais pas le faire avant d'être certaine de prendre la bonne décision. Maintenant, j'en suis sûre !

— Tu dois déménager, dit Sandra du ton de l'évidence. Dîneras-tu avec nous ? Je prépare un ragoût.

— Plutôt ! s'exclama Nicole. Étant donné que je serai bientôt en train de faire la java chez moi, autant profiter de ta cuisine tant que je peux !

— C'est ça ! s'exclama Reenie en levant les yeux au ciel. Je ferais mieux de m'assurer que j'ai mes cachets pour l'estomac. Tu sais que je ne supporte pas les oignons…

— Maman, tu es une enquiquineuse ! interrompit Sandra.

Souriante, Nicole monta l'escalier en dansant pour appeler Darius. Tout redevenait normal chez les Turner !

28

Sam essaya sa merveilleuse robe de séductrice. Avec sa peau mate et ses cheveux qui tombaient dans son dos telle une nappe de soie, l'effet était remarquable. Les minuscules bretelles, l'étoffe chatoyante qui moulait voluptueusement la silhouette et le profond décolleté étaient dignes d'une star hollywoodienne attendue à la cérémonie des Oscars.

Accrochée à la porte de la penderie, se trouvait l'autre tenue possible pour assister à la remise des Lemon Awards : un ensemble noir de Prada d'une classe folle et visiblement d'un prix monstrueux. Très chic mais pas spécialement sexy, surtout quand Sam le portait avec un tee-shirt blanc Agnès B, qui le rendait un peu plus décontracté.

La robe, qui exprimait une sensualité débridée, n'était peut-être pas le choix le plus avisé pour une soirée avec son patron, celui-ci lui ayant fait comprendre le désir qu'elle lui inspirait. Mais Sam en avait assez de paraître simple et élégante. De plus, elle était certaine de pouvoir contrôler la situation et tenir Steve dans les limites acceptables. Et surtout, elle avait envie que Morgan la voie sur son trente et un, pour une fois.

Elle n'avait peut-être pas l'âge de ses conquêtes, mais elle présentait plutôt bien, se dit-elle. Avant de se rendre à la soirée, elle passerait le saluer.

— Bonsoir ! s'exerça-t-elle à dire devant son miroir tout en se maquillant les yeux avec du khôl. Je ne fais que passer. Je voulais te rendre ta cassette.

Non, cela paraissait un peu cousu de fil blanc.

Et puis, zut ! Pourquoi ne pourrait-elle juste entrer et dire : « Bonsoir, je voulais te voir un instant avant de partir. Que penses-tu de ma robe ? »

Elle savait ce qu'elle aimerait qu'il pense ! Elle voulait voir ses yeux se remplir d'admiration en découvrant ses épaules qu'elle avait poudrées avec un autobronzant nacré. Elle aspirait à ce que son regard plonge dans son décolleté, à peine voilé par la robe. Elle espérait qu'il brûle de désir ! Voilà ! Et quand il la verrait ainsi, cela arriverait !

Elle détailla son reflet dans le miroir avec un sentiment de triomphe. Elle était folle de Morgan et se sentait certaine qu'il éprouvait la même chose envers elle, même s'il n'avait jamais rien tenté. Elle s'était convaincue qu'il attendait qu'elle fasse le premier pas. Il savait qu'elle était une femme forte et n'aimait pas que les hommes se croient tout permis. Il la respectait. Mais le temps était venu de lui faire comprendre que l'amour et le respect pouvaient très bien aller de pair.

La limousine devait venir la chercher à six heures et, à cinq heures, Sam était prête. Les chatons avaient eu leur dîner et leur dose quotidienne de caresses. Sam savait qu'à cette heure-là les ouvriers qui travaillaient chez Morgan commençaient à ranger leurs affaires pour partir. Avec sa robe, elle risquait, sinon, de se faire copieusement siffler par eux ! Elle réussirait peut-être à se glisser dans la maison sans rencontrer personne d'autre que Morgan.

Par précaution, elle drapa un grand manteau de soirée en velours prune sur ses épaules. La porte de Morgan était ouverte, comme d'habitude, et la maison résonnait encore de coups de marteau. Les travaux duraient depuis plusieurs mois et seraient bientôt terminés. Cela avait dû coûter une fortune. Cela faisait longtemps que Morgan n'avait pas parlé de revendre la maison. Dans ses rêves les plus fous, Sam s'imaginait parfois y vivre avec lui. Elle se voyait en train d'expliquer aux invités qu'elle avait participé à la construction du patio tandis que Morgan la prenait dans ses bras en souriant. Il racontait à tout le monde qu'il était tombé sous le charme quand elle avait insisté pour poser des dalles après l'avoir observé pendant moins d'une demi-heure.

— Il y a quelqu'un ? appela-t-elle en jetant un coup d'œil dans le grand salon lumineux.

Aucun signe de Morgan. Les ouvriers étaient dans la cuisine, fumant la dernière cigarette de leur journée de travail.

— Bonjour, Sam ! dirent-ils en détaillant son grand manteau et les sandales du soir à lanières roses qu'il laissait voir.

— Bonjour tout le monde ! répondit-elle. Vous n'avez pas vu le patron ?

— Dans la véranda !

Sam se dirigea d'un pas vif vers la véranda, presque entièrement reconstruite. Elle avait belle allure. Sam voyait très bien comment on pouvait la meubler. Du mobilier en rotin, sans doute. Elle aimait ce matériau, qui évoquait des vacances au soleil. Ce serait parfait, avec une profusion de plantes et, peut-être, quelques peintures comme son aquarelle d'orchidée. Toute à ses joyeuses pensées, elle lança « Bonjour » d'une voix décontractée, qui signifiait « Je ne fais que passer ». Mais la suite de sa phrase mourut sur ses lèvres. Morgan serrait tendrement contre lui la jeune fille aux yeux de biche, celle-là même que Sam avait vue partir le lendemain de la fête et un autre matin de chez lui, vêtue d'un de ses jeans et d'une de ses chemises.

Sam avait espéré de toutes ses forces que cette nymphette n'était qu'une aventure appartenant au passé. Depuis quelque temps, elle n'avait vu aucune femme aller et venir chez lui, la bouche visiblement prête au baiser. Elle s'était convaincue qu'il ne s'agissait pas d'une coïncidence et que, après être tombé amoureux d'elle, Morgan avait oublié ses bimbos habituelles. Mais à voir comment Miss Chochotte se collait à lui, accrochée à son vieux tee-shirt blanc comme si elle en faisait partie, elle ne pouvait se cacher que leur histoire n'était en rien terminée.

Sam eut l'impression de prendre un coup de poing en pleine poitrine. Le souffle coupé par le choc, elle recula d'un pas. La scène ne dura que quelques secondes, le temps de reconnaître les protagonistes et de comprendre. Morgan lui jeta un regard abasourdi mais, sans attendre qu'il se lance dans des explications forcément lamentables, Sam fit demi-tour en un éclair et quitta la véranda en courant.

— Jolie robe ! lui cria l'un des ouvriers quand elle traversa le couloir, son manteau flottant derrière elle, grand ouvert.

Revenue chez elle, elle se laissa tomber sur le siège de la fenêtre, très choquée. Morgan ne l'aimait pas ! Comment avait-elle pu être assez stupide pour le croire ? Il n'avait rien à faire d'elle. Elle s'était raconté des histoires. Ou bien était-ce lui qui lui en avait raconté ? Qui sait ! Elle s'était précipitée chez lui avec un enthousiasme puéril et n'avait réussi qu'à se ridiculiser. Tout avait été le fruit de son imagination. Elle avait dû lui paraître vraiment pitoyable.

Assommée, incapable de faire un geste, elle ne vit pas le temps passer. Une partie d'elle aurait aimé voir Morgan se ruer chez elle pour s'excuser, dire que c'était une énorme erreur et qu'elle avait mal interprété la situation. Et enfin, qu'il l'aimait. Mais l'autre partie ne décolérait pas : elle avait été stupide de faire confiance à un homme. Il ne lui restait qu'à chasser définitivement Morgan Benson de sa vie, car elle ne supporterait plus une pareille tension. Il n'existait plus, c'était du passé, comme un groupe dont elle refuserait de poursuivre l'engagement. On lui demandait souvent quelle impression cela faisait de travailler dans un domaine où il fallait souvent prendre des décisions radicales. Sam répondait toujours que c'était ça, les affaires. Cela n'avait rien de personnel, mais aucune maison de disques ne pouvait se permettre de jouer les bureaux d'aide sociale. Tout le monde le savait, dans ce milieu. Mieux valait ne pas l'oublier.

Il ne lui restait qu'à adopter la même attitude dans sa vie privée. Morgan était comme une formation dans laquelle elle aurait investi beaucoup de temps et d'argent, et qui venait de la trahir. Le moment était venu d'arrêter les frais. Morgan était viré. Si elle se le répétait assez souvent, elle finirait peut-être par y croire.

Dans la limousine qui l'emmenait à Earl's Court, Sam ne prit même pas la peine de vérifier son maquillage. À quoi bon ? pensa-t-elle en regardant sans le voir le spectacle des rues qui défilait de l'autre côté de la vitre fumée.

Des milliers de fans, agglutinés devant l'entrée principale, croyant à l'arrivée d'une célébrité, poussèrent des hurlements de plaisir quand la voiture s'arrêta. Sam en descendit et les cris redoublèrent.

— Ils doivent vous prendre pour Jennifer Lopez, lui dit le chauffeur avec un clin d'œil amusé.

Sam passa devant les adolescents toujours hurlant et devant les paparazzi, qui actionnaient frénétiquement le déclencheur de leur appareil photo. Elle savait qu'ils gaspillaient de la pellicule au cas où elle aurait fait partie des gens qu'ils devraient reconnaître.

— Qui t'es, mon chou ? cria un des photographes, équipé d'un téléobjectif de la taille d'une trompe d'éléphant.

— Personne, siffla Sam d'un air menaçant.

Il comprit.

À l'intérieur régnait une sorte de chaos organisé. Des milliers d'hommes et de femmes sur leur trente et un se bousculaient, essayant de comprendre où ils étaient censés retrouver leurs amis. Ils en profitaient pour vérifier jalousement si leur place n'était pas moins avantageuse que celle de leurs concurrents. La mise en place des tables était presque un sport professionnel dans ces manifestations. De terribles drames internes se jouaient là quand des cadres d'un label se trouvaient près de la scène alors que leurs collègues étaient relégués en Sibérie, au fond de la salle. Karen Storin avait expliqué à Sam qu'elle pouvait prédire les évolutions de carrière en fonction de la disposition de chacun lors des remises de prix.

Sam avait beaucoup ri et avait ajouté qu'elles allaient s'amuser à parier sur les uns et les autres pendant la cérémonie. À présent, elle se demandait comment elle pourrait de nouveau plaisanter. Elle n'arriverait plus jamais à sourire et la seule idée de devoir faire bonne figure la désespérait. Mais elle devait y parvenir, dans son intérêt. Car, il fallait bien se l'avouer, pensa-t-elle en considérant le désert qu'était sa vie, il ne lui restait que sa fichue carrière.

— J'aime beaucoup cette robe, lui dit Steve Parris avec enthousiasme quand elle rejoignit la table de Titus.

Celle-ci se trouvait juste devant la scène, évidemment, car Steve n'aurait pas supporté autre chose. Tous les invités étaient déjà là, douze personnes serrées autour d'un plateau prévu pour dix. À côté, étaient assis les grands patrons du bureau international de Titus. Karen Storin, resplendissante dans un ensemble pantalon de cuir rouge, y tenait sa cour. Elle salua Sam d'un signe de la main.

— Tu es superbe !

Sam fit de son mieux pour sourire. La seule personne à qui elle aurait aimé faire admirer sa robe ne l'avait même pas vue. Elle était assise à trois places de Steve, qui avait déjà absorbé une certaine quantité de vodka. Il aurait dû être avec les grands patrons, mais avait visiblement décidé, au lieu de cela, de se saouler.

— Vous devriez porter ce genre de vêtements plus souvent, dit-il tout fort, la déshabillant du regard.

— Oui, répondit Sam à qui tout était devenu indifférent.

Pour le dîner, on avait retenu la formule où les plats étaient posés au milieu de chaque table pour que les convives se servent eux-mêmes. C'était une erreur, car tout le monde jouait à être trop détaché pour avoir envie de manger. Sam ne supportait même pas l'idée de devoir tendre la main pour prendre de la salade composée ou de l'émincé de blanc de poulet. Elle se contenta de grignoter son petit pain et ne s'offusqua pas quand Steve se pencha périlleusement par-dessus la table pour remplir son verre de vin.

— Merci, marmonna-t-elle.

Elle avait l'esprit ailleurs, très précisément dans la véranda de Morgan.

— Je vous en prie, répondit Steve en la dévorant des yeux.

Le début du spectacle fut un soulagement pour elle. Elle n'avait plus besoin de proférer des banalités en feignant de s'intéresser à la conversation. Elle en avait assez d'entendre les convives critiquer méchamment les autres maisons de disques.

La première chanteuse à se produire, Tula-Faye, se situait à mi-chemin de la musique country et western. Elle faisait partie de l'écurie de la société pour laquelle Sam travaillait avant d'entrer chez Titus. Tula-Faye avait déjà vendu des millions de disques et, en même temps, s'était mis à dos une grande partie de la profession à cause de ses caprices incessants. Elle entra en scène en ondulant, vêtue de quelques centimètres de mousseline placés aux endroits stratégiques.

— Je remercie le Seigneur de la chance qu'il m'a donnée d'être devant vous ce soir, dit-elle d'une voix aux intonations traînantes.

Sam leva les yeux au ciel. Elle respectait les gens qui croyaient vraiment, mais savait très bien que le seul dieu de Tula-Faye était l'argent. Ses dollars étaient soigneusement placés dans des fonds d'investissement, où aucun mari éventuel ne risquait de pouvoir se servir, à moins d'un avocat de génie. De plus, Dieu préférait certainement que ses élues soient un peu plus vêtues… Un simple courant d'air suffirait à faire tomber la robe de Tula-Faye.

Vinrent ensuite la lauréate du prix de la meilleure artiste féminine puis, après une suite interminable d'autres vainqueurs, un jeune groupe à la mode. Le chanteur tournait autour de six danseuses souples comme des lianes. Ils chantèrent leur nouvelle chanson en play-back. Les fans qu'on avait laissés entrer pour créer l'ambiance hurlèrent à se rendre aphones.

Un chanteur de Titus remporta le prix du meilleur album et Steve perdit la tête, lançant des cris de victoire. Pourtant, ce n'était pas une surprise, comme Sam le savait. Les boîtes connaissaient toutes à l'avance exactement qui allait remporter quoi. Sans cela, il leur aurait été impossible de rameuter leurs artistes. Sam n'osait même pas imaginer la difficulté de faire venir ceux qui étaient connus à une cérémonie de ce genre s'ils devaient subir l'humiliation de ne pas recevoir le prix pour lequel ils avaient été nominés.

Le principal concurrent de Titus emporta les deux prix suivants et, du coin de l'œil, Sam vit Steve avaler une autre vodka. Des ennuis en perspective, pensa-t-elle machinalement.

Arriva enfin le moment de décerner le prix du meilleur premier album, dont le secret était bien gardé, car il était attribué par la chaîne de télévision qui retransmettait la cérémonie. Tout le monde, à la table de Titus, retint son souffle. Density était très bien placé pour gagner. Sam vit Steve se raidir sur sa chaise et repousser son verre de vodka vide. Il avait beaucoup à perdre ou à gagner, cette fois. Il avait dépensé sans compter pour Density. La première compilation s'était mal vendue, mais les critiques l'avaient aimée, ce qui augurait bien du futur. Cela impliquait que le groupe aurait besoin de deux ou trois disques pour s'imposer à son public. Mais s'il ne remportait pas une distinction aussi importante, son image en serait atteinte. Or, dans l'industrie du disque, on devait à tout prix éviter cela.

Sam, quant à elle, s'en moquait. Sa vie était un désastre. Quelle importance, si Density gagnait ? Cela n'empêcherait pas Morgan de se vautrer avec sa femme-enfant. Si seulement il avait eu le cran de lui dire la vérité, qu'ils étaient amis et rien de plus ! Pourquoi la laisser croire qu'il l'aimait alors que c'était faux ? Il était lâche, voilà la vérité, et sans honneur. Elle espérait ne jamais le revoir de toute sa vie.

La foule, un public blasé et peu enclin à applaudir, sauf peut-être U2, fit une petite ovation ironique à un homme élégant, vedette d'un feuilleton à l'eau de rose, qui jouait le rôle du séducteur dans le spectacle de la soirée. Il venait d'entrer en scène avec la présentatrice d'une émission de variétés pour remettre le prix.

Ils commencèrent, comme il se devait, par flirter et glousser, ce qui était d'autant plus drôle que leur haine réciproque était bien connue. Puis ils se décidèrent à donner la liste des nominés. La table de Titus se déplaça de plusieurs centimètres, car tout le monde s'agitait sur son siège et se tendait vers la scène avec espoir. Pourvu que Density ait gagné !

— … et les vainqueurs sont…

Tout Titus retint son souffle.

— … El Pirador !

Un hurlement s'éleva à la table d'un concurrent. Ses candidates, quatre Italiennes émigrées de la deuxième génération qui avaient des voix d'or et la silhouette de Miss Monde, avaient gagné ! On soupira péniblement, à la table de Titus. Les yeux de Steve se vidèrent de toute expression et il fit signe à un serveur qui circulait entre les tables, prêt à satisfaire les caprices du monde de la variété et à fournir aux patrons déprimés de quoi se remonter le moral.

— Quatre bouteilles de Krug. Non : mettez-en plutôt six.

Sam s'adossa à sa chaise avec un soupir et s'apitoya avec les autres sur le destin de Density. Heureusement, leur manager n'était pas là ! Avec lui, la soirée aurait définitivement tourné au cauchemar. Elle savait qu'il lui reprocherait l'échec de ses poulains et refuserait d'admettre que, s'ils se conduisaient mieux avec les médias, ils auraient eu une chance de succès. Le fait d'avoir traité une journaliste de « grosse tarée » ne les avait pas vraiment aidés à se faire apprécier de la presse.

Les bouteilles de champagne arrivèrent et Steve se leva pour porter un toast à Density, braillant que c'était des stars, qui n'avaient pas besoin d'une imbécillité de prix. Après quoi, il entreprit de vider la bouteille à lui tout seul.

Quand s'avança le groupe que l'on couronnait enfin pour l'ensemble de son œuvre – des rockers si ridés qu'ils avaient l'air d'avoir été rendus à la vie uniquement pour l'occasion –, Steve avait atteint le stade le plus dangereux de l'ivresse, celui de la dépression. Ses petits yeux sombres et durs n'étaient plus que deux trous dans son visage livide, et ses lèvres pincées de rage dessinaient une ligne droite. D'un geste mécanique – Sam eut l'image d'un robot recevant ses ordres depuis la soucoupe volante des méchants extraterrestres –, il quitta sa chaise et se laissa bruyamment tomber sur le siège libre à côté d'elle. D'une main, il se retint à son bras, tandis que, de l'autre, il agrippait sa précieuse bouteille de Krug, presque vide.

— Tu sais ce que je déteste dans cette soirée de m… ? dit-il d'une voix sifflante.

Sam déglutit. Quand il était sobre, elle arrivait à le supporter. Mais ivre !

— Je déteste qu'ils ne nous disent pas qui va gagner ! Ils pourraient le faire, pourtant. Et ce soir, on a eu l'air de foutus imbéciles.

Il jeta un regard mauvais en direction de la table d'El Pirador, où l'on fêtait bruyamment la victoire. Trois serveuses suffisaient à peine à remplir les verres.

— On a quand même une petite idée quand ils nous demandent si tel ou tel groupe est disponible, lui rappela Sam.

Comme Density était en tournée en Extrême-Orient, Titus aurait dû répondre qu'ils ne pouvaient assister à la cérémonie en cas de nécessité. S'ils avaient été en Angleterre et qu'on leur avait dit de ne pas venir, il aurait fallu être idiot pour ne pas comprendre. Or, on n'avait rien dit à Titus, ni dans un sens ni dans l'autre. Pour Sam, c'était clair !

Tout le visage de Steve se plissa méchamment.

— Ce ne sont pas ces enf…

Il s'interrompit précipitamment, car le vice-président du bureau new-yorkais, un bel Allemand du nom de Helmut qui ne buvait pas, approcha une chaise et s'assit en lui tapant sur l'épaule.

— Ne vous en faites pas pour Density, dit-il dans un anglais parfait, légèrement teinté d'accent new-yorkais à l'issue de dix années passées à Manhattan.

Steve prit au hasard un verre plein d'eau pour essayer de faire bonne impression. Il y en avait beaucoup auxquels personne n'avait touché, sur la table.

— Un jour on gagne, un jour on perd, poursuivit Helmut. Mais nous devons parler de l'avenir du groupe. Je ne sais pas si nous allons lui signer un contrat. Je ne le vois pas travailler en Amérique.

Aïe ! pensa Sam. Si la branche américaine de Titus ne s'intéressait pas à Density, c'était une grande claque pour Steve. Elle le vit qui serrait les dents.

— Helmut, intervint Sam avec entrain, vous devez me parler de vos nouveaux poulains. J'en ai entendu dire beaucoup de bien et je les veux !

Après une demi-heure de mondanités destinées à empêcher Helmut de remarquer que Steve ne faisait que boire, Sam se sentait épuisée. La soirée se terminait et les invités s'en allaient, appelant leurs chauffeurs depuis leurs téléphones portables pour se rendre à d'autres soirées très importantes.

— Venez-vous au Shiva ? demanda Sam à Helmut.

Elle aurait été soulagée d'avoir quelqu'un de sobre et de plus haut placé qu'elle pour l'aider à surveiller Steve. Mais Helmut fit signe que non.

— Demain matin, dit-il d'un ton plein de regret, je prends le premier avion pour Los Angeles, maïs j'ai des collègues de New York qui y vont.

Zut ! se dit Sam sans cesser de sourire. Cela signifiait qu'elle ne pourrait pas se débarrasser de Steve. Elle ne savait même pas pourquoi elle s'en préoccupait. Il était trop ivre pour apprécier qu'elle prenne soin de lui et ne saurait pas lui dire merci.

La limousine de Steve était un véritable salon roulant à trois banquettes. Il ne manquait qu'un proxénète et quelques filles en petite tenue pour compléter le tableau ! Sam se demanda comment une voiture aussi longue pouvait tourner dans les rues de Londres.

— C'est chouette, hein ? bafouilla Steve d'un air lubrique en se jetant sur la banquette en cuir.

Ils furent rejoints par quatre dirigeants de Titus, dont le nouveau président-directeur général du bureau espagnol, un sosie d'Antonio Banderas qui répondait au nom de Jorge, et Karen Storin. Tous s'entassèrent sur les sièges.

Malgré sa peine, Sam apprécia la beauté élégante de Jorge. Elle lui adressa son premier sourire sincère de la soirée, quand il glissa ses hanches de sportif entre Karen et elle. Mais ce n'était pas elle qui l'intéressait : à peine installé, il se tourna vers Karen et se mit à lui parler. Avec l'impression d'être une ancêtre peu attirante, Sam baissa les yeux sur ses sandales fines, où ses ongles vernis rose nacré semblaient se moquer d'elle. Elle s'était sentie si heureuse, la veille seulement, quand elle les avait faits. Elle n'avait pas arrêté d'imaginer l'effet que cela aurait sur Morgan quand elle irait nonchalamment lui dire bonsoir. Quelle gourde !

Il y avait foule au Shiva. Tous les dirigeants de Titus et les principaux artistes étaient là. Sam détestait ces endroits où l'on était entassé les uns sur les autres. Elle n'était pas assez grande pour apprécier de rester debout toute la nuit, la tête levée vers ses interlocuteurs, un verre dans une main et son sac dans l'autre. Chacun semblait se satisfaire de rester debout, sauf Steve, conscient du fait que, s'il ne s'asseyait pas très vite, il allait s'écrouler. Bousculant tout sur son passage, il entraîna son petit groupe en titubant vers la zone réservée, au fond du club. Des fauteuils en cuir d'une profondeur insondable encadraient une table basse chargée d'olives et de champagne. Sam y sombra inconfortablement comme une petite fille dans un siège d'adulte. Elle se crut encore plus proche du naufrage quand Steve la tira à côté de lui pour lui parler.

— Tu me plais vraiment beaucoup, susurra-t-il. Je sais que tu crois le contraire, mais c'est vrai. Si tu me connaissais, tu m'apprécierais aussi. Tu m'aimes bien, quand même, au moins un petit peu ?

— Oui, oui, répondit Sam d'un ton absent.

Il ne lui plaisait pas et, de plus, il était tellement saoul que, le lendemain matin, il ne se souviendrait plus de ce qu'il avait pu raconter.

— Hein ? Tu m'aimes bien ? Même un tout petit, petit peu ? insista-t-il avec l'entêtement des ivrognes.

Il était si près d'elle qu'elle sentit son haleine acide d'homme qui avait trop bu.

— Mais oui, dit Sam sur le ton qu'elle aurait employé pour répondre à Millie ou Toby.

— Tu comprends, les gens croient que je suis homosexuel, avoua-t-il.

Sam soupira de soulagement. Si c'était le cas, cela signifiait deux choses : d'abord qu'il n'avait pas envie d'elle ; ensuite qu'il dissimulait sans doute une personnalité beaucoup plus plaisante, et qu'il jouait les méchants pour faire son chemin dans l'univers macho du disque. Ils pourraient alors, peut-être, entretenir réellement de bonnes relations, unis par la même nécessité de jouer les durs.

Elle posa une main sur le genou de Steve, dans un geste qu'elle espérait rendre purement amical et compatissant.

— Mais ce n'est pas vrai, poursuivit-il dans un hoquet. Je préférerais l'être, ce serait fichtrement plus facile. Je n'aurais pas à supporter des garces comme mon ex-femme. Je déteste les homos !

Sam ôta sa main. À peine nés, ses espoirs s'étaient envolés.

— Et elle a gardé les chiens, gémit-il.

Sam n'aurait jamais cru que Steve aimait les animaux. Tout compte fait, il y avait quand même un espoir pour lui !

— Remarque, je détestais ce sale schnauzer ! Elle a aussi pris les disques de Cure, saleté de bonne femme ! Elle a dit que j'étais nul au lit, ce qui est un fichu mensonge. Je la hais. Les femmes ne sont pas toutes comme ça, hein ?

À chaque nouvelle confidence, Sam se sentait un peu plus embarrassée. Les aveux d'ivrogne sont de terribles pièges. Steve la draguait effectivement mais, plus il buvait, moins elle aurait de chance de le décourager gentiment. Il se confiait à elle comme à sa meilleure amie et serait donc très déçu quand elle lui dirait qu'il ne l'intéressait pas. Sauf si, au matin, il avait oublié qu'il avait trop parlé…

Le regard trouble, il lui sourit du fond de son fauteuil. Sam lui rendit faiblement son sourire. Plus loin, elle apercevait Jorge, penché sur Karen, qui riait de toute sa bouche sensuelle. Elle s'amusait, réalisa Sam. Qu'est-ce que cela voulait dire ?

Le lendemain matin, un samedi, Karen appela Sam de bonne heure. Elle avait une voix inquiète et rauque qui trahissait sa nuit blanche.

— Sam, je t'en prie, dis-moi que personne ne m'a vue partir avec Jorge, hier soir ! Steve serait furieux.

Sam eut un rire sans gaieté.

— Karen, tu aurais pu t'adonner à la danse des sept voiles et Jorge se coucher par terre pour mieux te regarder, nu et la bouche ouverte, que Steve n'aurait rien vu. Il était ivre mort. Si je ne l'avais pas à moitié porté jusqu'à sa voiture, il serait toujours au Shiva, dans le cirage complet !

— Je te remercie, j'étais tellement inquiète. C'était formidable, hier mais, ce matin, j'ai commencé à angoisser…

— Inutile ! Tu as le droit d'avoir ta vie, tu sais. Parle-moi du beau Jorge. Pourquoi perd-il son temps dans l'industrie du disque alors qu'il pourrait être la vedette du prochain Spielberg ?

— Je ne sais pas, répondit Karen avec un petit rire de gorge. Il est incroyablement beau, n'est-ce pas ?

— Absolument, espèce de chipie ! Je suis très jalouse.

— Tu exagères ! dit Karen qui avait l'air aux anges. Et toi, qu'est-ce que Steve a bien pu te raconter pendant toute la soirée ? J'ai cru qu'il allait finir par s'écrouler dans ton décolleté, à te serrer d'aussi près !

Sam frissonna de dégoût.

— Je suppose que tout le monde s'en est rendu compte, dit-elle d'un ton un peu sec.

— Non. Enfin… Si. Mais on sait qu'il ne t'intéresse pas, Sam. Ce type est le roi des crétins.

Au souvenir des déclarations de Steve, Sam soupira. Pourvu que l'alcool ait tout embrumé dans sa tête ! Sinon, sa vie allait devenir très compliquée…

Ce n'est pas indiqué de se coucher à trois heures du matin, se dit Sam au moment du déjeuner, comme elle prenait son sac pour aller faire des courses. Bien qu'elle n'ait bu qu'un ou deux verres de vin, elle avait mal dormi et s'était réveillée fatiguée, l'esprit brumeux.

Elle avait le regard terne, cerné, et le teint blême, mais ne prit pas la peine de se maquiller. De toute façon, qui la regarderait ? Elle enfila à la diable un blouson à fermeture Éclair par-dessus son tee-shirt et son pantalon de survêtement, et sortit de chez elle. En arrivant dans la rue, elle se trouva face à face avec Morgan. Si cela pouvait la consoler, il avait les traits aussi tirés qu'elle. Son visage mangé d'une barbe de la veille était livide sous le bronzage.

— Sam, dit-il gentiment, il faut que je te parle.

— À quel propos ? répliqua-t-elle d'un ton persifleur. Au sujet de ton harem ? Je suis vraiment bête ! J'ai cru que tu en avais fini avec les gamines d'âge préscolaire, mais je me suis trompée.

— Sam, dit-il d'un ton pressant, ce n'est pas ce que tu crois…

La colère qui montait en elle depuis la veille explosa d'un seul coup.

— Pas ce que je crois ? dit-elle de la voix d'une possédée dans un film d'épouvante. Comment sais-tu ce que je crois ? Tu ignores tout de moi. Mais moi, je te connais, maintenant ! Tu ne peux pas t'empêcher de tomber des minettes, hein ? Tu me dégoûtes.

Il s'approcha d'elle, ses yeux étrécis, la priant de l'écouter.

— Sam, ne te mets pas dans cet état ! Tu te trompes, je te le jure. Je vais t'expliquer…

Elle lui jeta un regard furieux. Elle avait envie de lui hurler ce qu'elle pensait pour que tout le monde puisse entendre, mais elle voulait aussi conserver un peu de dignité.

— Je refuse d'écouter tes explications minables, dit-elle, le menton hautainement levé. Laisse-moi tranquille !

— Ne sois pas si têtue, je t'en prie, plaida Morgan.

— Je serai comme je veux ! Tu n'es rien pour moi, je ne désire même plus te parler.

— Donc, tu refuses de me donner la moindre chance de m'expliquer parce que tu as tout compris, c'est bien cela ? demanda Morgan d'une voix glaciale.

Il avait une lueur étrange dans le regard. Sam hésita un très bref instant, mais elle savait très bien ce qu'elle avait vu et elle ne le laisserait pas se moquer d'elle encore une fois.

— Je vous ai demandé de me laisser tranquille, répéta-t-elle d'un ton farouche.

Elle voulait qu'il s'en aille avant qu'elle ne s'écroule. Elle risquait de craquer s'il ne disparaissait pas rapidement. Et pleurer devant lui serait trop humiliant !

— Je crains de ne pas comprendre, dit Morgan d'une voix de nouveau très bizarre. Tu dis que notre amitié ne représente rien pour toi. Tu ne me fais pas confiance ?

— Vous n'avez rien à m'expliquer. « Jamais d'explication, jamais d'excuses », comme on dit, répondit Sam d'un ton amer. Cela doit vous servir de mantra ?

— Non, dit-il d'un ton glacial. Mais je ne m'explique pas quand on ne me fait pas confiance.

Sur quoi, il tourna les talons et s'éloigna. Sam n'avait qu'une envie : courir pour le rattraper, mais ce n'était pas possible, n'est-ce pas ?

Le lundi matin, quand Sam entra dans les locaux de LGBK, Lydia était à son bureau et buvait un café au lait en grignotant un muffin, lancée dans une grande conversation téléphonique avec une amie. Sam était très en retard à cause d'une panne de métro qui avait duré une heure. En voyant la tenue de sa patronne – tailleur pantalon impeccable, boots à talons pointus comme des dagues et cheveux tirés sévèrement sur la nuque –, Lydia se dit qu'elle ressemblait de nouveau à ce qu'elle était six mois plus tôt, une carriériste enragée.

— Est-ce déjà la pause ou ma montre est-elle arrêtée ? jeta sèchement Sam en désignant le muffin du regard. Par ailleurs, les appels personnels ne sont pas permis.

Elle entra d'un pas saccadé dans son bureau et claqua la porte si violemment que les disques de platine accrochés aux murs cliquetèrent dans leurs cadres.

Et zut ! pensa sombrement Lydia. Le chameau est de retour. Ce n'était pas une simple question de vêtements mais de personnalité. Elle reconnut toutefois que la mauvaise humeur décuplait l'efficacité de Sam. À une heure, elles avaient réglé une montagne de courrier, d'innombrables coups de téléphone, et Sam avait assisté à trois réunions. Elle avait aussi bu sept tasses de café noir et envoyé une stagiaire chercher des cigarettes.

— Je ne savais pas que vous fumiez, s'étonna Lydia juste avant de se rappeler que Sam la Terreur n'appréciait pas les questions personnelles, contrairement à son personnage précédent, plus humain.

Sam, honteuse d'avoir cédé à son envie, déchira la cellophane du paquet avec plus de force qu'il n'en aurait fallu.

— On ne connaît jamais vraiment les gens, dit-elle mystérieusement. Pouvez-vous me trouver un cendrier ?

La question n'était pas une demande, mais un ordre. Lydia se précipita donc en quête de l'objet requis, laissant à quelqu'un d'autre le soin de rappeler à Sam que tout le bâtiment était officiellement une zone non-fumeurs. Bien sûr, Steve Parris fumait partout où il en avait envie, mais c'était le grand patron. Lydia se dit que la mauvaise humeur de Sam avait peut-être un rapport avec la rumeur dont bruissait l'étage depuis le début de la matinée. On racontait que Parris n'avait pas lâché Sam d'une semelle pendant la cérémonie des Lemon Awards. Même la plus vague idée de relation sexuelle avec Steve mettrait aussi Lydia de mauvaise humeur.

À la première cigarette, Sam se sentit nauséeuse mais la deuxième fut déjà meilleure et, à la troisième, elle était redevenue une fumeuse. Elle n'avait absolument pas faim mais, malheureusement, devait assister à un déjeuner. En plus, c'était avec le manager de Density, l'odieux Glenn Howard. Le seul point positif serait la présence de Sophie, la directrice de marketing de LGBK, et de Nadia, la chef de produit responsable de Density. Sam ne serait donc pas obligée de tenir seule la conversation.

— Je serai revenue au plus tard à deux heures et demie, annonça-t-elle à Lydia.

Celle-ci en fut très étonnée, car les déjeuners avec les managers duraient toujours au moins deux heures et il était déjà une heure cinq.

Dans la voiture qui les conduisait au restaurant, les trois femmes parlèrent peu. Sophie, compte tenu de sa fonction, était en permanence au téléphone, ce qui réduisait les deux autres au silence.

— Désolée, s'excusa-t-elle comme la voiture s'arrêtait devant le dernier restaurant à la mode, qui proposait des steaks géants, des tripes, des tourtes à la viande et des saucisses-purée.

— Un endroit typiquement masculin, maugréa Sam en entrant.

— Je ne te le fais pas dire, soupira Sophie, qui était végétarienne.

Glenn était déjà attablé. Il avait commandé une bouteille de vin rouge – « Sans attendre de savoir ce que nous voulons », pesta Sam en elle-même – et se montrait plein de bonhomie.

— Ravi de vous voir, Sam, brailla-t-il en se levant pour lui donner l'accolade. Comment va l'industrie du disque ? Est-ce que mes garçons vous ont fait gagner un autre million, aujourd'hui ? ajouta-t-il aussi fort que possible.

Assez, en tout cas, pour que tout le monde lève les yeux et réalise la présence d'un important manager. Sam avait compris son jeu.

— Sophie, mon chou, comment allez-vous ?

Il ne la gratifia d'aucune accolade, réservant cette manifestation aux directeurs généraux. Mais Sophie, très professionnelle, montra une politesse parfaite sans trahir un seul instant que cet homme l'agressait régulièrement au téléphone.

— Bonjour, dit-il sèchement à Nadia qui, à ses yeux, comptait pour rien.

Cela mit Sam hors d'elle. Les personnes comme Nadia faisaient le travail le plus difficile. Nadia était responsable des innombrables posters et des présentoirs de vente, organisait les campagnes radiophoniques, travaillait dur sur chaque point de la commercialisation, s'assurait enfin que le moindre détail avait bien été pris en compte. C'était un énorme boulot, impliquant de lourdes responsabilités. Lors des rares occasions où Density accordait une interview, elle organisait tout, essayait de satisfaire les caprices incessants du groupe, sans parler de la réception des médias étrangers. Sam se souvenait de son précédent job, quand elle s'occupait de Tula-Faye. En tant que directrice du marketing, elle avait dû supporter la grossièreté de la chanteuse en maintes occasions, en dépit du fait que son équipe et elle avaient travaillé d'arrache-pied pour l'imposer sur le marché britannique. Tula-Faye était tout sucre et tout miel avec le patron de Sam, mais se conduisait comme une garce envers les autres. Ce travail pouvait être parfois si ingrat ! Sam était décidée à changer tout cela.

— Vous travaillez toujours sept jours sur sept ? lui demanda Glenn.

— Oui, répondit-elle sombrement en faisant signe à un serveur. Un verre de vin blanc, s'il vous plaît, dit-elle ostensiblement.

Tandis qu'elles étudiaient la carte, Glenn ne cessa de parler du succès remporté par Density au cours de sa tournée et de l'impatience des musiciens de rentrer à Londres pour travailler sur leur prochain disque.

— Ils sont très excités à l'idée de bosser avec Bruce Kaminska.

Sam leva les yeux de la carte et lui jeta un regard dur. Kaminska était un des meilleurs producteurs, mais aussi un des plus chers. Sa participation à un disque pouvait le propulser au sommet du hit-parade. Cela augmentait toutefois les coûts de plusieurs millions et, comme il écrivait aussi toujours une partie des chansons, il exigeait un pourcentage sur les bénéfices. C'était certainement un fabricant de succès, mais décider de recourir à ses services représentait une décision très importante. Sam n'était pas sûre de vouloir faire exploser son budget pour un groupe qui, jusqu'alors, n'était pas arrivé à se faire une place au soleil. Sans même parler du fait qu'il était en bonne voie de devenir le Tula-Faye de Titus : celui qu'on détestait.

— Il faudra en parler, dit-elle sèchement.

— Hé ! s'exclama Glenn d'un ton menaçant. Steve Parris n'aimerait pas que vous vous contentiez d'en parler !

Sam posa son verre et dévisagea Glenn d'un regard glacial. Density n'avait pas la moindre chance de réussite avec un manager comme lui. Le moment était peut-être venu de lui expliquer que la donne avait changé. Elle était sûre que Steve n'éprouvait plus le même enthousiasme envers ses protégés. Les Américains ne les appréciaient pas et la presse, tout en les trouvant très doués, ne supportait plus leurs crises de nerfs.

— Glenn, je suis une femme très occupée et je suis ici pour déjeuner. Si vous voulez m'en empêcher, j'aime autant partir. À vous de choisir.

Glenn déglutit péniblement et fit rapidement son choix.

— Oh ! Et puis zut ! dit-il avec une gaieté feinte. Mangeons !

De retour à son bureau, Sam travailla jusqu'à sept heures et demie, ignorant la migraine due aux deux verres de vin qu'elle avait bus à midi et la difficulté à digérer son steak. Elle termina sa dernière cigarette et se promit de ne pas en racheter. Lydia était partie à sept heures. Sam se sentait vaguement coupable d'avoir été aussi désagréable avec la malheureuse pendant toute la journée. Ce n'était pas sa faute si sa vie était un désastre. Il était injuste qu'elle se venge sur elle. Soupirant, Sam écrasa sa cigarette et se jura d'être plus gentille. Il faisait encore jour quand elle sortit du bâtiment. Dans son cartable, elle emportait quelques papiers qu'elle voulait examiner chez elle.

En traversant Covent Garden, elle observa la foule qui profitait de la soirée en prenant un verre à une terrasse. De joyeux groupes s'agglutinaient autour des tables devant les pubs, à boire des Pimms ou des bières, rire, bavarder, faire des projets pour le dîner et flirter. Des bribes de musique lui parvinrent, ponctuées par des éclats de rire et le bourdonnement des voix. Des filles en petit haut et jean taille basse laissaient voir leurs bras minces bronzés par le soleil des dernières semaines. Sam se souvint de s'être installée sur son minuscule balcon en maillot de bain deux week-ends plus tôt, laissant le soleil la réchauffer et donner à sa peau mate un joli hâle. Ce jour-là, elle s'était laissée aller à s'imaginer en vacances avec Morgan. Il l'enduisait de crème solaire et respirait plus fort tandis que ses mains couraient sur son corps. Quelle gourde ! À quatorze ans, on a le droit de se raconter des histoires, pas à quarante. Il ne lui restait plus qu'à acheter des romans à l'eau de rose et rêver du prince charmant. Il n'en existait pas dans la réalité ; il n'y avait que des menteurs et des tricheurs !

Ignorant la voix de sa conscience, Sam se glissa, honteuse, dans un magasin pour acheter un paquet de cigarettes.

De retour chez elle, n'ayant pas envie de faire la cuisine, elle alla s'asseoir sur le balcon avec un verre de vin, ses cigarettes et le *Financial Times*, et regarda la lumière décliner dans le crépuscule. Spike et Tabitha tournaient autour d'elle, explorant son verre, la bouteille de vin et le cendrier. Elles plissèrent les yeux de dégoût à l'odeur inconnue qui s'en dégageait. Tabitha refusa même de rester sur les genoux de Sam.

— Comme tu veux, lui dit Sam.

Ses yeux se tournaient de temps en temps vers le jardin de Morgan, mais elle fit de son mieux pour ne pas penser à lui. La cuisine n'était pas éclairée. Quand elle allait dîner chez lui, ils y restaient pendant des heures autour de la table en fer que Morgan avait fini par acheter à force de s'entendre taquiner par Sam sur le fait qu'il n'y avait rien sur quoi prendre les repas. Morgan ne devait pas être chez lui. Sam se frotta énergiquement les yeux pour chasser le picotement qu'elle ressentait. Il pouvait bien faire ce qu'il voulait et avec qui il voulait, elle s'en moquait !

Le vendredi suivant celui des Lemon Awards, il faisait un temps superbe. Sam se rendit à sa station de métro de Holland Park d'un pas vif. Les oiseaux tenaient de grandes conversations à tue-tête dans les arbres qui bordaient la rue. « Quel dommage de devoir travailler par une si belle journée », se dit Sam, avant de se reprocher sa négativité.

Il était six heures et demie du matin et la ruée vers le métro n'avait pas encore commencé. Le wagon de Sam était à moitié vide. Quelqu'un avait oublié un magazine féminin sur l'un des sièges et, comme elle n'avait rien à lire à part les dossiers rangés dans son cartable, Sam le feuilleta d'un air sarcastique. Elle passa rapidement les pages de la mode, où s'étalaient des tenues d'été très aguicheuses qui auraient été ridicules sur elle. Elle ne s'intéressa pas non plus à l'interview d'une actrice égocentrique, qui prétendait rester mince sans régime. « Je dévore, jurait-elle, et j'adore les frites ! »

— Je te crois, ricana Sam.

Elle s'arrêta soudain. Il y avait un cahier spécial de huit pages sur les relations humaines. En général, elle considérait ce genre d'articles avec un dédain équivalent à celui qu'elle réservait aux femmes pour qui un homme était le but ultime de la vie. Mais, cette fois, les titres la retinrent : « Trop fière pour s'excuser » ; « Votre carrière nuit-elle à votre vie ? » ; « Sept secrets amoureux que toute femme devrait connaître ».

Elle décida de tout lire, prête à s'esclaffer. Comme si l'on pouvait se faire du mal en réussissant sa carrière ! Mais l'article ne prêtait pas à rire : il aurait pu être écrit en la prenant pour modèle. La journaliste parlait de femmes qui avaient aussi bien réussi qu'un homme, mais n'avaient pas compris que la vie privée comptait autant que la réussite professionnelle. « Les hommes ont conscience de la nécessité d'avoir d'autres centres d'intérêt, expliquait une psychologue. Ils pratiquent un sport, ont un violon d'Ingres et, heureusement pour eux, partagent en général leur vie avec une compagne qui s'occupe des tâches quotidiennes, leur laissant ainsi du temps pour leurs loisirs ! Les femmes, qui sont pourtant capables de faire plusieurs choses à la fois, donnent tout à leur travail, ce qui finit par poser un gros problème. Très peu de métiers méritent un tel sacrifice. »

Un passager qui était monté à Notting Hill Gate se laissa tomber à côté de Sam. Comme il se penchait de plus en plus sur elle comme pour lire par-dessus son épaule, Sam serra le magazine contre elle, ne laissant que l'espace nécessaire pour continuer sa lecture. Elle ne supportait pas qu'on la surprenne en train de s'intéresser à un article qui la concernait, elle, la carriériste triste et solitaire.

Il y avait encore pis. La photo qui illustrait l'article aurait pu être la sienne ce matin. Comme elle, la fille était mince et blonde, affichait un air sérieux et arborait un ensemble noir très net avec un simple tee-shirt blanc : le coûteux uniforme Armani des femmes cadres, se dit Sam, qui se sentait bizarrement mal à l'aise. Ce n'était pas possible de lire ces stupidités ! Mais elle continuait et prit le magazine quand elle changea à Holborn.

L'article intitulé « Trop fière pour s'excuser » la touchait douloureusement. Elle dut s'interrompre après un paragraphe d'après lequel l'orgueil et le besoin de toujours rendre l'autre responsable de tous les problèmes signalaient l'impossibilité de communiquer dans un couple. « L'essentiel est de parler pour que la relation puisse de nouveau fonctionner. Peu importe de savoir qui s'excusera en premier. Est-ce vraiment essentiel ? » Non, réalisait tristement Sam. Elle n'avait jamais donné à Morgan la moindre chance de lui expliquer pourquoi il tenait cette jolie brune dans ses bras. Si cela avait été le cas, peut-être lui aurait-il fourni une raison satisfaisante. Et quand bien même, en quoi cela la regardait-il ? Mais non, il avait fallu que son mauvais caractère l'emporte et qu'elle le condamne sans l'écouter. Elle avait essayé d'appliquer à leur relation les principes qui marchaient si bien dans son service. En tant que patron, elle ne supportait pas les gens incapables de reconnaître leurs erreurs car cela revenait, pour elle, à fuir ses responsabilités. Elle-même était la première à admettre ses torts. Ensuite, on pouvait passer à autre chose. Mais Morgan n'était pas son subordonné. Il n'avait pas à s'excuser sur un simple claquement de doigts pour qu'elle daigne lui pardonner…

Quand elle sortit du métro, sa démarche si légère du matin s'était alourdie et ralentie. En route, elle acheta un café au lait à emporter. Il n'y avait encore personne dans les bureaux, à l'exception du vigile à l'entrée.

— Bonjour, madame Smith, dit-il.

— Bonjour. C'est calme, ce matin.

— Personne n'arrive à sept heures, sauf vous et M. Parris.

Sam aurait dû s'en douter. On ne devenait pas Steve Parris en venant travailler l'après-midi !

Elle devrait passer à son bureau pour lui parler de Density. Les chiffres de vente étaient mauvais et elle voulait discuter avec lui de la promotion du groupe. Le manager l'appelait tous les jours, réclamant une campagne de grande envergure qui entamerait sérieusement le budget global. Sam n'avait pas du tout envie de se lancer là-dedans, surtout après l'échec de Density aux Lemon Awards. Toutefois, comme il s'agissait des protégés de Steve, elle se devait de faire le point avec lui pour savoir s'il les laissait tomber ou s'il leur gardait sa confiance. Il y avait quand même un petit problème : Sam ne s'était pas trouvée seule avec lui depuis la fameuse soirée, une semaine plus tôt. Elle l'avait vu lors de la réunion de direction du mardi, mais il y avait douze autres personnes dans la pièce.

Sam posa son cartable et son café sur son bureau, embarqua le dossier des derniers chiffres de vente de Density, et prit l'ascenseur en direction du bureau de Steve, au septième étage.

Ses chaussures ne faisaient aucun bruit sur l'épaisse moquette gris acier. Elle entra dans la pièce d'accueil, où se trouvait le bureau de l'assistante de Steve et, en face, celui, plus petit, de l'assistante de l'assistante. Elles n'étaient pas encore là, les pauvres ! Steve les traitait si durement qu'elles avaient besoin de temps pour récupérer. Sam s'étonnait même qu'il ne les ait pas fait venir à la même heure que lui. Il aimait les avoir sans cesse à sa disposition. La porte du sanctuaire était entrouverte.

— Steve, vous êtes là ? appela Sam en frappant bruyamment.

Comme personne ne répondait, elle glissa un coup d'œil prudent. Le bureau de Steve était une grande pièce d'angle en partie équipée de canapés géants et d'un fauteuil moderne en cuir, plus haut que les autres sièges. Steve s'y installait après avoir fait asseoir l'interlocuteur qu'il voulait massacrer dans l'un des profonds canapés, où, à moins d'être un géant, celui-ci disparaissait à moitié. Puis, tel le grand inquisiteur, il regardait de haut sa victime et lui passait un des pires savons de sa vie.

L'autre extrémité de la pièce était occupée par le bureau de Steve, un grand meuble en acier ressemblant étrangement à une table d'autopsie, réalisé spécialement pour lui par un jeune créateur de mobilier en pleine ascension. La porte située au fond donnait accès à une salle de bains. Sam ne l'avait jamais vue mais cela faisait beaucoup jaser parmi les cadres, qui voulaient, eux aussi, disposer d'une douche chez Titus.

Du bruit en parvint et Sam fit immédiatement demi-tour pour ressortir.

— Sam !

Elle tourna la tête. Steve sortait de la douche, nu jusqu'à la ceinture, une serviette à la main. Il était impossible de voir son torse malingre sans le comparer aussitôt aux puissants pectoraux de Morgan. Sam s'étonna que Steve ne se précipite pas pour passer une chemise. Il se prenait visiblement pour un bel homme musclé.

— Désolée de vous déranger, dit-elle en reculant vers la porte. Si vous avez un moment, plus tard, je voudrais vous parler de Density.

— Non, restez ! ordonna Steve en s'approchant d'elle. Asseyez-vous, il y a du café au chaud.

Il passa dans le bureau de son assistante, où se trouvait la machine à café.

Sam ne pouvait plus s'échapper. Elle se résigna donc à s'installer dans l'un des canapés, faillit y disparaître, et prit l'exemplaire de *Music Week* qu'on avait jeté n'importe comment sur les coussins. Elle l'avait déjà lu de la première à la dernière page, mais elle voulait donner à Steve le temps de s'habiller.

Il revint avec du café, des tasses, du lait et du sucre, posa le tout sur la table puis s'assit dans son fauteuil pour faire le service. Il n'avait pas pris la peine de passer par la salle de bains pour se vêtir décemment.

Sam le trouvait répugnant. Il n'y avait que très peu d'hommes au monde qu'elle aurait eu envie de voir à moitié nus à l'heure du café. En réalité, il n'y en avait qu'un et elle avait gâché toutes ses chances.

— Du lait ? demanda Steve avec entrain.

Sam refusa de la tête et lui arracha la tasse des mains, pressée d'en finir.

— Les chiffres sont mauvais, Steve, dit-elle d'un ton bref. Le disque ne se vend pas et je crains que cela ne se sache déjà. Vous savez les dégâts que font les rumeurs d'échec dans notre métier. Par exemple, Density avait rendez-vous avec un des plus gros magazines de pop pour une grande interview et le journal a annulé.

Pour Sam, c'était de mauvais augure, mais Steve haussa les épaules sans paraître inquiet. Sam poursuivit donc son rapport.

— Le tournage du clip du prochain disque a duré deux jours de plus que prévu parce que le groupe avait la gueule de bois tous les matins et refusait de travailler avant l'après-midi.

Sam en avait été particulièrement fâchée. Le clip devait être bouclé juste avant la dernière tournée, mais les musiciens avaient trouvé plus important de faire la fête chaque soir pour dire au revoir à leurs copains. Les deux jours supplémentaires, non prévus, avaient coûté plusieurs milliers de livres à Titus.

— Et, cette semaine, j'ai eu Glenn Howard tous les jours au téléphone. Il me harcèle pour qu'on augmente le budget marketing. Il réclame des investissements très supérieurs à ce qui est prévu au contrat. Il est odieux avec Sophie.

Tout cela ne paraissait guère perturber Steve. Sam se rendit compte qu'il souriait d'un air niais et que ses petits yeux brillaient de bonheur. Et d'excitation. Sam se sentit soudain mal à l'aise.

— Ne vous inquiétez pas pour Density, dit-il d'une voix unie. Laissez-moi ce soin !

— C'est très aimable à vous, Steve, répliqua Sam sur le ton de la plaisanterie, mais il déséquilibre mon budget.

— Montrez-moi les chiffres.

Steve se leva soudain pour se laisser tomber à côté de Sam, dont le malaise se transforma en alerte rouge ! Elle lui tendit les tableaux et s'écarta de lui.

— Ne soyez pas si timide !

Il jeta les papiers sur la table basse sans les lire.

— Sam, cela fait une semaine que je veux vous parler, mais je ne savais pas comment faire. Le moment est idéal. Le destin ! ajouta-t-il avec un sourire.

Plutôt que le destin, le sentiment d'une catastrophe imminente fit trembler Sam.

— Je n'irai pas par quatre chemins, reprit Steve avec un regard chaleureux que Sam ne lui connaissait pas. Tu me plais et je suis sûr de ne pas me tromper en pensant que c'est réciproque.

Et, sans attendre, il se pencha sur elle, pressant son torse nu et décharné contre elle, tandis qu'il cherchait à la prendre par le cou pour l'embrasser. Sam sentit son haleine acide tandis que des gouttelettes d'eau dégoulinaient de ses cheveux sur son visage. Elle eut un tel choc au contact de la chair nue de l'horrible Steve Parris qu'elle ne put réagir et se dégager avant qu'il ait presque réussi à poser ses lèvres visqueuses sur sa bouche. Elle se libéra d'un bond et, haletante, le fixa, furieuse.

— Comment osez-vous ? cria-t-elle.

Steve n'était pas pour rien le patron d'une société au chiffre d'affaires colossal. Il reprit instantanément ses esprits, constata que Sam était réellement outrée, et se redressa en rougissant.

— Désolé ! murmura-t-il.

— Désolé ? s'exclama Sam.

Elle venait de s'apercevoir, à son grand dégoût, qu'il cachait son bas-ventre de ses mains. Elle n'avait pas envie d'imaginer pourquoi.

— Avez-vous perdu la tête ? Comment osez-vous vous jeter sur moi pour m'obliger à…

Il avait dû trop boire la veille et n'avait pas encore dessaoulé. Sinon, comment aurait-il pu commettre une telle erreur ?

Steve retrouvait peu à peu sa teinte normale.

— Je croyais que ça marchait bien, entre nous, l'autre soir… commença-t-il.

— Vous étiez ivre mort et j'ai dû vous porter jusqu'à la voiture ! jeta Sam. Si c'est votre idée d'une relation qui marche bien, je peux vous dire que vous vous trompez, Steve !

— Écoutez, c'est un malentendu.

En un éclair, il avait retrouvé son aplomb.

— Nous faisons tous des fautes. Je ne voulais pas vous obliger à quoi que ce soit, je vous le jure.

Sam lui jeta un regard glacial.

— Ah non ? Qu'espériez-vous, dans ce cas ?

— Sincèrement, Sam, acceptez mes excuses. C'est une affreuse méprise.

Il avait réellement l'air contrit. Mais Sam n'aurait su dire si c'était à cause de sa conduite ou parce qu'il craignait un procès pour harcèlement sexuel. Sentant son pouls revenir à la normale, elle commença à réfléchir froidement à ce qui s'était passé. Sa réaction première avait été instinctive. À présent, elle devait penser d'un point de vue plus politique. Le pire s'était produit et elle devait arrondir les angles. Aucun manuel n'expliquait comment repousser plaisamment les avances de son patron sans faire trop de dégâts. Il devrait y avoir un chapitre spécial, pourtant, pensa Sam avec amertume.

— Je vous en prie, Sam, pardonnez-moi et oublions tout cela, dit Steve.

Il se conduisait de nouveau comme son supérieur, à demi nu mais néanmoins magnanime. Il se leva et lui tendit la main. Sam dut s'avouer qu'il avait du cran.

— Comment pourrions-nous l'oublier ? demanda-t-elle d'un ton uni. Essayez-vous de me dire que ce petit incident n'aura aucune conséquence sur nos relations de travail ?

— Allons, Sam, dit Steve.

Tout en parlant, il alla passer une chemise dans la salle de bains, qu'il acheva de boutonner devant Sam.

— Vous n'avez jamais fait de bêtises avec un collègue après une soirée bien arrosée ou lors d'une réunion internationale ? Personne ne pousse la conscience professionnelle jusqu'à s'interdire ce genre de choses ! Disons que ce qui s'est passé est arrivé un soir où nous aurions dû être plus raisonnables, et maintenant on oublie tout ! On fait la paix ?

Sam le dévisagea d'un regard froid. Si elle ne faisait rien, cela serait-il réellement oublié, ou Steve la ferait-il payer pour l'avoir humilié ? Peut-être, mais seulement peut-être, pouvaient-ils réussir à oublier l'incident.

— J'oublierai si vous me jurez de ne jamais parler de ce dérapage à personne.

Steve tressaillit.

— Vous croyez que je vais aller m'en vanter ? demanda-t-il d'un ton incrédule.

— Je suis sérieuse. Je ne veux pas de bavardages d'ivrogne sur la fois où vous avez essayé de m'avoir, d'accord ? Et il vaudrait mieux que cela ne nuise pas à nos relations ici ou à ma carrière. Est-ce que je me fais bien comprendre ?

Sam avait pris une voix très dure.

— Bien sûr.

— Sinon, je vous en ferai voir de toutes les couleurs, Steve !

— Épargnez-moi le programme, Smith ! jeta-t-il. Vous êtes chez les grands garçons, ici ! D'accord, d'accord ! Mes excuses pour ce que je viens de dire.

Sam l'ayant foudroyé du regard, il leva les mains dans un geste conciliant.

— Mais nous sommes des adultes, Sam, et nous avons une société à diriger. Nous n'avons pas de temps à perdre avec des enfantillages.

— Je l'espère sincèrement, fit-elle après un instant.

Elle se détourna pour s'en aller, non sans voir l'expression de Steve se durcir de colère et d'humiliation. Elle se dirigea vers l'ascenseur en soupirant profondément. Elle craignait d'avoir fait une terrible erreur.

Une heure plus tard, Hugh l'appela.

— Notre fille est née à six heures du matin ! lui annonça-t-il joyeusement.

— Bravo ! Je suis très heureuse pour vous deux, Hugh. Comment va Katrina ? La naissance s'est bien passée ?

— Il vaut mieux que tu lui poses la question pour avoir tous les détails ! dit-il en riant. Mais je l'ai conduite à la maternité à minuit et le bébé est né à six heures sans qu'elle me jure de ne plus jamais faire l'amour ! La petite est magnifique, elle fait trois kilos cent et ressemble à sa maman comme deux gouttes d'eau.

Sam sentit ses yeux se remplir de larmes à l'idée d'une Katrina en miniature, et si fragile.

— Je suis vraiment heureuse pour vous, répéta-t-elle. Quand puis-je aller la voir ?

— Ce soir, nous resterons en famille. Veux-tu demain ?

— Parfait ! À demain, donc.

Sam fit envoyer des fleurs à Katrina et décida de lui offrir son parfum préféré, le Chanel N° 19. Elle savait qu'il y aurait profusion de cadeaux pour le bébé, alors que Katrina avait fait le plus dur.

Sam quitta son bureau très tôt, ce jour-là, épuisée par son démarrage matinal et la tension de la journée. À trois heures et demie, il faisait encore chaud et le soleil brillait. Sam marcha, prenant une rue après l'autre, appréciant la caresse des rayons sur son visage. Elle réfléchissait aux événements de la matinée. Elle n'était pas atteinte par les avances de Steve, juste scandalisée et dégoûtée. Elle n'avait pas peur de lui et ne se sentait pas menacée. Dans le cas inverse, elle aurait eu de quoi paniquer. Elle était seulement en colère et préoccupée par les conséquences possibles. Le plus facile aurait été d'en parler à quelqu'un et de l'accuser de harcèlement sexuel. Mais les femmes arrivées en haut de l'échelle retombaient très vite si elles se lançaient dans un procès pour ce motif. Prendre ce risque impliquait beaucoup de courage et la carrière de Sam ne survivrait pas à cet acte ultime.

Le cours de ses pensées s'arrêta ensuite sur Hugh, Katrina et leur bébé. Tous ses amis avaient construit leur vie, pas elle.

Elle entra chez un épicier-traiteur qu'elle aimait bien pour acheter du fromage de chèvre, des olives à l'ail, du pain et de fines tranches de poulet fumé. Elle n'avait plus qu'à sauter dans un taxi pour rentrer chez elle. Une fois arrivée, elle se prépara une salade de poulet, passa au four une tranche de pain garnie de chèvre et ouvrit une bouteille de vin. En attendant que le toast soit prêt, elle reprit le magazine trouvé dans le métro et l'ouvrit.

Les dernières pages étaient consacrées, chaque mois, à une femme qui, d'après le titre, avait changé de vie. Sam reconnut celle dont il était question dans ce numéro-là. Elle avait occupé un poste de très haut niveau dans une banque de Londres et avait tout abandonné pour acheter une maison en ruine en Dordogne. Elle se déclarait plus heureuse que jamais. Elle était photographiée devant une grange aux poutres de bois avec un champ de lavande à l'arrière-plan, tandis qu'elle tenait sur sa hanche un enfant souriant aux pieds nus.

Cela ressemblait, en effet, au paradis, soupira Sam. Combien de temps résisterait-elle encore, chez Titus ?

29

Hope savait qu'elle avait fait un choix essentiel le jour où elle avait inscrit Millie à l'école publique de Redlion pour la rentrée de septembre. Cela signifiait qu'elle restait officiellement en Irlande. Il n'y aurait pas de retour. Le raisonnement qui avait guidé sa décision était simple : elle aimait vivre à Redlion et, si elle devait habiter quelque part sans Matt, autant que ce soit là au lieu de Bath, où tout lui rappellerait leur vie de couple. Sam pouvait prendre l'avion aussi facilement pour le Kerry que pour Bath. Hope ne voyait donc aucune raison de repartir.

Elle n'avait pas encore parlé de l'école à Matt. À quoi bon ? Inutile de gémir, se dit-elle, en route pour Killarney, où elle devait acheter des vêtements aux enfants et un pantalon à taille élastique pour elle, car ses proportions devenaient imposantes. Personne n'était au courant de sa grossesse, même pas Sam, ce qui était difficile. Au début, Hope voulait avoir dépassé les trois premiers mois et les nausées matinales qui les accompagnaient pour l'annoncer. Mais, à plus de quatre mois, elle était toujours malade le matin et n'avait rien dit. À partir du moment où quelqu'un d'autre serait au courant, cela deviendrait trop réel : ce jour-là, elle serait vraiment une femme seule avec deux enfants, bientôt trois. Quand elle se sentait d'humeur à plaisanter, elle se voyait en train de donner des conférences sur la meilleure façon de gâcher sa vie. La seule (et mince) consolation venait de sa certitude de l'identité du père. Le doute aurait été terrible.

Le Dr McKevitt l'avait envoyée chez le Dr Murray, un charmant et débonnaire gynécologue de l'hôpital local. Hope s'était demandé s'il avait des problèmes avec ses patientes, car elles devaient toutes tomber amoureuses de lui. Il était tellement gentil, en ces moments où chaque femme se sentait vulnérable ! Il avait été très aimable avec elle, mais elle ne risquait pas de succomber. Elle avait déjà donné.

Les yeux gris clair du médecin avaient glissé sur le questionnaire où elle avait écrit « séparée », même si rien n'était officiel. Au grand soulagement de Hope, il s'était abstenu de tout commentaire. S'il s'était permis le moindre regard de pitié, elle l'aurais remis à sa place d'une manière glaciale en le priant de s'occuper de ses affaires. Mais le Dr Murray s'était contenté de la féliciter de sa bonne santé et de lui parler des sages-femmes de l'hôpital.

Hope avait eu l'impression d'affronter la situation calmement jusqu'à la première échographie. Assise dans la salle d'attente, elle ne pouvait s'empêcher de penser à celles de ses grossesses antérieures. Pour Millie, la première fois, Matt était resté à côté d'elle, accroché à sa main comme s'il craignait quelque chose de terrible. « Je veux être près de toi jusqu'au bout », lui avait-il dit gravement. Il lui serrait la main si fort que Hope avait cru que sa circulation sanguine s'arrêtait. Il l'avait, en effet, accompagnée jusqu'à l'arrivée de Millie, qui avait mis des heures à naître. Le travail avait été si long que la péridurale avait cessé de faire effet. Hope avait eu l'impression d'accoucher d'un éléphanteau furieux d'être arraché au ventre chaud et confortable de sa mère. La naissance de Toby, en revanche, avait donné un avant-goût de sa personnalité : aucun problème. L'anesthésie avait tenu jusqu'à l'arrivée de Matt, portant du champagne pour fêter l'événement. Hope, qui serrait Toby contre elle, n'avait bu qu'une goutte de la boisson interdite et s'était sentie tout de suite complètement ivre.

Elle pensait, à présent, à ce bébé dont Matt ignorait l'existence. Jamais elle ne permettrait qu'il se sente abandonné ou négligé. Il serait aimé et choyé. « Oui, disait la voix de sa conscience, mais son père ? N'a-t-il pas le droit de savoir la vérité et d'aimer cet enfant autant que toi ? Non, répondait une autre voix têtue. Non ! Il a renoncé à tous ses droits quand il est parti sans te donner la possibilité de t'expliquer. » Hope savait qu'elle devrait le lui dire, tôt ou tard, mais elle préférait repousser ce moment aussi loin que possible. Elle n'avait pas le courage d'affronter les disputes et les reproches qui s'ensuivraient.

Ayant toujours Matt à l'esprit, Hope se gara dans le grand parking de Killarney et vérifia la liste de courses : un pantalon de grossesse, une salopette pour Toby, et encore des chaussures pour Millie. Elle sortait du parking, Toby dans sa poussette et Millie marchant d'un pas lourd avec les bottes en caoutchouc rouges qu'elle refusait de quitter, quand on l'appela d'une voix forte avec un faux accent distingué.

— Hope ! Hou ! hou !

Ce ne pouvait être que Finula. Un sourire figé sur les lèvres, Hope se tourna pour l'apercevoir, sortant de l'institut de beauté de l'autre côté de la rue dans un envol de vêtements aux couleurs criardes. À sa façon de tenir ses mains devant elle, on comprenait qu'elle était en train de se faire faire une manucure. Évidemment, elle avait choisi un vernis rouge et l'odeur frappa violemment les narines de Hope.

— Comment allez-vous depuis tout ce temps ? demanda Finula en insistant sur « tout ce temps ». Nous nous sommes beaucoup inquiétés pour vous, Ciaran et moi.

Le moindre signe d'apitoiement sur son sort donnait à Hope une terrible envie de hurler. Elle savait qu'elle n'échapperait pas à mille témoignages de commisération. Tout le monde s'était rendu compte que Matt n'était pas venu à Redlion depuis plusieurs mois. On avait certainement dû imaginer que leurs premières séparations n'étaient que des essais alors que, cette fois, c'était définitif. La veille encore, Mlle Murphy, celle qui s'occupait du fleurissement de l'église, l'avait embrassée avec force démonstrations. « Je suis tellement triste pour vous, ma chérie ! Je dis une neuvaine pour que M. Parker vous revienne. » C'était fait avec gentillesse, mais Hope n'était pas d'humeur à tolérer la pitié des autres. Elle supportait toutefois Mlle Murphy plus facilement que Finula, qui pariait certainement depuis le début sur le temps que durerait le mariage des Parker !

— Je vais très bien, répondit Hope avec un sourire éclatant.

— Vous êtes tellement courageuse ! dit Finula en hochant la tête d'un air chagriné. Je ne sais pas ce qui s'est passé et je ne veux pas le savoir.

Je te crois ! pensa Hope.

— Mais, reprit Finula, si Matt me tombe entre les mains, je lui ferai passer un mauvais quart d'heure pour vous avoir laissée ici toute seule ! Il mérite une bonne leçon. Tous les couples se disputent, mais ce n'est pas en fuyant qu'on arrange les choses.

Hope en resta bouche bée. Elle ne s'attendait pas à cela de la part de la présidente du fan-club de son mari.

— Avez-vous une minute pour prendre une tasse de café ? proposa aimablement Finula. C'est moi qui vous invite. Vous n'aurez qu'à sortir mon porte-monnaie de mon sac, c'est tout. Je ne veux pas abîmer mon vernis.

Hope était encore sous le choc de la surprise qu'ils se trouvaient tous les quatre assis avec un cappuccino pour les adultes et des glaces pour les enfants. Millie, évidemment, entreprit d'en mettre partout. Hope l'ignora délibérément.

— Je ne vous demande rien, dites-moi seulement si vous vous en tirez ? Nous ne sommes pas milliardaires, Ciaran et moi, mais nous sommes à l'aise. Si vous avez besoin de quoi que ce soit… J'ai eu souvent envie de passer vous proposer de prendre les petits pour la nuit mais, en toute franchise, je n'étais pas certaine d'être bien accueillie.

Hope ne put s'empêcher de sourire.

— Je croyais que vous étiez du côté de Matt, dit-elle d'un ton amusé.

— J'adore Matt, dit Finula d'une voix de gorge, qui rappela à Hope la Finula qu'elle connaissait. Mais c'est un artiste et ceux-ci sont souvent déconnectés de la réalité. Nous, les filles, nous devons nous serrer les coudes quand ça va mal. Je parle des questions d'argent.

Hope était touchée par la proposition de Finula.

— Non, il n'y a pas de problème. Nous ne sommes pas encore à la soupe populaire ! Le patron de Matt à Bath est toujours en arrêt maladie et Matt continue donc à le remplacer. Quant à moi, je travaille trois jours par semaine à l'office du tourisme. D'ailleurs, je pourrais y bosser à plein temps que ce ne serait pas superflu : tout est dans un état impossible !

— Ne m'en parlez pas ! renchérit Finula d'un ton dramatique. Cela fait des années que je les harcèle pour que leur site Internet présente la Maison des créateurs. C'est comme si je parlais dans le vide ! Elle n'est même pas indiquée sur les dépliants touristiques.

— Il y a beaucoup d'améliorations à apporter, reconnut diplomatiquement Hope.

Elle ne voulait pas se montrer déloyale envers le directeur de l'établissement, un homme du nom de Ronan qui avait les nerfs à fleur de peau. Quand il apercevait un groupe de touristes se dirigeant vers son minuscule local, il se mettait à transpirer à grosses gouttes. Depuis l'arrivée de Hope, il n'avait cessé de lui donner un peu plus de responsabilités chaque jour, au point que ses trois demi-journées ne lui suffisaient pas pour faire tout son travail.

— C'est son roman, n'est-ce pas ? demanda brusquement Finula. C'est pour cela que Matt est parti. Je le savais. Ciaran m'a dit qu'il le voyait peiner tous les jours et que ça n'avançait pas. Les hommes sont fragiles et, quand leur travail ne marche pas bien, ils ne le supportent pas. Ils se sentent menacés dans leur virilité.

Pas autant que si leur femme les trompe, pensa tristement Hope. Mais les révélations de Finula l'avaient surprise.

— Ciaran pense que Matt n'arrivait pas à écrire ?

Finula fit oui de la tête.

— Matt passait des heures à taper sur son ordinateur et, ensuite, il effaçait tout. C'est arrivé à un autre ami de Ciaran. Il n'arrivait à rien alors qu'il était sûr d'avoir un livre en lui et ça l'a brisé.

Hope resta muette. Elle n'en avait rien su. Soudain, elle comprenait mieux certains comportements de Matt. Elle ignorait tout de ses difficultés à créer. Il détestait en parler et elle, aveuglément, avait mis ça sur le compte de l'engagement créatif. En fait, il se débattait avec sa souffrance et elle ne l'avait pas compris. Elle lui avait reproché de ne pas voir sa solitude et sa dépression mais, elle aussi, pendant ce temps, était passée à côté des angoisses de son mari.

— C'est ça, n'est-ce pas ? insista Finula, les yeux luisants de curiosité.

Encore une fois, Hope ne put s'empêcher de sourire. C'était bien la Finula qu'elle connaissait : aussi délicate qu'un éléphant dans un magasin de porcelaine !

— Je ne sais pas, Finula. Merci pour le café, et merci pour votre offre d'aide, que je refuse tout en vous étant très reconnaissante de l'avoir faite. En revanche, j'accepterai peut-être votre proposition de garder les enfants, un jour !

Finula eut un grand sourire qui illumina son visage.

— Il ne sera pas dit que je ne participe pas à la vie du village !

Matt, comme cela était convenu entre eux, appela à six heures. Il téléphonait quotidiennement pour parler aux enfants. Hope ne lui disait plus qu'à peine bonjour et passait directement l'appareil à Millie. Mais, cette fois, il demanda à Hope d'attendre un instant.

— Je voudrais que Millie et Toby viennent me voir. Cela fait longtemps.

— Ils ne peuvent pas voyager seuls, répondit sèchement Hope. Je refuse de les coller dans un avion avec une pancarte autour du cou !

— Je viendrai les chercher. Je veux passer une semaine avec eux. Je suis sûr que ton avocat trouvera cela raisonnable, répliqua Matt d'un ton irrité.

— Je n'en ai pas, dit-elle très tranquillement.

— Eh bien, espérons que tu n'en auras pas besoin.

Elle était souvent au bord des confidences, prête à tout dire à Mary-Kate, Delphine et Virginia. Ses trois amies étaient si gentilles avec elle ! Elles passaient régulièrement la voir ; gardaient les enfants à tour de rôle pour que Hope puisse sortir avec les deux autres ; débarquaient le vendredi soir avec des cassettes vidéo, de quoi manger, et du vin maison acheté à la boutique d'artisanat. Hope faisait semblant de boire et vidait son verre dans le pot de fleurs le plus proche. Si elles se rendaient compte qu'elle ne buvait pas, elles auraient vite fait de comprendre ! Son ficus ne fut plus jamais le même après avoir été arrosé ainsi.

La seule vraie bonne nouvelle vint de Delphine et Eugene, qui avaient arrêté la date de leur mariage pour quelques semaines plus tard.

— Comme nos fiançailles ont été très longues, nous avons pensé que nous pouvions avoir un mariage éclair ! plaisanta Delphine.

Pour Pauline, ce serait à prendre ou à laisser, comme le dit Mary-Kate avec satisfaction.

Par souci d'économie, Delphine confectionnerait sa robe, aidée par Virginia. Mary-Kate avait été dispensée d'apporter son aide en matière de mode.

— Je me retrouverai en tablier de toile grise avec une paire de bonnes chaussures confortables si je te laisse t'occuper de ma robe, dit Delphine un soir où, réunies dans la cuisine de Hope, elles étudiaient à quatre des magazines.

— Pas du tout ! corrigea Virginia en riant. Du lainage gris foncé et des bottines à lacets.

— Le lainage gris foncé me va bien, rétorqua Mary-Kate d'un ton faussement offensé pendant que les autres se tordaient de rire. Dans ce cas, je suppose que je suis chargée de tout superviser ? La mode me dépasse, mais je suis diablement efficace !

— Tu sais que je t'adore, ma tantinette chérie ? lui dit Delphine en l'embrassant.

— Ne fais pas tant de chichis, dit Mary-Kate, ravie. Et maintenant, occupons-nous de cette liste. Delphine, partons-nous du principe que ta mère viendra, ou pas ?

— Oui, répondit Delphine d'un ton décidé. Je lui donnerai une invitation et si elle décide de ne pas venir, c'est son choix.

— Sam sera très fière de toi, dit Hope en souriant.

— Comment va-t-elle ? demanda Virginia.

— Pas mal. Elle part bientôt pour les États-Unis pour une grande réunion et… En fait, elle est assez malheureuse. Vous vous souvenez de Morgan, ce bel homme qui lui plaisait ?

— Oui, dit Delphine.

— Elle l'a vu avec quelqu'un d'autre ; je veux dire : une autre femme.

— Le monstre ! s'exclama Delphine.

— Une très jeune femme, en plus, ce qui ne l'a pas vraiment consolée, soupira Hope. Depuis ses quarante ans, elle se sent vulnérable. Je crois que sa confiance en elle est atteinte.

— Invite-la à mon mariage, la supplia Delphine. On s'occupera de lui remonter le moral.

— Elle m'a annoncé qu'elle viendrait bientôt. Elle sera très heureuse d'être conviée. Mais cela ne fera pas trop de monde ?

Mary-Kate leva les yeux de la liste d'invités et sourit.

— Plus on est de fous, plus on rit ! répondit-elle.

Elles discutèrent ensuite des vertus comparées du satin et de la soie sauvage ; de l'endroit où pourrait se faire la réception ; et enfin du travail de Hope à l'office du tourisme et du fait qu'il vaudrait mieux qu'elle y soit à plein temps.

— Tu devrais postuler pour le poste de Ronan, dit Mary-Kate en recopiant la liste de sa belle écriture. Tu serais parfaite pour diriger l'office, Hope.

— Mais comment veux-tu que je demande une place qu'il occupe ! s'étonna Hope, gênée.

— Voici encore notre espionne en chef ! gloussa Delphine, plongée dans des photos de robes médiévales à corsage pigeonnant.

Mary-Kate soupira.

— Ce n'est pas parce que je suis au courant de ce qui se passe dans la région qu'il faut être sarcastique, Delphine ! Je disais seulement qu'il me semble que la maison de Ronan devrait bientôt être en vente. J'ai rencontré Lara, l'agent immobilier, l'autre jour, et elle me l'a dit.

Elles la fixèrent toutes avec attention.

— Et comme il ne cherche pas autre chose, cela signifie qu'il s'en va.

— Mary-Kate et Lara sont de mèche, révéla Delphine.

— Pas du tout, dit Mary-Kate sans se démonter. J'aime bien savoir ce qui se passe, voilà. En tout cas,

Hope, tu serais parfaite à ce poste. Tu vois les choses avec l'œil de quelqu'un d'extérieur. C'est plus facile pour repérer ce qu'il y a à faire. En plus, tu apprécies vraiment Redlion.

Hope se sentit très émue.

— Tu as raison, c'est vrai. J'aime beaucoup vivre ici. Mais comment pourrais-je être une bonne directrice de l'office du tourisme ?

— Tu serais toujours meilleure que Ronan, dit spontanément Delphine. Oh ! se reprit-elle en voyant les yeux des autres. Je ne le disais pas dans ce sens.

Hope réfléchissait.

— En fait, j'aime beaucoup ce travail et cela me rend folle de voir le peu que fait Ronan. Cela marche de toute façon parce que Redlion est un très joli village et se trouve sur la grand-route. Mais si l'on s'acharnait plus, on ferait venir des hordes de touristes, et pas seulement des cars qui ne restent que deux heures. Je parle de gens qui loueraient des maisons pour les vacances ou séjourneraient dans les B & B. Vous savez, Finula a raison en disant que la Maison des créateurs est importante pour la région. Imaginez que nous fassions une campagne de promotion en insistant sur l'aspect culturel d'un séjour à Redlion, et en mettant en valeur tous les peintres et les écrivains qui ont travaillé ici.

— Comme Geraoid, l'oncle de Matt ? dit Mary-Kate, très pince-sans-rire. Le type même de l'artiste en haillons !

Hope éclata de rire.

— Ce n'est pas vraiment ce que j'avais à l'esprit. Je n'ai toujours pas lu un seul de ses poèmes. Je suppose qu'il s'est contenté d'envoyer des spams sous forme de haïku, ce qui est très à la mode sur Internet, d'après ce que j'ai compris.

— C'est une excellente idée, Hope, dit Virginia avec enthousiasme. Pas les spams, mais d'utiliser le contexte artistique pour attirer des touristes. Il y a un artiste originaire de la région qui expose dans le monde entier. J'ai vu un de ses tableaux chez Kevin Burton. Et ce n'est pas le portrait d'Ursula, ajouta-t-elle avec une pointe d'ironie.

Elle leur avait raconté la triste histoire du salon décoré à l'identique de ce qu'Ursula avait fait, avec son portrait qui surveillait tout, comme pour décourager les intrus.

— Au moins, la rivale de Sam est vivante, dit tristement Virginia à Hope. Moi, je suis en compétition avec une morte.

— Comment va Kevin ? demanda Mary-Kate.

— Il n'arrête pas de me téléphoner pour m'inviter à une partie de golf. Faire un parcours avec lui ne me gêne pas mais, ensuite, il veut aller dîner et je ne supporte pas ses litanies sur Ursula, ce qu'elle disait, ce qu'elle faisait. Est-ce que je vous ennuie comme ça avec Bill ?

— Non, répondirent-elles en chœur.

— Heureusement ! dit Virginia avec soulagement. On ne peut pas se battre contre une sainte. Quoi que je fasse, cela ne sera jamais aussi bien qu'Ursula et, franchement, je n'en ai pas envie. Désolée, je suis un peu amère. Je ne veux pas vous embêter.

— Pas du tout, la rassura Delphine. Cet idiot de Kevin devrait se faire examiner la tête !

— Beaucoup de gens en auraient besoin, ici, remarqua Virginia. On devrait faire une pétition pour obtenir la création d'un poste de psychiatrie !

— Je peux avoir le premier rendez-vous ? gémit Hope.

— Tu vas bien, tu es sûre ? demanda Delphine en lui jetant un regard inquiet.

— Oui, très bien, répondit Hope d'une petite voix.

Elle ne pouvait pas leur dire qu'elle aurait un bébé dans quelques mois et qu'elle ignorait comment elle s'en sortirait seule avec trois enfants. Elle passait des nuits à calculer son budget et se demander ce qu'il leur resterait s'ils vendaient la maison de Bath. Comment le tribunal répartirait-il les biens ? Devrait-elle rester à Curlew Cottage ? La liste de ses inquiétudes était infinie.

30

— Las Vegas va te plaire, déclara Karen Storin. C'est un endroit complètement fou mais passionnant et, après le climat anglais, un peu de vraie chaleur nous fera du bien.

Sam et elle regardaient l'arc-en-ciel par la fenêtre du bureau. Les averses s'étaient succédé sans discontinuer depuis quelques jours, ce que Karen estimait scandaleux pour un mois d'août.

— On finit par s'y habituer, dit Sam.

— Je ne pense pas que j'y arriverai, répondit Karen avec un frisson. Je sais qu'on a les pires hivers du monde à Chicago mais, au moins, il fait chaud et sec en été. Le seul point négatif à Las Vegas sera la chaleur. J'aurais peut-être choisi un autre endroit pour organiser le congrès. D'accord, il y a de très grands hôtels et c'est ce qu'il nous faut. Mais, au mois d'août, le Nevada est une vraie fournaise.

— Si le système d'air conditionné de l'hôtel fonctionne bien, nous n'aurons aucun problème, dit Sam.

Contrairement à Karen, elle avait déjà participé à plusieurs congrès des sociétés pour lesquelles elle travaillait. D'après son expérience, quand quatre cents dirigeants d'une importante maison de disques se réunissaient cinq jours tous les deux ans, personne ne sortait de l'hôtel. Les réunions commençaient à huit heures du matin et duraient jusqu'au dîner. Ensuite les artistes se produisaient toute la nuit pour présenter leurs nouveaux disques. Les chances de trouver du temps libre pour un peu de tourisme en solitaire étaient égales à zéro. Les participants auraient tout aussi bien pu être sur Mars, pour ce qu'ils voyaient de leur lieu de séjour ! Lors du dernier congrès auquel elle avait participé, trois ans plus tôt à Zurich, tout ce que Sam avait découvert de la ville était la vue depuis sa chambre et celle des rues depuis le minibus qui la ramenait à l'aéroport après quatre jours de travail épuisants. Elle avait acheté du chocolat suisse juste avant d'embarquer, comme pour se prouver à elle-même qu'elle y était allée.

— J'ai hâte d'y être, dit Karen.

— Pas moi, répondit Sam avec une grimace. C'est une compétition où seuls les plus forts survivent. Je sais qu'on en a déjà une idée dans les assemblées ordinaires en Angleterre, où chacun veut montrer dans la journée qu'il travaille plus que les autres et, le soir, qu'il peut aussi s'amuser plus qu'eux ; mais dans les congrès internationaux, c'est bien plus dur. Les réunions et les présentations d'artistes sont épuisantes, mais personne n'ose se coucher tôt pour reprendre des forces, de peur de ne pas avoir l'air à la hauteur. Tu verras, tu ne tiendras plus debout au moment de rentrer !

— Oui, mais on doit bien arriver à trouver un peu de temps pour soi, dit Karen avec assurance. Je vais prendre ma tenue de sport pour profiter des équipements de l'hôtel, mais je ne m'approcherai pas des machines à sous ! C'est mortel. La première fois que je suis allée à Las Vegas, c'était avec ma colocataire de l'université, et elle a perdu une fortune.

— Je n'apprécie pas ces jeux-là, répondit Sam, et je n'ai pas joué au black jack depuis une éternité.

Elle se dit que cela valait tout de même la peine de prendre un maillot de bain et une tenue décontractée, au cas où elle aurait quelques minutes de détente.

Le soir, quand elle atteignit sa rue, la pluie avait cessé de tomber. Depuis le mois précédent, en fait depuis sa dispute avec Morgan, elle rentrait chez elle par un chemin qui lui évitait de passer devant la porte de celui-ci. Elle tourna donc le coin du pâté de maisons, dépassa le grand cerisier dont les racines attaquaient lentement mais sûrement le trottoir et, en une minute, arriva devant son entrée. Même si Morgan l'avait vue, il n'aurait pas eu le temps de sortir et de la rejoindre. Et s'il sonnait, elle l'ignorerait.

Elle éprouvait des sentiments contradictoires. Elle avait envie de le voir se précipiter vers elle pour lui parler, en particulier parce que cela lui donnerait l'occasion de s'excuser, mais aussi parce qu'elle avait envie de savoir quelle explication il lui donnerait. Elle s'était souvent rejoué la scène en esprit, surtout les nuits où il faisait très chaud et où, incapable de dormir, elle écoutait le grondement lointain de la circulation. Elle s'imaginait hautaine et blessée, amenant Morgan à implorer son pardon. Et elle lui pardonnait.

Tant pis, c'était du passé. Elle déverrouilla la porte de son appartement et, comme les chatons n'accouraient pas à sa rencontre, elle se débarrassa de sa veste légère d'un mouvement d'épaules et écouta ses messages téléphoniques. Il n'y en avait qu'un. Katrina avait appelé dix minutes plus tôt. « Il est huit heures et quart, Sam. J'espère que tu es sortie et que tu n'es pas encore au bureau. Même les maîtres de l'univers se reposent de temps en temps ! Je t'appelle pour savoir si vous pourriez venir dîner à la maison, Morgan et toi, samedi prochain. J'ai envie de rassembler la bande pour fêter la naissance de ma petite Amber. Ma mère s'occupera d'elle. C'est la seule personne à qui j'ose la confier. En fait, Amber se conduit mieux avec elle qu'avec moi ! Rappelle-moi, bisous. »

Samedi prochain ? Sam serait alors dans l'avion pour Las Vegas, en route pour cinq jours de marathon. Elle était presque contente de ne pas avoir à affronter un dîner avec ses amis. Elle avait vu Katrina trois fois depuis la naissance d'Amber mais, par chance, il y avait eu un tel défilé de visiteurs qu'elle n'était jamais restée seule avec elle. Cela lui avait évité de répondre à des questions amicales sur Morgan. Sam n'aurait pas supporté de lui avouer que leur relation – quelle qu'elle ait été – n'existait plus. Elle téléphonerait à Katrina dès le lendemain depuis son bureau pour refuser l'invitation. Mais elle avait compté sans l'obstination de cette dernière. À dix heures, alors qu'elle s'apprêtait à regarder un documentaire sur le harcèlement sexuel, le téléphone sonna.

— Enfin ! s'exclama Katrina. Ne me dis pas que tu as travaillé jusqu'à maintenant ?

— Non, mentit Sam, qui se sentit gênée de le faire. J'étais à la soirée de lancement d'un disque et je viens juste de rentrer. Je ne voulais pas te déranger aussi tard.

Elles eurent une rapide conversation, où Katrina fit rire Sam avec des anecdotes sur les changements apportés dans sa vie par son bébé.

— Je suis épuisée parce qu'elle dort par tranches de deux heures, mais elle me rend complètement gâteuse. Hugh a décidé d'être un père moderne et il s'occupe de la changer aussi souvent que possible. Il est aussi à bout de fatigue parce qu'il se réveille quand elle pleure et qu'il n'arrive pas à se rendormir. Maintenant, dis-moi si tu peux venir samedi prochain ?

— Non, désolée. Je serai à un congrès aux États-Unis.

— Où ?

— Las Vegas.

— Tu as de la chance ! soupira Katrina.

— Pas vraiment. On ne fera que travailler comme des malades. Le seul moyen de profiter de ces déplacements est de rester quelques jours après pour se détendre un peu.

— C'est ce que tu vas faire ?

— Non, je suis trop occupée ici.

— Qui va nourrir les chatons ?

Sam hésita, se rappelant que Morgan avait offert devant tout le monde de veiller sur eux si elle s'absentait.

— Euh… Jay.

— Bien…

Katrina laissa passer quelques instants puis demanda avec une brusquerie inhabituelle, qui aurait dû alerter Sam :

— Comment va Morgan ?

Ce fut au tour de Sam de marquer une pause. À quoi bon mentir ?

— Je l'ignore, avoua-t-elle. Nous avons eu des mots et je ne l'ai pas revu depuis.

— Je sais, avoua Katrina. L'autre jour, nous sommes sortis avec Amber, Hugh et moi, et nous avons rencontré Morgan dans King's Road. Je lui ai demandé de tes nouvelles et il m'a répondu qu'il ne t'avait pas vue depuis des semaines. Pas besoin d'être un génie pour comprendre que vous vous étiez disputés.

Sam se rongeait l'ongle de l'index.

— Il n'a rien dit d'autre ? demanda-t-elle.

— Non, il a seulement pris Amber dans les bras en disant qu'elle était adorable, comme si nous ne le savions pas ! J'oubliais : sa belle-fille l'accompagnait. Elle est ravissante et elle le sait. Je l'ai trouvée un peu aguicheuse. Je crois qu'elle a fait beaucoup d'effet sur Hugh, même s'il ne le voulait pas. Et tu sais qu'il n'est pas porté sur les gamines de vingt-cinq ans. Du moins, se reprit-elle en riant, je l'espère ! Mais je ne peux pas lui reprocher de regarder de jolies filles à la peau lisse alors que j'ai encore l'air d'une baleine. J'attends de retrouver ma ligne comme par miracle à force d'allaiter, mais cela n'a pas l'air de marcher.

— Mais, balbutia Sam, ce n'était pas sa belle-fille ! C'est impossible. Elle n'a que quatorze ou quinze ans. Je ne la connais pas mais c'est encore une adolescente.

— Je t'assure que c'était sa belle-fille. Elle s'appelle Maggie. Une vraie fille à papa ! La façon dont elle se pendait à son bras en nous disant fièrement qu'il allait lui acheter un cadeau pour lui remonter le moral ! Cela m'a rappelé ma sœur quand elle avait dix ans et qu'elle voulait se marier avec papa. C'était mignon mais, à vingt-cinq ans, c'est plus ennuyeux. Quel pot de colle ! Je m'étonne que tu ne l'aies jamais rencontrée, parce qu'elle était en fac à Londres.

Sam se mordit la lèvre. Le dernier morceau du puzzle se mettait en place.

— En fait, je pense que je l'ai rencontrée sans savoir qui c'était.

Il fallut des heures à Sam pour écrire sa lettre. Après quatre brouillons, elle estima avoir trouvé le ton juste. Mais quand elle relut sa prose, toutes ses explications compliquées sur le fait qu'elle avait pris la jeune femme pour sa petite amie et que Katrina l'avait détrompée lui parurent stupides et inutiles. Elle déchira la feuille et recommença. Quelques lignes suffiraient, espérait-elle, pour expliquer à Morgan qu'elle avait eu envie de le revoir bien avant de savoir qu'elle l'avait accusé à tort.

« Morgan. Je suis désolée pour tout. J'ai eu tort et je le regrette sincèrement. Pardonne-moi de t'avoir dit des horreurs. Tu me manques. Notre amitié me manque. Je t'en prie, appelle-moi. Sam. »

Elle pensait mettre sa lettre dans la boîte de Morgan le lendemain matin en partant travailler mais, au moment où elle sortait de chez elle, elle aperçut un taxi qui tournait le coin et elle courut vers lui en le hélant. Elle donnerait sa lettre à Morgan en rentrant…

Ce soir-là, en descendant du taxi qui la ramenait chez elle, Sam se figea. Le double panneau « À vendre » était énorme. Il proclamait en élégants caractères qu'il fallait contacter l'agence Jefferson, Power et Dowden.

— Je suis impatiente de savoir ce qu'il en demande, dit une des voisines de Sam, une dame âgée qui faisait faire à ses yorkshire-terriers leur promenade du soir.

Sam s'arrêta à côté d'elle pour contempler la maison.

— Les ouvriers y ont passé des mois, poursuivit la dame. Ce doit être superbe, maintenant. J'espère que nous aurons un acheteur sympathique. La rue n'est plus tout à fait ce qu'elle était depuis que le numéro 77 a été acheté par la rock star. D'après mon amie, qui habite au 76, il y a des orgies sexuelles dans le jardin pendant des réceptions qui durent toute la nuit. Quelle dégradation ! Elle l'a vu à la jumelle.

Sam n'avait pas le cœur à rire de cette remarque naïve. Elle salua sa voisine et ses chiens hors d'haleine, puis alla glisser sa lettre dans la boîte de Morgan. Elle ignorait que la maison était vide et que l'agent immobilier relèverait le courrier le lendemain pour le jeter dans un tiroir de la table de l'entrée. Il fallait que rien ne traîne pour la première visite. Il pensait le ressortir avant de partir pour que Morgan puisse le trouver, mais il oublia. La cinquième version de la lettre de Sam passa donc inaperçue, coincée entre le dépliant d'un laveur de carreaux et un relevé de banque.

31

Par la vitre, Nicole regardait une vieille dame avec un chariot à provisions. Elle passa d'un pas vif devant la voiture, coincée dans un embouteillage matinal. Ils avaient à peine avancé de cinq mètres en dix minutes.

— C'est ridicule ! Je ne comprends pas pourquoi nous ne prenons pas le métro.

Elle ne trouvait pas très sensé de perdre une heure pour aller au studio alors qu'elles auraient pu y être en vingt minutes autrement.

Ollie, la nouvelle attachée de presse de LGBK, lui lança un regard de reproche.

— Les artistes ne prennent pas les transports en commun, dit-elle. Vous imaginez Céline Dion dans le métro ?

— Oui, si elle était pressée, répondit Nicole avec impatience.

Elles avaient rendez-vous pour une séance de photos avec le magazine *Teen Babe*, pour la *couverture*, comme ne cessait de le répéter Ollie avec révérence. C'était le Saint-Graal des attachées de presse et, pour l'industrie du disque, cela revenait à obtenir une audience avec le pape en personne. Le seul inconvénient, avait pour l'instant constaté Nicole, était de perdre une journée avec les journalistes, qui lui poseraient des questions débiles, comme à la précédente « couverture ». Quelle était sa couleur préférée ? Était-elle contente d'avoir un disque qui sortirait dans deux semaines ? Quelle était la personnalité au monde qui lui plaisait le plus ? Et enfin, avait-elle déjà embrassé quelqu'un de très célèbre ? Nicole n'avait guère envie de se prêter à ce genre de bêtises. En fait, si elle voulait être honnête avec elle-même, cette histoire l'angoissait. Donner une interview de dix minutes au téléphone était une chose. Passer la journée avec une armée de photographes, de maquilleuses et de stylistes en était une autre. Mais Nicole avait découvert que, depuis que son premier single passait sans arrêt à la radio, sa carrière avait fait un grand bond en avant. Le disque serait en vente dans deux semaines et, chez Titus, tout le monde croisait les doigts, les jambes, et tout ce qu'on pouvait croiser, dans l'espoir de le voir arriver dans les cinq premières places du hit-parade. Dans les dix premières, ce serait déjà bien, mais pour avoir un véritable impact, il fallait viser plus haut.

Le label avait réellement mis toutes les chances de son côté. On entendait sans arrêt et sur toutes les radios la voix rauque de Nicole, ce qui était un excellent point. Mais elle devait consacrer la semaine à venir à sillonner le pays pour rencontrer des journalistes, passer dans des émissions de radio ou de télévision, ce qui ne l'enchantait guère. Nicole ne l'aurait reconnu pour rien au monde mais, pour la première fois de sa vie, elle se sentait intimidée.

Elle avait apprécié la tournée des Teen Stars parce qu'elle était avec un groupe. Elle avait eu l'impression de se retrouver dans son bureau de Copperplate

Insurance, avec Lorelei à la place de Mlle Sinclair. Cette fois, elle était seule. Il n'y avait plus que Nicole, une star. On lui demandait d'avoir un avis sur tout et sur rien, ainsi qu'une vie de rêve qui lui interdirait de rentrer chez elle pour regarder ses feuilletons préférés en mangeant un croque-monsieur.

La voiture finit par s'arrêter devant le studio et elle descendit. Son téléphone sonna au même instant.

— Bonjour ! dit-elle tendrement car elle avait reconnu le numéro de Darius.

— Comment vas-tu ? demanda-t-il.

— On vient d'arriver. On a été coincées pendant un temps fou dans les embouteillages. J'aurais mieux fait d'y aller à pied.

Darius éclata de rire.

— On ne marche pas quand on est une star d'une beauté exceptionnelle, avec un succès exceptionnel !

Nicole soupira de ravissement.

— Deux bonnes nouvelles, reprit Darius. Un : j'ai parlé avec l'agent immobilier. Il y a un autre appartement dans la résidence qui te plaît. Le balcon est plus petit mais il y a deux chambres, ce qui sera parfait si tu proposes à Sharon de s'installer avec toi.

— Génial ! Quand pouvons-nous le voir ?

— Ce soir à six heures. Je viendrai te chercher. La seconde bonne nouvelle, maintenant : Sam Smith rentre des États-Unis ce week-end et son assistante t'a réservé le déjeuner de mardi avec elle.

— Merci de t'en être occupé, répondit Nicole. J'ai quelque chose d'important à lui demander.

Elle envoya un baiser à Darius dans le téléphone et passa la porte du studio, décidée à se montrer très professionnelle. Elle le fut, en effet, jusqu'au moment où la journaliste lui demanda quelle était sa couleur préférée, la faisant éclater d'un fou rire incontrôlable. Son interlocutrice, qui ne devait pas être beaucoup plus vieille qu'elle, la regarda d'un air amusé.

— Désolée ! C'était pour l'interview de la semaine dernière, le questionnaire « spécial bimbo » ! On adapte les questions au sujet. Que puis-je demander à quelqu'un qui a un QI à ras des pâquerettes ? De m'expliquer la théorie de la relativité ?

Nicole riait toujours à perdre haleine.

— J'aimerais être dispensée de la question sur les couleurs, mais je ne crois pas que celle sur Einstein me tente beaucoup plus !

— On ne peut pas savoir tant qu'on n'a pas rencontré les gens, dit la fille. Je crois que vous préférerez les questions intelligentes. Donc : que pensez-vous du star-système dans l'industrie du disque ?

Songeant aux énormes changements qui s'étaient produits dans sa vie et aux tensions de son nouveau métier, Nicole prit une expression songeuse.

— Ça a ses bons côtés, dit-elle.

Après la chaleur de Las Vegas, Londres parut délicieusement frais à Sam. Elle respira profondément en sortant du train Heathrow-Paddington qui la ramenait de l'aéroport. C'était bon de rentrer chez soi, même si elle regrettait de n'avoir pas pu se faire bronzer un seul instant.

À l'origine, elle avait pensé rentrer directement, prendre une bonne douche et défaire ses valises avant d'aller chercher les chatons chez Jay. Mais dans le taxi qu'elle avait pris à Paddington, elle se dit que l'appartement lui paraîtrait très vide sans Spike et Tabitha, et elle changea d'avis. Elle demanderait au chauffeur de l'attendre, juste le temps de poser ses affaires. Elle passerait tout de suite chez Jay.

— Bien sûr, il n'y a pas de problème, répondit Jay quand Sam l'appela sur son portable pour s'assurer qu'elle ne la dérangeait pas. Nous nous offrons un vendredi soir paresseux à la maison. Greg s'apprête à aller nous chercher à dîner chez le traiteur chinois. Veux-tu te joindre à nous ?

— Merci, j'ai déjà mangé, mentit Sam, de peur de s'imposer.

Le taxi s'arrêta devant la maison de Sam.

— J'en ai pour un instant.

Elle souleva sa valise et remonta l'allée à toute allure. Elle prit à peine le temps d'ôter la veste de son ensemble d'été pour mettre celle en jean, usée, accrochée derrière la porte, et redescendit promptement l'escalier.

Jay avait refait son appartement, ce qui permit à Sam de prendre conscience depuis quand elle n'y était pas venue. Le grand salon avait été peint pendant des années en jaune tournesol. À présent, les murs étaient d'une chaude teinte abricot assortie au plaid jeté en travers du vieux canapé.

— J'aime beaucoup cet ensemble, dit Sam avec enthousiasme.

— Sam ! C'est comme ça depuis un temps fou ! répondit Jay en riant. J'en ai déjà presque assez.

— Ah ! dit Sam avec raideur en s'asseyant sur le canapé.

Tabitha sortit de sa cachette sous la table basse, sauta gaiement sur les genoux de Sam et se mit à ronronner bruyamment.

— Tabitha, mon bébé, comment cela s'est-il passé ? dit Sam d'un ton ravi. Où est Spike ?

— Elle doit être en train de bouder, expliqua Jay avec un sourire. Tu lui as beaucoup manqué même si elle ne veut pas que tu le saches.

— Elle a refusé de manger ? demanda Sam anxieusement.

Elle avait l'impression d'être une très mauvaise propriétaire d'animaux.

— Oui, du moins quand c'était sa nourriture, pas la nôtre ! Elle met la patte dans tout ce qui la tente, même si c'est dans ton assiette.

Sam dut retenir son envie de rire.

— Désolée, Jay. Je ne croyais pas qu'elle le ferait avec quelqu'un d'autre que moi. Elle estime que la nourriture pour chats ne convient pas à une créature comme elle ! Elle préfère les aliments pour humains.

La porte s'ouvrit à ce moment et Greg entra, chargé d'un grand sac en papier kraft qui dégageait une puissante odeur de cuisine chinoise.

Sam, qui n'avait pas dîné, sentit ses papilles s'éveiller.

— Bonsoir, Sam ! dit Greg en lui donnant un baiser sur la joue.

Il se tourna ensuite vers Jay, dont il embrassa tendrement les lèvres, comme s'il ne l'avait pas vue depuis des mois. Ils en étaient toujours au stade où une séparation de cinq minutes rend malade de désir. Sam se souvenait d'avoir été comme eux, des années-lumière auparavant.

— As-tu pris des boulettes de poulet ? demanda Jay quand Greg libéra enfin sa bouche.

— Oui, ma chérie. Comme si je pouvais oublier le moindre de tes souhaits !

Ils échangèrent un nouveau baiser passionné. Sam s'occupa, pendant ce temps, en caressant Tabitha sous le menton. Dans n'importe quelle autre circonstance, elle leur aurait conseillé de louer une chambre mais elle était chez eux, après tout. C'était à elle de les laisser dévorer leur dîner chinois pour reprendre des forces après leurs ébats. Il était clair qu'ils ne pourraient pas attendre le dessert pour passer dans la chambre…

— Je dois y aller, dit-elle en se levant.

— Non, reste, dit Greg d'un ton qui manquait d'enthousiasme.

— Reste dîner avec nous, insista Jay.

Elle avait encore un bras passé autour du cou de Greg et l'effleurait du bout des doigts. De son autre main, elle lui caressait le dos. Sam sourit à ce spectacle.

— J'ai beaucoup à faire.

Ce n'était pas un mensonge. Elle devait défaire sa valise, mettre la lessive en route, enlever la poussière, car l'appartement serait sale après une semaine d'absence… Oui, elle avait mille choses à faire.

— Si tu es certaine… dit Jay sans terminer sa phrase.

— Tout à fait certaine, dit Sam d'une voix décidée.

Le chauffeur de taxi n'était pas très content d'avoir deux chats dans sa voiture, même s'ils étaient dans leur panier. Sam, fatiguée par le décalage horaire et déprimée, le fusilla du regard.

— J'ai prévenu votre centre de réservation que j'avais deux chats dans des paniers, dit-elle d'une voix glaciale. Donc, si cela vous pose un problème, vous n'avez qu'à vous en prendre à lui.

— Ne vous énervez pas ! dit le chauffeur, soudain inquiet.

À l'arrivée, il ne descendit pas pour aider Sam à sortir les paniers ainsi que le grand sac qui contenait les coussins pour dormir et les jouets des chats. Quand elle eut fini de tout entasser sur le trottoir, Sam le paya.

— Et mon pourboire ? dit-il avec indignation comme elle lui donnait le compte exact.

— Tant va la cruche à l'eau qu'à la fin elle se casse ! répondit Sam d'un ton sarcastique. C'est un bon conseil et ce sera votre pourboire !

Il jurait toujours furieusement quand il démarra. Sam transporta son chargement dans le jardin de devant et monta d'abord les paniers à l'appartement. Si quelqu'un volait quelque chose, ce ne serait pas bien grave. Quand les paniers et leur précieux contenu furent à l'abri, elle redescendit en courant pour récupérer le sac et, pour la première fois, s'autorisa un coup d'œil à la maison de Morgan. Le panneau « À vendre » était toujours là, mais un autre était collé dessus, qui disait : « Vendu ».

Sam était tellement perdue dans ses pensées qu'elle ne remarqua même pas que Malcolm le Dingue passait *The Girl from Ipanema* à pleine puissance. Les voisins bruyants étaient le dernier de ses soucis.

Elle nourrit les chatons et joua avec eux, puis réalisa qu'elle devait faire des courses. Elle venait de vider la dernière boîte pour chats et ils appréciaient peu le lait longue conservation. Or, il ne lui restait rien d'autre. Elle enfila sa veste en jean et partit d'un pas vif vers l'épicerie la plus proche. Son chemin l'amena devant le Greenwich Emporium, un restaurant de quartier où elle avait ses habitudes. On y servait des aliments biologiques en mettant l'accent sur l'équilibre alimentaire, exception faite des énormes carafes de vin.

C'était la plaisanterie favorite de Morgan chaque fois qu'ils y allaient. George et Felicity, les propriétaires, conseillaient de ne pas prendre de vin au verre, car quiconque dépassait cette dose avait intérêt à commander une carafe, plus intéressante. De leur part, ce n'était qu'une simple remarque de bon sens car, au Greenwich Emporium, tout le monde avait tendance à bien boire. Cela contrariait les bienfaits de l'alimentation saine, disait toujours poliment Morgan à Felicity. Elle rougissait comme une gamine, se passait avec timidité une main dans les cheveux et prenait la fuite sous prétexte de s'occuper d'un autre client.

« Tu aimes venir ici uniquement parce que Felicity a le béguin pour toi, lui avait une fois dit Sam, qui ne plaisantait qu'à moitié.

— Si tu apprenais à cuisiner, nous ne serions pas obligés de venir ! avait-il répondu avec indignation. D'ailleurs, c'est une compensation élémentaire pour les quatre fois, je dis bien : quatre, où je t'ai préparé de bons petits plats.

— Où tu as fait brûler les plats, tu veux dire ?

— Dans le langage de la restauration, cela s'appelle "bien cuit" ! avait répondu Morgan avec le plus grand sérieux.

— En principe, les légumes ne doivent pas être bien cuits…

— Puisque tu le dis ! »

Sam jeta un regard triste dans la salle éclairée aux chandelles du restaurant. Ils y avaient passé tant de bonnes soirées ! Tout la ramenait sans cesse à Morgan. Elle ne s'en consolerait jamais.

Sur le chemin du retour, elle repassa devant le Greenwich Emporium. George était sur le seuil, accueillant un groupe de clients.

— Sam ! hurla-t-il en la voyant chargée de deux lourds sacs d'épicerie. Comment allez-vous ?

Impossible de traverser en courant pour crier qu'elle était en retard… Elle était obligée de s'arrêter pour que George puisse l'embrasser et lui demande pourquoi il ne les avait pas vus depuis si longtemps, Morgan et elle.

— Felicity pense que vous en avez eu assez de son poulet aux aubergines, mais je lui ai dit qu'elle se trompait, que vous l'aimiez et que vous étiez seulement très occupée.

— Oui, très occupée, confirma Sam, qui se hâta de changer de sujet. Et vous ? Ça marche bien ?

— Oui et non, dit George avec une petite grimace. C'est plein le vendredi et le samedi mais, le reste de la semaine, on ne voit pas grand monde. Désolé, je ne devrais pas vous embêter avec ça.

— Je suis sincèrement navrée, dit Sam. J'espère que vous n'envisagez pas de fermer. Ce serait une grosse perte pour le quartier.

George eut un haussement d'épaules fataliste.

— J'espère aussi ne pas en arriver là, mais c'est très dur. Sans les confitures et les chutneys biologiques de Felicity, nous irions droit au dépôt au bilan. Une de ses amies tient une épicerie fine à Richmond, où elle en vend des tonnes.

Sam termina le chemin jusqu'à chez elle en réfléchissant aux ennuis de George. Tabitha fut très contente de la voir, de même que Spike, qui avait décidé de lui pardonner sa semaine d'absence puisqu'elle avait pris la peine d'aller faire des courses. Peut-être, se disait-elle, y aurait-il des gâteries pour chatons cachées au milieu de tous ces achats sans intérêt ? Tabitha se frotta aux chevilles de Sam tandis que Spike furetait dans les sacs de son petit museau délicat, au cas où quelque chose lui plairait.

— Mais oui, lui dit Sam en la soulevant pour la câliner. Je vous ai rapporté des douceurs. Tu n'as donc pas besoin de fouiller partout.

Sam prit ensuite sa douche et revint, pieds nus, examiner le contenu du réfrigérateur. Les blancs de poulet qu'elle avait achetés pour le dîner lui parurent soudain d'une teinte livide très peu appétissante et elle eut envie d'un des bons petits plats de Felicity : son délicieux poulet au four, avec des panais et de la purée de carottes parfumée à la noix de muscade, des petites pommes de terre au sel de mer et des aubergines mitonnées selon sa recette secrète, et qui fondaient dans la bouche. Sam salivait presque en y pensant. Ses propres tentatives pour préparer le poulet aboutiraient à un résultat tout juste honnête, mais sans plus. Brusquement, la lumière se fit dans son esprit : pourquoi George et Felicity ne feraient-ils pas de plats à emporter les jours de la semaine où le restaurant ne marchait pas ? Ils vendraient leurs spécialités en portions individuelles aux gens aisés du quartier, dont beaucoup adhéraient au principe d'une nourriture saine, mais n'avaient pas le temps ou l'envie de s'en occuper. Sam connaissait beaucoup de personnes qui seraient très contentes de n'avoir rien à faire, en rentrant chez elles, sinon mettre un plat du Greenwich Emporium à réchauffer dans le four.

Elle leur en parlerait. Cela ne les intéresserait peut-être pas, mais évoquer le sujet ne coûtait rien. Cela les orienterait vers autre chose… Et c'est à ce moment précis que Sam eut sa grande idée : et si c'était elle qui changeait complètement de cap en s'occupant de conseiller des gens comme George et Felicity ? Et si elle démissionnait pour créer un cabinet de conseil en entreprises ? Elle possédait un réel talent pour trouver des solutions à toutes sortes de problèmes. Confrontée à une difficulté apparemment insurmontable, elle savait mieux que quiconque la considérer sous tous les angles possibles jusqu'à ce qu'elle la résolve. Elle adorait régler les choses et, avec son sens aigu des affaires, quel meilleur métier pourrait-elle choisir ? Mais avait-elle assez de courage pour se lancer seule et créer son affaire ? Elle sourit. Elle avait déjà été seule pendant presque toute sa vie. Travailler seule viendrait naturellement !

32

Matt détestait son appartement. « F1 moderne, meublé pour location courte », disait l'annonce. Et c'était effectivement meublé par quelqu'un qui pensait sans doute que *Star Trek* – la série originale ! – était le fin du fin en matière de style. La chambre était entièrement violette, avec une lampe en pierre de lave ; le papier peint d'un des murs du salon-salle à manger aurait donné des boutons même à Austin Powers ; enfin, il était impossible de s'asseoir confortablement sur les grandes chaises carrées en cuir. Quant aux placards jaune canari de la cuisine, ils n'avaient pas de poignée et Matt avait dû chercher pendant plusieurs minutes comment les ouvrir.

Pour l'agent immobilier, tout cela représentait le dernier chic du design contemporain. Il avait expliqué à Matt que le propriétaire était un génie de « la toile », et que le style des années soixante et soixante-dix était très à la mode. Mais, avait pensé Matt avec aigreur, il n'avait que vingt-quatre ans et ne pouvait pas se souvenir de l'apparition des lampes en pierre de lave ! « Je le prends », avait-il dit avec résignation. C'était en effet la dernière location de courte durée disponible et les autres meublés étaient aussi laids.

Le seul point positif était l'énorme poste de travail informatisé que le génie de l'Internet avait installé dans un coin de la salle à manger. Matt y passait la plus grande partie de ses soirées, et il écrivait. Il ne travaillait pas à son grand roman ; il s'amusait. Il avait commencé une série d'e-mails humoristiques qu'il aurait envoyés à Hope s'ils s'étaient encore parlé, une sorte de lettre tendre où il lui raconterait sa journée. Il se rendait compte avec chagrin que, s'il l'avait fait quand il le fallait, il aurait sans doute compris qu'elle se laissait prendre au jeu de ce sale séducteur à la gomme ! Il aurait su y mettre un terme avant que ce salaud détruise son couple. Mais il refusait de s'y attarder. Penser à Hope lui faisait beaucoup trop mal.

Depuis quelque temps, elle occupait son esprit en permanence. Il se sentait pris de remords et très triste de ce qui s'était passé entre eux. Il savait qu'elle devait se croire coupable et qu'il avait sa part de responsabilité, à cause de son comportement envers elle. Si seulement il avait été capable de partager avec elle la torture mentale qu'il avait éprouvée à Redlion, et son désespoir en comprenant qu'il avait fait une terrible erreur et échoué dans son projet. Si seulement il lui en avait parlé, il n'aurait peut-être pas été aussi pressé de s'enfuir à Bath ! Car c'était bien une fuite. Déprimé et abattu, il s'était comporté comme un petit garçon apeuré.

Il lui avait fallu des semaines pour se reprendre. Son humeur sombre lui interdisait de vivre chez Dan et Betsey. L'unique solution avait été qu'il se retrouve seul pour faire face à ses démons. L'échec était le pire de ses cauchemars, mais il avait fini par apprendre qu'en affrontant ses peurs on peut les vaincre. Cela avait été très difficile, mais il y était arrivé. L'ancien Matt Parker, fier et un peu arrogant, avait fait place à quelqu'un de plus réfléchi. La pénible découverte de ses limites avait balayé son orgueil. Il se voyait à présent comme un homme marié, père de famille, employé dans une agence de publicité, et non plus comme un futur prix littéraire. De plus, il excellait dans son travail. L'alerte cardiaque d'Adam avait été plus sérieuse qu'on ne l'avait cru dans son entourage. Le médecin lui avait prescrit un arrêt de travail de plusieurs mois, qui donnait à Matt l'occasion de montrer pleinement sa valeur.

Écrire un journal intime sous forme d'e-mails l'avait aussi beaucoup aidé. C'était sa façon de se détendre. Il racontait avec humour, à Hope ou à une personne imaginaire, le déjeuner avec Dan de l'équipe du spot commercial pour la bière. « On revient dans une heure, avaient-ils déclaré d'un ton important. On a un tas de réunions. » Ils étaient rentrés quatre heures plus tard, ivres morts, réclamant à grands cris d'aller dans une boîte de strip-tease. Ou encore, il rapportait que leur informaticien s'était dit très choqué par les images pornographiques que les graphistes de l'agence lui avaient envoyées mais qu'il avait, ensuite, passé des heures à essayer de les sortir en couleurs sur l'imprimante du service.

Hope aurait beaucoup ri, se disait Matt. Mais aujourd'hui, cela lui serait indifférent. C'est pourquoi il écrivait son journal intime à l'intention d'une personne qui n'existait pas. Il savait que son attitude était digne d'une adolescente, mais cela lui permettait de se défouler, de libérer les tensions de la journée. Il avait donc pris l'habitude d'écrire quotidiennement.

Jusqu'au soir où, s'étant un peu énervé, il avait modifié les faits. La sage hôtesse d'accueil de l'agence n'avait pas séduit un coursier dans les toilettes des dames sous prétexte qu'elle fêtait ses trente ans et n'avait pas eu de relations sexuelles depuis un an ! Mais Matt imagina le contraire et en fit une histoire très drôle. Très vite, il donna libre cours à son imagination dans des histoires de la vie chez Bath Ad Attack, le nom de l'agence de pub imaginaire. C'était un miracle si le travail avançait, car les employés ne pensaient qu'à coucher les uns avec les autres. Quant au directeur général, il s'absentait aussi souvent que possible pour voir un thérapeute spécialiste des transsexuels.

Chez Bath Ad Attack, les dossiers des campagnes s'effaçaient entièrement des ordinateurs, parce que les gens faisaient l'amour sur les bureaux et, dans leur élan, appuyaient sur *la* touche essentielle du clavier au moment de l'orgasme. Des gens qui travaillaient dur étaient régulièrement renvoyés pour des erreurs insignifiantes tandis que d'autres (en général des employées pourvues d'une poitrine impressionnante) bénéficiaient de promotions alors qu'ils ne savaient même pas faire une photocopie. Toute l'agence n'était que ragots, rosseries, indiscrétions et joyeuse pagaille. Si seulement les vrais romans étaient aussi amusants à écrire, pensa Matt, un soir où il se pliait de rire en reprenant les pages qu'il venait de noircir en deux heures d'inspiration débridée. Son roman tellement vanté était enterré dans un dossier étiqueté « poison », au cas où il aurait oublié ce qu'il contenait. Il n'avait pas envie de revoir ces phrases torturées. Il n'avait jamais éprouvé beaucoup d'émotion en les relisant, en dehors du désagrément lié au fait de comprendre qu'écrire péniblement sur un sujet douloureux, et dans un style alambiqué, ne ferait jamais un roman.

Matt savait qu'il ne serait pas publié et aurait encore moins un prix. Il était temps qu'il regarde la réalité en face. En revanche, il pouvait gagner encore plus de récompenses professionnelles en tant que meilleur publicitaire de la planète. Et s'il y avait un marché pour des ouvrages fantaisistes et scandaleux sur la vie dans une agence de publicité, il était l'homme de la situation.

Il éteignit l'ordinateur et alluma la télévision pour regarder Sky Sport. Ses chances de parvenir au zénith risquaient de faiblir quand Adam Judd reprendrait son poste. Qu'adviendrait-il, alors, de lui ?

Le lendemain matin, il escalada quatre à quatre les marches du perron de l'agence. Il se sentait en forme, en pleine santé et prêt à conquérir le monde. Il avait deux réunions importantes dans la matinée, et un déjeuner dans l'un des meilleurs restaurants de la ville avec un client potentiel. Si celui-ci signait le contrat, toute l'agence pourrait rouler en Mercedes pour le reste de sa vie.

— Bonjour, Matt, dit Celeste, une des étudiantes en stage chez eux qui arrivait devant la porte en même temps que lui.

« Elle est folle de toi ! avait dit Dan pour taquiner Matt la veille même. Chaque fois qu'elle ouvre la bouche, c'est “Matt dit que…”, “Matt pense que…”, comme si elle parlait de Dieu le Père !

— Lâche-moi ! avait rétorqué Matt en lui donnant une bourrade. Tu es simplement jaloux parce que j'ai gagné notre partie de squash, hier soir.

— Il n'y a que la vérité qui blesse, avait poursuivi Dan. Monsieur le Gourou-de-la-publicité, dites-moi comment vous faites pour que les femmes soient prêtes à tout quand elles vous voient ? C'est à cause de votre beauté ou de votre compte en banque ? »

Matt avait souri en lui-même. Dan ne pouvait pas s'empêcher de faire du charme aux jolies filles et ne comprenait pas que Matt reste indifférent à Celeste ou même à la charmante jeune fille au pair de Betsey. Il estimait certainement que Matt avait besoin d'un petit flirt pour retrouver le moral, mais celui-ci n'avait pas le cœur à ça. Le mois précédent, Dan et lui avaient passé la soirée à Bristol à l'issue d'un rendez-vous. D'innombrables filles minces aux longues cuisses étaient venues danser devant eux dans la boîte de nuit où ils avaient atterri, secouant leur joli derrière dans une minijupe à franges de cow-girl, mais Matt ne pensait qu'à Hope. Lors de la cérémonie des prix de la publicité à Londres, la seule chose qu'il ait déshabillée était une bouteille d'eau. Il avait laborieusement arraché l'étiquette tandis qu'autour de lui tout le monde draguait et buvait en poussant de grands éclats de rire. Matt n'avait besoin de personne pour savoir qu'il devenait très ennuyeux.

— Bonjour, Celeste, répondit-il de son ton le plus professionnel possible.

Il ne voulait pas être impoli ou désagréable, mais elle devait comprendre qu'elle n'était qu'une stagiaire pour lui, et rien d'autre.

Il appuya sur le bouton d'appel de l'ascenseur, Celeste ne le quittant pas d'un pouce. Elle avait presque couru pour ne pas se laisser distancer. Elle voulait absolument expliquer au beau M. Parker ce qu'elle avait fait la veille.

— J'ai travaillé avec Ricky sur les documents publicitaires du club de remise en forme ; ce sera terminé aujourd'hui, dit-elle en battant de ses longs cils, comme si sa vie en dépendait.

Il était vraiment appétissant et intéressant, avec cette mâchoire un peu torturée, assombrie par un début de barbe bien qu'il soit encore tôt. Elle trouvait quelque chose de terriblement excitant aux hommes qui doivent se raser deux fois par jour.

— Parfait ! Montrez le dossier à Dan, voulez-vous ? répondit Matt d'un air absent en appuyant sur le bouton du troisième étage. Je suis très occupé, ce matin.

Celeste sentit ses épaules s'affaisser. Franchement, où était le problème ? Elle portait son plus beau pantalon de cuir et était venue très tôt dans l'espoir de croiser Matt Parker, qui arrivait toujours le premier. Et pour quel résultat ? Aucun ! Il ne pensait qu'au travail, comme tous les hommes !

Jasmine Judd arriva au moment où Matt sortait de sa deuxième réunion de la matinée. Il était en train de desserrer sa cravate et d'ouvrir le dernier bouton de sa chemise grise quand il l'aperçut.

— Bonjour, Matt.

Elle pleurait et ressemblait comme deux gouttes d'eau à Jessica Rabbit dans ses vêtements de cuir collants avec des fermetures Éclair partout.

— Jasmine, quelle surprise ! dit Matt qui jura en silence.

Chaque fois qu'elle venait, c'était parce que Adam l'avait envoyée en mission de surveillance. Même s'il avait promis à son cardiologue de ne pas mettre les pieds à l'agence ni téléphoner pendant deux mois, il trichait un peu en demandant à Jasmine de lui faire des comptes rendus. Elle se trouvait donc sur le seuil du bureau de son mari, occupé provisoirement par Matt, et paraissait en route pour inonder tout le bâtiment de ses larmes.

— Oh ! Matt, sanglota-t-elle en se blottissant dans ses bras.

Matt vit, par-dessus l'épaule de Jasmine, Dan qui lui faisait signe, pouce levé, comme pour dire : « Gagné ! » Matt lui jeta un regard furieux. Tenir une magnifique blonde en larmes dans ses bras, la femme de son patron, par-dessus le marché, ne correspondait pas à l'idée qu'il se faisait d'une victoire.

— Assieds-toi, Jasmine, dit doucement Matt.

En même temps, il pensait que Hope était beaucoup plus douée que lui pour réconforter les gens. Elle savait exactement quoi faire en cas de crise émotionnelle. Elle aurait su consoler Jasmine. Hope était si gentille et si affectueuse avec autrui ! Elle ne cessait de caresser et embrasser les enfants en leur répétant qu'elle les aimait. Le besoin de retrouver sa famille le submergea brusquement. Mais Jasmine s'appuya contre lui et, d'une voix angoissée, le tira de sa rêverie.

— Matt, je ne peux pas arrêter Adam. Il veut reprendre le travail !

Matt savait que cela finirait par se produire. Depuis le premier jour où il avait remplacé Adam et réalisé qu'il aimait diriger l'agence, il se répétait que celui-ci était malade, seulement malade. Il reprendrait sa place, tôt ou tard, et ce serait fini. Et lui, Matt, redeviendrait un simple employé, apprécié pour sa valeur et auquel Adam faisait confiance, certes, mais rien de mieux. Un de ceux qui demandaient « C'est haut ? » quand Adam leur disait « Saute ! ».

— Veux-tu une tasse de café ? s'entendit-il proposer d'une voix tout à fait normale.

Il fit le geste de boire à son assistante, puis reporta son attention sur Jasmine. Elle pleurait avec de gros sanglots qui la secouaient tout entière, faisant cliqueter ses fermetures Éclair et crisser le cuir de son ensemble. Elle portait un parfum lourd que Matt ne reconnut pas et qu'il n'aimait pas. Hope utilisait des eaux florales, rose et lis, ce genre de fragrances. Des parfums doux de jeune fille.

— Que dit le médecin ? demanda-t-il à Jasmine.

Il espérait à moitié que le docteur ait réagi comme dans un mélodrame victorien en se lançant dans une tirade sur le thème : « Si jamais Adam touche un stylo, l'effort le tuera ! »

— Il dit qu'il est temps qu'Adam reprenne le travail, hoqueta Jasmine, mais je sais que c'est trop tôt. Il risque de mourir ! Et qu'est-ce que je deviendrai ?

Ce qui déclencha une nouvelle crise de sanglots sur l'épaule de Matt. Il espérait qu'elle n'était pas en train de tacher irrémédiablement son costume italien gris anthracite.

— Le docteur doit savoir ce qu'il fait.

Il pensait, au contraire, qu'il aurait dû être radié !

— Adam a-t-il très envie de revenir ?

Quelle question stupide ! Pour Adam, les vacances étaient faites pour les gens renvoyés ou mis au chômage.

— Oui, mais je ne comprends pas pourquoi. Je croyais qu'il était heureux de rester à la maison avec moi, gémit Jasmine.

La porte s'ouvrit discrètement et l'assistante de Matt entra, chargée d'un plateau avec du café et des biscuits. Matt savait que ces derniers étaient inutiles. Comme si Jasmine allait en manger ! On n'entre pas dans ce genre de tenue en cuir en cédant à l'attrait de gâteaux au chocolat.

Il fallut dix minutes, deux tasses de café et de nombreuses marques d'amitié pour que Jasmine consente à se sentir mieux. L'intérêt de Matt aurait été de dire à Jasmine qu'Adam devrait acheter un voilier pour voguer au soleil avec elle. Ils ne feraient escale que dans des îles paradisiaques à la législation fiscale très permissive pour mettre de côté les revenus de l'agence, qui connaîtrait un énorme succès avec Matt à sa tête. Mais c'était impossible. Au contraire, il dit la vérité à Jasmine : que son mari mourrait si on l'empêchait de reprendre sa place à la tête de son royaume et que, après un autre mois de repos forcé, elle supplierait elle-même Adam de reprendre son travail parce qu'il la rendrait folle.

— Il vit pour l'agence, conclut Matt.

Jasmine ravala un sanglot.

— Oui, mais toi aussi et tu as réussi à partir. Et maintenant, tu as la belle vie en Irlande, où tu peux écrire. Toi, tu ne risques pas l'infarctus. Hope a vraiment de la chance. Elle a tout ! Elle vit dans un bel endroit, sans stress, sans travail ! Pas comme moi… Je subis des pressions insupportables avec tout ça.

Jasmine se remit à pleurer et Matt, toujours inquiet pour son costume qui était maintenant trempé, soupira et la reprit dans ses bras. La seule personne de toute l'agence à être au courant de sa séparation était Dan et Matt s'en félicitait. Si Jasmine apprenait la vérité, elle lui organiserait certainement des rendez-vous avec ses amies célibataires, qui ressemblaient à des poupées Barbie.

— Adam n'ira jamais dans un endroit agréable pour être seul avec moi, dit Jasmine en tremblant. Il ne veut même pas m'emmener aux Bahamas pour notre anniversaire de mariage.

— Il ne peut sans doute pas envisager de partir alors qu'il vient de s'absenter de l'agence pendant des semaines, mais cela viendra, la rassura Matt. Donne-lui un mois, et je te garantis qu'il s'intéressera de nouveau aux catalogues de voyages. Surtout, ne t'imagine pas qu'il ne t'aime pas. Il t'aime et tu le sais. N'oublie pas, ajouta-t-il tristement, que les autres couples ne sont pas toujours ce qu'ils paraissent.

— Qu'est-ce que tu veux dire ? demanda-t-elle en se tamponnant les yeux avec un mouchoir en papier.

— Hope et moi nous sommes disputés, dit-il lentement. Nous ne nous parlons plus et je ne l'ai pas vue depuis des semaines.

— Mais vous vous aimez ! C'est affreux, gémit Jasmine. Tu dois te réconcilier avec elle, tout de suite ! Dès qu'Adam sera là, prends le premier avion pour aller la voir et dis-lui que tu l'aimes. Apporte-lui des fleurs, ajouta-t-elle. Et du parfum ! Les femmes adorent le parfum.

Cela n'aurait pas été différent, pensa Matt, si ces conseils matrimoniaux étaient venus de la poupée Barbie en personne !

Quand Jasmine eut enfin été prise en main par Sadie, du département artistique, qui l'emmena déjeuner entre filles, Matt s'assit à son bureau (plus exactement, celui d'Adam) et, l'humeur maussade, jeta un regard circulaire. C'en était fini de l'illusion du pouvoir. Adam Judd revenait et, après avoir failli mourir, se montrerait certainement plus autoritaire et irritable que jamais. Il n'avait guère fait mystère de sa position dans la société qu'il avait créée à la sueur de son front, comme il aimait le répéter à qui voulait bien l'entendre. Il était le patron et entendait le rester. À présent, Matt lui apparaîtrait sans doute comme une menace, comme l'homme capable de le remplacer à n'importe quel moment. Peu importait qu'il ne soit pas du genre à se mutiner. Adam voudrait le voir partir parce que sa seule présence lui rappellerait la maladie et le risque de mourir. Il ferait tout pour se débarrasser de lui.

Le pire était que Matt lui-même lui avait fourni les armes pour le faire. Il lui restait quelques mois à prendre sur son année sabbatique, un laps de temps suffisant pour trouver un autre publicitaire qui saperait la position de Matt et rendrait son retour impossible. Et Matt n'avait rien de passionnant à l'horizon. Un roman raté et une femme qui ne voulait plus de lui. Un beau gâchis…

— Tu n'as pas envie d'un verre ? lui proposa Dan.

Il était six heures et presque toute l'agence s'était tranquillement installée dans le bar voisin, qui faisait une promotion sur la tequila. À part le ronronnement de l'aspirateur de la femme de ménage, le silence régnait à présent dans les bureaux.

— Betsey est à Londres, reprit Dan. Elle passe la soirée avec ses copines du journal. Elle ne rentrera pas avant une heure et demie du matin, complètement ivre, et hurlant que tous les hommes sont des enfoirés. J'estime donc avoir droit à une petite soirée, moi aussi !

Aussi déprimé que fût Matt, il ne put s'empêcher de rire.

— Tu veux dire qu'elle est en piste avec l'ultraféministe lesbienne qui écrit ces articles percutants sur le contenu du réfrigérateur des célébrités ?

— Exactement ! Celle qui se prend pour une journaliste sérieuse et va t'expliquer ce qu'elle pense du marxisme et des machos, juste le temps de terminer son article sur les Spice Girls ! Au bout d'une heure passée en sa compagnie, même la femme la plus douce envisage de castrer son mari ! Tu ne le croiras pas, mais Betsey n'est pas vraiment une victime. Je repasse plus souvent qu'elle ; c'est elle qui a le chéquier et, si l'un de nous deux devait arrêter de travailler pour s'occuper des enfants, ce serait moi.

— Je souffre pour toi ! Est-ce que tu sais combien il faut de féministes lesbiennes pour changer une ampoule électrique ? demanda Matt.

— Tu as raison, les vieilles blagues sont les meilleures ! s'esclaffa Dan. Il en faut dix : une pour changer l'ampoule et neuf pour lancer un atelier de réflexion sur le martyre de la douille. Tu devrais renouveler ton stock, mon vieux ! Viens, on va se saouler.

À leur troisième pinte, Matt commença à parler à Dan de ses deux romans.

— Mon roman littéraire était nul, il n'y a pas d'autre mot, avoua-t-il d'un ton lugubre.

Il fut un peu choqué que Dan ne prenne pas la peine de le consoler en protestant que, non, ce n'était pas possible, il était certainement formidable.

— Moi aussi, j'ai voulu écrire, avoua Dan à son tour. L'œuvre du siècle ! C'était zéro.

— Ah ! dit Matt, que cela consolait un peu. Ce n'est pas facile, hein ? Mais le deuxième vient plus aisément et c'est plus amusant.

— Quel deuxième ?

Dan fit signe au serveur pour avoir une autre pinte et, en même temps, déshabillait des yeux une cliente spectaculaire. Elle portait un tee-shirt qui aurait mieux convenu à une fillette de dix ans. Sur une adulte comme elle, le tissu se tendait à craquer à toutes sortes d'endroits intéressants de son anatomie.

— Le soir, comme je m'ennuyais, j'ai écrit une centaine de pages d'une…

Matt ne savait pas très bien comment définir son travail.

— … une sorte de roman burlesque. Ça parle d'une agence de publicité.

— Ça, c'est pour le côté burlesque, dit Dan. Ce n'est quand même pas autobiographique ?

— Le héros, répondit Matt en riant, est très beau, dans un genre ténébreux, et toutes les femmes se jettent à ses pieds, si c'est ce que tu veux dire.

— Alors, c'est purement imaginaire, n'est-ce pas ?

— Ah ! ah ! Non, sérieusement, je m'amuse beaucoup à l'écrire.

La bière arriva.

— Vas-tu l'envoyer à un éditeur ? demanda Dan en cherchant dans sa poche de quoi régler le serveur.

— Certainement pas !

— Pourquoi pas ? Tu pourrais avoir une bonne surprise. Tu nous rendras peut-être tous malades de jalousie en recevant un énorme à-valoir, et tu passeras tes journées tranquillement chez toi à te payer la tête du milieu de la publicité.

— Celle de gens comme toi, tu veux dire ?

— Ouais ! Des gens comme moi. Fais-le, qu'est-ce que tu as à perdre ?

33

Dinky fut la première à entendre la sonnette et elle se mit à aboyer.

— Tu es un excellent système d'alarme, Dinky, lui dit Virginia en souriant.

Elle se releva lentement, essuya la terre de son pantalon et longea les vieux pommiers aux branches tordues en ôtant ses gants de jardinage. Le désherbage manuel avait de grandes vertus thérapeutiques. Virginia aimait beaucoup, dans la pâle lumière du soir, nettoyer les plates-bandes, lentement et méthodiquement. Les jeunes plants de sedum étaient presque étouffés par le liseron et des orties particulièrement virulentes. Passer trop de temps au golf n'était pas bon pour le jardin, se dit Virginia. Depuis quelque temps, elle jouait au moins trois fois par semaine, une avec Kevin et les autres avec de sympathiques dames de la région, ravies de pouvoir faire un parcours à quatre. Bien sûr, elle restait une débutante, mais elle avait fait d'énormes progrès et commençait à savoir frapper la balle sous le bon angle. Ses trois partenaires l'encourageaient beaucoup et lui racontaient toutes leurs maladresses passées, par exemple comment l'une d'elles avait envoyé la balle sur le pied de son mari. En les écoutant, Virginia prenait de plus en plus d'assurance.

Toujours plongée dans ses réflexions, elle ouvrit la porte. Un couple âgé se tenait sur le seuil, deux valises à ses pieds. La femme s'appuyait lourdement sur une canne. Son visage mince était pâle de fatigue.

— Grâce au Ciel, vous êtes ouverte ! dit l'homme avec soulagement. Comme nous n'arrivions pas à vous joindre par téléphone, nous avons craint que vous n'ayez fermé.

Virginia les regardait, étonnée. L'homme tenait un guide des B & B vieux de trois ans. On y présentait encore Kilnagoshell comme une étape au charme d'autrefois, où l'on oubliait la folie de la vie moderne en dégustant les petits déjeuners traditionnels de Margaret Delahunty et les délicieux déjeuners de son mari, Jasper.

— Je suis vraiment désolée, dit Virginia qui le pensait sincèrement. Mais c'est une maison privée, à présent. Le B & B n'existe plus.

Le couple eut soudain l'air effondré et la femme parut sur le point de s'évanouir.

— Oh non ! dit l'homme. Excusez-nous, nous aurions dû téléphoner. Monica, ça va ? ajouta-t-il, inquiet de voir sa femme vaciller.

— Entrez ! dit Virginia avec autorité. Vous pouvez laisser vos valises devant la porte. Personne ne vous les volera. Une tasse de thé vous fera du bien et, pendant ce temps, j'appellerai le B & B le plus proche, celui de Mme Egan, plus loin sur la même route. Elle aura peut-être de la place.

— C'est très aimable, dit Monica qui entra en s'appuyant sur son mari.

Virginia les installa dans le salon, une pièce à haut plafond. Il y régnait une atmosphère vieillotte et très douce, presque identique à celle d'avant l'arrivée de Virginia. Celle-ci s'était contentée d'apporter ses meubles. La moquette à fleurs devait être en place depuis les années trente. Les rideaux étaient très beaux, taillés dans un damas bleu pâle. Les franges de velours avaient presque disparu avec l'usure du temps.

— Cela n'a pas changé ! s'exclama Monica.

— Il y a sans doute quelques différences, dit Virginia. Mais je n'ai pas fait beaucoup de transformations. À propos, je me présente : Virginia Connell.

— Monica et Edmund Harris, répondit l'homme. Je vous suis reconnaissant de nous permettre d'entrer. Monica n'est pas très bien, depuis quelque temps, et je ne me voyais pas repartir sans qu'elle ait pris un moment de repos.

Les présentations terminées, Virginia se leva pour aller faire le thé. Dix minutes plus tard, elle était de retour avec la théière et une assiette des biscuits qu'elle avait faits pour une vente de charité à Redlion. Elle se sentit soulagée de voir que Monica avait repris des couleurs, même si elle se montrait à présent embarrassée d'avoir été source d'ennuis et, surtout, d'avoir interrompu Virginia dans ses occupations.

— Il n'y a aucun problème, dit aimablement Virginia en lui tendant une tasse. Vous n'avez mis fin qu'à une séance de désherbage et j'ai tout mon temps pour le faire !

— Monica aimait beaucoup s'occuper du jardin, dit Edmund affectueusement en mettant du sucre dans le thé de sa femme. C'est un excellent jardinier, mais depuis son problème de hanches, elle ne peut plus se baisser.

— J'ai un de ces instruments à long manche pour désherber, ajouta Monica, mais je suis maladroite pour m'en servir et cela m'énerve. Les jardins sont superbes dans votre région, mais cela doit demander beaucoup de travail.

— J'ai cru comprendre que vous êtes déjà venus ? demanda Virginia.

— Oui, pour notre lune de miel, et nous n'avons jamais oublié cette maison.

Ce fut au tour de Virginia de s'étonner.

— Vous vous êtes mariés récemment ?

— Oh non ! Il y a cinquante ans de cela ! Nous n'avions pu prendre qu'une semaine et nous sommes venus ici. C'était merveilleux…

— Mais c'est incroyable ! s'exclama Virginia. J'ignorais que Kilnagoshell était déjà un B & B il y a aussi longtemps. Quand j'ai acheté la maison, je ne sais pas pourquoi j'ai cru que cela datait seulement d'une vingtaine d'années.

— En fait, expliqua Edmund, les O'Neill, qui possédaient Kilnagoshell depuis les années vingt, traversaient une mauvaise passe financière. Pour s'en sortir, ils ont eu l'idée de recevoir des hôtes payants. On n'avait pas vraiment l'impression d'être dans un B & B, vous savez, mais plutôt d'être reçu par des amis à la campagne et de payer son écot. Il n'y avait pas de verrou aux portes et tout le monde s'asseyait ici, dans ce salon, pour prendre un verre avec le major O'Neill avant le dîner.

— On mangeait le produit de la chasse ou de la pêche du jour, renchérit Monica. C'était comme une réception, vous n'aviez pas le choix du menu, mais la table était excellente. Nous avons séjourné dans quelques-uns des meilleurs hôtels du monde entier, mais nous n'avons jamais trouvé mieux que Kilnagoshell.

— C'est une question d'atmosphère, dit Edmund. Et cela ne s'achète pas, même contre une fortune.

Virginia eut la vision fugitive du B & B de luxe de Mme Egan, avec sa façade banale, son portillon à la peinture écaillée et quelques géraniums étiques dans des pots en plastique devant l'entrée. Quand elle passait devant, elle jetait souvent un coup d'œil et, chaque fois, les voilages étaient tirés, aussi raides que s'ils avaient été empesés. Un jour, elle avait même vu dans le jardinet de devant une sorte d'épouvantail à chats pour décourager les imprudents félins de s'aventurer sur la minuscule pelouse, par ailleurs envahie par la mousse. La seule atmosphère que Virginia pouvait imaginer dans une pareille maison était celle d'un grand inconfort.

Elle se tourna impulsivement vers ses invités.

— Je ne suis pas vraiment équipée pour cela, mais cela vous ferait-il plaisir de passer la nuit ici ? Bien sûr, je vous invite, car je ne suis pas assurée pour recevoir des hôtes payants.

Elle eut un sourire amical et ajouta :

— De toute façon, cela fait des années qu'un inspecteur des B & B n'a pas passé ce seuil !

Sa proposition valait la peine d'être faite, simplement pour voir leurs visages s'illuminer.

— Ce serait fantastique ! dit Monica, émue jusqu'aux larmes.

Le lendemain soir, Virginia appela son fils Jamie pour lui dire bonjour.

— J'ai des nouvelles pour toi !

— Moi aussi ! C'est toi qui commences, maman.

— Non, dit-elle d'une voix déjà inquiète. Les mères s'angoissent toujours. Tu parles en premier ou je passerai les dix prochaines minutes à me persuader que tu vas m'annoncer une catastrophe, que tu fais une tournée mondiale de strip-tease ou je ne sais quoi !

— Maman !

— Il paraît que c'est très bien payé, le taquina sa mère. Allez ! Raconte-moi tout.

— Laurence devrait t'appeler dans la soirée pour t'annoncer que c'est fini avec cet adjudant de Barbara !

— Fini ? répéta Virgina avec étonnement.

— Fini ! Les fiançailles sont rompues et je ne dirai pas que cela ne me fait pas plaisir. Je viens d'appeler Dominic et Sally pour leur apprendre la bonne nouvelle, mais tu dois faire semblant de ne rien savoir. Tu me le jures ? Je ne suis au courant que parce que je suis passé chez Laurence ce matin pour lui rendre une cassette vidéo. Il m'a tout dit.

— Le pauvre chéri !

Virginia était très triste à l'idée que son fils puisse souffrir.

— Le pauvre, mon œil ! Il s'est échappé à temps.

Virginia était d'accord avec Jamie, mais cela ne l'empêcha pas de le reprendre.

— Il doit être très malheureux. C'est traumatisant d'être abandonné par sa fiancée.

— Maman, tu n'as pas compris. Ce n'est pas elle qui a rompu, c'est lui !

Virginia en resta bouche bée.

— Il voudra sans doute te l'annoncer lui-même, reprit Jamie, mais je n'ai pas résisté. Il est très possible que Barbara t'appelle en pleurant pour que tu interviennes. Quelle pimbêche !

— Je n'admettrai pas qu'elle cherche à me mettre de son côté, dit Virginia d'un ton fâché. Cette rupture est la meilleure chose que Laurence ait faite depuis des années.

— Maman ?

— Oui ?

— Dis-le-lui, tu veux bien ?

— Pas aussi clairement, Jamie. Il va falloir être très gentil avec lui. Même si c'est lui qui a rompu, c'est un choc.

— Et toi ? Qu'avais-tu à me dire ?

— Kilnagoshell va redevenir un B & B.

— Excellente idée, maman. Tu seras une merveilleuse hôtesse. Écoute, je dois filer. Je sors avec les copains, ce soir. À bientôt, je t'embrasse.

Virginia raccrocha en riant. Jamie était trop drôle ! Il n'était jamais déconcerté par quoi que ce soit. Elle aurait pu dire qu'elle ouvrait une maison close qu'il n'aurait pas réagi différemment. Elle se réjouissait de sa réponse spontanée alors qu'elle-même avait passé la nuit à hésiter. Elle était restée debout avec Dinky jusqu'à une heure du matin, envisageant les divers aspects de la question. Elle avait fini par s'énerver contre elle-même et était allée se coucher, informant Dinky de la sottise de sa maîtresse. Elle ne savait même pas jouer au Scrabble et elle voulait diriger un bed and breakfast !

Mais le matin, elle s'était réveillée en pleine forme et avait changé d'avis. La maison avait été bâtie pour être habitée et pleine de monde. Refaire un B & B était une excellente idée et Virginia était déterminée à réussir. Elle voulait en parler à Mary-Kate, mais craignait de bloquer le téléphone, au cas où Laurence chercherait à la joindre. Elle s'interdisait de l'appeler en premier et de se conduire en mère possessive. Elle préférait lui laisser l'initiative. Il se manifesta après neuf heures.

— Bonjour, Laurence, dit-elle affectueusement.

— Jamie t'a tout dit, n'est-ce pas ?

— Je ne peux donc rien te cacher ? demanda Virginia d'un ton plein de remords.

— Tu avais l'air tellement compatissante ! J'ai compris tout de suite.

— Veux-tu en parler ?

— Pas vraiment. Elle me rendait fou, voilà. Ce n'est pas moi qu'elle voulait épouser, maman, mais le dentiste ! Elle rêvait d'être femme de praticien, rien de plus. Et toi, maman, comment vas-tu ? Tu joues toujours au golf avec le beau veuf ?

— Comme pour toi ! Nous ne sommes plus ensemble, si nous l'avons jamais été.

— Que s'est-il passé ?

— Il est toujours amoureux de sa femme.

— Je suis désolé pour toi, maman. Il avait l'air d'un homme gentil avec toi, et très bien.

— Pas assez ! dit Virginia dans une tentative pour plaisanter.

— Ne t'inquiète pas, tu vas rencontrer un monsieur qui te conviendra.

— Je crois que c'est fini pour moi, ces histoires.

— Ne sois pas défaitiste, dit Laurence. Je ne renonce pas et tu dois en faire autant.

Virginia sentit son cœur se serrer.

— Tu ne m'en voudrais pas de trouver un compagnon ? Tu ne serais pas fâché ? Tu n'aurais pas l'impression que je trahis ton père ?

Laurence éclata de rire.

— Si l'un d'entre nous se permettait le moindre reproche parce que tu vois un autre homme, papa sortirait de sa tombe pour lui flanquer une raclée !

Virginia se détendit.

— Tu peux en être sûr ! Ton père était spécial, tu sais. Je ne rencontrerai jamais quelqu'un comme lui. Il était unique.

— Ne te laisse pas aller, maman. Il n'y a pas de mal à regarder autour de soi.

Dès que Laurence raccrocha, elle appela Mary-Kate, qui se montra si enthousiaste à l'idée que Kilnagoshell redevienne un B & B qu'on aurait cru qu'elle en était l'instigatrice.

— J'étais sûre que tu le ferais ! s'exclama-t-elle. C'est parfait, exactement ce dont tu as besoin, et Redlion aussi : un hôtel de campagne élégant et plein de charme.

— Je n'ai pas parlé d'un hôtel ! protesta Virginia.

— Un hôtel de campagne, répéta Mary-Kate. C'est différent. Beau, élégant et plein de charme. Et tu n'as pas besoin de faire installer un jacuzzi. Dis-moi, quand penses-tu ouvrir ?

— Je n'y ai pas encore réfléchi… Pourquoi ?

— Parce que nous n'avons toujours pas trouvé d'endroit pour le mariage de Delphine. On pourrait louer Kilnagoshell. Réfléchis, Virginia. Nous serions sur place pour tout installer et la location t'aiderait à payer la rénovation. N'est-ce pas une excellente idée ?

— Seigneur ! dit Virginia en hochant la tête avec incrédulité. Mary-Kate, tu n'es pas une femme, tu es une force de la nature !

Le lundi matin qui suivait le congrès de Las Vegas, Lydia entra dans le bureau de Sam en traînant les pieds. Sam comprit aussitôt qu'il y avait un problème. Normalement, Lydia était vive et de bonne humeur, toujours prête à bavarder avec elle quand elle lui apportait le courrier ou un café. Elle lui racontait sa vie sentimentale, même si Sam ne lui avait jamais rien demandé. Mais, ce jour-là, elle manquait d'entrain. Elle n'était peut-être pas bien, se dit Sam en triant son courrier sans hésitation. Elle but son café, fit le brouillon des lettres de réponse à taper puis demanda à Lydia de la rejoindre dans son bureau.

— Oui ? dit Lydia.

Sam réalisa qu'elle était livide.

— Tout va bien ?

Lydia hocha la tête d'un air crispé.

— Oui.

Elle mentait, c'était évident. Mais Sam avait d'autres préoccupations, par exemple Steve Parris et la façon dont il se conduirait à son égard à présent qu'elle était rentrée à Londres, sur son terrain. À Las Vegas, ils ne s'étaient pas trouvés une seule fois en tête à tête, car Steve s'entourait toujours d'une petite cour ou se mettait dans le sillage des grands patrons.

La matinée s'écoula avec une lenteur insupportable. La tristesse de Lydia était palpable et rendait l'ambiance très lourde. Sam en eut soudain assez. Elle n'arrivait presque plus à se concentrer.

— Je vais déjeuner chez l'italien, dit-elle à Lydia. Voulez-vous m'accompagner ?

Lydia eut l'air aussi stupéfaite qu'un canard auquel on proposerait un voyage tous frais payés chez le spécialiste de la sauce à l'orange.

— D'accord, bafouilla-t-elle.

Une fois assise à une table du minuscule bistro, Sam commanda un pesto dont elle n'avait pas vraiment envie. Elle n'avait pas faim. Elle appréciait beaucoup Lydia et s'il y avait une chance de la voir redevenir l'assistante efficace qu'elle connaissait, cela valait la peine qu'elle prenne le temps de déjeuner avec elle. Si elle lui parlait gentiment, peut-être viderait-elle son sac. Mais Sam n'eut pas besoin de poser la moindre question. Lydia se jeta à l'eau d'elle-même.

— J'ai tellement honte, dit-elle, la tête penchée sur le gressin qu'elle avait commencé.

— Pourquoi ? demanda Sam de son ton le plus naturel.

— Parce que j'ai demandé ma mutation dans un autre service et que, maintenant, je le regrette.

Sam en resta bouche bée.

— Vous avez demandé à être mutée ? Mais pourquoi ?

Lydia baissa encore plus la tête.

— Parce que vous avez été tellement dure ces derniers temps que je ne l'ai pas supporté. La vie est déjà si difficile à la maison, à cause de la maladie de mon père, que je n'avais pas besoin de me faire, en plus, harceler au travail. C'était tellement agréable de bosser pour vous jusqu'alors, vous étiez vraiment bien.

Sam restant muette sous ses reproches, Lydia poursuivit :

— Récemment, vous êtes devenue une vraie peau de vache. Je sais que vous travaillez dur parce que les femmes doivent en faire plus que les hommes pour être reconnues. Je l'ai compris et je vous admire pour cela.

Le serveur arriva avec leur commande, mais elles ne s'en aperçurent même pas.

— Depuis un mois, rien de ce que je fais n'est bien et vous n'arrêtez pas de me crier dessus comme si j'étais votre bonniche. Ce n'est pas nécessaire. Et vous avez de nouveau changé, vous êtes gentille avec moi et je me sens très mal…

Deux grosses larmes tombèrent dans les pâtes à la carbonara que Lydia n'avait pas touchées.

Sam se sentait à la fois honteuse et pleine de remords, sans savoir ce qui était le plus fort. La honte l'emporta. Elle accusait Steve de harcèlement alors qu'elle se rendait coupable de la même faute envers Lydia. Elle n'avait pas essayé de la séduire, mais sa conduite ne valait guère mieux. Sa mauvaise humeur avait découragé la jeune femme. Comment avait-elle pu être aussi méchante ?

Sam tendit le bras et tapota la main de Lydia.

— Je suis vraiment, vraiment désolée, Lydia, dit-elle avec sincérité. Je n'imaginais pas ce que vous éprouviez. J'ai honte de moi. Je… je pourrais vous dire que j'ai eu de gros problèmes dans ma vie privée, mais cela n'excuse pas mon comportement.

Elle baissa les yeux sur son assiette.

— Lydia, vous êtes une excellente assistante, vous me faites rire et rien ne semble jamais vous mettre de mauvaise humeur. Et moi, je vous remercie en me défoulant sur vous !

Sam ne s'était jamais sentie aussi mal de toute sa vie.

— Je ne peux pas vous dire à quel point je regrette mon attitude. J'expliquerai au chef du personnel que tout ceci est entièrement ma faute.

Lydia secoua la tête dans un geste d'incompréhension.

— Mais pourquoi ne m'avez-vous pas dit que vous traversiez des moments difficiles ? demanda-t-elle, les yeux rouges. Je suis de votre côté, nous formons une équipe. J'aurais peut-être pu vous aider.

— Je sais, je suis désolée. J'ai réagi comme toujours quand je suis déprimée : j'ai remonté le pont-levis comme si j'étais assiégée dans ma forteresse. Je refuse qu'on m'aide.

— C'est bête ! s'exclama Lydia. Chacun de nous a besoin d'autrui. On ne peut pas tout faire tout seul.

Elle pressa la main de Sam pour souligner ses paroles.

— Je vous présente mes excuses, Lydia, et je suis sérieuse quand je dis que je parlerai au chef du personnel. C'est ma faute si vous me quittez, et je veux qu'il le sache.

Lydia plongea sa fourchette dans ses pâtes.

— Non, n'y pensez plus ! J'expliquerai que j'étais dans un mauvais jour et que je ne veux plus changer de poste.

Sam baissa les yeux sur son assiette, sachant qu'elle ne pourrait rien avaler.

— Non, Lydia, ne faites pas ça. Je ne suis pas certaine de vouloir continuer ce travail. Je suis fatiguée de devoir être dure, de travailler en permanence et de ne pas avoir de vie privée.

Ouf ! Elle avait enfin réussi à le dire !

— Je suis en train de devenir quelqu'un que je n'aime pas du tout…

Elle eut un petit rire triste :

— Quelqu'un que personne n'aime !

— Non, vous dites des bêtises, si vous me permettez de vous parler franchement ! Moi, je vous aime, beaucoup de monde vous aime, chez Titus. Vous êtes une personne très droite, vous n'attendez pas qu'on vous lèche les bottes et vous êtes juste.

— C'est très gentil, Lydia, surtout après ce que je vous ai fait subir. Mais je suis sérieuse. Je pense que je dois changer de vie. Je vous remercie de garder le silence à ce sujet au bureau.

— Bien sûr ! dit Lydia avec indignation. Mais je trouve que vous avez tort. Vous avez déjà une belle carrière.

— Oui, mais pas d'amis, parce que je me transforme en forteresse assiégée, dit Sam d'un ton piteux. Mme Smith se retranche dans son bureau du cinquième étage… La vie ne se limite sûrement pas à un beau salaire et une bonne retraite, Lydia. Si je continue, quand j'aurai l'âge de toucher ma pension, je n'aurai plus la moindre énergie pour en profiter. Je pense sincèrement que je dois sortir de ce cercle infernal.

— On appelle ça rétrograder, commenta Lydia. Travailler moins, pour moins d'argent et plus de temps libre. Personnellement, je n'en vois pas l'intérêt.

— Non, mais vous êtes toute jeune, Lydia. Moi, j'ai quarante ans et j'ai passé presque toute ma vie à bosser comme une esclave. Tout cela pour avoir des cartes de visite à mon nom sur mon bureau et une assistante qui veut me quitter parce que c'est un calvaire de travailler avec moi !

— Désolée…

— Non, ce n'est pas vous qui devez être désolée, dit Sam avec autorité. Je suis fautive et je vous demande une nouvelle fois de me pardonner. Je vous remercie aussi d'avoir eu le courage de m'avouer la vérité.

Lydia se mit à rire.

— Ce n'était pas facile, reconnut-elle. Vous êtes une femme impressionnante !

— Vous m'en direz tant, grogna Sam. Bon, assez parlé de ce sujet ! Expliquez-moi plutôt ce qui arrive à votre père.

Elles regagnèrent le bureau à une heure et demie. Lydia avait retrouvé le moral grâce à leur conversation et aux deux verres de vin. Sam était également de bonne humeur, mais en surface seulement. Intérieurement, elle se sentait assommée : elle faisait peur et on l'évitait.

Elle partit de chez Titus plus tôt que d'habitude et, rentrée chez elle, appela Hope, qui faisait des biscuits glacés au sucre. Les enfants l'aidaient pour le glaçage. Sam l'entendit demander à Millie de ne pas tout manger.

— Tu vas être malade.

— Non ! répondit Millie avec défi.

— Le glaçage rose est plus appétissant que le chou, c'est certain !

Sam et Hope échangèrent les nouvelles à bâtons rompus pendant quelques instants.

— Puis-je te poser une question, Hope ?

— Bien sûr !

— Comment te définirais-tu ?

— Ouf ! Ce n'est pas une question, c'est une dissertation, répondit Hope en riant. Vous-même : définition et débat. Je vois très bien Mlle Marsh nous donner ce sujet en cours d'anglais.

Sam éclata de rire.

— Mlle Marsh n'était pas professeur d'anglais, mais un psychiatre refoulé ! Tu te souviens du sens caché qu'elle trouvait dans *Hamlet* ? Rien d'étonnant si j'ai refusé de faire une licence de lettres, je n'aurais pas supporté de tout analyser. Mais je ne le disais pas dans ce sens, Hope.

— Je ne comprends pas ?

— Eh bien…

Sam cherchait le mot juste.

— Je me suis toujours définie par mon travail. Dans mon job précédent, je me présentais comme directrice de marketing.

Hope l'interrompit.

— C'était ce que tu faisais, pas ce que tu es. Millie ! Arrête tout de suite et pose cette cuillère ! Tu vas te rendre malade.

— Non, je m'identifiais à mon boulot. Pour moi, il n'y avait pas de différence. J'étais ce que je faisais.

— Comme Mlle Marsh ! dit Hope en riant.

Elle sentait que la conversation prenait un tour important.

— Exactement. Enseigner était toute sa vie. Tu n'as jamais eu l'impression qu'elle n'existait pas en dehors de sa salle de classe ?

— Plus ou moins. Où veux-tu en venir, Sam ?

— Toi, tu es une mère, une femme mariée…

— Euh… J'ai des doutes sur le dernier terme, dit Hope d'un ton léger.

— D'accord, tu es une mère, une amie, tu fais un travail alimentaire à l'office de tourisme, tu vois du monde, tu t'amuses avec les filles du club de macramé, tu rénoves de vieilles chaises de cuisine, tu élèves des poules qui te donnent de vrais œufs, et tu fais des gâteaux glacés !

Sam marqua une pause avant de poursuivre :

— Tu as de multiples facettes alors que moi, je suis une femme d'affaires, et rien d'autre. J'ai passé ma vie à me définir par mon travail et cela ne me suffit plus.

Le jour où je prendrai ma retraite, je me retrouverai dans un désert.

— Tu ne penses pas le faire maintenant ?

— Non, mais je ne peux pas continuer à vivre de cette façon. Je vais y laisser ma peau. Et après ? Je me retrouve dans mon appartement de chochotte, complètement vidée, avec deux chats, des armoires pleines de vêtements de cadre supérieur et un ulcère !

— Cela va vraiment si mal ?

Sam se contentant de soupirer, Hope insista :

— C'est à cause de Morgan ? Je croyais que tu l'oublierais. Tu as déjà réussi à oublier un homme.

— C'est différent, cette fois, dit Sam tristement. Je n'avais jamais envisagé l'avenir avec un homme, même pas avec Karl. Nous aimions bien être ensemble, mais nous n'avons jamais fait de projets au-delà de quelques semaines. Planifier quelque chose à un mois de distance était le maximum. On ne sait pas ce qui peut arriver en un mois, tu comprends ? Avec Morgan, c'était autre chose.

Le seul fait de prononcer son nom lui faisait mal.

— Je n'aurais jamais cru que je puisse avoir envie, un jour, de me sentir liée à un homme, ni désirer être avec lui tous les jours. Et j'ai tout gâché. Tu peux y aller, dis-moi que c'est ma faute, conclut-elle sombrement.

— Comme si j'étais en position de te donner des conseils sur les couples ! Moi, une femme seule avec deux enfants, six poules, une famille de rats au fond du jardin, et…

Hope s'arrêta net, se demandant si c'était le bon moment pour annoncer sa grossesse.

— Tu as toujours des rongeurs ?

— Oui, à moins que des extraterrestres n'atterrissent toutes les nuits à côté du hêtre en faisant peur aux poules. On dirait que ces fichues bestioles aiment le poison ! Je pense vraiment à acheter un fusil pour leur tirer dessus !

— Quand tu n'en auras plus besoin, tu me le prêteras. Je pourrai me tirer dans les pieds !

— Sam !

— J'ai passé ma vie à agir ainsi.

— Ne sois pas si négative, Sam ! Cela ne te ressemble vraiment pas.

— Tiens ! dit Sam. On dirait que je suis dans un jour où tout le monde me dit ça. Tu sais, je crois que je vais démissionner.

— Bonne idée, répondit Hope.

— Quoi ? Je croyais que tu hurlerais ?

— Pourquoi ? Si tu ne travaillais pas vingt-quatre heures sur vingt-quatre, je te verrais peut-être un peu plus. Ce boulot est en train de te tuer.

— Ah…

Sam n'en croyait pas ses oreilles. Elle avait toujours pensé que sa sœur était très fière de sa belle carrière, comme une mère qui aime voir ses enfants occuper des postes de pouvoir. Et voilà qu'elle découvrait qu'elle seule était flattée par sa réussite. Comme si elle devinait les pensées de sa sœur, Hope reprit la parole.

— Je t'admirerais quoi que tu fasses, Sam. Tu n'as rien à me prouver. Je sais que tu es intelligente et douée, et que tu as plein d'autres qualités. Tu l'as amplement prouvé. Maintenant, tu peux t'arrêter et changer de vie si tu le désires.

Sam chercha maladroitement un mouchoir en papier, aveuglée par les larmes.

— C'est ce que je veux, dit-elle d'une voix étranglée. Mais je n'arrivais pas à en parler.

— Je sais, dit Hope d'un ton rassurant. C'est comme quand on se trouve coincé sur une route pleine de virages derrière une voiture qui se traîne à quarante à l'heure. Enfin, on arrive à doubler, mais on se rend compte qu'on doit s'arrêter pour faire le plein, et l'on n'en a pas du tout envie. On sait qu'on va perdre le terrain gagné, et c'est insupportable. Mais quelle importance ? Qui s'en soucie ? Personne !

— Tu es très philosophe…

Hope éclata de rire.

— Merci ! J'ai toujours cru que j'étais bête ; je ne pouvais rien faire sans demander l'avis et la permission des autres. Mais, ces derniers mois, j'ai commencé à réaliser que ça n'est pas si simple ! Je manque de confiance en moi, c'est tout. Delphine dit toujours que nous devrions, elle et moi, monter un service de conseils téléphoniques !

— Dans ce cas, je te dois une fortune.

— Ne te presse pas de faire ton chèque. Je crains qu'il ne soit pas très sérieux de conseiller les autres quand on a complètement gâché sa vie, répondit Hope.

— Mais pourquoi n'arrivez-vous pas à vous expliquer, Matt et toi ? Vous savez que vous vous aimez ! Dis-le-lui et arrête de jouer la reine des Glaces au téléphone.

— Ce n'est pas le cas. Matt refuse de me parler. J'ai essayé de lui dire la vérité depuis le début, mais il ne veut rien entendre.

— C'était par fierté, il se sentait blessé. Excuse-moi… Voilà l'hôpital qui se moque de la charité !

— Nous faisons la paire, n'est-ce pas ? Matt vient dans quinze jours pour emmener les enfants à Bath pendant une semaine. Je ne supporte pas l'idée qu'ils soient loin de moi aussi longtemps. Il les ramènera le samedi matin suivant, jour du mariage de Delphine. À propos, tu es invitée. Millie est demoiselle d'honneur. J'espère qu'elle ne tapera pas sur l'autre petite avec son bouquet !

— Delphine est vraiment gentille de me faire signe. Cela me touche beaucoup. Tu penses que je dois venir ?

— Bien sûr ! Je serai contente de te voir. Ce sera formidable…

Hope s'interrompit. C'était le moment ou jamais.

— Sam, tu vas me tuer, mais j'ai quelque chose à t'annoncer.

— Quoi ?

— Je suis enceinte…

Un long silence accueillit cette déclaration et Hope, exaspérée, poursuivit :

— C'est le bébé de Matt ! Je t'ai dit qu'il ne s'était rien passé avec Christy, c'est la vérité.

— Excuse-moi, petite sœur. Je suis très contente pour toi. Est-ce que Matt le sait ?

— Non.

— Hope, tu dois le lui dire. Il a le droit de savoir, quoi qu'il se soit produit.

— Je le lui dirai, mais au moment qui me conviendra.

Nicole entra dans le hall de réception de Titus et jeta un regard circulaire, s'émerveillant du changement qui s'était produit en elle-même. À sa première visite, seulement quelques mois plus tôt, elle s'était sentie tendue et timide, complètement déplacée parmi tous ces gens importants. À présent, elle faisait partie de leur univers.

Elle était Nicole, une chanteuse dont le premier single allait sortir, précédé de très bons articles.

— Bonjour, Nicole ! dit Lydia, qui venait la chercher pour l'accompagner jusqu'au bureau de Sam.

— Bonjour, Lydia !

Nicole remarqua que l'hôtesse d'accueil lui jetait un coup d'œil envieux. Avec sa tenue griffée et sa coiffure stylée, elle était devenue une femme que l'on regardait. Son petit visage félin aux pommettes saillantes était à présent placardé dans toute la ville. Un soir où elle avait couru, avec Sharon, pour voir des appartements, celle-ci avait attiré son attention sur le fait qu'elle était devenue célèbre en découvrant une énorme affiche d'elle dans le métro.

« Est-ce que ça signifie que tu ne veux plus cohabiter avec moi ? lui avait demandé Nicole. Je croyais que tu en avais assez d'être chez tes parents.

— Oui, avait répondu Sharon entre deux sanglots en la dévisageant. Mais tu es une star !

— D'abord, je n'en suis pas encore une vraie ; ensuite, nous parlons de partager un logement depuis que nous nous sommes connues chez Copperplate. Maintenant, on peut le faire !

— Et Darius ?

— Il arrivera qu'il reste certaines nuits avec moi, dit Nicole avec un sourire coquin. Du moins, si tu es d'accord ! »

Dans l'ascenseur qui l'amenait à l'étage de Sam, Nicole se demanda si elle allait voir Darius. Il ne venait pas déjeuner avec elle, car elle voulait être seule avec Sam pour lui demander conseil.

— Sam vous rejoint dans deux minutes, dit Lydia en la laissant dans le bureau.

Sam arriva en effet quelques instants plus tard, dans une tenue d'une élégance décontractée.

— Bonjour, Nicole, dit-elle en l'embrassant sur la joue. Prête ?

Elles se rendirent dans un petit restaurant du quartier, où Sam commanda un *fish and chips*, à la grande joie de Nicole.

— Deux, dit-elle en souriant au serveur, qui se pâmait devant elle. Cela fait du bien de déjeuner normalement. Quand je suis avec des journalistes dans un endroit à la mode, tout le monde commande des plats que je ne connais pas.

— C'est l'art de se faire remarquer à table, lui expliqua Sam avec un sourire amusé. Cela fait partie du jeu de l'ascension sociale. Si l'on veut passer pour quelqu'un de vraiment cool et branché, il faut choisir ce qu'il y a de plus bizarre, et s'enquérir de la provenance du poisson et de l'origine de l'huile d'olive utilisée pour l'assaisonnement…

— Nous deux, nous sommes donc affreusement vulgaires de manger des *fish and chips* ! rétorqua Nicole en se mettant à rire.

— Nous sommes tellement lancées que nous n'avons rien à prouver ! ajouta Sam. Je connais une chanteuse très riche qui commande un cocktail de crevettes, un steak-frites et un bloody mary où qu'elle se trouve. C'est ce qu'elle aime et elle se moque de ce qu'on en pensera.

Tout en se régalant, Nicole aborda le sujet qui la préoccupait.

— Vous vous souvenez de ma grand-mère ? Nous avons parlé du lieu où vit votre sœur, en Irlande.

Sam fit oui de la tête.

— Si j'ai bien compris, ma grand-mère est partie de là-bas et n'y est jamais retournée, pour diverses raisons, dit Nicole qui ne voulait pas donner d'explications. Je crois qu'elle serait heureuse d'y revenir. J'aimerais leur faire la surprise, à elle et à ma mère. Avec la sortie du single, je ne peux pas les accompagner, mais je voudrais leur offrir le voyage. Pourriez-vous m'aider à l'organiser ?

Hope tenta de paraître étonnée. Ronan venait de lui annoncer son intention de démissionner.

— Quel dommage !

Elle pensait, en réalité, qu'elle pourrait enfin poster le CV qu'Eugene l'avait aidée à rédiger et lui avait imprimé. À partir du moment où ses employeurs acceptaient qu'elle prenne un peu de temps pour avoir son bébé, c'était parfait.

— Je vais vous recommander pour le poste, poursuivit Ronan, le visage encore plus morose que d'habitude.

— Merci, Ronan, c'est très aimable à vous.

— Mais non ! protesta-t-il sombrement. Vous serez parfaite. Je ne dis que la vérité.

Delphine ne pensait qu'au menu de son mariage. Valait-il mieux un buffet ou un service à la table ? Elle réussit à s'arracher à son dilemme pour féliciter Hope.

— Tu pourrais faire ce travail les yeux fermés. Je suis certaine que tu vas multiplier par deux le chiffre d'affaires lié au tourisme en un rien de temps.

— Eh bien… marmonna Hope.

Si l'on oubliait le problème du bébé, oui, elle serait parfaite… Dans la lettre d'accompagnement de son

CV, elle avait indiqué qu'elle préférerait un temps partiel à un temps plein. Cela serait-il accepté ?

— Comment vont les enfants ? s'enquit Delphine. Est-ce que Millie veut toujours être demoiselle d'honneur ?

— Essaie de l'en empêcher ! Elle n'arrête pas de répéter, avec un diadème en papier et son déguisement d'infirmière. Elle oblige Toby à faire la mariée et elle marche derrière lui en tenant sa traîne, c'est-à-dire ma robe de chambre en velours ! Je m'angoisse seulement à l'idée que l'avion de Matt puisse être retardé et qu'ils n'arrivent pas à temps pour la cérémonie.

En réalité, Delphine et Eugene se mariaient civilement le vendredi, car c'était le seul jour possible. Un de leurs amis, un ancien prêtre, prononcerait une bénédiction le samedi dans la roseraie de Virginia. En définitive, cela simplifiait les choses pour la réception.

— Arrête de te faire du mauvais sang ! dit gaiement Delphine. Ce n'est pas le mariage de Brad Pitt et Jennifer Aniston, seulement celui d'Eugene et moi. Avec le passage à la mairie la veille, ce sera très détendu, samedi.

— Est-ce que tu l'as dit à Virginia ?

Celle-ci supervisait une équipe de décorateurs qui retapaient Kilnagoshell à la vitesse de l'éclair. La maison se transformait en charmante demeure de campagne, et serait prête pour le mariage et pour les inspecteurs des guides touristiques, très désireux de pouvoir la mettre dans l'édition à venir, en janvier. Les deux salles de bains à l'étage, entièrement modernisées, étaient dignes, à présent, d'hôtes payants. Virginia faisait installer une douche dans trois des chambres. Au rez-de-chaussée, la cuisine avait été refaite suivant la réglementation sur l'hygiène. Il ne restait plus qu'à remettre à neuf les toilettes.

Delphine se mit à rire.

— Le pauvre P. J. Rice, qui a refait Curlew Cottage, est en état de choc ! Il n'a pas l'habitude de travailler pour une perfectionniste comme Virginia. Je l'ai croisé, hier soir, et il m'a paru bien éteint ! Virginia l'effraie plus par son calme que si elle criait.

— Quelqu'un devrait, en effet, faire peur à P. J., remarqua Hope. Il ne s'est toujours pas occupé de mes problèmes de plomberie.

— Demande à Virginia de s'en charger, suggéra Delphine. Ce sera réparé en un rien de temps.

— Comme c'est joli !

Sandra Turner avait les larmes aux yeux en découvrant l'appartement moderne que Nicole venait d'acheter. Avec son immense baie vitrée qui donnait sur Tower Bridge, le grand salon était clair et aéré. Le fait qu'il soit presque vide amplifiait la sensation d'espace.

— Ce sera encore mieux quand on m'aura livré les meubles, dit Nicole avec nervosité.

Elle avait tellement envie que cela plaise à sa mère et à sa grand-mère ! Reenie Turner ne disait rien. Lèvres pincées, elle visita tout, s'arrêta sur le petit balcon, étudia la cuisine tout équipée, avec un four à porte d'acier mat, et détailla la salle de bains, qui communiquait avec la chambre principale. Seule Pammy se comportait normalement, jouant avec l'Interphone et s'en servant comme d'un poste normal pour appeler ses copines d'école.

— Non, Pammy, dit machinalement Nicole. Ce n'est pas un jeu.

Pammy serra donc sa poupée Barbie dans une main et glissa l'autre dans celle de sa sœur.

— Tu vois, quand tu viendras, tu dormiras ici avec moi, dit Nicole en lui montrant la chambre principale, dont un des murs était entièrement occupé par une immense penderie.

— Où est notre lit ? demanda Pammy.

— Je ne l'ai pas encore acheté.

— Il sera aussi grand que celui de maman ?

— Encore plus, murmura Nicole à l'oreille de sa sœur.

De retour dans le salon, elles trouvèrent Reenie installée dans un vieux canapé d'allure piteuse. L'appartement avait été loué depuis deux ans, soit depuis l'achèvement de l'immeuble, et les précédents propriétaires avaient abandonné quelques vestiges sur place, dont l'état témoignait des dangers de la location pour le mobilier !

— Il faut refaire toutes les peintures, dit Reenie en contemplant les murs beige sale.

— Je sais, dit Nicole. Mais ça te plaît, mamie ? Il faut l'imaginer quand ce sera refait. C'est un bon investissement, tu sais.

Mourant d'envie d'entendre un commentaire positif de la part de sa grand-mère, elle insista, anxieuse :

— Qu'en penses-tu ?

Reenie regarda sa petite-fille avec étonnement.

— C'est magnifique, ma chérie. Je suis fière de toi à en crever ! Tu n'as quand même pas besoin que je te le dise ?

Le visage de Nicole s'illumina d'un grand sourire.

— Je croyais que ça ne te plaisait pas.

— Bien sûr, il y a du travail pour le remettre en état. Je vais demander l'avis de George, mon voisin. Je n'ai pas envie que tu te retrouves avec des sauvages qui ne savent même pas de quel côté on tient un pinceau ! Mais ton appartement me séduit.

Elle se rendit ensuite dans la cuisine pour inspecter le four.

— Cette chose ne m'inspire pas du tout confiance. Tu devrais le changer pour en mettre un comme le mien, à la place.

Nicole et sa mère éclatèrent de rire.

— Tu es incroyable, maman, dit Sandra. Je n'ai jamais vu un aussi bel appartement et toi, tu critiques tout.

— C'est ma petite-fille, rétorqua Reenie avec indignation. Cela me donne le droit d'être franche. Tu crois que je permettrais à quelqu'un d'autre d'en faire autant ? J'aurais vite fait de le remettre à sa place, conclut-elle d'un air pincé.

Nicole plaignait d'avance les imprudents qui se risqueraient à l'attaquer en présence de sa grand-mère. Elle avait, en effet, la langue acérée, quand il le fallait !

— Tu es formidable, mamie, dit-elle en l'embrassant. Que ferais-je sans toi ?

— Tu te ferais arnaquer par des décorateurs minables, répondit Reenie d'un ton sans appel.

Elles discutèrent encore du choix des couleurs et ne repartirent qu'une heure plus tard pour aller chez Reenie, où elles dînaient toutes les quatre. Reenie et Sandra préparèrent le repas, pendant que Nicole emmenait Pammy au parc voisin, doté d'une aire de jeux. Après une demi-heure de balançoire durant laquelle Pammy réclama d'être poussée toujours plus haut, elles rentrèrent, fatiguées. À peine arrivées, Pammy monta tout droit dans la chambre d'amis, où sa grand-mère rangeait des jouets et des livres pour les jours où elle restait dormir. Quant à Nicole, en accrochant son manteau dans le placard sous l'escalier, juste à côté de la cuisine, elle ne put s'empêcher de surprendre la conversation entre sa mère et sa grand-mère.

— Ne pleure pas, Sandra, disait Reenie. Tu sais que c'est inévitable.

— Je sais, sanglotait Sandra. J'ai fait de mon mieux. Je lui ai dit que je voulais qu'elle prenne son indépendance, mais je ne veux pas qu'elle pense que je la mets dehors. Elle va tellement me manquer…

Nicole ouvrit la porte de la cuisine.

— Maman ! dit-elle d'une voix étranglée avant de se jeter dans ses bras.

Se serrant l'une contre l'autre de toutes leurs forces, elles pleurèrent jusqu'au moment où Reenie les arrêta avec une tape réconfortante dans le dos et un thé brûlant, très sucré et très fort.

— Vous aviez toutes les deux besoin de pleurer un bon coup. Mais ça suffit. Aujourd'hui, c'est la fête !

— Je sais, dit Sandra en s'essuyant les yeux du bout des doigts. Je suis désolée, Nicole, je ne voulais pas que tu m'entendes.

Nicole prit un morceau d'essuie-tout, le déchira en deux et en donna un bout à sa mère.

— Tu ne me mets pas dehors, maman, dit-elle quand elle put de nouveau parler. Je reste…

— Non ! s'exclamèrent en chœur Sandra et Reenie.

— Ta mère n'est pas une gamine incapable de se débrouiller seule ! C'est ma faute si tu as eu cette impression. Je voulais la protéger de la vie et je n'ai réussi qu'à être possessive. Et toi aussi ! Toi et moi,

Nicole, nous nous sommes conduites comme si ta mère n'était bonne à rien. Mais c'est parce que nous avions besoin de nous sentir indispensables. Or, nous ne le sommes pas, et elle non plus.

Reenie lança un regard scrutateur à sa petite-fille.

— Tu as besoin de voler de tes propres ailes, ma chérie. Comme ta mère ! Tu vas nous manquer, bien sûr, mais tu as ta vie à présent.

— Tu as toujours ta clef, dit Sandra d'une voix tremblante. Tu viendras au moins une fois par semaine, d'accord ?

Elles étaient encore en train d'essuyer leurs larmes et de renifler quand Pammy les rejoignit, traînant un panda en peluche plus grand qu'elle.

— Mon petit chou, dit Nicole en la prenant sur ses genoux. Tu dois avoir faim.

Pammy fit oui de la tête.

— Panda aussi ! Je lui ai dit qu'on allait boire du lait.

Le moment d'émotion était passé. Elles rirent et plaisantèrent pendant le dîner. Reenie, qui avait retrouvé la grande forme, taquinait Nicole à propos de Darius.

— Je te prêterai mes gants blancs quand tu iras voir ses parents.

Nicole tressaillit.

— Maman, il y a une chose dont je voulais te parler. C'est à cause des médias, des interviews et des articles. Si mon disque marche, ça va être pis qu'en ce moment, du moins c'est ce que tout le monde me dit, chez Titus. Je crains que la presse ne veuille parler de mon père. Jusqu'à présent, j'ai réussi à dévier les questions, mais tu connais les journalistes : ils cherchent à tout savoir…

Nicole regardait sa mère de ses grands yeux pleins d'angoisse. Elle avait beaucoup réfléchi au problème, depuis quelque temps, précisément depuis ce jour où Shirin, dans les toilettes chez Copperplate, lui avait fait remarquer qu'elle ignorait tout d'une partie d'elle-même. Nicole n'avait cessé d'y penser. Sandra ne lui avait jamais caché les circonstances de sa naissance. À l'époque, c'était une belle blonde de dix-sept ans, naïve et très amoureuse de Nikhil, un Indien qui fréquentait le même lycée qu'elle, et qui avait succombé à son charme et à son rire irrésistible. Cela n'avait jamais été une grande histoire d'amour entre eux et, quand Sandra s'aperçut qu'elle était enceinte, elle ne lui dit rien. Nicole n'avait pas vraiment compris pourquoi. Mais comme sa mère parlait de son père comme d'un bon à rien peu désireux de s'encombrer d'un enfant, elle supposait que cela avait dû jouer un rôle dans sa décision. Mais non, ce n'était pas cela. La famille de Nikhil voulait qu'il se marie selon la tradition et Sandra avait refusé de réduire leur rêve à néant à cause d'un simple flirt d'adolescent qui était allé trop loin. Elle avait donc gardé le silence et donné à son bébé un nom qui évoquait celui de son père.

— S'il avait su, il aurait pris ses responsabilités, expliqua Sandra. Il ne méritait pas cela. Sa vie était déjà toute tracée.

— Oui mais il t'a mise enceinte, répliqua Nicole, en colère. Tu aurais dû l'impliquer.

Il aurait dû comprendre, il aurait dû s'en rendre compte, pensait-elle.

— Nicole, c'est de l'histoire ancienne, dit Sandra.

— Pas si les journalistes veulent savoir qui est mon père ! Écoute, j'en parlerai à Darius. Il saura ce qu'il faut faire.

Reenie éclata de rire.

— Si ce n'est pas de l'amour !

— Si tu n'es pas gentille avec moi, dit Nicole en rougissant, tu n'auras pas de cadeau pour tes soixante ans !

— Ne m'en parle pas, grogna Reenie. Je n'arrive pas à croire que je vais avoir cet âge-là. De toute façon, ce n'est que dans deux semaines, ajouta-t-elle d'un ton soupçonneux.

— Oui mais tu dois savoir d'avance ce que je t'offre.

Elle fouilla dans le fond de son sac, y prit un dossier à l'emblème d'une agence de voyages et le tendit à sa grand-mère. Celle-ci l'ouvrit à la première page, où était tracé l'itinéraire. Elle ne put retenir un petit cri étranglé.

— C'est un voyage en Irlande. Trois places d'avion pour Dublin et le Kerry, et sept nuits au Manoir Rouge Leon à…

Reenie ne put poursuivre.

— À Redlion, termina Nicole à sa place en lui jetant un regard anxieux. J'ai cru que cela te ferait plaisir d'y retourner. Je sais que tu n'as plus de famille là-bas depuis longtemps, mais ce serait bien d'y aller pour te débarrasser des mauvais souvenirs…

Pendant un moment qui parut durer une éternité, Reenie resta muette, fixant les mots comme s'ils lui apparaissaient dans le brouillard.

— Je suis désolée, je ne voulais pas te faire de peine, dit hâtivement Nicole.

Paniquant à l'idée d'avoir blessé sa grand-mère de la pire des manières, elle tenta de lui reprendre le dossier.

— Oublions ça !

Mais Reenie refusa de lâcher.

— Oh, Nicole ! dit-elle d'une petite voix. Est-ce que tu as lu dans mes pensées ? Ton arrière-arrière-grand-mère avait le don de double vue, même si elle restait très discrète à ce sujet, de peur que le prêtre de la paroisse ne se fâche. Je rêve de ce voyage depuis des années.

— Mamie, je ne suis pas voyante. Je suis aveugle comme une chauve-souris ! dit Nicole qui tremblait de soulagement. J'ai seulement pensé que, à ta place, j'aurais voulu retourner chez moi et dissiper les fantômes du passé.

Nicole et sa mère jetèrent un regard affectueux à Reenie.

— Il y a un billet pour moi, un pour ta mère et un pour Pammy, constata Reenie en étudiant attentivement les papiers. Et toi, Nicole ?

— Je ne peux pas m'absenter. Mon disque sort dans deux semaines et la promotion ne me laissera pas une seconde à moi.

Elle avait blêmi en découvrant son emploi du temps. Titus avait prévu dix jours de tournée, où elle passerait une bonne partie de son temps dans les avions. En voyant cela, elle s'était promis de prendre une carte d'abonnement pour gagner des miles ! La tournée précéderait la sortie de *Honey, Don't You Know I Need you ?*, une ballade rhythm and blues que Nicole aimait beaucoup.

— Mais il faut que tu viennes, intervint Sandra. Nous ne pouvons pas partir sans toi.

— La prochaine fois. Là, c'est impossible. Mais tout ira bien, même sans moi ! Sam Smith doit assister à un mariage à Redlion et elle voyagera avec vous. En fait, elle m'a aidée à tout organiser.

— Veux-tu vraiment y aller, maman ? demanda Sandra.

Le visage de Reenie se transforma soudain comme par miracle, la douceur du souvenir effaçant les marques laissées par les difficultés de la vie.

— J'en serai très heureuse, dit-elle.

Sam n'avait pas besoin qu'on lui dise que les chiffres de vente de Density étaient mauvais. Assise à son bureau par un beau matin ensoleillé, encore incapable de démissionner, elle savait que le groupe allait avoir des ennuis sans même consulter son ordinateur. Quand elle entrait chez un disquaire pour vérifier que les productions du label étaient en bonne place, elle constatait que les piles de Density ne diminuaient pas. Sur la pochette, les musiciens la fixaient anxieusement. Seules les fréquences qui ne passaient que du rock s'intéressaient encore à eux. Quant au clip, tourné à grands frais, il devait moisir au fond d'un placard de MTV pour ne jamais en ressortir sauf, peut-être, pour une émission du style « Que sont-ils devenus ? ». Les stocks s'empilaient dans les entrepôts de Titus et l'album était enterré à la quatre-vingt-septième place du hit-parade. Cela aurait été très correct pour un disque qui aurait caracolé en tête des ventes plusieurs semaines d'affilée avant de rétrograder lentement au fil des mois. Mais Density n'avait jamais fait mieux que la soixante et onzième place. Son impact équivalait à celui de deux piqûres de moustique sur un éléphant.

D'un œil exercé, Sam parcourut les documents d'analyse des ventes qui s'affichaient sur l'écran de son ordinateur. Même si Titus avait clamé haut et fort aux diffuseurs que le groupe était au sommet, l'équipe de vente devait toujours proposer de reprendre les invendus pour que les détaillants acceptent de jouer le jeu. Or, des milliers de disques revenaient sans cesse. La situation aurait été différente avec un résultat moyen. Density aurait pu raisonnablement espérer faire mieux la fois suivante. Mais là, malgré l'énorme effort de promotion, l'échec était total. Density n'existait tout simplement pas ! Les coûts s'additionnaient, atteignant des sommes monstrueuses au regard du résultat financier. Sam examina l'ensemble en détail. Il n'y avait pas le moindre espoir de limiter les dégâts.

La semaine précédente, Karen avait pesté contre Density, dont les membres refusaient de participer à une émission de télévision sous prétexte qu'on ne leur donnait pas la vedette.

« Si seulement ils n'étaient pas aussi bêtes et arrogants, ils auraient une chance. Ils m'ont répondu qu'ils n'iront jamais chauffer une salle pour une vulgaire chanteuse de country ! Mais cette fille a vendu dix millions de disques ! Eux, ils n'arrivent même pas à en vendre dix.

— En fait, avait soupiré Sam, ils souffrent du complexe de la star sans en être.

— Exactement ! Les journalistes les détestent et ce sera bientôt mon cas, avait reconnu Karen. Mais tu es la seule à qui je puisse le dire. Ils sont d'une incroyable grossièreté avec tout le monde et leur manager est le pire enquiquineur qui soit. Et je suis polie !

— Il devrait se montrer moins triomphant avant peu. À ce rythme, nous ne pourrons pas prendre le risque de faire un second disque avec ses poulains chéris. On va le voir se transformer en carpette quand il comprendra que nous voulons laisser tomber Density.

— C'est si mauvais ?

— Oui », avait dit Sam en soulignant sa réponse d'un hochement de tête.

Au vu des chiffres qui défilaient sur son écran, elle savait qu'elle allait bientôt devoir prendre une grande décision. LGBK ne pouvait se permettre de garder Density mais, si elle laissait tomber, elle donnerait l'impression d'avoir fait une erreur ruineuse pour la société qu'elle dirigeait depuis neuf mois. Personne, et surtout pas les patrons américains, ne se rappellerait que le contrat avait été signé par son prédécesseur et par Steve Parris. Elle se demanda si cela valait la peine d'en discuter avec son champion chez Titus, Julian Ruben, président de la société pour l'Europe et qui l'avait embauchée.

— On dirait que vous avez besoin d'une tasse de café, dit Lydia, qui entrait dans le bureau avec une pile de courrier déjà dépouillé.

— En avez-vous au Valium ?

— Non, répondit Lydia en riant. Rien que de l'ordinaire ! Si vous vous sentez déprimée, on va dîner en bande ce soir. Voulez-vous venir avec nous ? Il y aura juste quelques personnes de l'étage, en plus de moi.

— Merci, Lydia, répondit Sam, touchée par la proposition. Mais je crains d'être déjà prise.

— Alors, une autre fois ?

— Oui.

Elle s'en voulait d'avoir menti à Lydia. Elle n'avait rien de prévu pour la soirée, hormis un rendez-vous avec la télécommande de sa télévision. Mais un directeur général ne va pas dîner avec les membres du personnel ! Et pourquoi pas ? pensa Sam avec colère. Parce que son précieux statut risquait d'être amoindri si on la voyait s'amuser avec des personnes d'un statut inférieur !

Brusquement, elle en eut assez d'être le patron et de diriger une société qui l'isolait dans une tour d'ivoire, si loin de tout le monde qu'elle n'avait plus de collègues, mais seulement des gens qui travaillaient sous ses ordres et devaient la détester. Depuis qu'elle était chez Titus, elle ne s'était liée qu'avec Karen Storin. Et, malgré sa prétendue nouvelle vie où elle était censée en profiter et se faire des amis, rien n'avait réellement changé.

Karen était toujours sa seule véritable copine de boulot. Sam en conclut que rien ne changerait jamais si elle continuait ce métier. Elle devait bousculer les choses, et tout de suite ! Elle appela Lydia sur la ligne interne.

— Lydia, pouvez-vous me passer le bureau de Julian Ruben ? Je voudrais le voir. Et si la proposition pour ce soir tient encore, je pense que je vais changer mes projets et vous accompagner. C'est possible ?

— Super ! répondit Lydia, ravie.

Il était déjà tard quand Sam appela Hope, qui préparait tristement la valise de Millie et Toby pour leur séjour à Bath.

— J'espère que je ne te réveille pas, dit-elle, légèrement éméchée après les deux verres de vin du dîner.

— Non, le bébé est en pleine séance d'entraînement de football, ce soir ! Je ne me rappelle pas que Millie ou Toby m'aient donné autant de coups de pied. Comment vas-tu ?

— Très bien ! Je l'ai fait.

— Quoi donc ?

— J'ai démissionné. Aujourd'hui même ! J'ai appelé Julian Ruben et je lui ai expliqué que je n'en pouvais plus.

— Eh bien !

— Il a été charmant. Il m'a demandé de réfléchir, ce qui est flatteur, mais je lui ai répondu que la société n'était pas en cause, que j'avais besoin de changement.

En réalité, Julian lui avait dit : « Sam, nous avons de grands projets pour vous, croyez-moi ! Je veux que vous reconsidériez votre décision, faites-le pour nous. Je sais que Parris vous en fait baver, mais je vous promets que cela ne durera plus longtemps. » Il avait prononcé les derniers mots d'un ton de bon augure.

— Je lui ai rétorqué que ces grands projets ne me feraient pas changer d'avis. J'ai besoin d'air, Hope. J'ai besoin de ralentir le rythme. Et j'ai eu une idée. Je vais créer une société de consultants en gestion d'entreprise. Juste une petite structure. L'idée m'est venue à cause des gens qui tiennent ce formidable restaurant dont je t'ai parlé. Ils avaient du mal à joindre les deux bouts. Je leur ai suggéré une façon d'améliorer leur situation et je me suis dit : « Tiens ! Voilà ce que je devrais faire. Je devrais être douée pour montrer aux gens ce qui ne va pas dans leur entreprise. » Je crois qu'il y a un gros marché.

— Résoudre les problèmes, dit Hope, c'est vraiment ton point fort.

— Oui, l'art de trouver des solutions, renchérit Sam d'une voix enthousiaste. Je sais que toute entreprise comporte un risque, mais j'ai l'habitude ! J'ai l'impression d'avoir un gros poids en moins sur les épaules. Tu sais, Hope, je crois que je n'avais pas réalisé à quel point je voulais changer de vie avant de l'avoir fait.

— Et pour l'argent, comment vas-tu te débrouiller ? s'enquit Hope, toujours pratique.

— J'en ai de côté. Si j'ai besoin de liquidités, je vendrai l'appartement de Holland Park pour en acheter un plus petit. Mais cela ne m'inquiète pas, Hope. C'est le point important. Je ne cherche pas à gagner une fortune ou à dîner tous les soirs de la semaine au restaurant aux frais d'une société. Je n'étais pas heureuse, c'est ce qui compte.

— Et Morgan ? demanda brusquement Hope. Je croyais qu'il faisait partie de ton programme pour être heureuse ?

Sam sentit toute sa joie disparaître en un clin d'œil. Hope avait mis le doigt sur ce qui faisait mal. Sans Morgan, elle ignorait si elle trouverait le bonheur. Mais elle devait se contraindre à l'oublier. Il n'avait pas donné le moindre signe de vie depuis leur dispute, le lendemain de la soirée des Lemon Awards. Il avait pris sa décision et elle ne pouvait rien y changer.

— Morgan appartient au passé.

— C'est ce que tu veux ?

— Non, mais je n'ai pas le choix. C'est lui qui a décidé, pas moi. Mais, dis-moi, petite sœur, tu es mal placée pour me conseiller ! Tu aurais pu faire le premier pas avec Matt…

— C'est différent.

— Pourquoi ?

— Parce que !

— Tu ne lui as donc toujours rien dit au sujet du bébé ? Mais pourquoi, Hope ? Il finira par s'en apercevoir. Ou bien comptes-tu te cacher derrière le canapé, samedi, quand il viendra chercher les enfants ?

— J'ai demandé à Delphine de les lui amener à l'aéroport. Je ne veux pas encore le voir, c'est trop tôt.

— Parce qu'on remarque que tu es enceinte et que tu ne sais pas comment le lui annoncer, ou parce que tu ne veux réellement pas qu'il revienne ? demanda affectueusement Sam.

— Je sais que tu vas devenir la reine des problèmes résolus, répondit Hope avec une pointe d'irritation, mais ne commence pas en t'exerçant sur moi ! Bon d'accord, je désire qu'il revienne, mais je ne me sens pas d'humeur à lui pardonner ni à m'excuser, en ce moment.

Elle était enceinte et fatiguée par les bouleversements hormonaux, zut ! Elle avait besoin de quelqu'un qui s'occupe d'elle et pas de se ronger parce que Matt se trompait au sujet de ses relations avec Christy.

— Excuse-moi, Hope, je ne voulais pas t'ennuyer.

— Mes hormones me jouent des tours, c'est tout.

— Tu n'avais pas de problèmes, quand tu attendais Millie ou Toby.

— Si, mais je me retenais. J'ai changé, je me suis améliorée et, quand j'ai envie de râler, je le fais !

— Veux-tu que je parle à Matt…

Sam sursauta en entendant le hurlement de Hope.

— Non ! Je te l'interdis. C'est ma vie et c'est à moi de résoudre mes problèmes.

— Je cherchais seulement à t'aider, dit Sam, déconcertée.

— Alors, téléphone à Morgan. Commence par t'aider toi-même !

— Je ne peux pas.

— Si ! répondit Hope d'un ton sans appel. Arrête de t'inquiéter pour moi et occupe-toi de ta vie, d'accord ?

Virginia était très contente d'elle-même en sortant du magasin de tissus d'ameublement de Killarney. Les embrasses jaune clair seraient parfaites avec les rideaux de la salle à manger et donneraient un joli fini à la pièce. Les dernières semaines avaient été complètement folles, mais les travaux se terminaient enfin et Kilnagoshell serait superbe pour le mariage de Delphine. Les six chambres d'hôtes avaient retrouvé leur gloire d'antan grâce à la rénovation soignée de P. J. et à l'habileté de Shona, la décoratrice. Elle s'était démenée avec succès pour trouver des tissus et de magnifiques papiers peints à petits prix, ce qui était vital, car Virginia ne pouvait pas consacrer des sommes astronomiques à la décoration. Il n'y avait plus à faire qu'un peu de jardinage et, bien que Virginia se soit promis de s'y attaquer elle-même, Mary-Kate avait protesté, disant qu'elle en avait fait assez. « La roseraie est merveilleuse et la pelouse impeccable. Que désirer de plus ? » avait-elle demandé.

Virginia, qui marchait tranquillement dans la grand-rue, profitant du soleil et de l'animation, eut une pensée affectueuse pour son amie. Si elle avait fait attention au lieu de se promener le nez en l'air, elle aurait vu Glenys et Richard Smart venir vers elle, se disputant âprement. Et, devant la librairie, elle entra presque en collision avec eux.

— Excusez-moi. Oh ! Bonjour, Glenys, bonjour, Richard !

— Eh bien ! dit Glenys, les yeux luisants de méchanceté. Si ce n'est pas la petite amie de Kevin…

Comme Virginia dépassait largement Glenys, elle trouva le qualificatif de « petite » amusant.

— Ravie, comme toujours, de vous voir, dit-elle en se retenant de sourire trop ouvertement.

— Je vais jeter un coup d'œil dans la librairie… commença Richard.

— Ne traîne pas, lui jeta Glenys. Vous voyez Kevin en ce moment ?

Elle examinait Virginia d'un regard inquisiteur, détaillant sa haute et mince silhouette, si élégante dans l'ensemble de lin ivoire qui aurait fait bonne figure dans *Out of Africa*. Glenys, pour sa part, transpirait dans une veste rouge du genre pratique, dont les coutures étaient tendues à craquer.

— Nous avons fait une agréable partie de golf la semaine dernière, répondit Virginia.

La situation l'amusait presque. Il était clair que Glenys voulait lui faire payer l'intérêt que Kevin lui portait mais, comme elle ne voyait plus en lui qu'un ami, cela ne risquait pas de l'atteindre. Glenys pouvait s'énerver tant qu'elle voulait !

— Comment osez-vous rester là à me sourire ?

Virginia aurait parié qu'il faudrait moins d'une minute pour que Glenys l'agresse. En réalité, cela n'avait pas pris trente secondes. Elle ne répondit donc rien et attendit.

— La pauvre Ursula est morte depuis quelques années et cela ne vous gêne pas, madame Connell, de badiner avec son mari, un homme qui est encore sous le choc du deuil ! Et vous prétendez être une veuve éplorée ? Laissez-moi rire !

Elle aurait craché si elle avait pu, et Virginia l'aurait laissée divaguer et jeter son venin sans la contrer si elle n'avait pas commis la grave erreur de mentionner Bill !

— Et ne me dites pas que vous aimiez votre mari quand vous êtes prête à coucher avec quelqu'un d'autre sans attendre que le cadavre du malheureux soit refroidi !

Virginia la toisa de toute sa taille et la fusilla du regard.

— Connaissez-vous ce dicton d'après lequel il ne faut pas condamner un homme avant d'avoir marché quelques kilomètres avec ses chaussures ? demanda-t-elle de sa voix grave et posée. Vous n'êtes pas veuve, Glenys. Vous avez beaucoup de chance. Vous ne savez pas de quoi vous parlez. Vous traitez Richard avec mépris.

Glenys voulut l'interrompre, mais Virginia l'arrêta d'un geste de la main.

— Je vous ai laissée parler, c'est mon tour à présent. J'aimais profondément mon mari et je l'admirais, contrairement à vous, dit-elle avec dégoût. À présent qu'il est parti, le fait que je continue à vivre ne signifie pas que je l'ai oublié. Les gens méchants comme vous rendent les choses encore plus difficiles pour ceux qui ont perdu un être cher, car ils aiment voir souffrir les autres. Vous refusez aux personnes en deuil d'être de nouveau heureuses parce que cela vous obligerait à reconnaître la tristesse de votre misérable petite vie. Kevin Burton est un ami, rien de plus. Puisse Dieu avoir pitié de vous si jamais il arrive quelque chose à Richard, parce que vous ne savez pas ce qui vous attend.

Virginia tourna le dos à Glenys qui, folle de rage, ouvrait et fermait la bouche sans qu'il en sorte un son, et elle se dirigea d'une démarche de reine vers le café où Mary-Kate l'attendait. Elle s'assit paisiblement et posa ses emplettes sur la chaise vide à côté de la sienne.

— Tu ne devineras jamais qui j'ai rencontré. Glenys Smart et ce pauvre Richard !

— Elle a essayé de t'assommer en pleine rue ? plaisanta Mary-Kate en faisant signe à la serveuse pour avoir une autre théière.

— Elle a fait de son mieux, répondit Virginia, si l'on y pense. Elle ne m'a pas attaquée physiquement, mais elle a quand même été très violente.

Mary-Kate écarquilla les yeux.

— Je plaisantais ! Tu vas bien ? Elle a vraiment été horrible ? Que t'a-t-elle dit ?

— Calme-toi ! Elle m'a traitée de traînée pour oser lever les yeux sur Kevin Burton. Pour elle, cela prouve que je n'aimais pas mon mari.

Mary-Kate eut une exclamation de surprise si forte qu'aux tables voisines les regards se tournèrent vers elle. Elle pensait avec colère à la peine de Virginia, au choc qu'elle avait dû éprouver.

— Tout va bien, dit Virginia, je t'assure. Je lui ai fait un cours sur le veuvage et elle est partie calmée. J'avoue que je mourais d'envie de dire ses quatre vérités à cette femme et j'ai éprouvé une grande satisfaction à le faire.

— Tu es incroyable, dit Mary-Kate avec admiration. Il faudrait me ramasser à la petite cuillère si quelqu'un m'agressait en pleine rue mais, toi, tu restes imperturbable. Tu es très forte, Virginia.

— Je l'ai toujours été.

La remarque de Mary-Kate avait étonné Virginia.

— La perte de Bill m'avait fait perdre ma force mais depuis un an, grâce à des gens comme toi et à mon changement de vie, je suis redevenue moi-même.

Virginia paraissait détendue et contente.

— Je ne sais pas ce que j'aurais fait sans toi, Mary-Kate. Tu m'as sauvée.

— Tu dis des bêtises ! Tu t'es sauvée toi-même. Puis-je te demander de t'occuper de Pauline, s'il te plaît ? Elle a reçu l'invitation de Delphine et m'a laissé un message sur mon répondeur, où elle dit qu'elle ne viendra pour rien au monde.

— Aïe ! Je suppose qu'elle a téléphoné au moment où elle ne risquait pas de te joindre pour éviter tes foudres ?

— Exactement ! Delphine sera très malheureuse si sa mère n'est pas là. Elle répète sans arrêt que c'est à elle de décider et que cela ne ternira pas son bonheur, mais je sais que c'est faux. Delphine est très vulnérable. Son père est ravi de venir, en revanche. Il apprécie beaucoup Eugene, même s'il n'ose pas le dire à Pauline.

La serveuse leur apporta une seconde théière et elles burent tranquillement, plongées dans leurs pensées. Virginia échafaudait un plan.

— Tu m'as dit que Pauline est très pratiquante, n'est-ce pas ?

— Toujours la première à la messe du dimanche !

— Imagine que nous invitions les personnes pieuses de la paroisse, comme Mlle Murphy, qui s'occupe des fleurs ? Si ces gens venaient, Pauline aurait trop honte de s'abstenir. Invitons aussi le père McTeague. Il est charmant et je sais qu'il regrette que Delphine ne puisse pas se marier à l'église.

— Tu es diabolique !

Elles éclatèrent de rire.

— Pauline ne sait pas ce qui va lui tomber dessus. Attends que tout le monde lui dise « à samedi » ! Elle n'aura pas le choix.

Nicole, Darius, Sam, Reenie, Sandra et Pammy se trouvaient à l'aéroport de Heathrow, et s'embrassaient avant de se séparer. Pammy, que Darius fascinait, était au bord des larmes parce qu'elle voulait rester avec Nicole et lui.

— Tu vas beaucoup t'amuser en Irlande, avec ta maman, lui dit Darius, qui s'était accroupi pour se mettre à sa hauteur.

— Et on va avoir plein d'aventures, ajouta Sam d'un ton énigmatique.

Grâce à Millie, elle avait suffisamment l'expérience des petites filles pour savoir qu'on pouvait les calmer en excitant leur curiosité.

Pammy suçota sa Lollypop d'un air pensif.

— Lesquelles ? finit-elle par demander en fixant Sam d'un regard innocent.

— Tu es bien la sœur de Nicole !

Sam rit.

— Elle aussi, elle est douée pour poser les bonnes questions.

— Je regrette que vous quittiez Titus, dit Nicole.

— Je sais.

Sam haussa les épaules.

— Je devais le faire. Mais la personne qui me remplacera, qui que ce soit, saura aussi s'occuper de vous, Nicole. Bob Fellowes est un excellent manager et vous possédez non seulement une voix remarquable, mais aussi un grand sens professionnel.

— Vous oubliez Darius !

— C'était évident ! Je sais qu'il veillera sur vous. Monsieur Good, ajouta-t-elle en feignant de donner un ordre, je veux que son disque devienne numéro un !

— Aucun problème, rétorqua Darius avec assurance en pressant la main de Nicole.

— Occupez-vous bien d'elle, lui dit Reenie. Elle aurait dû nous accompagner.

— Tout ira bien, mamie. Je veux que tu profites de ton voyage.

— Fais-moi confiance, répondit Reenie d'une voix qui se brisait.

— Nous ferions mieux d'avancer, suggéra Sam, qui redoutait que les adieux tournent à la scène déchirante. Disons-nous au revoir et allons-y !

Prenant la tête de leur petit groupe, elle leur fit passer les contrôles de sécurité jusqu'à ce qu'elles ne puissent plus voir Darius et Nicole qui, main dans la main, leur faisaient des signes d'adieu.

— J'espère que tout ira bien, murmura Nicole d'une voix émue.

Darius la serra dans ses bras et lui donna un baiser si fougueux qu'un groupe de golfeurs irlandais qui revenaient d'une semaine au Portugal les applaudit. Nicole ne put s'empêcher de rire.

— Sam va veiller sur elles, la rassura Darius. Si on lui demandait de gérer le programme spatial, il lui faudrait une demi-heure pour que tout marche parfaitement ! Ne t'inquiète pas, ma chérie.

— Je ne m'inquiète pas.

En route pour l'appartement de Nicole, ils étaient tous les deux presque trop excités pour parler. Un sentiment de délicieuse anticipation les faisait sourire niaisement, tandis qu'ils se tenaient très fort par la main. Darius avait pensé emmener Nicole au restaurant, mais elle avait proposé qu'ils déjeunent plutôt chez elle. « Un déjeuner spécial », avait-elle dit en le fixant de ses yeux mordorés, jusqu'à ce qu'il ait l'impression de devenir fou d'amour.

À partir du moment où elle avait pris sa décision, elle avait passé des moments merveilleux à tout organiser. Comme Darius aimait par-dessus tout la cuisine thaïlandaise, Nicole avait passé commande chez un traiteur qui devait livrer à midi et demi. Elle avait commencé la journée en briquant l'appartement. Elle avait disposé des gerberas aux couleurs vives partout où c'était possible et fait son lit avec des draps d'une blancheur virginale qu'elle n'avait jamais utilisés. Elle frémissait d'impatience à l'idée de s'y blottir avec Darius, leurs deux corps serrés l'un contre l'autre. Elle avait délibérément évité d'acheter de l'alcool, ne voulant à aucun prix que ces moments uniques dans sa vie soient brouillés. Elle aspirait à se souvenir clairement de chaque instant, de chaque détail.

En raison des embouteillages, il était presque midi et demi quand ils arrivèrent à destination, leurs mains toujours étroitement enlacées. Nicole était consciente d'un certain malaise. Darius paraissait inquiet.

— Viens, dit-elle avec enthousiasme en lui faisant traverser la petite entrée. Tu n'as pas encore vu ma salle de bains.

Elle le poussa vers la petite pièce, où elle s'était laissée aller à son goût pour les tons forts. Les murs rouge framboise contrastaient avec la mosaïque aigue-marine du carrelage et les serviettes couleur tournesol, et un immense miroir encadré d'ampoules électriques, digne d'une star hollywoodienne, trônait au-dessus du lavabo.

— J'en ai toujours eu envie, reconnut Nicole en examinant leur reflet.

Elle se voyait à côté de Darius, dont la peau très claire contrastait avec son teint à elle, café au lait. Elle se laissa aller en arrière contre la poitrine de Darius et vit l'inquiétude disparaître de son visage. Il la prit dans ses bras, posant ses mains sur sa taille fine.

— Tu es sûre ? demanda-t-il avec tendresse.

Elle hocha simplement la tête.

Il la fit pivoter et, aussi doucement que s'il donnait un baiser de papillon à un bébé, embrassa ses lèvres. Au début, ce fut très doux puis, comme Nicole nouait ses bras autour de son cou et plaquait son corps contre le sien, le baiser se fit plus profond, plus passionné. Ils se caressaient avec avidité et Darius ouvrit maladroitement la chemise en jean de Nicole pour enfouir son visage entre ses seins. Nicole renversa la tête tandis que la bouche de Darius cherchait sa peau sous le soutien-gorge en dentelle rose qu'elle avait acheté spécialement pour ce jour-là.

Jusqu'alors, elle n'avait rien ressenti de semblable. Il lui était arrivé d'échanger quelques câlins peu plaisants, à la fin d'une soirée, avec un garçon, mais elle n'avait jamais aimé ce genre de relations. Cela ne ressemblait en rien à ce qu'elle éprouvait avec Darius, ces sensations délicieuses qui l'électrisaient des pieds à la tête.

— C'est merveilleux, soupira-t-elle, mais je ne peux pas te laisser faire tout le travail, mon amour.

Elle tira sur la chemise de Darius, dont les boutons tombèrent sur le carrelage avec un petit « ping », jusqu'à ce qu'elle puisse enfin caresser et embrasser son torse. Elle voulait prendre aussi l'initiative et faire, à son tour, vibrer Darius. Elle voulait arracher ses vêtements et…

Ding dong !

Ils sursautèrent si fort qu'il se cogna le tibia contre l'angle de la baignoire.

— Aïe !

Nicole fut prise de fou rire et le serra contre elle.

— C'est certainement le déjeuner. J'ai commandé un repas thaïlandais.

Suivie de Darius qui boitait, elle se dirigea vers l'entrée en reboutonnant sa chemise en toute hâte.

— Ne me fais pas rire ! le prévint-elle.

Elle ouvrit. Un jeune garçon qui avait l'air de beaucoup s'ennuyer se tenait sur le paillasson, un grand sac en papier à la main.

— C'est vous qui avez commandé un repas thaï pour deux ? demanda-t-il en fixant le chemisier de Nicole boutonné de travers.

Nicole et Darius s'en rendirent compte à ce moment-là, eux aussi, et Darius dut se mordre les lèvres pour étouffer un fou rire.

— Oui, parvint à dire Nicole d'un ton neutre.

— Vous me payez ?

— Ah, oui ! Darius, as-tu de la monnaie ?

À peine la porte refermée, ils repartirent dans une crise de fou rire inextinguible.

— J'ai cru exploser en voyant sa tête ! gloussa Nicole.

— Je ne sais pas, répondit Darius en lui prenant le sac pour le poser par terre. Je pourrais comprendre qu'il ait envie de te regarder, surtout quand tu es habillée de cette façon.

Il déboutonna la chemise pour la seconde fois et la lui enleva. Nicole ne bougeait pas, se laissant aller totalement.

— Tu as un très joli soutien-gorge, mais je crains qu'il faille aussi l'enlever, dit Darius avec un soupir navré.

Et il reprit ses caresses, cette fois sans être gêné par la fine dentelle. Nicole se pressa contre lui, envahie de désir. Ils n'atteignirent pas la chambre et le lit aux draps blancs. En chemin, ils se laissèrent tomber sur le beau canapé neuf, où ils eurent l'impression de s'abandonner et s'embrasser pendant des heures ; en réalité, cela ne dura que quelques minutes, car ils ne pouvaient plus attendre. Nicole noua ses jambes autour de Darius.

— Nicole, dit-il d'une voix rauque. Pas trop vite ! Nous avons le temps.

Elle patienta jusqu'au moment où elle ne put plus endurer une seule caresse sans perdre la tête. Ils s'unirent alors et il la rejoignit quand elle atteignit le paroxysme du plaisir. Elle n'avait jamais connu un tel amour, une telle tendresse de toute sa vie. Elle le retint contre elle tandis qu'ils se détendaient contre les coussins et reprenaient leur souffle. Ils avaient complètement oublié le déjeuner, qui refroidissait dans le sac du traiteur. Comblés, ils restaient allongés l'un contre l'autre, bras et jambes emmêlés, dans une douce somnolence. Darius ne se lassait pas de toucher Nicole et faisait doucement courir ses doigts sur ses épaules ou dans ses cheveux.

— Je suis heureuse.

— Moi aussi, répondit-il en l'embrassant dans le cou.

Nicole souriait, sereine. C'était donc de cela qu'il s'agissait : cette chose magnifique dont parlaient les articles sur l'amour et la sexualité. Elle se réjouissait profondément d'avoir attendu un homme comme Darius. Et elle savait gré à sa grand-mère de lui avoir inculqué ses principes sur l'amour.

— Est-ce que tu m'as prise pour une fille coincée parce que j'étais vierge ? demanda-t-elle soudain à Darius.

— Il suffit de te connaître pour savoir que tu n'es pas coincée ! Je t'admire, Nicole. Tu sais ce que tu veux et tu n'acceptes pas les compromis.

Elle eut un de ses petits sourires de chat.

— C'est tout à fait ça !

La soif finit par les obliger à se lever pour explorer les ressources du réfrigérateur et, bien que froid, leur déjeuner leur parut appétissant.

— Tu crois qu'on peut le réchauffer ? demanda Nicole, nue dans la cuisine, en étudiant avec intérêt le contenu du sac.

— Ce sera bon même si c'est froid.

Ils s'assirent par terre dans le salon avec leur festin étalé devant eux et de grands verres de limonade glacée.

— Goûte le poulet à la citronnelle, conseilla Darius.

Se penchant, il déposa un morceau enrobé de sauce jaune sur la cuisse de Nicole, puis s'agenouilla pour le déguster à même sa peau et lécha langoureusement toute trace de sauce.

— Veux-tu des champignons sautés ? s'enquit-elle à son tour en dessinant un chemin sur son torse.

Ils jouèrent ainsi à manger à même leur corps, toute trace de fatigue soudain disparue comme par enchantement.

— Que penserais-tu d'une douche, avant d'aller au lit ? proposa Nicole.

— À voir comment nous nous y prenons, nous allons baptiser chaque pièce, dit Darius. Bien, c'est au tour de la salle de bains !

Mais il la souleva et l'emporta dans la chambre.

— Je vais faire en sorte que tu sois toute propre ! lui dit-il, la tenant au-dessus du lit comme s'il allait l'y laisser tomber. Je me suis dit que nous devions choisir un endroit plus traditionnel, cette fois !

— J'ai acheté ces draps spécialement pour aujourd'hui, expliqua Nicole en contemplant leur blancheur encore intacte.

— Alors, il ne faut pas les salir…

Puis il se laissa rouler avec elle sur le lit, bras et jambes emmêlés.

— Miam, ajouta-t-il en remontant le long de la jambe de Nicole. Ce bonbon, c'est le pompon !

— Alerte au mauvais jeu de mots ! Si je ne t'aimais pas, je te mettrais à la porte pour une telle remarque !

Darius s'arrêta aussitôt.

— Tu es sérieuse ? demanda-t-il avec anxiété.

— Est-ce que je t'aime ? dit Nicole en lui caressant la joue. Oui. Est-ce que tu m'aimes ?

— Oh, Nicole ! Je t'aime tellement ! dit-il en l'étreignant de toutes ses forces.

— Bien ! soupira-t-elle avec un long soupir de bien-être.

C'était un moment parfait. Absolument parfait. Elle avait tout ce qu'elle pouvait désirer.

Quand les voyageuses montèrent dans le monospace qui devait les conduire de l'aéroport du Kerry à Redlion, elles étaient épuisées. Reenie et Sandra s'étaient disputées parce que Sandra portait une robe en mousseline rose pour voyager, et ne se parlaient plus. Quant à Pammy, elle avait perdu la Barbie qu'elle préférait parmi les quatre qu'elle avait mises dans son bagage à main.

Sam dut s'occuper d'elle et commença à comprendre comment Nicole pouvait être aussi responsable malgré sa jeunesse. Si elle devait servir d'arbitre entre sa grand-mère et sa mère et, en plus, veiller sur sa petite sœur pendant que celles-ci se désintéressaient de tout, il n'y avait rien d'étonnant à ce qu'elle soit aussi mûre.

— Est-ce que Barbie est triste d'être perdue ? demanda Pammy d'une voix tremblante.

Sam l'avait prise sur ses genoux. C'était vraiment une petite fille ravissante, avec ses yeux d'un bleu transparent et ses cheveux blonds brillants. En bonne dirigeante de maison de disques qu'elle restait, Sam se demandait négligemment si, dans quinze ans, Pammy aurait la même voix que sa sœur. Dans ce cas, les vedettes du futur n'avaient qu'à bien se tenir !

— Les Barbie ont une île rien que pour elles, expliqua Sam d'un ton sérieux. Il y a leurs poneys préférés, un salon de coiffure et un endroit pour nager. Parfois, elles ont besoin de vacances mais, ne pleure pas, on en trouvera une autre.

— Oooh ! dit Pammy, fascinée. Il y a une histoire sur l'île des Barbie ?

— Ce n'est pas impossible. Tu veux que je te la raconte ?

— Oui !

Même le chauffeur écouta le récit que Sam inventa pour Pammy. Sandra et Reenie cessèrent de bouder et sourirent, oubliant leur dispute. La route traversait de superbes paysages, illuminés par le soleil couchant. Elles arrivèrent enfin à Redlion.

— Je ne pensais pas que c'était aussi joli, dit Sandra.

La voiture venait de tourner dans une rue qui sinuait doucement entre deux rangées de maisons aux couleurs pastel et de boutiques qui prenaient un éclat doré aux derniers rayons du soir. Reenie et Sandra dévoraient des yeux les jardinières et les paniers suspendus qui débordaient de fleurs aux teintes éclatantes, et les gens assis aux tables en bois devant le Widow Maguire, riant par-dessus la musique qui venait de l'intérieur du pub.

— Je ne reconnais rien, dit enfin Reenie. Quand je suis partie, c'était un petit bourg pauvre et à moitié mort au milieu de nulle part. Et maintenant… C'est ravissant et prospère.

Les yeux humides, elle enregistrait l'élégance des bâtiments soigneusement rénovés de la grand-rue. Le tribunal, un bâtiment de l'époque victorienne qui tombait presque en ruine dans sa jeunesse, avait été transformé en un restaurant réputé ; le minable petit bureau de poste, refait, abritait à présent une agence immobilière luxueuse. Deux coûteuses voitures de sport étaient garées devant la vitrine et une femme très élégante, son portable collé à l'oreille, était en train de fermer la porte à clef.

Quant aux cottages qui se dressaient à côté du pont, antiques masures dont les ardoises tombaient du toit, autrefois, ils s'étaient métamorphosés en de ravissantes maisons aux fenêtres fleuries et aux portes peintes avec soin. Devant, étaient garées des voitures impeccables. Le quartier, où avaient sévi les pires ivrognes, qui faisaient un vacarme d'enfer jusqu'au petit matin, respirait à présent l'élégance tranquille.

— C'est la boutique de Mary-Kate, dit Sam en désignant la pharmacie, dont la vitrine était décorée avec les produits Lancôme. Vous allez l'adorer ! Elle est très drôle. Il faudra passer une soirée au Widow Maguire, du moins si nous trouvons une place au milieu des touristes. Depuis que Belle Maguire a engagé un appétissant jeune barman originaire de Californie, il semblerait que ce soit bondé tous les soirs. La moitié des guides touristiques des voyages organisés en car sont des femmes et elles amènent systématiquement leurs clients au pub pour le dîner. Cela leur permet de manger Elliot des yeux !

— Tu peux inscrire Sandra pour une soirée de ce genre ! dit Reenie.

Sam eut un instant de panique à l'idée d'une reprise des hostilités, mais Sandra éclata de rire et tira la langue à sa mère.

— Je ne m'intéresse pas aux gamins, dit-elle gaiement. Seulement aux hommes de mon âge !

— Alors, je veux m'inscrire aussi ! rétorqua Reenie en gloussant de rire. Les vieux ont bien le droit de vivre !

Sam leva les yeux au ciel. Elle ne comprendrait jamais ces deux-là. Mais peut-être était-ce la façon dont on s'entend, entre mère et fille ? Qui sait ?

Le taxi tourna enfin dans l'allée qui menait au Manoir Rouge Leon. Reenie s'exclama de nouveau d'étonnement : un endroit de ce genre n'aurait jamais gagné un sou, de son temps ! C'était en effet un bon hôtel, se dit Sam, quand un portier en livrée vint les aider à sortir leurs bagages de la voiture. Elle espérait faire la connaissance de Christy De Lacy. Il n'apprécierait pas la rencontre, s'était-elle juré.

— Monsieur De Lacy est-il là ? demanda-t-elle négligemment en prenant sa clef.

La réceptionniste se tortilla, mal à l'aise.

— Euh… Non, pas ce soir. Il a été victime d'une légère indisposition.

Sam fit de son mieux pour paraître indifférente, mais se promit d'en apprendre davantage.

Elle posa ses bagages dans sa chambre, passa voir si ses compagnes de voyage étaient bien installées et sortit pour se rendre chez Hope. La veille, quand elle lui avait téléphoné, elle lui avait proposé sans réfléchir de dîner à l'hôtel, mais Hope avait déclaré qu'elle préférerait mourir de faim.

« Désolée, avait dit Sam. Si nous allions au pub, dans ce cas ?

— Je préviens les troupes », avait répondu Hope.

Elle s'était soudain sentie mieux que les jours précédents. Millie et Toby lui manquaient tellement qu'elle en éprouvait une réelle souffrance physique.

Sam et Hope arrivèrent au Widow Maguire un peu tard. Elles avaient pleuré en se retrouvant. Sam avait été très émue en voyant le ventre de Hope qui s'arrondissait doucement.

« Hope, ma chérie, as-tu parlé à Matt ? Il t'aime. Quand il saura, tout va s'arranger. Tu dois trouver une solution pour le bien du bébé.

— On ne recolle pas un couple ainsi ! avait répondu Hope en essuyant ses larmes. Les bébés-sparadrap, ça ne marche pas ! C'est une tricherie, pour l'enfant comme pour les parents.

— Je renonce, avait soupiré Sam. Viens ! Notre pauvre chauffeur se demande s'il va pouvoir rentrer chez lui à temps pour dîner.

— Dis-lui de rentrer. Je vais prendre ma voiture. Les autres ne s'étonneront pas que je ne boive pas si je conduis.

— Comme si elles ne savaient pas que tu es enceinte !

— Non ! Je fais très attention à ma façon de m'habiller.

— Et tu dis que je suis têtue ! » s'était exclamée Sam.

Quand elles arrivèrent au pub, Delphine poussa un cri de joie.

— Sam, tu es là !

Virginia, Mary-Kate, Delphine, Giselle et Mai occupaient une grande table à côté du bar – « et à côté d'Elliot », chuchota Hope à l'oreille de Sam.

— C'est ce soir que tu enterres ta vie de jeune fille ? demanda Sam, une fois les embrassades terminées.

— Oui ! Je voudrais déjà être à samedi.

— Tu n'as plus à attendre qu'un jour et demi, fit remarquer Mai en brandissant la bouteille de champagne offerte par Belle Maguire.

— Vous croyez qu'Elliot pourrait nous servir ? demanda Mary-Kate en battant des cils qu'elle n'avait pas.

— Fille de peu ! gloussa Delphine, qui avait déjà bu quelques cocktails. J'enterre ma vie de célibataire et je dois me conduire comme une folle avec tous les beaux garçons !

— Je crains que vous ne soyez toutes les deux hors course, dit Virginia. Depuis que Sam est là, Elliot n'a pas arrêté de la regarder. Il a les yeux qui lui sortent des orbites.

— Arrête de te payer ma tête !

— Mais je ne plaisante pas, insista Virginia. Il vient de servir à Emmet Slattery une Guinness éventée tellement il te regarde. Si ce n'est pas de l'amour ! Emmet va le tuer, il tient beaucoup à ce qu'on lui serve sa Guinness dans les règles de l'art.

Ce fut une soirée à marquer d'une pierre blanche. Un peu pompette, Delphine n'arrêtait pas de rire. Son cardigan, qui avait glissé, dénudait de façon provocante une épaule constellée de taches de rousseur. Perchée sur un des tabourets du bar, elle expliquait d'une voix embarrassée à un groupe de randonneurs italiens épuisés qu'elle était follement amoureuse d'Eugene, « le beilleur homme du monde z'entier ! Vous z'avez pas b'soin d'aller au camping, vous z'avez qu'à v'nir chez moi che choir. Euchene dira rien ! Ch'est un n'amour. »

Sam la récupéra et sourit à Elliot, qui lui répondit d'un sourire rayonnant. Mon Dieu ! se dit-elle. Il avait à peine vingt-cinq ans et il était superbe. Après tout, elle n'était peut-être pas une vieille fille sans intérêt. À minuit passé, Hope la ramena à l'hôtel. Elle n'avait presque rien bu mais se sentait épuisée.

— Je viendrai te voir demain avec la famille de Nicole.

— Nous pouvons déjeuner dans le jardin. C'est très agréable, maintenant. Les poules ont leur espace. On n'a pas à slalomer entre les fientes !

Sam éclata de rire.

— Je n'aurais jamais cru que tu deviendrais aussi décontractée à ce sujet !

— Mais je suis une paysanne, répondit Hope en souriant. Je n'arrive pas à faire pousser de basilic, mais mes laitues sont superbes et mes choux en pleine forme.

Sam l'embrassa.

— Je ne veux plus jamais t'entendre te traiter de nulle ! Tu t'es débrouillée toute seule pour survivre. Non… Tu n'as pas seulement survécu, tu as prospéré. Nous sommes des survivantes, nous les filles Smith.

— Tu peux le dire !

En reprenant l'allée du Manoir pour rentrer chez elle, Hope réfléchissait. Elle n'était pas revenue ici depuis sa désastreuse rencontre avec Christy. Elle avait été folle de mettre son couple en péril pour une aventure sans lendemain. Oui, elle s'ennuyait, et Matt avait été si élusif et distant qu'elle s'était sentie négligée. Mais ce n'était pas une raison pour risquer de tout perdre. Elle savait qu'elle n'avait pas réfléchi. Elle s'était conduite comme Millie quand elle sautait dans une flaque d'eau. Elle ne pensait, alors, qu'à l'amusement immédiat, sans envisager les conséquences de ses actes. Mais ce qui était acceptable de la part d'une enfant de cinq ans ne l'était pas chez une femme, mère de famille.

Hope serra les dents pour ne pas pleurer. Elle ne pouvait pas se permettre un tel luxe. Elle devait être forte.

Matt n'avait jamais réalisé la difficulté de veiller sur deux enfants tant qu'il n'avait pas eu Millie et Toby pendant toute une semaine chez lui, à Bath. S'occuper d'eux pendant quelques heures était une chose, surtout en sachant que Hope serait prête à prendre la relève. C'était une autre histoire que de devoir les nourrir et les amuser seul pendant plusieurs jours d'affilée, sans personne pour le libérer des contraintes. Pour la première fois, il éprouva un nouveau respect à l'égard de sa femme. Il comprenait que Hope ait eu besoin d'un peu de temps pour elle quand ils avaient emménagé à Redlion. Après avoir été une mère qui travaille pendant des années, elle était brutalement devenue une mère au foyer dans une contrée rurale où elle ne connaissait personne. Plein de remords, Matt s'avouait que, absorbé par ses problèmes, il avait dû être très difficile à vivre et très frustrant. Les enfants donnent beaucoup de bonheur mais aussi infiniment de souci !

En outre, il trouvait très pénible l'habitude qu'avait Millie de désapprouver ce qu'il faisait de son regard noir qui ne cillait jamais. Matt, qui pensait toujours à elle comme à *sa* petite fille, était déconcerté par sa façon de lui répéter dix fois par jour : « Maman ne fait pas comme ça ! » Il savait à présent qu'il ne leur mettait pas leurs chaussettes, ne versait pas le lait dans les céréales et ne leur lavait pas les cheveux, sans leur mettre de l'eau dans les yeux, comme maman ! Après quatre jours de ce régime, il sauta de joie quand Betsey invita les enfants à passer l'après-midi chez elle pour jouer avec Ruby et Opal.

— Cela te donnera le temps de mettre de l'ordre au bureau.

— Le temps de dormir, plutôt ! répondit Matt, épuisé.

Ce matin-là, les enfants étaient déchaînés. Millie, ayant décidé qu'elle était malade, se précipitait toutes les cinq minutes à la salle de bains pour faire semblant de vomir, penchée au-dessus des toilettes. Matt était au bord de la crise de nerfs, épouvanté à l'idée qu'elle soit vraiment souffrante. Mort d'inquiétude, il n'avait même pas ouvert le journal et le courrier. Comme elle ne vomissait pas, il se sentit mieux mais Millie, frustrée, ouvrit un pot de pickles et en répandit la plus grande partie sur ses vêtements. Ensuite, elle versa ce qui restait dans les toilettes. Quand son père apparut à la porte de la salle de bains, l'air très las, elle contemplait son travail avec ravissement.

— Malade ! annonça-t-elle gaiement en désignant son œuvre du doigt. Maintenant, je suis une grande fille, comme maman.

Matt blêmit en réalisant ce qu'elle disait.

Sam savait que Hope serait furieuse contre elle. Mais parfois, il faut suivre son instinct. Hope aimait Matt et avait besoin de lui. En même temps, Sam en était certaine en dépit de ses réserves à son sujet, son beau-frère, cette tête de mule, adorait sa sœur. Mais ils se conduisaient tous les deux avec une obstination rare, aussi inflexibles l'un que l'autre.

Bien, pensa Sam, en se réveillant la veille du mariage. Il est temps d'agir ! Elle appela donc Dan à l'agence de Bath, qui fut ravi de lui donner le numéro de téléphone de Matt.

— Je lui ai dit de ne pas faire l'idiot et de se réconcilier avec Hope, parce que je vois bien qu'il est malheureux sans elle. Mais je me demande si Matt écoute jamais les autres ?

— Il y a un début à tout, répondit Sam d'un ton décidé.

Elle avait failli raccrocher, à force d'attendre, quand Matt répondit enfin. Il avait l'air hors d'haleine.

— Oui…

— Je commençais à croire que tu n'étais pas là.

— J'étais en train d'habiller les enfants et Millie a trouvé le cirage. Maintenant, ses chaussures en daim bleu clair sont bleu et noir. Le carrelage de la cuisine ne vaut guère mieux…

— C'est une enfant qui demande beaucoup d'attention.

Sam alla alors droit au but :

— Tu dois savoir pourquoi je t'appelle, Matt. La situation a assez duré. De plus, il y a quelque chose que tu dois savoir…

— Hope est enceinte, interrompit Matt.

Pour une fois, Sam resta sans voix.

— Comment le sais-tu ? Elle ne l'a dit à personne.

— Millie a un nouveau jeu. Ce matin, elle a fait semblant de vomir.

— Ah ! Bon, que vas-tu faire ?

— N'essaie pas de me donner des leçons ! répondit Matt avec colère. Je n'ai pas envie d'écouter tes ordres… Excuse-moi. On recommence toujours de la même façon, comme un disque rayé, n'est-ce pas ? On ne sait rien faire d'autre que se disputer.

— Oui, tu as raison. Excuse-moi aussi.

D'ailleurs, pourquoi devrait-elle se disputer avec lui ? Le but de cet appel était de résoudre le problème de Hope.

— Je l'aime, tu sais, avoua Matt.

— Je sais, répondit Sam, émue. Moi aussi, et c'est sans doute la raison de nos disputes. Nous ne voulons pas la partager.

Elle fit une pause, puis reprit :

— Il ne s'est rien passé avec Christy. Il a flirté avec elle et elle s'est sentie flattée, c'est tout. Si elle n'était pas aussi naïve et confiante, elle l'aurait envoyé balader.

— Je le sais, reconnut Matt.

— Mais tu as des reproches à te faire, toi aussi. Tu l'as bel et bien abandonnée, dans le Kerry. Elle a réussi à se construire une vie normale, mais tu ne l'y as guère aidée.

— Je le sais aussi. Je me suis tellement empêtré dans mes difficultés que je l'ai négligée. Je croyais qu'elle m'attendrait jusqu'à la fin des temps, qu'elle serait toujours là pour moi. Certes, cela n'excuse rien, mais je traversais un moment pénible.

— Et maintenant ?

— Je veux rentrer à la maison. J'ai besoin d'elle, plus qu'elle ne s'en doute, pour être franc.

Sam sentit ses yeux qui piquaient.

— Et ton travail ? Hope adore le Kerry. Elle n'a pas envie de partir. Comment vas-tu tout combiner ?

C'est alors que Matt lui parla de ses projets.

— Mais pourquoi as-tu choisi une robe avec trente petits boutons garnis de soie ? demanda Hope en riant.

Le samedi du mariage de Delphine était arrivé et Hope se débattait avec les minuscules boutonnières.

— Je veux qu'Eugene souffre ce soir pour me déshabiller, expliqua Delphine.

Ses longues boucles rousses tombaient sur ses épaules, compliquant un peu plus la tâche de Hope.

— Il doit me mériter, tu comprends, comme ces chevaliers celtes qui passaient par diverses épreuves avant de poser leurs mains sur de ravissantes jeunes filles, ou je ne sais plus quoi. Je mélange souvent les détails dans ces légendes.

— Eugene s'endormira avant d'arriver au milieu du dos ! affirma Mary-Kate.

Elle venait d'entrer dans la chambre rose de Kilnagoshell. La petite réception qui précédait le mariage avait lieu chez Virginia.

— Virginia nous apporte quelques amuse-gueule pour tenir le coup, annonça encore Mary-Kate. On ne se mettra pas à table avant des heures !

— Je ne peux rien avaler, sinon ma robe va craquer. Je veux avoir l'air mince et virginale quand Eddie dira : « Je bénis le mariage de Delphine Eustacia Lavinia Margaret Ryan et Eugene O'Neill... »

— Delphine Eustacia Lavinia Margaret ? répéta Hope, sidérée.

— Ma sœur lisait des romans à l'eau de rose quand elle attendait Delphine, révéla Mary-Kate. Delphine ne sait pas que, si je ne m'en étais pas mêlée, Pauline l'aurait prénommée Marilyn Scarlett !

Hope, secouée de rire, dut s'arrêter de boutonner la robe.

— Delphine est déjà assez lourd à porter, soupira l'intéressée. Même l'officier d'état civil a failli éclater de rire, hier. Et à l'école, c'était l'enfer ! Je préfère ne pas vous raconter avec quels mots les gamins faisaient rimer mon prénom. Quand nous aurons des enfants, Eugene et moi, nous leur donnerons de beaux noms tout simples comme Mary ou Tom.

— Je ne sais pas, dit Hope d'un ton rêveur. En ce moment, j'aime bien Rosalie, ou Rory pour les garçons. Les noms en « R » me plaisent.

Delphine et Virginia échangèrent un regard entendu.

— Pour le bébé ? demanda Delphine.

Hope les fixa, stupéfaite, et comprit qu'elles savaient la vérité.

— Franchement, il est impossible de garder un secret, avec vous !

— Ce n'en est pas vraiment un. Tu vides ton verre de vin dans le pot de ton ficus, fit remarquer Delphine.

— En ne buvant pas une goutte de champagne quand Delphine a enterré sa vie de célibataire, tu nous as donné un indice décisif, ajouta Mary-Kate. En plus, même si je sais que tu aimes beaucoup le chocolat, je ne crois pas que tu en manges assez pour t'arrondir comme tu l'as fait !

Hope laissa échapper un petit cri, à mi-chemin du sanglot et du rire de soulagement.

— Depuis combien de temps avez-vous compris ?

— Longtemps ! répondit Delphine. Ne pleure pas ! J'ai passé une demi-heure à te maquiller les yeux et tu vas tout gâcher.

— Matt est-il au courant ? demanda Mary-Kate d'une voix prudente.

— Vous êtes aussi insupportables que Sam, répondit Hope avec exaspération. Elle n'arrête pas de m'embêter avec ça.

— Tu dois le lui dire. Il va arriver avec les enfants, tout à l'heure. Vas-tu le faire à l'aéroport ?

— Sam est allée les chercher, répondit Hope en évitant leurs regards.

— Parfait, dit Mary-Kate. Delphine, tu détestes que l'on se mêle de la vie des autres. Je crois que cela ne nous regarde pas.

— Je déteste qu'on se mêle de ma vie. C'est différent !

— Sandwiches pour les enfants !

Virginia se tenait sur le seuil de la pièce, Dinky sur ses talons, et chargée d'une assiette de petits pains au concombre.

— C'est un complot ! s'exclama Hope.

Virginia se mordit la lèvre avec embarras.

— Je voulais dire que j'ai enlevé la croûte. Alors, la nouvelle est officielle ?

— Il y aura une annonce dans le journal, répondit Hope avec un sourire ironique. Oui, je suis enceinte. Non, Matt ne le sait pas et je n'ai pas envie de le lui dire mais : oui, je finirai par le faire.

— Parfait ! dit Virginia. Qui veut du thé ?

Alison se débattait de toutes ses forces dans les bras de Sally.

— Tiens-la ! dit-elle en la mettant dans les bras de Jamie. Après tout, tu es son parrain.

— Je croyais que cela se limitait à lui donner de l'argent à son anniversaire. Je ne pensais pas que j'aurais réellement quelque chose à faire…

Il ne savait pas très bien comment tenir sa nièce, mais celle-ci s'arrêta immédiatement de pleurer et sourit aux anges, heureuse d'avoir attiré l'attention générale sur elle. Elle se mit à tirer gaiement les cheveux de son oncle, qui cria de douleur. Les autres ignorèrent ses protestations, trop occupés à surveiller le tapis roulant des bagages.

— C'est à toi, Dominic ? demanda Laurence en voyant apparaître une vieille valise en cuir tout usée.

— Euh… Non. Si ! Attrape-la !

Dix minutes plus tard, la famille Connell avait rassemblé ses affaires et retenu un taxi pour atteindre Redlion.

— Nous allons à Kilnagoshell House, dit Sally, prenant la situation en main.

Elle avait compris que, une fois réunis, les frères retombaient en enfance, incapables de s'occuper d'eux-mêmes. Rien d'étonnant à ce que Virginia sache si bien se débrouiller seule dans n'importe quelle situation !

— Je ne sais pas exactement où cela se trouve, mais…

— Ne vous en faites pas ! répondit le chauffeur, agitant la main d'un geste insouciant. J'ai une vague idée.

— Bon, si cela vous convient…

Sally avait plutôt l'habitude des chauffeurs qui réclament le code postal du lieu de destination avant de démarrer !

Sam aperçut Millie avant même de voir son beau-frère. Millie courait dans tous les sens, couettes au vent, cherchant sa mère du regard au milieu de la foule de l'aéroport.

— Millie !

Elle se précipita vers Sam et se jeta dans ses bras du même élan.

— Où est maman ? demanda-t-elle, le souffle coupé par la surprise.

— Elle t'attend à Redlion, lui chuchota Sam à l'oreille. Elle aide tante Delphine à se préparer pour son mariage.

— Je suis demoiselle d'honneur, gazouilla Millie. J'ai ma robe. Papa l'a mise dans ma valise.

— Bonjour, Sam.

C'était Matt.

Sam souleva Millie pour la prendre dans ses bras et le salua. En temps ordinaire, ils échangeaient des sourires très froids, comme tous les gens qui se méfient l'un de l'autre. Mais cette fois, Matt lui en fit un affectueux et l'embrassa sur les deux joues.

— Je suis content de te voir, Sam.

— Vous me paraissez très élégant, monsieur Parker. C'est un costume neuf ?

Matt fit une grimace malicieuse.

— C'est un jour spécial. Je dois être aussi beau que possible !

— Tata Ham ! dit Toby.

Matt le souleva pour qu'il puisse embrasser Sam.

— Et maintenant, il faut nous dépêcher si nous ne voulons pas être en retard. Tu conduis, Toby ?

— Non, hurla Millie. Moi ! Moi !

— Sam met longtemps pour revenir de l'aéroport, dit Hope, qui commençait à regarder sa montre.

— Pas de panique ! La bénédiction ne commence pas avant deux heures et il nous reste encore un quart d'heure, la rassura Virginia.

— Je sais, mais Millie ne me pardonnera jamais si elle n'est pas demoiselle d'honneur, expliqua Hope avec nervosité.

Elle jeta un coup d'œil par la fenêtre du salon, guettant l'arrivée de Sam au volant de la Metro.

— Voilà de nouveaux invités, annonça-t-elle.

Un taxi venait de s'arrêter devant Kilnagoshell et plusieurs personnes en descendaient, chargées de valises. Trois jeunes hommes grands et aux cheveux châtains, une jeune femme brune et une petite fille aux boucles rousses lumineuses se tenaient dans l'allée, examinant les alentours.

— Je ne savais pas que certains dormaient ici.

Virginia traversa le salon pour regarder à son tour ce qui se passait.

— Mon Dieu ! Ce sont mes enfants. Je n'y crois pas. Ils ne m'avaient pas prévenue.

Elle se précipita vers l'entrée pour accueillir Sally, Dominic, Jamie, Laurence et la petite Alison.

— Vous ne m'aviez rien dit !

— C'était une surprise pour fêter vos débuts de propriétaire d'un B & B cinq étoiles ! expliqua Sally.

— Les inspecteurs ne sont pas encore venus, répondit Virginia en les embrassant avec bonheur.

— Mais tu seras dans la meilleure catégorie, c'est sûr, dit Dominic d'un ton confiant.

— Que se passe-t-il ici ? demanda Laurence en voyant les gens qui se pressaient dans le jardin, tous sur leur trente et un.

— C'est le mariage de mon amie Delphine. Je suis tellement heureuse de vous voir ! Ah ! Voici Eugene qui arrive avec Eddie. C'est l'heure de la bénédiction. J'aurais aimé que Sam soit là. Millie devait être demoiselle d'honneur et elle nous tuera si elle rate la fête !

— Cette petite puce pourrait la remplacer, dit Mary-Kate, qui sortait de la maison portant un plateau de flûtes de champagne.

Alison faisait des sourires irrésistibles aux adultes, cessant pour un temps de martyriser son oncle.

— Nous ne voulons pas nous imposer, dit Sally. J'ignorais que le mariage se déroulait aujourd'hui. Je croyais que c'était hier.

— Oui, à la mairie, cria Delphine en passant la tête par la fenêtre de l'étage. Plus on est de fous, plus on rit ! Ravie de faire votre connaissance ! Je suis la mariée !

Pauline Ryan vérifia sa tenue encore une fois dans le miroir de courtoisie de la voiture. Son rouge à lèvres était net, et elle ne s'en était pas mis sur les dents. Mais elle sentait que quelque chose n'allait pas. Elle baissa les yeux sur sa jupe bleu clair et, soudain, réalisa : elle portait un tailleur défraîchi, acheté cinq ans plus tôt pour le mariage d'un lointain parent. En dépit de ses efforts pour refouler ses sentiments, une vague de honte la submergeait. Elle se reprochait avec colère de ne pas avoir une tenue neuve. Cet ensemble avait été parfait jusqu'à la semaine précédente, quand les gens avaient commencé à l'arrêter dans la rue pour lui exprimer leur joie d'être invités au mariage de Delphine. Quel homme charmant, cet Eugene, lui répétait-on, et quelle bonne idée de faire la réception à Kilnagoshell ! Pauline, qui avait prévu de faire acte de présence, en avait été estomaquée. De son point de vue, personne ne se montrerait à cette parodie de cérémonie ! Son tailleur bleu serait donc encore assez bon pour l'occasion. Or, voilà que tout le monde, de Mlle Murphy à Belle Maguire, la félicitait, disant qu'elle devait être fière de Delphine, et se demandait quelle tenue choisir parce qu'on ne pouvait jamais être sûr du temps !

Quand Pauline avait pris conscience, le vendredi, qu'elle n'avait rien à se mettre, il était trop tard pour y remédier. Elle ne pouvait se déshonorer en se glissant en cachette dans la boutique de Lucille pour acheter un ensemble convenable, car Redlion aurait su, alors, que la mère de la mariée n'avait pas jugé bon d'être à la hauteur. Quelle humiliation !

— C'est une belle maison, n'est-ce pas ? dit nerveusement Fonsie, son mari, comme la voiture remontait l'allée plantée d'arbres de Kilnagoshell.

Il avait horreur de ces disputes incessantes. Si seulement il avait eu le courage de résister à Pauline ! Il aurait tellement aimé lui dire d'arrêter ses bêtises et qu'il irait au mariage de sa fille, église ou pas. Mais c'était un homme très doux, terrifié par sa femme.

— Ce n'est pas mal, admit Pauline à contrecœur en examinant la jolie façade, dont l'entrée s'ornait d'un ravissant rosier grimpant couvert de fleurs.

Fonsie se gara et descendit de voiture, soudain pressé de voir Delphine et de l'embrasser. Il l'aimait de tout son cœur et considérait Eugene comme un homme respectable. Bien sûr, Pauline ignorait qu'il le connaissait. Elle aurait explosé de colère si elle l'avait su. Fonsie claqua la portière. Il en avait assez de sa femme, vraiment assez !

— Je vais voir Delphine.

Si la voiture lui avait parlé, Pauline n'aurait pas été plus étonnée. Fonsie faisait toujours ce qu'elle voulait et, dans l'instant présent, elle désirait se mêler aux invités pour savoir qui était là. Mais Fonsie s'éloignait déjà à grandes enjambées et entrait dans la maison, comme s'il était chez lui.

Pauline tourna le coin du bâtiment, arriva dans la roseraie et s'arrêta, stupéfaite. Là, profitant d'une des plus belles journées de l'année, se trouvait la moitié de Redlion qui, visiblement, s'amusait beaucoup. Avec un choc, elle découvrit même le père McTeague, qui riait avec ses ouailles à s'en décrocher la mâchoire. Elle gonfla la poitrine de colère tel un crapaud furieux, puis se dégonfla tout aussi vite. Que pourrait-elle dire ? C'était un homme de Dieu, il connaissait le règlement. Il ne serait pas là s'il pensait que Delphine se damnait en épousant un divorcé.

— Pauline ! hurla-t-il en l'apercevant. Venez donc nous rejoindre ! Nous pensions que la mère de la mariée serait trop occupée pour nous accorder une minute.

Pauline s'arracha péniblement un demi-sourire et rejoignit le groupe, où tout le monde la félicita.

— J'ai hâte de voir sa robe, soupira Mlle Murphy d'un air extasié. Mme Connell dit qu'elle ressemble à une princesse de conte de fées. C'est vrai ? Vous devez être tellement contente !

Tous les regards convergeaient vers Pauline qui, pendant un moment très déplaisant, se demanda si son opposition à ce mariage impie était connue. Non, c'était impossible… Avec un geste de la main copié sur la reine Elisabeth à la télévision, elle poussa un grand soupir.

— Contente ? Le mot est faible. Nous sommes fous de bonheur !

Le père McTeague cessa de retenir son souffle et sourit.

— Je savais que vous seriez heureuse, dit-il avec un pétillement amusé dans les yeux. Ah ! Je crois que vous ne connaissez pas nos invitées de Londres : Reenie, Sandra et Pammy Turner.

— Comme tu es belle, ma Delphine ! dit Fonsie devant le ravissant spectacle offert par sa fille unique.

La robe ivoire se composait d'un corsage très ajusté et d'une longue jupe bouffante, rehaussés de broderies au fil d'or. C'était une tenue de rêve et Delphine, sa chevelure rousse tombant sur ses épaules en boucles luxuriantes, ressemblait, en effet, à une princesse de légende.

— Je suis vraiment désolé au sujet de ta mère, mais elle est là. Je regrette de ne pas lui avoir tenu tête, ajouta-t-il en baissant les yeux avec tristesse.

— Ne dis pas de bêtises, papa ! répondit Delphine en l'embrassant doucement sur la joue. Vous êtes là, c'est tout ce qui compte. Tu veux bien me conduire à l'autel ?

— Maman ! hurla Millie.

Elle traversa en courant l'entrée de Kilnagoshell, sa robe à demi boutonnée. Sam n'avait pas réussi à le faire correctement car, à l'arrière de la voiture, on était très secoué.

— Ma Millie ! s'exclama Hope en la prenant dans ses bras. J'avais peur que vous n'arriviez pas à l'heure. Delphine attend.

Elle fit pivoter Millie et finit de fermer sa robe dans le dos. Ensuite, elle prit la couronne de roses ivoire qu'elle avait préparée et la lui fixa dans les cheveux avec des pinces. Il n'y avait plus qu'à lui donner le petit bouquet rond.

— Prête ?

Millie répondit « oui » d'un vigoureux hochement de tête.

Hope jeta un coup d'œil anxieux à sa silhouette dans le miroir de l'entrée. Le pantalon de son ensemble améthyste était à présent trop serré et elle n'avait pas pu fermer le dernier bouton. Elle espérait qu'elle ne le perdrait pas au moment crucial, dévoilant sa culotte confortable et ses chaussettes pop, d'une élégance indiscutable…

— Où est Toby ? demanda-t-elle à Millie.

— Avec papa !

— Avec papa ? Mais qu'est-ce que papa fait ici ? dit Hope, suffoquée.

— J'assiste au mariage. J'étais invité, n'est-ce pas ? dit Matt qui venait d'entrer.

Sa haute silhouette se découpait dans le soleil. Ses cheveux étaient trop courts et il avait l'air fatigué, mais cela ne l'empêchait pas de dégager toujours autant de séduction. De plus, il était tiré à quatre épingles dans un élégant costume. Il portait la cravate que Hope lui avait offerte pour ses quarante ans. Tout en lui l'émouvait et elle ne désirait qu'une chose : se jeter dans ses bras et ne plus jamais en bouger.

— Matt ! s'exclama Delphine avec ravissement.

Elle descendait l'escalier, son père à côté d'elle et Mary-Kate derrière, soutenant sa traîne.

— Bien ! reprit-elle. Tout est prêt ?

Ce n'était pas le moment des explications. On indiqua sa place à Millie, derrière Delphine. Ensuite, Mary-Kate, Matt et Hope se dépêchèrent de s'installer dans la roseraie.

Le groupe de musique traditionnelle qui jouait au pub, un violon, un accordéon et un *bodhran* – peau de chèvre tendue sur un cercle, et que l'on frappe avec une baguette courte –, attaqua la marche nuptiale. Le résultat était étrange, mais Delphine et Hope n'avaient jamais entendu musique plus douce. Delphine avançait vers son bien-aimé, qui l'attendait, bien droit dans son complet tout froissé. Hope se tenait à côté de Matt, qui lui serrait la main à la briser. Toby, fatigué, s'accrochait aux jambes de Sam. Matt se pencha à l'oreille de Hope et murmura : « Je t'aime. » Hope, libérée de son angoisse et de son inquiétude, chuchota : « S'il te plaît… » et s'arrêta, de peur d'éclater en sanglots.

Virginia était avec sa famille, la petite Alison endormie dans ses bras.

— Comment fais-tu ? lui demanda Jamie, sidéré. C'est une terreur avec tout le monde !

— Elle sait qu'elle est avec sa grand-mère, répondit Virginia en souriant.

Elle baissa la tête pour admirer sa petite-fille et caressa ses boucles rousses.

Quand Eugene se pencha enfin sur Delphine pour l'embrasser sur la bouche, il n'y avait plus un œil de sec à Kilnagoshell. On vit même Pauline chercher un mouchoir dans son sac.

— Tiens ! dit Mary-Kate en lui en tendant un en papier. Contente d'être venue ?

Pauline répondit oui en reniflant.

— Et tu arrêtes la bagarre, d'accord ?

Pauline acquiesça d'un signe de la tête.

— Parfait ! Maintenant, viens avec moi aux cuisines : la mère de la mariée doit surveiller le traiteur. Tu tiens à ta réputation, n'est-ce pas ?

De son côté, Reenie aussi se tamponnait les yeux.

— Quel dommage que Nicole n'ait pas pu venir. Cela lui aurait beaucoup plu.

— Oui, répondit Sandra en s'éventant avec sa pochette. Tu passes de bons moments, maman ?

— Tu es loin du compte ! C'est extraordinaire ! À propos, j'ai papoté avec cet aimable prêtre. Je lui ai dit que ma famille est partie depuis longtemps, mais que j'aimerais savoir s'il me reste des parents dans la région. Lundi, il va me donner un coup de main. On ne sait pas ce qu'on pourrait trouver…

— Nicole en serait très heureuse, dit Sandra, mais ce qu'elle aimerait vraiment, ce serait de retrouver son père.

Reenie tapota la main de sa fille.

— Il y a un temps pour tout, Sandra. Ne t'inquiète pas, ça s'arrangera. De toute façon, je peux te dire que tu l'as très bien élevée, avec ou sans père.

— Vraiment ? demanda Sandra, stupéfaite.

— Oui, vraiment.

Tandis que Delphine et Eugene embrassaient tout le monde, Matt entraîna Hope à l'écart sur la pelouse de devant. Sam, qui les surveillait du coin de l'œil en faisant des vœux, prit Millie et Toby par la main, et leur proposa de chercher Dinky pour jouer avec elle.

— Pourquoi es-tu revenu aujourd'hui ? demanda Hope sans lâcher la main de Matt.

— Parce que je me suis conduit comme un idiot. Tu ne peux pas savoir à quel point tu m'as manqué.

Elle eut une pensée pour ces nuits sans sommeil et ces semaines affreuses, où elle était convaincue que le bonheur ne reviendrait pas.

— Si, je le sais, parce que tu m'as manqué, toi aussi. Je croyais ne jamais te revoir. Et je ne pouvais pas me mettre à genoux pour te supplier, tu dois le comprendre.

— J'ai mis longtemps à l'admettre. Je pensais à la femme que je connaissais, qui esquivait toute dispute et s'excusait la première même si elle n'y était pour rien, plutôt que de laisser planer un soupçon de désaccord. Pour être tout à fait franc, j'ai cru, un moment, que tu l'aimais et que c'était pour cela que tu ne m'appelais pas sans arrêt en me demandant de revenir.

— Oh ! Matt, dit-elle en se tournant pour lui faire face ; il ne s'est rien passé avec Christy. J'ai flirté avec lui, c'est tout, et j'ai été trop bête pour le lui faire comprendre. Je ne l'aime pas, je n'ai rien à faire de lui !

— Tu es si candide !

Il lui caressa le visage avec douceur et la fit asseoir sur le banc de pierre couvert de lichen.

— J'étais vexé, blessé dans mon orgueil. Je ne comprenais pas que tu m'aies fait ça ni pourquoi tu maintenais le silence entre nous.

— J'ai changé. Si je t'avais supplié de revenir, je me serais détestée et tu m'aurais haïe à cause de ce que tu imaginais. Il fallait que tu me pardonnes parce que tu avais fait l'effort d'y voir clair.

— Quand j'ai enfin essayé de réfléchir, j'ai commencé à comprendre un peu. Je me suis très mal conduit envers toi. Quand nous avons emménagé ici, je t'ai laissée te débrouiller. Et j'ai été étonné en découvrant que cela t'avait obligée à évoluer.

— En m'améliorant, j'espère ! Je me reposais trop sur toi. J'ai appris à me prendre en charge. Ce qui me rappelle quelque chose… Tu ne m'as jamais dit que ton livre n'avançait pas. Si tu l'avais fait, j'aurais compris pourquoi tu étais si…

— Difficile à vivre ? suggéra Matt en tressaillant. Je ne voulais pas que cela se sache. Pendant des années, je m'étais convaincu de ma capacité à écrire. J'ai trouvé très humiliant de m'apercevoir que je n'y arrivais pas. Je suis désolé. Cela m'a rendu odieux et c'était injuste envers toi. Je vous ai négligés, toi et les enfants.

Tandis qu'il parlait, ses yeux étaient pleins de chagrin.

— Je ne supportais pas d'être un raté et de savoir que tu le découvrirais, tôt ou tard. C'était intolérable. Je t'ai fait venir jusqu'ici, dans un endroit que tu ne connaissais pas ; je t'ai laissée seule pour t'occuper de tout et j'ai échoué à remplir mes obligations.

— Tu es tout sauf un raté, Matt, répondit Hope, dont les yeux brillaient. Tu es l'homme que j'aime. Tu n'es pas parfait, mais moi non plus !

— Je sais, mais il n'en reste pas moins que je t'ai négligée. Je te promets que cela ne se reproduira pas. Surtout pas maintenant, dit-il en posant doucement la main sur le ventre de Hope.

— C'est ton enfant, dit-elle avec véhémence.

— Je sais. Je sais que tu n'es pas allée avec un autre homme. J'aurais dû te laisser le bénéfice du doute. Mais j'ai perdu la tête en te voyant avec lui. Cela n'a fait que renforcer mon sentiment d'échec. Je voulais partir et tout oublier. Je fuyais le fait que ma vie ici ne marchait pas comme prévu. Si j'avais agi avec un peu de bon sens, conclut-il en baissant la tête, rien de tout cela ne serait arrivé.

— Mais… demanda Hope, interloquée. Comment as-tu su que je suis enceinte ?

— Je m'en suis douté à cause de Millie. Elle m'a dit que, quand on est malade le matin, on est grande !

Il raconta à Hope l'épisode du pot de pickles.

— Ce n'est pas tout. Ne te fâche pas, s'il te plaît, mais Sam m'a appelé hier pour me dire que je devais prendre mes responsabilités, et nous avons abordé la question de ta grossesse.

Hope leva les yeux au ciel.

— Je lui demande depuis des mois de ne pas intervenir dans ma vie. Je suis très étonnée.

— Elle t'aime.

— Ce n'est pas cela qui m'étonne, mais que vous soyez parvenus à vous parler.

— Eh bien, tu vois ! Elle est formidable avec les enfants, n'est-ce pas ? À l'aéroport, ils sont devenus fous en la voyant. Ce n'est pas une mince affaire que de s'occuper d'eux. Je ne sais pas comment tu fais. Je crois que nous devrions avoir une nounou qui s'en occuperait quand nous serons en voyage.

Hope le dévisagea, les yeux ronds.

— Qu'entends-tu par « avoir une nounou » ? Nous sommes complètement fauchés ! Nous pouvons à peine nous permettre une baby-sitter. À moins que tu n'aies repris ton travail à l'agence ?

— C'est une longue histoire. Adam est revenu et, sincèrement, j'ai trouvé difficile de retravailler pour lui après avoir dirigé l'agence. Je n'y retournerai donc pas. Dans des circonstances normales, je n'aurais pas d'autre solution que de créer mon affaire.

Hope le regardait avec inquiétude et ne remarqua pas son allusion aux « circonstances normales ». Comment allaient-ils faire ?

— À quoi as-tu pensé ? demanda-t-elle.

Matt brûlait d'impatience de tout lui dire.

— Mon grand roman est une catastrophe mais, à Bath, comment tu me manquais, je me suis distrait en écrivant un récit comique. C'est sans prétention littéraire, mais j'y ai pris beaucoup de plaisir.

Hope le fixait toujours, se demandant où il voulait en venir.

— Dan m'a persuadé de l'envoyer à un agent. Je trouvais ça fou mais je l'ai fait. Sincèrement, je ne pensais même pas qu'on me répondrait. Le jour où Millie a joué à être malade, j'ai déposé les enfants chez Betsey et, en rentrant à la maison, la surprise m'attendait au courrier. Une lettre de mon agent !

Il sourit à Hope.

— J'adore ce mot ! Bref, il me priait instamment de l'appeler, car j'avais oublié d'indiquer mon numéro. J'ai donc téléphoné et, tu ne le croiras pas, il m'a dit qu'il avait beaucoup aimé mon œuvre. Il était tellement emballé qu'il avait déjà demandé à un éditeur d'y jeter un coup d'œil.

Matt prit les mains de Hope dans les siennes et la regarda droit dans les yeux.

— Hope, on m'a offert un quart de million de livres pour trois ouvrages. J'y suis arrivé, Hope. Je suis un écrivain, ça a marché !

— Matt, c'est merveilleux ! dit Hope d'une voix émue. Je suis fière de toi !

Elle le prit dans ses bras et l'embrassa avec passion.

— Nous avons deux futures réussites en route, répondit-il en lui caressant le ventre, avec un grand sourire heureux.

— Encore une chose, dit Hope, soudain inquiète.

C'était un point essentiel et ils devaient en parler, quoi qu'il advienne.

— J'aimerais rester à Redlion. C'est très important pour moi. Penses-tu que ce sera possible ?

— Quitter cette oasis d'esprit créatif ? Certainement pas !

Nicole réalisa pour la première fois que sa vie avait pris un tournant radical un mercredi après-midi. En sortant de sa résidence, elle se heurta à une meute de photographes déchaînés. Elle avait le téléphone collé à l'oreille et parlait avec sa mère. Elle jeta distraitement un coup d'œil circulaire, cherchant la cause de cet émoi. Mais il n'y avait personne derrière elle, pas de star en lunettes noires essayant de passer inaperçue. C'était elle qui provoquait cela, et elle seule : Nicole Turner.

— Nicole, qu'est-ce que ça vous fait de savoir que tout le monde vous désigne comme le futur numéro un au hit-parade avec votre premier single ? cria une journaliste qui portait un magnétophone accroché à une épaule et un énorme sac à l'autre. Allez-vous téléphoner à Lorelei pour le lui dire ou êtes-vous toujours fâchées ?

Plusieurs micros se tendirent devant elle. Pétrifiée, elle sentit avec soulagement que Isya, l'assistante de son manager, la prenait par le bras et l'entraînait à l'écart.

— Nicole revient dans un instant, annonça Talia, une grande femme autoritaire qui travaillait à la promotion chez LGBK.

Au cours des deux semaines précédentes, elle avait accompagné Nicole comme son ombre dans une série épuisante de représentations et d'interviews. Tournant le dos aux journalistes, elle lui fit face.

— On a essayé de vous joindre toute la matinée pour vous prévenir.

— Je vous ai laissé des dizaines de messages sur votre portable, lui reprocha Isya.

— Je viens seulement de l'allumer, répondit Nicole. Elle avait enfin pu faire cette grasse matinée dont elle rêvait après cette série de déplacements harassants.

— J'ai eu un tel choc en voyant tous ces gens…

— Nous venons d'arriver, reconnut Talia, et nous ne pensions pas qu'ils seraient là. J'ignore comment ils se sont procuré votre adresse. Nous avons une séance de photos demain à la télévision pour l'émission du matin, et je croyais que cela les intéresserait plus facilement.

— Mais je ne comprends toujours pas pourquoi ils sont là ? dit Nicole, sous le choc. Mon disque n'est sorti que lundi. Il n'est même pas au hit-parade. Comment pourrais-je être déjà numéro un ?

Talia s'autorisa un sourire de satisfaction. Elle avait travaillé dur et le résultat était là !

— Les chiffres sont extraordinaires. Nous avons ceux de milieu de semaine. En deux jours, plus de cinquante mille disques sont partis ! C'est fantastique. Si cela continue à ce rythme, vous serez numéro un avec une des plus grosses ventes que l'on ait connues.

Nicole avait du mal à réaliser ce qui lui arrivait.

— Et maintenant, reprit Talia en jetant un coup d'œil aux journalistes qui piaffaient d'impatience, je veux que vous souriiez, que vous preniez la pose et leur disiez que vous êtes folle de joie.

— Surtout, ne mentionnez pas Lorelei. Son manager fait partie de la même agence que le vôtre ! ajouta Isya.

— C'est une garce finie, répondit paisiblement Nicole.

— Il faut se montrer magnanime au moment de la victoire, conseilla Talia. Son disque est aussi sorti lundi et, d'après les premiers chiffres, le seul endroit où il se vend, c'est le magasin du quartier de sa mère.

Nicole ne put s'empêcher de sourire. Bien fait !

Elle se laissa photographier à loisir et répéta à quel point elle était heureuse. Talia prévint les journalistes qu'elle ne répondrait qu'à cinq questions. Soudain, celle que Nicole redoutait le plus fusa :

— Vous êtes à moitié indienne, mais vous ne parlez jamais de votre héritage culturel. Est-ce que vous n'essayez pas de le gommer en faisant comme si vous étiez blanche ?

Talia et Isya faillirent se trouver mal, mais Nicole était prête.

— Je n'ai jamais connu mon père. C'est pourquoi j'ignore tout de la culture indienne. Mais j'aimerais beaucoup y remédier. Je veux savoir d'où je viens. Je suis très fière de ce que je suis, ce mélange !

Elle termina par son sourire numéro un.

— C'est fini !

Talia entraîna Nicole vers la limousine qui attendait en ajoutant, admirative :

— Vous vous êtes bien débrouillée.

Nicole haussa les épaules.

— Cela devait arriver un jour ou l'autre. On verra bien ce qu'ils racontent. J'en ai longuement parlé avec Darius, ma mère et ma grand-mère. Il n'y a rien dont je doive rougir et, qui sait, je finirai peut-être par retrouver mon père. Cela me plairait beaucoup…

Talia l'examina, intriguée. Pas d'erreur : Nicole Turner n'avait rien à voir avec les autres chanteuses à la voix d'or, comme on les appelait. Elle était très agréablement différente.

— Bien.

Talia consulta son agenda.

— Et maintenant, nous avons deux interviews pour des journaux, quatre pour des émissions de radio aux heures de grande écoute et, ce soir, vous passez une tenue de gala pour la première d'un film. La styliste a plusieurs robes fabuleuses à vous faire essayer. Alors, on fonce, d'accord ?

— Oui, on fonce !

Nicole ne pouvait plus s'arrêter de sourire. Son disque battait des records de vente. N'était-ce pas merveilleux ? Même si elle n'était pas numéro un, elle n'oublierait jamais ces instants magiques.

Dans les coulisses de *Top of the pops*, Nicole examina sa loge toute simple.

— Êtes-vous certaine de ne rien désirer ? demanda une très belle fille dont le travail consistait à s'assurer que les artistes avaient tout ce que leur petite personne exigeante souhaitait.

Nicole, avec une pensée pour ces chanteurs de cauchemar qui rendaient la vie de leur entourage infernale par leurs caprices permanents, lui adressa un sourire chaleureux.

— Si c'est possible, j'aimerais juste un thé au citron et du miel pour ma gorge.

La fille soupira. Si seulement les artistes étaient tous aussi faciles ! Quand cette saleté de Lorelei était venue, elle avait réclamé quatre loges pour son entourage et six bouteilles de Krug dans chacune d'elles. Ensuite, elle avait exigé qu'un restaurant coté lui envoie un repas de poisson biologique absolument ruineux, et elle n'y avait touché que pour y écraser ses mégots… Personne n'avait été trop peiné du retentissant échec de son disque.

Darius se tenait discrètement à la porte, inaperçu de Nicole et de l'assistante. Il était très fier. Nicole était incroyable ! Elle avait tout : la beauté, une voix d'ange et, en plus, elle était gentille. La carapace derrière laquelle elle s'abritait dissimulait une infinie douceur. Elle allait devenir une très grande star, il en avait à présent la certitude.

Nicole avait compris qu'elle n'arriverait pas à la première place en jouant les prima donna. Elle savait, à l'inverse de beaucoup de gens qu'elle avait côtoyés, que la réussite nécessitait un énorme travail, une implication totale et un professionnalisme sans faille. Beaucoup, dans le monde du spectacle, s'imaginaient que l'on se frayait un chemin vers la gloire en se conduisant mal, en étant grossier et capricieux, et en s'entourant d'une cour. D'après l'expérience de Darius, plus grande était celle-ci, plus fort était l'ego.

— N'est-elle pas adorable ? dit l'assistante en sortant de la loge.

— Si, répondit Darius.

Au son de sa voix, Nicole leva des yeux pleins de joie.

— Tu es là !

Elle se leva d'un bond, le tira par la main pour le faire entrer et ferma la porte à clef.

— Tu m'as manqué.

Il revenait de Suède, où il avait accompagné un nouveau groupe pour travailler sur son album avec les meilleurs producteurs. Nicole et lui ne s'étaient donc pas vus depuis une semaine. Ils s'étreignirent avec élan et leurs lèvres se joignirent.

— Tu m'as tellement manqué, dit-il d'une voix étranglée.

Il la serrait étroitement contre lui, comme s'il avait peur de la perdre.

— Moi aussi, répéta Nicole.

Elle posa sa tête contre la poitrine de Darius. Elle se sentait si bien, là ! Elle venait de vivre une semaine extraordinaire, avec le succès foudroyant de son single. Mais, au milieu des interviews, des représentations et des séances de dédicace, elle avait eu très envie d'une soirée tranquille avec Darius, où ils se blottiraient sur le canapé avant de rejoindre la chambre.

— Bob Fellowes attend dans le couloir, dit Darius, et Sam nous retrouvera un peu plus tard. Elle est très fière de toi. Moi aussi ! Tu vas devenir une grande star, ma chérie.

— Promets-moi une chose, demanda Nicole.

— Tout ce que tu voudras.

— Tu seras toujours là ?

— Je te le promets.

Sam, qui rapportait un gros carton chez elle, s'étonna de la quantité de choses qu'on arrive à accumuler en quelques mois seulement. Elle avait vidé le bureau qu'elle occupait chez Titus dans l'après-midi et, en montant l'escalier, craignit de se faire un tour de reins sous le poids de la charge. Lydia avait ri en la voyant vider ses tiroirs bourrés à craquer.

« C'est bien joli, cette politique de bureaux minimalistes sans un papier qui traîne ! avait-elle dit. Mais il y a des inconvénients !

— Plutôt ! avait grogné Sam. On entasse tout dans les tiroirs au lieu de tout laisser sorti.

— À demain, avait encore dit Lydia en partant. N'oubliez pas de vous faire belle ! »

Lydia organisait une soirée d'adieu pour Sam le lendemain soir. Sam ne se souvenait plus de la dernière fois où l'on avait pris la peine de lui en faire une.

Enfin arrivée chez elle, elle vérifia ses e-mails et fut très heureuse de trouver un long message de Hope.

« Salut, Sam ! J'espère que tu vas bien. Ici, tout va pour le mieux. Matt est en très grande forme. Il se rend à Londres la semaine prochaine pour signer avec l'éditeur. Peut-être pourrez-vous vous voir. Virginia et Mary-Kate vont en voiture à Dublin avec lui. Elles ont décidé de faire un tour en Allemagne pour visiter les B & B. Cela permettra à Virginia d'avoir une idée des critères de qualité. Mary-Kate ne tient plus en place ! Elle n'a pas pris de vacances depuis des années. Virginia lui répond toujours qu'elle a trop peur que Redlion s'effondre en son absence.

« Nous prenons Dinky en pension pendant l'absence de Virginia. Millie est folle de joie. Elle nous harcèle pour avoir un chien, mais je crains que ce ne soit pas une très bonne idée avant l'arrivée du bébé. Je redoute qu'il soit jaloux et devienne méchant. Matt aussi en a très envie. Il estime qu'il nous faut un mâle pour rééquilibrer la situation ! D'après ma dernière échographie, ce serait une fille – nous avons envie de l'appeler Rosalie, qu'en penses-tu ? Matt m'a dit qu'il n'y aura donc que deux hommes pour trois femmes à la maison et qu'un animal mâle s'imposait ! Tu te rends compte !

« Ce soir, nous dînons dehors avec Eugene et Delphine. Ils sont rentrés de leur lune de miel et Delphine meurt d'envie de nous montrer son bronzage. J'ai appris une autre bonne nouvelle, grâce à Delphine. Le beau Christy a définitivement quitté l'hôtel. Il s'y conduisait comme s'il lui avait appartenu, mais même les directeurs peuvent être licenciés. D'après ce que Delphine m'a raconté au téléphone, il se serait produit un incident pénible avec la petite amie d'un client à peu près à l'époque où tu y séjournais. Il a été question d'un procès et ses employeurs l'ont renvoyé. Cela ne m'étonne pas. Ce soir, j'entraînerai Delphine dans les toilettes pour avoir tous les détails !

« Comment vont Reenie, Sandra et Pammy ? Tout le monde les a aimées, ici, et espère les revoir. On aimerait beaucoup faire la connaissance de Nicole, aussi ! C'est fantastique de voir qu'elle reste en tête du hit-parade. On l'entend sans arrêt à la radio. Si elle venait, elle ne pourrait pas faire un pas dans la rue sans créer une émeute !

« Appelle-moi vite. On ne s'est pas parlé depuis une éternité. Je t'embrasse. Hope. »

Sam éteignit son ordinateur en souriant. Quelle chance que tout se soit arrangé pour sa sœur ! Elle aurait bien aimé que cela lui arrive aussi. Au moins, pensa-t-elle en prenant Tabitha dans ses bras pour l'embrasser, au moins elle avait les chats pour lui tenir compagnie. Il lui suffisait de rester très active et tout irait bien. Elle s'occupa de nourrir les chatons, puis sortit pour dire bonjour à George et Felicity. Ils avaient beaucoup aimé ses suggestions pour développer leur affaire et étaient devenus les premiers clients de Spike Solutions. Sam avait passé des heures à chercher un nom pour sa société, et il avait suffi que Spike saute sur la table et se couche sur les papiers pour que la lumière se fasse !

Sam rassembla ses dossiers, les rangea dans son cartable et sortit. La soirée était tiède. En poussant le portillon, Sam jeta machinalement un coup d'œil à la maison de Morgan. Le panneau avait disparu. La maison était donc vendue… Elle se demanda où était Morgan.

George et Felicity étaient sur les dents. Ils prirent un quart d'heure pour parler avec Sam de leurs projets puis s'excusèrent : ils devaient se mettre au travail, car toutes les tables étaient réservées.

— Restez dîner, lui proposa George.

— Non. Je n'améliorerai pas vos affaires si je me laisse nourrir chaque fois que je viens !

— Asseyez-vous ! Je vous donne une carafe de vin rouge ?

Sam dégusta une salade de roquette en lisant ses notes, ne s'interrompant que pour poser sa fourchette et prendre une gorgée de vin. Le restaurant bourdonnait d'activité. Il y avait surtout des couples qui se regardaient dans les yeux. Felicity et George lui faisaient signe chaque fois qu'ils passaient devant sa table. D'une certaine façon, cela ne faisait qu'accroître son sentiment de solitude. Son regard se perdit dans le vague tandis qu'elle pensait aux événements des dernières semaines. Sa vie professionnelle était transformée. De ce point de vue, elle vivait une véritable révolution. Mais sa vie privée restait la même. Elle ne savait pas comment elle s'en serait sortie sans

Spike et Tabitha, qui l'attendaient chez elle, le soir. Leur affection rendait le quotidien supportable et, quand Sam se sentait triste, elle faisait un câlin à Tabitha jusqu'à ce que Spike se manifeste, outrée de se sentir délaissée.

— Mon Dieu ! s'exclama Felicity d'une voix étranglée.

Elle devint subitement toute rose. Sam ne connaissait qu'une seule personne capable de lui faire autant d'effet : Morgan.

Il apparut derrière elle, toujours le même. Tous les regards des clients se tournèrent instantanément vers lui. Sam reçut un tel choc qu'elle renversa son vin, qui se répandit en grande traînée rouge sur la nappe. Elle ne pouvait détacher ses yeux de lui. Son cœur battait à tout rompre.

— Je vais chercher un torchon, dit Felicity en s'esquivant.

Sam leva les yeux vers Morgan. Il était bronzé et avait l'air en grande forme, comme s'il revenait d'un séjour au soleil. Il portait son vieux jean et une chemise grise dont l'entrebâillement dévoilait un peu de son torse musclé dont Sam avait rêvé. Il avait les cheveux plus courts, mais on était encore loin d'une coupe bien dégagée sur les oreilles ! Son visage était inchangé, avec ce nez d'oiseau de proie qui lui donnait l'allure d'un conquérant du Moyen Âge et ces yeux à demi clos qui l'observaient. Sam n'aurait pas été étonnée de le voir arriver sur un cheval caparaçonné et brandissant une grande épée !

— Puis-je m'asseoir ?

Sam fit un geste d'acquiescement. Elle ne voulait pas être impolie. Simplement, les mots n'arrivaient pas. Elle retrouva enfin sa voix.

— Comment vas-tu ?

Elle savait qu'elle devait lui sembler terriblement distante, mais elle ne pouvait pas s'en empêcher. Son cerveau était paralysé.

— J'ai été très malheureux, déclara-t-il. Malheureux à en crever, et c'est ta faute !

Quelques personnes levèrent les yeux. Sam restait muette.

— C'est pour ça que je suis venu : pour vous dire ce que je pense, mademoiselle Smith !

Il se leva et, soudain, se laissa tomber à genoux. À présent, toute la salle regardait. Ce n'était pas habituel qu'une personne s'agenouille devant une autre, surtout dans un restaurant !

Sam le fixait sans réagir, tétanisée.

— Vous savez, tout est de sa faute, reprit Morgan d'une voix forte pour le plus grand profit des clients.

Tout le monde avait cessé de manger et écoutait avec délice.

— Tu es susceptible, autoritaire, et tu trouves que je m'habille mal !

À chaque nouveau reproche, Sam rougissait un peu plus.

— Mais en dépit de tout ça, et bien que tu sembles me considérer comme le séducteur le plus vil depuis Casanova, je suis fou de toi.

Sam n'en croyait pas ses oreilles. Elle avait dû mal entendre !

— Vous vous rendez compte ? demanda Morgan au couple assis à la table voisine.

L'homme et la femme écoutaient sans la moindre gêne et avaient même déplacé leurs chaises pour mieux voir la scène.

— Oui ! répondit la femme avec admiration. Elle vous tyrannise, mais vous aimez ça !

— Non, pas beaucoup, dit Morgan d'une voix pensive, mais comme je l'aime, je le supporte.

— Aaaaah ! fit la salle.

— Mais attention aux abus d'autorité ! protestèrent gentiment les messieurs présents.

— Oui, attention ! répéta Morgan. Juste ce qu'il faut pour pouvoir se disputer. Je lui montre que c'est moi qui commande – naturellement, puisque je suis un homme ! – et ensuite, on peut se réconcilier, ce qui est le meilleur moment de l'histoire.

Heureusement qu'il pouvait parler, se dit Sam, car, pour sa part, elle en était incapable.

— N'est-ce pas que rien ne surpasse une réconciliation ? dit-il en s'approchant d'elle.

Ses genoux craquant, il ajouta :

— Je deviens trop vieux pour ce genre d'exercice. Mes articulations ne suivent plus !

— L'huile de foie de morue est idéale pour cela, lui conseilla spontanément une femme assise à l'une des tables les plus proches.

— Veux-tu te réconcilier avec moi ? demanda Morgan.

Il était si près d'elle qu'elle sentait son haleine légèrement parfumée à la menthe. Cela lui rappela leur première rencontre.

— Je suis désolée de m'être trompée au sujet de Maggie, réussit-elle enfin à dire d'une voix hachée.

— Maggie est une jeune fille charmante, mais elle trouve normal d'être amoureuse de son beau-père. Pour moi, c'est très gênant, sans parler du problème que cela pose à notre époque… Elle se comporte ainsi pour nous dresser l'un contre l'autre, sa mère et moi. Tu es tombée au mauvais moment.

— Je regrette tellement…

— Arrête de t'excuser ! Je n'ai pas l'habitude d'entendre de tels mots dans ta bouche.

Elle se mit soudain à rire et lui donna gentiment une tape sur le bras.

— Oh oui ! gémit-il. Frappe-moi encore, j'aime ça !

Enfin, il se pencha sur elle et l'embrassa avec tant de fougue que Sam sentit tout son corps fondre de désir. Seul le bruit des applaudissements les fit se séparer.

— Le spectacle est terminé, dit Morgan en se relevant dans un grand craquement d'articulations.

Il prit ensuite Sam par les bras pour l'obliger à se lever.

— On rentre pour finir de se réconcilier.

— George, Felicity, balbutia Sam. Je vous dois un dîner…

— Ne vous inquiétez pas ! dit George, l'air satisfait comme un chat qui a trouvé un bol de crème.

— Mais je veux…

— Sauvez-vous ! dit Felicity, qui rayonnait.

— Ne revenez pas avant d'être mariés ! cria un vieil homme.

Morgan poussa la porte et ils se retrouvèrent dans la rue, suivis par les encouragements.

— Pourquoi as-tu fait cela ? demanda Sam dont le pouls retrouvait peu à peu un rythme normal.

Morgan lui prit la main et Sam sentit son cœur s'emballer de nouveau.

— Je voulais te faire comprendre mes sentiments à ton égard. Si je t'avais croisée dans la rue, tu serais restée très formaliste, comme la parfaite dirigeante d'entreprise maîtresse d'elle-même.

— Ce n'est pas vrai !

— Bien sûr que si !

Morgan prit une profonde inspiration.

— Il m'a fallu longtemps avant de te le dire, mais tu m'attires depuis le premier instant où je t'ai vue. Tu es entrée dans ma vie comme une furie, une espèce de boule d'énergie blonde qui a arraché la prise de ma chaîne stéréo et m'a fait un énorme bleu au tibia !

Il remonta sa jambe de pantalon pour lui montrer l'endroit où elle l'avait frappé.

— Gros bébé ! Je portais des espadrilles et je me suis fait beaucoup plus mal qu'à toi !

— C'est possible.

Cette fois, il lui passa un bras autour des épaules et Sam glissa naturellement son bras libre autour de sa taille.

— Tu es totalement différente de toutes les femmes que j'ai rencontrées.

— Dans le bon ou le mauvais sens ?

— Dans le bon sens !

Ils traversèrent la rue et se retrouvèrent devant l'immeuble de Sam.

— Je n'arrive pas à croire que tu aies pu la vendre, dit Sam en désignant la maison de Morgan.

— Non. La vente a été annulée et j'ai décidé de vivre ici. Du moins si je trouvais quelqu'un pour y habiter avec moi.

Sam sentit un frisson lui parcourir le dos.

— Et puis je suis tombé sur ton mot d'excuse. On l'avait mis dans un tiroir. Je crois que je vais le faire encadrer. Et agrandir, peut-être !

Sam éclata de rire.

— Tu sais, pour une femme qui prétend être pondérée et ne prendre ses décisions qu'en connaissance de cause, tu es très impulsive, mademoiselle Smith ! Le soir où Maggie a fait sa fête, tu as tiré des conclusions en une seconde. Tu m'as catalogué comme un séducteur grisonnant alors que je laissais seulement ma maison à ma belle-fille pour la soirée. Et tu as cru que c'était ma petite amie.

— Tu ne m'as jamais dit la vérité, objecta Sam. Si tu m'avais donné les éléments dont j'avais besoin pour mieux appréhender la situation, j'aurais réagi différemment.

— Je venais de divorcer et j'avais passé des mois à expliquer les faits à tout le monde, dit Morgan en haussant les épaules. Je voulais être anonyme et me tenir à l'écart des femmes. Jusqu'au jour où une furie a fait irruption dans ma vie et refusé de s'en aller. C'en était fini de mes projets d'existence en solitaire.

Sam sentit qu'elle souriait sans pouvoir s'en empêcher. Tout son visage s'éclairait.

— Mais pour Maggie… Comment as-tu pu te tromper de cette façon, Sam ? Je n'arrive pas à croire que tu m'aies réellement imaginé en train de sortir avec elle. Ce n'est qu'une gosse !

— Je sais, bafouilla Sam. Mais je commençais à penser que tu ne te déciderais jamais et je me sentais déprimée d'avoir quarante ans, et…

Sa voix s'éteignit. Normalement, elle n'aurait jamais reconnu cela mais, avec Morgan, cela ne la gênait pas.

Morgan l'entraîna vers l'entrée de sa maison.

— Je suis certain d'être la seule personne au monde à savoir que, sous tes allures irréprochables, tu caches une tigresse au cœur tendre.

— Je ne suis pas une tigresse.

Morgan ouvrit la porte en souriant.

— D'accord, une chatte sauvage, alors, avec une fourrure aussi douce que celle d'une peluche, mais des griffes très dangereuses.

— Traite-moi encore une fois de peluche et tu le regretteras !

Morgan leva les mains dans un geste résigné.

— Comment puis-je t'appeler ? Chérie, peut-être ?

Il lui faisait face et Sam leva les yeux vers lui, attendant la suite.

— Non, dit Morgan, quelque chose ne va pas.

— Quoi ? demanda Sam, inquiète.

Morgan l'entraîna dans la salle à manger dépourvue de meubles, à l'exception d'une chaîne stéréo dans un coin. Sam éclata de rire en la voyant.

— Voilà ! dit Morgan. C'est ici que tout a commencé.

Il inclina son visage vers celui de Sam et, enfin, lui donna un baiser passionné. Il fut exactement tel que Sam l'avait rêvé. Elle se serrait contre Morgan, heureuse de laisser courir ses doigts dans ses cheveux. Les yeux clos, elle s'abandonnait à la sensation de ce corps contre le sien, de ces lèvres qui l'embrassaient comme si elle risquait de disparaître l'instant suivant...

— Je regrette, dit-il quand il reprit son souffle. Je regrette que cela nous ait pris aussi longtemps. Nous avons été stupides, tous les deux. J'aurais dû être franc avec toi dès le début et ne pas te laisser dans le noir. J'étais si fâché que tu ne me fasses pas confiance ! Je voulais t'oublier, mais je n'y suis pas arrivé. Je t'ai dans la peau, je crois.

— Chut !

Sam lui posa un doigt sur la bouche.

— Ne regardons pas en arrière mais devant nous.

Cette fois, ce fut elle qui l'embrassa, lui couvrant le visage de baisers jusqu'à ce qu'il gémisse et la serre si fort contre lui qu'elle tenait à peine sur ses pointes de pied.

— Tu veux bien me faire une promesse ? murmura-t-il contre son oreille.

— Oui.

— Ne me donne pas de coups de pied !

Composé par Nord Compo Multimédia
7, rue de Fives, 59650 Villeneuve-d'Ascq

Imprimé en France par

CPI
BRODARD & TAUPIN

à La Flèche (Sarthe)
en avril 2010

POCKET – 12, avenue d'Italie - 75627 Paris cedex 13

N° d'impression : 57517
Dépôt légal : décembre 2008
Suite du premier tirage : avril 2010
S15633/04